流火季

LIUHUOJI

下册

侯波 著

陕西新华出版传媒集团
太白文艺出版社

亲爱的读者，你一定读我的小说读得厌倦了。你会觉得我在写一些琐事，都是生活中平平常常发生在你我他身边的事，没有一点传奇，没有一点隐秘，人物个个也都木讷得说不出话来，尤其没有情爱描写，要知道这可是作品的致命伤啊。其实，你有这种想法就对了。我认为，真实性是作品的生命力，对于一部小说尤其如此，那些远离生活而生发的虚假想象，不仅脱离生活，失去生活的鲜活性和真实性，也使文本矫情而虚伪。真实性永远是衡量小说生命长短的最后标准。一旦失去这个，再细腻的描述都是海市蜃楼，都是对文学的伤害。如果你读着，觉得贺学文、贺山子、黄桂芝他们就生活在你身边，撇开时代，他们就像你的一位大哥哥、大姐姐一样，如此亲切质朴，如此淡然平实，这就对了。这正是我要的效果。

关于爱情，我也想多说两句。黄土地上的爱情，从来就不是卿卿我我，不是花前月下，它是认定一个人，然后成家过光景，生一大堆娃娃，生生死死相跟上过一辈子。枯寂的生活，压缩了爱情的空间，生存，只有生存，才是第一位的。

第六章

经过激烈的“红白”拉锯战之后，共产党解放了延长城。延长石油厂也重新安装机械，打井、抽油、炼油，又恢复了正常的运营。

张宏霖去世以后，黄桂芝伤心至极，带着女儿张一井离开了石油厂，回到了老家呼家川村。此时，黄桂芝父母已去世了，张宏霖的母亲年龄也大了。这位坚强了一辈子的老人，一生都在经受常人所不能经受的磨难。早年丧夫，寡妇养儿，一个人把宏霖拉扯大了；老年了，儿子却英年早逝。精神上受此打击，一场大病之后，她就变得有些疯疯癫癫了。

就这样，黄桂芝和张宏霖母亲还有女儿张一井三个女人在呼家川相依为命过着苦日子。

呼家川村位于延长县的川道里，离县城有十几里路，延河绕村子转了大半个圈。像这样的村子，一般都有一个共同点，有一条山涧小溪从沟里流出来，和延河交汇，两河相交冲刷成大面积的一块三角地。于是，人们在这里打土窑洞居住。起先入住的人就住在川道里，后来的人就只能住到了拐沟里。一般来说，川地平整，土地肥沃，总是被一些老户把持着，或者被地主占有着。而更多的穷人，则住在狭窄的沟里边，耕种着一些坡地、洼地。住在拐沟里的人，由于地形使然，居住得比较分散，家家窄小的院子，紧贴着山崖，布局零乱。太阳从东面出来，西坡的家院能晒上太阳；太阳要落山了，东边的住户便能瞅得见太阳了。

张宏霖家是呼家川村的老户，当然也就住在川道里。1935 年，刘志丹领导的红军解放延长后，在呼家川村实行了土地改革，张家分到了一亩半川地、五亩五分洼地，靠着这点土地黄桂芝领着张一井艰难地打发着岁月。

尽管日子过得清苦，但黄桂芝心里对丈夫张宏霖的所作所为没有多少抱怨。她不懂什么政治，也不管国民党还是共产党统治天下，她只是认为张宏霖是个好丈夫。他在厂子多年安心工作，自从那一年与贺学文一起组建起了矿警队，他一直就担任队长。这些年厂里没少遇事，强盗土匪经常出没，野狼走兽常来捣乱，但张宏霖从没怕过，总是事事冲在前头。有几次眼看着都身处危险境地了，但他总能在关键的时刻化险为夷。

谁让他当了这个队长呢？既然担任了，那么就有责任与义务，保卫厂子就是他的天职。到了关键时刻，厂子被人围攻，眼看要易手了，难道他这个矿警队队长是吃闲饭的吗？所以，有时细想来黄桂芝是为自己丈夫的作为而感到骄傲的，觉得他了不起，是个响当当的男子汉，觉得当初也真是没看错他。但有时心静下来了，尤其是到了晚上的时候，孤寂了，她就又想着自己的丈夫真是个死脑筋，厂子里那么多人，矿警队那么多人，一个一个都缴了枪，都投降了，只有他还拿着枪顽抗到底，最后竟然自己打死了自己。这不是太傻了嘛！现在呢，那些投降的人个个在厂里照旧干着自己的事，该保卫的保卫，该打井的打井，该抽油的抽油，唯独他这个死脑筋却早早扔下了母亲、妻子与女儿，奔天国去了。犯得着吗？

可怜的张宏霖啊，你和贺学文从小一起长大，你咋不睁眼看看人家呢？你俩同属旧厂子的人，可人家好汉不吃眼前亏，现在是大厂长，风光得很呢！可你呢，坟上的草足有二尺高了，真是可怜啊。还有，自己那时在哪儿呢？咋不好好劝劝他呢？不过，话又说回来，即使自己劝他，这个倔骡子他会听吗？

往事不堪回首，这样翻来覆去地想也只是瞎想而已。现在石油厂是贺家兄弟的天下了。对于贺学文，黄桂芝无论如何也恨不起来的。一是两人交情深，当初她还对贺学文有好感呢。二是贺学文当了厂长后来看过自己和女儿几次，也给过家里抚恤金，这使她心里略略能感受到一丝温暖。再说了，贺学文婆姨洪丹风也死了，黄桂芝以此想彼，也能够充分理解他失去亲人的悲痛，所以，心里还是理解他的。而对于贺山子呢，她的心里却只有仇恨了，因为那天就是贺山子领人围攻的矿警队。她的男人就是被他害死的，这个仇恨她跟张一井都会牢牢记住的。

怨恨归怨恨，她一个妇道人家又能怎么样呢？有许多话她是想说也没处说啊。张宏霖母亲痴呆了，已听不懂人话。女儿张一井虽说已十六了，出落得一朵花似的，却继承了她爸的倔脾气，犟得要命。做事冒冒失失，没心没肺，整天假小子似的在村里跑来跑去。她有许多话也不敢跟女儿说，怕弄不好这个一戳枪的小姑奶奶再捅下大娄子，那才真要了她的命呢。

呼家川村是个杂姓村子，主要以段姓为主，还有姓张的、姓许的、姓刘的、姓赵的，这些杂姓人家大约都是荒年逃难至此。段家因为祖辈世居于此，人数多，势力大，家境都比较富裕。其他杂姓的也都和张宏霖家差不多，吃了上顿要想着下顿，都在凑凑合合地一天天煎熬着过日子。

黄桂芝一家回到村里后，张一井交往的年轻人主要有两个。一个叫许拴虎，住在拐沟里最后一家，是独子。他长得个头倒足，浓眉大眼的，今年十九了，是个老实本分的后生，只是这许家光景也是穷，常常吃了上顿没下顿；另一个小伙子姓段，叫段双全，住在前村的山脚下，家境比较富裕。由于这三个人年龄相当，所以很快就成了无话不谈的好朋友。

他们的关系很微妙，黄桂芝从三人的交往中能看出一些端倪来。这段双全、许拴虎两人都争相对张一井好，两个年轻后生的心思她作为过来人还是能看出来的。但在她看来，许家娃也好，段家娃也好，她其实都没有什么想法的，主要是张一井年龄还小，没有到考虑婚事的年龄。但她为了以防万一，也多次劝过张一井别和他俩靠得太近，交往要注意分寸，要有礼数，等等。张一井自小在家中娇生惯养，在城里疯惯了，哪管这些啊。她说：妈，你不要说这些了。我就和他们一起玩，又不是要和他们结婚。你不让我和他们玩，那我就到城里去。

城里，黄桂芝当然是不愿意让女儿去的，现在是乱世，国民党、共产党、强盗、土匪，谁扛枪谁说了算，谁就是爷。自己在家里成天要照顾老人，一井在城里没个靠头，万一再弄出个啥事来，那可咋给死去的张宏霖交代呢？

所以，对张一井的所作所为，黄桂芝也就只能睁只眼闭只眼了。

这一天太阳要落山了，许拴虎正在后沟里砍柴，蓦然间就看见一行人，有六七个，沿着后沟里的小路下来了。这些人都穿着灰布衣服，走在前边的几个人空着手，后边的两个人背着枪。看见了有背枪的，许拴虎就吓了一跳，赶忙扭头就跑。这时一个当兵的就喊道：小兄弟，别跑。这儿是什么地方啊？许拴虎听见叫他兄弟，声音又和蔼，就放松了警惕，停下了脚步回答说：这沟前头是呼家川村。

那这儿离延长县城还有多远呢？那人又问。

有近二十里吧。许拴虎回答道。

几人听了他的话，就停了脚步，围在一起议了议，然后一个高个子的人说：这样吧，小兄弟，天马上就要黑了，你先带我们到你村吧。

说这话时，几个人已赶过来了。许拴虎想了一下，点了点头，扛起柴就走，这几个人就跟在了他身后。因为山沟里天黑得早，刚才还见一点阳光，走着走着，天渐渐就暗下来了。许拴虎一边走，一边斜眼打量着这几个人，算上后边背长枪的两个人，一共有七个，个个都面容清瘦。走在最前边的人个子很高，拿着个木棍当拐杖。他一边走，一边问许拴虎家里及村里的情况，大致是几口人啊，村里有没有地主啊，吃的穿的怎么样啊，分了地没有啊，等等。许拴虎看他们的穿戴猜测着这些人应该是红军，因为帽子上都缀有一颗红五星。但衣着和先前见的红军却不一样了，刘志丹的队伍穿黑衣服，而这几个人则穿着灰布衣服。一行人跟着许拴虎沿着沟里弯曲盘旋的小路走了没多久，天就黑透了。又走了一会儿，就到了许拴虎家门前。高个子就对许拴虎说：小兄弟，天色已晚了，我们在你家借宿一夜如何啊？

许拴虎嗯了一声，算是答应了。他将柴放在硷畔上，摞齐整了，然后在大门外大声喊着说：爸，来人了！

许拴虎的父亲正在院子里坐着，听了儿子的喊声，就走出门来，一眼看见黑乎乎的有这么多人，还有背枪的，就吓了一跳，身子骨不由得哆嗦了一下。这时就有人上前来，握住他的手说：老乡，别怕。我们是红军，是咱老百姓的队伍。许拴虎的父亲哪见过这阵势，一时就战战兢兢地说：老总，我们是穷人，什么都没有的。

几人中有个戴眼镜的人听了这话，就说：老乡别怕，我们什么也不要你的，只是天晚了，想借宿一夜，明早上就走的。许拴虎父亲怔怔地瞅着儿子，一时弄不清是怎么回事。许拴虎就说：爸，快让客人进门啊！说着就招呼人进院子。瞅了个空，父亲悄悄问许拴虎：你晓得他们是好人？许拴虎一边忙着一边说：他们是红军，是和刘志丹的队伍一样的。呼家川的人都知道刘志丹领导的红军把延长城打下来了，把作恶多端的民团赶走了，再加上附近村子里也有年轻人加入刘志丹队伍的，所以大家对红军多多少少都有些了解。

几个人进了家门，许拴虎的土窑里一下子拥挤了起来。许拴虎父母亲都是老实巴交的庄稼汉，平时多一事不如少一事，见此刻拴虎已将人领回家了，反正是福是祸都躲不过了，索性就不再多想，一家人就张罗着给这几个人弄饭吃。

吃过饭，住宿就成了问题。许拴虎家有三孔窑，一孔父母住，一孔拴虎住，另外一孔是寒窑，也就是放些农具与粮食的，虽也盘有土炕，但平时是不烧火、不住人的。因了这几个人的突然到来，许拴虎家一时就忙乱了起来。他们把两孔可以住人的窑洞全部腾给了客人，父子俩就赶到寒窑来，把炕上的粮食都挪开了，把杂物简单地收拾了一下，准备一家人临时在这孔寒窑里将就一晚上。

尽管许拴虎没有给人说这件事，但一会儿，村里人还是知道了他家来了一群神秘的客人。他的好朋友张一井与段双全也听说了，这时就都赶过来了，段双全还抱着两床被子。

许拴虎正在后窑顶烧火。寒窑多时不烧火了，炕是凉的，点着了火，烟就从灶火口直往外扑。许拴虎就拿了张纸片子来回在灶火口不停地扇着。

段双全进来了，说：我听说你家来客人了，怕被子不够，就抱了两床。说着，把被子扔到了炕上。他直接走到窑后顶，蹲下身子压低声音问许拴虎：你家来的到底是些什么人啊？

应该是红军吧，我瞧见和延长城里的兵穿戴都差不多，军帽上有红五星的。许拴虎老实地说。

那会不会是大官啊！我瞅了一眼，瞧见他们的举止可不一般。几个人在窑里压低声说话，那两个背枪的就在门口站岗哩。段双全说。

嗯。许拴虎不置可否，因为他也不知道，但他觉得段双全的分析是有道理的。

共产党是坏人，他们杀死了我父亲。张一井插嘴道。

许拴虎父亲这时恰好进来了，听见几个娃娃议论这个话题，就安妥他们说：憨娃娃，可不敢乱说，他们有枪哩。又对段双全与张一井说：你们没事了就早点回家吧，省得大人操心。

我才不怕他们哩。张一井不服气地说。

三个年轻人说了一通闲话，段双全、张一井都想多了解一下这群神秘的人，但许拴虎却说不上个一二三。反正看衣着都很普通，但看举止，似乎又都透着一种不凡，究竟是什么人大家一时都说不清。后来，他们三个人就又说上了另一个话题，讨论到底是共产党好还是国民党好。许拴虎认为共产党好，分了土地给穷人，不用再给地主交租了。张一井则认为共产党是强盗，杀了自己的父亲。而段双全则不置可否。三人就这样说来说去，说了半天，也都是各说各话。

几人正说着，那个戴眼镜的红军从门里进来了，他瘦瘦的身材，眼睛深陷，但头发留得却比较长。他进门的时候，锅里的水开了，热蒸气灌了一窑，满窑里都热腾腾的。戴眼镜的红军猫着腰径直走到灶火口找见许拴虎，说：这窑里寒，你们一家人还是在中窑住吧。

不了，我正烧火哩，一会儿炕就热了。许拴虎说。

那好吧。老乡，我们明早要出发，麻烦你带我们到县城去，好不好？戴眼镜的人说。

行，没麻达。看到来人说话这么彬彬有礼，许拴虎就满口应承了。

戴眼镜的人正要离开，却看见了张一井与段双全，不由得多瞅了两眼。许拴虎介绍道：这两个是我的朋友，是来送被子的。

你们识得字不？戴眼镜的人忽然问。

我俩不识。她家原来在城里，读过私塾的。段双全指着张一井说。

好。戴眼镜的红军伸手抚了一下张一井的头说，女娃娃嘛，多念点书，将来会有出息的。

你们到底是什么部队啊？张一井大着胆子问。

你不是念过书嘛，你猜猜吧。戴眼镜的红军开玩笑地说了一句，然后指了一下自己的军帽，呵呵笑着出去了。

哼，头发比女人都长，还神秘呢。张一井说完，不服气地头一晃就走了。

一夜很快就过去了，鸡叫三遍之时，许拴虎家的这群客人就起床了，大家又是扫院子又是担水。许拴虎的父母亲就忙着给大家烙烧饼。一起吃了早饭，按照约定，许拴虎就领着这群人上路了。到县城的路不很远，走了两个钟头就到了。城门口有红军战士在把守着，这群人中的一个给站岗的悄悄说了些什么，不一会儿，就来了一大批县政府的人，高兴地和这群人寒暄着。那名戴眼镜留着长头发的红军指着许拴虎说：多亏了他们一家人啊，我们昨天和今早都是在他家吃的饭。说着，就从身上掏出一块银圆来递给许拴虎。许拴虎记着父亲常说的多一事不如少一事，就不打算要那银圆，知道他们安全到达了，就要转身离开。这时，那个戴眼镜的一把拉住了他，将银圆塞到了他手中。又说：这儿还有些干粮，我们也用不着了，你可得拿着，一会儿回去还要走山路呢。说着，他从身后那个背枪的小红军战士手里把烙饼拿来塞给了许拴虎。

这一行人跟着县政府来的人一起进城去了，城门口就只余了许拴虎一个。这时他也意识到自己领来的这些人肯定是红军中的大官了，要不，咋连县政府的人都出城迎接哩？如果真是这样，那这群人可真好哩，平和，没有架子，事事想得周到，让人心中热乎乎的。一个人在城门口闲待着，看着延长城里来来往往的红军战士，看着一派和平繁忙的景象，许拴虎心里第一次有了一种异样的冲动，有一个念头袭来了，他想着，如果能成为他们中的一员那该多好啊。

他正在胡思乱想呢，这时，段双全也赶到了城里。

你怎么也来了？许拴虎非常诧异。

原来，昨晚段双全见了这些神秘的人，就觉得他们肯定不是平常人，认为这是个机会。回去又想了半天，但没有头绪，一夜都没想好。早晨起来一打问，许拴虎早就领他们走了，他心里一着急，想也没想，就直接跑到延长城了。

两个年轻人在城门口见了面，许拴虎就说了刚才的事。两人越聊越觉得这些人肯定是大人物，越觉得这些人了不起，都有了机会稍纵即逝的紧迫感。都是年轻人，就都想着冒点险，说不定还有改变命运的机会呢。但现在人家已被县政府的人接走了，两人就又叹息了半天，一起说着话。两人有钱了，又有了干粮，索性就商量着不急着回家去，再待在延长城里看看。他们就把话捎回去，让家里人别操心，两人就在城里暂时待了下来。

段双全和许拴虎不知道，这几个人正是国民党悬赏缉拿的共产党的首脑人物。原来，1935 年 12 月 17 日至 25 日，中共中央在瓦窑堡召开了一次重要的会议，制定了建立抗日民族统一战线的方针。共产党领导的红军决定北上抗日，东赴山西。这些人来延长城正是为东征做准备呢。

当此之时，延长县城经过来来回回的国共拉锯战以后，最终还是到了共产党手中，形势也逐渐稳定下来了。并且扩大了地盘，原属宜川六区的安河、罗子山、雷赤、南河沟、赵家河六个乡也归延长县管辖。原归肤施县管辖的郭旗一带部分村也归了延长县管辖。

1936 年 1 月 29 日这天，共产党方面一行七人来到了延长，在石油工人何延年的窑洞里听取了延长县委书记高朗月的汇报与苏维埃政府主席谭生金的镇反、生产等一系列汇报。

一行人中就有毛主席，他们在延长共待了四天。在 1 月 31 日召开的军委工作会议上确立了参加东征的主力部队，几位共产党领袖会议正式决定组成“中国人民红军抗日先锋军”，确立了东征的战略方针和行军路线。其间，他们还兴致勃勃地参观考察了延长石油厂，特别是延一井，听取了刘子模、贺学文的石油厂工作汇报，还针对石油厂缺技术人员的情况提出了意见。

一行人离开延长后，刘子模、贺学文、贺山子几个石油厂领导一起开会讨论，一致认为这次视察工作提出的建议十分合理。厂里是有困难，缺人才，但不能等啊，招一些年轻人补充到石油工人队伍中来，让他们在实践中锻炼成长才是正事。几人研究之后，当天就在石油厂门口贴出了布告：为扩大石油生产，面向社会招聘工人，有文化者优先。布告贴在了大门口，恰恰被两个在延长城闲逛的热血青年看到了，他们就是段双全与许拴虎。两人天天在延长城里转悠，没有目的，却满怀希望。他们一看到石油厂的布告，一起商量着如果能当个工人也是好的。一是有了一份正式工作，不用再种地了；二是能够生活在繁华的延长城里，就意味着还有无数的机会。两人一拍即合，也不管家里人愿意不愿意，就相跟着报了名。

2 月 10 日，经过几天漫长的等待，许拴虎与段双全双双被录到了延长石油厂，开始了他们的工人生涯。

贺学文这一段时间的心情极为不好，他本是个重情重义的男人，自从丹风死后，他总心怀内疚，不能释怀。现在虽说已过了好长时间了，但他一直缓不过劲来。一个鲜活的生命，怎么说没就没了呢？他曾暗地里扇过自己耳光，后悔自己那天没能让一步，再劝劝丹风，说不定她就会跟自己回来了。自己当时为什么要转身走呢，把一个孤零零的女人扔在那个前不着村、后不着店的地方？她在这里没有家人，只有自己一个亲人，她能往哪里去呢？当年，她从横山跑到了延长，找到了自己，从监狱中救出了自己，可自己竟然逼她走上了绝路。一想到这些，贺学文就后悔得不得了。这种痛苦痛在他心上，却又没法对别人说，真是难受啊。他怕回家，一回到家，就会想起这个口齿伶俐、个子高高、容貌姣好的女人来，她总是披着一头长发，一双大眼睛，皮肤黑黑的，充满了活力。在她身边，贺学文总显得口齿笨拙，虽然心底里不服气，但每次论争都以他的失败而告终。而现在，她说走就走了，再没人跟他争了，这个看似柔弱却坚强的女人，用一支枪对准了自己的太阳穴，果断地扣动了扳机。她说走就走，没有二话，却把更多的痛苦留给了贺学文。多少个夜里，他总梦到她，总会从睡梦中醒来，总是想着哭着痛悔着，泪水沾湿枕被。

会议结束后，贺学文又上了一次高奴山。山下是石油厂，半山腰埋着洪丹风，贺学文一个人坐在丹风的墓前泪水长流。

6月份，红军就要东征了，部队从四面八方云集到延长县的车家畔、天心掌、关子口、延长县城等地。部队在刘家河一带训练了两个星期，然后留小部队在这里做掩护，大部队则转移到延川县的老庄河渡口，将从那里渡过黄河。

县委书记高朗月与政府主席谭生金这一段特别忙，他们动员各区农会主席组织群众积极支援红军。延长的百姓们听说红军要去抗日，积极性非常高，有的捐粮食，有的捐牲口，有的捐衣服，甚至还有几家群众合捐了一头猪。在安河镇，光捐来的洋芋就装满了杜金贵家的两孔窑洞。听说渡河没设备，这些普通的百姓们更是为红军做了许多羊皮筏子，砍来了许多划船用的柳杆。

红军要东征，不光有主力部队，还需要很多后勤保障人员。此时的石油厂属军工厂，支持红军东征责无旁贷。军工局给石油厂下达任务，要抽二十名抬担架人员随军东征，同时还需要抽一些马匹、骡子作为运输工具。抽人倒没有什么要紧，但抽调骡马，厂里工人就都不愿意了。大家认为，厂子里的油要从永坪天天往延长运，没牲口了，可怎么运啊？这不是要人喝西北风吗？工人们私下有怨言，有人甚至将这件事和几年前当地驻军拉走牲口一事相提并论。看到这些，刘子模、贺学文便开会给大家讲道理：日本人已经占领了东三省，对整个中国虎视眈眈，如果日本人打进来了，我们大家都当了亡国奴，就什么都没有了，哪里还再谈得上石油生产啊。现在红军要东征，要北上抗日，我们总得小家服从于大家，小道理服从于大道理。

私下里两位领导又挨个做工作，说骡马只是借用，打完仗就会还给咱们的。再说红军东征，说不定会有大收获呢，到那时，要多少骡马都可以的。大家都知道这句话是安慰人的，战场上瞬息万变，谁也不知道会发生些什么。尤其山西是阎锡山的地盘，和这个土皇上争地盘，无异于虎口夺食啊。但说归说，在埋怨之后，工人们就把牲口喂得饱饱的，单等着上前线的那一天。

段双全被抽到了担架队里，他聪明能干，身体结实，虽然刚来厂子几个月，但给大家留下了深刻的印象。大家都觉得他聪敏，遇事肯动脑子。他和许拴虎一进厂子，都分在运油队。石油厂抽调人员组成担架队赴前线这件事由贺山子具体负责，他先开动员会，要大家报名。工人们都沉默着，个个心里都在打着小九九。但就在这个时刻，段双全却打破了沉默，第一个主动报了名。这让贺山子欣喜不已，觉得自己真是没看错他。他这一报名，有几个小伙子就都报名了，不一会儿人数就报够了。贺山子将这些人员名单张榜公布，贴在了大门口，号召全体工人向他们学习，踊跃支援前线。

出征的日子渐渐近了，但谁也没料到就在出征前一天，段双全的腿却受伤了。第二天要出征，贺山子安排这些随征人员回家告别一下，但段双全却没有回家，而是依然在运油队工作。因为大批牲口要调走，石油厂这几天连续加班加点运油，谁知段双全就在运油时出了事。从永坪往回走的半路上，运油队的一头骡子受惊了狂奔，段双全吆的这头骡子也疯跑起来。段双全扯着缰绳，拉着不放，后来被疯跑的骡子扯到了悬崖边，身子吊在了半崖上。当时的情况十分危险，闻讯而来的工人们费了好大的劲才把他从半崖上弄了上来。他虽然没有受大的伤，但腿上挂了几道口子，流着血，脚腕也扭了。到了晚上，他的小腿就肿得明晃晃的，人也下不得床了。贺山子知道了这个情况就着了急，前去看望他。只见他躺在床上，左小腿肿得和水桶一般，明晃晃地泛着光。见贺厂长来了，他就挣扎着从炕上爬起来。贺山子看了看伤势，安慰了他几句，又问了问白天的情况，埋怨他这么不小心，要误了大事了。段双全此时也后悔得直掉眼泪，直说自己给组织丢了人。贺山子心里虽觉得此事有点蹊跷，时间太巧合了，恰恰是出征前一天出了事，但想来想去毕竟段双全也是为了工作啊。

由于出现了突发状况，段双全眼看着是走不成了，石油厂只得临时调整人。贺山子和几个厂领导碰了个头，大家商量了一下，觉得厂子其余的都是一些老职工，上有老下有小，一大摊拖累走不开，年轻人只剩许拴虎了。本来初选也有许拴虎的，但贺山子考虑到他家里就他一个儿子，万一上战场有个三长两短，老人将来就没了人照管。但现在情况突然有了变化，贺山子就只好硬着头皮找许拴虎谈话，要他参加担架队。听到厂里这样决定，许拴虎眉头蹙成了一疙瘩，他耷拉着脸，满脸的不愿意，说父母亲就他一个儿，当初二老就怕他当兵呢，都不让他到石油厂的，现在如果知道他要上前线，那还不得急死啊。贺山子说：厂里的情况你是了解的，这石油厂是共产党的军工厂，就必须听从共产党指挥，分下的任务就得不打折扣完成。另外，你看看其他人，都是四五十岁的，年轻人就剩你一个了，先前不派你也是考虑到你的家庭情况，但现在呢，情况临时有变了嘛。再说你去了之后，家里的一切都请放心，我们大家都会照看的。

听了这话，许拴虎仍有许多不满，嘟囔着说：厂里先前还披红戴花让大家学习段双全呢，可他现在哪去了？贺山子听到他话里有气，就批评他说：不许说不利于团结的话。他早先报名是应该学习的，他昨天运油也是为了厂子，他的伤是大家都有目共睹的。你呀，什么时候能和他一样追求上进就好了。

许拴虎嘴笨，听着贺山子的话虽然不服气，但说不出更多的道理来，就咧了咧嘴。这件事情就这样定下来了。

第二天上午，全体人员出发，担架队后勤人员在县政府门口集合，牲口、床板及粮食也都一应俱全。许拴虎垂头丧气地拉着一头骡子站在了出发的队伍当中。

出征仪式结束后，大家和亲人、家人告别，这时许拴虎的母亲颤巍巍地来了。许拴虎一见她，拉着她的手就放声大哭。贺山子悍性强，一生无泪，见这么大个小伙子哭哭啼啼的，就嫌他没出息，看不惯，打算批评他几句。但看到他母亲颠着一双小脚，可怜巴巴的，就忍住了。许拴虎母亲给儿子送来了几个烙馍，中间用绳子串了起来。还给儿子送来了新鞋、新袜子及一些所能想到的小玩意。这位老人把东西交给哭得恓惶的许拴虎，看到一旁的贺山子，就拉住他的手说：我把娃娃交给你了，你要多照顾一点，娃娃还小，不懂事。贺山子一时被她朴实的话感动了，就紧紧握住她的手说：你放心，我会的。

这个场面被当时一位随军记者看到了，后来这位记者以《母亲送儿子打东洋》写了一篇报道，登在了《红色中华》上，一时在边区传为美谈。

大家正在依依惜别，这时拄着拐的段双全也来了。他一瘸一拐地来到许拴虎身旁，看见许拴虎哭了，也抹着眼泪对拴虎说：你去吧，过不了几天，我的腿就好了，我会照顾大妈的，你妈就是我妈。

许拴虎此时心里还有气，总觉得自己好像是被人算计了似的不舒服。这个段双全腿早不肿晚不肿，偏这时肿，说不定有什么猫腻呢。又联想到他平时就聪明，自己却笨，心里就越发觉得受了愚弄。这时见他来了，满心里不高兴，就抹了眼泪背转身子不理他。

贺山子看到许拴虎依旧不高兴，只当他还有顾虑，就说：咱们参加的只是担架队，在后方的，不会有多大危险。再说了，即使危险，有那些成天上前线打仗的红军士兵危险吗？可他们为什么不怕呢？难道他们就没有亲人，没有大、妈，没有兄弟姐妹吗？

许拴虎觉得贺山子错解了自己的意思，想解释几句，但嘴笨一时不知该怎么说，只是嘴动了动，什么也没说出来。恰好此时那边有了号声，队伍要出发了，今天担架队就要随部队赶赴延川老庄河渡口，将在那里悄悄地渡过黄河。

许拴虎听到了号声，扭头就要走。

但就在这时，他的胳膊却被一个姑娘扯住了。他扭头看，这个姑娘一双水汪汪的大眼睛正望着他。

贺山子正督促着让大家快走哩，忽然见旁边冒出来一位姑娘，仔细一看，不是别人，正是黄桂芝的女儿张一井。好长时间没见她了，真是女大十八变啊。此刻的她穿着一身粉红色衣服，两条粗辫子扎在脑后，一张脸蛋红扑扑的，活脱脱年轻时候的黄桂芝啊。贺山子一怔，不由得心想，自己好长时间都没有见到黄桂芝了。

张一井看着是个大姑娘，但依旧脱不了满脸的稚气，她拉着许拴虎的手。说：拴虎哥，你好威风啊。到了前线，你一定要自己保重，早点回来，我等着你。说着话一双大眼睛就不断扑闪着。一看到她的神情许拴虎心都快酥了，只是不断嗯嗯地应答着。

段双全走上前来对许拴虎说：一井说得对，拴虎，你只管走吧，你爸你妈有我跟一井招呼哩。

听到他这么强把自己与一井拉扯到了一块儿，许拴虎刚才欢喜的心情瞬间没有了，他抽出手来说：我要走了。

真的，有我呢，我会照顾大伯和大妈的。张一井没有发现许拴虎情绪的变化，仍然要拉许拴虎的手。许拴虎将手一收，装作整理背包的样子，又对一旁的老妈说：妈，我走了，你和我爸照顾好自己，等着我回来。说完，他看也不看一旁的这几个人，头也不回地跑掉了。

几个年轻人的对话、神情，贺山子在一旁看得清清楚楚，听得明明白白的，他明显地感觉到了三个年轻人都有自己的小心思，都有自己的小算盘。但年轻人的事还是由他们去折腾吧。他看见一旁发怔的张一井，一时想到了黄桂芝，蓦地心头掠起一种人生沧桑之感，同时又有了一种久违了的亲切感。小的时候，他、张宏霖、黄桂芝可是成天都在一起玩的。

他随口问张一井：一井，你来了。你妈妈可好？

我妈妈不要你管。一井一边说一边扭头就走。

一旁的段双全看她说话这么冲，就扭头跛着脚跟上来，说：一井，怎么这么跟山子叔说话呢？

贺山子没有在意张一井的话语，又问：你和你妈过得还好吗？

没有你，我们会更好。一井扭过头挑衅地说。

段双全怕张一井惹恼贺山子，就说：一井，不要这么说，山子叔是个好人。

好人？我爸就是被他逼死的，不是他我会没有爸爸吗？张一井扭头盯着贺山子说。

听到这话，贺山子不由得心里一颤，他发现这双盯着自己的大而黑的眼睛里，此刻仇恨像火焰一样在燃烧着。这是他始料未及的。

贺山子对张宏霖之死一直充满了内疚，尽管不少人都宽慰他，张宏霖毕竟是自杀的，但他心里还是没法原谅自己。后悔自己当初没多劝劝他，使他走上了绝路。自己如果有耐心的话，也许张宏霖的结局就不会这样了。但现在，这里的人这么多，场面乱哄哄的，张一井正怒气冲冲，所以并不是解释这件事的时候。于是他眼神避开了张一井的锋芒，长长地叹了一口气，说：一井，你还小，有许多事情你不懂得，你爸爸和我是好朋友，其实他当时还有许多选择的……

就是你害死的。一井依旧紧盯着他，噘着嘴说。当年你偷擦枪油的时候，他打了你一枪，打伤了你，你就是为了报这一枪之仇而要他命的。

张一井的这些话如铁似钢地砸在了贺山子身上，贺山子顿时很难堪。虽然他小张宏霖几岁，但他与张宏霖自小就是好朋友，大大在一起玩，那时当然不会想到这么好的朋友将来要在战场上面对面的。当年，由于运擦枪油，张宏霖领着矿警队追赶自己，打了自己一枪是不假，但当时双方各为其主，自己心里从没有记恨过他。受共产党和红军的教育，特别是在苏作相身上，他学到了很多，就连那个害死他爸的樊老二，他后来都不大恨了，更别说恨张宏霖了。但现在看张一井的表情，听张一井这么说，他心里还是非常难受，不禁想道：看来这仇是结大了。

一旁的段双全小心翼翼地观察着贺山子的脸色，见他有几分愤怒，就对一井说：一井，你不要乱说，山子叔不会害你爸爸的。

哼。一井哼了一声，扭身跑了。

一井走了，这里就只剩了段双全与贺山子两人，张一井的话砸得贺山子透不过气来。段双全拄着拐在一旁站着，小声地说道：叔，你不要和她计较，她还是个孩子。

唉。贺山子望着张一井远去的背影摇了摇头。

一下子抽走了那么多人，又拉走了一批牲口，石油厂的生产就受到了严重影响，贺学文想扩大生产规模又成为一句空话了。当此之时，对于共产党红军来说，一切以东征为中心，于是无条件支援东征也就成了石油厂的近期主要工作。按照安排，石油厂除了必用的抽油、炼油设备及整套打井设备以外，其他的零配件与报废件都运到了同属于军工厂的兵械工厂里，全部用来打铁、炼钢，加工成各种武器弹药。为了收集更多的铁铜等金属，军工厂在延长专门设置了收购站，号召群众把家里有的金属都卖给收购站，支援前线。这个时候，有厂内之人联合厂外的人偷偷把厂里的一些小器件偷了出去，冒充自家的或捡到的，卖到了废品收购站。贺山子发现了这件事后，他就在厂里加强了警卫。

延一井几乎不产油了，延长城这边有几口井因为油产量低，也都停了下来。还有离得远的三四口井，虽然产一点，但大都是一周或者更长的时间才能在井底聚积一些油，只能抽一次。永坪那口贺学文当初主导打出来的井开始产油是非常多的，但抽着抽着，产量也锐减了。何况这一阵厂里又缺牲口，运油又成了新的困难，运来的油聚到一块儿，一周大概才够炼一锅。

贺学文当初在日本留学时就知道石油的威力，他梦想着打出几口旺井给国人争一口气，但哪里知道这儿的石油竟是一天不如一天了。他看在眼里，急在心里，想来想去，觉得还是应该招兵买马，再打新井扩大生产，这才是石油厂唯一的出路。但就目前石油厂的光景，谈何容易啊。他还想了一个办法，动员群众力量来运油，从社会招人招牲口运油。老百姓愿意运油的，可以把自己的牲口搭上一同入伙，报酬按运油量计。布告贴是贴出去了，但响应者却寥寥无几。连年战争，老百姓很穷，有牲口的更少。况且现在正值初夏大忙季节，即使有牲口的人，也要用来耕种土地，保证口粮，养活一家老少，哪里又能顾得上运油呢！所以，任你说得天花乱坠，这石油总是不能喝啊，也不能当饭吃。这样，布告贴了好长时间也没几个报名的，厂里的生产能力比先前下降了许多。

有一天，贺学文想起了黄桂芝。自从张宏霖死后，他也很少见到黄桂芝。张宏霖是自己多年的好朋友，也是为了保卫厂子而牺牲的，他觉得应该给份荣誉，但在会上就是通不过，大家都认为他保卫的是国民党的厂子，是和共产党为敌的，就都不同意。后来在他极力主张下，给了一点抚恤金，也算是一点安慰，毕竟张宏霖与黄桂芝都是给厂子做过巨大贡献的。好久没见黄桂芝了，目前厂子又缺人手，贺学文念旧，就想重新把黄桂芝招进厂子里来。他知道，这个女人热爱石油，爱学习，也爱动手，厂里的情况她熟悉，并且在修理这些笨重的打井及炼油设备上也很有一套，来厂里给自己做个帮手是很不错的。这件事他想了很久了，但又觉得自己没法子提，因为好多老工人都知道先前黄桂芝喜欢过他，此刻黄桂芝死了丈夫，自己的妻子洪丹风也不在了，提出这个事来，难免会给人以口实，引来别人的许多闲话。

想来想去，贺学文就把这个意思说给了山子，山子也恰有此意。在张宏霖这件事上，他和他哥是一样的。现在听当哥的这么一说，他觉得黄桂芝真是个好人选。但他也知道黄桂芝对自己有成见，自己上门去跟她说，肯定会吃闭门羹的。想来想去，他就找县妇救会主任邵大姐来商量此事。

邵大姐说起话来直来直去。她听得贺山子转弯抹角地说了想让黄桂芝上班的话，就哈哈地笑了，说：你们兄弟俩的想法倒不谋而合，那你咋不去说？

贺山子脸红了，老实地说：我不敢去，怕她骂我。

邵大姐快人快语，说：张宏霖这件事情我是知道的，不怨谁，就怨他自己是个死脑筋。

现在黄桂芝认定问题在我身上了，说我公报私仇。贺山子说。

那是她还对我们共产党的宗旨没了解，共产党闹革命为的是全体老百姓，从来就不为个人一己私利的。当然，某人如果与人民为敌，就是与共产党为敌，那人人得而诛之，除之而后快，这是肯定的。邵大姐真是快人快语。

说是这么说，可她脑子里一直转不过这个弯呢。

唉，这倒也是，毕竟男人不在了，家里天塌下来了。这样吧，这件事我去说。痛苦是需要时间来化解的，我想她即使现在不接受，也总会有接受的那一天。不过——邵大姐刚打算走，又转过身子来说，那你哥咋不亲自对她说呢？对了，我有个想法，我觉得你哥和她蛮般配的。他们俩不是先前还有感情基础嘛，现在是你没婆姨我没汉，我看干脆凑成一对儿，省得两个人在两处天天伤心。

这可不行，这可万万使不得。山子一听就急了。

怎么啦？邵大姐听见山子的语气有些急促，就问他。

贺山子在邵大姐面前一下子红了脸，一瞬间就像一个小孩子心中的秘密被大人看破似的，他结结巴巴地说：我哥和洪丹风好，自小就在一块儿，他等她等了那么多年。现在她去世了，我哥情绪上一时还缓不过劲来，现在肯定不是说这事的时候。

邵大姐听了，长长地叹了一口气，说：唉，也是。不过，事情总会过去，现在是乱世都应该想开一些。我那天也听我家掌柜的说，你哥到现在情绪还糟着呢。

听到邵大姐转移了话题，山子长长地舒了一口气。他搓着双手，补充着说：再说黄桂芝现在对我们兄弟俩都有看法哩。

听了贺山子这句画蛇添足的话，邵大姐忽然意识到了什么。她抿着嘴笑，饶有兴趣地盯着贺山子的脸看了半天，直把贺山子看得不好意思了，她才说：哎，该不是你也看上了黄桂芝吧？

这话说到了当面，一下子就戳破了贺山子内心的秘密，他脸腾地一下子又红了。他说：邵大姐说哪里话，都几十岁的人了。

邵大姐说：我可说正儿八经的。咱们革命归革命，但老先人留下的男人爱女人这可不能误。你看你谭大哥，一边闹革命，一边还不照样折腾，都三个娃娃了。当初东躲西藏的，吃了上顿没下顿，可现在这三个小伙子都长大了，个顶个的强，用不了几年，就都做革命的接班人了。我有时就想，男人拿枪上战场打仗，这女人嘛，多生两个娃娃就是为革命做大贡献哩。邵大姐是热心肠，大嗓门，说起话来一说一溜串。

那是那是。贺山子一边说着一边赶紧告别了邵大姐。

告别邵大姐，贺山子一边走一边心中就盘算着，邵大姐会如何对黄桂芝说呢？黄桂芝会不会答应来厂里上班呢？一会儿想着她肯定会来的，她那么热爱石油厂，厂里的工人跟她又很熟的，她这半生都是在石油厂度过的。但过一会儿又想到，她肯定不会来的，她是自动离职的，厂里留给她痛苦的记忆太多了。一面乱想着，一面在心中就暗暗祈祷着：黄桂芝啊，你就来上班吧，人不能总沉浸在痛苦中啊，总要适应时代发展的啊。另外，还有一井啊，她都十六了，这么疯跑来疯跑去总不是个办法吧。

就这样，贺山子在纠结中等了七八天以后，邵大姐终于传来了话，说黄桂芝不打算来厂里了，因为这里是她的伤心之地，她没办法再面对所有的人。但邵大姐却透露了另外一个意思，说黄桂芝没有明说，是她从侧面听出来的意思。黄桂芝说，一井大了，自小在延长城里长大，现在待在农村里不干农活，整天瞎跑，脾气又犟，长此下去总不是个办法啊。邵大姐说她琢磨着黄桂芝似乎有意让张一井到厂里来。

许多人都在操心着张一井，但没心没肺的张一井这段时间却活得风生水起，快快活活。

这天厂里没什么事，段双全一个人待在办公室。他的腿伤已基本好了，但他依然闷闷不乐。由于许拴虎上了前线，他与张一井的交往机会也就自然而然多了起来。这时一井来了，见他闷闷不乐，就问他怎么了。段双全不吭声，见桌子上有一些尘土，他拿起鸡毛掸子来回掸着，掸起的尘土就在从窗户斜射进来的阳光中上下翻腾。

你倒是有什么事就说嘛。一井是个急性子，见不得他闷声不吭的样子。

段双全嘟囔了半天，然后问她：那天是怎么回事？

什么？哪一天啊？一井问。

就是拴虎当兵的那天。段双全说。

当兵那天咋啦？一井还是摸不着头脑。

你不是说要一直等着他回来嘛！段双全嘟嘟囔囔地说。

哈哈。瞧着段双全这副表情，张一井觉得她把段双全的心思全看透了，她狡黠地笑着，饶有兴趣地上下打量着他。

段双全被她看得难受，不好意思地把头扭到了一边。

呵呵。一井终于知道段双全这一段时间不高兴的秘密了，她不由得笑了。看来这小子是从心里喜欢上自己了，吃醋了。一井虽然年龄不大，对于爱情也是懵懵懂懂的，但她喜欢男人围着她，很享受男人们喜欢自己的感觉，喜欢他们把她捧在手心里。此刻看到段双全对自己的一句话竟这么在意，她就暗暗高兴，但又怕真惹他不高兴了，就模棱两可地说：拴虎是和咱们一块儿长大的啊，你又不是不知道，他家里当初穷，我爸还多次资助过他家呢。我和妈回到村里后，家里缺男劳力，重活、脏活也都是他干哩。

只是这些吗？段双全问。

当然啊，你以为呢？张一井奇怪地问他。

段双全不说话了，低下了头，来回搓着手指，不再吭声了。

你说，你是不是喜欢我了？一井看着段双全低头的样子有几分乖顺，有几分害羞，就想逗逗他。她把头伸到他面前，挑逗地问着他。

段双全依旧不吭声。

说，是不是喜欢上我了？一井又故意说。

才不喜欢你呢。段双全说。

那好吧，那我就喜欢拴虎哥了，我就等着他回来，给他戴大红花。要我说，他多好啊，人诚实，又能干，也真够勇敢的。可不像你，临上战场了腿脚还扭了，谁知是真是假呢。一井口无遮拦地说。

啪！段双全听到这话，一时很激动，一拍桌子站起了身。

这个举动把一井给吓了一跳，她不禁打了一个哆嗦。

段双全随即发现了自己的失态，他掩饰着说：一井，有些话是不可以乱说的。接着缓缓坐了下来。

哎哟哟，吓死我了。看把你慌的，我还以为你要打人呢。一井夸张地来回揉着自己的胸口。

段双全生张一井的气并不是没缘由的。他对许拴虎太了解了，许拴虎仗义，厚道，老实，家里就他一个儿子。当初张宏霖在世时曾给过他家许多帮助，两家来往也比较多，说不定张宏霖还有其他想法呢。可是，解放延长的枪炮声一响起就将这一切打碎了，一切也就乱了套。这件谁也没说明的事情，就这样胎死腹中，烟消云散了。

黄桂芝一家回到了村里后，张一井与许拴虎、段双全的接触就多了起来。三人表面上是好朋友，但是随着年龄一天天大了，就都有了一点小心思、小计较。尽管谁也没点破，但是张一井究竟和谁更好些，究竟她心里是怎样想的，距谁更近，成了两个男人心中的一个谜。那天在送许拴虎上前线时，张一井拉着许拴虎的手说要他保重，会等着他回来，这让段双全一直耿耿于怀。

两个后生在暗地里较劲，张一井当然是能感受到的，但她目前却不愿意过多地想这些。她只有十六岁，正是贪玩的年龄，而她对模糊的未来充满了憧憬。至于未来是什么样的她也不知道，也不去管，她只是想现在快乐地生活，快快活活过好每一天就行了。

此时此刻，她从段双全的一举一动中准确地捕捉到这个段双全是真心喜欢自己了。对于她，知道有人喜欢自己，这已经足够了，至于以后的事，管他呢。想到此，她不无得意。

张一井看见段双全在一旁呼哧呼哧地喘着气，似乎真生气了，就想对他表示一点歉意，表明自己说的那些话是无意的。她伸出手去捏了捏他的手，娇气地说：哎呀，段哥哥，我只是那么说一下嘛。

段双全似乎也觉得有些失态，就回报似的笑了一下。一会儿，这两个年轻人就不计前嫌和好了。两人有一搭没一搭地说着话，一井注视着段双全，见他留着分头，头上有挨着的两个旋儿，陕北俗话说“一旋儿噌，二旋儿硬，三旋儿打架不要命”，就想他这双全的名字是不是由头上的旋儿而得来的呢？她看到此时的段双全有几分腼腆，有几分含羞，似乎还有几分忍不住的样子，觉得特别有趣，就忍不住又想逗逗他。她用手指在他旋儿上点了一下，说：我也只是那么一说嘛，就把你气成这样。你看你的样子，真是个憨人。

段双全听到她撒娇的话，抬起了头望着张一井，正好看见张一井满脸娇嗔，露出无限的风情来，葱白般的手指正伸着。他一时就有几分痴呆了，情不自禁地伸出手来，想握住她的手，但是手伸出去了，却犹豫了那么一下，在空中停顿了。就在这一瞬间，一井的手却快速地缩回去了。段双全的手扑了空，尴尬地停在了半空中。

一时，空气凝固了。两人的心都在怦怦地跳着，气氛有点异样，两人都不知该说什么，也不敢看对方一眼，屋中只有轻微的呼吸声。

就在这时，贺山子从外边走进办公室了。他似乎并没有注意到这种异样的气氛。他一进来就将皮带解了，挂到了墙上。段双全见他来了，忙从抽屉里拿起一沓资料递给他，说：山子叔，你看看，这是我按照你昨天说的写的招人告示。这是一井，她自己来的。段双全瞅着一井又小声说道。

什么叫自己来的，你不在这里，我能来吗？张一井对段双全这种介绍颇不满意。贺山子对年轻人这些小心思依旧没有过多猜测，而是在一旁坐下来，拿着告示单看着，又顺口说：哦，一井，你怎么来了？

我怎么就不能来，我爸在这里工作过，我妈也在这里工作过，这里原本就是我的家，我想来就来。一井噘着嘴说。她见贺山子本来就有气，又对刚才段双全的话感到非常不满，觉得他变脸这么快，似乎自己成了拖累似的，他只想着把自己与她撇清。

贺山子不理一井找茬儿的话，他把告示单看完了，往旁边一推，对段双全说：你把告示贴出去，再跟大家说一下，晚上开会。

段双全应了一声，拿着布告就出去了。

房间里只留了山子与一井。一井站着，气呼呼地喘着气，不服气地噘着嘴，仿佛受了天大的委屈。

尽管张一井给贺山子难堪，但从心底里，贺山子丝毫不怪罪她。因为他觉得她还只是个孩子，并且每次看到她这副表情他从心底里就觉得又好气又好笑，时而还有几分亲切之感。这时，他忽然想起邵大姐说的黄桂芝有意让一井来厂里的事，就问她：一井，有没有打算到石油厂里来呢？

不，我才不会到你这里来。张一井怒气冲冲地说。

好啊，挺倔的，有你爸爸的个性。那你回去做做你妈的工作，让她到这里来上班吧。山子说。

我妈也不会来的。张一井一字一顿地说。

听到一井斩钉截铁地说的这些话，贺山子本来有几分愉悦的心情瞬间变得很差。原本他总是站在自己的角度想问题，觉得张宏霖之死其实和自己说有关系就有关系，说没关系也没关系的。他虽然就这件事没与黄桂芝做什么交流，但他确信一点，黄桂芝是和自己一同长大的，对于自己的本质还是了解的，无论如何，她是肯定知道他和张宏霖一样是重情重义的人，再坏也坏不到会公报私仇，会要张宏霖的命的。所以，尽管那天张一井对他发怒，给他难堪，但他一直都没把张一井的话当真过。

好吧，那你们愿意的时候就给我捎个话。贺山子应付地说了一句，然后无奈地提起水壶给自己的水杯中加了些水。

告诉你，我妈不会来，我也不会来，我们穷死饿死，也不会跟杀人凶手打任何交道的。张一井说完这几句话，扭身就走。

砰的一声，听到杀人凶手这几个字，贺山子浑身战栗了一下，茶杯也一下子掉到了地上。

张一井出了办公室门，顺着路往大门外走。就在此时，段双全从大门外进来了，看见了急匆匆的张一井，忙拦住她。

一井，一井，先别着急走嘛。他拦着张一井说。

张一井生着气，自顾自快步走着。

一井，再说说话，一会儿一起吃饭吧。段双全跟在张一井屁股后悄声说。

张一井停了步子，用手指着段双全，大声质问道：段双全，什么叫我自己来的，你说这话有良心没有？你以为你们这里是皇宫啊，谁稀罕来啊！

段双全挠着头，辩解道：不是的，一井，你听我说，我说那话不是那意思。

那你说是什么意思！

段双全说：我对你是不是真心你还不知道啊。只是我们厂子有规定，这办公室可不是一般人能随便进来的，我刚来，是怕领导批评嘛。

那你也不能说我是自己要来的，分明是你邀请我来的嘛。张一井蛮不讲理、霸道地说。段双全的道歉与温柔话语让张一井的心情又好了几分，她的语气也柔和了许多。

是我错了，都怪我。一井，我听山子叔说，厂里缺人手，你又没事干，干脆你到厂里来吧，咱俩就可以整天在一块儿了。段双全说。

不提石油厂还罢了，一提石油厂张一井的火就又冒上来了，她一下子变了脸色，大声道：段双全，我警告你，你以后少对我提石油厂。记住，我不会来这里，我妈也不会。我不稀罕跟你在一起，你以为有份工作了不起啊，姑奶奶不稀罕，知道不？

这一番话像一场冰雹似的一下子把段双全砸蒙了，他真是闹不清楚这小姑娘的脸咋和七八月陕北的天气一样，说变就变啊。

我跟石油厂誓不两立，不共戴天，知道不？哼。张一井愤愤地说着，然后高昂着头气咻咻地走了。

又过了两天，工人们在清理库房时，在油桶中间发现了一条蓝围巾，上边有一条条的黑道道，有工人说是张宏霖的遗物。当年张宏霖救火时，脸被烧了，脸上坑坑洼洼，形象有几分恐怖，所以每每出来时就围着这条围巾。后来这条围巾怎么也找不到了，他就另换了一条，哪里知道这条围巾竟然悄悄地遗落在库房油桶的中间了。

望着这条蓝围巾，贺山子思绪难平。张宏霖的事情他到厂里以后听到不少，工人们说起张宏霖的故事来，如数家珍。正是从这些工人的嘴里，贺山子知道了张宏霖救火被烧了脸，可就在那个时候黄桂芝却义无反顾地嫁给了他。还有工人告诉贺山子张宏霖徒手斗狼、制伏盗油贼、和土匪决战等许多事。尽管那个时代已经过去，另是一个天了，但那些事在工人们的口中却依然鲜活。

蓝围巾摆在了贺山子面前，贺山子望着，就不由得想道：一个人把脸毁了，整天出门要用一条围巾遮住脸，这内心该有多痛苦啊。又想，这条围巾会不会是黄桂芝给他织的呢？会不会是他们的定情之物呢？这样乱想着，贺山子就有了打算，他想借送还这条围巾之机去见见黄桂芝，去解释一下，沟通一下。不过，在他心里，倒不觉得自己有多少错，只是对张宏霖之死有些歉意，对黄桂芝从阴影中走不出来有些愧疚而已。同时，一而再再而三地被张一井指责，也犹如骨鲠在喉，使他异常难受。他向来是个利索人，就想着能不能尽早取得她们的谅解，要不，这个心事像巨石一样压在他心头，令他昼夜不安。

这天下午，贺山子忐忑不安地来到了呼家川村。黄桂芝正在院子里的菜园子干活，猛然听见有人叫她，抬头一看，只见大门口站着个黑乎乎的如铁塔一般的人——竟然是贺山子。她愣了一下神，二话没说，扭头就直接回到屋里，砰的一声将门关上了，把傻愣愣的贺山子一人丢在了院子里。

贺山子愣了一下，径直走到屋门口，敲了敲门，但里面却了无声息。他知道她对他有仇恨，不想和他见面。他从怀中掏出围巾来，隔着窗子说：桂芝，我知道你恨我，我也不敢求得你原谅，但我还是原来的山子，是你小时候认识的那个山子，从来没有改变过。昨天厂里清理库房，找到了这条围巾，工人都说这是宏霖的，我给你拿来了。说完，贺山子把围巾叠起来放在了窗台上。又说：桂芝，我知道你对我有气，可是，你也得听我解释啊，再说这件事也不能全怪我啊。宏霖他是个男人，他责任在身，他用个人的所作所为诠释了什么才是真正的男子汉。这一段我在厂里，工人们跟我说起他都挺佩服的，他在他们心目中是响当当的一位英雄。另外，还有一件事。你知道的，厂里目前缺人，急需技术人员，我哥与刘书记他们商量过了，想要你回厂里来。前些日子托邵大姐带话，我不知道她给你说清楚了没，我跟哥都一直在等着你，石油厂也需要你。此刻，撇开个人情感，我代表组织希望你能郑重考虑一下这个意见，回到石油厂来。

任贺山子在门外说来说去，黄桂芝就是不吭声，也不开门。

贺山子正在这里说着。这时，隔壁屋里张宏霖的老妈就出来了。她现在已痴呆了，眼睛也失明了，行动不便，听着门外有人声，就双手扶着墙出来了。她扶过的墙上有一道印儿，脏兮兮的，看来她成天就是扶着这堵墙进出的。她对贺山子说：是不是我宏霖回来了？宏霖，是不是你啊？

贺山子看到老人这个样子，心里顿时就发酸，赶紧走过去，搀住了她。见院子里有个小凳子，就扶她坐了下来，说：大妈，我是宏霖的朋友，我是山子，来看你了。

老人抓住贺山子的胳膊坐下来，却并没有放开的意思，而是用颤巍巍的手摸着贺山子胳膊，一截截往上摸，摸得很仔细。

贺山子感觉到她枯瘦的手有几分粗糙，有几分干涩。她问：你是宏霖吗？

贺山子任由她摸着，听她这么说，更难受得要命，心潮如海浪一般往起翻卷，不由得双眼溢满了泪水。

我找不到我宏霖儿了，是不是老天把他杀了啊，这该死的老天。老人嘟囔着。

贺山子看到她这悲苦的情形，心中十分难受。他从身上摸来摸去，掏出一些钱来，塞到她手中，说：大妈，你把这些拿上吧，这是你儿给你的。

我宏霖儿吗?

对，是你宏霖儿捎来的。山子哽咽着说。

就在这时，张一井却从门外回来了。她看到了这一幕就跑了过来，大声对贺山子说：你把你的钱拿走，我们不要你的钱!

贺山子一时就呆住了。

张一井过来搀住奶奶，从奶奶手中把那一沓纸钞夺了过来，扔给贺山子，说：把你的臭钱拿走，我们不会用杀人犯的钱!

张一井扔过来的那些纸钞碰在贺山子身上，接着纷乱地落到了地上。

黄桂芝大约在屋里听见这一切动静了，就开门出来，恰好看见张一井把钱甩了贺山子一身，她觉得有点过分了，就大声呐喊着制止她。

妈，你别管我。张一井把搀着的奶奶交给黄桂芝，黄桂芝便搀着老人向另一间屋里走去。一边小心翼翼地走，一边哄着老人：妈，咱回家，宏霖运油去了，一会儿就回来了啊。

院子里此刻只剩了发呆的贺山子与愤怒的张一井。

张一井大声说道：贺山子，贺厂长，你愿意当多大的官，跟我们半毛钱关系也没有。你咋来我家了？我告诉你，我们家不欢迎你。

贺山子不甘心今天是这样的结局，他这些天心里憋了许多话想对黄桂芝说，但现在竟然什么也说不成，就觉得特窝囊。他觉得无论如何，自己还是要把话说完，哪怕她永远不原谅自己都行，就说：一井，我一时跟你说不清，还是让你妈来说话吧。

张一井说：我妈和我态度是一样的，我们家到今天这样都是你害的，你还充什么好人。快点滚!

贺山子几十岁的人了，现在又是一厂之副厂长，可此刻被一个十几岁的孩子训来训去，这场面实在尴尬。这时又来了一些人，都在大门口围着，纷纷议论着什么。他脸面上下不去，但又不好发作，只是解释道：一井，好多事情你不知道。你听我说，我跟你爸跟你妈是从小时候一块儿玩大的，我从来对你爸你妈都没有坏心，没有打算伤害谁。但谁也没想到事情会这样，这件事要怪，也有你爸爸的份，那么多人都投降了，谁让他不放下武器呢？

张一井听到贺山子提到她爸，人早已死了，贺山子此刻竟然还在说是他的错，一时怒不可遏，她用手指着贺山子大声呵斥道：贺山子，你是个什么东西，你就是个混蛋，一个为名誉死去的人也容你在这里诋毁吗？此刻的张一井简直要气疯了，她左右瞅瞅，瞅见了房门口有一把锨，便奔过去一把拿到了手中。她双手紧握，眼睛瞪得浑圆。贺山子，你滚不滚？你要跟我们纠缠到什么时候，难道我们一家人被你害得不够惨吗？你今天还撵上门来要欺负我们孤儿寡母！

看见张一井眼睛已发红，颇有一副拼命的架势，贺山子心里就有了去意，不打算再跟她计较了，她毕竟还是个孩子。但此刻院内院外围观的人多，他又觉得一时脸面上下不来，就一边往后退，嘴上仍在说：张一井，你还是个孩子，好多事情你不知道，你问你妈去……

但仅说到这儿，张一井就撑不住了，她的情绪发作了，发了疯地喊道：贺山子，你还在这里胡说八道，我要杀了你，杀了你……说着，她举着铁锨就劈头盖脸地砸了过来。贺山子根本没有想到她动真格的，直待锨砸来的当儿，才一躲，砰的一声，锨砸在了他胳膊上。衣服袖子就刺啦一下被扯了一大片，当即胳膊被锨刃戳破了，血流了出来。

我跟你拼了——此时的张一井当真是疯了，她几乎是闭着眼，抡起铁锨一次次拼命地砸过来。贺山子一时只能退让，躲到了院子里的桃树后边。张一井手中的锨隔着桃树不管不顾地一次次砸了过来，桃树上的枝叶一时间被打落了一地。

走啊，你快点走啊。黄桂芝这时从屋里跑出来了。她送张宏霖老妈进去，内心里乱纷纷的，不知道此刻该做些什么，该怎样面对贺山子。忽然听到外边打斗起来了，连忙跑出来，看到张一井已红了眼，她上前一把抱住了张一井的腰。

快走啊，你！她呐喊道。

贺山子拖着受伤的胳膊，衣服袖子吊着半片，非常狼狈地从张一井家跑了出去。

贺山子本想消除误解，不想却加深了误会，自己还受了伤。他回到县城后，包扎了伤口，休养了几天，伤口也就长住了。经了这事，贺山子心中更加闷闷不乐了。他发现，生活中最大的不幸，不是缺钱，不是贫穷，而是被朋友误解，或者是永远失去朋友。

马上要过端午节了，贺山子这些天脑子一直在想着这件事，想到了张宏霖，想到了小的时候那些快乐的日子，越发想念他，就想着去给他上上坟，跟他说说知心话。

端午节这天，贺山子从附近的山上挖了几棵松树苗，提着一壶水，来到了张宏霖的坟前。

张宏霖的坟在烟雾沟的半山腰上，向阳，它的脚下就是石油厂的原址。正是初夏，坟上的荒草长得繁密而茂盛，但正是这种勃勃生机却平添了几分悲凉。

坟前立着一块石碑，写着“张宏霖之墓”几个字，墓碑背后是两行小字：夫张宏霖，原为延长县石油厂矿警队队长，1935 年 4 月在战斗中不幸殉难，享年 43 岁，妻黄桂芝立。在陕北，丈夫和妻子是互不立碑的，通常是如果丈夫先去世了，妻子后去世，就在丈夫墓旁边新开个墓把妻子葬进去，也叫“贴葬”。如果妻子先去世了，就先寄埋在另一处，等丈夫去世后，就把妻子的尸骨挖出来合葬。立碑的事一般由儿子做，必须等到父母双双去世后瞅个黄道吉日立碑，把父母的名讳刻在中间，边上再罗列儿子孙子媳妇姓名。嫁出去的女子是泼出去的水，女儿是不给父母立碑的，当然也不会出现在碑文上。看到张宏霖的碑文，贺山子心头就难受，张宏霖年纪轻轻就这样走了，他们将来连个立碑的儿子也没有啊。碑是黄桂芝打破了俗规而立的，由此可见她的胆识，也可见他们夫妻感情之深。

爱之深则恨之切，这个女人对丈夫倾注了无限的爱意，当然对山子的怨恨也会更深。

贺山子为张宏霖的坟上添了一些新土，在坟周围又栽了六棵松树。看看日头还高，他就走过去坐到了张宏霖坟后的杂树丛中。这些天，他非常烦，他想在这里静待一会儿。一个人静静地坐着，那些小时候的时光就又回到了眼前。他和哥哥贺学文、黄桂芝、张宏霖几个总是在一起玩，一起乐。他们在一块儿砍柴，给猪寻草，望着山下打井的工人们放声呐喊……后来张宏霖有了心思，一天天就往黄桂芝家里跑，他那时还傻乎乎地总跟在张宏霖身后呢……那时的阳光总是那么灿烂，一张张单纯的笑脸总是那么快乐。记得有一次他恶作剧地尿到日本人茶缸里了，他不敢跟哥哥说，只能跟张宏霖说，张宏霖就爽朗地笑了。也就是那一次，洪丹风偷了日本人一本书，这本书哥哥至今一直带在身边……然而多少年后，世事咋会变成这个样子呢？生活和他们开了一场异常残酷的玩笑，让年少时的朋友成了战场上的对头。

贺山子正沉浸在自己的思绪里，忽然听见了脚步声，一抬头，却看见黄桂芝提个篮子从山下上来了。

黄桂芝一身素衣，从山下上来，在张宏霖坟前半跪了，从篮子里拿出粽子还有一些水果摆放在坟前的供桌上。摆的时候，发现供桌上还有一些供品，她咦了一声，抬头来看，就看到了正在坟后边树丛中坐着的贺山子。瞬间，她全明白了。只是她依旧不理睬贺山子，只管在张宏霖墓前把香插上，又开始点表纸。贺山子注视着她，只见她清瘦了许多，脸也越发苍白，心中不禁生出许多怜意。就起身走到坟前，说：你也不要过于伤心，人死不能复生，要保重个人身体，还有一井哩……

黄桂芝依旧默默地做着一切，等做完了，才幽幽地叹了一口气，说：是啊，人死了是不能复生了……现在是你们的天下了。

不是这样的。贺山子听出她的话中还有浓浓的抱怨，就解释道：咱们都是一起长大的，我是什么样的人你还不知道吗？我这几天也想了许多，当初我可能有些操之过急了，如果我再劝劝他，说不定他就会放下武器了。唉，都怪我性子太急了啊。说着，贺山子在自己头上砸了一拳。

那是你还不了解他。黄桂芝幽幽地说，自从这里有了井，他就在这里，后来土匪闹得凶，他又亲自组建了矿警队。他从没离开过厂子，厂子是他的生命，是他的全部。他当了队长以后，就常说一句话，厂子在他就在。你想想，如果有一天厂子不在了，他肯一个人在吗？……现在他如愿了。黄桂芝头也不抬，只管自顾自喃喃地说着话。

可那么多人也都信誓旦旦的，也都发过誓的，但到最后不都投降了嘛。贺山子说。

如果你是他的话，你会投降吗？黄桂芝忽然抬起头来问。

这个问题一下子把贺山子给难住了。自参加革命以来，尤其是刚参加游击队那会儿，他每天都在给自己打气，让自己意志更坚定些，假如被敌人抓住了，一定不投降，要做到宁死不屈。可是，如果真的像张宏霖这样的事搁在自己头上，自己会怎样呢？贺山子想了想，接着摇了摇头，说：如果是我的话，我也会和他一样的。

我知道，你们都是一样的。黄桂芝小声地说道，都会这样做的。

说完这句话，两人就陷入了沉默。停了好半天，黄桂芝忽然又问道：他当真当年打了你一枪吗？

肯定不是他。但说实话，我也不知道是谁。贺山子说，那时情况太紧，离得远，他当时领的矿警队的人，有人先开了一枪，打中了我的胳膊，我当时就忍着钻心的疼挣扎着往前走。然后我哥也来了，他们说了一阵话就撤了。我因为失血过多，不一会儿就昏过去了，后来被一个姑娘救了。至于是谁打的这一枪我至今也不知道，但我相信肯定不是他，他是个重情重义的人。

他告诉我说那一枪是他打的。黄桂芝说。

真的？贺山子问了一句，接着摇了摇头。肯定不是的，他这么说，只是因为这支队伍是他带的。他的性格我知道，他是个有担当的人，但也和我一样重情重义，他可能想保护手下兄弟，才故意说是他打的。

那后来呢？黄桂芝问。

后来他们没再追我，如果他们当初追上来的话，我可能就没命了。相距不远，我又受了伤，他们可以很轻易拿下我的，但他们没有追上来。我后来曾问过我哥，我哥也没告诉我这一枪是谁打的，他说他来的时候正是千钧一发之际，他劝大家回去，结果张宏霖二话没说就领着大家走了。我后来常想我哥当时出现是个原因，但更有可能是宏霖念朋友之情，留给我一条活路，所以我心里时常还感激呢。

你说的是真话？黄桂芝问道。可宏霖亲口告诉我说他情急之下打了一枪，那枪根本没瞄准，哪里就想到把你一下子给打趴下了。他眼看着你倒下去了，就后悔得不得了。你不知道，他后来一直在后悔开枪伤了你。

这一枪是谁打的已经不重要了，因为我从没在意过这件事。我在土匪窝、民团都干过，后来到了共产党这里，经历的战斗多，也多次负伤，战场上本就你死我活的，谁打谁，根本不重要，最重要的是你为谁打，打得有没有意义。

是真的吗？黄桂芝凝视着贺山子。

是真的。

那这样，他就该安心了。黄桂芝说。

说心里话，我到现在从不恨任何人。不是我标榜自己高尚，事实就是这样的。我跟着一个叫苏作相的人学到了许多东西。徐怀义跟我有私仇，那次他就在我的枪口下，我一扣扳机就可以要他的命，就能一枪打碎他的脑袋，但我放走了他。为什么？因为苏作相告诉我，革命不是报私仇，革命的目的是为了推翻一个旧时代，是为全天下劳苦人民打天下，劳苦大众的敌人才是我们真正的敌人。再说，多行不义必自毙，那些唯利是图、作恶多端的人最终都不会有什么好下场的。

贺山子说完这些话，就伸出一只手要将黄桂芝拉起来。黄桂芝拒绝了，而是自己站起身来离开了坟前，在坟后边找了一块空地坐了下来。贺山子走过去，也坐了下来。两人这时将话都说开了，气氛也就融洽了许多。正午的阳光从树梢洒下来，一时两人身上都斑斑点点的。

停了一会儿，黄桂芝叹息着说：唉，他是那么好的人，对我也好，对别人也好，对厂子也好。可就这么早早离去了，真是可惜他了。

贺山子说：你也不要太伤心，保重身体，早点回去吧，各人有各人的命。你还是早点到石油厂来吧，我和我哥还有大家都等着你呢。

我不会去了，那里是我的幸福之地，也是我的伤心之地。说完了，黄桂芝起身提起篮子准备离开。

看到她一口回绝了，贺山子也不再勉强，只是说：那你就多保重身体啊，要多想想，你还有一井呢。

听到贺山子提起张一井，黄桂芝不禁怔了一下，问道：你胳膊伤好了吗？

早好了。贺山子说着将胳膊来回摆了一摆。

嗯，一井还是个娃娃，你不要和她计较，她总认为她爸打了你一枪，多少年后，你还非要置他于死地不可。

嗯，当然不计较的。贺山子爽快地说。

还有一件事。黄桂芝要走了，又转回头吞吞吐吐地说：宏霖家几代单传，他一心想要个儿子，但我们就这一个女儿，说起这件事，我觉得挺对不起他的。但我知道，他离开人世间最放心不下的还是这个女儿……你们看吧，有机会的话就将她招到厂里，让她好歹有个着落，她现在整天疯跑，我不放心。

好的，我记住了，只是她现在肯定不愿意来厂里的……

我也只是这么说说。说完黄桂芝提着篮子下山去了。

贺山子见黄桂芝走远了，这才转身下山。走在下山的路上，他脚步轻快了许多。

张一井进厂的事还没个说法，这时另一件事情却打乱了厂子的节奏。这就是厂里随红军东征的担架工全部回来了。担架工归来，厂子里的人手暂时够了，所以张一井进厂的事就先搁置了下来。

这天，天蓝格盈盈的，贺山子正领着大家采油呢。结果一群人从大门外跑进来了，大家一看，喜出望外，这些人竟然是先前随红军东征的担架工们。消息瞬间在全厂传开了，采油的炼油的工人们就都赶来了，把这些人围了起来，问东问西。贺山子通知了刘子模与贺学文，然后把大家招呼进屋，又摆水果又泡茶，迫不及待地问起了东征的情况。

加入担架队的工人七嘴八舌地说，红军东征的部队全部撤回来了，他们就随着部队渡过黄河也回来了。只是，刘志丹同志牺牲了。还有，担架队的一名叫宝娃的工人也牺牲了。

听到这个消息，大家就都愣了。党代表刘子模听了石油厂有人牺牲更感觉到事情重大。宝娃年龄不大，但在厂里也算是个老工人了。当下，刘子模连忙给军工局汇报，商量如何安慰家属及做好善后工作。

贺学文对刘志丹的感情深，听到刘志丹去世的消息，啪的一声，手中的笔就掉在了地上。贺山子当年跟着苏作相参加了游击队，后来这支队伍成了刘志丹领导下的队伍，曾参与了许多著名战斗，在战斗中他对红军的认识逐步加深。刘志丹名气大，贺山子只和他见过一面，也就是在解放延长的战斗中见过，但也没能说上几句话。然而这么个和蔼的人，这么个纯正的共产党人现在却牺牲了，再也见不到他了。

战争在贺山子兄弟俩面前呈现出了另一种残酷，但此时的他们，已经学会了坚强，他们清楚地知道，革命是必须付出代价的。

两人就都关切地问起刘志丹牺牲的情况，但这些参加担架队的工人们也说不清楚。只是简略地说，红军东征到了山西，和阎锡山的部队打了几仗，眼看敌人抵抗不住了，这时蒋介石的部队找借口也开进了山西。面对几十万大军的挤压，仗打得异常艰苦，后来在中阳县三交镇刘志丹同志就牺牲了。

贺学文问：你们见到日本人没有？

没有。担架队的老张说。

不是去打日本人吗？

阎锡山这个老狗拦住不让咱们的队伍过去，他始终纠缠着咱，拦阻着咱。

贺山子见这群人中唯独不见了许拴虎，就问大家。有个姓张的年轻人说，拴虎回家看他妈去了。他一直操心着家里。

傍晚的时候许拴虎来到厂里报到。几个月不见，他变得黑黑的，身体也更结实了，嘴周围有了密密的胡须，像一圈韭菜似的。他从部队回来时分到了几块银圆，一回家，就把这些全部拿给家里了。他用简短的言语给贺山子说了自己作为担架工参加战斗的事，话语非常少，但这在贺山子看来，已和那个当初走时哭得一塌糊涂的许拴虎有了天壤之别了，显然战争让他成熟了许多。

厂里择日为牺牲的宝娃开了追悼会，追悼会由贺学文主持，谭主席也参加了追悼会。

参加担架队归来的工人经过半个月的休整后，就都回到了石油厂上班，石油厂组织了盛大的欢迎仪式，给他们重新分配了岗位。

许拴虎因为有了上战场的经历，所以被分配到矿警队。相对于其他工种，矿警队的工作要轻松得多，但在矿警队待了几天，许拴虎就闲不住了，他请求去永坪驮油，说驮油自在，并且干这样的活他心里也踏实，贺山子就答应了他。就这样，许拴虎又成了运油队中的一员。

这天，许拴虎把驮回来的油倒进油池中，工作算是做完了。他抬头看见日头还高，便拉着两头骡子出了厂大门。来回几十里的山路，对于牲口来说够累的了，现在就让它们好好歇歇。他把骡子一直拉到了延河边，然后放了缰绳，让它们自由自在地在河边吃那些肥美丰茂的青草。

张一井跑过来了，她穿了一件碎花衣服。大约刚洗过头吧，头发一拢用一块手帕扎在脑后，跑的时候，长长的头发就在脑后来回甩动着。

拴虎哥，你在这里啊，让我好找。一井说。

你找我啊?

对啊。我正想听你讲讲打仗的故事呢。张一井跑过来不管不顾，就在许拴虎身旁坐下来，她把手掌心摊开来，手心里是一把白花花的爆玉米花。拴虎哥，你吃。许拴虎想吃又不好意思，就嘿嘿地笑了。这些都给你吧，我家里多着呢。张一井说着，就把他的手拉过来，把爆玉米花扣到了他手上。

河水哗哗地流过，草色青青，两头骡子正摇着尾巴有滋有味地吃着草。

不知怎么的，和张一井在一起，许拴虎总有些紧张，他总觉得局促不安，手脚没个放处。

拴虎哥，你给我讲讲打仗的事吧。张一井缠着他。

许拴虎想了想，自己参加担架队，一直在后方，其实根本没啥好讲的。他就给她讲了三交镇上刘志丹牺牲的经过。刘志丹可真了不起，打三交镇的时候，战斗打得异常艰苦。但是他不惧危险，自己冲上前去，到前沿阵地观察敌情，结果一颗流弹击中了他，他就英勇牺牲了。

当时你在身边吗？张一井问。

我哪在身边啊，我是抬担架的，他们打仗，我在后头等着呢。许拴虎老老实实地说，接着心有不甘，又补充道，可是，后来我参与了护送刘志丹遗体的过程。有个民运科长叫刘国梁，他负责购买了几块木板，制作了一具简易棺材。一切准备就绪后，我们将刘志丹脸上的泥土擦洗干净，整理好他的衣帽。他表情很平静，仿佛睡着了似的，我们把遗体轻轻放进棺材，钉好棺材盖，运到黄河渡口。晚上十二点，从河西来的渡船到达三交镇，我们将刘志丹遗体抬上了渡船。当时场面好壮观，几百红军指战员集体向刘志丹告别，然后渡船悄悄地向对岸划去了……

哦。那打仗你害怕吗？

开始害怕，到后来就不怕了。再说，怕也没用，枪子可不长眼睛。许拴虎老老实实地说。

拴虎哥，那你打过枪吗？

打过的。有一次抬担架上了前沿阵地，战斗打得正激烈，我们的战士死了不少了，当时身边就有一杆枪，我便拿起来也学着战士们的样子，放了几枪。

打死过人吗？张一井问。

不知道，当时昏天黑地的，我是瞎放的。

那你是真正参加过战斗了！张一井说着沉思了起来，过一会儿又问，拴虎哥，你喜欢我不？

当然啊，这还用问？

那你能不能教我打几枪？

哎呀，女娃娃还用学这些啊，还是多学点针线活吧。再说哪来的枪啊。

你们石油厂矿警队就有，你不会偷偷拿一支出来吗？张一井撒娇地说。

那可不敢，山子叔知道了会关我禁闭的。许拴虎说。

哼，你眼里就只有你的山子叔。张一井不服气地撇着嘴。

是真的嘛，枪支管理都是有纪律的。要不，谁都可以拿枪，谁都可以放枪，那这世界岂不乱套了！许拴虎听出了张一井的不满，连忙给她解释。

两人一时不再说话，张一井扯了根草在食指上来回缠绕着。一会儿，她又问：拴虎哥，你真的喜欢我吗？

真的啊，怎么啦？

那我说什么你都愿意去做吗？

嗯。

那我要你去除掉个人呢，比如说这个人是你的亲人，或者对你有恩的人，你也愿意吗？张一井扭头目不转睛地盯着许拴虎问。

哎呀，你咋会有这种想法哩，那要看是坏人还是好人啊，坏人大家都得而诛之。再说，一个人长成多不容易啊，牵扯着多少人，怎么能说除就除掉呢？

那打仗呢？你刚才不是说黑灯瞎火的拿个枪，瞎瞄准一下，砰砰砰乱放么，那说不定就把好人也打死了。

战争是战争，那是没办法的事。再说，即使在战争中，生命也是可贵的。宝娃那天被枪打着了，我们抢救他，他胸口被射穿了个大窟窿，汩汩直往出冒血。他对我说：救救我，我不想死，我还想活，我还想和你一起玩，拴虎哥……真是恓惶。

两人坐在这里，有一搭没一搭地说话，这时段双全跑来了。他手中拿着手绢，里边是几个热腾腾的包子，一边走，一边倒换着左右手。

一井，刚一转眼你就不见了，让我好找。这是灶上刚出锅的羊肉包子，我给你拿了几个。他说。

包子啊，先放着吧。我正听拴虎哥讲打仗的故事呢。张一井说。

你还是趁热吃吧，一会儿凉了，吃了容易得病的。

那好吧。来，拴虎哥你也吃吧。一井说着，从段双全手中接过包子来。包子一共四个，她顺手递给许拴虎一个。

我不吃，我吃过了。许拴虎说着，舔了舔嘴唇，把身子往旁边挪了挪。

张一井津津有味地吃着包子，忽然说：双全哥，你们厂里不是有枪嘛，你能不能拿出来，让我也学学打枪？

这个，这个……段双全似有为难地瞅着许拴虎吞吞吐吐着。

就拿出来放两枪再拿回去嘛。张一井缠着段双全撒着娇。

许拴虎听不得她这种娇声娇气的腔调，直接起身到河边照看自己的骡子去了。

新的一天，段双全悄悄地从矿警队拿出一杆枪来，和张一井一起来到了河滩上。

河滩上，张一井兴奋异常。

一井，你不是想打枪嘛，我来教你吧。段双全说着，把枪拿到手中，然后咔嚓利索地拉开枪栓，塞上了子弹。他要一井站远一点，然后瞄准河滩上的一棵挺拔的杨树，砰地放了一枪。

巨大的声响一下子把一井吓得趴到了地上，捂住了耳朵。

一会儿，只见许拴虎从河边跑过来，气喘吁吁地大声质问道：刚才是谁放的枪？

怎么啦？张一井看见他就来了气，当即站起来，不服气地问道。

把我的骡子惊疯了，骡子跑了。许拴虎说。原来，刚才他正牵着骡子在延河边吃草哩，一声枪响，骡子就惊了，挣脱缰绳跑掉了。

跑了你不会追啊，人该是活的嘛。张一井不屑地说。

你，你，你，你们等着。许拴虎拿着手中的皮鞭指了指张一井，气得说不出话来，转身赶忙追骡子去了。

胆小鬼！张一井嚷了一声，便扭头对段双全说：双全哥，你教我打枪吧。

其实这段双全原本也没打过枪，刚才闭眼放了一枪，枪声太大了，吓得他脸煞白，半天缓不过神来。再说枪还是偷偷拿出来的，又让拴虎发现了，他怕被山子叔知道了批评自己。现在一井要打枪，他就有些不愿意了，说：这枪太厉害了，威力太大了，打着胳膊坏胳膊打着腿坏腿，你还是不要打了。

拿来！张一井一把夺过枪去，她照着刚才段双全的样子拿到手中，拉开枪栓，装上子弹，然后闭着眼，砰地朝对面石崖上放了一枪。

这一枪是放了，但巨大的后坐力一下子将她震倒了，随着枪声张一井倒退了几步，一下子摔倒在地上，枪也被她扔到了一旁。

天大大啊。她的小脸吓得煞白。

许拴虎在前线的时候，即使再艰难，只要想起张一井说的等自己回来的话，就会觉得有无限的暖意。但真正回来了，却意外地发现一井变了，哪些方面变了他说不出，但明显地感觉到和他疏远了很多。尽管见了面仍哥长哥短的，但他还是能感到她对段双全更热情些。有时她找他说话，缠着要他讲故事，但他分明感觉到，那不过是做样子让段双全看罢了。

段双全家境富裕，人长得好，嘴又甜，这阵又到了石油厂办公室，处在石油厂核心位置，每天忙忙碌碌，总是跟在领导屁股后面。再看看自己，还是土里土气的样子，每天吆骡子驮油，和先前做庄稼活没什么两样。这一比，也就难怪张一井更喜欢段双全了。

贺山子发现许拴虎自战场归来后，整天闷闷不乐，沉默寡言，似乎有什么心事，有一天就找他谈心，问他对未来有什么想法。

许拴虎沉默许久，抬起头说：我想当兵去，成为一名真正的军人。

贺山子一时觉得他这个想法非常突然，要知道当初参加担架队他都不愿意呢，怎么现在就突然要当兵呢？也许是一时的赌气吧。就说：你说说，为什么要当兵呢？

红军东征完了，可能还要西征，我想参加。

你当初不是不愿意去吗？再说，你走了，老爸老妈谁照看哩？贺山子说。

许拴虎不吭声了。

究竟怎么回事？贺山子问。

许拴虎还是不吭声。

是不是和段双全、张一井他们有关系？贺山子试探着问。

有，但关系不大。许拴虎老老实实地说。

哈，让我猜着了。年轻人嘛，都是这么过来的。至于段双全，他是个很优秀的后生，积极肯干，善于学习，短短时间识了那么多字，工作上能独当一面。他进厂子后进步很快，这大家都能看得到的。你该不是嫉妒他吧？

不是。我就是想到部队去，到正儿八经的部队去。

哦？这回轮到贺山子惊讶了。

贺厂长，这次从前线回来，我想了很多。在前线，看到那么多战士都奋不顾身往前冲，都在舍生取义。还有刘志丹，他最后一句话，不是安妥自己的孩子与婆姨，而是说：快给宋军长说，要把敌人坚决消灭掉……

哦……贺山子有些明白了。

回来以后我就常想，那些战士也都有老母亲，也都有兄弟姐妹，有些还是从南方过来的，他们这样冲锋陷阵到底图什么？难道他们不怕死吗？可他们临阵咋不投降呢，咋不当逃兵呢？为什么还个个向前冲呢？我想了再三，就觉得，人活在世上，除了考虑个人的吃喝、考虑自己的父母外，还应该有另外的追求吧。不过到底该追求什么，到目前我还没想明白哩。

恭贺你，你终于长大了，会动脑子想问题了。贺山子由衷地称赞道。我总以为你这一段可能陷入儿女私情不能自拔呢，哪里想得到你想得这么远。当初我、我哥和你一样也都是农村娃，也都经历过这个阶段，也都是这样一步一步走过来的。我们走着，有时就忽然觉得自己走的路不对了，有问题了。为什么呢？因为有一些人他们和我们一样是血肉之躯，可脑子里却想的跟我们永远是不一样的。好样的，许拴虎，将来你会有出息的。贺山子站起身来握住了他的手说：至于工作嘛，你先干着。记住，只要你是块金子，在哪里都会发光的。

还有一件事，贺厂长，我不知当说不当说。许拴虎吞吞吐吐道。

怎么了？

我听我们一起抬担架的一个工人说，段双全当初就是为了不上前线故意把腿弄伤的。

这事可不能乱说。贺山子说，没证据的事不能乱说，明白吗？

许拴虎不吭声了。

其实，这时许拴虎还想给贺山子说段双全私下用枪这回事，但看到他这个架势，就觉得没有说的必要了，就闭了嘴不再吭声。

日子过得飞快，一年多时间过去了。这时，石油厂发生了一件天大的事情。这件事足以决定石油厂的前途，改变石油厂的走向。

这就是国民政府要抽两台打井设备与一部分延长石油技术人员远赴玉门去打新的油井，抽油、炼油。

原来，1937 年 7 月 7 日爆发了卢沟桥事变，此后国共两党开始了合作抗日的新历程。在这个全民抗战的关键时刻，石油这个战略资源的开发又被提上了议事日程。

卢沟桥事变后，日本全面发动侵华战争，封锁了海上进出。一向依赖石油进口的国民政府，此时也断绝了洋油的来源，很快缺油就到了“一滴油一滴血”的严重程度。此时，开发国内石油呼声日渐高涨，而这个重任就落在了时任经济部部长翁文灏的肩上。

翁文灏是地质学家，是英国皇家学会会员。当初在延长成立陕北油矿勘探处，就是他决定的，并任命孙越崎为处长，当时他还决定在四川也设立了一个石油勘探处。卢沟桥事变后，翁文灏听到了另外两个地质学家（一个叫韦勒，一个叫孙健初）关于玉门石油的汇报，又看了他们绘制的地质图和地质报告，特别是看到他们对石油河背斜的评价后，敏锐地觉得玉门应该会有大油田，于是提交报告，决定开发玉门油田。但是此时没有设备啊，国民政府的国库也是空的。连年内战，国库竭蹶，一个偌大的国家资源委员会，仅有五台现代石油钻机。两台在四川的石油勘探处，三台在成立陕北石油勘探处时，由当时的孙越崎处长带到了延长。四川离玉门距离遥远，机器运送千难万险，翁文灏就思谋着延长距玉门近，想把延长的钻机运到玉门去。然而，延长石油厂却在 1935 年就被红军接管了，此时属共产党管辖，在八路军的手中。如果从延长调钻机的话，共产党会给吗？八路军会答应吗？

翁文灏思前想后，觉得还是从延长调钻机靠谱，费的气力最小，也最省事。他怀着忐忑的心情找到了远在武汉的周恩来，把情况说明了，说既要机器还要人，要技术人员也要管理人员。当时正值国共合作、全面抗战时期，周恩来听了以后，想也没想就直接答应了，说：只要有利于抗战，有利于国共合作，共产党不仅在物力上，并且在人力上也愿意支持国民政府行动。共产党完全同意将两台钻机及相关技术人员支援给国民政府。

就这样，几经辗转，1938 年 8 月，国民政府任命的甘肃油矿筹备处主任张心田带人来到了延安。他此行的目的就是要运走两台钻井设备，同时要带走一批技术人员。他把一份事先拟好的名单递给了时任八路军后方留守处主任的萧劲光。而在这个二十三名管理与技术人员的名单上，贺学文名列第一位。此时的贺学文是石油厂厂长，同时也已经是一名共产党员了，他必须听从党的安排，去也得去，不去也得去。

很快，贺学文这批技术人员去玉门的日子就要到了。

贺学文、贺山子兄弟俩都明白，此时一别不知何日才能相聚，父母早逝，两人相依为命，而现在却要天各一方了。两人坐在烟雾沟的一块大石头上。这里曾经是非常红火的地方，但自从机器设备搬到县城附近后，这里就破败了，原先的旧房子也被附近的老百姓拆了，现在破破烂烂的，只留下断壁残垣。

哥，这里曾经是咱们生活的地方啊，那个时候咱们成天都在这儿玩呢。贺山子看到这里的境况，不禁感叹道。

贺学文说：我现在大概是老了的缘故吧，总喜欢回忆往事了。还有，先前不喜欢的一些东西现在也开始喜欢了，前几天竟然把一出蒲剧从头听到尾。小的时候，咱爸咱妈爱听这些，可咱们不喜欢，咿咿呀呀地唱半天也不明白唱的是什么，觉得听戏是瞎耽误工夫。可这些天睡不着觉的时候，我却喜欢上了，竟然听了一遍又一遍。你说，这是不是老了呢？

哥，我倒没这种感觉。我觉得喜欢怀旧，是因为我们经历了那么多的事，有旧可怀。想想看，我们都走过了一条怎样的路啊，但每一步我们都活得那么有激情，对每件事都倾注了满腔的情感，这些事虽然过去了，但因为真实，就会在我们心里留下烙印。有些事，我们从不对人说，但并不代表我们忘记了。它们就像一坛酒，时间越长，酒味越浓，酒劲越大。那些痛苦也罢，甜蜜也罢，都成为我们生命中的一个部分了，这些如果套用史密斯神父的话说，也应该算是上帝给予我们额外的恩赐吧。

嗯。你说的有道理。贺学文陷到了沉思当中。

哥，你真的同意到玉门那边吗？

嗯。贺学文答道。

你真的愿意为国民党以及所谓的国民政府去卖命吗？

山子，你我都是共产党员，现在国共合作了，就别说这样没原则的话了。日本人打进来了，他们才是我们共同的敌人。

贺山子皱了一下眉头，说：可能是我想得太多吧，我总觉得这种合作不会是长期的。你想想，就像两人性格不同，所有主张背道而驰，如何能长期地在一块儿呢？如果仅仅是因为目前的共同利益或者有共同的敌人不得不走到一起，那将来肯定还会有分开或者反目的那一天。咱陕北有句俗话，叫一个槽头拴不了两头叫驴。

山子，不要这么说嘛。性格也是需要磨合的。咱爸咱妈，还有过去的男人女人成亲都是布袋里买猫，没见过面的，到最后还不是生儿育女天天在一起过日子？

有了儿女后，夫妻两人就盼着儿女有出息，天天想着把光景过好，所以说还有个共同奋斗的目标。但是两个人如果目标不一致呢，思想不一致呢，能长期待在一个家里吗？

唉，这些事，咱们就不管了，也管不了那么多，和咱们也没多大关系。贺学文言不由衷地说。

我可不同意这种说法。山子说，两党的分与合都与咱俩息息相关呢，也牵扯着咱俩的利益哩。这不，一合作，你就首当其冲，要被派到玉门去嘛。怎么说和咱俩没关系呢？

玉门就玉门吧，只要是为国家做点实事，我是心甘情愿的。贺学文说。

可我听说，那里是沙漠，荒无人烟，条件非常艰苦。

艰苦不是问题，任何时候生活方面的艰苦对我来说都不是问题。小时咱们家贫，受了多少罪，要什么没什么，但咱们何曾抱怨过。后来，我在日本留学，人家把咱们不当人。那时，我就发誓要为中国富强做点事，哪怕吃再大的苦都行，只是……

只是什么？贺山子问。

贺学文沉默了半天，仿佛痛下决心似的说道：我先前不愿意去，但现在完全想通了。山子，你知道我为什么心甘情愿地去玉门吗？其实促使我离开这里的还是石油。实话说，在这里我有些灰心丧气了，咱们油矿 1905 年建厂以来至今已三十多年，可是都没有大的发展，一直徘徊在年产一二百吨之间。我不服气，和我一样的许多人都不服气，都想争一口气，都想大干一场，可就是有力使不上，真是憋屈。除过延一井，其他的不是空井，就是起初油还可以，但紧接着就没多少油了，或者抽一两年就没有油了。这些神秘的石油，眼看把我们这一代都折腾老了。而玉门油田资料我看了，那里有一条石油河，地下到处是石油，是完全可以打出旺井的。旺井，你知道不？我当年在日本留学，可是真正见过的，油全部是从地下往出喷的，是今天喷明天喷后天也喷的，就像一条河，是永远流不尽的，产量也是恒定的，是稳步增长的。

我想换个环境，我想亲眼看看在咱们的土地上，石油像喷泉一样从地下喷薄而出，这才是最主要的。当年那个美国大个子临走时在县衙里和我有场辩论，我明确告诉他我不相信延长没石油，他很轻蔑地告诉我说，是有油啊，只是没开采的价值而已。他说的意思在中国有一句老话叫鸡肋，食之无味，弃之可惜。我以前不信，但现在是越来越相信这话了。我之所以下决心到玉门去，就是想证明一点，我们的国家是有油的，我们是可以不用洋油的。贺学文越说越激动。

贺山子此刻望着哥哥，觉得他仿佛又回到了年轻的时候，依旧是一个热血青年。

这个玉门，外国人在书里曾记载有个石油湖。一个十月革命后流亡国外的俄国人给美国人哈里写了一封信，说玉门有个石油湖，坐落在南山一条支脉的山谷中，那里是一片戈壁滩，寸草不生，附近也没有其他任何东西。他说这个石油湖方圆大约 250 平方英里，是一个很大的石油湖，其表面 10% 为沥青，50% 为石油，有的地方厚度超过一米，还有 40% 是渗有石油的土壤。说他和友人来到这里，石油气味强烈得令人窒息，以至于他们都不敢走路了，担心晕倒。

外国人说的，说不定是骗人的。山子说。

他说了具体方位，并且还说，这个湖在当地很有名，很多人都知道，只要询问肃州或湟源的当地人就够了。国内有一位科学家叫孙健初，他曾经专门探访过石油湖，还记了笔记。他带领西北地质矿产试探队来到了肃州。他们驮运装备物资的骡子有二十头，另有五匹马供人骑用，还有两头骡子驮着工人的行李。四名工人轮流骑两头骡子，另一名工人推着一辆国内自行改装的计程车跟随行进，以便记下路程的远近。考察队历时一个多月到达了石油湖畔的老君庙。他们遇见了三个采油人，穿着破旧的羊皮袄，浑身沾满黑色的原油。这些人每天用长柄勺将地下渗出的石油舀出来，收集到桶里，再用毛驴驮到岸上，倒入油池，等待城里来的牛车装运到外地卖掉。孙健初估计，这里就是传说中的石油湖。我也想着，那里地下肯定有油的，当年咱们的延一井就是在油淤下打出来的。

再多的油也是给国民党打的。山子仍有些心不甘。

我也曾矛盾过，当初我不愿意到国统区去，丹凤因此而自杀。可现在，我却要为国民政府工作了，有时想想这些，我真是心不甘。这些天我一直纠结着，一会儿这个念头占上风，一会儿又是那个，脑子里始终有几个自己在打着架。但那天军工局李强局长说的一段话，让我豁然开朗了。他说：你相信共产党，是相信他的正义，是相信他有更美好的明天，所以，你才入党，愿意为党的事业奋斗终生。那么，为什么现在就不相信了呢？难道就因为共产党与国民党合作了你就不相信了？党的宗旨可是没变啊。再说，如果你对这一点有所怀疑，那么我可以明确地告诉你，这世事还是我们的，将来也一定是我们的，是属于共产党的，属于天下人民的——而最主要的一点就正因为有许多像你这样的有坚定信仰的党员在。作为一个共产党员你眼光应该放长远些，你相信会有明天，那就绝对会有明天的，你咋连这一点都不明白呢？再说，日本人打进来把咱们的家乡都占了，咱们都无立足之地了，都成亡国奴了。两者孰轻孰重，你掂量不来吗？

嗯，他说得对，把道理说透亮了。贺山子由衷地说，我觉得共产党人就是不一样，都是有信仰的。许拴虎这次参加东征，回来后就感慨地对我说，他真没想到刘志丹那么大的官，会冲到一线去指挥，最后牺牲在前沿阵地。还有许许多多的他不认识的战士，一声令下都在舍命往前冲，他们也有父母兄弟，可他们为什么不怕牺牲呢？许拴虎想不通，其实那正是因为他们有了信仰，他们认为自己在做一件对的事、正义的事，所以才义无反顾啊。

嗯。贺学文接着说，人身体不过是一副皮囊，但是因为有了信仰就有了支撑，就有了无穷的力量。就像你认识的那个神父，他一个人在异地他乡，面对的是世俗的不理解，他人的刁难，可他默默生活了好几年，天天都在不间断地传经布道。为什么？因为他心中有上帝，他相信自己是在做好事，是在拯救世人。

这些话说完了，两兄弟好长时间都在沉默着，只有小河的水在哗哗流着。

哥，我还想问你一件事，邵大姐是不是给你介绍过一个人？贺山子扭捏了半天问。

你说的是黄桂芝吧？贺学文望了一眼贺山子。贺山子不好意思地低下了头。

自从丹风去世后，我心灰意冷，我觉得欠她的太多了，我真是太对不起她了。

哥，别这样，我知道你和我，包括丹风都是心地善良的人，我们都对生活有美好的憧憬。许多事情并不以我们的意志为转移，我们本身并没有错，但事情发展到最后就总是出乎我们的意料，这事不能全怪你。山子看到哥哥这样内疚就安慰道。

邵大姐想撮合我和黄桂芝，但我没答应，我觉得她也不会答应。因为我们两人有太多的回忆，而这些又是非常痛苦的，再走到一起，是不合适的。人是没法抹掉自己的记忆的。

为什么你会这样觉得呢？贺山子不明白。

她当初曾经在我与张宏霖之间徘徊摇摆过，后来她毅然选择了张宏霖，在她心底里，她更喜欢英雄好汉，喜欢那种顶天立地的男子汉。

哥，其实你也是顶天立地的英雄啊。

不，我和张宏霖是两类人。他是响当当的英雄好汉，是值得一个女人用一生去对他好的。黄桂芝也挺有主见，当张宏霖救火把面容毁了以后，她选择嫁给了他。她不在乎容颜，不在乎身份地位，而在乎的是男人的大丈夫气概，在乎的是找到一个真正的男子汉。邵大姐其实前两天还去找黄桂芝，问她愿不愿意跟我去玉门。这也是为她着想，想让她换个环境，但被黄桂芝拒绝了，她说她要留在这里。当时邵大姐跟我说这话的时候，我就毫无缘由地想到了你。山子，我说句话你不要介意，我倒觉得你俩挺合适。她骨子里应该喜欢的是你这种类型的。

哥。贺山子制止住了哥的话。

我说的是真话，你俩更般配。

可她把我恨透了。山子说，都怨我那时太冲动了……

山子，不会的，我们一块儿长大，我对她还是了解的。她是个不错的有主见的女人，尽管她和张宏霖感情深，目前还不可能接受你，但这事儿终究会过去的。时间长了，她会重新认识你，她也最终会成为我们的同路人的。

会吗?

会的。贺学文肯定地点了点头。

可是那个张一井，她恨不能杀了我。贺山子说。

一井只是个小娃娃，娇气任性，她也会逐渐成长起来的，她终究有一天会明白这一切的。贺学文说完这句话站起了身，贺山子也跟着站起了身，两人不约而同地望着远方。

对面山洼里有一个放羊老汉的歌声随风传了过来：

六月的日头，腊月的那风，
老祖宗留下个人爱人哟。
三月的桃花，满山山红，
世上的那男人就爱女人哟。

歌声悠长，又拖着长长的尾音，在风中飘荡着。

由于南京的国民政府插了一杠子，一下子把石油厂的节奏打乱了。这一段时间全厂的核心工作也都是在为赴玉门做准备。两台钻机已经全部拆成了零件，一一编了号，装了箱，正天天往延安运。据说，到了延安后，八路军战士还要将这些东西帮忙运到咸阳，然后由国民党的汽车运到玉门去。

利用这几天时间，贺学文与贺山子抽空回了一趟贺家洼。他俩先去了祖坟，祖坟就在村西头，那里长满了榆树，弯弯曲曲的，有六七棵，榆树下是一大片杂草丛生的坟墓。

上完祖坟，兄弟俩又来到了官地湾。由于他们的父母不够天年而亡，是没法埋进祖坟的，就暂时埋在了官地湾。此刻，孤零零的坟头上有一棵挺大的荒蒿生长着，这是陕北的传统民俗，取谐音“好”之意。

兄弟俩双双跪下焚香，奠酒，烧纸，磕头起身。两人围着坟走了一圈，见坟后有一个老鼠洞，学文便拿锨铲了点土，填住了。他边填边对山子说：山子，当初咱爸妈的坟没入祖坟，我一直有个心愿，想移过去，但现在看来，只能寄托在你身上了。

山子说：待到明年清明，我与家族的人商量一下把坟迁过去。

到时多通知些人，把亲戚朋友都通知到。贺学文说。在陕北迁坟是个大事。

两人在坟周围转得一圈，学文盘腿坐在了坟前，望着父母的墓碑，他的眼里溢满了泪水。

山子看到哥哥这么伤心，就说：哥，你走吧，也不必过于伤心，这里还有我呢。

山子，你知道我想到了什么——咱爸咱妈的仇人还在世上好好地活着呢。贺学文说到这里，声音就有些哽咽了，眼睛有些发红。

便宜了这个狗娘养的了。山子说，那一年我真该一枪毙了他。

想起这件事我就内疚，没法给父母亲交代啊……

哥，这件事你就不要操心了，我原来天天想着去报仇，但后来都不这样想了，多行不义必自毙。你看看生活在我们周围的人，那些我们眼中的坏人到如今都哪里去了。樊老二被打死了，徐怀义如丧家之犬躲到宜川做了个缩头乌龟。恶有恶报，善终究会有善报的。

学文说：这几天晚上我老梦见咱妈。前天晚上梦见在咱们家，家里三孔窑，我和你在边窑住着，听见外面有响动，我起得身来，看见咱爸和妈住的中窑塌了，爸正收拾呢。我就说，爸妈，我盖了两间房子，你们住到城里去吧。妈说，不住。我说，我要到玉门去了，房子也是闲着，你们就住过来。妈说，这里窑塌了，我和你爸收拾收拾还能住的，你的房子等你回来住就好。当时她这番话说得我好伤心，后来我就哭醒了。

咱爸咱妈都是非常争气的人，他们不愿意连累咱们。

学文说：有一句话叫"子欲养而亲不待"啊。小时候家里十分贫穷，现在咱俩虽然也穷，但比起当初条件好多了，可是别人家都有父母亲，我们却没有了。有时我就想，我工作来工作去又有什么用呢，挣再多钱父母亲又没办法花一分钱……他说着眼睛就红了。

一时山子眼睛也湿润了，说：哥，我有时候也挺想咱爸咱妈的，尤其到八月十五、过年的时候，别人家都团聚，都有家可去，可我们却没有……

贺学文看到山子也动了感情，就不愿意再惹他伤心，他抹了一把泪站起身来，说：不过，我们都不用伤心的，我估计父母亲看到我们现在的样子也会满心欢喜的。一路走来，我们坦坦荡荡，没给他们丢人。

嗯，这倒也是。山子表示同意。

还有一件事。学文对山子说，有句俗话叫"不孝有三，无后为大"。咱俩都这么大了，大半辈子过去了，可却是两个光棍汉，父母亲如果在的话早不知煎熬成什么样子了。有时想起这一点，我就觉得对不起他们，怪愧疚的。我要外出了，你争取早点找个女人成家，把咱家的香火传下去，那时咱爸咱妈也就安心了，我也放心了。

兄弟俩上罢父母坟以后，回到县城，又相跟着来到了丹凤的坟前。当初把丹凤埋在了高奴山的半山腰，为的是时常能来看看她。埋的那一天他就想着，自己可能要在石油厂待一辈子了，到自己老死的那一天，就和丹凤合葬在一起，然后一同回归祖坟。在陕北，每一个人心里都有一个老坟梦的。可是哪里会想到，计划没有变化快啊，如今自己却要远赴千里之外了。时局这么乱，那里寸草不生，条件恶劣，自己什么时间能回来还未知呢。如今，又把丹凤一个人孤零零地扔到这里了。

按陕北的规矩，行跪礼只对长辈，两口子一般是互不上坟的，尤其男人是不会给婆姨上坟的。贺学文到了这里，就盘腿坐在了丹凤坟前。一坐到这里，丹凤的一颦一笑又出现在了眼前。丹凤个子高，脸长，皮肤有些黑，她有事没事总是喜欢把嘴微微地噘着，那神情似乎总在等着别人亲吻她似的。她身姿柔美，走起路来，腰肢一扭一摆的，会露出不同于陕北女人的特有的妩媚与柔情来。而且她不管在什么场合，总是那么干净整洁，即使在战乱中，她的衣服收拾得也是利利索索，头发从来都是纹丝不乱。坐在坟前，贺学文触景生情：丹凤啊，你这是何苦呢？你这么聪明而又坚强的女人，怎会做出如此蠢笨的事呢，你不知道我还盼着和你白头偕老吗？你不知道，我们再次相见后，我是多么高兴啊！那一晚上在监狱里，我不相信这是真的，我将衣服撕成碎条条，将自己的双手绑住，一直绑到发胀，都快要麻木了，就为了确信你来到了我身边。还有我们结婚的那一刻，那天夜里，我们十指相扣，不忍睡去，我望着你，想着这一辈子有你，我就足够了。丹凤啊，和你在一起是我小时候曾多次做过的梦啊。那么小，你就在我心里种下了种子，后来一直在发芽，开花，直到有一天你又一次闯进我的生活，才真正结出了果。可这时间何其短啊。只一瞬间，你就离去了。现在想来真怪自己啊，当初为什么就不迁就一下你呢。或者到西安或者到上海，说不定你就会慢慢回心转意的，会重新回到这里来的。唉，谁让自己那么急匆匆地要离开你呢，竟然没有注意到你身旁有枪，自己真是傻啊。学文想着这些，那些悔恨与痛苦在他的心头一齐涌了上来。他先是小声哽咽着，接着呜呜地哭了，后来索性不管不顾地拉长了声音放声哭号了起来。

贺山子此刻默默地蹲在哥哥身后，他深切地知道哥哥的痛苦，他静静地等着他发泄完。但是到后来，看见哥哥越哭越伤心了，他过去搀他起来，说：哥，你就别哭了，小心哭坏了身子，一切事情皆有定数。

在山子的劝说下，学文慢慢停止了哭泣，他的眼睛通红，说：山子，我走了，你替我多来看看丹风。

山子嗯了一声。

她一个人在这里，没有亲人，明年你把她的坟也迁回去吧，让她挨着咱爸妈，在一起也有个伴儿。

你放心吧。贺山子说，这里一切都有我哩。

明年清明，你给咱爸妈立碑子时，也给她立上一块，就写上“贺学文之妻洪丹风”的字样，让她在这里等着我。老了，我还是要回来，回到这里陪她。贺学文说。

山子又嗯了一声，接着说：哥，许多事都是命里注定的，怨不得你。你去玉门那里也是一个人，你要多保重自己。

嗯。

山子又试探着说：你去的那个地方大，碰上好女人就再成个家吧，人总是要往前看的。

贺学文一声不吭。

记住你在父母坟前说的，咱们还要把咱家的香火往下传呢。贺山子说。

唉，贺学文幽幽地叹了一口气，说：山子，你不知道，哥去的那里是沙漠，哪里来的女人啊。再说即使有女人，我怎么会再成家呢……

可是，咱爸咱妈如果在的话，也会劝你再成家的，毕竟你的路还长……山子说。

贺学文望着山子，半天喃喃地说了一句话：山子，咱们不说这些了。因为这些话茬一提，他马上就又想起了丹风，心里就忍不住地痛起来，颤起来。

兄弟俩不再说话，起身拍打了身上的土，离开了丹风的坟。两人没有直接下山，而是有默契地沿着黄土坡向高奴山顶走去。

上到山顶，视野一下子开阔起来，整个延长城、石油厂就尽收眼底了。面前是一望无际的陕北高原，山川纵横，沟梁山峁尽现。正是夕阳落山之际，阳光照在山顶的那一丛黄櫓木上，鲜艳无比。

山子，你说会不会很多年后，有人还会记得我们这些人，还记得我们在这里做了些什么事，把我们的所有经历都记下来呢？我咋觉得这些年恍恍惚惚，都和做梦似的。经历的事一件又一件，实在是太多了，我脑子都装不下了。

会的，当然会的。会有一个文弱的书生拿起笔来，记下我们这些黑不溜秋的面孔。山子说。

不是黑不溜秋，是坚硬如铁，坚硬如钢。贺学文说。

说完这句话，兄弟俩就不再多说，而是望着夕阳。但见此时苍山如海，残阳如血。

对面洼里，传来了放羊娃的歌声：

那下不完的雨哟，刮不完的风，
我送我的哥哥上路程。
那翻不完的山哟，过不完的河，
舍不得我那哥哥哟揽工汉。

亲爱的朋友，你可能注意到了，我在写作时总是用一些钢呀铁呀的字眼，其实，这和我的性格有关。我喜欢青铜。前几天，在一次研讨会上，我提出了“青铜写作”的概念。我说，我喜欢青铜，李贺有一首诗，“向前敲瘦骨，犹自带铜声”，我多年为此沉迷，后来刻了一方印章“铜之韵”。我希望个人的写作像青铜一样，在外表看似温润的光泽下有一种硬邦邦的质地。一件春秋战国时期的青铜器，埋入地下两千多年，今天发掘出来，剑，我们仍能感受到它的锋芒；鼎，我们依然能感知到它当初的奢华。

这就是青铜的本质，即使过了千年万年，世事沧桑，岁月不再，但青铜依然是青铜。当年铸造时的信息还是能够完整地给我们传达出来，散发着不朽的魅力。

瞧，说着说着又扯远了。我们还是说眼前吧，看看我们的主人公究竟会有怎样的际遇。

很快，石油厂两台打井设备就运走了，贺学文、李长青、马卫红等二十多名优秀的石油技术人员也就都远赴玉门去了。延长石油厂一下子被掏空了，东征拉走了牲口，后来人回来了，但牲口再没回来。大家为这事还抱怨呢，嫌部队当初说话不算数。这下子倒好，不只把机器运走了，并且把核心技术人员也抽走了。所有人都感觉到延长石油厂真是要倒闭了，没法维持下去了。

厂名还在，人也在，地方还在，但上级组织已不再下达生产任务了。贺学文走后，刘子模也调走了，上级也再没派厂长来，一切就由贺山子率领一些本地农民暂时先维持着。每天按部就班地从先前的旧油井中抽一些油，抽出来的油集中运到炼油厂去，过上十天半月，炼上一锅。此时的石油厂基本是能抽多少抽多少，能炼多少炼多少。因为出油率低，在上级眼里，基本上也是可有可无了。

过得一段，上级给石油厂下达了任务，但却不是生产石油的任务，而是收购金属的任务。这个大家也能想得来，现在一致对外，兵员增加，最缺的就是枪炮，没有枪，没有炮，那些上了前线的战士总不能再持大刀长矛去拼命吧。而边区的军工厂，说是军工厂，却什么都缺。巧妇难为无米之炊啊。针对这个任务，贺山子在石油厂门口设了个大收购站，大量收购民间的废铜烂铁，可以拿油换，拿面换，反正你只要有，想换啥都可以商量。即使这样，收来的数量也是微乎其微。有一天他突然想到，库房中还有些铁疙瘩是不是能用得上呢？就让保管人员打开库房看，果然发现一批旧机器拆下来的已不再能用的铁家伙。看到这些，他喜出望外，把这些一一清理出来，然后用驴马驮着运到了永坪的兵工厂。

至于石油生产呢，没钱没油没技术没牲口，一切就只能暂时维持着，静观其变吧。

回头再说黄桂芝。她不愿意去油矿，整天就待在呼家川。马上到深秋了，这一天，黄桂芝在家里给一井做新棉衣。一井需要一件新棉袄，她现在的身高和向日葵似的天天长得噌噌噌，去年的衣服到今年就小得没法子穿了。黄桂芝一边缝着，一边就想起了当年。

张宏霖在的时候，家里在这个季节总是人来人往。工人们总喜欢到她家来，一群一伙的，一来就不走了，嫂子长嫂子短的，补衣服啊，喝酒啊，甚至他们会在她补衣服的当儿，自己就揭开锅盖找吃的、找喝的。那个时候家里总是红火热闹的，而现在随着张宏霖的离去，这样的日子便不再有了。

一边缝着棉袄，一边又想到了女儿。这个假小子最让她放心不下，整天疯跑乱走的，和这个交往，和那个交往，也不嫌臊得慌。有时说她两句，她总是不耐烦，总是说你别管，我知道哩。知道啥呀，这么个年轻娃娃，哪解得开个世事啊，别人把你卖了，你还帮着数钱呢。一想到女儿今天这个样子，黄桂芝就又埋怨起了张宏霖，怨他一直太把她当宝贝了，总宠着她惯着她。宏霖在还好说，现在宏霖不在了，而女儿这个天不怕地不怕的性格倒是养成了。唉，娃娃没妈，看着怪可怜的，而没有爸，孩子就缺了一份教养。看来老天要一男一女结成夫妻可真是对的。

她正乱想着，却听见张宏霖母亲的呻吟声，她连忙放下手中的衣服下了炕。原来，张宏霖母亲先前还能手扶着墙走，但后来情况越来越糟了，扶着墙走也不能了，就开始在地上爬。看着也真是可怜。黄桂芝赶紧过去把她从地上拉过来，搀到了炕头上。

张宏霖老妈摸着了棉袄，似乎一时来了兴趣，用手摸着软绵绵的布，喃喃地说：冬天了，我宏霖又可以穿棉衣了。她把这件花衣裳当成是给张宏霖小时候缝的新衣服了。黄桂芝见她乱拉花棉袄，怕她又弄乱了，就把身边剪的一些花布头递给她。手里有了布头，似乎刺激了记忆，老人饶有兴趣地开始用手撕这些布头，哧哧，布条传来了清脆的撕裂声。

重新拿起棉袄来，黄桂芝却没有了做活的心思。她望着全神贯注地撕着布条的张宏霖妈，不禁为这个老人伤感起来。这个老人，一生十分要强，丈夫很早就去世了，她一个人把张宏霖带大。她很能干，家里地里都是一把好手，活做得细致而讲究。张宏霖起先和自己好的那会儿，她还不愿意呢，嫌委屈了张宏霖，嫌张宏霖没出息就恋着自己，怕自己这块石头张宏霖焐不热，怕婚后的日子张宏霖受气。可就是这么个女人，早年丧夫，老年丧子，这对她是何等的打击啊。现在她已是风烛残年，痴呆了，基本不知道世事了，也没法和人对话了。这在黄桂芝看来，倒是好事。如果她还清醒的话，面对儿子的离去，她还不定痛苦成什么样子呢。由这个女人，黄桂芝又想到自己的一生，自己何尝不是和她一样呢？早年意气风发，不知道人生是什么样子，嘻嘻哈哈，快快乐乐，而到了现在，不是也还在走着张宏霖老妈以前的路吗？不是也孤单地守着一井过日子吗？唉，现在所有的希望就是一井快长大，盼着一井快成家。除此之外，她对生活没什么盼头了。

黄桂芝正乱想着，忽然门口传来了问话声：这是黄桂芝的家吗？

黄桂芝听到有人说话，就放下手中的活计，从炕沿上往下溜。但刚溜到地，鞋还没穿好呢，就有一个人一掀门帘进来了。黄桂芝一看这个人就愣住了，只见来人穿着黑绸子做的长袍，戴一顶礼帽，戴一副墨镜，正笑眯眯地望着自己。黄桂芝惊讶地望着他，愣是半天也没认出来他是谁。

来人呵呵笑了，说：你不就是黄桂芝嘛，三年多了，你可一点儿都没变。

你是？

来人不吭声，却很自然地坐到了炕沿上，然后摘下墨镜来，说：你看看我是谁，难道连故人都不认识了吗？

黄桂芝看着来人，见他有五十多岁了，眼角有许多皱纹，眼睛也肿泡泡的，额头的皱纹像一条条深沟，只是眉毛又长又浓密。她想了半天，怎么也想不起来他是谁。

你不认识我了？那人又站到了当脚地，摘了礼帽，抖抖长袍，说：你再看看，我们可是熟人哩。

哦。黄桂芝一下认出来了，你是……

来人嘘了一声，然后说：你自己知道就行了。

这个人竟然是黄桂芝好几年都没见过的徐怀义。

黄桂芝做梦也没有想到有一天徐怀义会来到她家里，会和她见面。早年，徐怀义在厂里的时候和她和张宏霖、贺学文很熟，由于厂里的事，张宏霖还和贺学文一起告过他，这些事黄桂芝也是知道的。再后来，黄桂芝只知道他当了延长民团的头了，延长城解放，听说他带领一部分人跑到邻近的宜川投奔国民党部队去了，但不明白他此刻怎么会出现在这里。

怎么，出乎意料吧？徐怀义笑嘻嘻地说。

嗯。黄桂芝老老实实地说，接着又问道，你现在还在经营民团吗？

徐怀义把手中提着的包袱往炕上一甩，说：不经营了，国共合作了，民团裁了，现在就一虚职。再说我嫌当兵累得慌，现在改做生意了。

于是徐怀义就夸夸其谈地对黄桂芝说起他的近况。他到了宜川，先经营民团，后来国共合作，民团裁掉了一大半，他就挂一闲职，抽空做点生意。目前生意做得还不错，只是前一段时间婆姨去世了，他现在是一个人吃饱了全家不饿。但钱赚得多，吃也吃不完啊，整天就发愁钱该怎么花呢。

那你做什么生意呢？

一般生意而已，什么赚钱做什么。徐怀义敷衍地说了一句，又说，故人来了，也不给口饭吃？

张宏霖老妈还在炕头上坐着，听见有人来了，就问：谁来了，是怀远的娘家来人了吗？她娘家在怀远，所以，家里一有人来，她总认为是娘家来人了，但事实上她娘家也没几个人了，已很多年不上她家门了。

黄桂芝嗯了一声，然后把张宏霖妈搀到另一孔窑中，安顿她躺下来休息，就忙活着做起饭来。

黄桂芝和徐怀义是熟人，虽然徐怀义当年与贺学文、张宏霖有冲突，但黄桂芝并没和他共过事，也对他没多少恶感。后来，他当民团副团总的时候，也曾和张宏霖的矿警队有过几次合作的，也算是很熟的朋友。再后来，张宏霖死在红军解放延长城时，徐怀义也是那一次被打跑的。有了这一层关系，黄桂芝反倒觉得两人在心理上靠得更近了，有了惺惺相惜的感觉。

徐怀义在院内转了几圈，然后回来对黄桂芝说：你的事我听说了，贺山子逼死了张宏霖，这个仇非报不可。只是咱们个人的力量太小了，要想报仇，只能借助国民党的势力。在乱世，一个人要干大事，非得有靠山不可。

时间是个无情的东西，足以磨灭一切记忆。另外，黄桂芝先前对贺山子非常恨，但后来与贺学文、贺山子有了接触以后，仇恨就慢慢淡了，觉得一切也可以理解了。在她心底，她从没想到报仇二字。现在听徐怀义这么说，就淡淡地问道：咱们能报得了仇？

不是咱们，是咱们背后的人。告诉你吧，用不了多长时间，国军还会打过来，这延长石油厂是咱们的，延长城也是咱们的。

会吗？黄桂芝手在面盆中揉着面，淡淡地问道。

当然会，你看看共产党才几号人、几杆枪，能打得过蒋介石国民党吗？

可我听说国共合作了，现在是一家人了。

你傻啊，你就是个憨人，那些事只是表面的。俗话说，一个槽头拴不下两头叫驴，他们是面和心不和呢。你等着，总会有一天，延长的世事还会翻过来的。哎，对了，我听说他们要你入石油厂哩，你不愿意去。你咋这么傻哩，现在的石油厂可是军管的，和军工厂是一体的，你进去了，就能知道更多消息，你个人才有价值哩。

哦。黄桂芝一个人一会儿添火一会儿揉面，淡淡地应付着徐怀义。当初张宏霖刚死的时候，她恨不能吃了共产党的肉，恨不能杀了贺山子，但现在她早就不想这些了。世事怎么样，不是她与女儿能左右得了的。共产党的石油厂也好，国民党的石油厂也好，管他呢，和自己都没关系。但有一点，她就是不愿意乱，包括石油厂，现在她女儿也三天两头往石油厂跑哩；如果再乱，再有个三长两短的，那岂不要了她的命！

小老百姓就盼着日子平平安安就行。她依旧淡淡地说。

话可不能这么说。徐怀义不同意她的看法，说道，是国民党的天下，就是我们的天下，有我们享不完的福。这世事要不是共产党闹乱了，张宏霖会死吗？我会被人逼到宜川去吗？

两人就这么一句一句地闲说着话。一会儿，黄桂芝饭做熟了，是标准的延长招待客人的饭，白面打鸡蛋和油浇臊子。黄桂芝就先捞了一碗让他吃，自己又给老妈端了一碗饭喂她吃。

徐怀义吃得一口饭，咂着嘴，称赞道：兄弟媳妇的饭做得真是不错啊，好手艺。我几年都没吃过可口的延长家常饭了。说着吸溜吸溜又连吃了几口，然后就坏坏地笑了，问道，桂芝，宏霖不在了，你就没打算再找个人？

都这把年纪了，找什么找啊。

我听人说贺家两兄弟都想娶你哩，你不愿意。

都这把年纪了，不想这些事了。黄桂芝说。

那可不行，你看起来一点儿不老，又见过世面的，要显年轻得多哩。徐怀义瞅着黄桂芝坏坏地笑着说。一碗饭吃完，黄桂芝给他盛饭时，他装作不小心碰了一下黄桂芝的身子，黄桂芝扭身避开了。

徐怀义端上这碗饭，边吃边说：要哥说啊，这女人没个男人可不行，屋里屋外的都得自己忙活。俗话说的，人凭衣裳马凭鞍，婆姨凭的是男子汉。我劝弟妹歪好还是找个男人吧。

喂老人吃完了饭，黄桂芝端着碗自己吃，听着这些话，她就没吭声。但正是这种沉默给了徐怀义胆量，他继续说：不是哥自吹，这个延长县比我有能耐的、比我富的人都不多哩。

听到他自吹自擂，黄桂芝有些听不下去了，就说：钱不在多少，但要从正道来。她说这话是讽刺徐怀义先前靠与土匪合伙倒卖石油发财。

哈哈。徐怀义笑着说，人活一世，草木一秋，我又不是要立牌坊哩，只要有钱过个舒心日子就行了。说着，他放下了筷子和碗，倚在了被子上，从怀里掏呀掏，掏得一杆长烟锅出来，说：吃饱了喝好了，妹子，来给哥点个泡来。

黄桂芝几次欲开口，但都碍于情面，这时见他实在有些不像话了，就说：你放尊重点，你还是个故人，你不尊重，可别怪我不客气。说着，脸上就变了颜色。

好好好。徐怀义自己点着了烟，咂了一口，说：弟妹是正派人，这个性还没变。咱打开天窗说亮话吧，哥哥我这几年发财了，可是婆姨她没福气先走了，我现在正打算娶个婆姨。你看看，你也是单身，咱俩我没婆姨你没汉，你跟上我要吃的有吃的，要穿的有穿的。

黄桂芝见他这么说，心里就气，恰巧这时张宏霖妈从另一孔窑里哼哼唧唧地又爬了出来，她就先将老人安顿在院子里的小凳上坐好了，扭过头说：你看我现在这样子能走得了吗？上有老，下有小的。

徐怀义听她这么说，只当事情有了转机，就说：只要你愿意，我就托个人来明媒正娶。至于其他事嘛，都好商量。我这也是老马回头，老朋友念旧。要不，那黄花闺女还不任我寻哩。

两人话正说到这里，门外有人喊了一声：妈，我回来了。话到人到，张一井一阵风似的推开门进来了。

妈，我饿死了。一井风风火火地从外面回来，进屋看到炕上还躺着一个男人，顿时愣了，问道：妈，这是谁呀？

你爸当年的一个朋友。黄桂芝说。

我爸的朋友？一井满脸狐疑道，那我咋不认识呢？她一边说着一边打量着徐怀义。

徐怀义忙从炕上欠起身，说：是我呀，一井，你不认识了？我见你的时候，你还是个小姑娘呢，现在长这么大了。

是你徐伯伯。黄桂芝说。

徐伯伯？一井脑子里想着想着，终于想起来了，说，你是徐怀义吧？

对，是我是我。

你怎么到我家来了，你不是在宜川吗？你不是当了民团的头儿了吗？一井小时候对徐怀义没什么印象，但这一段时间她成天往石油厂跑，接触的石油厂人多，就有意无意地听到过许多人说起徐怀义的事，知道他人品坏，在延长干了不少坏事。她性子直，说起话来不饶人。

一井，别这么说，他是你爸的朋友。黄桂芝说。

什么朋友！他就是当初和土匪合伙贩石油，拉着民团整天欺压百姓，被共产党打跑了，最后走时还把人家婆姨拐上后九天的那个人。你现在竟然还有脸到这里来。

徐怀义满脸尴尬。

一井，你徐伯伯现在不经营民团了，现在经商哩。黄桂芝打圆场说。

对，经商哩。你看，我这次就是来卖布料的，包袱里有好多颜色哩，你看哪一个好，就送你一件。徐怀义急急地说着，一边就急着要翻包袱。

我才不要你的臭东西哩。你赶紧走，你要不走，我就告诉人，把你抓起来。张一井说。

一井，别这么对他。黄桂芝喊道。

妈，你看你成天都交往些什么人嘛。张一井责怪了黄桂芝一句，接着对徐怀义说：你当年干了多少坏事啊，听说手里还有人命案子哩，大伙成天要找你报仇哩，你竟然还敢来这里！你走不走？再不走，我就喊人了。张一井大声说。

好好，我走，我走。徐怀义看出来这个小姑奶奶可不是什么善茬儿，他连忙下炕穿鞋，一边穿一边说，好娃娃哩，世事长着哩，你可要把人认准哩，可不敢让人把你哄了。

你才是个大骗子哩，我从小到大就没听人说过你一句好话。你快点走，要不，我真喊人了。一井说。

好好好。徐怀义把自己的包袱胡乱夹到胳肢窝里就走，快要走出门了，又返回来把丢在炕上的烟锅揣到了身上，起身又出门。因为走得紧张，鞋没勾好，一下子在门槛上绊了一跤，身子一趔趄，鞋子倒先他甩出了门。他一条腿拐着走上前去，将鞋穿上了。

走到大门口了，他又大喊道：桂芝，我给你说的事，你千万别忘了，过两天我还等你回话哩。说完就头也不回地走了。

一井眼看着他走了，就回头疑惑地问她妈：妈，他给你说什么事了？

没什么。黄桂芝脸红红地说道。

可他说要等你回话哩。一井依旧满脸狐疑。

黄桂芝觉得这件事对女儿说不出口，就说：他也没说什么，就说有空想上上你爸的坟。

妈，你咋这么糊涂哩。你看看你都交往些什么男人！这个徐怀义，凡是我认识的人没一个说他好的，都说他干尽了坏事，你咋还和他交往哩，也不怕他把你骗了啊。

黄桂芝不愿意说这些，就转移话题道：哎，我倒奇怪，咱家的事他咋就那么清楚呢？

又过了半个月，这天，黄桂芝正在家里给老人喂饭，村里一个小名叫小六子的后生忽然来家里了，他慌慌张张地对黄桂芝说：快点，一井刚才好像被人拐跑了。

张一井从早晨出门到现在都没回来，黄桂芝本来就操心着，这时听见小六子这么说，就着急地问：谁拐的？在哪儿？

小六子说：我刚才看见一个老男人拉着一井沿向东的路跑了。

黄桂芝一听就慌忙下了炕穿鞋就走，说：走哪儿了，咱们去看看。

小六子说：那快走吧，说不定还能赶得上。一边说，一边扭头就往外跑，黄桂芝紧张地就跟在他身后。

黄桂芝没有怀疑小六子的话是有道理的。小六子本就是呼家川人，虽然不爱干活，有这样那样的小毛病，但是跟她们一家人还是很熟的。再说，张一井长得漂亮，交往的人杂，整天疯跑乱走的，现在又逢乱世，什么事情都有发生的可能啊。

两人出了门，沿着大路一直往村外跑，小六子一边跑一边对黄桂芝讲着刚才看到的情形。说他看见一井被一个老男人拉着，一井哭喊着，似乎不愿意去，但最终还是被那男人拉走了。他一着急，就赶来通知黄桂芝了。

黄桂芝一边跑一边喘着粗气，自打丈夫死了，她担心的就是一井，如果一井再出点事，那可让她如何活呀！

两人沿着村里的路一直跑出来，到了村口，放眼望去，看不见一个人，面前的地畔上是一排白杨树，正是深秋，树叶泛黄，乱纷纷地飘落着。两人跑到这里就止了步，黄桂芝挑了一个高圪塄站上去，搭手一望，只见田野里光秃秃的，静悄悄的，根本就没有一个人。她问小六子：一井在哪儿呢？

小六子装模作样地也站在土圪塄上望了半天，说：我刚刚分明看见两人就是从这个方向走的，他们肯定走不远的。说着，又对黄桂芝说，你看那儿有个烧砖窑，说不定他们就在那儿呢。

眼前不远处的山脚下有一个烧砖窑，已是多年前的旧窑了，现早已废弃了，周围有一片低矮的杨树林。从这儿望过去，烧砖窑黑咕隆咚的，孤零零地坐落在那儿。

是吗？黄桂芝问了一声。

肯定在那儿，要不，这么一会儿就不见人影了呢。小六子说。

黄桂芝此时救女心切，顾不得多想，就从田地里直接穿了过去。

两人来到了烧砖窑前，从窑口向里看，只见里边黑乎乎的。小六子打头沿着低矮的门先钻了进去，黄桂芝接着也钻了进去。里边光线十分暗，仅有顶上井盖大的一方阳光透进来，地上都是一些残砖烂瓦。她大喊道：一井，你在哪儿？妈来了。

没有一井的回答，却见一个男人从黑暗中闪出来了，对她说：别叫了，没有一井，我在这里呢。

黄桂芝听到这个声音大吃一惊，一看这个人，竟是半月前才见过的徐怀义。只不过他现在不穿长袍马褂了，穿了一身短衣服，依旧戴着墨镜。

你怎么会在这里，我一井呢？黄桂芝问。

哈哈。徐怀义得意地笑着。小六子，你告诉她。

小六子在门口把守着，他说：婶，我告诉你吧，一井根本没来，也没有人拐她，我是骗你的。

那你，你们？黄桂芝大惊道，你们要干什么？

不干什么，我把你请来，只是想问你，我那天跟你说的事你考虑得怎样了？徐怀义问。

什么事？黄桂芝问道。

就是跟我走啊。

跟着大哥吃香的喝辣的。小六子在一旁敲着边鼓说。

黄桂芝这才明白是怎么回事了，确切知道一井并不在他们手里，她的心情也就渐渐平静了下来。一辈子，她经历的事太多了，看看目前的情况，她想着这小六子与徐怀义都是自己的熟人，谅他们也不会对自己怎么样。就说：老徐呀，你这么能干，一表人才，又那么有钱，哪里找不到一个好婆姨呢？我都四十了，也值得你这样啊。

哈哈，我就好这口。徐怀义说，有人说八十老汉爱的十八少女，可我并不稀罕姑娘，成熟的女人才更有风韵，才懂得疼人，才够味儿。

你可真不要脸。黄桂芝说。

哈哈，你才知道啊。我一辈子最爱勾引的就是良家妇女，最爱驯的就是烈马，哪个婆姨性子烈哪个就最适合我。

小六子你呢，你得到了什么好处，为什么也要做这种伤天害理的事？黄桂芝问道。

你就别问了，有钱使得鬼推磨，弄得好了，说不定他还能捞一井做媳妇呢。徐怀义说。

妄想。我跟你们说吧，你们就死了这份心，我根本不会走的。我丈夫在这里，一井在这里，我的根就在这里，我哪里也不去。

得了吧，女人无所谓坚贞，只是受的诱惑不够罢了。这么多年来，我坚信有钱还是能使得鬼推磨的。徐怀义说。

就在这时，守门口的小六子出去看了一眼，然后回来在徐怀义耳边悄悄说了几句话，徐怀义的脸色倏然变了。

小六子，你和我一个村的，也这样骗我，你就不怕村人知道吗，你就不怕大家骂你吗？黄桂芝厉声道。

婶，我不在这村住了，我跟着大哥混世事呀。在这村里住了多少年还是个光棍，你又不肯把女子嫁给我。

小六子，你不看看自己的德行，也只有你才能说出这种话来。你们两个真是臭味相投啊。黄桂芝骂道。

还是别说废话了，快点乖乖跟我们走吧。徐怀义说。

你们就死了这份心吧，谅你们也不敢把我怎么样。农会的人知道了会来，贺山子他们矿警队知道了也会来的，抓住你说不定会要了你的命呢。也许是因为跟石油厂，跟贺山子熟的缘故，黄桂芝一说话就自然而然提到了贺山子，提到了矿警队。

你就是个贱货，贺山子打死了你丈夫，可你到现在还对他有情有义呢。徐怀义脸露怒色地说。

怎么着也比你强，你这吃人食不走人路的东西！黄桂芝骂道。

好，看来你是敬酒不吃吃罚酒了。徐怀义说着，给小六子使了个眼色。小六子会了意，他从后边一下抱住了黄桂芝。黄桂芝哦了一声，正要呐喊，但被小六子一下子捂住了嘴，就喊不出来了。接着，就被小六子一下子摔倒在地上。

徐怀义这时就从身边拿过一条绳子来，两人快速地将黄桂芝的手脚绑住，往她的嘴里塞了条毛巾。黄桂芝被两人压在地上，脚手被绑着，嘴里想喊，但怎么也喊不出，只是身子挣扎着来回扭动。

快点。徐怀义说。小六子从旁边的角落里抽出一个麻袋来。两人张开袋子，就将黄桂芝往袋子里塞。黄桂芝个子高身子乱动着，一时塞不进去。两人费了好大的劲，才将她的腿和身子塞进去了，只有头还在外边挣扎着。

小六子发现黄桂芝的头上有血往出渗。可能刚才按到地上的当儿，她头撞砖上了。

大哥，她头破了。小六子说。

没事的，一点小伤，不碍事，这娘们倔着呢。徐怀义说着，就从旁边抓了一把土来按在了黄桂芝的伤口上，接着把她的头强按进麻袋，然后用一条绳子将口袋扎牢了。

小六子，麻利点。徐怀义一边说着，一边和小六子一起将装有黄桂芝的麻袋抬起来。出了砖窑门，瞅瞅左右没人，徐怀义使了个眼色，两人就抬着黄桂芝飞快地往小树林那边跑过去了。

可怜的黄桂芝还在麻袋里左右扭动着，但哪里挣得脱啊。

到了杨树林，那里有两匹马拴着。两人把黄桂芝横放在第一匹马上，徐怀义打了一声呼哨，解开缰绳上了马。

小六子此时有些心慌，手颤抖着，解不开马缰绳。徐怀义已上了马，马来回转着圈，看到小六子这样，就再一次喊道：麻利点！

在徐怀义催促下小六子终于解开了马，可是却干着急愣是跨不到马背上。真没用！徐怀义说着伸手拉了一把小六子，小六子这才上了马。徐怀义从怀里掏出一把盒子枪扔给了小六子，说：跟着我走，只要看到有人追咱们，就开枪打，听见没有？

小六子答应了一声，把枪拿在手上，又问道：那这枪咋打哩？

徐怀义看了他一眼没作声，打马一鞭，那马就沿着小路飞奔起来。小六子手中握着枪，比画了一下，然后将枪往腰带上一插，也紧跟着打马一鞭，两匹马就快速地沿着山路跑起来了。

深秋的陕北大地，阳光高远而寒冷。寂静的原野没有一个人影，川道的路宛如一条洁白的丝带，山峦光秃秃的，呈现出一片灰褐色。马蹄嗒嗒，两人沿着山下的弯路跑。不一会儿，上了大路，紧接着，转了一个弯就跑得看不见了。

贺老五是石油厂的一名销售工，一年四季在附近各县忙活着，各县要的煤油、蜡烛都是由他供给。前一段时间他又给榆林城联系了一批货，套上马车送去了，到目前还没有回来。都到深秋了，可是他家里种的庄稼还没有收割。像他这样的情况在厂里是很多的，因为厂子收入少，工人工资低，往往是一个人在上班，婆姨则在家里拉扯着娃娃，种着地。到了休假的时候，工人们便回去帮忙干几天农活。贺山子知道有几家的庄稼没人收割，就把厂里工人及机关人员分成几组，分别帮这些家户收割。

这天他带领许拴虎、王发强、张振中等几个工人赶到贺家渠为贺老五家收玉米。一到地里，果然见玉米棒子个个沉甸甸的，颗粒饱满，但因为收晚了，这些黄澄澄的玉米粒有好多都裸露了出来，经得几场雨，裸露的玉米粒有些已发霉了，玉米叶子也开始发黑了。地里贺老五婆姨一个人正忙着掰玉米棒。她把玉米秆用镰刀割下来堆到一块，然后坐下来开始掰。地头有个小孩戴着虎头帽，嘴中正嚼着甜玉米秆。

贺山子和几名工人与贺老五婆姨打了一声招呼，便挽起袖子一头扎在地里忙活起来。

贺老五婆姨姓兰，身材瘦削，一张病恹恹的脸，看来了帮手，露出满脸的欣喜，说：我也不愿意麻烦大家，可是实在没办法啊。老五不在家，我干了一晌午，才干了这么一点。还有这么大个孩子，一会儿渴了，一会儿饿了，真是烦啊。

山子说：没什么的，我们都是一家人。帮你也是帮我们大家。一边说着一边就割起玉米秆来。贺老五婆姨见他们忙起来了，就走到地头，拿一只铁皮水壶给大家倒了几缸子水，招呼大家喝。山子他们忙得顾不上，茶缸就暂时凉在了地头。

大伙忙了有一个多小时，这时，段双全却骑着一匹马慌慌张张跑来了。贺厂长，贺厂长！他在马上大叫着。

玉米秆高，遮住了视线，等走近了，贺山子才发现是段双全。见他这么慌张的，就问有什么事。

段双全说：山子叔，黄婶被人拐跑了。

什么？你慢点说。

段双全跳下马来，对贺山子说：刚才一井跑到厂里来找我，说她回家了，见门开着，黄婶做的活还在炕上放着哩，她奶奶一个人在院子里爬着，可就是不见黄婶的身影。村里有人告诉她说，看见黄婶跟着小六子慌慌张张出了村子，就再没有回来。

那一井呢？

一井给我说完，就返回村里去了。段双全说。

张一井回家找不见母亲，就着了急，打问了半天，就感觉母亲出了事，跑到厂里给段双全说了，要他想办法。段双全觉得事情重大，如果真让人拐跑了，自己一个人去可能也帮不上什么忙。贺山子是副厂长，又负责矿警队，况且跟黄桂芝也熟，他就多了个心眼，赶来给贺山子汇报了。

不会吧，大天白日的，是不是到哪里串去了？贺山子将信将疑。

不是的。一井说村里人现在都着了急，但找遍了村子都没有找见黄婶。再说，大门敞开着，一井奶奶还在家呢，黄婶是不会远离的，肯定是遇着什么紧急事了。另外，听说是被村里的小六子叫走了。小六子是个懒汉，好吃懒做，偷鸡摸狗，名声可坏哩。段双全补充道。

贺山子经的事儿多，心里估摸着一个大活人在大白天不会有什么事，但看到段双全这么紧张，又听说黄桂芝是被小六子叫走的，心里也就没了底。他扭头对地里忙着的工人说：那你们几个先帮忙着，我去看看。说着，顺手把镰刀放在了地头。看见许拴虎正抬头望着自己，就又想了一下，说：我跟双全先到呼家川，拴虎你回厂里一趟，再多叫几个人，把枪带上，怕有什么意外。

说完贺山子与段双全两个就骑着马往呼家川赶去。两人走到半路上，正碰见一井往回走，她看见山子也不吭声。段双全见了她，就将她拉上马来，三人骑着马，快速地往呼家川赶。

快马加鞭，一会儿三人到了呼家川，见一井家的院子围了许多村民，个个都着急地等着消息。一井下得马，跑进了院子，喊了几声，有村民就告诉她说到现在还没任何消息。

贺山子下得马来，见宏霖妈在院子里，就问她：婶，桂芝呢？

宏霖妈颤颤巍巍地说：是我宏霖儿回来了吗？让我摸摸，长多高了。

山子也是病急乱投医，问了她一句，才想起她早已痴呆失明，就不再问什么。他在家里看了一圈，见什么都好好的，不见有东西被翻乱的迹象。出得门来，简要地问了问围观的村人，有个留着白胡子叫张有福的老汉告诉他说，刚才他在村口拾粪，照见桂芝和小六子一同沿着向东的路走了，他俩走得急，他也就没问。

那小六子呢？

现在也不见人。张有福老汉说。

走，我们到村口去看看。

一大群人相跟着来到了村口，但见路面白光光的，庄稼收割净了，空旷的田野静悄悄地没半个人影，地里堆积着的玉米秆在阳光直射下反着光。山子想看看脚印，但坚硬的路上没有一星半点的印迹可寻。

喏，我看见他俩就沿这条路走了。张有福指着前头的道路说。

走哪儿了？

不知道，我再没注意。

来的人都站在土塄上伸长脖子张望，但是什么也看不到。

我妈不会这么悄悄走的，家里还有我，还有奶奶哩。一井尽管平常张牙舞爪的，但毕竟年龄小，此时也急得六神无主。

山子搭手望，照见了对面山脚下那个废弃的砖窑，就说：咱们先到那里去看看吧。说着，就迈动脚步，往砖窑那里走。走到了砖窑口，山子在门外就发现了零乱的脚印。他钻进窑门，只见里边黑乎乎的。这时早有村民从地头抱了一捧玉米秆来，在外边点着拿进来了。有了火光，废弃的砖窑一下子就照亮了，山子看到里边有一些散乱的脚印，并且地上还有打斗的痕迹。他蹲下身子仔细看着脚印，问一井：你妈今天穿什么鞋？一井说：可能穿的布底鞋。说完了也低下头瞅。瞅了半天，直起腰来肯定地说：这是我妈的脚印。

山子就和段双全几个循着脚印看，果然山子又在一块砖头上发现了一点红色的痕迹，他用手抹了一下，看见是血迹，并且血还是新鲜的，心里便不由得一沉。显然，黄桂芝来过这里，而且这里又发生过打斗。那么是什么人和她过不去呢？难道有人将她哄到这里谋害了吗？他心里有了不祥的预感。但历经世事的他，此时把这一切压在心底，只是不动声色地问道：那小六子是个什么样的人？

张有福老汉说：是个混混，二流子，懒，怕下苦，二十大几了还没找上个婆姨，倒还没有做过什么大坏事。

坏了。山子心里猛地一沉，看来此事不简单啊，是不是这个光棍汉将桂芝哄到这里，然后杀害了呢？但看脚印，现场还应该有第三个人的。就顺口问：你瞧见是他们两个吗？

张有福老汉肯定地说：就是他们两个，再没外人。

走，咱们到外边看看。几个人出得门来，顺着脚印一直往前寻找，最后终于到了那片杨树林边。在这里，还有一些马蹄印，但人的脚印却不见了，看来他们是骑着马跑掉了。这应该是有预谋的，起先马就拴在这儿，然后把黄桂芝哄到砖窑来，把她害了或者拐跑了。贺山子心里此时已是阴云密布，但不愿把情况说得太严重，徒增大家的心理压力。只是还有一个疑点他是不解的——黄桂芝失踪，看现场肯定不是一人所为，那么还有谁参加了呢？这个人为什么要找黄桂芝的茬儿呢？尽管现在是战乱，绑架的事时常发生，但黄桂芝一个女人家，回村几年了，对世事不闻不理，又没有利用价值，有谁对她感兴趣呢？无论如何，眼下最重要的还是先找到人再说。

这时许拴虎也带领四五名矿警队的人背着枪赶来了，贺山子就对呼家川农会主席谢铁匠说：你发动群众再在附近找找，看能不能找得见。见了人再多问问，看能不能提供一些线索。另外，你再给乡上的保卫员报个案。

好。农会主席应承了。

许拴虎还有段双全你们几个跟我走。贺山子说。

我也去。张一井见他们都要走，就着了急。

山子没吭声，上了马，打马一鞭，许拴虎及几个矿警队员就都跟着他也跑起来了。段双全上了马，扭头对一井说着，你在这里等着吧，我陪山子叔去。说完也赶了上去。

哼。张一井跺了一下脚。

几人都走了，这里剩下一井，也没有马了。她想着这些人前去追肯定有线索的，自己是不能待在这里的。正在着急之时，谢铁匠牵来了一头骡子，递给她说：骡子稳当，路上你小心些。

贺山子快马加鞭，许拴虎等一行人紧随在后。他们一行沿大路跑，路上碰到人了就问有没有看见骑马的人从村里经过。过了三四个村子，渐渐地事情就有了眉目。综合大家反映的情况，说有两个人，其中一个年龄大，穿着短衣服，戴着墨镜，还有一个是个年轻人，身材瘦削，脸苍白。两人骑着两匹马，前头的那匹马身上横放着一个口袋，似乎是偷来的什么东西。两人在路上走得很急。

贺山子逐渐心里有了判断，尽管不知道是谁，但也猜得八九不离十了。行走得二三十里，过了五六个村子，就到了一个岔路口，这里的路有一条可通到黄河边，有一条可通到宜川县。贺山子在这里停了，犹豫着不知道该走哪一边。他们有可能把黄桂芝拐过黄河去，也有可能把她拐到宜川去，在这三岔口，到底应该往哪边追呢?

贺山子正与几人在商量着，一井骑着骡子从后边赶来了，山子就问：你妈最近和生人接触过没有?

一井下了骡子，但不想和他说话，就装作没听见，不吭声。

段双全说：应该不会吧，婶天天都在家里呢。

贺山子不在意张一井的态度，只是说：这就怪了，按说绑架的应该是两个人，除了小六子外，还有一个人。只是这类事，前头肯定得踩点的，要事先筹划好的，在哪里哄人、骗人，哪里等人都得事先想好的。

前几天徐怀义来我家了。张一井冷冷地说。

徐怀义！他不是在宜川吗，怎么会来你家?贺山子一听大惊。

我也不知道啊。我回去了，不待见他，就把他轰走了。

哦。那这样的话，事情就明了了。如果是徐怀义与小六子两人的话那肯定是走宜川这一路了，不过也不能排除另一边。这样吧，许拴虎，你领三个人沿黄河滩这一路走，双全你跟我还有其他人咱们走这一路。拴虎，路上小心些，注意情况，发现目标，能不开枪就别开枪，救人要紧。

当下布置完了，贺山子就带着段双全和另外两个矿警队员，骑马朝宜川方向奔去。他之前打过许多仗，经历过许多事，所以见到这场面，心里不仅一点不害怕，反倒有一种兴奋之感。一行人一直沿大路奔，一直走到雷赤，面前是一条河，越过这条河，就是宜川地界了，也就是国民党控制的地方了。这时天就黑了，人困马乏，山子看看四周，不见一个人影，对面的大山黑乎乎的。他心里想，如果徐怀义他们真是沿这条道走的，那么现在早就到国统区了。国统区情况不熟悉，再这样贸然追下去，说不定人解救不了，还会吃大亏呢。所以，待后边的人陆续来了，就喊大家停下来。

大家别追了，一起先歇歇吧。喝口汤吃口饭再说。贺山子说。

雷赤是个小镇子，街道上没几家人。此刻黑咕隆咚的，没有什么灯火，只有一家客店还开着门，亮着灯光。

山子和一行人把马拴到门口，一脚踏进这个店来。店里面却没有人，他大喊道：店家，店家，快点弄饭。店家听到喊声，就从里边出来了，他一出来就说了一句：客官，你怎么刚走又回来了？

什么回来了？有吃的没有，快点准备几个人的饭。段双全说。

好好好，这就去。店家一时将灯拨亮了，但他似乎是个近视眼，端起灯放在眼前照了半天，才对山子他们几个说：我以为你们是刚才走的那俩人呢，不好意思，认错人了。说着，就忙去了。

山子听他这么说，就一把拽住了他，问：什么人刚才到这里来过？

店家被贺山子拽住衣领，一时心惊胆战，支支吾吾地说：之前来了两人，刚走了，架势和你们一样，也是一进门先要吃的喝的。等不及，一点也等不及，真不知这世事咋这样了，客人一伙比一伙急，跟催命似的。

贺山子问道：来的是什么样的人？

一个胖一个瘦，一个年轻一个老。

有女人吗？山子继续问。

没有的。但我觉得这两人好像有问题，他们吃一会儿饭，就出去张望一下。刚走了一会儿，你们就来了。

他们到哪儿去了？

去宜川方向了，刚走了不久。

山子听到这话，心里猛地一惊，就把店家放了，连忙对其他人说：快点，我们赶快走。说着出来就牵马。队员们见他这样着急，也都急匆匆地跟了上来。

贺山子又带领众人骑马跨过河，然后沿着盘旋的小路飞奔而上。走了约莫两刻钟，就隐约瞅见前边有了人影。

原来徐怀义走了一天，马又驮着两个人，走到雷赤时已人困马乏，他就歇了一歇，和小六子趁机吃了点饭，但哪里会想到就是这一歇却耽误了他的好事。

前面是干什么的？站住！瞅见前边有人影，贺山子大喝道。

前头的人似乎停住了，大大咧咧地说道：你管老子是谁，老子干啥还要跟你说呀？

跟在身后的张一井听到这声音，就说：就是他，徐怀义，这个声音我听过的。

贺山子也听着这个声音熟，但毕竟和徐怀义好几年不见了，不知道是不是他。听见张一井这么说，他索性就大喊道：徐怀义，小六子，你们站住，把黄桂芝放下！

你他妈是谁？不要命啦，敢跟老子过不去。黑暗中传来了徐怀义的声音。显然对方喊出了他的名字，让他一时没了底气。

我是贺山子，我和矿警队赶来了。徐怀义，你今天不放过黄桂芝，我就要新账老账和你一起算了，你今天逃不脱了。

去你妈的。徐怀义骂了一声，回头砰砰放了两枪，然后策马又向前奔去。

徐怀义，你给脸不要脸。你看看我领了多少人，你还能逃得了吗？许拴虎，你领人向左，段双全，你领人向右，抄近道，包抄，别让徐怀义跑了。贺山子在马上喊道。

徐怀义在前头听着后头的声响大，阵势大，眼看着贺山子领着这么多人追来了，心里就有点缺底气，因为毕竟这是绑架啊。

张一井到了此处，也急了，喊道：小六子，我平常对你不好吗？你咋对我妈这样哩？

小六子说：我跟着徐大叔吃香的喝辣的呀。

张一井听见了，就厉声说：小六子，你家里也有爸妈，也有哥姐哩，你做这样的事，让他们怎么看，他们怎么在村里做人？你即使混得再好，你还有脸回村里吗，有脸再见乡亲吗？你爸将来还要靠你养老哩。再说徐怀义能靠得住吗？他还能嚣张几天，整个延长人都恨不能吃他的肉喝他的血呢。

小六子不吭声了。

张一井说：小六子，你把我妈放了，咱还是朋友，什么都好说。你不放的话，你看看今天这阵势，你还能逃得脱吗？你还年轻，为徐怀义搭上这条性命，值得吗？

这小六子在后头，张一井的话他听得一清二楚，当时心里就发怵了，对徐怀义说：叔，咱们还是放了我婶吧。

去你妈的。徐怀义说了一句，接着砰砰朝后又开了两枪，子弹擦着小六子的耳边飞了过去。

贺山子也朝着前边开了几枪，但一是在黑暗中，二是马上还有黄桂芝，所以枪就打高了一些。子弹带着呼啸声从徐怀义、小六子的头顶飞过去了。此时，虽然彼此都看不清对方，但贺山子胆是正的，他知道对方只有两个人，就放胆拍马朝前追。一边追一边喊着，造着声势，几个人在后边跟着，也虚张声势地呐喊着，故意把树枝弄得沙沙响，仿佛来了许多人似的。

果然，前边的小六子听得后边的声势大，就先沉不住气了，对徐怀义说：叔，咱们还是把人放了，他们人多着呢。说着就跳下马来。徐怀义也弄不清后边有多少人，但此时，手中拿枪的只有他一人。小六子虽然手里有枪，但拿着只是个废物，因为他从没打过枪。虽说黄桂芝长得还可以，徐娘半老，风韵犹存，但毕竟年龄大了。徐怀义想：如果今天为了这个女人把老命搭上那肯定是不合算了。想到这里，他当机立断，骂了一句：去你妈的。一把将正在挣扎着的黄桂芝从马背上推了下来。装黄桂芝的麻袋从马背上滚下来，又顺势在斜坡上骨碌骨碌翻了几个滚，滚到了路中间。

徐怀义的马轻松了许多，他要逃走又觉得不甘心，就回头对着麻袋连开了两枪，骂道：去你妈的，都去死吧。说完，打马一鞭跑了。

上坡处不见了徐怀义与小六子的声响，贺山子不明情况继续吆喝着急往上追。转过一个弯，只见马惊了一下，顺势一看，只见一个黑乎乎的东西正在当路上挣扎着。他吃了一惊，不明白是什么，只当是徐怀义要的什么鬼把戏，就跳下马，赶紧隐蔽起来。过得一会儿，见没什么动静，后边来的人就点亮了火把一照，只见地上是一个麻袋，口扎着，里边装的东西正乱动着。

一行人小心翼翼打开麻袋一看，里边装的正是黄桂芝。段双全和几个矿警队员将黄桂芝从麻袋里拽出来，只见她满脸是血，身体还在动着，只是已处于昏迷状态了。张一井一见血就恶心得直吐，还以为她妈已死了，就放开声又吐又哭，又哭又吐。

就在这时，黑暗中传来了吭哧吭哧的声音，大家瞧见路边的沟渠里还有一个人影在挣扎着。谁？贺山子拿枪指着问。

是我，小六子。小六子说着，从沟渠里边慢慢爬了出来。原来他从马上往下跳时，由于不常骑马，一只脚挂在了马镫上，被马拖着前行，竟跌在沟渠里了。他摔到腰了，半天吭哧吭哧站不起来。

小六子，我和我妈平常咋对你的，你赔我妈。张一井看着他就来气，啪啪扇了他俩耳光。段双全赶紧将她拉住了。

贺山子将手伸到黄桂芝鼻孔处，发现还有气，便从衣服上扯了一块布来，将她正流血的腿包了一下，又将脸上的血简单擦了一下，然后对其他人说：快点，先弄到镇子上找个医生。

此时的黄桂芝还昏迷着，拉起来一条，放下去一摊，也骑不成马，只能让人背。段双全跃跃欲试地背了一下，但他身子骨弱，背不了几步就放下了。其他几个矿警队员要背，贺山子说：还是我来吧。说着伏下身子，其他几个人就将黄桂芝拉起来放到了他背上。他背着，一条胳膊在后边护着，有两个矿警队员就在后边招呼着。张一井本来根本不愿让贺山子碰她妈一个手指头的，但此情此景，人的命都要没了，她再糊涂也是不会阻拦的。

贺山子一行人返回雷赤镇，依旧回到先前的店里。他派两个人把着门，掏出一块大洋塞给店家，说：找个隐蔽的地方，谁来都不准说。店家看见这伙人腰中都别着家伙，自是心惊胆战，就一面点头，一面掌着灯将贺山子引到了店后边的一间客房。原来这是孔石窑，在石窑的后顶却有一个拐窑。拐窑平时锁着，里面有一张床，只是床平时不用，上边堆着一些红薯。店家将床上的东西挪开了，将床打扫了一下，拿了块床单铺上去。这时，众人就将黄桂芝移过来平放到了床上。黄桂芝还昏迷着，嘴中喃喃地说着什么，但一时听不清。

贺山子对店家说：你给我找个医生，歪好都行，要快。说着，贺山子把枪掏出来放到了桌子上。

知道，知道，包在我身上。店家看见了枪，神情紧张，忙答应着退身出去了。

贺山子忧心忡忡地盯着黄桂芝。只见黄桂芝躺着，大腿不断有血渗出来，已湿成一大片了。此时的一井在身旁依旧掉着眼泪，心疼地叫着妈，问妈你是不是饿了，妈你是不是渴了。黄桂芝则嘴里含混不清地说着什么。

一井怕她妈平躺着难受，就想让她翻一下身，但被贺山子制止了。他认为要等医生来，否则任何动作都会给病人带来危险。

一会儿，镇上的医生来了，却是一个留着稀疏胡子的小老头。他背着个药箱一来，一井就唠唠叨叨地对他说，说她妈怎么好，怎么被人害的，被坏蛋打了两枪，等等。但这个小老头似乎对这些话都无动于衷，一声也不吭，只是默然地检查着黄桂芝的身体。

检查了左边又检查右边，又将黄桂芝的身体翻过来检查。贺山子看到医生检查得挺认真，自己在一旁看着黄桂芝这情况心中也颇难受，就先抽身出去了，这里就只留了段双全与张一井。出了门，他站在大门外，只见各家各户都黑了灯，对面一座座山像一个个静默着的巨兽。随着时间一分一秒过去，他的心里却沉重起来，这里是两县分界地，虽然国共合作了，但对面依旧是传统的国统区，在这里多停一分，就多一分的危险。要赶紧从这里转移到延长城去，不然徐怀义再领人杀个回马枪，这里偏远，还不定会发生什么事呢。

正这样乱想着，忽然就听见大路上传来了嘈杂的声音，贺山子的心瞬间又提到了嗓子眼。是祸躲不过，他一把从腰间抽出枪握在了手中，躲在了暗处，打开了保险。如果是徐怀义带着人来了，今天就只能决一死战了。他心里暗自想着。

然而当他再仔细听说话的声音时，才知道原来是许拴虎和那三名矿警队员赶来了。他们一直追到了黄河畔，没发现任何目标，也没有任何线索，就又赶到这里来了。一时几人见了面，知道黄桂芝得救了，都激动不已，就问具体经过。贺山子告诉大家，徐怀义这人坏透了，走之前，将黄桂芝直接从马上推了下来，身上磕伤不算，还打了她两枪。不过，多亏是晚上，他没有瞄准，所以只有一枪打在了腿上，目前应该没有性命之忧的。

大家听了，觉得这人真坏，对付一个女人竟然如此残忍，都气愤得不得了。正想找个出气口，这时就看见小六子低着头正在一边，便个个摩拳擦掌地要修理他。贺山子拦住了大家，说：小六子虽然做了坏事，但他今天没有跟徐怀义走，这说明他还有一点良知。事情发展到现在，大家要怪就怪徐怀义一人吧。这人坏透了，我父母是他害的，我嫂子也是他害的，今天，他差点又害了黄桂芝。其实，在出这事之前，本来是可以预防的。一井说徐怀义前一段时间就到过她家，被她赶跑了。但黄桂芝与一井都没有报告，依然对他存有良善之心，到头来，受害的还是自己。这就是典型的农夫与蛇的故事。大家一定要看清了，在你死我活的斗争中永远不能发善心，事情的发展都是不以我们善良的愿望为转移的。

几人正在这里说着话，医生却与一井出来了，大伙就急着问黄桂芝的情况。这个小老头很淡然，一副司空见惯的样子，只说了一句：我什么也不知道，也没给谁看过病。说完，扭头就走了。一井就简单地跟大家说，母亲已无生命之忧，头上脸上的伤是从马上跌落时磕碰的，腿上中了一枪，刚才医生把弹头取出来了，包扎了一下，可能得好好休养一段时间。

听到这里，大家心情逐渐平静下来了。

医生走了，贺山子与许拴虎他们进去看黄桂芝，张一井端来一碗水给她妈喝。黄桂芝此时清醒过来了，身体很弱，她看到这些石油厂的故人们，就说：谢谢大家。一句话没说完，眼泪就扑簌簌淌下来了。大家看着原本一个好好的人被折磨成这样，个个忍不住淌泪。

段双全聪明，见黄桂芝眼睛盯着贺山子，就悄悄拉了张一井的手，要她到外边去。几个人就都出来了，窄小的房间里只余了黄桂芝与贺山子两人。

黄桂芝说：山子，你还怪我吗？

贺山子说：不怪你，我从来就没怪过你。倒是你该怪我的。

不怪你的，不怪你的。黄桂芝说，我其实从心底里也没恨过你的。这句话一说，她的眼泪花就又开始打转。

贺山子看她的头发乱了，有几绺遮在了额头上，就帮她抚了一下。手指挨到她的额头，冰凉冰凉的，感觉到她头上的血管也在微微地跳动着，这手指就有了依恋，再没有离开，而是来回充满温情地抚摸着。黄桂芝这时情感完全失控了，许多委屈伤心的事一股脑儿全涌上了心头，她顾不得什么，一把拉住了山子的手，把他的手按在了自己的脸上。

山子，山子。她嘤嘤地哭了起来。

贺山子用手抚着她的脸喃喃地说：不怕哩，有我哩，一切都会好的。

贺山子怕夜长梦多，当夜就在村子找了辆驴车，上面铺了一床被子，将黄桂芝搀着躺在了上面往回返。因为路途颠簸，怕有个闪失，一井也就坐在了妈妈身边招呼着。其他几个人有的骑马先回了，有的骑马跟在了后边。小六子被人押着，骑着头骡子耷拉着脑袋。

夜漆黑，满天的星星密密麻麻眨巴着小眼睛。小毛驴在路上踢踢踏踏地走着，一会儿就上了大路。

贺山子拉着毛驴缰绳闷不吭声地走着。一井坐在车上，她老担心母亲睡着了再也不能醒来，就小心翼翼地陪她说着话，不让她睡觉。又走了好长一段路，黄桂芝忽然问一井：这是走哪儿了？一井说：走到三岔口了。

山子说：一井，你妈累了，今天经历这么多事，让她歇会儿吧。

一井听了就顺势把盖的被子往上掖了掖，说：妈，你安静地睡一会儿吧。

黄桂芝嗯了一声。停了一阵，忽然又说：多么静的夜啊，山子，你给我唱一首歌吧。

贺山子说：我现在哪有心情唱啊。

黄桂芝说：你唱吧，小时候我们在一起玩，你唱的歌可好听哩，我最爱听了。

早多年不唱了。贺山子说，话说是说了，但过了一会儿，贺山子却独自哼起了一首儿歌来：

猴娃猴娃搬砖头，
砸了猴娃脚指头。
猴娃猴娃你不哭，
给你娶个花媳妇。
娶下媳妇哪搭睡？
牛槽里睡；
铺啥呀？铺簸箕；
盖啥呀？盖筛子；
枕啥呀？枕棒槌。
棒槌滚得骨碌碌，
猴娃睡得呼噜噜。
……

张一井满脸地不高兴，嘴噘得老高，足可以拴一头叫驴。

黄桂芝被拉回县城，住到了诊所里，张一井就天天在床头伺候着。

就在这几天，贺山子却意外地接到了哥哥的来信。在信中，哥哥贺学文说在玉门发现了大油田，他告诉贺山子玉门钻第一口井就钻出了大油田，钻出了喷井。油直往出喷，整整喷了九天九夜，把周围多少里全部染成了黑颜色，到处流的是油，真正地成了石油河了。贺学文欣喜之情溢于言表，他在信中说：山子，你没见过，你想象不到那场面，真是壮观极了，我们所有的人衣服全被溅湿了，大家一点办法也没有，就只能眼看着石油日夜往出喷，但每个人的心情都是高兴的。皇天不负有心人，中国要有油了，是真正的大油田，而不是我们那里的几天才积聚一点的小油井，是真正的工业油流啊。这是中国多少有识之士都在期盼着的事啊。作为一名中国人，你能想到我此刻是多么激动，尤其在全民一起抗战的今天，我们能有油，我能见证这一时刻，能为抗战做一份贡献，这是多么令人高兴的事啊。

贺山子读完信，也替哥哥高兴，就回了一封信，简要说了厂里的情况。但黄桂芝受伤一事，他没有说，只说她很好，不用挂念，等等。信邮罢了，贺山子整个人却陷入沉思中。玉门发现了大油田，大中国有希望了，但延长石油却在日益走向衰落啊。目前，没有人，没有机械，没有油，一天天仅仅在维持着，在苟延残喘地过着日子，这种日子何日才是头呢？难道世事真这么巧，玉门油田的发现就是延长石油的末日吗？

黄桂芝在县城治了一段时间伤就回家了。因腿伤没好，就在家里休养着。家里还有痴呆着的张宏霖老妈，这样，爱到处乱跑的张一井就哪里也去不了了。这一段时间，许拴虎来过两次，过得几天，他就不来了，因为他明显地感觉到张一井爱情的天平已倾向段双全了。段双全成了黄家的常客，他人勤快，嘴甜，眼活，一口一个“婶”叫着，一井家的事就是他的事，碰到啥他就干啥，忙前忙后不停歇。

黄桂芝养了一段时间，便能架着拐杖活动了，但一井奶奶的身体却越来越差了，现在连爬也爬不动了，只能卧在床上，吃喝拉撒都在床上。她躺在床上连身子也翻不过，伺候的人就得每几个小时帮她翻一下身，免得把皮肤压烂了。段双全来了，他就把许多心思都用在了照顾一井奶奶身上，包括洗衣梳头，端屎端尿。这让黄桂芝心里很过意不去，觉得很不好意思。但一井却不在意，她说：妈，你管他哩，要做就让他做去呗，反正我又没有求着他去做。

看见一井感情出现了倾斜，对段双全明显好了，黄桂芝心中就略微有些发急。在她心里，许拴虎心眼少，但人实在，憨厚质朴，干活皮实。而段双全呢，聪敏，勤快，嘴巴甜，但就是有时给人感觉不实在，做事目的性太强。两相比较，如果要她选择的话当然是选许拴虎，但一井这么大了，又自负得了不得，天下人谁的话她都不愿意听，当然也不会听她这个当妈的话的。开始，黄桂芝还东敲西打地说过几次，但一井都当成了耳边风，后来她就不再说了。各人有各人的命，罢罢罢，随她去吧。于是，在她养病的这段日子里，慢慢地许拴虎不来了，张一井也不在意，在每个下午，她就在等着，甚至在村口盼着段双全的到来。而这个白净的小伙子也定会准时而来，一来就忙出忙进的，一刻也不闲着。

这天下午，段双全又准时来了，一井便指着要他把院子里的菜地翻一遍，自己得闲跑到秀女家玩了一会儿。不久回来了，却不知从哪里弄来一把毛毛草在手中拿着，得意扬扬地哼着歌，插在了瓶子里。院子里有块菜地，平时种点菜，现在一井是家里唯一健康的人，也是主事人，她琢磨着来年多种一些菜。由于地冻结实了，翻起来颇费劲。段双全将地里破败的一些枝叶收拾在一堆，点着了火，然后自己拿着锹就干了起来，一会儿就干得汗流浃背了。黄桂芝看在眼里，就心疼他，喊在一边不知道忙什么的一井帮忙。一井说：妈，你就让他一个人做嘛，他不累，他有的是力气。

黄桂芝自己帮不上忙，只能叹息着骂闺女。

干着干着，起了点风，接着天就阴了下来。一会儿就阴得重了，天空开始纷纷扬扬飘起了雪花。黄桂芝就喊着让段双全停了，反正地要过了清明才种的，也不在乎这几天时间。

段双全说：婶，不碍事，就快完了。要不，再下场雪，这地就又冻结实了。说着闷头干个不停。

雪越下越大了，段双全把锹收拾了，回到屋里坐在小凳上等着雪停下来。然而，今天这雪下得猛烈，大片的雪花纷纷扬扬从空中飘下，一会儿院子里就积了厚厚一层。从屋里往外瞧，远山近景都白茫茫一片了。

婶，我还是回去吧。段双全望着飘飞的大雪说。

不要着急，下这么大的雪，路上不安全。黄桂芝说。

对，先不要回去，晚上还要教我下棋呢。最近这一段时间，在段双全的指导下，一井爱上了下象棋。

于是段双全就忙活着做饭。吃完饭，天就愈加黑了。对于段双全这些日子的帮忙，黄桂芝心存感谢，就张罗着想过滤些米酒给他喝。在陕北，家家户户冬天都要做米酒的。酒是用糯米做的，封在一个瓷缸里，放在炕头上，用被子捂着。张一井听了，就从瓷缸里舀了些酒醅来，倒在罗子里，然后倒上水，一遍遍把里边的酒汁挤到锅里去。至于酒糟呢，就留着明天喂鸡。段双全一声不吭地烧着火，火映红了他的脸。一会儿锅里就热气腾腾了，屋内酒香四溢。

黄桂芝在炕上望着这一切，恍惚间又回到了往日，心里感到暖融融的。张宏霖在的那会儿，家里总来客人，一来一大群，张宏霖为人慷慨，就会张罗着喝酒；她就像此刻的一井一样，将酒一点一滴地过滤到锅里。不一会儿，一大群人便会大呼小叫地喝着酒，划着拳。

几个人一起喝了点酒，外面的雪花还在飘。此刻一井奶奶已进入梦乡了，看她此时睡得倒还实在，时不时打着鼾，黄桂芝把她的被子往下拉拉，但很快，她又给自己拉上来了，一直捂到了下巴。

黄桂芝随口问了段双全一些家里的事，双全就随口答应着。这一刻，气氛是这样的融洽。这母女二人，似乎都把段双全当成了自家人，当成了未来的女婿了。

一井听着听着嫌她妈问得烦，唠唠叨叨没个完，就说：妈，你烦不烦啊！你别问了，让双全哥教我下棋吧。说着，拉了双全就走。临出门时，黄桂芝忽然想起了什么，就喊住了一井，说：一井，你和双全少玩一会儿，他明天还要上班哩。一井应了一声拉着他走了。

本来一井奶奶能动的时候，是奶奶睡一孔窑，一井和母亲一起睡的。后来，奶奶动不了了，需要时时伺候，黄桂芝便将她接到自己身边来。因为一井爱干净，奶奶瘫痪后，身上老有味儿，晚上一井便不再和母亲、奶奶一块儿睡，而是一个人睡到边窑了。

张一井与段双全来到边窑，她生了一盆火放到了炕上。在陕北，冬天取暖用的是木炭，取一个火盆，下面用玉米芯子将火生着了，上面放些木炭，先放在院子里，待烟冒净了，里边全是蓝火了，便端回来放到炕上，一家人冬天便围着它取暖。临到睡觉时，便把火盆又放在门口的通风处，以免烟气中毒。

一井把火生着，又在灶火里添了些柴，打算把炕烧得热热的。又忙着跑到后窑里掏了几个红薯来，塞在了灶火口。

锅里的水很快就开了，满窑里都是热气。由于是冬天，地下有寒气，一井怕冷，脱了鞋先上炕了。她将一双脚伸到了被窝，然后提出一个袋子，哐里哐当地倒下一大堆棋子来，缠着要双全教她下棋。段双全呢，则拘谨地把脚半吊在炕沿上，半歪着身子，跟一井下着棋。下得一盘，当然是段双全赢了，一井非要再来。双方又来第二盘，这时一井看到双全的脚还吊在炕沿上，可能是冷的缘故吧，不停地晃动着，用脚后跟踢着炕沿。她就有些心疼了，说：你上来嘛，又没别人，咋那么笨呢。

双全说：怕婶子说。

一井说：怕你个头啊，我不怕，你还怕啊。

段双全就拘谨地将腿提了上来，上了炕。

来啊，把脚伸到被子下面。一井说。段双全就乖顺地把脚也伸到了被子下。

现在，两个人面对着面，侧躺在炕上下着棋。一井嫌冷，就半拢着被子。

又下得一盘，一井眼看又要输了，段双全要吃掉她的一个马，可她用手按着硬是不让吃。段双全再要吃时，她索性将棋子抓到了手中，段双全就伸手去夺这个棋子。两人夺着夺着，忽地一下，张一井将棋子藏进被窝里了，段双全想也没想，手也很自然地跟着伸到了她被窝中。张一井在被窝中将那个棋子紧紧地捂在了自己怀中，段双全手伸进去摸到了棋子的同时，忽然碰到了软绵绵的一团东西。他吃了一惊，蓦然意识到是什么了，连忙就要把手缩回来。但就在这时，一井抓住了他的手按在了自己的胸脯上，闭上了眼睛。

段双全的一只手就这样被动地按在一井的胸脯上。他感到手下是软绵绵的一团东西，并且在急促地起伏着、跳动着，像要从中蹦出来似的。他的心突突跳着，脸也憋得通红，他觉得自己这一刻都快要窒息了。

笨。一井红着脸，小声地说了一句。说完又闭上了眼睛，全身耸动着，一副陶醉的样子。她的嘴唇此刻是那样的耀眼，是那样的妖艳……段双全明白了，只是他心跳得厉害。他笨拙地将身子一点点往过移动着，把自己的嘴唇凑了过去。就在他靠近她的那一刻，一井一把抱住了他。两个年轻的身体，两颗跳动的心终于紧紧贴在一起了。

段双全此时觉得自己异常笨拙，心中燥热，想要干什么，但却不知道该怎么做。看着灯还亮着，他就想要先吹灭灯。但闭着眼紧抱着他的一井摇了摇头，制止了。

两人就不吹灯，而是相互抱着钻到了一个被窝中。干柴烈火，两人在被子里只觉得身体异常燥热，就在炕上翻滚起来了。

一井！一井！

哦哦哦……我就喜欢你这聪明劲。张一井梦呓似的说着话。

一井，你这口井好深啊。

你听我话不？

听啊听啊。

你答应我，给我报仇，行不？

我什么都答应你，都答应你，我的好姑娘。

……

两人传出了梦呓般的声音。

日子不咸不淡地过着，黄桂芝的伤渐渐好转。

段双全自与一井有了肌肤之亲后，跑得更勤了，三天两头给她捎一些好东西来，也给黄桂芝买一些鸡蛋鱼肉等补品。黄桂芝不想让他这么破费，制止了几回，但后来架不住他这般热情，也就不吭声了。

因为两人恋爱了，黄桂芝没多想，就觉得高兴，毕竟这家里需要一个像样的男人啊。又过了一段时间，她的伤就好了，撇了拐也能慢慢走路了。这天，邵大姐和贺山子来看她。邵大姐对她说，现在国共合作，全民抗战如火如荼，后方就显得愈加重要，想让她加入共产党阵营，加入支援抗战的行列。因为黄桂芝识得一些字，通情达理，有一定的群众基础，所以邵大姐就盼她能够把呼家川的妇女先组织起来。现在是加紧生产为抗战，有力的出力，有钱的出钱，也应该把延长的妇女们组织起来干些事。

邵大姐说：你看，你先前对山子有意见，可山子还不是在节骨眼上救了你，你俩就算扯平了。另外，你也看得见，这呼家川农民什么时候吃饱过饭？可共产党解放延长以后，打土豪分田地，家家有地种有粮吃，哪一家不说共产党好啊。

说起张宏霖，事情早就过去了，这活着的人得想法儿往下活，要活得更好，才是对死去的人的最大安慰。你说是不？

黄桂芝自丈夫去世后，心就死了。曾想着自己永远不会和共产党有来往的，但在这几年里，她慢慢地被周围的事感化着，尤其是这次被贺山子救了以后，她对一些事就有了新的思考和认识，这心里结了许久的冰慢慢就融化了。想来想去，就这么一天又一天在村里过这种平淡无聊的日子，这是自己想要的吗？这是自己生活的全部吗？

一旁的贺山子看出了她的顾虑，说：你先前活得充实，是因为你与张宏霖都有事业追求，在石油厂看着油厂一天天发展，采出的油多，你们就都高兴。现在这个村里，你只过个人的小光景，这不应该是你的全部生活。说实话，不是我有多高尚，我一路走来，就觉得幸福不只是一个人有吃有穿过得好，更重要的是自己活着对他人有帮助，被更多人需要着，这才有意义。

这句话说得实在，黄桂芝一时就有了同感，觉得还是贺山子了解自己。这几年在村里她生活得很迷茫，一点也不快乐，但就这还不得安生，前些日子又受了天大的委屈，这也使她开始重新思考目前自己的生活。现在见两人说得这么恳切，她就答应等自己伤好彻底了，就到妇救会工作。

几人说着话，黄桂芝忽然记起另外一件事来，对贺山子说：村里的小六子自从上一回事后，一直没脸见人，天天待在家里，大门不出，二门不迈的。我一直想着，这娃娃懒是懒一些，怕劳动，但本质上还不算坏，石油厂缺人的话，将他招到厂里去，换个环境，说不定他能变好哩。

贺山子说：石油厂现在的效益不好，资金也少，基本上处于维持状态，目前不招人。但是有几个搭伙驮油的人不愿意干了，小六子如果有牲口的话，拿牲口入伙，倒还是可以考虑的。

黄桂芝听了这话就高兴了，她说：这我来想办法吧。

邵大姐一时看到她脸上有了欣喜之情，就说：咦，他那么害你，你还帮他？

黄桂芝说：这娃娃打小我就认识，本质上不那么坏，只是一时财迷心窍、脑子发昏罢了。

贺山子在旁说：这正应了我刚才说的话了，能够帮助别人才是自己最大的快乐。

一句话说完，大家都笑了。

没过几天，小六子的本家及亲戚集资给他买了一头骡子，小六子就吆着这头骡子到石油厂上班去了。

到了年跟前，一井奶奶去世了，这位坚强的老人最后瘫在炕上度过了自己的余生。埋了一井奶奶，黄桂芝伤也好了，顿时家里轻松了许多。黄桂芝就去了妇救会，在大家的一致推举下，成了呼家川村的妇救会主任。她按照县里的安排，在邵大姐的指导下，组织妇女开办夜校，农闲时教她们学文化，给妇女讲一些婚姻自由的观念与道理。张一井虽然一百个不愿意，不愿母亲与贺山子他们为伍，但此时她已陷入热恋中，根本顾不得这些了，只要母亲不管她，她也懒得管母亲。

黄桂芝的生活重新变得忙碌而充实了。虽然累一些，但她觉得自己仿佛又回到了在石油厂的岁月，她不再自怨自艾，而是觉得个人活得有了价值。过了年，正月里，她还组织村里的妇女排了一台秧歌去县城参加红源区的秧歌会演。村里这些妇女个个笨得什么动作也不会，她就一招一式、一点一滴地慢慢教给大家。

段双全依旧来，来了就和一井在一块儿，成双成对地出入，悄悄地说一些话。他俩说话时，就避着黄桂芝。黄桂芝觉得他们有什么事瞒着她，但也没往心里去。年轻人的事，就让他们折腾去吧。至于自己呢，有时静下心，觉得张宏霖母亲去世了，身边少了牵绊，个人还年轻，现在提倡婚姻自由，是不是还可以找个男人呢？找谁呢？她就不由自主地想起了憨厚朴实的贺山子，想起那天晚上他为她哼的儿歌，但仅仅想一下而已。毕竟，他是她的杀夫仇人啊，再嫁他，那还不被人笑话死？

到了农历二月二这一天，下了一场雨夹雪，一下一整天。这可能是年后的最后一场雪了。第二天清晨起来，雪是停了，远山近景一片白，院子里的梨树、桃树上挂满了雾凇，成片成片的，银装素裹，格外妖娆。黄桂芝就多看了几眼。看到这么美的景致，她一时也有了兴趣，就喊：一井，起床了，看看外面的雪，真好看。说了这话，她都由不得好笑了，都什么年纪了，什么没见过啊，还好这些？倏然间，那些少女时代的荒唐事就在她脑子里闪了一下，贺学文、张宏霖将自己藏到了山洞里，然后偷公家的油来救自己……那些事，多荒唐啊，但想起来也是那么有趣啊。

一井起了床，伸着懒腰出了门。懒懒地望了望，忽然就恶心起来，她赶忙跑到梨树下吐去了。

黄桂芝看到了，就问一井怎么了。

一井一边吐一边说：可能是吃着了。

黄桂芝看她没什么事，就进门去了。

一会儿一井回来了，脸色苍白，悄声说：怎么一直恶心啊，也不知道咋了，直想吐。

你是不是吃什么了？

不知道啊，也没吃什么，就吃了一点羊肉而已。一井说。

那你去弄点药来，西药片子，很快就会好的。黄桂芝说。

不用的，一会儿就没事了。一井说。

这天就这样过去了。第二天是个晴天，早晨黄桂芝起来做饭，喊一井来帮忙。一井跑前跑后，不一会儿就又恶心起来了，又到院子里的梨树下去吐。她蹲在树下，喉咙里发着恶心，但却吐不出来，只吐些酸水。看到这些，黄桂芝忽然意识到了什么，等一井返回屋的时候，她注意到一井的身子臃肿了些。作为过来人，她马上有了一个想法，就问：一井，你是不是怀孕了？

什么？怀孕？

你是不是恶心想吐，这几天又想吃辣的或酸的啊？

是啊。还瞌睡得不行，乏得不行，就想睡觉。张一井说。

听到这里，黄桂芝心里一惊，她一把将门关住，回头对一井嚷着：你是真怀孕了吧！我当初怀你的时候就是这样的啊。

不可能吧。一井吞吞吐吐道。

你把衣服脱掉！黄桂芝说。

一井犹豫着不脱。

脱掉！黄桂芝说。

一井慢腾腾地脱掉衣服。一个明晃晃的微微隆起的肚子就裸露在了黄桂芝的面前。黄桂芝用手摸了一下，大声道：我的儿啊，你就是怀娃娃了啊，这到底是谁的?

一井不吭声，又把衣服穿好了，说：妈，你不要乱想，肯定不会的。

是那个姓段的小子吗?他这不是作孽嘛！一井啊，你怎么可以如此糊涂呢，如此不珍惜自己呢?你还是个黄花闺女哩，你咋可以这样啊。你不知道，女人的清白大过天啊。你啊你，气死我了。

妈，就只那么一两回。一井吞吞吐吐地说道，肯定不会有事的。

只有一两回！你是黄花闺女啊，你还没有过门呢，你怎么可以和男人睡一起呢！——看来是真的了，这个遭天杀的段双全，整天往家里跑，我瞅他就不是个好东西，原来天天在打你的主意啊。段孙子啊，你可把我女儿害苦了啊。

妈，我不允许你骂段双全。一井说。

还不让骂，你们做出这丢人的事，让我的老脸往哪儿搁啊！村里众人会怎么说啊！你爸殁了，就只有我，你让我怎么活啊?黄桂芝急得直想大哭。

有那么严重吗?反正段双全要娶我的，早娶晚娶还不是一样啊。一井不以为然，接着又嘟囔了一句，再说了，现在讲究恋爱自由哩。

你，你，你，娶过门生孩子是天经地义的，你见谁家大姑娘在娘家生孩子了?难道让你挺着个大肚子嫁人啊！你让村里人怎么看，你让亲戚怎么说?黄桂芝气得直转圈。

他们爱怎么说怎么说，爱怎么看怎么看，我才不在乎呢，反正我就和他好。

你，你，有你这么不要脸的吗?黄桂芝气得说不出话来。咱家的门风都让你败坏完了，我这张老脸也让你丢尽了。黄桂芝气得说不出更多的话来。

那有什么，当初你不也是跟我爸钻过山洞吗?一井不知轻重地说了这么一句。

听到一井这么说，黄桂芝气不打一处来，骂道：我打死你这个没教养的东西。啪地伸手打了一井一记耳光，大声斥责道：你给我滚，你给我死去。死得远远的，再不要进这个家门。我没有你这样的女儿。

张一井挨了打，一下子就蒙了，她用手捂着脸，半天反应不过来。她哪里受过这样的委屈啊，歇斯底里地喊道：滚就滚，死就死。我再不回来了。说着喊着，扭头跑掉了。

家里，锅里在热腾腾地冒着汽，灶火口有柴火烧出来了，烟直往屋里灌。黄桂芝到了灶火边，用脚把柴搓了几下，火是熄灭了，但还一个劲地冒着烟。她气极了，便伸手把灶火的柴一把拉了出来，扔到了院子里的雪堆上。

她一个人坐在炕沿上，双手捂住眼睛，泪水就不断线地流了下来。

人活着咋就这么难啊。男人早死了，自己一个人屋里屋外操持。前段时间自己受了伤，这段家的小子就跑得勤了些，自己还以为他是好心帮自己家的。哪里知道他就安上了坏一井的心啊。自己真是笨啊，天下哪有免费的午餐啊，他肯定是有所图的。这些事自己早就该想到了啊。她在心里一遍遍地骂着段双全，千刀杀万刀剐地骂不绝口。骂着骂着，就又想起了自己早死的丈夫来，就开始骂起张宏霖了，只怨他把女儿当成掌上明珠，一直惯着她，女儿才会这么任性。

黄桂芝哭了一早晨，但又能怎么样呢？现在只能盆打了说盆，罐打了说罐了，没办法，就又开始做饭。饭做熟了，就喊一井来吃。自己的女儿，即使再错又能咋样呢？自己说她、骂她，但女儿毕竟是自己亲生的啊，是一家人，是一个锅里搅稀稠的。一井，一井！她开了大门喊了几声，却没有任何回答。她抹干了眼泪，出门去，故意装作不在意的样子，到邻家去串门。因为一井平时跟村里秀女、三女两个走得近，她就去问她们。但她们都说没看见。转了一圈，又到村中几个本家那去问了一趟，但大家也都说没看见。这时的黄桂芝心里就没了底，开始发慌了。一井会到哪里去呢？这个任性的姑娘，不会出什么事吧？

她前脚刚进家门，秀女就跟来了。原来秀女从黄桂芝问话中看出了她的慌张，觉得可能有什么事，就跟来了，问她究竟是怎么了。

黄桂芝不好意思跟秀女说实话，就说：一井早晨起来跟我吵了几句，我失手打了她，她就离家跑了。

哦，婶，不会有事的，你别操心。我这就去找她。秀女说。

秀女离开了，家里静悄悄的。黄桂芝一个人心里不安生，饭也吃不下。这个活宝女儿，自负得了不得，受不得气，性格又是一戳枪不会拐弯，她会到哪里去呢？如果因为自己失手打了她，让她有个三长两短，这可如何是好啊。

黄桂芝一个人想着，就不由得心里愈加发慌。自丈夫去世后，她所有的支撑就是这个女儿，一天天盼着女儿长大，也算是一种安慰。可现在如果女儿想不开，寻了短见，自己可如何是好呢？

一会儿秀女回来了，她是到段双全家去了，结果段家人也没看见一井，说双全有好几天都没回家了。秀女这个说法给了黄桂芝一些提示，事情都是因段双全而起的，这个死女子会不会和段双全在一起呢？

黄桂芝一时不知如何是好，她不愿意让其他人知道这回事，毕竟这是个丢脸的事。直接去找段双全也觉得不合适。想来想去，她就只能到石油厂来找贺山子了。

昨天下了雪，清晨，贺山子正指挥着大家清理院子里的雪。安排完了，他来到了牲口圈前，看着一头头牲口正在吃草，便用手抚着一头骡子说：伙计，好好吃吧，天晴了，你们就要踏上新的征程了。

猛然，贺山子看到慌慌张张的黄桂芝，立时吃了一惊，便问她什么事这么慌张。黄桂芝问他看见女儿一井没。山子说没见啊。她又问那段双全在厂里不。贺山子说好像今天也没见他啊。一听到两人都没露面，黄桂芝便又着了急。贺山子觉得奇怪，就问她到底咋了。黄桂芝依旧吞吞吐吐半遮半掩地不说实话，只说和一井吵了一架，一井跑掉了。贺山子见她神情不自然，预感到事情重大，就领她到办公室来。一到办公室，独自面对贺山子，黄桂芝就撑不住了，好像抓住根救命稻草似的，哭着把事情说了一遍。

知道了。山子听完后平淡地说。你别急，不会有事的。一井的性格我知道，她要强，吵了架就跑了，但她大大咧咧的，性格开朗，不会有什么意外的。这样吧，既然这事和段双全有关，就先把他找到问问情况再说。你不要着急，事情既然出了，咱们就盆打了说盆，罐打了说罐，生气、着急都是没用的。

听了贺山子的话，黄桂芝心情渐渐平静了下来。内心不由得叹道：山子处事不惊不慌，一井如果有这么个父亲该多好啊。什么事在这个男人身上就都不算事。同时也慨叹，自己如果真有这么个男人的话，此刻也就不用瞎着急了。

山子去找段双全，厂里和他一起上班的同事说，今天本来轮段双全休息的，早晨，他忽然来厂里转了一圈，拿了个东西就走了，也不知道去哪里了。听到这些，贺山子就私下对黄桂芝说：段双全来拿东西，情绪又慌张，这表明他肯定知道一井的事，或者跟一井在一起。你先回去吧，我打发工人在城里找找，等找到再说。

黄桂芝就先回家了。她回到家里心神不宁，度过了煎熬的一天。

到傍晚的时候，段双全的父亲却领着段双全亲自登上黄桂芝家门了。他父亲提着一些礼品，段双全则小心翼翼地跟在身后。看到他们俩先后进屋，黄桂芝第一句就问段双全：一井呢？

段双全父亲示意了一下，身后的段双全就赶前来，扑通一声跪在了黄桂芝面前，说：婶，都是我不好，都是我不好。说着左右抽了自己两耳光。

我的一井呢？看着这一切，黄桂芝仍旧觉得茫然，又问。

段双全说：一井现在好着哩，在我家里呢。她早晨跑来找我，说你发脾气。我怕你生气，就领着她在城里躲了一天。

真的？黄桂芝将信将疑。

嗯。段双全父亲点了点头。

看到他父亲也点头，黄桂芝提着的心这才落了地。但一抬头看见面前跪的这个段双全，又气不打一处来。

她对段双全父亲说：你看你，都是你调教出来的好儿子。

段双全父亲就将段双全骂了一顿，段双全又扇了自己两耳光，一边扇一边说：婶，都是我不好啊。

黄桂芝气得手不停地颤抖，指着段双全久久说不出话来。

段双全怕她气着，连忙起身想搀她，但又被她骂了几句，就只能远远站着。

段双全父亲看到这情形，就让双全到门外边去。于是，这间屋子里只剩了他跟黄桂芝两人了。

双方就说了一阵话，待到黄桂芝心情稍微平静了，段双全父亲就说：事情我都知道了，娃娃年轻，发生了这事实在出乎意料。现在咱们就事说事，保住一井的名誉最为要紧。接着，他又试探着说：关于这事，我倒有个解决的方法，不知当说不当说？

黄桂芝坐在炕沿上低着头一声不吭。

我看干脆就让两个娃娃成亲算了。事情是坏事，反回来说也是好事。一井年龄小，虚岁十八了，双全二十一了，刚好男大三。我刚才还让李半仙算了一卦，说属相相合着哩。事只有咱两家人知道，倘若把婚事办了，就把其他人的口给堵住了。另外，这双全在石油厂上班，歪好也有个事干，算半个公家人。他说他们那里缺人哩，等一成亲，就让一井也到井上去，换个环境，大家就把这事忘了。

黄桂芝木然地听着段双全父亲的话，似乎听见了，又似乎没有听见。

其实，这件事情是没有第二种选择的。因为堕胎的风险更大，堕不好，会要了命；堕成功了，风声也会传出去，会坏了一井的名声，将来再嫁人就会更难。在陕北这样封闭的环境里，女人的贞操名誉远比什么都重要。这些事，黄桂芝当然心里清楚得跟明镜似的。

就这样，匆匆忙忙的，两家都没来得及准备什么，过了半个月，几头毛驴就将张一井驮到了段家的门上。此时张一井已怀孕的消息一经折腾也就传开了。成亲那天，段家雇了两班子吹鼓手，引得许多人前来围观。但自负的张一井哪管得了这些，她穿上了红绸子袄绿绸子裤，拾掇得体体面面的，头上顶着红盖头，被驮到了段家。她多少有些幼稚的面孔与这种喜庆的气氛形成了强烈的反差。在烦琐的礼仪之后，她和段双全拜了花堂。就这样，一个懵懵懂懂的，但自以为成熟的姑娘就这样糊里糊涂结束了自己的青春期。

院子外，一位年老的妇女用沙哑的声音唱道：

> 一拜灵神关神来，金银财宝日日在；
>
> 二拜后土加一丁，两家儿女合婚姻；
>
> 三拜公婆寿命长，钱财万贯有牛羊；
>
> 四拜七十二位有勋神，敬物尤在敬合同。
>
> ……

到了清明节，开始扩红，新一年的征兵又开始了。延长街上敲锣打鼓，大造声势，一些当兵的男男女女到处散发着传单，许多人跟着看热闹，也有一些父母亲自送儿子来当兵。石油厂有两个后生也要报名当兵，贺山子就打算领他们到街上的招兵点报名。

这时许拴虎却急急忙忙赶来了，他是给贺山子请假的，说要当兵去。

贺山子一听就纳闷了，便问：你为啥要当兵呢？许拴虎这一段干得好好的，另外，他家里就他一个独子，扩红的条件是兄弟三个扩一个，他不在此列的。

许拴虎不吭声。

你真的要当兵吗？

沉默。

你家里人会同意吗？

依旧沉默。

街道上，当当当的锣声在敲着，扩红啦扩红啦的声音不断传来。

贺山子盯住许拴虎看了半天，然后想了一下。他见这里人多，就把许拴虎拉到僻静处，说：我跟你说三句话，三句话听完，你愿意当兵我就同意你走。一句话还是老话，是金子放到哪里都会发光的，石油厂目前小，但总会有长大的那一天。第二句，该是你的，终究会是你的；不是你的，你怎么强求都没用的。第三句，认准一件事，要有足够的恒心，要咬牙坚持到底。如果你半路不坚持了，放弃了，那以前所付出的努力就都没有价值了。

许拴虎似懂非懂地听着这些话。

第七章

话说天下大事，合久必分，分久必合。

国共两党在1937年卢沟桥事变后开始合作，共同抗日。1939年1月，国民党在五届五中全会上，却制定了一整套“溶共、防共、限共、反共”的政策。国共两党为了对付真正的敌人——日本侵略者而建立起的统一战线，此时已出现巨大裂痕。陕北呢，本来就是个很贫穷的地方，本地农民种点粮食也仅够维持温饱，如果碰上天灾，就连温饱都成问题了。红军长征到陕北后，陕甘宁边区的经济在国共合作之时，有了很大改观。但忽然间，国民党翻脸了，陕甘宁边区经济被封锁了，边区财政收入一落千丈。到底该怎么办呢?

关于这个问题，毛主席召集留守在后方的高岗、林伯渠、萧劲光等同志在一起开会，研究应对措施，最后总结出三种方案：第一是革命革不下去了，那就不革命了，大家解散回家。第二是不愿解散，又没有办法，大家一起等着饿死。第三嘛，那就是靠我们的两只手，自力更生，发展生产，大家共同克服困难。大家听了，纷纷赞同第三种方案，这个方案也很快在党内达成了共识。此后不久，毛泽东代表党中央向边区党、政、军发出了“自己动手，丰衣足食”的号召，要求人人参加生产，解决吃饭、穿衣问题。于是，就有了那场震撼世界的“军民大生产”运动。不过，这是后话，我们还是说眼前吧。

边区政府要增加财政收入首先想到了发展工业，这样，解放区的两种工业品——延长的油与定边的盐就被提上了重要议事日程。延长石油厂作为军工企业，党中央对其寄予了极大的期望。很快，党中央召开会议，要求石油厂尽快扩大生产，增加产油量，增加收入，全力以赴支持边区财政。

此时的石油厂是什么状况呢？先前总共有三套打井设备，运往玉门两套，这里只剩了残缺不全的即使拼凑也不完整的一套；炼油的设备也只有一套；且厂子目前不足一百人。厂子的技术骨干一部分跑了，一部分被抽调到玉门去了，只剩一些本地的老工人，他们会的活路也大都是下苦力，抽油、驮运油等，机器坏了，厂里连个像样的修理工都没有。这几年里，厂子没有创造，没有技术革新，更没法打新井，大家只是靠着先前的延一井与其他两三口井采点油，一天天维持着。全厂月产原油只有四到五吨，年产油仅四五十吨，而这些油也就仅供八路军及附近的百姓点个灯照个明什么的。厂子生产基本上处于停滞状态。

贺学文走了以后，隔了一段时间，组织上又派来一位叫张永清的厂长，贺山子依然是副厂长。此时厂子依旧属于军管，组织机构也比较简单：设工务科，统管生产、技术和生产物资的供应，下设几个生产管理员和材料库；设总务科，管财务、运输和生产资料的供应；政治上，设有指导员，有政治、教育干事和文化教员等，他们同时指导工会工作。

在这两年内，除过贺山子、高维新、李长青、郭宝仁、张义福等本地原有人员外，又加入了一些人。这些人大都是参加过长征的，号称技术人员，其实他们对机器、采油也根本不懂，只是长征结束后，当时在富县茶坊镇开设了一所摩托学校，他们在那培训过一段时间。就这样，他们便被当作懂机器、懂技术的技术人员派到了这里。

石油厂接到了上级加大石油产量的通知，大家在一起商讨，都觉得老虎吃天，无法下爪。没钱、没人、没技术，增大产量从何谈起啊。在张永清、贺山子主导下，厂子经过研究，向军工局提交了一份报告，具体说了石油厂的难处，尤其是没有技术人才。军工局接到这份报告后，也很重视，就答应派人来，派一些年轻的知识分子来。5 月份，就委派一位叫陈振夏的人担任石油厂工程部主任。

而正是这个人的到来，完全扭转了延长石油厂局面，开创了延长石油厂的一个新的时代。

陈振夏刚来时，任石油厂工程部主任，但没过几天，厂长张永清就调走了，陈振夏就直接被任命为石油厂厂长。而贺山子则依旧是副厂长，负责石油生产与销售。

陈振夏是一个极富经验的机械工程师。他出生于上海，家境十分贫寒，少年时曾在上海模范工厂当过练习生。前后三年间，他体会了中国工人生活中的种种艰辛，多次参加上海的大罢工活动，后来在一次活动中被拘捕到警察所，靠亲戚担保才被释放。释放后在招商局工作过一段时间，做过工程师和轮机长，但因为他有种种激进爱国行为，所以被国民党当局当作危险人物，处处受到限制。1938年2月，陈振夏毅然投奔共产党八路军，来到了延安。

陈振夏一来石油厂，面对这个烂摊子，就先和一些老工人接触，集思广益，组织贺山子等在石油厂工作多年的老领导、老工人开会。响应上级的号召是必然的，只是看采取怎样的措施才能达到最好的效果。在会上，大家回忆了延长石油走过的历程，很快就达成了共识——要想多产油，只能打新井。不要说多，如果碰巧再打出一两口像延一井那样的井来，厂子就会有新的起色。但是关于拿什么打，在哪儿打，如何打，大家都说不上个所以然来。延长县苏维埃政府主席谭生金也参加了大会，他在会上表了态：延长的经济发展与石油厂的发展密不可分，当年石油厂生产高峰期，延长城市场繁华，车如流水，各项产业十分兴盛，而现在各种铺面都门可罗雀了。他代表延长县政府也在盼望着延长石油厂能在新领导带领下，尽快步入正轨，扩大生产规模，产出更多的油来。

打井先要有设备，而石油厂仅余的这一套设备也是缺这少那的，凑集设备的任务就落到了管生产的贺山子身上。贺山子召集许拴虎等几个身体壮实的骨干开会，要他们收集失散在各地的打井器材，反正拾到篮里都是菜，大的也要，小的也要，只要和打井设备有关的，就都先收集回来再说。

许拴虎听到吩咐，就组织了六个壮劳力，整天吆着骡子上山进沟，以老工人提供的以前钻探过油井的地点和历次搬运器材的路线作为寻找散落器材的线索。一个一个井口跑，一个一个线路过，一颗螺丝、一块废铁、半个钻头、一根绳子全都往回捡。小件的就装在袋子里用牲口驮运回来，大部件的就几个人抬回来。同时又四处张贴告示，发动民间力量，只要发现与打井器材有关的零部件，石油厂都以高价回收。这样，很快就收集了许多废件，这些收集回来的东西又全部交给了徐家宝、赵良福等几个上过摩托学校的技术人员，他们利用一台从茶坊搬来的加工零部件的牛头台钳，想方设法加工成打油井用的部件。

有一天，许拴虎和工友们在烟雾沟意外地发现了一台旧的蒸汽锅炉。这是建厂时最早使用的蒸汽锅炉，因为破了，没法炼油了，后来就被搁置了。先前油矿迁移时因为这个锅炉没用处，又太大了不好运，就扔下了。相隔多少年，这里的厂子早已废弃，厂房也坍塌了，院子里到处都是疯长着的荒草，那台破旧的锅炉就被土半掩着横躺在荒草间，也早已锈迹斑斑。蓦然发现了这个东西，许拴虎就汇报给贺山子，贺山子又领着徐家宝与赵良福赶了过来。大家把锅炉周围坍塌的土刨开了，见锅炉底部有外力砸的一个窟窿，但整体看，还是完好的。徐家宝与赵良福几人一起仔细看了，盘算了一阵，认为这个窟窿完全可以用铆钉来补的，也就是说，这个锅炉是可以修理好的。

贺山子与许拴虎听了十分高兴，当时，大家就想把这个东西往回拉，但看来看去，道路实在太窄了，要修路的话，十几里的山路花费可不是个小数字啊，当然也不值得专为这个破锅炉修这么条路啊。就这样，众人议了一议，实在没法子运，就暂时放下了。

这件事许拴虎一直记在心里。到了冬天，他发现几个小孩子在河边溜冰，当时冰未冻结实，他还去劝了孩子们几句，要他们小心。但就在劝的时候，他忽然有了个想法，就赶忙给贺山子说可以等河里冻结实后，从冰上运过去。这个建议马上得到了领导的认同。

又过了一段时间，冰天雪地的，延河就冻结实了。这时厂子由木工组的同志制作了专门的拉锅炉大车，并勘察了路线，修整加宽了从山沟里出来的小路。十多个小伙子将锅炉装上了马车，出了山沟后，就到了川道里，到了延河畔。于是大车用一头骡子驾辕，三匹马拉长套，许拴虎带领十多名工人组成了抢险队，他们个个手拿铁棍、铁锨等跟在后边。就这样，这辆拉着锅炉的特制大车在冰河上每天一点一点往前挪着，用了三四天时间，终于将这台锅炉拉到了石油厂。由于运锅炉的办法是许拴虎想出来的，并且他在拉运过程中表现突出，所以，石油厂还特意奖励了许拴虎及其他两个人。

经过几个月的努力，收集到了不少器材，有各种钢管、钢丝、棕绳以及打井用的钻头、钻杆等各种工具。于是，利用这些东西，在陈振夏亲自督促下，老工人马进昌、李长青、郭宝仁、李青山、孟宪臣、董开荣、董开泰等用简陋的工具，日夜奋战，终于拼凑成了一套完整的打井设备。

打井机器有了，但井架等这些大型的设备却没有来源。当时缺各种型钢，外围又被国民党封锁着，想买也买不到，怎么办呢？有着多年打井经验的董开荣、董开泰兄弟俩就建议，钻井井架除四根角柱用6英寸钢管外，其余都用木结构。他们的这种想法，受到了一些人的质疑，都觉得肯定行不通。陈厂长就召集所有有钻井经验的工人开会，在一起商议。商议来商议去，大家达成了共识，用木料代替钢材。其实不代替又能怎样呢？现在哪里来的钢材啊。最终，由陈厂长拍板，用木料代替钢材，但尽可能用整块木料，绝不能凑合。像蒸汽机底座、传运机中的承力立柱和横梁，这些习惯叫作油梁的东西，都必须用整块木料。这样大家算了一下，最大的油梁约10米长，横截面要达到600到1000平方厘米，木质又要非常结实，这么大的木料要到哪里去找呢？

于是，寻找木料、砍伐木料又成了近段时间最为核心的事情。

许拴虎得知需要木料的消息后，主动请缨，因为他在满山遍野寻找那些零件时，已把延长与永坪两个地方全部转遍了，他发现有个叫杨家总兵陵园的地方有许多松柏树，粗壮茂盛。传说杨家村不知在哪一朝出了兄弟俩，在外领兵打仗，后来官做至总兵职位。父母去世后，由朝廷拨付款项，在村东头建造了陵园。墓园占地上百亩，墓也早被盗了，墓前的石人石马现在也都缺胳膊少腿，但石台阶在，石碑也在，只是上面的字随着年代而漫漶不清了。这个墓园内遍地都是些松柏树，足有上千棵，棵棵粗壮、茂盛、挺拔，粗的甚至要两三个人才能抱得过来。因为树在陵园，多少年来没有人动过，前一段时间，许拴虎和工友们发现了，他就记在了心里，现在听说厂子需要好木料，他当即就推荐了这个地方。贺山子与陈振夏知道后也很高兴，他们又给谭主席说了，谭主席也同意砍伐，说地方政府全力支持石油厂。

正值初冬时节，贺山子委派许拴虎做队长，挑了十多个年轻力壮的工人，并派了董开荣、董开泰两木工兄弟与大家同行。大家冒着严寒，带上干粮，带着斧头、锯子、大绳等一同出发了。许拴虎一行沿着川道的大道走，然后转到安沟这边，穿过一个狭长的峡谷，最后沿一条崎岖的小路爬上去，就到了杨家总兵陵园。

许拴虎他们及杨家村的一些村民先祭拜了杨家先祖，祭告说他们为了抗战，现在实属无奈要砍树，请求杨家先祖在天之灵多多理解与包涵。接下来，董氏二兄弟就挨个看每棵树的长势，觉得哪棵树可以用，就在上面画个记号。

正是初冬天气，虽艳阳高照，但一阵一阵刮着西北风，天气冷。在寒风中，这一群小伙子们开始了砍伐。大家情绪高涨，一个个乐呵呵的，咔嚓一声，一棵参天大树砍倒了，一群人便上去把梢子、斜枝都截掉，然后在董氏兄弟的指导下锯成几截运出陵园，在宽敞处堆积起来。

砍伐了十天光景，木料很快就堆积了一大堆，董氏兄弟点了一下数，觉得用来做枕木数量差不多了。但许拴虎还是不放心，觉得万一不够的话，再从哪里去弄这么好的原木料呢？就决定多砍伐一些，然后再开始运输。

然而，任你想得再好，也需要天公的配合。谁也没想到，夜里竟然下了一场大雪。清晨起来，天空雾蒙蒙的，还飘着雪花，地上已积了厚厚的一层雪。许拴虎一看满世界的白，可就着了急。连忙招呼大家赶紧起来，赶紧砍树，要赶在上冻之前，将树木砍够运回去。队员们个个打着哈欠，揉着眼睛起床了，但推开门望着门外飘飞的雪花就都犯了愁。

厂子里在等着木料，我们也立了军令状要赶在上冻之前把这些木料运回去的。现在下雪了，我们要赶早不赶晚，今天争取再砍伐一天，明天开始运木料。许拴虎说。

队员们懒懒地起床，洗脸，上工。这几天，大家个个都累得够呛，现在见下大雪了，有人就说怪话：杨家陵园的树动不得的，一动，老天就不愿意了。就像这场雪，要比往年下得早一个月哩。

但说归说，活总要干的。

这十几个人就个个拿起工具又走进了陵园。

雪花不断地飘飞着，砍树就更不容易了。树顶落了一夜雪，树身一动，积雪就劈头盖脸地砸下来，工人们身上、脖子里就灌满了雪。雪很快融化成了水，贴在身上冰凉。大家个个冷得全身发抖，只有使劲干活来驱寒。但天气实在太冷了，雪花飘，冷风一阵阵吹，不一会儿，个个手都冻麻木不听指挥了。

雪下个不停，小伙子们活也干得不停，一天下来，砍了七八棵。许拴虎初步算了一下，木料应该算是绰绰有余了。现在面临的最大问题是，这么多的木料如何运出去。先前，照许拴虎的想法，村子通往外界只有一条小路，砍伐好后，可用人抬、用驴驮，把这些木料全部运到川道里，然后再看能不能用马车来拉运。但现在雪下得足有半尺厚，到处白茫茫一片，连路都找不到了，人哪里还敢抬，牲口哪里还敢驮呢?

第二天，雪停了，太阳出来了，天气有些还暖，但地上依旧是积雪。大家一筹莫展，实在想不出什么好的运输办法来。

六七天过去了，这群石油厂的工人被困在了这里。他们拿的干粮已快吃完了，这时就有工人说：按照往年，这雪要消得干干净净，肯定得等过了年了。现在弹尽粮绝，大家干脆先回家，木料就在这儿堆放着，等到过了年天气暖了再运吧。但许拴虎不愿意，一是这些木料长时间堆放在这里，他不放心；二是这次如果不运走的话，过了年再来，说不定到清明前后才能运回去，厂里的木工到那时再开始加工，那要耽误多少事啊。

许拴虎就让大家再等等，再想想办法。但没有了干粮，却是个大问题啊。

又过得两天，许拴虎和董氏兄弟去看木料，顺便把木料上的积雪清掉。这时忽然听见了猪的叫声。野猪！董开泰叫了一声。许拴虎一看，远外有一头野猪正从这片树林里往出跑哩，显然是他们把野猪给惊动了。许拴虎灵机一动，当即返回到房子，拿了一杆枪，快速地子弹上膛，跑步跟了上去。他穿过了树林，那头野猪发现有人来追，就只管往前跑，一边跑一边发出嗷嗷的叫声。砰的一声，许拴虎开枪了，打在了野猪身上。野猪吃了疼，就不再往前跑，而是迅猛地回头，竟然朝许拴虎这边跑了过来。此刻围在树林外的工人看到这情景都吃了一惊，都替许拴虎捏了一把汗。那野猪所经之处，咔里咔嚓，一些小灌木就应声而倒。

许队长——许队长！大家一时瞅不见许拴虎，就这样乱喊着，每个人都担心野猪伤害到他。正在这时，砰的一声，枪声又响了。随着响声，野猪庞大的身躯一下子轰然而倒，没在了杂草丛中。外边的人个个睁大了眼睛，盯着树丛。等了一会儿，树丛中就没了动静，这时也不见许拴虎的影子，有几个胆大的，意识到野猪可能被打死了，就大着胆子往树林里走，一边走一边呼喊着许拴虎的名字。

许拴虎从草丛中站了起来，他抹了抹头上的汗，然后和众人一起向前围拢，一步一步地来到了野猪的身边。大家一看都惊呆了，足有几百斤重的野猪此刻倒在了灌木丛中，它的嘴还在一张一合，獠牙还在动着，但脖子与肚子上正在汩汩地流着血。

我们有肉吃了！董开泰年龄小一些，他第一个高喊道。

七八个小伙子立刻就将野猪腿绑住用杠子穿着抬了起来，一直抬到了杨家村的驻地。所有人的兴奋点都被调动起来了，大家不再管如何运木头，都在议论着这头野猪可以杀多少斤肉，每人能吃多少。

按照当地风俗，打死野猪人人有份，许拴虎就把村里人也喊来了。一位本村常杀猪的长者就组织众人开始烧水煺猪毛。到了下午时分，野猪就拾掇好了，猪肉炖在了大锅中，香味四溢。有村民提来了家里酿的酒，与大家一同喝。一时间大家乐呵呵的，左手抓肉，右手端杯，大块吃肉，大碗喝酒，沉浸在快乐之中。

吃了喝了，许拴虎就又说起队员们缺粮食的事，有一些村民就答应把粮食借给他们。你们就住吧，要吃几天，我们都供着。有村民说。

许拴虎和众人一起吃了几块肉，也喝得几杯。但很快，他就出了门，一个人心事重重地站在了硷畔上。相较于目前这种短暂的快乐，他发愁着什么时候能把这些庞大的木料运出去。陈厂长、贺厂长可都在眼巴巴地等着啊。他一个人正想着，董开泰却出来了，他看许拴虎闷闷不乐，就问：是不是想女人了？

许拴虎说：去去。

这董开泰在旁边撒了一泡尿，尿完了，他说：哼，你不要哄我，我可知道，你此刻在想谁哩。

许拴虎此时没心情开玩笑，就说：你还是吃你的肉去吧。说着，就转身朝另一边的小路走去。

沿着家户的窑背，转到一条偏僻的小路，在这里，视线豁然开朗，对面白雪覆盖的群山尽收眼底。望着这一切，也许是由于刚才董开泰的提醒吧，许拴虎的思绪一下子飞得很远。

张一井现在在干什么呢？自她成亲后，许拴虎就很少见她了，但有时还是会禁不住想起她，怀念以前那些美好的时光。东征前，她说要等着他回来；回来后，她有一天曾试探地问过他，会不会听她的话，会不会给她报仇。只怪自己当时太老实了，实话实说，得罪了她。但事实就这样啊，即使听婆姨的话，也得有边有沿啊，何况她还不是自己婆姨。还有，在黄婶被劫的那一天，自己到黄河滩那一路去了，让段双全跟着山子叔抢了个头彩。如果自己走宜川这一路呢？如果是自己救了黄婶呢？那么，张一井会不会考虑嫁给自己呢？

他正这样乱想着，有人走过来了，却是本村的一个叫杨六的村民，他要到郝家洼村去赶个白事。大约为了走路利索，杨六索性将自己的裤子用裹腿扎了起来。这样远远看起来，头小腿细，中间穿着棉袄又圆鼓鼓的，活像一个放大了的纺线锤。

听说他要到郝家洼，许拴虎灵机一动，让杨六等一会儿，说完就跑回屋里。一会儿他出来了，左手拿一块布，右手提着一块足有十多斤重的野猪肉。他把肉递给杨六说：你到郝家洼去要路过呼家川村，麻烦你将猪肉捎给张一井。说完了，又改口道：你捎给黄婶，就说她前些日子腿受伤了，我这儿刚好有野猪肉，让她补补身体。

杨六应了一声，然后将裹的布子展开，衬在肩膀上，将一长条肉搭在了肩上上路了。

许拴虎望着他走了，长长地叹了一口气。

第二天是个晴天，太阳出来了，温暖了许多，雪在阳光下有几分耀眼，在静静地消融着。

大家都没事干，有几个工人索性玩起了赌钱的游戏，其他人都围观着。

天色将晚的时候，工人们早早关了门，有几人在炕上盖着被子睡着了，有几人围着一盆火东西南北地乱扯着。但就在这时，门外却传来了一个女人的声音。

许拴虎，许拴虎！门外有女人在喊。

许拴虎打开门一看，门外竟然是黄桂芝，在她的身后还跟着七八个青壮年。一排人齐刷刷地站在门外面，有几人衣服湿了一大片，显然是急着赶路过来的。

你们，你们怎么来了？许拴虎大为惊讶。

原来，昨天杨六把肉捎给黄桂芝后，黄桂芝就问许拴虎他们的情况。当知道这些人被困在深山中时，她就找农会主席谢铁匠商量，可不可以抽调一些青壮年劳力支援一下许拴虎他们。谢铁匠知道黄桂芝先前在石油厂干过，对石油厂一往情深，前一段时间，黄桂芝又被矿警队给救了，这个重情重义的女人想报答一下，于是就同意了。

第二天，两人在村里集中了七八个年轻人，由黄桂芝领着一路赶来了。

这天晚上，是许拴虎以及这里的十多个小伙子最开心的时候，大家一起吃喝，尽情地说笑。

出乎意料的好事总是令人欣喜不已。许拴虎高兴得嘴都合不拢了。黄桂芝说：我听说你们要打新井就坐不住了，张宏霖若在的话，肯定也会成为你们中的一员的。昨天听说你们困在这里了，我和谢主席一商量，觉得你们石油厂帮了我们那么多的忙，现在油厂有了困难，我们理应来帮忙。

大家喝得一通酒，说得一通话，就又回到主题上来了。现在路上有积雪，尽管向阳处已消融了，但路上依旧泥泞不堪，还是没法运输啊，抬也没法子抬啊。

这时，黄桂芝说：这些我和谢主席都想到了，也见到你们砍伐的木料了。虽然下了一场雪，但地还没上大冻，我们要赶时间把木料运出去。

是啊，可怎么运呢?

黄桂芝说：咱们明天派些人把下山路上的积雪清理了，再趁这几天时间把一些大的原木解开来，等上几天，路上泥泞少了，大家抬运起来就方便了。

对啊，对啊。许拴虎豁然开朗。这么粗的原木在坎坷的山路上运起来当然费劲，但如果在董氏兄弟的指导下按尺寸解开，那运起来就轻松多了。

当下许拴虎就和董氏兄弟商量，询问解开木料的可行性。董开荣哈哈笑了，说：打井需要的木料尺寸我们兄弟俩心里都有谱的，可是没有工具啊，解起来太费事啊。

呼家川有一个叫段新宏的小伙子，长得精瘦。听到这话，他就哈哈笑着说：工具的事就请你们放心吧，我们都带着哩。

第二天，许拴虎就派一些人去清理下山路上的积雪了。另一些人则开始将粗壮的原木翻出来，由董氏兄弟俩用墨斗在上边打上黑线，一大堆人把原木竖立起来，开始解木料。

由于有了呼家川人的支持，又有了这个好办法，积在大家心头的一片乌云就一时散开了。

干得五六天，粗壮的原木就都解到位了，这时路上的雪也消融了，清开的路边缘及背阴处还比较泥泞，但中间已干硬了，露出了白光光的路面来。许拴虎一声令下，石油厂的小伙子与呼家川的小伙子就干起来了，个小的木料能扛的就扛，大个的大家就抬上走，再大个的大家就拴了绳子，五六个人、七八个人抬起来走。经过三天的搬运，这些木料就全部从山顶上移到了山下川道里。

尽管到了川道里，但离延长县城还很远，如何运回去呢？再这么扛，这么抬也不是办法啊。就在这时，河湾里传来了孩子们的嬉笑声，几个小孩儿正在河边捞河里的小鱼玩呢。在他们的脚下，延河水正淙淙地流着。许拴虎看到这些，高兴地说：我有办法了。

他想到的办法，就是通过河水将这些木料运回去，既省事，又省力，还能省时间。这个想法说出来，大家都觉得很奇妙。原来延河是条季节河，平时水并不旺，但现在正是初冬，下了一场大雪，雪水消融，水就涨了，河面也一下子开阔了许多。河水此时没有冻住，只是靠近河岸的地方有一些薄冰罢了。有了这个想法，大家就纷纷围上来了，一时七嘴八舌都在出主意。董氏兄弟是木工，他们有经验，认为如果把这些木料直接放在河里，那么漂到拐弯处，就容易堵住。他们给的建议是做成木架子，在木架子上面堆放木料，一组木料与一组木料连在一起，这样便于运输。

方案确定了，说干就干。大家连夜准备，经过第二天、第三天两天的忙活，木工就做成了三十多个三角形的架子。

第四天清早，许拴虎叫醒所有的工人，大家赶紧动手，把三十多个架子全部运到岸边来，然后把那些木料抬来放上去，又一个个捆绑齐整了。吃过早饭，大家用绳子把每三四个木架子连成了一束。堆木架子的地方刚好是下坡，工人轻轻一推，那些被绑好的木料就沿着河水漂了起来。

木料共绑了十束，在河水里呈“一”字形排开。许拴虎将众人也分了十个组，每两三个小伙子负责一组，前后又相互照应。第一组在众人的掌声中下水了，木料在水中漂浮了起来，顺着水流缓缓地前行着。董开荣、董开泰站在上面，他们用短木棍当作船桨，一次次往前加着力划着。接着第二组、第三组都下水了。河岸边，围了许多人看热闹，大家从没有见到这样运木料的，看见一束束木料鱼贯下水，然后如同魔术似的漂浮起来顺水前行，个个都瞪大了眼睛。黄桂芝一时也看呆了，她对许拴虎说：你可真行，真有办法。说完也上到木料上。

许拴虎憨憨地笑了。

有些工人趴在了木料上面，有些则跟着木料在河岸两边走，看见漂浮的木料卡住了，小伙子们便用手中的工具把这些木架子重新摆弄好。

河边走着走着就没有路了，最后这些小伙子们就都坐在了木料上。

许拴虎也坐在木料上，一边前行，一边不断地呐喊着要大家注意安全。

呼家川村的段新宏个子瘦小，人却异常风趣，他看着所有的木料在水里排成了一排，当即情绪一激动，就喊开了劳动号子：

石油厂哟，
运木料哟，
走水路哟，
跑得快哟。
……

他这个号子是随口唱的，看见什么唱什么，但不一会儿，这群精力旺盛的小伙子就个个放开了喉咙。

……
呼家川哟，
石油厂哟，
两个集体，
一家亲哟。
你帮我哟，
我帮你哟，
加紧生产，
为抗战哟。
……

呐喊声响彻川道。听到这样的呐喊声，许拴虎笑了，黄桂芝笑了，他们都觉得这是自己多年来最幸福的一天。

水运木料的消息早早就传到了石油厂，陈振夏知道了，便组织石油厂的职工在河岸上打捞，另安排一些工人敲锣打鼓迎接归来的许拴虎他们。进城这一段河道宽阔笔直，而且落差大，当许拴虎他们乘坐着木料出现在工人们的视线中时，锣鼓响起，大家欢呼着，呐喊着。许多的行人都驻足观看，场面真是热闹非凡。许拴虎坐在第一束木料上，举起双手，向欢迎的人们招手致意。

全部木料安然运回厂里，一时间许拴虎成了厂里的英雄。

这天晚上，贺山子与许拴虎一起喝酒，黄桂芝也在旁边。

贺山子对许拴虎出色地完成这项任务由衷地感到高兴，他说：真没看错你，做事靠得住，有恒心，有毅力，有想法。

许拴虎说：木料运不出来，我心里也在打退堂鼓，但我想起了你先前说的话，做事要有恒心，如果半路放弃了，那以前所有的努力就都没有了价值。所以，我就咬着牙坚持着。

贺山子说：人活着凭的是一股精神，做个男人，一定要在关键的时候扛得住事。

嗯。多亏婶帮忙哩，她领来那么多人，一下子给了我们信心。许拴虎说。

你咋知道这回事的？我们都不知道。贺山子扭头问黄桂芝。

听到贺山子的问话，黄桂芝就忽然想起了许拴虎送的那一长条肉来，想到了许拴虎也许是心里惦记着张一井呢。她愣了半天，答非所问地说：一井前几天生娃娃了，生了个男娃娃。

哦，那是好事啊。取名字没？山子问。

还没有。我琢磨着，现在正在抗战，全国人都在盼着胜利哩，不如叫个胜利算了。

好！好！许拴虎叫了起来。就叫这个名字，我们都盼着胜利呢，我们这次运木料也是一个胜利啊。

新的一天，延长石油厂召开了表彰大会，陈振夏主持会议，呼家川的农会谢主席与妇救会主任黄桂芝也应邀坐在了主席台上。会上奖励了许拴虎和董开荣、董开泰兄弟等几个在近期工作中表现突出的同志。最后，陈厂长在会上说，这次砍伐木料运木料的任务能够顺利完成，和呼家川村民的帮助是分不开的。石油厂的发展离不开地方上的支持，呼家川给所有的村子做了一个榜样，为感谢他们，经石油厂与呼家川协商决定建成军民一家亲的示范点。从此，呼家川就是我们的一部分，我们要招人，就优先从呼家川招。我们还要帮他们种庄稼，帮助他们施肥耕地，我们要两家胜似一家亲。

这段时间，陈振夏一直没闲着，开采石油是个高技术含量的活，靠一群本地人和老石油工人的经验是远远不够的。陈振夏听说有许多国统区的学生来到了延安，他就主动给上级打报告，要求派知识分子过来，尤其是学地质的，能搞勘探的。他做过调查，尽管石油工人们都说当初的延一井是黄桂芝与张宏霖首先发现的，但事实上这口油井还是经过日本专家论证的。没有人才，投入再多的热情都是白费劲。

上级答应派人，可能是由于没有合适的人选吧，一直没有派人来。陈厂长就做两手准备，万一不派人来了，那这井还是得打啊。他组织大家一起讨论，想集众人的智慧，寻找突破口。这可难倒了大家。厂里有一些工人懂一点机械，但没有一个学地质的。在石油厂唯一能找到的参考书是那本商务印书馆出版的《最新化学工业大全》，而这本书主要讲的石油提炼。当年洪丹风把这本书偷给了贺学文，贺学文走的时候，就把这本书留给了贺山子。延长地盘上曾先后有几批人来勘探过石油，最早由日本人勘定井位，后来在包监督时期又请来一些矿师，再后来林清泉与一些国民政府派的专家们，把延长也都探遍了，基本上地下的矿藏及走向也都弄清楚了，最后这两位专家还确定了十多个井位呢。但这些资料或者交给国民政府了，或者遗失了，反正现在厂里是什么都没有。在讨论会上，大家对烟雾沟、延长城关这两个区域的石油状况有共识，认为绝不可能再打出油来，因为三十年来这两处打了一二十口井，产量都不高，有些甚至是空井，根本就没有油；同时又受钢丝绳长度的限制，不能向更深的岩层钻探。因此再死盯着这两处，希望是不大的，要打出油来就必须寻找新的区域。这些话大家倒是达成了共识，可是这个新区域究竟在哪里呢？

贺山子也着急，开罢会了，他想起了远在甘肃玉门的哥哥贺学文，就给他去了一封信，说了厂子的困惑，询问井在哪里打，该如何打。过了一段时间，贺学文来信了，在信中他寄来了两本地质方面的书。他告诉贺山子玉门发现的那个大油田，也就是当初喷了十天十夜的那个油井，现在产量稳定下来了，日产十吨左右。对于延长石油厂要寻找新区域打新井，他现在持否定态度。他建议与其这样盲目打，耗费工时，耗费钱财，倒不如把他先前在永坪打的那口井进行加深，因为当时出于战乱与厂子效益方面的考虑井打得很浅，可以挑这一口或者其他有潜力的井再加深，这样费事少费钱少，但肯定可以增加油的产量。另外，关于一些专家当初测定的井位，他凭靠记忆也画了一些草图，一并寄过来了，以供厂子参考。

贺山子把这封信拿去让陈振夏看，陈厂长一看豁然开朗，就召集大家开会。在会上，贺山子就把贺学文的来信读给大家听。大家听到玉门的一口井竟然可以日产十吨，都不相信，都持怀疑态度。要知道整个延长油厂的年产量也不外乎四十多吨啊，这个数字居然只顶人家一口井四五天的产量，这可能吗？

信念完了，陈厂长就讲了话，他说：大家的积极性是有的，但打井更多的是靠技术，在专家没派来之前，我倒觉得贺学文的建议不失为一个好建议。由于他是留过洋的，并且对延长石油的存储状况相当了解，所以，我的意思就先照贺学文说的这个方法办。省钱省力费事少，应该还会有效益。于是，当下就确定了把永坪的 204 号井再进行加深。这个井产油量还可以，再往深打应该有潜力可挖。

说干就干。

机器运到了永坪，很快在 204 号井上支起了架子向深打。打井依旧用的是过去的老办法——冲击法，用的也是那台古老的蒸汽机，通过机器传动，使 10 英寸直径的钻头在井下冲击石层。为了增强冲击力，从茶坊摩托学校过来的马进昌又在钻头上面用螺纹扣旋上了两节钻杆。这样，冲击几小时后，提起钻头，用吊桶取出石渣，再灌入清水冲击。石渣清洗后就放置在一旁的小木格中，作为岩层样品，不断进行观察。许拴虎这下可有了用武之地了，他和一个叫王国威的工人带两班人轮换进行操作。每班起钻两次，碰到松软石层，钻探深度可超过两米；

遇到硬石层，有时连一米都钻不到。

就这样，井是开始加深了，但由于设备陈旧，经常出现故障，需要停工修理。有时因经费困难，燃料也跟不上，也会被迫停工。因此永坪的204号井，向纵深打了近两个月时间，打打停停，停停打打，打井深度因受钢丝绳的限制，最深也只能打到200米。但是加深至200米以后，大家欣喜地发现204号井的产油量一下子增加了许多，一测试，日产量增加了200公斤以上。许拴虎他们算了一笔账，按目前这个产量估算，全厂原油年产量起码要增加1.6倍。

这口加深井的出油量和玉门的油井相比不值一提，但对此时是烂摊子的延长石油厂来说却是个不小的收获，真是雪中送炭啊。好几年了，延长石油厂一天天减产，哪里听过增产这个词啊。在加深工作结束的当天，为了庆祝这个小小的成功，厂里召开了一个小型的庆功会。就在大家正高高兴兴地喝着庆功酒的当儿，一个戴着眼镜的高个子学生敲开了门。

这个学生背着铺盖卷，戴着一副高度近视眼镜，面对这里众多喝酒喝得正热闹的人问道：请问这里是延长石油厂吗？

大家都在喝酒热闹，没人注意到他，他又问了一句：请问石油厂的陈振夏厂长在这里吗？声音柔弱，说话像个女人。

一连问了两遍，饮酒的人们就开始注意到他了。豪爽的工人们，都瞪起眼睛好奇地望着他，不知道他这个形象特别、声音也特别的人究竟是从什么地方冒出来的。

这位学生有些腼腆，看到众人这么望着，似乎有些不好意思。他从身上掏呀掏，掏了半天，掏出一张纸片来，说：我叫汪鹏，是来石油厂报到的。

大家望着他，只见他个子很高，身体瘦弱，脸色苍白，戴着眼镜，柔弱得一阵风就能吹倒。他这个形象与石油厂的这群黝黑的工人形成了鲜明的对比。

这时，一名叫张有义的后生喝多了酒，跑了过去，从来人手中把那张纸片接过来，左看右看一个字也不认识，就交给了贺山子。贺山子识得几个字，就张嘴结结巴巴地念道：延长石油厂，兹介绍清华大学地质系毕业生汪鹏前来你处工作，请给予接洽。刚念完，一旁听着的陈振夏就腾地站起来了。他接过介绍信，把信看了一遍，然后高兴地对大家说：我们有支援了，我们的石油厂有盼头了。说完了，他握住这个年轻人的手说：你是清华大学地质系毕业的啊，了不得啊，我们天天就盼你来呢。我代表石油厂的所有同志欢迎你。——同志们，咱们的石油厂有盼头了。

我、我，单靠我一人可不行，我还得要个帮手。面对这份热情，汪鹏急忙摆着手说。

哈哈。大家看到他这么认真又有几分窘迫的样子，都大笑了起来。

陈厂长说：先不谈工作，吃好喝好再说工作，再谈帮手。

这个年轻人不是别人，正是后来在延长石油历史上被大家称为“风水先生”的石油工程师汪鹏。

整个庆功会因为汪鹏的到来达到了高潮。大家都在兴头上，就先将他身上的铺盖卷卸下来放在墙脚，轮番给这个瘦高个敬酒。他不大能喝酒，但一下子面对这么多热情的石油人又不大会说推却的话，几杯酒下肚，当即就脸涨脖子红，醉意十足了。

正在大家忙着庆祝汪鹏到来的时候，饭堂的门又一次被推开了，照看大门的聋子李老汉走了进来，他悄悄地在陈厂长耳边说了几句话。陈振夏听了，当即就问道：你说的是真的?

李老汉说：是真的。

陈振夏说：你让他们进来吧，就把东西拿到这里来。

喝酒的场面又有了新变故，一时大家觉得很神秘，都不知道发生了什么事，场面就静下来了。一会儿，看门李老汉回来了，身后跟着一个农村老汉领着一个姑娘，老汉担着一副筐，而姑娘的手中提着两个瓦罐，筐里、罐里赫然盛着的都是原油。

陈振夏过去问他们：你们的石油都是哪里来的?

老汉耳朵有些聋，姑娘就说：延长城西沿着延河往前走有个七里村，河里涨水时，我和我大看到有一股像石油样的细流浮在水面。到了冬季水枯时，我们就沿着这条细流位置寻找，果然在一个山沟里看到滴滴石油正从石缝里渗出。我们就挖了一个石窝积聚着，等聚多了，就用马兰草沾起浮面的原油。开始只供我家和村里人点灯用，有时也烧火用。后来因为天天都有油，积聚得多了，我们也用不了那么多，就来问问，看石油厂是否收购，卖点钱，好补贴家用。姑娘面容姣好，说话声音很细，穿的衣服很破旧，也有点小了，站在这么多人面前说话很不自然，时不时地用手扯着衣襟。

收。你们还有多少？贺山子听到这个消息，就走过来问。一些工人也围了过来。

我们家里还有两满囤呢。姑娘说。

真有这么多？

真有。

大家听了这话，一时有相信的，有不相信的。有些人就怀疑他们的油是不是偷石油厂的，但看这小姑娘说话怯怯的，老汉又老实巴交的样子，又觉得他们不像是骗人的。

陈振夏说：这样吧，大家先把酒留着，我们一起去看看，看完再回来喝这酒也成。

大家听到这话就都站起了身，新来的汪鹏环顾着大家，然后问陈厂长：我也去吗？

当然，你是非去不可。

一时大家就打算起身。这时厂里负责政治指导的罗代表说：我们首先要弄清楚石油的来源，来路不正是万万不能收的，不能开这样的头，这会助长坏风气的。

贺山子说：我倒觉得这是个好兆头，三十多年前，张宏霖与黄桂芝意外地发现了油迹，我们打出了延一井，盛产了那么多年。今天，汪学生来了，又有人来报油信，说不定我们的机会又来了呢。

当下陈振夏领着汪鹏、贺山子等十几人跟着父女俩去了七里村。

七里村因离延长县城只有七里路而得名，但村子非常小，只有十多户人家。

村里的人一看来了这么多人，就都跟在屁股后边凑热闹。老汉父女走在前边，将大家领到一条山沟里，然后沿着沟又往里走得一段路程，来到了一面石崖前。喏，就是那儿。姑娘指着说。大家顺她指的方向一看，果然见石头上正有油往下滴，下面人工开凿的两个小石窝积满了原油。

看来父女二人说的没错。

一时看过了，陈厂长就对身边的汪鹏说：你是地质系毕业的学生，是来给咱们“看风水”的，现在石油厂万事俱备，只欠东风，大家热情高，只等着在那儿打一口新井，积极响应中央提出的军民大生产运动哩。今儿个刚好这父女来了，我给你派个任务，给你半年时间，就在这条沟里先探，要人给人，要马给马，要钱给钱，利用你所学的知识把这地下探得清清楚楚的，争取探出一片大油田来。说到这里，他扭头又对许拴虎说：许拴虎，他的安全就交给你了，他到哪里，你都跟上，寸步不离，要服务好他。打不打得出油井就看你们的了。

嗯。汪鹏一边应承着，一边用手推了推眼镜。

汪鹏是清华大学地质系毕业的高才生，他来到延安，组织上听说他是学地质的，石油厂正等着用人，就马上安排他来这里了。第二天，他听从陈厂长的安排，带着厂里一名有点知识的年轻后生罗干与许拴虎，骑着马，带着一个罗盘、一个地质榔头和一张 1∶50000 的地形图进沟了。在短短半年时间内，他对这个小山沟，对延长、永坪，对西起安塞东至黄河长达 150 余公里的延河河谷，进行了全面地质考察和大面积测量工作。对于群众报告的七里村油苗区域，汪鹏经过细致考察后，认为这里存在向西南和西北倾斜的地层，到七里村河谷形成了一个状如鱼背的不对称小背斜，地下应该有比较丰厚的油层。

报告递给了陈厂长，因为技术人员少，又因为汪鹏清华大学地质系毕业的身份，他的说法就成了结论，他所陈述的所有大家看不懂的数据就成为油井钻探的依据。

家有千口，主事一人。眼看一年又要过去了，又到冬天了，一向稳重的陈振夏在经过方方面面的考虑之后，终于下定决心，确定井就在七里村打。这个决定马上也报告给了上级，并且具体阐明了汪鹏所说的打井的科学原理。刚过了年，上级的批复就下来了，完全同意他们在这里打新井。于是，由汪鹏这个年轻人亲自勘察选定了两个井口位置，这两个井口都离发现油迹的地方不远，一个紧靠老汉父女挖油区，在七里村的东河滩上；一个更偏西北，在一条山沟里的半坡上。

决心已下，一场史无前例的石油勘探拉开了序幕。

七里村的人都靠种地为生。河滩上有些良田，附近的山洼光秃秃的，长着一些叫不出名的杂草，一年四季都呈青褐色。

兵马未动，粮草先行，打井亦是。首先得平整土地，挖窑洞，盖土房，供工人住，做库房用，只有把这些做好了，才能谈得上其他。而这个前期任务自然就落到了贺山子和许拴虎头上。

许拴虎带领打前站的工人第一天到七里村就遇到了事。老百姓听说要在这里打井，都表示反对。因为对于老百姓来说，土地就是他们的命根子，一分一厘他们也不愿失去。许拴虎领着十多个工人在村口就被一群人拦住了。这些群众有十多个人，有七十多岁的老人，也有十几岁的孩子，个个脸冻得通红，手冻得发紫。他们拿着镢锨站在村口，不让许拴虎他们踏进农田一步。

老乡啊，你们这是干什么？许拴虎问。

不让你们在我们地里打井。

打油井是支援边区，支援抗战，支援咱们的八路军。许拴虎耐心地说。

我们可不管，我们要种庄稼，我们要吃饭。一个留着长长的胡须的老人说。

占用耕地，我们油矿会补偿给大家的，有标准哩。许拴虎给大家解释。

我们不管，你们的补偿我们也不要，这里的每一寸土地都是我们的，我们要种粮食，我们要养活家人。那个长胡须的老头说。其他的人也都在寒风中怒目圆睁。此时刚开春，土地正在解冻，虽然靠阳处的山洼上一些草木开始返青，但离真正的陕北的春天还有一段时间。

许拴虎又再三解释，但这些村民就是不让进村。

许拴虎看身后有几匹骡马驮着东西不耐烦地刨着蹄子，厂里的七八个小伙子手中也拿着一些镢锨等工具表现得不耐烦，就说：我们总得先把这些东西放下吧。

不让放。你们从哪里来，就滚回哪里去吧。人群中有人说。

这时许拴虎身后的张有义沉不住气了，他大声嚷嚷说：你们这是破坏抗战，知道吗？

长胡子老汉说：不用扣这么大的帽子，要抗战大家一同去抗吧，总不能强买强卖拿我们的东西去抗吧。

好吧，好吧。许拴虎眼看着这些人一时说不通，就想另外的办法，急忙给石油厂汇报，给延长县政府汇报。此时，延长县成立了抗日民主政府，经选举，原来的苏维埃政府主席谭生金任第一任县长。

知道情况后，贺山子赶来了，谭县长也赶到现场去劝说了半天，但群众还是不同意。后来谭县长就让他们派代表协商，政府代表、石油厂代表、村代表三方就进到了一个小院子去了。许拴虎和其他的人就都蹲在村口等着，因为天冷，大家就生了堆火烤着。到了后晌，协商就有了结果，在先前说好的赔偿钱数的基础上进行了调整，并且计算一律不用边币用银圆。原先说好打出油来再付款，现在则变成了现付不拖欠。原来，这些当地老百姓不想用边币结算，怕共产党一旦走了，边币就没了用处。其二，又担心现在不付现金，到将来打不出油来了石油厂赖账。

双方说好了，就签了协议，先付了部分定金，当下众人就散了。下午，许拴虎领着二虎、张有义等几个年轻人就把先前拿的东西都放在了村子最西边的一个小院子里。一下子，这个院子就被各种器具堆满了，有农具、打井工具，也有几辆手推车。

连着两天下雨夹雪，许拴虎他们就没到这里来，到第四天太阳冒红的时候，许拴虎和十多个工人来到了这里。这时的村子静悄悄的，沉浸在一片雾气之中。许拴虎一行进村的时候，没有见一个人，他就觉得奇怪，说：咋就不见人影呢？张有义说：也许他们都数钱去了。这群年轻人嘻嘻哈哈的，来到先前放置工具的院子里，个个把工具拿到手中准备上工，但出门的时候，忽然在门口被一个人挡住了。这个人个子不高，身体却很结实，四方脸，头顶秃了，头上仅有的一绺头发留得很长，贴在了脑门上。

他双手叉腰挡住了院子的门，大声说：今天谁也不准出门，不准下地。

这个人的架势，一下子把大家都弄蒙了。

你是哪的？许拴虎问。

此山是我开，此树是我栽，要从地里过，留下买路钱。这人说。

许拴虎听到这话，觉得此人身上有一股匪气。前几天和村里人打交道一直没见过此人啊。但一听他说是本村的，就说：前两天你们不是已签字同意了吗？

那人说：那是你们赔他们的，可不是赔我的。

天下哪有这样不讲理的事啊，你到底要咋样啊？许拴虎说。

前天赔的是占地钱，可还有打窑的钱呢，走路的钱呢。这人蛮不讲理地说。

这不纯粹讹人嘛！许拴虎一听就生气了。他估摸着这个人可能前几天不在家，一回来见到别家拿钱了，就着急了。另外，那破山洼下都空闲着呢，打几孔土窑要什么钱呢！再说，即使要钱这也得一并算啊，像这样今天你要明天我要，何日才是头啊？正想着，张有义大声说：这到底是不是共产党天下了，前两天签的合同，难道今天就反悔了不成？

不想那人竟然说道：共产党天下咋啦，国民党天下咋啦，难道就不让我们活了？

去你妈的，你还敢反共产党？张有义年轻，沉不住气了，破口大骂道。

许拴虎转身抄了一件工具在手中，大声道：你到底让不让？

那人一看许拴虎抄了工具，登时也从身后抄起一把锹来，拿在手中，说道：你们今天倒是出这门给我看看。

此时这个人对着院内的七八个人却丝毫不惧，看到这架势，许拴虎就觉得这人身上有些奇怪的东西，是什么却一时说不清楚。但还没顾得说什么，只见张有义、二虎几个年轻人拿起铁锹就往出冲。那人拿着锹，身子挡着门，一时间，双方的锹与镬打成了一片，传来了咣里咣当的响声。很快，那人就处于下风，他后退几步大喊道：打人啦，要出人命了。喊声一起，不知从哪里又来了一些年轻人，足有七八个，个个手中也持着家伙。他们一来，便加入混战中。噼里啪啦的声音响成了一片。许拴虎顾及群众的安全，原来只想着这一个人挡道，冲出去就没事了，现在见人来多了，怕有伤亡，急忙想制止这场打架，就大声喊着：别打了，别打了！但一时众人打作一团，哪有人听他的劝阻啊。此时，周围田野里的群众听见打斗声也都纷纷朝这边赶。许拴虎见说话没人听，就想冲到人群中把两伙人隔开来，但就在这时，那人的锨却直挺挺朝着他的头戳来了。许拴虎头一偏，这锨刃就戳到了脸上，一下子戳破一层皮，血就流出来了。许拴虎顾不得疼，用手捂着受伤的脸，喊着让石油厂的年轻人扔了工具回院子里去。张有义、二虎他们本来信心十足，但这时见许拴虎受伤了血直流，就扔了工具，几个人做掩护，张有义扶着许拴虎，一同退到了院子里。一回到院子，就顺手关了门。

打斗暂时停了下来，院外此时由一个人变成一二十个人了，院内是七八个石油厂的人。石油厂的小伙子本来个个满怀信心开工呢，可没想到遭遇到了这事。此时大家的情绪都降到了最低点，面面相觑，都不知道该如何办。石油厂有几个人受了伤，但都是擦破点皮，只有许拴虎的伤最重，脸上一块肉差点被铲掉了，血还在不断流着。有队员从衣服上撕扯了一片布条，给他一圈圈包裹了起来。

妈的，这还了得。张有义说。

许拴虎不言语，本来事情事先已说好了，可没想到竟会弄到这地步。他是打井队队长，是这里的总负责，事情发展至此，他挺后悔，觉得工作还是没做细致。

依然有撞门的声音传来。

把门打开。许拴虎说。

打开了他们会冲进来的。张有义说。

打开吧。许拴虎捂着脸说，你们也别拿东西了，把手中的家伙都扔掉。

几个年轻人不情愿地把手中的工具扔了，然后打开了门。门外面是一双双眼睛，眼里是燃烧的火焰，瞪着他们，但没有一个人再往进冲。

必须得掏钱，打窑得掏钱，走路也得掏钱。依旧是那个敦实的人，手中拿着锨。面对这么多人，他的脸上竟然一点没有害怕的样子。他身边围着村里的人，个个手中也都拿着家伙。

许拴虎用手捂着脸，说：等着吧，你们只要耐心等就行。

过了一会儿，县里的保卫局和石油厂矿警队的人就都赶过来了。一些群众见来了公家人，就四散开了，但那个身体敦实的人和几个人却没有走开，依旧手中拿着锨，盯着许拴虎他们。保卫局赵局长见许拴虎受了伤，问了他几句就开始逮人。见要抓人了，那人身旁剩的最后几个人也走开了，只有那人冷笑了一声，说：等着吧，你们会后悔的。说完把锨扔了，束手就擒。

这一次，保卫局在村里一共逮了三个人。那些年纪大的，女子、婆姨都没逮，只逮了三个年轻的主要闹事的人。妈的，反了你们了，这还是不是共产党的天下了！来的保卫人员骂着，把这三个年轻人一个个五花大绑，用绳子牵了一串，押回县保卫局去了。

过后，许拴虎才从别人嘴里知道这个带头的叫尉振海。他是七里村的人，先前在国民党队伍里当过兵，后来犯了事就在外边混世事，但谁也不知道他整天都干些什么。

由于发生了这件事，打井的工作就暂时停了下来。许拴虎住进了诊所，而那三个带头闹事的人则按破坏生产罪，全部要判刑。

许拴虎躺在诊所里，脸上缠着纱布。头几天，他心里比较坦然，但过了几天，当听说那几个人要被判刑的时候，心里就有点过意不去了。说到底，他们也就是想多要点钱，虽然采取的方式激进了一些，但细想也无可厚非。再加上许拴虎自己是农民家庭出身，觉得因为这么点事，把这几个年轻人判了刑，他于心不忍。这天，陈厂长来探视许拴虎，许拴虎就问打新井的情况，知道土窑已在开打中，土地也在平整中，再没有遇到阻力，他觉得很是欣慰。最后，他吞吞吐吐地对陈厂长说了自己的想法：七里村的那三个人能不能不要判刑了？

怎么？

我觉得他们也是为了维护自身利益，咱们共产党不是讲究为人民服务吗？

群众中也有坏人的。陈厂长说。

我认为，如果咱们在七里村没打出油的话，那么他们填了井还可以种地的，并没多少损失；如果咱们打出油的话，我倒有个想法——打出油以后厂子不就要招工嘛，咱们是不是可以优先把这些失去土地的人招到咱们油矿来，让他们成为咱们的一员，那他们也就不会反对咱们了。许拴虎说。

你说的这个，贺厂长也对我说了，倒也是个办法。我这几天也在考虑，关上他们几天再放出来。咱们天天打油，抽油，运油，总要和他们打交道的，如果他们天天和咱们过不去，那可怎么办？总不能将他们关一辈子吧。我也在考虑是否能在七里村招一些人，反正总是需要工人的。不过，有一个人要除外。陈厂长说。

谁？许拴虎问。

尉振海。陈厂长说，我了解了一下这个人，这个人背景很复杂，先前曾在国民党部队里当过排长，因为打了连长，被开除了。后来一直就在外边瞎跑，这次带头闹事的就是他。

怪不得……许拴虎陷入了沉思。

一切准备工作就绪后，1941 年初夏，延长石油厂开始在七里村打第一口井。虽然打井中间曲曲折折，有时机械出故障了，有时没柴火了，但总的来说这口井打得比较顺利。因为是汪鹏这位高才生定的井位，大家就都充满了信心，盼望着打出油来，让石油厂在边区大生产中也能扬眉吐气。井打了两个月，打到八十米深的时候终于见油了，并且油还较充足。出油那天，陈厂长、贺山子几个厂领导都来了，他们都伸长了脖子，当场安排工人试着吊了几桶，按每次下去吊油的桶满程度与速度，大家估算了一下，这口井应比先前在永坪加深的那口井的油还能多一点，大概月产能到十五吨。这个消息尽管没合众多人的期待，但对于几近没油、等米下锅的延长石油厂来说，也算是多的了，这也让这些天来提着一颗心的陈厂长终于可以长长地舒一口气了。有永坪 204 号井与这口井，这么多的工人总算有事干了。虽然没法和玉门日产十吨的井相比，但是好赖每月比先前增加许多呢。但同时，又面临着一个问题，这口井打到八十米深见到了油，再往深打不打？不打吧，大家都觉得心不甘；打吧，怕连这点油都打没了。该怎么办呢？对于这个问题，汪鹏还有新来的一个协助汪鹏工作的罗干是初生牛犊不怕虎，建议一鼓作气，他们坚信再往深打一定能打出更多的油来。但思来想去，慎重的陈厂长还是从大局出发，决定暂时还是不往深打了。目前，边区财政正处于非常困难时期，工厂不但要靠自己维持，还得积累一些开发资金。再打下去，像以前的井一样，遇到蓄水层，那就前功尽弃了。因此，他经过深思熟虑，拍板决定暂时停打，先抽油生产，以保证工厂有收入，有流动资金，然后再说其他的。

有了这口井，每个岗位的工人就都开始忙活了起来，工厂终于有收入了。

因为打出了油，就把先前欠的账都兑付了，工厂又招了七里村几名青年，那个尉振海也被招进厂子来了。本来不打算招他的，但考虑到如果不招的话怕他又惹事，处处刁难，为息事宁人，就将他也招了进来。这样暂时石油厂与七里村群众的关系就融洽了。

因为和呼家川村是军民共建村，所以厂里炼油剩下的油渣，就全部优先给了呼家川的村民。呼家川呢，偶尔厂里需要临时工，或者需要牲口的时候他们也乐意给予帮助。除此外，随着边区人口剧增，边区的报纸印刷量也急剧增长，石油厂就在这一段时间赶制了大量油墨，送给了边区政府。油墨的制作相当简单，就是把油渣盛在小铁盘中，让其充分燃烧，燃烧时产生大量黑烟，然后用许多大布袋串接起来，把这些黑烟所产生的炭黑收集起来，再把炭黑与基体搅拌，经过反复捶捣，最后就制成了油墨。油墨制成后，送给了边区政府，当时边区中央印刷厂印的《新中华报》和后来的《解放日报》，以及大批的书籍，全部用的是延长石油厂制造的油墨。这也是后来延长石油厂特别引以为傲的事情之一。

忙忙碌碌半年以后，到了第二年，也就是 1942 年，上一年打的这口井生产稳定了。这时陈振夏等厂领导就决定在七里村打原先计划好的第二口井。由于尝到了第一口井的甜头，对这口井大家抱了很大的希望，然而很快大家就失望了。打到八十米时大家眼巴巴地盼着，可就是不见油，于是决定再往深打。一直打到了一百五十米，依然不见油。打井队总负责是贺山子，由许拴虎这个队长带领大家打。许拴虎咬紧了牙关，天天日夜加班，渴望着打出先前那样的一口井来。可是希望越大，失望越大。同一区域，一直打到了先前的两倍深，依然不见一点油。此时，失望的情绪就在大家心中蔓延。就连汪鹏与罗干这两个先前信心满满的年轻人也都不那么淡定了，他们天天守在井旁，手中拿着从井底抽出来的样品，捏一捏，再捏捏。怎么会这样呢？怎么会这样呢？他们也在疑惑着。

许拴虎急红了眼，他在七里村新修的土窑洞里支了块床板睡觉。因为窑洞太潮湿了，湿气从地下渗出来，住进来不久，他身上就起了许多疹子。再加上实在忙，时间长了，他人也瘦了许多。七里村的张如意姑娘，也就是先前和他父亲一起首先发现七里村有油的那个姑娘，看在眼里，疼在心上。这一天她又来看许拴虎，给他端了一碗羊肉汤来。许拴虎情绪差，沉着脸不说话。

如意姑娘说：你看你都瘦成什么样子了。

许拴虎说：我就不信打不出来油。

那油在地下哩，地上的人咋看得出啊！那汪专家都把地下研究清楚了，都没办法，你何苦呢？

我不信这个邪。

你就是个傻子。那又不是下苦哩，拦牛哩，拦羊哩，掏地哩，使蛮劲就行了，那是要地下有油才能挖得出哩。就像生娃娃一样，肚子里有娃娃才能生出来嘛。没娃娃再鼓捣折腾，有啥用哩。

许拴虎听一个大姑娘拿生孩子来比喻，一时倒也十分新鲜，就愣愣地瞅着她。

姑娘被她瞅得不好意思，就说：即使肚子里有娃娃了，还要看月份哩。有些早产几天，有些晚产一段也是常有的，不到日子产不出，你瞎着急有用吗？

许拴虎被她这话逗笑了，就说：你说的这话倒挺实在。

如意说：就是这个理儿。肚子里有的终会生出来的，没娃娃，再瞎折腾都没用。

许拴虎觉得她说这话时，神态有几分可爱，也有几分娇憨，一时也有了说话的兴趣，就说：婆姨们生娃娃的事儿你都知道，好像怀过娃娃似的。

屁话！你才怀过娃娃哩。姑娘恼怒不堪，大声说，没吃过猪肉，还没见过猪走啊。有油自然就会出来的，没油把你急死也没用。不跟你说了，快点把羊肉汤喝了，要腾碗哩。

许拴虎听着姑娘的训斥，看着她生气的样子，不但不气，反而觉得有无限的情趣，就说：你倒蛮关心我的。

不是我要关心你，是我爸说你不错，要我多关心哩。我姨也说了，要我和你多接触哩，要不，我才懒得理你哩。说完这句话，大约她又觉得把她爸给出卖了，就说：你可别给他们说哦。

你姨是谁？

就是一井她妈，黄桂芝啊。姑娘说。

哦。许拴虎听了应了一声，一口气把羊肉汤喝了，然后把嘴一抹，将空碗递给她。

如意姑娘说：你放在那儿吧，我待会儿拿。

你不是催着要我喝吗？许拴虎说。

没见过你这样的，吃完了喝完了就赶人家走。姑娘说了一句，然后把碗一拿扭身出门了。

如意走了，许拴虎的心思重又回到了打井上，他将双手枕在脑后躺着，望着光光的窑顶，两眼发着呆。这地下到底是咋回事啊？咋感觉和庙里的神似的，想显灵就显灵，不愿意显灵了任你把头磕破都没用。

到了现在，不只汪鹏与罗干在怀疑了，就连陈厂长也不那么坚定了。他清早来转了一圈，沮丧地说：打吧打吧，再打上一天，再不出油就停吧。可许拴虎自己就是不死心。贺山子先前对他说过一句话，做事要有恒心，如果目标放弃了，那么你先前所有做的一切努力就都没有价值了。是啊，当初砍伐木料时，自己就靠的这句话，硬是咬着牙，把任务完成了。可是现在如果放弃这口井，那么先前的努力不就白费了？如果不放弃，谁能保证先前的努力就不是白费？

陈厂长已说了，今天再打最后一天。但许拴虎不服气，也不甘心，他憋着一股劲。第一口井打得很顺利，这口井离得又不远，怎么会没油呢？想到这里，许拴虎就忽地从床上坐起来，他心里暗想道：再打，我就不信这个邪。

许拴虎来到井场，黑着脸。工人们见他这副表情知道他是为打井焦虑，就不多说话，只是忙碌着。

时间一直持续到下午三点，打着打着，忽然有工人呐喊道：许队长，有油了——

许拴虎发现抽出来的石头粉末上全是油，他握了一把在手中，一时激动万分，大声喊道：天大大啊，终于有油了。

他当下派人把这个消息报告给了陈厂长。一时间陈振夏与贺山子、汪鹏、罗干都过来了，几人看着与石粉粘在一起的黑色的稠乎乎的液体，研究了一番，陈厂长决定，再打二十米。

工人们见有了油，个个就心劲更大了。

没用几天，就又加深了二十米，这时就发现了更多的油，打井也就停了下来。这天，要试验一下出油量，汪鹏和陈振夏、贺山子都来到了现场，开始试吊。打井工人用吊桶试油，一桶上来了，吊起来一看，是满的，放下去再吊一桶，依然还是满的。工人们轮流吊油，吊了许多桶，每次下去，都能吊得满满一桶。地下的油怎么这么多呢！随着一桶桶的油往出吊，人们的情绪也都开始激动了起来，因为他们从来没有遇到这样的情况。这地下好像是个聚宝盆似的，有吊不尽的油啊。

许拴虎说：我来吊吧。说着他加入了吊油行列中。打井的这一群小伙子此时也都觉得这口井油多得出奇，就都热情地抢着吊油。每个人心里都有一个想法：想测测看这口井究竟可以产多少油。

许拴虎加入进来，起吊速度就越来越快了。几个领导在一旁也看傻了眼，都和看魔术似的，不知道这口井里会有这么多油，像个取之不尽的聚宝盆。忽然，就在许拴虎他们快速吊油之时，当吊桶刚离开井口的一瞬间，一股油竟然顺着井口喷射而出。

几个人都没经历过这场面，见一股油喷上来了，就都着了慌，四散跑开了。几个领导还眼巴巴在旁伸着脖子看呢，他们的反应速度可没年轻人快，等到反应过来跑时，已被油溅了一身。汪鹏一时慌张，眼镜也掉在地上了。

一群人跑远了，才回头看，只见一股黑石油从井里喷射而出，冲出有数丈高，直冲井架顶部，井架顶部上遮盖滑轮用的小木棚一下子被冲散开了，滑轮及吊桶、木板都被甩在了一旁。只有中间一股如同泉水一样的液体喷射着，场面相当壮观。

我的天哪。一群人远远望着这个场面一下子惊呆了，这是延长石油从开始办厂到现在从未有过的场面。上一次在贺学文当厂长的时候，也发生过油往出冒的事，但很短暂，油量也小，哪里像现在啊。黑色的液体从地下喷薄而出，一下子冒出数丈高，然后又缓缓地落了下来。流到地上的液体就开始聚流，又沿高低不平的地面四散开来。

许多围观的工人此刻都被喷溅了一身，犹如落汤鸡一般躲得远远的观望着，发出了一片惊叹声。

工业油流，工业油流。汪鹏说。

许拴虎也离得远远的，抬眼望着这数丈高的在不断喷涌着的油流。他感觉到这喷出来的石油宛如一朵黑色的巨大的花，正在越开越大，把眼前的一切都遮住了，甚至遮住了晚霞中的太阳。蓦地，他发现旁边炉膛中的火仍在燃烧着，那是打井时提供动力的蒸汽锅炉。他一时着了急，连忙过去提起边上的一桶水就往火上泼。其他工人这时也赶了过来，也提起水往火上泼，炉膛里的火苗由旺而微，发出了嗞嗞拉拉的声响，冒出了巨大的黑烟，一会儿火就被浇灭了。

石油在一直喷着，一直喷了有两三个钟头，大家根本没法到跟前。

闻讯赶来的人越来越多。怎么办呢？怎么办啊？油田工人都没经历过这种情况，一时六神无主，谁也不知道该怎么办。

不能让油白白这样跑了。一旁的贺山子说。

许拴虎听到贺山子这么说，见此时喷出来的油稍微减弱了，就和几个工人冲上前去，把井口的木帽盖上，然后压上了备用的钢钻头，油就不再往出喷了。见井盖盖住了，大家就都围了过来，个个惊魂未定，你望着我，我望着你，都觉得和做梦似的。

贺山子对汪鹏说：陈厂长叫你风水先生，你可真能看风水啊。这应该叫井喷吧。我哥先前说他在玉门钻油时就发生了井喷现象，那一股油一连喷了十多天哪。

工业油流。汪鹏神情凝重地说。

不会吧。一名刚从七里村招的年轻人怀疑着说，油都在地下的，像一条河，哪里就能喷出来啊？如果喷出来了，那要我们抽油的干什么呀？

是啊，是不是要出什么幺蛾子呢，该不会有孙悟空从地下蹦出来吧？张有义在一旁逗趣说。

你没见你脚下都是油嘛，你这不是睁着眼睛说瞎话嘛。许拴虎给了他一句。

听到这句话，大家就都往脚下看，发现方圆几百平方米的地上全是油，那些花呀、草呀上面也都是油。这些油漫延开来，像一片黑绸子似的铺在了地上，又像是一个巨大的怪物似的在缓缓地蠕动着。

张如意姑娘这时也到工地了，她是给大家送饭的，看见了这场面，就激动地说：我的天哪，这些可够我们揽许多天了，几头骡子都驮不完。

许拴虎脸涨得通红，说：这是工业油流，是井喷，你还拿你们家的盆罐来衡量哩。

我们是遇到井喷了，快点把这消息给上级汇报。陈振夏说。

先通知全厂工人吧，让大家都高兴高兴。贺山子说。

一会儿厂里的工人知道了这个消息，都赶来了，个个激动不已。在现场打井的小伙子就当起了临时解说员，七嘴八舌地说着，但尽管说者激动不已，又比比画画，但听的人依然想不来刚才的井喷是什么样子，依旧将信将疑，只有周围四散开的油流在证明着刚才蔚为壮观的场面。

对于这口井，该怎么办呢？有工人就建议将井口封住，油还是存在井里可靠，因为照目前工厂的生产能力，根本没法充分利用这口井的。陈厂长在现场，当机立断做出了安排。他说：现在正是用油的时候，立马等套哩。哪里还能再把井口封上。大家清理井口，歇一两天，我们就开始吊油。

抓紧时间抽油，可我们的人手不够啊，这可是井喷啊。许拴虎说。

人手不够就再招人，总之，要多产，要把地下的油全部抽出来。陈厂长说。

招人，那要我不？如意姑娘一听说招人，连忙就问。但并没有人接她的话，她就悄悄走到许拴虎身边，对他说：你们要招人，我就先报名。

许拴虎说：招人要招壮劳力，要下苦的，要抽油的，你能行吗？

谁说我就不行了！你要不招我，那你把吃我的羊肉给吐出来。如意姑娘一听他不答应就生气了，直接戗他。

她这话把许拴虎弄了个大红脸，周围的工人看着这场面，都会意地笑了。

这两天，工人们把井口溢出的油都收拾干净了，把木井架重新又架好了。到第四天，贺山子来现场指挥抽油。他亲自打开了木帽，眼睛往黑乎乎的井口瞅了半天。在他瞅的当儿，大家仿佛都觉得那不是一口井，而是一个神奇的魔洞，那里似乎随时都会冒出个什么古怪玩意似的，也都一个个睁大了好奇的眼睛紧盯着。

贺山子站起身来说：大家准备吊油吧，只是要慢一点啊。

几名工人就战战兢兢地把吊桶放了下去，放时个个手都在颤抖着。

瞧你们这点出息。许拴虎说着，就撸起袖子加入吊油队伍里。大家开始慢慢地一桶一桶往起吊。吊了很久，依然和开始吊的时候一样，每一桶都是满满的。

这天，是石油厂最为喜庆的日子，厂里所有的员工听说这口喷井今天开吊，就都赶来了。延长城里的百姓也都过来瞧热闹，大家把这口井围了个水泄不通。贺山子不得已，怕油再往出喷，群众不安全，就在周围的树上绑了一圈绳子，绳子上又绑了一些红布条，把看热闹的人群隔在了外围。

工人们情绪高涨，都想试一试身手，都想见证这奇迹时刻。一个个你吊完了我来吊，一个就又给一个嘱咐着：慢一点啊，慢一点啊，别又弄成井喷了。领导们此刻也都跃跃欲试，个个都抑制住激动，陈振夏也吊了几桶，贺山子吊了几桶，没费多大劲，倒都出了一身汗。

前一天为吊油做了一系列准备，准备了一大堆装油器具，但过了没多久，周围的器具就都装满了。该怎么办呢？

贺山子就让一些工人回去，去再拿装油的桶来。一会儿，大大小小的装油桶就都摆在了井边。也有赶着牲口往回运的，但运的哪有吊的快啊。在场的工人们都参与进来了，站成了一排，每一次吊桶上来，工人们有接油的，有倒油的，还有把近处满了的油桶往远处移的。到了下午，太阳西斜，大大小小的装油器具就都满了，一桶桶油在周围都摆满了。大家估算了一下，只今天吊起来的油就足有二十吨。望着这黑压压的一堆油桶，不算不知道，一算吓一跳。这几年，延长石油厂一年的油产量才四十吨，而现在这么一口井，在这么一天时间就抽出了二十吨。天哪，照此算下去，如何得了啊。

这一天就这样过去了。晚上，贺山子睡不踏实，心中总觉得有什么话要对人说。人逢喜事精神爽，贺山子就在工地上召集许拴虎和几个打井的工人一起喝了几杯。喝酒中间大家个个激动不已。贺山子此时也兴奋，他说：我要给我哥写信，让他知道我们这里也打出喷井了。说着话，大家又回忆起油厂的历史，说起第一口井，说起张宏霖与黄桂芝来。许拴虎喝得多了点，就说起上回在杨家村时黄桂芝曾亲口说石油厂的事就是她的事，第一口井还是她发现的呢。说起这些，倒激起贺山子的无限感慨。许拴虎发现了，就悄悄地给张有义说去叫黄桂芝过来。

延长石油厂打出油的事，黄桂芝其实早就听在厂里办公室上班的段双全说了，只是这几天她忙妇救会的事，动员妇女织布、纺线、做鞋支援八路军，所以没顾得上问仔细。另外，虽然大家说得天花乱坠，但她还是不相信能打出多大的油来。再说，打井的事她当初可是见得多了，多大的事儿呢。还有一点，石油厂是她的伤心之地，她不愿意来，怕看到这些更令自己伤心。

一时张有义赶到了呼家川，对黄桂芝说打出了喷井，说他当时就在现场，是真打出了，又描绘井喷如何如何。听他说得这么生动，这么有激情，黄桂芝就起了好奇心，想去看看究竟是怎么回事。

张一井此时就在黄桂芝身边，她原听段双全说打出油来了，油非常多，此刻听张有义说得这么神奇，说得这么激动，就也想去看看。只是觉得去看肯定得遇见贺山子，那可是自己不愿意见的人，就故意装出一副冷漠的样子来，装出一副石油厂的事与己无关的表情来。

黄桂芝当下决定去看一看。张一井听见了，就灵机一动，说：妈，你若想去也行，就让双全陪你看去。她说这话，其一是自己也想去看看，其二是让双全陪上也有面子。另外，在许拴虎与段双全两人之间，她选择了段双全，这几天听说许拴虎打井抢尽了风头，这个好强的女人内心还是略略有些失落的。

一时，黄桂芝与张一井还有张有义三人就往城里走。路上黑咕隆咚的，深一脚，浅一脚。几人先到石油厂，找到了段双全。段双全这几天正赶着加班上报一些材料呢，他见了她们母女俩自是欣喜，当即放下了手中东西，连忙陪着婆姨、丈母娘往七里村这边赶。

几人赶过来，这里的酒已喝停当了，贺山子喝得有点多，呼呼大睡了。许拴虎见段双全来了，就硬要和他再喝几杯。段双全看这里脏兮兮的，房间里破鞋臭袜子到处都是，味也难闻，实在喝不下去酒，但盛情难却，就勉强着喝了两三杯，然后跟许拴虎说想看看油井。

好好好。许拴虎说着，趿了鞋，手里拎着酒瓶出了门。天上有弯新月，像姑娘的一道眉毛，清秀而婉约。如水的月光下，一行人走着，许拴虎一边走，一边给大家说着那天打井的事。

这时，张如意姑娘不知从哪里冒出来了，她见黄桂芝与张一井来了，心中自是十分高兴。又见许拴虎手中还拿着酒瓶，就大声说：不让你喝你偏喝。

没事的。许拴虎说。

酒瓶拿来。如意姑娘说。

许拴虎乖乖地把酒瓶递给了她。

再喝酒，你小心着。如意姑娘嗔怪着说了一句，径自把酒瓶提上走了。

许拴虎领着大家，走在小路上，大约因为喝了几杯酒的缘故吧，他就放声唱了起来：

蜜蜂呀那个落在呀，窗眼眼那个上；
想亲亲那个想在呀，心眼眼那个上；

到了树芽那个开花呀，顶顶那个上；

操了心心那个操在呀，你身那个上。

……

段双全拉着张一井的手跟在后面，如意姑娘刚才的表现张一井全看在眼里了，她猜想着她肯定与许拴虎有关系。自嫁给段双全以后，她总觉得内心欠许拴虎许多。去年许拴虎捎野猪肉来，她自己心里清楚是怎么回事。所以，许拴虎一日不成家，她就一日心不安。现在看着如意姑娘对许拴虎好，她也就略略有了些心安，少了一份内疚。

但此刻，在黑夜中，黄桂芝却泪眼婆娑了。当年她与张宏霖成亲时，那些喝醉酒的工人们在那个月亮高悬的夜里唱的就是这首歌。一晃多少年过去了，如今石油厂还是那个石油厂，月亮还是那个月亮，但物是人非，怎能不令她伤感呢？

走了一时，几个人就到了油井旁，到处黑乎乎一片。许拴虎停住了歌声，对大家说：到了。大家就都停下来望。远山近峦，在淡淡的月光下，全都黑乎乎一片，像一个个巨大的怪兽似的沉默着。不远处，有一个高高的井架矗立着，静默着，像一个沉默的巨人。

油在哪儿啊？张一井问。

这一片都是油，从你脚下到那一边都是。我们今天抽了二十吨，把所有的桶罐器皿都装满了。

真的？张一井还是不相信。

你们蹲下身子摸吧。

几个人就照着许拴虎说的蹲下身子来用手摸，然后四周张望着，果然看到在井架的周围铺了黑乎乎一层油。

这些真的全是油吗？张一井问。

是的，我们把厂里能盛油的器具都拿过来了。许拴虎说，这只是一天吊的，以后，我们每天都会生产这么多的。

我的天啊，一天的产量这么多。张一井感叹道。

张一井又问：我可以点火看看吗？

不能点。小心燃着油了，空气中油气很浓的，你嗅一下。许拴虎说。

几人就不说话了，沉浸在这种巨大的震撼之中。这时张一井发现母亲打了一个冷战，她只当母亲发冷，就问：妈，你怎么了？说着抱了抱黄桂芝的肩膀。

黄桂芝一时从情绪中恢复不过来，就哽咽着说：妈这是高兴，我们盼着这样的石油，已经盼了三十多年了。我想起了一些人，你学文叔，丹风，还有你爸，他们也都在和我们一起盼着，但是许多人却没法看到今天这场景了。

许拴虎听她这样说，就说：嗯，我听说过宏霖叔的许多事情，大家都说他是条汉子。昨天还有人说起呢，说了许多往事，包括洪知县、朱济壶医生等等，石油厂的故事可真不少哩。前几天陈厂长也说，将来找个文化人把这些东西全写出来，这些故事就是厂里的传家宝，要号召后人好好向他们学习哩。

此时此刻，在这个寂静的夜里，黄桂芝触景生情，沉浸在自己的思绪里，她动情地说：那一天晚上，就在延一井旁，我们几个傻乎乎地坐在那儿，那天的月亮比现在的亮，比现在的圆。你学文叔刚从国外回来，我们几个男女，就这样坐着，燃着篝火，有一搭没一搭地说着话，说了整整一个晚上，从月出到月落……时间可真快啊，一瞬间就过去了，而这中间发生了多少事啊……他们，不，我们每个人心中都在期盼着，就希望看到这一天，看见地下有源源不断的油流出来，但是许多人没有看到，就早早离去了。现在终于成就了这么一件大事，他们的汗水与心血也算是没有白流……说到这里，她嘤嘤地哭了起来。

一井在一旁说：妈，你别哭了，你看大家都多高兴啊。

嗯，妈这是高兴的。黄桂芝抹了抹眼泪。

婶，你不用伤心的，我们曾经一穷二白，但有了这口井就有了一切了。打井和过光景一样，这应该就是我们的起家井，这是小汪专家亲自测的井，陈厂长还给他起了个外号叫“风水先生”，有他在，有陈厂长、山子叔这些人在，有我们的工人在，石油厂还会打出许多井的。这只是开始，我们的效益会越来越好，我们可以支援抗战，发展壮大，我们每个人也都会凭着石油厂过上好日子的。许拴虎由衷地说。

张一井听许拴虎说得这么豪迈，受此感染，一时就动了心思，问：拴虎哥，你们招女工不？

段双全说：厂里可能要招人，但招不招女的还没研究哩。

许拴虎说：不招，这都是下苦活，女的来能干啥呀。

听到这种回答，一井就不高兴了，说：哼，还老封建哩，过去我妈在厂里还当过工人呢。

这时，张有义在一旁听了，就悄悄地给张一井说：你要想进厂的话，就求求你妈，让你妈给贺厂长打个招呼。

去。张一井训斥了他一句。

就在这时，大家听见小路上传来了脚步声，又有人来了。看来在这个夜里，这一口油井牵动着许多人的心。几人就不再说话，全身心沉浸在这个夜里，沉浸在这淡淡月光照射下的七里村。

延长石油厂忙活起来了。又过了一个多月，新打的油井产量稳定了下来，日产两吨左右。有了这个保障，石油厂也就有了底气。陈厂长这时就有了更大的想法，打算把第一口井再往深打一些。现在这口井打出了喷井，那口井离得不远，应该还有潜力可挖。当初八十米见油，暂时先搁置了，因为厂里等米下锅，现在有了这口新井，也就没那么多顾虑了。此时，石油厂所有人都对陈厂长佩服得不得了，当然是他说啥就是啥。人们也对汪鹏佩服得不得了，附近百姓建新房子前，都要叫他去看看风水，有的婆姨生了娃娃，还专门抱到厂里来请他取名字哩。

说干就干，石油厂将七里村的一号井用8英寸的钢管套起，重新用钻头再往深处打。在忙了两个月之后，大约在一百四十米处，又遇到了油层。这时，就停了打井，开始试抽，结果又一次遇到了井喷情况。几个月之内连续打出了两口旺井，不但全厂职工个个喜气洋洋，也轰动了整个延长县城，更引起了边区政府的高度重视，军工局及军委的陈郁、萧劲光，中央机关管理局局长易秀湘都觉得很神奇，纷纷到厂里视察油井。

厂里打出了两口新旺井，产量急剧增加，却面临着许多新问题。首先是要将七里村这些抽出来的油运回延长，没有那么多牲口怎么办？石油厂就发动群众按工计酬，不管拿什么驮，哪怕是背都可以，每运回一石就给记一分，一月清一回账。在这个政策的激励下，附近有牲口的百姓几乎都加入了运油行列。每天七里村到延长的路上处处是人欢马叫、尘土飞扬。但又出现了问题，运油的器具也不够啊，于是所有的大小油桶，能修修补补的都用上，但还是不够。后来，贺山子有一次在农村看见乡间运酒用的篓子，他就有了想法。那些篓子是用篾条编的，也可以用柳条编，但篾条编的要比柳条编的更细致，更紧密，不易渗水。在陕北乡间这样的篾条是很多的，大家用篾条编了筐子来，然后把面糊和胶搅在一起，在里边厚厚糊了一层。就这样，一个运油的器具就形成了。

油抽出来了，运回来了，可是没地方储存，炼油设备也根本来不及提炼。这时有一些工人又提出了先前的建议，将石油先储存在井里。也就是说，在炼油量不能扩大的情况下，把原油保存在井里，就像井里的水，不往出吊，水也跑不到哪里去。陈厂长依旧坚持自己的想法，否定了这个建议。贺山子也觉得石油这个东西太神秘了，先前有几口井抽着抽着就没油了，现在看来，无论如何要先把油弄出来，把油弄到地面来，拿到手里才心里踏实。至于其他问题，再慢慢想办法呗。

但原油的储存还是个大问题。这可怎么办呢？这时又是许拴虎想了个办法。有一天，他看到延长县塬面上的村庄因为缺水，每个村中心都有一口池塘。那些池塘都是在平地里挖个圆形的大坑，村民们怕水渗掉，就拿石夯把坑底一再夯实了，再拿削尖的木棍在坑底戳出一个个细长的洞来，然后将晒干的红胶泥填塞进去，这样底部就更结实了，也就不容易渗水了。到了夏天，随着雨季的来临，池塘就可蓄很多水，人们用这些水饮牲口、洗衣服，娃娃们则成大泡在里面洗澡。看到这个情况，许拴虎就给贺山子建议说，可以在七里村沿山脚下多打几孔窑，然后在窑里挖个深坑，在坑底再涂上一层红胶泥土，然后用来储油。贺山子听了，一时也没别的办法，于是就试验着打窑挖坑，结果效果还可以。于是工人们就在山下打窑洞，建了十多口蓄油池，油倒进去后虽然有挥发渗漏，但大部分油能保存下来。同时，根据这个思路，工人们又想了个办法，在离炼油厂不远的地方，挖了几个一丈见方、六尺深的大窖，在底层铺上当地出产的石板，没有水泥，就用石灰、胶泥勾缝，然后用这样的大池子来储存原油。

储存量在一天天扩大着，但重要的还是要提高炼油量。目前，炼油设备日夜工作，每月也只能提炼八十吨原油，远远低于产量，而炼油这个问题要解决可就没那么简单了，必须要有专业设备。陈厂长就给上级写信反映情况。军工局的领导亲自到厂里视察了以后，就拍板急调其他军工厂的人员来支援，这样以王振玉为首的铆工班七八个人就到了石油厂。来的人是清一色的铆工，技术还行，但没有铁、没有钢，拿什么来做炼油设备呢？这时许拴虎忽然记起去年开始打井时从民间收购了一些东西，其中有一些 12 英寸的井管，这是当初的美国勘探队留下的，因为太粗了，跟这里的其他打井设施不配套，当时收来就闲放在库房里了。现在要做锅炉，缺钢铁，这些是不是可以利用一下呢？这可是实打实的钢铁啊。许拴虎的这个建议大家一听就愣住了，这能做吗？铆工班的班长王振玉说：我们先看看，先试试吧。于是，在他的带领下，铆工班这七八个人，从库房中找出了这些旧的钢管，锯成几截，再切割开用铁锤再三敲打，敲成了一张张平展的铁皮。然后，把这样三块铁皮拼成一张大的铁皮，再用铆钉将其铆起来，就做成了一个小型的炼油锅。就这样，在一个月间，凭着这些工人的智慧与努力，一共制造了这样的四台炼油锅炉，虽然容量小一些，但一下子就使厂子的炼油量增加了 50%。

炼油量增加了，但炼油时烧的柴火又成了问题。原先炼油完全依靠老乡们驮运的木柴做燃料，现在用量大增，这样显然不够了。所以，石油厂除了鼓励老乡到姚店、安定一带运煤来厂里外，部队的后勤部做出规定，各机关学校凡来油厂驮成品油的每匹牲口，必须带来一驮子石炭，由工厂按价收购，不驮石炭就不发给油。

运油、炼油问题逐步解决后，炼出的成品油就越积越多。工厂唯一能装一百五十吨油的大铁罐已装满，余下成品油没处放了，就装在了大瓷缸中。虽然从全边区各处收购了一些新旧瓷缸，在院子里摆放了一排，上面都盖着石板，但这些毕竟解决不了多大的问题。因此，石油厂后勤部又给上级建议，上级就通知各机关学校部队按照放宽了的定额，每个单位都得想方设法储存半年用的油料。就这样，出现一点问题，解决一点问题，延长石油厂的产量在逐渐增加着。

随着石油产量的提高，一时间延长城里也红火热闹起来，终日商人往来，骡马成群，来的客人把所有的骡马大店都住满了，大小饭店、当铺、染坊等也跟着兴隆起来。

原来石油厂由于石油产量低，对于边区各单位用油控制得也比较严格，均按需供给。边区当时有一辆吉普车，是爱国华侨陈嘉庚捐献的，用的也是石油厂生产的汽油与机油。同时还有打仗时缴获的十几辆大卡车，也用的是石油厂生产的油。部队上点灯照明以及油印用的油也全都由石油厂供应。少量卖给当地和周边的老百姓用来照明。现在产油量这么大，供应这么足，边区政府就开始调整供给政策，下文指示有条件的单位可以存更多油。当时国民党实行封锁政策，边区缺这少那的，贺龙同志到石油厂来视察，明确指出要石油厂想办法拿石油去换回更多的物资来支援抗战。有了这个指示，石油厂就快速行动起来。考虑到贺山子是本地人，熟人多，关系也多，先前也曾经与阎锡山部队交易过石油，所以销售石油这个重任就落在了贺山子身上。石油销售部又在延长的主街道设立了石油经销店。贺山子这个副厂长通过这一段时间考察，认为段双全聪明，心眼儿活，积极上进，就将他提成了经销店经理，主要负责延长街上石油经销店的工作。

段双全一上任，按照安排，他召集商人开会，鼓励边区商人将工厂多余的蜡烛、成品油向边区外销售，卖钱也可，如果能换回边区缺少的布匹、棉花、粮食、钢材等就更好了，由石油厂定价收购。很快，这个经销店就成了延长最大的商号。石油销售出去，而那些换回来的商品，大部分源源不断地向延安后勤部输送，小部分就在延长县城出售。

扩大生产以后，工作真是千头万绪，可忙坏了贺山子。由于新的炼油锅是由几块钢板拼焊而成的，无论怎样拼接总有一条缝要面对炉膛。另外，所用的管子、接头又都是捡来的旧品，炼油时炉膛中的火要不停地烧。这样，时常就因为锅里漏油漏气而冒火，对安全生产构成了很大威胁。当时厂里没有消防器材，贺山子就指派工人在炼油锅旁储存了一堆堆沙子预防着，并每晚指定工人值班，以防不测。

没有外部的援助，在什么都缺的情况下，石油厂集众多工人的智慧，一点一滴地推动着厂子向前发展，并且产量不断增加，逐渐走上了规模化生产的道路。

石油厂先前不到一百人，由于石油产量猛增，人手就不够了。于是，厂子就又招了三百多工人，一下子成了近五百人的大厂子。由于机械设备陈旧，常常用着用着就坏了。边区仅有的机械加工厂，都在安塞一带，机械坏了，从安塞派人来修得等半个月，常常耽误正常工作。陈振夏厂长就打报告，要求调专业人员来设修理部，军工局很快就同意了，从茶坊、何家集等工厂调来了工人和设备，于是石油厂修理部就成立了。这个修理部下设四个工种，分别由机工班长刘长青、铆工班长王振玉、锻工班长赵希海、钳工班长高能能负责，这些人大都是在国民党兵工厂工作多年，是有多年经验的能工巧匠。他们自愿来边区参加革命，现在又来到了石油厂，是真正地派上了用场。

人员多了，石油厂的组织机构也在不断扩大。陈振夏依旧任厂长，原石油厂政委调回延安了，由石忠汉同志来厂任政委，贺山子依旧担任副厂长，贺山子主管石油生产与销售。生产方面成立了三个部，由许拴虎任打井部主任，常驻七里村。修理部由张鹏、李琳任正副主任，管理员刘国成协助。汪鹏任技术科长。

当此之时，延长县城也成了陕北最为繁华的县城，街道上各种车辆络绎不绝，许多商人来这里买石油、销售货物。尽管国民党封锁边区，有时恶意扣留商人物品，或者怀疑他们通共，找借口讹取财物，但因为受利润的诱惑，仍然有很多商人通过一些渠道来洽谈生意。

贺山子在下一盘更大的棋，他对石油销售也有了更多的想法。1936 年，他曾与阎锡山的董军需官做过一笔生意，当时差点搭上性命。现在，时势变了。1938 年日本侵略军围攻吉县，山西的土皇上阎锡山就和省主席赵戴文一起坐船来到了宜川，把大本营搬到了宜川秋林镇，部分大学及军队也都迁移到了宜川县。这个老奸巨猾的阎锡山，一心只考虑做自己的土皇上，对蒋介石、对共产党、对日本人几乎都是两面派。贺山子知道这个情况后，就想着能不能和阎锡山部队挂上钩，趁机做几笔买卖为石油厂赚些钱，或者换回一些边区所缺的棉衣、鞋袜、药品等。但此时他和那边的人一个也不认识，当年和他打过交道的董军需官早就不来往了。再说经了那次风险交易后，他也看清了这个人的面目，也不愿意再与他打交道了。现在，他脑子里虽有这样的想法，但一时却没办法，他就把这个想法说给段双全，要他多留意着从宜川那边过来的客人，看能不能和阎锡山部队扯上关系。

这些话段双全牢牢记在了心里。此时的他新官上任，意气风发，他知道“家有梧桐树，招得凤凰来”这个道理，先将延长经销店的门面扩大了一倍，整修一新，然后又在各县区设立了七八个新的石油分销店。一时间红红火火的销售平台就搭建好了。

这一段时间，石油厂还有一个大喜事——许拴虎和如意姑娘结婚了。这对新人终于走到了一起。结婚那天，厂里几乎所有人都参加了他们的婚礼。同时，如意姑娘也被招到了厂里，工作还是给工人们做饭。还有，石油厂因为与呼家川村是军民共建村，招收工人时，就优先从呼家川招收了六名工人，那个当初帮助运送木料的段新宏也被招到了厂里。

这天，延长县来了一位大客商，跟着五个脚夫，拉着八辆马车。这个客商穿的是中式长袍，戴着礼帽，天庭饱满，说话时文质彬彬，言谈之间透露着满满的自信。跟随他的几个脚夫也一律一样的装束，黑衣，对襟袄，大裆裤，大约为了利索，裤腿都统一用白裹带缠起来。这几个人的到来，一下子成了延长街上的一道风景，吸引了众多的目光。他们在延长街上的悦来客栈住了下来，马车也都齐摆摆地停在了客栈门口。

这个商人一来到延长，就先找到了尉振海。尉振海现在已是石油厂的一名打井工人了。来人和他熟识，他们先前都在国民党部队里一起共过事，后来尉振海回了家，而这个人也从部队退出做起了生意。他乡遇故人，两人闲谈了一阵，来人说想买一些汽油然后再转卖给阎锡山，尉振海听了当下十分高兴，就连忙把这个消息给段双全说了。

段双全听了自然高兴，这真是踏破铁鞋无觅处，得来全不费功夫啊。他新官上任正想着好好表现一下哩，这不，一下子来了这么个大客户。尤其是这笔生意跟阎锡山部队有牵连，如果能牵上这条线了，那石油厂的好日子就不远了。

段双全急忙招这个客商过来，仔细问他的情况。

这个商人说，他叫雷秋林，先前在国民党部队干过，后来觉得部队里太黑暗，就返乡开始做生意，因为跟部队熟，所以有时就做一些部队的生意。来人告诉段双全，日本人占了山西后，阎锡山率领大部队过了黄河到宜川秋林镇驻扎。阎本人在高柏一个小村子住了一年后就返回山西了，居住在黄河岸边的一个小村子，并把那个小村取名叫克难坡，也就是攻克难关追求胜利的意思。只是他的八大处仍设在秋林，部队也大都分散在宜川、洛川、富县等地。阎锡山到了宜川秋林后，就打通了宜川到富县、洛川的公路，这样，大量的军车也都开过来了。这么多的军车当然需要大量的汽油啊，但眼下山西已被日本人占领，路也受阻，油运不过来，他也只能干着急啊。现在大家看到阎锡山出门总是骑着头毛驴，大概就是缺油的缘故。

哈哈。段双全被来人的健谈与幽默逗笑了。

三人相谈甚欢。末了，雷秋林说，他做石油生意也是第一次，原来只做些布匹棉花什么的，从山西那边贩过来，然后批发给小商贩，有时零卖到陕北各地。这次到了延长，听老百姓说石油厂出旺油了，就赶来瞅瞅热闹，顺便做一单生意。

段双全听到这些，别提多高兴了。当即热情地介绍了延长石油厂产旺油的过程。他说：石油厂是军工厂，过去石油产量少，是不对外销售的。现在石油多了，边区政府就鼓励和其他客商做生意，将油销售出去，或者换成布匹棉花等。

雷秋林说：好好好，这都好说。然后又说，那可不可以开开眼界看看你们石油厂的生产实力啊。

行啊。段双全说着就起身领他到经销店的后院，那儿高低不齐摞着大大小小装满油的器具。段双全说：你看看，我们现在生产的油都没处堆放了，所有能盛的器具都盛满了，连家户的盆缸罐都用上了。

来人看到这场景，十分高兴，问：那你们油咋卖哩？

段双全就给他说了销售价格。

雷秋林沉思了一下，说：油价不算高，我们可以买一点试试。

段双全就问：好啊，那你打算要多少呢？

这样吧，我此次也十分仓促，没做什么准备，本钱也不多，先小试一下吧。你挑拣大一些、齐整一些的油桶，装到我马车上。

多少？段双全问。

反正就尽这八辆马车装吧，能装多少装多少，装起来然后再清点数吧。雷秋林淡淡地说。

啊？

你觉得少？雷秋林问。

不是，不是，已经够多了，够多了。段双全欣喜之情溢于言表。

对于石油厂，这确确实实是一笔大生意啊。

好，那就动手吧，我们还赶路呢。雷秋林说。

马上，那五个脚夫就赶着八辆马车过来了。石油厂的工人见有这么大一笔生意，个个也都喜笑颜开，挑拣着大一些的大小基本一致的油桶往车上装。

一时间，院子里工人忙前忙后。这时，尉振海就对雷秋林说：雷兄，你今天别走了，老朋友了，咱们一同喝喝酒，叙叙旧。

我可不像你这般清闲啊，我只有忙才有饭吃。雷秋林乐呵呵地说。

过了一会儿，大家就把油都装到大车上了，马车在院子里停了一整排，这时天快要黑了。雷秋林腋下夹着个鼓鼓囊囊的袋子，他要段双全算账。账算出来了，他从袋子里掏出一沓沓票子，打算付账。忽然间他又停住了手，向四周望了望，对手下的几个人说：不早了，你们先去客栈歇吧，明早咱们结账走人。几年没见老尉了，今晚让我们一起叙叙旧。

这话才对，世上的钱你可是赚不完的哦。尉振海开玩笑地说。

说完，这个尉振海就邀雷秋林、段双全一起去客栈喝酒。段双全觉得好不容易遇到这么大个客户，心里自是乐开了花，想和他建立长期的合作关系，顺便也摸摸阎锡山那边真正的汽油需求情况，想也没想就答应了。

这样，八辆装好油的车一摆溜停在了经销店的院子里，那些脚夫都回客栈歇息去了。这里，三人要离开时，雷秋林就从怀里掏出装钱的袋子对段双全说：咱们去喝酒，拿这么多钱，我也不放心。要不，就先放你这里好了。段双全听了也不在意，开玩笑说：行吧，只是钱少了你可不能赖我哦。

哪里，哪里，都是朋友嘛，一回生，二回熟的。文质彬彬的雷秋林说。

在短暂的接触中，段双全觉得雷秋林这个人真是仗义、豪爽，一时将雷秋林递过来的钱袋接了，反身锁到了自己的抽屉中，然后三人一起去客栈吃饭。酒桌上大家海阔天空地聊，都高高兴兴的。雷秋林说，他当年最见不得的就是国民党部队的黑吃黑，哪里是部队啊，分明是贼窝嘛。尉振海身材短而粗壮，说话瓮声瓮气的。他说当年连长克扣士兵的钱，被他这个当排长的揍了一顿，他怕报复，就擅自跑回来了。段双全则盼着国统区能有更多的商人来，于是在酒桌上就大谈特谈石油厂的发展与远景。三人杯来盏去，相谈甚欢。喝了一通尉振海提的酒，雷秋林就打发伙计拿来自己带的两瓶酒，说是山西一个大老板送的陈酿杏花村。大家尝了一口，果然觉得酒味醇美，于是一杯一杯又一杯。喝着喝着，不知不觉中段双全就喝醉了，最后就什么事都不知道了。

第二天早晨九点多，段双全被敲门声惊醒了，有人喊他起来吃饭。他从梦中醒来，揉着惺忪的睡眼，一时有些头疼，不知道自己身在哪里。好半天，他才知道自己是住在客栈里。他努力地回忆着昨天的事，记得自己昨天喝着喝着就醉了，但怎么醉的，醉了以后又发生了些什么事，却没有任何记忆。他忽然想起喝酒的还有尉振海与雷秋林，今天他要与这个雷秋林做笔大生意呢，就赶紧起了床，来到了石油经销店。

一走进石油经销店，往院子里一瞧，只见院子里空荡荡的，他觉得缺少了什么。又仔细一想，心中蓦地一沉，昨夜这里可是停着一摆溜的马车啊。

我的个天啊，该不会出事了吧。他心中这样想着，登时出了一身冷汗，赶忙把叫自己吃饭的工人喊来问：院子里的大车呢？那个工人说：听人说，大车昨夜都走了。

谁让走的？

我也是听王国威说的。那个工人说。

快喊王国威来。

一会儿，矮墩墩、黑黢黢的王国威来了，他手里拿着昨晚的签单，递给段双全看。他说：我就怕有问题，但单子上有你盖的章子，还有现金已付讫的印。

不会吧？段双全将单子接过来一看，上边赫然有现金付讫的印，也有自己的私章印以及自己的签字。

他们半夜来了，说有要紧事先走，再晚了怕天明国民党设卡就走不了了。我当时也有一点怀疑，想问问你，但你实在是睡得醒不来，怎么也叫不醒……王国威吞吞吐吐地说。

我的天哪。段双全头一晕，差点栽倒，这下可把天戳了个大窟窿了。

他猛然记起昨儿雷秋林还在自己抽屉里存了一个袋子的，就忙打开抽屉，只见那个袋子仍在。他拿出袋子打开一看，一沓又一沓的纸钞，仅有第一层是真钱，下边的竟然都是草纸。看到这一沓沓草纸，段双全一屁股坐在了木椅上。我的个天哪，这个看起来气宇轩昂、说话文质彬彬的人，自昨天开始就给自己下了套啊。自己竟然浑然不觉，还一直沉浸在喜悦中呢，自己可真是笨啊。

他们走了多长时间了？

昨夜十一点多走的。王国威说。

按一小时三十里路算，一夜间足可以到宜川秋林了。即使走得再慢，他们也肯定早到国统区了。追已没有一点可能性了。

段双全瘫坐在椅子上，久久一言不发。

段经理，该咋办呢？王国威站在段双全的对面问他。

段双全摆了摆手，一时又想起了一个人，就说：那个尉振海呢，他在哪儿？你把他给我找来。

王国威去了，一会儿就回来了，说：尉振海也不知道哪去了，大伙都找不到他了。

听到这句话，这个新上任的段经理一下子明白了事情的整个经过。看来自己真是被骗了，这个尉振海与雷秋林两个人设套，他们先将汽油全部装好，装作要开钱的样子，把票据骗到手，再借口天黑了要叙旧没开账，又把钱袋子放在了这里麻痹他。然后晚上一起用酒灌醉他，掏了他的钥匙，盖了两方章子，然后一行人大摇大摆地把油全部运走了。

自己怎么这么傻呢！

石油厂让人骗了，骗了不少的汽油，这对新上任的信心满满的段双全来说无疑是当头一棒，晴天霹雳。

贺山子很快知道了这件事，他很震惊。他觉得段双全头脑好用，思维也开阔，许多事都有自己的点子，就极力推荐他当这个经销店经理，可是没想到竟发生了这样的事。他问明情况，将垂头丧气的段双全骂了一顿，然后又骂尉振海忘恩负义。陈厂长当初觉得他背景复杂，不想要他，自己还替他说了不少情呢。自己甚至觉得这人当过兵，天不怕地不怕的，对厂里将来的发展说不定还有一些用处的，哪里就想到他竟然跟外人串通在一起干这伤天害理的事啊。但事到如今，再生气又有什么用呢！贺山子就给陈厂长汇报了，陈厂长问明了情况。到了这天下午，厂里就召开会议，那一包假币作为证据也放在了会议桌上。参加会议的人个个怒不可遏，觉得段双全犯这样低级的错误，真是不可饶恕，要知道这可都是大家的血汗啊。

由于厂子还属于军管，段双全暂时被关了禁闭。这样，刚上任一个半月的段双全就被免职了。

黄桂芝知道这件事后，简直不敢相信自己的耳朵，她赶来见贺山子。贺山子情绪低落，对她说了事情的经过。黄桂芝怀疑地说：不会吧，这件事还有尉振海啊，厂里可没亏待过他。

贺山子说：唉，听说这个人不仅当过兵，还当过土匪，现在看来他就是个唯利是图的小人。

黄桂芝又去找王国威，责怪他放走了人和货。责备的话说多了，王国威就不服气地说：人家什么手续都齐全，我凭什么不放啊？再说人家说的也有道理，一到了大白天国民党就会在路上设卡拦截的啊。

黄桂芝就只能生暗气，责怪段双全做事冒冒失失的，竟然捅下了这么个大娄子。

张一井和她妈一样，个性强，也是个好面子的人，虽然她心里依旧对贺山子有成见，但因为丈夫在重要岗位上，她还是盼望着他能干出一番成就的。甚至有时，她都在考虑着过上一两年，让母亲把娃娃带上，干脆自己也到石油厂去，和段双全一起上下班。然而，在这个节骨眼上却出了这事，这让她这么好强的人脸面往哪里放呢。她去找段双全，隔着门叫了半天他就是不吭声。她从门缝里往进瞅，只见他蹲在墙角，耷拉着头，任她叫死叫活就是不吭声，也不动。张一井的火暴脾气这时就来了，就在外边大声责骂着。黄桂芝赶来了，见段双全情绪差，又操心着怕有意外，就给看押段双全的人嘱咐了几句，然后把张一井拉走了。

关了几天，段双全就被放出来了。鉴于该事件非常严重，影响大，厂里对他做出了处理：一是将段双全开除，二是扣发他三个月的工资。在会上贺山子作为销售店的主管领导也做了检查。

段双全这个二十三岁的小伙子，刚当经理几天，正在意气风发想干一番大事之际，因为一个疏忽，被开除了。他只得卷起铺盖垂头丧气地离开了这里。

没过几天，石油厂有了新的任命，由先前协助汪鹏工作的罗干担任经销店经理。

段双全离去了，但石油还在源源不断地生产着，经销店还在对外出售着油品，只是这一切已和他没有任何关系了。

段双全被开除出了石油厂，他却没有回老家去，他不愿意成为别人的笑柄，就在延长城里租了间房子住了下来。这一段日子里，他的情绪很差，整天和社会上一些不三不四的人混在一起，常常喝得醉醺醺的。

段双全与许拴虎同出身于呼家川，由于他家境比较富裕，成长环境好，所以自信心强自视甚高。在许拴虎这一帮也是从农村招来的后生面前，他内心是骄傲的。而恰恰是他被骗了，这对他的打击太大了。现在想来，他是想把事情做得更好，尽快见成效，只可惜应了农村的老话——急性子吃不了热豆腐。按理说，开除他也是应该的，谁让他给厂子造成这么大的损失呢。可是，一切全怨他吗？段双全心里颇不服气。当初是贺山子一再强调要抓大户哩，还点名指姓地要和阎锡山部队多联系呢，要多开辟销售的新渠道哩。事情弄成这样，他是疏忽了，当那个生意人雷秋林把钱包放在他抽屉的那一瞬间，他完全信任了人家，晚上一起吃饭喝酒内心就不设防了，而恰恰就是这种急迫的好大喜功的心理害了他。

不过，在这件事上，那个尉振海也算是个中间人，他可是厂里的人啊，谁又能想到他和外人一起勾结呢？再说这个尉振海，现在说他是兵痞是土匪出身，可这样的人是谁把他招到厂子里的呢？说不定他就真是国民党派来的卧底，是专来边区搞破坏的呢。如果没有他的话，自己对雷秋林这个陌生人就当然会提高警惕了，事情当然也就不会弄到这种地步。想到这些，段双全就觉得委屈。还有，自己毕竟是好心，想为厂子多赚点钱，只不过操之过急罢了，而现在却被厂子无情无义地开除掉，他自是满心不服气。

对于段双全的遭遇，许拴虎也很同情，想安慰安慰他，但他嘴笨，说不出更多的话来，只是说：你不要过于伤心，等着吧，雷秋林、尉振海会找到的，总有一天咱们会为你讨回公道的。

段双全沉默不语，痛苦地摇着头。

张一井看段双全目前情绪特别糟，就说：你倒是说话呀，你个大男人怎么这么窝囊呢？跌倒再往起爬啊，我们年轻，有的是资本，怕什么呢？但段双全依旧不吭声。

天黑透了，张一井领着娃娃回娘家去了，段双全一个人待在租的小屋里。他越想越窝囊，越想越委屈，看到身旁有把小刀，他一把握在了手中。在灯下，他翻来覆去玩弄着这把小刀，刀刃明晃晃的，在灯下一闪一闪的。想来想去，他一狠心，将小刀噌地一下插在了自己的胳膊上，然后咬着牙，顺势往前划了一道。他拔出了刀子，看着胳膊上的血一点点涌出来，然后汇聚成串，又一滴滴落在了桌子上。

他将牙齿咬得咯咯响。

张一井和黄桂芝让段双全回村里去，反正不在油厂上班了，回去种个地也行啊，但段双全执意不回去。两人都知道他性格要强，就只能让他先在城里待着，缓解缓解情绪再说。

段双全在县城无所事事地住了一段时间，他先头是心里不服气，后来就想着尽快赚点钱，一来弥补厂里的损失，二来挽回自己的声誉，证明自己的能力。但该怎么办呢？他想来想去，也想不出什么招儿。

静下来的时候，仔细回想雷秋林这个人的谈吐，尤其是他谈到的一些关于阎锡山生活上的细节，段双全就觉得他既然知道得这么清楚，那肯定和阎锡山部队有联系，说不定就居住在秋林镇呢。尉振海那晚也消失了，肯定是和他在一起的，说不定这两人现在正在秋林镇一边分钱一边嘲笑自己呢。有了这样的想法，他就觉得自己应该到秋林镇去一趟，看能不能找到这两个骗子。

段双全没有到过秋林镇，张一井不愿意他一个人去，怕有危险。段双全就约了一个叫郭成山的朋友一起去。这个姓郭的，身坯子长得和尉振海差不多，个子低，身体壮实，外号叫“八指”。据说，前两年他被国民党抓了壮丁，走在半路上，他瞅了个机会就往回跑。回的路上，他捡到了一颗手榴弹揣在了怀里。结果半路上正好遇见几个土匪想抢劫他，他们把他围住了，他一看情况紧急，把手榴弹掏了出来，拉动了导火索，要跟这几个人同归于尽。手榴弹直冒烟，但他眼睛眨也没眨一下。那几个土匪一看遇到了个不怕死的，当时就个个跑得比兔子还快。看他们跑走了，他这才扔掉了手榴弹，结果手榴弹就在他近旁炸了，他的右手食指跟中指被炸掉了一半，所以有了“八指”这个外号。他平时做点小生意，跟段双全有点远亲。先前他们并没什么往来，自从段双全被石油厂开除后，整天无所事事的他就和郭成山混在了一搭。

秋林镇离延长算不上太远，走路得两天时间。段双全与郭成山第一天从延长走到宜川境内，在一个叫谷堆坪的小村子住了一晚上。第二天大早两人出发，下午就早早到了秋林镇。秋林镇离宜川县城三十里，本是宜川一个毫无名气的小镇子，但随着阎锡山的大部队过来，这里就红火起来了。所有的沟沟岔岔都打了许多小窑洞供单位住、部队住。秋林镇上来来往往最多的还是穿军装的人，也有大批的做军队生意的人也都蜂拥到这里。段双全和郭成山来到秋林，两眼墨黑，在这里找了几天，却没有找到任何雷秋林与尉振海的线索，这两个人好像自那一天开始就从这世界消失了。在这里找不见雷秋林，段双全就又打算去克难坡那里找找，看有没有雷秋林的影子。但郭成山在这里有一个远房亲戚，姓柯，也是生意人，他长住在秋林。他对段双全说：克难坡现在是一座城堡，要穿过一条长长的洞子才能进到里边去，外边戒备森严，普通人是根本进不去的。另外黄河上现只有个铁索桥，那上边也有重兵把守，一般人也不是随意能过去的。

听到这话，两人都没了辙，都不知该怎么办。但这时，柯老板却怪怪地笑了，他说：你们可真是抱着金碗讨饭吃哦。那雷秋林能做得成石油生意，咱们为什么不能做呢？

怎么做？段双全问。

姓柯的老板就说：打你们来的第一天，我就有这个打算了。我长住秋林镇，在部队里也认识个朋友，他就是搞后勤的，前些日子他跟我一起吃饭，就抱怨来往车辆无油可加。

段双全一听就急切地问：真的吗？

柯老板说：千真万确。只是这个军需官现在不在秋林，等三两天回来，讨个准信，汽油生意做成做不成就可以见分晓了。

几人说罢就散了，但就由于这句话，段双全与郭成山就在秋林镇待了下来。

到了第三天，柯老板就来了，告诉他俩那个搞后勤的汪军需官回来了，已见过面了，双方谈了这个事。军需官就说这件事不需和他见面，可以委托柯老板来和他们谈价格，反正油多多益善，拿油给钱。

郭成山听柯老板这么说，非常高兴，当即表态可以做这笔生意。段双全刚吃过亏，怕被骗，就问了许多小细节。这个柯老板也是个爽快人，当下表示：只要你们有这个意向，我再回去和汪军需官商量具体细节。

过了一天，柯老板就又来了，双方谈定了价格、数量，商定了买卖汽油的一些事项，时间定在端午节这天，地点就定在雷赤镇。这里是“红白”双方控制的交界区域，为避免意外，在这里一手交钱，一手交货。

段双全有些犹豫，他是一朝被蛇咬，十年怕井绳啊。

柯老板看出了他的犹豫，只当他是不放心这个交货地点呢，就说：这做生意就是先小人后君子，你不相信我，我还不相信你呢。我如果把钱拿到“红区”去，被共产党收缴了，那岂不是打了水漂了吗?

郭成山在一旁着急了，他说：我看这个办法好，没有什么风险，双方有据可守，你不给钱，我不给货。他又对段双全说：如果咱们这次赚钱了，你可以弥补厂里的损失，说不定还能将功折罪，他们一高兴，就重新任命你为经销店经理了呢。

段双全的犹豫不在于交货地点，而在于油从哪里来。先前自己是经销店经理，自己一句话，就可以调油、赊销油，而现在没有这个权力了。要油就只有一个办法，那就是先得从经销部把油买出来，然后运到雷赤再卖给柯老板、汪军需官他们。但万一生意有了变卦，那可就没办法挽救了。他这样想着犹豫着，但架不住郭成山与柯老板的劝说，另外，他内心也渴望着做一笔大生意，以雪前耻。所以，当一再确定此事万无一失时，他就下定了决心，要和郭成山一起做这笔生意，赚也罢，赔也罢，双方各半。这样商量好了，两人就急忙回到了延长，开始筹钱买油。

段双全家里虽比较富足，但只是地多而已，也并没多少现钱，要筹集这么一大笔钱非得向亲戚朋友借不可。当他回家把这笔生意告诉张一井与黄桂芝后，她们两人都反对他这样做。张一井心里虽然盼着他能做成些事，但怕他再栽进去再次受骗，希望他老老实实先在家里待上一段，慢慢再想办法。黄桂芝没说多少话，经了上次的事，她心里对这个女婿有了重新认识，觉得尽管他脑子活，口也甜，但容易轻信人，容易感情用事，这些缺点把他限制死了，也就注定他不可能成为大的生意人。在陕北，女婿和丈母娘的关系是非常微妙的，说话得拿捏好分寸，有些话能说，有些话就不能说了。所以，她就只简单地规劝他安稳一些，别冒进，因为家里再也经不起这样的折腾了。另外，黄桂芝心里还有个小算盘，想缓上一段时间，再找机会求求人让段双全重新回到石油厂去，毕竟他对那里的工作非常熟悉。但现在，这一切话段双全已听不进去了，他需要的是马上赚到一笔钱，给自己长长脸。

张一井与他展开了激烈的争论。

张一井说：那赔了呢？

段双全说：赔不了的，他不给钱，咱不给货啊。

那共产党不让卖呢？

共产党现在正愁着卖不出去呢，盆盆罐罐都放的是油，这些你又不是不知道。

那国民党要没收了呢？

国民党会到共产党地盘上来没收吗？不等到他收了油，早被共产党打跑了。

……

两人争论了半天，张一井就没话了。毕竟张一井没经过世事，她能想到的做生意的风险也仅仅只有这些而已，她架不住段双全一次次游说，并且生意是两人合伙啊，那个郭成山现在也在到处筹钱呢。这样慢慢地，张一井思想就转变了，也觉得丈夫说的有道理。在她的眼里，她总以为自己的丈夫是能干的，只是没个机会展示而已，他可比木讷的许拴虎强很多呢。所以，说归说，劝归劝，骨子里边，她还是期望着丈夫能做出一番惊天动地的事来的。

征得了张一井的认可，段双全就开始四处筹钱，他把能借的亲戚都借遍了。有一些人有钱，却不相信他，后来都看在黄桂芝的面上把钱借给了他。

和段双全合伙做生意的郭成山这一段时间也在忙着筹钱。

经过十多天的忙碌后，钱终于筹好了。油还没买，段双全怕情况有变，就又到了秋林镇，找到了柯老板，又重新商议了一遍交接的具体细节，等确保万无一失了，他才返了回来。他和郭成山两人就从石油厂经销店央求着买了几十桶油，然后用五辆马车装着赶往交货地点。为了保险起见，他俩又雇了五个人，都是清一色的小伙子，并事先准备了一些刀具，以防不测。反正无论如何都不能出大乱子，最次最次，对方不给钱，他们就不给油，这些石油可是他段双全的全部身家性命啊。郭成山不知道还从哪里弄来一颗手榴弹揣在了身上。段双全还让石油经销店开了证明信，确保石油是经过厂家同意销售的。因为怕镇子上交易影响大，他们后来选择了附近一个叫集上的村子，双方约定在这里见面。

这天一行人走了六七个钟头就到了双方议定的交货地点，这时就见柯老板正在这里等着，和他一同来的还有几个人和几辆空马车。段双全估计那个汪军需官肯定也在其中，只是不确定他是哪一个。有一个胖胖的人看着贴着石油厂标签的油桶，打开其中一桶嗅了嗅，又拿根黄蒿棍在里边搅了搅，检查了一下石油的质量，然后清点了油桶数，便命令来的人把这些石油一桶桶都搬过去。

慢。段双全说，一手交钱，一手交货。

呵呵。柯老板冲着旁边的一个人笑了一下，说：对方防得紧呢。又对段双全说：那把这些油一桶桶搬到河对面总行吧。你们怕我们，我们也怕你们哩。

怎么办？

这是一条小河，小河上有几根木头搭起来的独木桥，对方要求先把油搬到对岸去。段双全与郭成山商议了一下，觉得搬过去也无妨，现在是非常时期，一家防一家也很正常，反正今天是做了充分准备的，拿刀子拿手榴弹的，对方也就几个人，动起手来，吃不了亏的。商议毕，段双全就说：好吧，货过半，钱付清。

话说投机了，马车靠边，油就全部卸了下来，双方各抽出几个人来就把油桶子一个个抬过河去，又一排排放在了山脚下。油运了一半，段双全要对方付钱，柯老板笑着答应了，把满满的一箱子钱提给了他，说：你清点一下吧。段双全接了箱子打开来，只见绿花花的票子装满了箱。这时郭成山也凑了上来，两人简单地清点了一下，段双全还特意抽出一沓纸币来鉴定了真假，他强压住心中的喜悦，将箱子盖住，放到了一边。

搬运油又重新开始，不一会儿，汽油就全部移交清了。

交易竟然这般顺利，段双全一行人都禁不住心中的喜悦。油全部搬给对方，对方将油一桶桶装到了马车上，两个持枪的人跟在后面，马车慢慢悠悠地向宜川方向走了。看见对方走远了，段双全才长长地舒了一口气，他们原先设想的场景根本没有出现，准备的道具也一个没有用上，交易竟是这般轻松，但他们却实实在在地拿到了满箱子的票子。

走，抬到客店去，咱们吃饭去。郭成山说。

同来的两个人要抬箱子，段双全制止了，说：这里是是非之地，我们先离开，走一段路程再吃饭。

也好。郭成山说：现在这些钱是我们的了，兄弟们，大家再坚持一程，到冯家滩我们再吃饭。几人就应得一声，吆着马车懒洋洋地往回走。走在路上，有人实在饿了，就先吃点干粮，喝点水，垫垫底。

走了大约有三十里路，就到了冯家滩，这时天就黑下来了，这七个人就商量着找一个客栈歇下来。其中有一人建议道：干脆把该给我们的钱给了，各走各的路。郭成山说：不着急，等得明天我们回到县城就给，少不了大家的。再说，单个拿钱也不安全。

大家听了，都认为这话说得对。吃饭时，大家压抑住兴奋，少喝了点酒，就分头睡了。段双全与郭成山睡在一个房间里，钱就放在他们房间。其他的人就都在隔壁睡通铺。

睡前，郭成山对大家说：今夜要小心些，要多长个心眼。临睡前，他又与段双全说：这次合作真高兴，下一次再合作。说完了，两人就分头睡，睡下一会儿，郭成山就打起了呼噜。段双全睡不着，操心着钱的安全，一再地确定门插好了，窗户也插好了。而那一箱子钱呢，此刻就放在他床头，伸手就能摸得着。

静悄悄的夜，月光从窗户照进来，万籁俱寂。段双全的内心被兴奋笼罩着，终于赚到一笔钱了，近一段的郁闷一扫而光，自己在山子叔面前，在黄桂芝、张一井面前也都可以扬眉吐气了。这样翻来覆去想着，一直到后半夜，他才进入了梦乡。

但现实又一次跟段双全开了个残酷的玩笑。第二天早上段双全还没醒来，房门就被人从外边推开了，那几个一起来的小伙子进到房间，叫醒了他。段双全揉着眼皮睁开了惺忪的眼。这时天还没有明，只透着点微亮。一个小伙子说，刚才他出来尿尿，看外边的马少了一匹。他就多了个心眼，一推段双全的门，竟然虚掩着，嗅见一股药香味，他怕有事，就赶紧叫醒了其他人。大家就都急忙起床，来到这边屋里，见段双全在酣睡着，郭成山的床上却是空荡荡的，人早不知道哪里去了。

段双全大吃一惊，连忙伸手摸钱箱，可哪里有啊！就又点起灯来看，只见装手榴弹和刀具的箱子都还在，只是钱箱子不见了。

钱呢？钱呢？段双全疯了似的大喊着。

一瞬间，大家就都明白了。在夜深人静段双全熟睡之际，那个郭成山给他下了迷药，然后一个人拿着钱骑马跑掉了。

我们快点追。段双全呐喊着。

把手榴弹拿上，见到了郭成山，就炸死他。段双全说。

大家听说钱不见了，就都忙活了起来，出得门来牵了马和骡子，分成两路，一路向宜川方向追，一路向延长县城方向追。段双全认为他一定是跑到“白区”了，就沿着这一路一直往宜川方向追。但是，一直追到了秋林镇，也没见郭成山的影子。

段双全伤心至极。

他在秋林镇找到了柯老板。柯老板听了他的遭遇，也感到震惊。又告诉他说运回来的油直接交给汪军需官了，昨天那个胖子就是汪军需官，只是他不愿意出面而已，现在他已把油全部运到山西去了。至于郭成山，他自交易后就再也没见到。

柯老板对段双全的遭遇非常同情，见他身无分文，就打算给他一些零花钱，但段双全拒绝了。段双全牵着一匹马徘徊在秋林镇的街头，他是没脸回到延长了，没法面对黄桂芝与张一井，以及所有的亲戚朋友了。但待在这个地方，又能怎么样呢？思来想去，段双全下了狠心，将马卖掉，在秋林镇上等着，他不相信郭成山一下子就能消失。那颗手榴弹就夜夜放在他床头，他想着如果见到了他，二话不说就直接炸死他，哪怕与他同归于尽也行。

七天过去了，十天过去了，在秋林这个小镇上段双全一无所获。这时的他走投无路，不知该到哪里去。

仕望河是从宜川流下来的一条河，沿秋林镇绕了个大圈子。在离秋林镇不远的地方，由于有落差，形成了一个小瀑布，瀑布下面是个大深潭，水绿汪汪的一眼望不见底。曾有阎锡山部队的士兵在此洗澡，一次淹死了三个人，阎锡山就亲自书写了“军民人等不得在此游泳”十个字，刻在了石崖上。字刻在石头上，又涂了红，格外醒目。段双全坐在这里，静静地望着这潭深水，心中万念俱灰。

他心想，眼睛一闭从这里跳下去，就一了百了了，从此不再与这个让他寒心的世界纠缠了。有几次，他都闭了眼，要下狠心跳下去了，但他一想到死亡，一想到有一个无边无沿的黑洞，自己正向里面不停地坠落，就感到了一种恐惧，又睁开了眼睛。

其实死亡在他很小的时候就刻印在他脑中了。那时他只有八九岁吧，爷爷要离世了，大家都围在他身旁哭。过一会儿，爷爷又转回气了，他用瘦得皮包骨头的手握住段双全的小手说：爷爷怕啊，黑洞洞的，没一个人，我一个人往下落啊往下落啊。我怕啊，怕啊。爷爷当时望着他，眼睛像一口干涸的井，没有一点泪水。爷爷当时那种对死亡的恐惧感深深地印在了幼小的段双全脑海中。以后，这个场情时常出现在他梦中。他常常会梦到死亡，梦到世界就像个巨大的无边无沿的铁桶，里边黑漆漆的，没有一点光，寒气十足，自己不断地坠落着，坠落着。他喊着叫着，但没有一个人应声。

到石油厂第一年，他血气方刚，报了名打算上前线，但那几天他总会梦到死亡，这个梦境在不断地缠绕着他，于是，在关键的时刻他退却了。

段双全对死亡充满了恐惧，就这样死了他也不甘心。何况家里还有张一井，还有一个两岁的小胜利呢。

在生与死的纠结中，段双全在所住的店铺欠账了，店主督促他交。但他此时已身无分文了，店主就给他出主意说：现在这个乱世，像你这样的年轻人还是有出路的。

什么出路？

当兵啊。店主笑着讲。

国民党到处都在拉壮丁哩，像你这样的年轻人何不当兵为国出力呢？这个店家其实在打个人的小算盘，他想着段双全当兵至少可以换来几块现大洋清掉自己的住店钱。

如果当兵，这条路就在眼前。前方战场吃紧，后方天天在抓壮丁。只要是身体强壮的男人就行，年龄似乎都在其次了。在这些天里，段双全成天在街上看见那些被抓的壮丁，持枪的士兵押送着他们一批一批往前线走。他们穿着粗糙的军装，满脸沮丧。

当兵这个念头段双全其实也有过的，但只是一瞬，因为他依然摆脱不了对死亡的恐惧。

反正没法回延长了，段双全就想着让柯老板引荐引荐，去认认汪军需官，看有没有机会谋个差事。但柯老板又出门去了，不知道啥时才能回来，他的这个想法也就只好放下了。

就在他走投无路之际，这天在街上偶然碰见了一个穿着一身保安队衣服的人。两人擦肩而过，都觉得面熟，都不由得扭头又瞅了瞅对方，这时对方先认出了他。段双全！那人一下子叫出了他的名字。

段双全瞬间也认出了他来。这是段双全邻村郭水村的一个后生，小名叫作李喜喜。因为村子相距近，当年他们都认识。小时两人还因为琐事打过一架呢，没想到现在多年不见，竟然在他乡遇见故人了。

相遇在秋林街头，两人也不计前嫌。李喜喜挺大方，请段双全吃了一顿饭，吃饭中间就问他到秋林来的原因。段双全不愿意说起那些丢人的事，只说石油厂的工作没意思，成了军工厂，管得严，天天还得锻炼，得学文化，自己受不了这份罪，就跑出来看看外边有什么好世事可混。

你这样乱跑会被抓去的，他们抓丁都抓疯了呢。李喜喜说。

段双全就问：你穿的这身衣服也是当兵的吗?

李喜喜神秘地笑了，说：看来你真是不懂。我参加的这叫保安队，是负责县城安全的，和当兵上前线打仗可不一样。解释完了，他就问段双全有什么打算。

段双全说：有啥打算呢，干脆当兵吧，死在战场上算了。

李喜喜听他这么说，就当了真，惊讶地说：我的个爹啊，当兵？那你可不敢去呀，那是白送死啊，现在抓的人是送到山西跟日本人打仗呢。日本人可厉害哩，有飞机大炮哩，咱们这些农村娃什么也解不下，上了战场是有十个就死十个啊，根本不可能活着回来，你妈就再也见不到你了。

段双全问他的情况，李喜喜神秘地说：你别看我这个是保安队，可油水老多呢。穿了这身皮，谁都不敢惹。哎，对了，徐怀义这个人你听过吧?

听过。段双全老老实实地说。

他现在是宜川县的保安大队大队长，威风得很呢。我看你倒不如去投靠他吧。

他不是在做生意吗？徐怀义，段双全不止一次听过，当年他可差点将段双全丈母娘拐跑了，段双全可对他没好感。

那一段国共合作，他挂个空名，不如意就做了一段生意。现在他又在国民政府谋职，把先前的人又联络起来了，又成了保安大队的大队长了。李喜喜说着，一双小眼睛就不断地眨巴着。

投奔他，好吗？段双全犹豫地问。

哎，有啥不好的。现在这个乱世，只要你跟兵沾个边，拿杆枪，世事就你说了算。要发财要找女人还不都随你？再说，你现在不是没处去嘛，就先靠靠他，等翅膀硬了，那时你要走，谁还拦得住啊。李喜喜说。

段双全听着听着逐渐心动了，虽然他对徐怀义这个人了解得多，但是徐怀义肯定不知道他是谁。他们不认识，此时投靠徐怀义，说不定是一条好路呢。

就这样两人说定了，李喜喜给段双全结了店铺的账，段双全跟着李喜喜来到了宜川城。一到县城，李喜喜就添油加醋地将他引荐给了徐怀义。徐怀义简单地问了几句，段双全心里早有准备，他就应付着说了几句，只是隐瞒了他是黄桂芝女婿这件事。

国民党宜川县政府要充实自己的力量，徐怀义重新掌了大权。他手下有一百来号人，有一百来杆枪，腰杆子可算是十分硬了。不过，在跟共产党打了多年交道后，他倒学乖了不少。他尽可能不与共产党正面冲突，而是经常借着打仗、剿匪等名义向上头多要一些钱，或者向一些大户索要粮食来补充给养，扩充自己的实力。在他心里，他的目标根本不在于这个职位，而是时刻紧盯着延长这块地盘呢。现在见有老乡来投奔，并且看起来人还挺精干的，他很满意，有意将段双全收留下来。

段双全直到见了徐怀义，心头仍旧犹疑着自己走这一步究竟对不对。

徐怀义以为段双全犹疑是因为没见过世面，农村娃自卑，不自信，就拍拍他的肩膀说：你先待在我这里吧。农村出身怕甚了，我家原来也在农村呢，可现在还不是要啥有啥。不怕出身差，就怕没志气。

我怕打仗，怕得要命。说实话，段双全现在马上要穿上保安队的衣服了，他真怕有一天会让自己上战场。

打仗这个事，谁第一次都怕，但经得几次就不怕了。徐怀义说，就像女人，害怕初夜，疼得了不得。可是经了那一夜事之后，就爱上了这个活儿，三天不干，还想哩。打仗，会有一种恐惧，也会有一种刺激，打上几仗，说不定你还上瘾了呢。

段双全老老实实地说：我没打过仗，但想想都怕，听说这阵到处抓壮丁跟日本人打仗哩。

哈哈，我老实跟你说吧，跟日本人打个屌。要打仗的话，我手头这点家当早就折腾完了。咱们延长有句俗话叫“雷声大雨点子小”。大到军阀，小到民团，以及现在的保安队，有几个人真心抗日，到处都是借着打仗剿匪扩大个人势力呢。如果真打，一仗打下来，人没了，枪没了，谁还认你哩？好了，后生，在我这里好好干吧。徐怀义说，我敢保证，用不了多久，延长城都会是我们的。

就这样，段双全就在这里安下了身。晚上，他躺在床上，翻来覆去又睡不着。觉得一切事情好像命中注定似的，当初徐怀义抢了黄桂芝，自己跟在贺山子后边还拼命追呢，恨不能一枪崩了他，而现在自己却成了他的部下了。世事可真是有趣啊，兜兜转转，多少年后，你先前相识的那些人都重新站在了你的面前。

段双全一走就没了消息，这可急坏了张一井，当她断断续续地知道贩油被骗这件事的来龙去脉后，她清楚地意识到段双全这个自尊心强的人是没脸回这个家了。亲戚们听到段双全又被骗了，就都赶上门来讨要钱，这可急坏了黄桂芝与张一井。家里现在哪来的钱啊。两人就尽量说好话，说现在段双全是追郭成山那小子去了，用不了多久，他就会回来的，回来后一定给大家把钱还上，甚至把利息也要给大家补上。说尽了好话，有些亲戚走了，但对那些实在缺钱、光景没法过的，黄桂芝就只能叹息着，拆东墙补西墙，借一点还一点。唉，过一天是一天吧，谁让自己摊上这么个女婿呢！

两人后来实在没办法了，黄桂芝有时就想要不要向贺山子开开口，但仅仅是想想而已。对于她来说，眼见得自己的女婿不成器，都恨不能有个窟窿钻进去，哪里还有脸再求贺山子啊。所以，被债主们逼急了，母女也就只有哭的份儿了。

转眼间，一个多月过去了，有风声传来，说在宜川秋林街上曾有人见过段双全。张一井听到这话就动了心思，想去寻找他。她对母亲说：我去找双全吧，终究这样过日子也不是个办法啊。

黄桂芝说：世界那么大，你到哪儿去找啊。

张一井说：我打算到秋林镇去，有人说在那儿见过他。

黄桂芝说：你找他没用的，他如果愿意回来，随时都可以回来。他不愿意回来，即使你找到他，他也不会回来的。

张一井说：他这人要强，我是知道的，目前是没脸回来，给个台阶，说不定就回来了。再说，能找到他，知道事情的真相，即使他不回来，咱们也该死心了。要不，心天天提着，这日子没法过啊。

黄桂芝怕女儿没出过门被人骗了，不愿意她去找，就说：再等等吧，再托人去打问，等有具体消息了再找也不迟。

说罢，两人就多方托外面的人打问，但一个多月又过去了，依然没有段双全的消息。

张一井终于撑不住了，寻找丈夫的念头就像一棵树似的在她脑子里扎了根，她终于下定了决心，说：我还是去找吧，死的活的总该有个音信吧。

这一段时间，黄桂芝心里也憋得难受，女婿就这么消失了，她怎么也无法相信。她年龄大了，过惯了没男人的日子，可女儿呢，这样一天一天傻等着总不是办法吧。想来想去，什么人有什么命，瞎眼雀儿都有老天在照看着，就随她去吧。再说女儿这么个性子，要跑要走，谁还能拦得住？就说：找到了，就劝他回家。找不到了，你就早点回来，人平安比什么都强。

临行前夜，她又给女儿不停叮嘱，还烙了几张大饼，给她装了起来。

第二天张一井就上路了。秋林镇离延长并不很远，路上走了两天，张一井就到了秋林镇。她找了一个小店住下来，然后开始打问段双全的消息。她根据那几个一同送油的小伙子提供的消息，知道了郭成山在这里有个远亲姓柯，做生意，她就从这个人开始打问。

张一井向店里的老板娘打听。老板娘说不知道郭成山，也不知道段双全，但听说这儿有个柯老板，就问这个柯老板叫什么，张一井说不上名字，当然也说不上模样。

老板娘就说：在这条街上有个姓柯的，开了门面，做棉布生意，人善良也和气，生意是格外的好。要不我给你找来，看是不是你要找的人。

当天下午，店老板就领来了一个姓柯的中年男人。他胖胖的身材，脑门上秃了没头发，说话时，就用手不停地擦着晶亮亮的脑门。见到了张一井，他明确地说自己就是当初和段双全、郭成山做生意的柯老板。

没想到这么快就找到了柯老板，张一井十分高兴，便询问段双全的情况。

这个柯老板一个月前见过段双全在街上流浪，但后来哪里去了，他确实是不知道的。他怀疑，这段双全可能早被阎锡山部队拉壮丁了，说不定早就死在中条山了。据说，第二战区部队在中条山和日本人打仗，所有从宜川拉去的兵最后都死在了那里，无一生还。他见张一井长得漂亮，又是一个人，一时间脑子就骨碌骨碌转起来，觉得先把她哄安稳了再说。于是就信口开河地告诉张一井，说他前些日子在山西河津做生意时见到过段双全，在一个小镇子上，似乎是做一点什么小生意。因为自己当时急着，也就没跟他打招呼，但觉得那就是他，当时他心里还在琢磨着这个小老乡怎么就跑到山西来了呢。

张一井听柯老板说了自己丈夫在秋林的遭遇，又听他说得这么有鼻子有眼，就从心底相信他的话了，不禁悲从中来。可怜的丈夫啊，你该回来啊，天大的事，回到家了，有我有咱妈，咱们慢慢商量解决嘛。相信了柯老板的话，张一井就急切地盼着他能带自己去一趟山西，去寻找自己的丈夫。

柯老板望着急切的张一井，告诉张一井说自己这几天还有一笔大生意要做，等这笔生意做完了，就带她到山西去，去找段双全。

张一井听了这话，只觉得找段双全有望了，就满心欢喜地在秋林镇住了下来。

几天时间过去了，从未出过门的张一井就这么一个人待在店里，傻傻地等着，但却没有任何消息。

一天晚上，张一井已吹灯睡了。这时，门外却传来了敲门声。张一井问是谁，门外边传来了柯老板的声音。

张一井以为他是来说段双全的事，就点着了灯，急急地穿了衣服起来。

她将门一打开，柯老板就从门外扑进来了，然后直接关了门。

张一井吃了一惊，连忙问：姑夫，你咋啦，喝醉了？自从认识柯老板后，张一井就以姑夫称他，这样显得既尊敬长辈，心理上也更亲近些。

柯老板把手中提着的一个黄包袱往桌上一放，然后，带着醉醺醺的酒气直扑张一井。

张一井连忙往旁边一闪，躲开了他。经他这么一折腾，油灯忽明忽暗的，差点熄灭了。一井忙上前小心地护住了灯。

护灯时，她看见了那个黄包袱。包袱已散开了，中间画着一个大大的如来佛像，正盘腿坐在莲花台上，双手合十，头顶四周散发着像阳光一样的光芒。包裹里有几件女式衣服，还有十多块银圆。一块银圆从桌子上骨碌碌滚到了地上，张一井把银圆捡起来，重新放回包袱，然后将包袱一匝匝裹了起来。

柯老板讨了个没趣，他斜躺在床头，醉眼蒙眬。

姑夫，你喝多了，天不早了，你回去吧。一井说。

我今天不走了，就睡你这儿了。他口齿含混地说。

你不走，可我睡哪儿呀？

都睡这儿。柯老板拍拍床铺，一边说一边起身抱住了张一井。张一井一下子没提防，被她抱在了怀里。你就跟着姑夫吃香的喝辣的，啥也不缺，天南海北哪儿都能去。他满是酒气的嘴在张一井的脸上一阵乱亲。

张一井此时被他弄蒙了，她怎么也没想到，这个她称作姑夫的人，这个曾答应带她去寻找丈夫的人竟然是这么个衣冠禽兽。她一时心里着急，使劲扭开头躲避着他的嘴，用双手把他往开推。这样费了好大的劲，终于挣脱了。

一挣脱开，愤怒的张一井就恢复了本性，她大声斥责道：我可是正经人家的女人，是有丈夫有儿子的，你帮我找丈夫，我尊你是长辈，你若有什么非分的举动，小心我翻脸不认人！

柯老板被她一顿斥责，酒醒了不少，嘟嘟囔囔地说：装什么装啊，一个女人出来混世事，有那么干净吗？

我不是出来混世事，我是来找丈夫的。张一井说。

找丈夫？我实话告诉你吧，我只见过他在秋林街上瞎转悠，此后再就没见过他。说在山西遇见他那都是骗你的。柯老板说。

那他到哪里去了？张一井问。

他或者活不下去投了河了，或者被拉了壮丁死在山西了。柯老板轻蔑地说。

什么，死了？张一井说了一句，紧接着她又摇摇头，不会的，我丈夫不会就这样无声无息死掉的。

乱世死个人有那么奇怪吗？天天都在死人，你又不是没看到。

不会的。张一井继续摇着头自语道。

我跟你说。柯老板从床上起身，打开包袱指着说：你看看，这是我今天赚的钱。你跟着我吧，保你有吃的、有穿的，省得跟个到如今不知死活的穷鬼。

你把东西拿得远远的。张一井说了一句。但说归说，此时的柯老板酒精注体，欲火烧身，他根本不打算善罢甘休，就又扑了过来，一把搂住了张一井。一时间两人无声地在狭小的房间里厮打着。很快事情就有了转变，柯老板胖，块头大，力气也大，一下子就把张一井拉过来按倒在床上，一只手就开始扯张一井的裤带。

张一井被他压在身下，翻不过身来，此时她忽然记起自己为了防身，在枕头底下压了一把剪刀，她一只手向枕头下摸去，一下子，剪刀就摸到手了。她喊道：你放开我，你放开我。但此时的柯老板哪里还听得进去，全身心扯着她的裤子。张一井气极了，一下子拿起剪刀就照他的脸上刺。柯老板没提防这一招，剪刀一下子刺在了他脸上，他吃了疼，就用手捂住了脸。身下一松劲，张一井就翻身起来了。

柯老板的脸生疼生疼，抹了一把，有血在流出。

得了这个空，张一井就赶紧往门外跑，可是门是关着的，一时间也打不开。

柯老板赶上来，一把抓住了她，啪啪啪打了她几个耳光，说：小婊子，我看你是今天不想活了，你他妈的敬酒不吃吃罚酒！

张一井挨了打，但她并没有怕，这一切反倒激发了她的斗志。她退缩到墙角，背倚着墙，双手拿着剪刀对准柯老板，大声喊着说：姓柯的，我告诉你，你今天敢动我一指头，我就和你拼了这条命！

柯老板见她呼喊，就着了急，连忙想捂住她的嘴。

张一井挣脱开了，她双手握着剪子，咬着牙，大声说：姓柯的，你个披着人皮的狼。我告诉你，你今天即使杀了我，我也不会答应你给我的身子，你有本事就把我弄死吧。此时，张一井的嘴角不知何时破了，不断地流着血，她用手抹了一把。灯光下，上半边脸是血红的，下半边脸是白的，头发早被弄乱了，披散着，一双眼睛瞪得溜溜圆，牙齿咬得咯吱吱响。这副情形根本找不到一丝温柔与可爱了，只剩“狰狞”两个字可以形容。

柯老板此时酒醒了许多，看到张一井这副样子，心头就有了几分犹豫，他是无论如何也想不到她竟是这般的烈女子。就在这双方对峙之时，他们都听见了隔壁房屋有了响动，显然是两人的打斗惊动了住店的客。柯老板这时就有了退却之意，他说：好好好，算你有种。你等着吧，哼，我看你怎么逃出我的手心。

话说完，他就慢慢地往门口退去。打开了门，要出去了，又返回来，一把把桌上的包袱提走了。

柯老板走了，门忽悠了两下，传来了吱的一声响。张一井听着他下楼了，脚步声渐走渐远，她慢慢地贴着墙壁蹲了下来，无助地哭了。

一会儿，门被人推开了，两个举着灯的婆姨走了进来。原来是店主听见这边有声响，打算过来看，又觉得男的不方便，就打发自己女人叫了另一个女人过来了。两个女人看到房子里满地狼藉，张一井蹲在墙角哭，就问是怎么回事。张一井不说话，只是捂着脸哭。

老板娘把张一井搀起来，把她衣服弄齐整了。另一个女人端来一盆水，要她洗一下。张一井一边洗着，一边泪水就不住地坠落。

等洗了脸，张一井就不哭了，两个女人似乎还在期待知道更多的细节。这时，张一井却说：你们走吧，我要睡了。

那两个女人不解地望着她，张一井又说：你们走吧，我要睡觉了。两个女人相互对望了一眼，然后满腹狐疑地走了。

等她们走了，张一井门也不关，一个人待在房间里放大声号哭了起来。

第二天，张一井还没起床，昨晚和老板娘一起来的那个婆姨就来敲门了。她是个热心肠，害怕张一井有个三长两短，就过来看看。这个婆姨张一井也认识，不知道她真名叫什么，只知道外号叫十里香，是个暗娼，她在这里包个房子，成天和当兵的鬼混，赚点钱。她皮肤白皙，身材婀娜，走起路来水蛇腰一扭一扭的。她平时总爱化妆，猛然一看还年轻，但仔细看来，眼角就有无数的细皱纹了。有一次，她听说张一井从延长来，就问张一井认不认得一个叫贺山子的，说他们先前相识。贺山子是张一井的死对头，她对他没一点好感，又兼之这次开除了段双全，张一井对他更是恨之入骨。这时见有人问起他了，就没好气地说不认识。现在，这个叫十里香的女人来到了房间，张一井不吭声，只是揉着哭肿的眼睛。十里香问昨晚的事，张一井不愿说，只说自己来找丈夫，结果到如今丈夫是生不见人，死不见尸；自己现在是上天无路，入地无门了。

十里香是个热心肠，就给她分析说：年轻人是不会跳河的，好死不如赖活着嘛。这里的河也淹死过人的，但据说是几个当兵的，是洗澡发生的意外。她分析段双全去当兵倒是可能的，现在和日本人打仗，被拉了壮丁或者顶了差的可能性还是有的。她胡乱地说了一通，也没个定论，问张一井下一步怎么办。张一井没个主意，秋林她是待不下去了，但就这么回去，她也不甘心。

十里香见她为难，就悄悄对她说：其实做女人的还有个去处，你去不去？张一井就问什么去处。这个女人就告诉她说：我也只是说说，你愿去就去，不愿去可别骂我啊。宜川县城离此地只有三十里，但却要大得多，人也多，也红火。那儿有个烟花巷，巷里有个非常有名的地方叫丽人坊，可红火哩，都是些年轻漂亮的姑娘，生意特别好。像你这样的，到那个地方一定会有大出息的。

张一井怔怔地望着她，想了一会儿，才明白她说的是什么地方了。也许先前这个十里香就在里边待过，所以她对那里的人和事都非常熟悉的，现在她人老珠黄了，就只能到这个地方捡点小钱了。

张一井听了她的话，觉得人格受了侮辱，刚要发作，但细想了一下，就把火气压下去了。此时自己找不到人，无路可去，还发什么火呀。

女人大约怕张一井误解自己，就说：我也只是说说，只是在关心你，去与不去，你自己做主。但依我说，你暂时没个去处嘛，你落脚在那里，也可以继续找丈夫啊。

散乱地说了一通话，没什么结果，至于张一井，她肯定不会落脚妓院的。只是这个十里香说到宜川城，使得她有了主意。是啊，秋林毕竟是个小镇子，这里看起来人多，但大多是部队上的人，宜川才是大县城呢。自己的丈夫会不会在这里待了几天，又怕被抓了壮丁，就跑到宜川县城去了呢？再说，宜川县城大，那里也有许多延长人，说不定还能遇上个熟人，也有个照应呢。

一时想通了，张一井当天就向老板娘和十里香告辞，退了客房，下午就来到了宜川城。

到了宜川城，她两眼墨黑，满街都是人，但没有一个熟人。她就找了一家小店住下来，把个人的情况说给店家听，看能不能从这里打听到自己男人段双全的消息。

几天过去了，依然杳无音信，张一井的盘缠所剩无几。恰巧张一井住的地方不远就是十里香介绍的丽人坊，在宜川的这几天，她也隐约了解了一些。知道这是个挺大的妓院，每天都有烟花女子站在门口叫客，隔着窗子张一井就能看到打扮得花枝招展的她们。看见有男人过来了，她们就挑逗着打招呼，有的甚至直接把男人往丽人坊拉。街道上没人了，这几个女子便嗑着瓜子，闲聊着，互相斗着嘴。望着她们，无助的、茫然无措的张一井有几次就想到，万一走投无路了，干脆就当个烟花女子去。有这个想法，她也吓了一跳。不过她自己又给自己宽心道，自己只是一时走投无路，等找到了男人，自己还会跟在男人身后的。——这就是我们的张一井，性格好强，高傲，自负，只要自己愿意她是什么事情都可能干得出来的，否则哪怕刀架在脖子上她也不会答应的。

又过了几天，张一井的盘缠终于用完了，要在这里待下去，就只能借钱了。这一次，张一井暗暗下决心，什么事不是人干的呢？她望了望丽人坊，毅然下了楼，然后咬着牙端直直地朝门口走去。她一边走着，一边在心里给自己鼓着劲。丽人坊门口依旧有两个年轻的女人在嗑着瓜子，骂着笑着。张一井朝她们走来，她们见不是男人，只是自管自调笑着，谁也没正眼看她。这当儿，只要她们问张一井一声，张一井就会拍拍她们的肩膀，然后随她们走进这个烟花楼的，但这两个女人却忽视了她的存在，没理睬她。这让张一井一时开不了口，她的心跳得咚咚咚的，但终究还是没张开口。就这样，她直直地从她们身边走过去了。

走过去以后，张一井就暗骂自己懦弱，心里仍在盘算着要不要再返回去走进丽人坊。但就在这时，她的身后却传来了呼叫声——张一井。有个男人在背后喊她。她扭回头望了一眼，只见是个穿军装的男人。她以为自己听错了，就没有在意，扭回了头，再次纠结着自己该不该走进丽人坊。

张一井。身后的人又在叫她，这次她听清楚了。她止住步，扭回头来看，只见身后一个男人笑盈盈地望着自己。他穿着一身戎装，竟然是这般的年轻英俊，而这个人不是别人，正是自己苦苦寻找的男人段双全。

是你？张一井以为自己出现了幻觉，疑惑道。那个男人依旧站在那里一动不动地望着她，张一井怔了一下，接着一下子扑了过去。你，段双全，竟然是你，你可害死我了。

原来段双全在县保安大队这一段时间，有时实在想女人了，就到丽人坊去。今天从这里出来，忽然看见前边一个女人的背影极熟悉，像自己的婆姨张一井，他跟了几步，越看越像，就叫她的名字，没想到竟然真的是她。

当下，段双全就将张一井领回去了，给她找了个地方住下。

夫妻相见，张一井异常高兴。屈指算来，出门近一个月了，为的就是找到自己的丈夫，而现在丈夫竟然这般威武地出现在了她的眼前，这让她这些天的不快一下子就被风吹散了。

陕北的女人都是这样，结了婚，满脑子只想丈夫跟娃娃，只想着过自己的日子。张一井这段时间到处寻找，不见丈夫，死的心都有了，现在丈夫出现了，她的世界瞬间晴了天，整个世界一片透亮了，她有了依靠了，有了指望了。

段双全自打到保安大队，平常就住在大队。现在张一井来了，就找了一家客栈住。这家客栈位于城西头，在七郎山脚下，距离段双全的营房也近。房间里有一张床和一个小凳子，其他什么也没有。段双全买了一整套生活用具和一个保温瓶，又从大队里拿了两个茶缸来。尽管房间这么简陋，但张一井还是喜欢极了，她不管什么主义，什么政党，只要能和自己心爱的男人在一起，她就满心的欢喜。

两人在一起，知心话儿说不完。张一井握着段双全的手，问他为什么这么长时间不给家里来信，也不给家里捎话。

段双全就断断续续告诉她说，本来准备大赚一笔把石油厂的损失给补上，然后一起过安稳日子，哪里想到这笔钱又被那该死的郭成山卷跑了，自己找不到他，哪有脸回去啊。回厂里，已被厂里除名了；回延长，欠下了那么多亲戚朋友的钱，如何面对啊。所以，就暂时投靠到这里来了，想等混得有个名堂了再回去。

段双全说得合情在理。张一井毕竟是个女人，听着听着就心软了。她哭了起来，说：你傻啊，你个笨蛋！你出来了，也不给家里捎信，让我跟妈在家里怎么过日子啊。你不要我了，也不要咱妈了，难道连孩子也不要了吗？

不是这样的，我是没脸回去啊，没脸见你见妈见孩子啊。段双全说。

两人说一阵哭一阵，痛痛快快地流着眼泪。张一井告诉段双全说：家里基本还是老样子，只是共产党现在组织军民大生产，妈这个妇救会主任比先前更积极了，天天组织妇女下地劳动、纺线织布。小胜利也在一天天长大，健健康康的，只是想爸爸，时常喊着要爸爸。走的那天我都是偷着离开的。我来寻你，就是找你回家去，咱们一起再过咱们的小日子。欠了钱，不怕的，我们还年轻，我们慢慢还。至于你说的让人瞧不起，也不会的，咱们不偷不抢不坑蒙拐骗，是别人骗了咱们，大家都知道的，他们也都会理解，会同情的。

段双全告诉张一井，他在保安大队任副队长，整天跟在大队长屁股后面做事，大队长对自己也很好。但他没有对张一井说保安大队队长其实就是徐怀义。他知道张一井与黄桂芝对徐怀义是有仇恨的。

年轻夫妻他乡重逢，说不尽的话，诉不尽的相思意。两人一夜间翻来覆去折腾了再折腾，纠缠了再纠缠，就像两堆火，都在尽情地燃烧着自己。一切话语一切爱恨在这肉体的碰撞中表达得淋漓尽致。然后就在浓浓的倦意中昏昏沉沉睡去了。

一觉醒来，天已经大明，夫妻俩躺在床上懒散地伸着腰。

张一井眼里满含爱意，问段双全：什么时候我们一起回家？

段双全将胳膊枕在脑后，淡淡地说：以后再说吧。

你还是快点吧，妈还有娃娃都在等着你回去呢。张一井是个急性子，想到自己出门这么多天，妈都不知道急成什么样子了。

我这里有一大摊事，现在哪里就走得脱啊。段双全说。

说到这里，段双全就转移了话题问：你怎么到的宜川？

张一井听到他问，就说了自己寻他的事。说到秋林这一段，她下意识地用手摸了摸嘴角的伤疤，这个细小的动作还是被段双全看到了，他问：你的嘴角怎么了？

张一井尽管性格要强，却是个没心计的人。这阵正沉浸在幸福之中，她就对段双全说了自己在秋林的遭遇，说到了那个可恶的柯老板。

段双全听完了哦了一声，随后问她：他没把你怎么样吧？

张一井说：他倒是想占我便宜来着，但被我拼死拒绝了，我还拿剪刀戳伤了他的脸呢。

这个该死的。段双全听着脸上变了颜色，骂了一句。

这句冷冷的话一出口，张一井吓了一跳。她扭头望着段双全，见他阴着脸盯着屋顶，眼睛里流露出一种阴戾来。她不禁吃了一惊，一时觉得眼前的这个男人陌生起来了。她往他身边靠了靠，小心地说：其实也没事的，他想占我便宜，可是没占到。

段双全问：真没占到吗？

张一井说：当然没。他以为老娘是谁啊。

嗯。段双全侧起了身，拿出一根烟点着了。他不再说话，只管自己抽着烟。

那你什么时候陪我回呢？张一井侧过身，紧贴着他身子问。

等几天吧，等我手头事忙完再说。段双全说完这句话，就开始起床。他起了床洗漱了，把衣服穿了，又照照镜子，然后戴好帽子出去了。

张一井一动不动地躺在床上望着他出了门。

张一井暂时在这里安下了身。

几天过去了，无聊的张一井开始想家，想妈，想娃娃。她对共产党和国民党都没有什么深刻的认识，甚至之前脑子里对共产党印象更坏一些。在她的印象里，贺山子就代表共产党，他害死了自己的父亲，这种仇恨不共戴天。但随着后来黄桂芝态度的变化，她们家逐渐与贺山子有了交往了，段双全又招到了厂里，她也跟着他认识了厂里许多人，觉得这些在共产党阵营里的人也都不错。另外，在呼家川这个村子里，老百姓因为分到了地，有地种，有粮吃，再加上黄桂芝成天忙于村妇救会的工作，张一井也不自觉地耳濡目染着，不觉得共产党那么坏了。只是觉得贺山子坏，依然对他有仇恨，但这已和先前的那种不共戴天的仇恨不可同日而语了。

延长县与宜川县紧邻，两个县城相距也仅有一百多里路，却完全是两个天地。延长是红区，宜川属于国统区。过去两党合作，互相面子上还过得去，现在两党矛盾升级，这两个县也就成为两个敌对阵营的前哨。而段双全呢，为了给共产党做事却沦落到给国民党做事，这不能不说是个极大的讽刺啊。张一井预感到国共两党终究要斗到底的，要打大仗的，觉得丈夫这样下去肯定不会有什么好结局。她现在就一心想让丈夫回家跟自己一起种地，不再担这份风险。可是，段双全脑子里可不这么想。

张一井得不到段双全的肯定答复，她不死心，一次次劝说着段双全，期盼着他能早日和自己一起回去，但每次都被段双全用其他话给岔开了。

张一井思来想去，下决心和段双全来一次长谈。

这一天晚上，她问段双全：你总是说和我一起回，可什么时候回呢？

段双全听到这话，就说：我去打洗脸水去。

张一井一把夺下了脸盆，拦住他说：你说呀，我都来近十天了，妈要急死了，家里还有娃娃呢。咱们到底什么时候回呀？

段双全说：你真要我回去吗？你想想我回去能做什么？

你可以到石油厂啊，再不，咱们就一块儿种地啊。

石油厂会要我吗？再说回去种地，众人会怎么想，什么时间才能还清先前借的钱呢？这些事你想过没？

那你告诉我，你到底是怎么想的。你不会打算在这里干一辈子吧？张一井不愿意丈夫牵扯到国共斗争里边去，认为这就是个火药库，不知道哪一天，就会送了命。

唉，走一步看一步吧，现在在这里还能混，发的钱还不少，先这样吧。段双全一副听天由命的样子。

可娃娃和妈怎么办呢？妈要知道你加入了国民党的保安队还不气死了。

这不是暂时的办法嘛，走一步说一步吧。段双全说。

谈话没有结果。张一井心里确实没底，她真的不知道段双全回去能干什么。段双全性格本就不安分，他即使回去也不会踏实在村里待的，他不像许拴虎那样实实在在、脚踏实地。但是，让段双全待在这里，除过不安全以外，还有一个原因——村里人如果知道他在国民党的保安队，那么她和她妈不就成了反革命家属了吗？张一井倒无所谓，但家里还有个对共产党事事热心的老妈呢。

又过得几天，张一井终于知道段双全跟的是徐怀义了。原来他就是在徐怀义身边当副队长，这更加坚定了她不让丈夫在这里待下去的决心。她大吵了一通，要求他马上跟她回去。一个是徐怀义曾经绑架过黄桂芝，干过如土匪那样的勾当，并且差点要了黄桂芝的命。二是邵大姐当初劝黄桂芝参与妇女工作时，曾说过几句话，一井印象非常深，她当时说：你看看，当初你认为那些人品好的人最后都到了哪里了？不是一个个都加入共产党阵营中了吗？而你看看那些人品差的，就像徐怀义这样的，都跑到国民党队伍中去了。这样的人组成的队伍，你想想他们会有明天吗？这段话张一井当时听见了，印象特别深。

但张一井并不愿意放弃这段自己主动争取来的婚姻，她所能想到的还是极力劝说段双全跟自己回延长。

可段双全就是不答应。他每天早上早早出去，晚上回来得很迟，问他干什么了，他也只是简单地说有公事。但多少回，张一井都能嗅得到他满嘴的酒味。

对于段双全来说，这段日子也在煎熬着。他浑浑噩噩地过着日子，很少去想对不对。跟着徐怀义干事，他先前压根儿就没想过，在他脑海里，从知道徐怀义这个名字起就认为他不是什么正经人，即使到了这里，他也看不惯徐怀义的一些作为，比如克扣军饷、中饱私囊，剿匪只是走走样子等。有一次在小汕头有个妇女报案说男人被土匪绑架了，徐怀义接到命令就故意拖拖拉拉，等到保安队好不容易赶到了，土匪早就跑得无影无踪，但就这样，徐怀义还是敲了那个被绑财主的竹杠。这些事儿，其他人不知道，段双全却是知道得清清楚楚。除此外，徐怀义还在宜川城里开着店铺经营着烟土，养着两个相好的女人。

人往往就是走错一步，步步皆错。这个错与对，基于自己的修养，基于自己的学识，基于自己内心的底线。有些底线不论何时也一丝一毫不能突破。随波逐流的人，终究是不会有什么大出息的。

在张一井的劝说下，段双全偶尔也动过心思，想想回去的可能性，但在夜深人静时，他清楚地知道自己是回不去了。回到延长，他只是个国民党保安队的逃兵，在延长这片红色天地里他是不会有出头之日的。安心当个农民，耕田种地，舍弃目前这种舒适的生活，这是他不愿意的。他虽然出生在农村，但从来就没有把自己的一生与土地联系在一起，这也是他当初知道许拴虎领着一帮人到延长城的消息后急忙赶过去的原因。他内心世界从来都是躁动不安的，他总觉得呼家川如果要出一个名人，也只能是他段双全，而不是许拴虎、段新宏他们。

现在该怎么办呢？只能走一步看一步了。共产党才多大势力啊，领着一些穷人，占着巴掌大的一块地，尽管有远大的理想，但是能干成大事吗？说不定哪天就会被国民党消灭得干干净净了。

这些都是长远话，对于段双全来说，还有一件事，事关个人尊严，一直让他耿耿于怀。他在暗中打探着消息，等待着机会，他要让那个侮辱自己婆姨的人付出代价，让他知道不是谁的婆姨都可以欺负的。

那日，柯老板见张一井独自一人背井离乡，又长得漂亮，便一时起了邪心。谁知这个女子倔强，宁死不从，碰了一鼻子灰不说，脸还被她用剪子戳伤了。回到家，他好多天都没脸见人。他猜想段双全被拉壮丁了或者已战死了，即使不死，现在肯定也非常落魄，说不定在他乡已成了乞丐呢。可哪里知道如今的段双全手里握着杀人的枪呢？事情在他这里算是过去了，伤口愈合了，他又开始在秋林街上做生意了，但他做梦也没想到的是，有人在天天惦记着他。

这天黄昏之际，屋里光线有点暗，柯老板正坐在桌子前清点一天的收入。桌子上摆放着一尊佛像，点着几根香，正冒着一缕缕烟。忽然门口人影一闪，有人进来了。因为开店习惯了，他不慌不忙地一直在低头点钱。这时来人快速上前，直接掏出一把枪顶在了他的腰上，低声说了两个字：八路。柯老板腰里被顶了一个硬邦邦的东西，他猜想到是枪，知道来者不善，当下就慌了神，将钱扔到了桌子上，举起双手说：八路兄弟，饶命啊，你要啥就拿啥。

把钱拿出来，别耍花招。来人低声说。

钱都在桌上了，我是穷人，做点小本生意。柯老板一边说着一边求着饶。

来的人正是段双全。他与同伙李喜喜一块儿来，将李喜喜安排在门外望风，他一脚踏进门来。段双全用枪顶着柯老板的腰说：你他妈的做了汉奸，到山西跟日本人做生意，发国难财，你死十回都绰绰有余。

没有的事，没有的事。柯老板光秃秃的头顶开始冒出汗珠。

快点把钱拿出来，要不，就要你的命。段双全说着，又使劲拿枪戳了一下他的腰。这个柯老板曾到山西和日本人做过生意，现在听到段双全揭了他的老底，知道是有备而来，并不是一般的劫匪，心里登时就更加慌张了，连忙说道：好的好的，八路兄弟。一边就战战兢兢地从桌下拉起一个箱子放到桌子上打开，说：兄弟，我的家当都在这里，敬请饶命，饶命。他一边这样说着，一边大约听着身后的这个人说话声音熟悉，就想趁机扭头看看这个拿枪的人到底是谁，但就在他扭头的一瞬间，段双全猛地将胳膊往前一伸，一下子掐住了他的脖子。柯老板脖子被掐着，胖胖的身子挣扎着说不出话来，一边嘴里哦哦哦着，屁股离了板凳，两条腿乱蹬着。段双全用另一只手从身后掏出一把刀子来，噌地在他的脸上划了一道，血一下子就涌出来了。

柯老板吃了疼，见血珠子往下滴，顿时魂飞魄散，身体软成了一摊。说话也结巴了：八路兄弟，有话好说，有话好说。

什么八路，老子今天就是找你算账来了。老子告诉你，不是谁的婆姨都可以欺负的。段双全说。

你是？柯老板这才含含糊糊地明白是怎么回事了，怪不得一直觉得声音有点熟呢。

让你死也死个明白，老子就是段双全。说完，段双全在他的脖子上狠狠地割了一刀。

一刀割下去，这个胖秃头脖子上血就喷溅出来了，段双全掐他脖子的手一松，他就咚地倒在地上了。段双全身子避了一下，往后退了几步，以免踩上血。他看见柜子里有块黄绸子，便将箱子里的东西全部往绸子上一倒，接着打了个结把包袱一提就出了门。

出得门来，段双全左右看看，打了个呼哨，李喜喜就从旁边的小巷出来了。段双全使了个眼色，两人都不说话，一前一后，一直低着头匆匆往前走。一直走到街道的尽头，看看左右无人，两人便下到了河滩里。段双全把包袱在一块大石头上打开了，然后从里边拣了几块银圆递给了李喜喜，又抓了一把钞票塞给他，然后头一摆示意了一下，拿了东西的李喜喜就从另一头跑走了。

夜深了，段双全提着包袱回到了家里。

张一井还没睡觉，还在一直等着他。见他回来了，神情不似往日，似乎非常紧张，正要问他这半夜干什么去了，段双全将黄包袱往地上一扔，不说话，一屁股坐到了凳子上。

包袱落在了地上，口子就散开了。

这是什么？张一井问。段双全并不答话，而是自顾自倒了一杯水喝了起来。

张一井小心翼翼地打开黄包袱来，看见有十多块银圆，还有手镯、女人头上戴的金簪以及一些国民政府发行的散票子。

张一井惊问道：这些东西哪里来的？咋这么多？

别问了，你拿着这些这两天回去吧，把妈与娃娃安顿好，待我有空了来接你们。段双全放下杯子在脸盆中一边洗手一边说。

张一井眼睛盯着他，眼珠骨碌碌转着，似乎想看出他的秘密来，说：到底是咋回事啊，你告诉我。这钱是哪里来的？

不该问的就别问，你只管拿着花去吧。段双全故作镇定地说。

看到段双全不说实话，张一井更怀疑这些钱来路不正。她仔细望着这一大摊东西，忽然觉得包裹东西的这个黄绸子有些面熟。她将东西一股脑儿全倒在了地上，提起黄绸子来看，就看见了中间赫然画有一尊如来佛像，佛像的头顶有像太阳一样的光芒。再仔细看，她看到这黄绸子上有一些红点。她提起来放在灯下翻来覆去看，发现了绸子上布满了星星点点的血迹，同时她也嗅到了血腥味。

难道，难道……张一井的心里咯噔一下，顿时心惊肉跳起来。

你是不是杀人了？她盯着他问。

没事的。段双全吹了声口哨。

你是不是把柯老板杀了？张一井问道。这是他的包袱，我认得的。

你倒记得这么清啊。段双全冷笑着说，他死有余辜。

张一井虽然恨透了柯老板，那一夜他再纠缠下去说不定她也会把他杀掉，但她从来没想到真有那么一天有个人会为这事就这么杀了他。杀人在她看来可是件大事，在自己的意识里，除了打仗、政府判刑可以杀人外，其他乱杀人的都应该归到土匪之列，她从没想到自己的男人竟然就这么轻而易举地杀了一个人。

也不看看我是谁，竟敢打我婆姨的主意。段双全把毛巾拧干，搭好，轻松地说。

你，你，你，你果真杀了他，竟然还抢了这么多东西……你和土匪有什么两样？张一井忽然大声说，她也被自己的声音吓了一跳。

什么，你说谁是土匪？段双全大声质问道。

你杀人，你抢东西……张一井指着他说不出更多的话来了。

谁不杀人，谁不抢东西！共产党还吃大户呢，还杀土豪劣绅呢。

可他们不乱杀人，他们杀的都是十恶不赦的坏人。张一井说。

共产党杀了你爸，你爸也十恶不赦吗？你告诉我。段双全紧盯着她说。

他们要比你强很多，他们不是与我爸有仇而杀他的，他们是各为其主。他们杀土豪劣绅，可是把粮食给大家分了，土地给大家分了，他们是为了一群人的利益。而你呢，你看看你都在干些什么！杀了人，还抢东西，还竟然把这些东西拿来给我，要我拿回家去，你这不是在羞辱我吗，你以为我会要吗？我要的是堂堂正正的钱，要的是一个堂堂正正的丈夫，我可不要偷鸡摸狗的丈夫，不要当强盗的丈夫。张一井一时情绪非常激动。

你闭嘴！段双全大叫了一声，声音非常大，一下子似乎把两人都吓到了。他似乎也意识到了自己的失态，就停了停，尽可能温柔地说：一井，我这不是为了我们家好嘛，不是为你好嘛！这个人，仗着有一点小财，见你是个弱女人，就想占你的便宜。他和日本人做生意，发国难财，是汉奸，这样的人还不够坏吗？国民党会除掉他的，共产党也不会饶了他的，我除了他，是为民除害。

段双全说着，但是他分明感觉到自己的这些话没有多少分量。

段双全！张一井用一只手捂着脸一只手指着丈夫，大声说道：我告诉你，他是想欺负我，我尊他为姑夫，他不配给我当长辈，他有错，但他罪不至死啊！一个人活在这世上多不容易啊，他像你一样有婆姨，有孩子，有爹娘，有亲戚朋友，有多少人都在牵挂着他也要他牵挂。而他就这么被你杀了，就这么不明不白地死了，他的老人谁养活，娃娃谁养活啊？

哼，他是活该。他欺负你的时候他咋没想到这些啊，没想到你是晚辈，没想到你有男人，你也是孩子他妈啊。段双全冷笑着说。

段双全，你别狡辩了，我看你不过是拿我的遭遇当幌子而已，目的就是为了钱。你不尊重别人，不尊重生命，终究有一天，你的生命别人也不会珍惜的，你也会和他一样死得很惨的。张一井狠狠地说道。

啪。段双全扇了张一井一个耳光。

这一耳光扇去，一时间两人都愣了。段双全的手也没收回来，而是停滞在空中。

你竟然打我？张一井说。

段双全的手在颤抖着，他说话的声音也有几分颤抖了。他说：一井，你不要这么激动，你听我说，世事不是你认为的那样，我也不是你想象的那种人。想当初，我有工作，我工作不认真吗？可我还不是受过两次骗，害得有家不能归，有活不能干。这都是我的错吗？真正的原因是我太善良了，是我们都太善良了，太容易相信人了。现在，我谁也不相信了，我手中有枪，我相信自己的力量，我绝不允许别人欺负你，欺负我的家人……再说，我所有做的一切不都是为了咱们这个家嘛，为了你嘛！

张一井手捂着脸，不吭声。

段双全又说：我没你那样充满大爱，充满怜悯心。我只知道，人若犯我，我必犯人。

说完了，他一屁股坐在了凳子上，望着张一井，又尽可能地用温柔的话语说：你把钱拿上先回家去，等过段时间我把妈和咱娃娃都接过来。

我不要你的东西，不要你的钱！张一井把地下散乱的东西踢了一脚，那些东西就在房间里四散开了，有几块银圆骨碌碌滚到了墙角才停了下来。我不要这种肮脏钱。我要回延长，我不在你这里待了。张一井说。

反正钱我给你了，你爱要不要。段双全说完，起了身，提着帽子出门去了，一会儿消失在了茫茫黑夜中。

房间里只剩下了目瞪口呆的张一井。

夜已四更了，再有一更天就要明了，张一井一人待在房里，望着地上那印有血点的黄绸子，她的心里充满了恐惧，充满了愤恨，充满了委屈。她的心绪久久不能平静。这个段双全竟然敢随便杀人，竟然就这么随意把一个人的生命结束了。她一再这样想着。

其实，从这次见段双全起，她就明显感到他变了个人似的，不再是先前那个快乐而勤快的小伙子了。那时他聪敏而纯朴，他给她家干活，总有使不完的劲，而现在他变得这般陌生，变得这般冷酷无情了。

就在这一刻，张一井也明白了这个男人是不会跟自己回延长去了，或者他还牵挂着老妈，牵挂着娃娃，但他永远不会再过那种耕田种地的平静日子了。而且她也想到了，段双全的一辈子可能都要在这种打打杀杀中度过了。现在，他拿着枪，可以横行无忌，很享受这种感觉，但终有一天，他也会像今天这样，被另一个人或者另一些人杀掉的。

张一井心里越想越怕，望着地上散乱的钱物和黄绸子，她一时又想起了那个胖胖的谢顶的老男人。他喝多了酒，想欺负自己，跟自己来硬的，自己拿起了剪刀，刺伤了他。他打了自己，使自己也受了伤。但当那个胖身影从她门口出去，从窗户外走过的时候，他弓着腰，缩着头，那一刻她心底里曾经掠过一丝丝同情的。而现在这个男人却从这个世界上永远消失了，他婆姨呢，娃娃呢，生意呢，此刻一井都没法想象他们家会乱成什么样子。

之前，她之所以要选择段双全，是段双全听她的话。她渴望着这个听话又有本事的男人为父亲报仇，她脑子里也多次想过怎样才能置贺山子于死地，是枪打，是刀砍，是下药，还是直接用棍打死他。在想的时候她都没觉得怎样残忍，到如今真实事情发生在眼前，她忽然觉得一个人的生命是那样的宝贵，而结束他人生命是多么残忍的一件事啊。

如今的段双全不止杀了人，并且还抢了东西，在她心里这和土匪没什么两样。土匪是什么样子，张一井没见过，但多次听父亲说过的。父亲说过土匪樊老二领着一伙人到了呼家川，他们烧房子，抢财物，奸淫妇女，无恶不作。村中有一个叫段丙祥的老汉，看不惯他们的行为，骂了他们几句，他们竟然用铁锨活活把他铲死了。想到自己的丈夫也是这样，张一井心里就不由得一阵阵透凉。她没法想象自己今后怎样和这个男人再在一起生活，再这样纠缠。就这样想着，眼看着天已透亮了，下定决心离开的张一井快速地把自己的东西收拾了起来，提着东西打算出门。就在出门的当儿，她又返回来，将黄绸子在地上铺开了，把那些散乱的东西一股脑儿地摊在了上边，然后将黄绸子扎紧，放在了桌子上。

走出门了，她又不甘心，回头望着这间房子，百味涌上心头，既有温情，也有几分不舍，但更多的是委屈。她想了想，就又返回这个临时的家，趴在桌子上给段双全写了张字条：双全，我回家了。钱我不会要的，你还是早点回来吧，我和妈还有娃娃都在等着你。

字写好了，准备往那个竹皮暖水壶下边压，但一眼又看到了那个黄包袱，她就停住了。她想了一下，又三两下把写好的纸撕成了碎片，扔在了地上，然后把自己的包袱往胳膊上一挽，头也不回地离开了。

第八章

回头再说石油厂。

家有梧桐树，引得凤凰来。段双全被开除后，在石油厂、军工局等各方的努力下，终于与阎锡山部队达成了“以物易物”的协议。1941 年年底，经过协商，确定了二战区在黄河以西的桃曲村和河东的吉县建立办事处，在平渡关、马头关、永和关、辛关和三交等地设渡口，方便双方物资交换。同时商定第一批交换的物资主要是用陕甘宁边区的食盐和石油交换晋西的布匹和熟铁。有了第一次，就有了第二次第三次，延长石油厂生产的石油、煤油和白蜡通过这些渡口源源不断地进入山西。而山西的一车车棉布运过来了，一担担铁皮运过来了，一筐筐瓷器运过来了，一石石粮食运过来了……一时间，来往陕北和山西的大路与小道上出现了驴驮车载的繁忙景象。

贺山子依旧负责这一块的销售工作，销售部经理是罗干，手下有王国威、许以良、张振华几个人手，其中王国威是会计，许以良是出纳，张振华负责石油的协调调度。

有了阎锡山这个大客户，石油厂的生意一时做得风生水起，光景也一天比一天好起来了。那些换来的东西，厂子能用的则留厂子，粮食、布匹、药材等就全部送到了延安，送到了前线。

这一年石油厂的生意真可谓兴隆。

到了 12 月 31 日，要过元旦了，厂长陈振夏召开了庆功会，宣布下午放假半天，全体员工在一起吃一顿饺子，条件是人人齐上手，齐做共吃。

听到了这个消息，石油厂的职工们都很高兴。这些自命不凡的大老爷们儿，个个都想趁机露一手。到了下午，大家都集中在食堂里，一时间人头攒动，语声喧哗。手巧的人在擀面片，一只手捏着小面团灵巧地转着小圈，另一只手转动着擀杖，几下，一个圆圆的薄面片就成了。再看那些包饺子的大老爷们儿，除了几个平常在家做饭的包得像样外，其他人有人包的饺子张着嘴，有的仅包一少点馅，还有的包的一边大一边小，各种形状都有，放在案板上，犹如残兵败将一般。

大家正忙着，这时指导员进来了。他悄悄地对正在擀饺子皮的陈厂长说了几句什么，两人交流了几句，陈厂长神情就变得非常严肃了。他将擀杖放下来，说：大家都停了，有重要情况，赶快到会议室开会。

一时这些忙活的人都不知道发生了什么事，就将手中的活计扔了，乱纷纷地来到了会议室。原来两延河防司令部传来消息，日本人这阵正在攻打位于延长境内的马头关呢。上级下达指示，让石油厂矿警队队员迅速赶到马头关增援。

这个小日本，都不让咱们好好吃一顿饺子。有工人说。

情况紧急，一时陈厂长就安排部署，派矿警队员前去增援。许拴虎原是打井队队长，在打出两口旺井之后，石油厂重心转移，主要放在抽油、运油与炼油上，减少的部分打井队员分配到其他岗位。许拴虎由于先前曾上过战场，枪法又准，所以被调到矿警队担任队长一职。现在有了这种情况，他当然是责无旁贷。

许拴虎接到命令，当即带领包括张有义、小六子在内的二十名矿警队队员，拿起枪、背上子弹就往马头关赶。

他们一行翻山越岭往黄河滩赶，内心掩饰不住地兴奋。练兵千日，用兵一时，终于要打狗日的小日本了。小鬼子们，你们等着吧。

秦晋两地，一条黄河相隔，河西是陕西，河东就是山西。延长县是晋东南地区到延安的必经之路，这里河水平缓易渡，所以就成为重点防御日本人对边区进犯的桥头堡。八路军在此成立了“两延（延长延川）河防司令部”，司令员是何长工，政治委员是李宗贵，副司令员是白志文，司令部就设在延长县城。

担任防御重任的是警备五团，他们在延长县一带严密布防，有一个营的兵力终年驻扎在马头关。今天正是在此守河防的二营传来消息——日本人的大部队要从马头关渡过黄河，进攻我边区了。司令员何长工得知这个消息，连忙抽调驻扎在延长县城、云岩、临镇、金盆湾等地的兵力前去增援。

当许拴虎领着二十名矿警队员赶到马头关时，已是夜间，这时战斗已打响。原来，警备二营营长高启埔发现敌人强渡后，一面及时向警备团汇报，一面就组织部队迎击敌人。当时侵犯边区的日本士兵有五百多名，他们架起大炮猛烈轰击前沿阵地作为掩护，趁机驾着小船向这边飞渡。战斗中，一颗颗炮弹呼啸着向我方阵地飞来，高营长率领战士们埋伏在防御工事后面，沉住气，等待敌人半渡而击。

炮弹雨点般落下，敌人强攻开始了。待敌人渡到河中央之时，高营长一声令下，战士们就向敌人开了火。瞬间，随着枪炮声，敌人的几艘小船就被打沉了，而剩余的几艘就在河心里打着转。敌人受到打击，根据火力判断我方防守人员不多，一时就加强了火力。河对岸一发发炮弹带着呼啸声就打过来了，成群的炮弹把夜空照得如同白昼，战士们一时被打得抬不起头来，有几个战士就这样牺牲了。在此之际，敌人乘势又乘船向这边渡来。正在此时，另一个营的营长率领增援部队赶来了，他们很快就加入了战斗中，一时间双方你来我往，打得难解难分。河防部队依靠的是有利地形，依靠的是构筑的坚固工事，而日本人依靠的是猛烈的火炮攻击，依靠的是众多的士兵。

许拴虎领着矿警队员们赶来了，离得老远，他们就听到了火炮声，看见炮火映红了夜空，一行人就加快步伐赶紧顺河坡下来。赶到了河滩上，正是夜间。他们进入阵地，一时找不到高营长，许拴虎就对大家说：这边是我们的人，对面就是敌人，河心里也是敌人，大家瞄准开枪即可。于是，一群矿警队员就纷纷寻找掩体，向敌人开枪射击。

敌人事先探知这里只有一个营，估计抵挡不了多长时间，他们原想着利用炮火掩护，快速结束战斗，但仗打起来以后，发现对方的人越来越多，枪声越来越猛烈，忽然间又从西南、西北都传来了枪声。大黑夜间，一场恶战，日本部队死了不少士兵，有些是被打死的，有些是掉到黄河里被冲走了。敌人拼来拼去，坚持了几个钟头，仍是一艘船也没有到对岸去。久攻不下，伤亡又越来越大，也就乱了阵脚。日方指挥官见对方难以攻克，一时就着了慌，于是忙下达了撤退的命令。

高营长听见敌人枪炮声稀了，攻势没那么强了，估计敌人是要撤退了，连忙命令战士们乘胜追击，扩大战果。他们持枪射击着，纷纷从掩体冲出来，到了黄河边便搭乘小船，向河对岸赶去。

看到这种情况，张有义就问许拴虎：怎么办？

我们也去。许拴虎说。

说完许拴虎就从石头后边跳了出来，率领大家往河边赶。到了河边见有些船正在渡人，还有几条船正靠着岸，许拴虎想也没想，就和几个队员持枪跳上了船。守船的战士见了这些穿普通衣服的年轻人，就问他们是哪个营的。

许拴虎说：我们是延长石油矿警队的，是来增援你们的。

好啊，真是太欢迎你们了。你们有多少人？

二十个。

好，那上船吧。那名战士热情地招呼道。

接着，这名战士高声呐喊道：石油厂的同志也来增援了，大家加油啊，快去追击日本人。河防战士在夜里听到有人增援，热情愈加高涨起来，纷纷乘着船向河对岸而去。不一会儿，有几艘小船就靠岸了。许拴虎坐的这条船到了河心，划船战士被打死了，船在河心里就直打转，许拴虎划起了船，飞速向对面划去。

敌人慌乱不堪，几百人在炮火中纷纷扭转身子往后跑。

过了河的战士和矿警队的队员在高营长和许拴虎的率领下迅速追击敌人。追着追着，许拴虎被什么绊倒了，头正好磕在了上边。妈的，小日本。许拴虎骂了一句，起先他以为是敌人的尸体，但头磕在上边后，硬邦邦的，磕疼了他。他用手一摸，心中一惊，再摸，原来是一挺机枪啊。哈哈，许拴虎异常高兴，大叫道：我捡到了一挺机枪。说完了，就将自己拿的步枪递给了身旁的队员，他端上机枪又向前追去。就这样，一边追一边打，五百多名日本兵死伤过半，溃不成军。战士们一直追到了大宁县城门口，眼睁睁地看着敌人放下吊桥进了城关了门，这才胜利而返。

这一仗，打死敌人二百多名，缴获了大量的战利品，尤其是许拴虎缴了一挺机枪。后来警备二营就将这挺机枪赠给了矿警队，这也成了石油厂矿警队的镇厂家当。

打完仗，已是第二天清晨了。大家打扫战场，清点人数，矿警队员牺牲一人，负伤五人，队员中的小六子却失去了联系。

是不是在坐船时，中枪掉进黄河里了呢？许拴虎心存疑虑，但问来问去，大家也没有一个人能说得清。就在打扫战场结束之际，有几个农民模样的人押着一个人给部队送来了。那个人耷拉着脑袋，一脸的晦气。大家一看，这个人不是小六子又是谁？

小六子被押送给了高营长，高营长问了半天才知道原因。原来昨晚战斗一打响，这小六子就吓尿了裤子。他乘乱就偷偷一个人往回跑，结果跑了三十里路倒被当地的农会会员给抓住了，然后就把他押送到这里来了。

所有的战士与矿警队员看到小六子这个样子，就都呸呸地唾着他。高营长也是第一次遇到这种情况，不知道该如何处理，就向李宗贵政委请示。李政委说，战斗中临阵脱逃是要被枪毙的，但这个人是石油厂的人，所以交回石油厂处理为好。于是就在 1942 年元旦这一天，许拴虎和队员们扛着大量的战利品押着五花大绑的小六子踏上了回石油厂的路。

回到厂里，许拴虎给陈厂长汇报了昨夜参加战斗的事，也说了小六子的临阵脱逃。陈厂长当即召开会议，研究如何处理小六子。贺山子在会上说：石油厂工人第一次参加这么大规模的战斗，胆怯是难免的，我认为我们应该妥善处理此事。处理得好，不但可以通过这件事教育他本人，而且能教育全体的矿警队员。处理不好，会直接影响同志们的情绪。他的这个发言得到了大家的认同，石油厂就暂时将小六子关了禁闭。

许拴虎带领矿警队凯旋的这天下午，陈厂长建议大家下午还是吃一顿饺子，把前天未吃的饺子给补上。于是，队员们又坐在一起开始包饺子。张有义就开玩笑地说：三国时有关羽温酒斩华雄之说，咱们这就叫包饺斩日寇。

新的一天，石油厂进行表彰，许拴虎等五名队员戴上了红花，站在了台子上。台子底下，应邀参加表彰会的黄桂芝给他们竖起了大拇指。

参加完大会，黄桂芝听说小六子被关了禁闭，心里很难受，就想见见他。

在石油厂靠东的一间小黑屋里，黄桂芝与张一井见到了小六子。小六子瘦小的身躯蜷缩在墙角，从门顶上的小方窗里投射进来的一缕阳光斜照在他瘦黄的脸上。张一井母女进来适应了好半天才在屋角找到了他。

张一井用脚踢了一下他，小六子一动不动，没有吭声。

你到底是死了还是活着啊。张一井问。

小六子把腿往回缩了一下。

人家都往前冲哩，就你往回跑，你的命是命，别人的命就不是命啊？真是没出息透了，丢你的人不算，还丢我妈的人，纯粹是烂泥扶不上墙。张一井说话丝毫不留情面。

小六子嘴动了一下，不知嘟囔了一句什么。张一井没听清楚，还以为他不服气，就又说：你还不服气是不是？人家往前跑了几十里，你往后跑了几十里，你是不是还打算跑到宜川去啊，跑到国民党那儿去啊，跑回去找你干大徐怀义呀？要是我的话，早一枪把你毙了，省得丢人现眼。

黄桂芝在一旁觉得张一井说话难听，就制止住了她，然后蹲下身去。这时她渐渐适应了里边的光线，蹲下身的那一刻，感觉到小六子和一只被关进笼子里的老鼠一样，又可恨又可怜，顿时心软了。她伸手把他额头上沾的头发往上抚了抚，然后悄声说：小六子，事儿我也听说了。第一次打仗难免胆怯，但一个男人活在世上总要有责任、有担当，不能永远是小孩子，永远长不大。你年龄不小了，一定要克服内心的一些障碍，没有谁生下来就有多大本事，都是在后天环境中成长起来的。不要悲观，你要好好向你山子叔、向拴虎学习，我们大家都希望看到你长大呢。

婶。小六子听到这里，叫了一声，然后扑在她怀里嘤嘤地哭了起来。

还哭呢，还有脸哭。张一井在一旁一脸的不屑。

这天，在县上召开的大生产相关会议上，除了各乡的乡长外，也邀请了部分村里的农会主席与妇女主任参加，同时也邀请了石油厂部分人员列席。会上，新任的焦作炳县长组织学习了毛泽东的讲话，学习了上级发布的相关文件，就延长县近期全面开展大生产运动做出了具体安排部署。邵大姐号召妇女们从小家小户走出来，坚定不移地加入大生产运动，多纺线，多织布，多做军鞋，支援革命，支援前线。

贺山子代表石油厂参会，在会上瞧见了黄桂芝。看见她又老了一些，两鬓间已有了几丝白发了，就很感慨。散会后，贺山子就给黄桂芝使了个眼色，黄桂芝会意了，两人一前一后地出了县政府大门。

黄桂芝在前边走，她怕人瞧见，就走得急。贺山子在后边就说：我都赶不上你了，你走得好快啊。

黄桂芝想也没想，扭头就说：还是个大男人哩，你不会步子迈大点吗？说完这句话，她觉得自己话中有几分亲昵，就羞红了脸，随即脚步也放慢了，等着贺山子赶上来。

一会儿，两人并排了。黄桂芝说：你这些日子忙什么，好长时间没看见了。

贺山子说：大生产呗。石油厂也掀起了生产石油支援抗战的高潮，可是设备太少啊，我也是巧妇难为无米之炊啊。

黄桂芝说：没有多的米总有米粒吧，没有米粒总有糠吧。

贺山子说：嗯。这没设备还不是主要的，主要还是缺人才，从打井到炼制到销售，各方面人才都缺。招来的都是些庄稼汉，平时撇凉腔还可以，到关键时候就用不上了。我有时想，我哥在就好了，他管理厂子要比我强得多，我现在真是恨不能长出三头六臂啊。

黄桂芝说：你不用着急，你和宏霖一样，做事有恒心，有主见，就是有时操之过急了。唉，人活在世上，老天爷总是公平的，关了一扇门就会开一扇窗的。

说了这话，黄桂芝就又觉得没说对，自己怎么能把他和丈夫相提并论呢？

贺山子没注意到她的神情变化，依然沉浸在自己思绪里，说：先前几十人的小厂子，现在五六百号人了，人手这么多，事情千头万绪，要管理，要效益，可真难啊。何况现在又缺这少那的，这日本人、国民党天天就不让人省心。

两人正说着，邵大姐从对面过来了。她依旧穿着一身灰色的旧八路军服装，留个短发。一见他俩，就乐呵呵地说：今天县政府杀了头猪，请开会的人吃饭哩，我说咋不见了你俩，原来二位跑到这里谈情说爱来了。

贺山子不好意思地笑了。黄桂芝忸怩着说：大姐，你可不敢瞎说。

邵大姐说：我看你俩正好是一对，一个男未婚，一个女独身，干脆被子往一块儿一搬就行了。

贺山子与黄桂芝二人听了这话，不自觉地相互对视了一眼，都红了脸，低下了头。

邵大姐快人快语：我说的可是真的。当初我想把你介绍给学文，你拒绝了，哪里知道你是没看下贺家老大，倒看下了老二了呀。

不是啊，大姐。我是没到县政府开过大会，心里害怕才找他做伴的。黄桂芝急急辩解道。

哎，不过这也好。女人嘛就是水里的浮萍，总要有个依靠才行。俗话说，要饭还有个拦狗的呢。有个男人，女人的日子才踏实。要我说，你俩蛮般配的，天造的一对，地设的一双。

黄桂芝说：大姐可不敢乱说，人家是厂领导呢，是大英雄呢。

邵大姐说：什么英雄不英雄的，他就是贺山子，就是咱这儿的一块土疙瘩。哎，说真的，你们要是愿意，我就当你们的媒人，抽个空，叫几个人，把被子往一块儿一搬就行了。你们说呢？

瞧大姐说的，我还有一井呢。黄桂芝小声地说。

哎哟哟，都什么时候了，还封建哩。哪天我见一井了，跟她说一声。只许他们年轻人成天谈情说爱，让我们上年纪的人只能和王宝钏一样独守寒窑啊？

一句话说得黄桂芝越发红了脸。

邵大姐拉住她的手，真诚地说：我说的是真话。一井都结婚了，有娃娃了，有自己的日子过哩。我看你还是多操心些自己的事吧。这女人吧，总得有个可心的人疼着才活得滋润呢。赶紧结婚，咱们俗话说的，四十五岁了，还能生个能猴哩。

邵大姐秃噜噜说得一通话，又一阵风似的走了，这里只剩了贺山子与黄桂芝。两人就不再说话，而是不近不远相跟着，一起来到了贺山子的办公室。

贺山子倒了一杯水给她。看到她满脸的憔悴，就又生发出感慨来，说道：唉，人生真是快啊，一辈子一事无成，就这样老了。

黄桂芝没接他的话，吞吞吐吐地说：一井到宜川城里找了一回段双全，段双全在徐怀义手下当保安大队副队长，根本不打算回来了。一井就一个人回到家了，这一段情绪很差。

提到段双全，贺山子就有所愧疚。他说：唉，都是我害了他，应该让他再锻炼锻炼。当时，石油一下子产量那么多，人手又倒腾不开，我觉得他还行，就选了他，谁知道反倒害了他。要不然，你们家也不会遭遇这么多事了。

黄桂芝说：不怨你，你也不用道歉。我算是想明白了，哪头牛从哪个坡上，看似偶然的，其实都是必然的。

贺山子说：他也只是一时糊涂，或者无奈，本质上他还是个好小伙子，精明，有才干，只要能走上正道，以后……

黄桂芝摇了摇手，制止了他继续说下去。

黄桂芝在张一井回到延长后，知道了全部情况，也就对段双全彻底死了心。相反的，她倒是对一井的这个选择颇为欣慰。她真是长大了，不再是那个一戳枪的小姑奶奶了。她有自己的主见，有自己的底线，有自己的判断。活在这世上，生命是第一位的，任何人都应该尊重他人生命，如果手中有一杆枪就可以随意决定他人生死的话，那这个社会就只能算是个流氓、土匪的社会了。

黄桂芝对贺山子说了张一井的近况：自从宜川回来后，她情绪很差，把自己闷在家里哪儿也不去，我都害怕她闷出病来了。这一次，对她的打击实在太大了。

话说到这儿，贺山子就忽然想起一件事来，说：先前我曾让她到厂里来，她不愿意，后来生了娃娃又离不开。那现在呢，她愿意不？老闷在家里也不是个办法啊。

黄桂芝说：这个问题我也想过，能到这里来是个好选择，但是你知道，她心里对你一直疙疙瘩瘩的，过不了这个坎。

贺山子说：你劝说一下吧，我这里的经销部缺精明能干的女孩子，她嘴利索也能干，能来的话就好了。

唉，我试试吧。黄桂芝一时答应了，忽然又想起一件事来，就对贺山子说，先前段双全是你要到经销店来任职的，再让一井来，厂里人不会说闲话吧？

呵呵。贺山子笑了。这个我可从没想过。不管这些了，就事论事，只要我们把心放正就行了。

两人说完就散了。

黄桂芝回家后，就劝说一井到石油厂去上班，遭到了张一井的拒绝。她说：我哪怕饿死，也绝不吃石油厂的一粒米。

黄桂芝说：这是个临时办法嘛。咱们三人，总不能坐吃山空吧。娃娃一天天长大哩，要吃要喝，再过得两年就该上学了，难道就让他一直待在村里不成？另外，你去厂里也并不是看谁面子，而是承继你爸、你妈的工作岗位哩，你本身就是石油厂的子弟嘛。

可是大家都知道这是承贺山子的人情，难道他杀了我爸，我现在还要天天感他的恩？

石油厂不是他贺山子的，石油厂那么大，还有厂长哩，有指导员哩，有军工局哩，有萧劲光哩，有贺龙哩，还有毛主席哩。所以，你进厂上班是厂里的决定，和他贺山子一点关系都没有。黄桂芝说。

张一井不说话了。

事实上，张一井心里跟明镜似的，就是贺山子看在她妈的面子上让她进厂的。就目前这情况，段双全是不会走回头路了，再说她也不稀罕他走回头路。情况是明摆着的，自己总不能一辈子住在娘家吧，再嫁个人倒是好想法，可嫁给谁呢？如果再嫁错了呢？母亲年龄大了，一家三口，要吃要穿，自己作为这个家的唯一壮劳力，应该支撑这个家，担负起养家糊口的重任来。去石油厂是个好办法，只是，只是……

思来想去，无路可走的张一井就答应母亲，说：那好吧，你去说吧，就说我愿意上班。但我有条件，打油井、运油或炼油都可以，只要不在他贺山子手下上班就成。

这样过了没几天，张一井就将孩子丢给母亲，到石油厂报到上班去了。由于不愿意到贺山子手下干，其他的又都是苦力活，也一时没有适合她的工作，最后就只能安排她与如意姑娘一起给工人做饭。可怜我们的心比天高、命比纸薄的张一井啊，从这一天开始，就整天勒着个围裙，忙前忙后，跑出跑进，开始围着灶台转圈了。

刚去的时候，当然她是满心的不满意，嘴噘得能挂个油瓶，嫌这嫌那，摔碟子摔碗，但干了一段时间，逐渐和石油工人们都熟了，红红火火、热热闹闹的日子她也就习惯了。在心里，她甚至喜欢上了这份自食其力的工作。

黄桂芝自那天县里开罢会，脑子里就一心琢磨着如何组织妇女生产的事。要妇女纺线织布，可也要有棉花可纺啊，有线可织啊！如今农村这么穷，妇女们即使有心有力也使不上劲啊！这样想着，就又想到了那天到石油厂去，见到了厂里库房中堆积着一些棉花，据说是从山西那边拿石油换过来的，要运给边区政府。想到这些，她忽然灵机一动，如果把这些棉花分到各户，由妇女纺成线，织成布再交给边区政府岂不是更好？这样既支援了部队，妇女们也有活可干了，挣一点手工费还能增加每个家庭的收入啊，真是一举多得。想到这里，她就异常兴奋，就赶到县里去把这个想法对邵大姐说了。邵大姐一听就叫好，就和她一起去见贺山子。贺山子听了也觉得这办法好，呼家川是个大村子，石油厂又和呼家川是友好单位，这么好的事，何乐而不为呢？他当即表态，这些棉花就由呼家川妇女纺成线，织成布，再由厂里收购，然后再运到延安去。至于如何给，什么价格收，这些就由销售部具体去核算。

没过几天，石油厂就把成本核算出来了，制定了具体的标准：领二斤棉花，交回一斤线。

黄桂芝回村召集村妇女们一说，大家一算账，就个个愿意。一斤棉花可以纺八两线，二斤棉花可以纺一斤六两线，只需交回一斤，剩余的六两线又可以换回一些日常用品。但是，有些妇女即使想纺线，连个纺线车也没有啊。这个事被贺山子知道了，他就自作主张，动员厂里的木工利用废弃的井架以及剩余的木料，赶制了二十架纺车，送给了呼家川村。

棉花运到了村里，分发到了各家各户，呼家川村的妇女个个就忙起来了。

过了些天，呼家川村妇女纺的第一批线终于交上来了。邵大姐看到摆得整整齐齐的成堆的线，就对黄桂芝说：你可真有两下子，你想的这些我咋没想到呢？

贺山子在一旁说：油品换棉花我们嫌麻烦，先前都不想换哩，既然呼家川妇女愿意干，下一步，我们不仅要和阎锡山换，还要开辟新的线路，和甘肃、宁夏那边都换，多换回一些棉花来，让咱们延长的妇女纺线织布。

就在这个时候，军工局来了新的指示，说八路军在前方与日寇作战，伤亡大，希望石油厂能通过各种渠道用石油换一些西药回来，支援前线。虽然说石油厂与阎锡山有交易，但仅限于生活用品，药品这种特殊的东西，却从来没有交易过。接到上级指示，贺山子就给与石油厂常年做生意的崔楚才写了一封信，看他能不能高价购一些西药来。过得几天，崔楚才就捎来了话，让贺山子带足钱来一趟圪针滩。新的一天，贺山子领着罗干及段新宏一起前往那里。段新宏和张有义一样，都是从呼家川村招的，现在都在矿警队，是许拴虎的手下。

三人从延长出发，乘船而下，一直到了壶口瀑布上岸，步行至圪针滩。圪针滩位于壶口瀑布旁，由于受壶口瀑布的拦阻，船行至此时无法下行，只能卸了货物，拖船上岸，人力将船拉到石岸上开凿的航道，再装船下水前行。久而久之，这里便形成了一个繁华的镇子。尤其是阎锡山的部队开过黄河后，在这儿的桥上搭建了铁索桥，人们往来更方便了，圪针滩这个镇子便越发红火了。

三人来到了圪针滩，在这里住下来，等着崔楚才的消息。

第二天崔楚才和贺山子他们见了面，但带来的消息却令大家心里凉了一截。崔楚才说：重庆政府为了杜绝阎锡山跟共产党的交易，每月特划拨给阎十万斤食盐，并同时下令不准再与共产党做任何交易。现在处处是风声鹤唳啊，此段时间，他们根本不敢与共产党做任何交易，更何况药品这个敏感的东西呢。

三人被泼了一盆凉水，个个就蔫头耷脑的。段新宏就嘟囔着说：那既然没法交易，你要我们来这里干啥啊？崔楚才装作没听见这句话，就不吭声。

贺山子觉得这事情没这么简单，他脑子里转着圈。重庆的国民政府不让阎锡山与共产党交易，这也不是一天两天的事了，但崔楚才前几天捎话让他们来，又让拿足钱来，肯定是有办法的，说不定他现在就是拿这件事做个砝码，为的是抬高价格而已。想到这里，当下他就好说歹说，又塞了一些钱给崔楚才，让他想想办法，说：我们大老远地来一次也不容易啊，总不能让我们空着手回去吧。

崔楚才推辞了半天，并没有收钱，说：部队是没法和你们做生意了，谁也不敢冒这么大的风险啊。但我有几个朋友一直在做生意，让我问问他们，看他们手头有货没有。

听到这话，贺山子他们几个人才长长地舒了一口气。

过了两天，崔楚才又和他们见面了，说朋友手中有一些药品，他带来了清单，但要价非常之高。石油厂罗干的父亲是开药铺的，他对药品有一些了解，就接过清单先看了一下，然后递给了贺山子。贺山子这几天对这些药品也都耳熟能详了，见上面列的都是部队需要的药品，但价格要高许多。不过现在正是缺药的时候，高就高些吧，当下下了狠心，将这个单签了下来。

崔楚才拿着单子走了，说让他们再等两天。

两天很快又过去了，正当三人信心满满之时，崔楚才却打发一个人捎来了话。来人告诉他们说：现在正值国共敏感时期，阎长官亲自下令不准再与共军有任何经济往来。所以，崔特派员思来想去不打算再担这份风险，打了退堂鼓，不再与你们做生意了，你们还是回去吧。

一听到这个消息，贺山子气极了，大骂了起来：什么人嘛，这不纯粹哄人嘛！要我们在这里等了这么多天，又是签单子，又是谈价格，结果到最后竟然不做生意了。世上还有比这个崔楚才更无耻的吗？纯粹是渣滓，毫无诚信可言。他骂归骂，发脾气归发脾气，崔楚才却躲了起来，不见他们的面。三人生了一顿气，最后也就只能如同泄了气的皮球似的，灰溜溜地打道回府。

三人离开圪针滩，搭乘一条小船返回延长。此时是正午，太阳直射，两岸山呈黛青色，圆鼓鼓的，如同女人丰满的乳房。黄河水此刻静默着，像一个古铜色的板块在缓缓前移。掌舵的艄公脱了上衣，光着膀子，默不作声地扳着船。船行得有二三十里地，圪针滩远远地甩在后边了。就在这时，岸边却有人招着手拦船。贺山子他们三人因为身上带有巨款，怕惹麻烦，尤其是不在自己的地盘上，多一事不如少一事，万一碰见土匪就麻烦了，所以，就给艄公说不要停。但这时岸边的人喊起了艄公的名字，逼他停船。艄公瞅了半天对贺山子说，河岸上是阎锡山部队的人，自己在这里要混下去，就必须听他们的，所以必须停船。说完就将船慢慢向河岸摇过去。贺山子三人见此情况心里就都绷紧了弦，怕遇到什么意外的事，都悄悄地把枪拿在了手里，打开了保险。

艄公仍沉默地扳着船，像没事人似的，从他的脸上也看不出什么特别的信息来。慢慢地，船快要靠近岸边了。贺山子四处看，见河畔只有一人在招手，环顾周围，是一个挨一个光秃秃的山头，倒不像是有埋伏的样子，他就纳闷着，这个人究竟是谁，要干什么呢？罗干与段新宏两人此时则面色凝重，神情紧张。

船缓缓靠了岸，这时贺山子看清了，岸边亭子旁招手的那人就是崔楚才。在亭子的另一旁，还站着一个人，但背对着他们，头来回摆动着，警觉地望着四周。

兄弟们啊，快上岸吧。崔楚才招呼着。

生意谈不成了，还拦我们干什么？段新宏站在船上说。

你们不是要谈生意嘛，可不上来咋谈啊？崔楚才满含着笑意说。

听到这话，贺山子就感觉到事情可能有转机，他就给罗干使了个眼色，说：走，我们上去看看。

三人下了船，沿坡洼上的小路缓缓向亭子走去。两伙人就见了面，这崔楚才摘下帽子算是打了招呼，他对贺山子他们说：都在这里坐吧。

段新宏持着枪说：你可别耍花样。

崔楚才笑着说：我们都是老熟人了，要耍花样，圪针滩早就把你们收拾了，还能等到现在？一边说着，一边和贺山子就在简陋的亭子里坐了。段新宏与罗干则站在亭子外边，左右张望着，提防着意外情况发生。

亭子下就是黄河，太阳光斜射过来，将巨大的山的背影投射在河水中，黄河半明半暗。浑浊的河水一眼望去几乎是一动不动，但却传来了阵阵浑厚的流水声。

说吧，拦我们有什么事？贺山子说。

呵呵，贺厂长倒是急性子啊。崔楚才说，先抽支烟吧。说着打开一包烟，递给贺山子一支。

贺山子抽着烟，一动不动地望着崔楚才，不知道他这葫芦里到底卖的什么药。

咱们打开窗子说亮话吧。说来说去，还是那笔生意的事。崔楚才说，现在是国共非常时期，镇子上人多眼杂，兄弟我也是无可奈何啊，还请你多见谅。

嗯？贺山子疑问道。

咱们长话短说吧。还是你要的那些货，还是我们先前谈好的那个价格，你看如何？崔楚才说。

你不是派人把我们打发走了么。贺山子说，现在又愿意给我们了？

不说这些了，具体情况一言难尽，你也没必要知道。现在，你还要这批货吗？崔楚才问。

当然要。至此，贺山子才明白了他的意思。他嫌圪针滩人多眼杂，怕顶风做了这笔交易，被眼线发现，就特地打发他们离开，然后从陆路追上来，再神不知鬼不觉地在暗地里把生意做成。

贺山子有了明确的话，崔楚才站起身来，给贺山子做了个请的手势，然后两人离开亭子，向路边走来。大路边，拴着两匹白马，正低头啃着草吃，在白马旁，赫然放着三个箱子。

秋林，你过来。崔楚才叫了一声。

一直背对着大家坐在亭子边的那个男人听到崔楚才叫他，这才面无表情地起身，朝这边走来了。

这是我的一位兄弟，姓雷。崔楚才说，我联系的就是他的货，你们可要验好了。

这位姓雷的商人依旧不吭声，脸色沉静，只是把三个箱子一一打开了。贺山子他们一看，箱子里果然全部是西药，有针剂，也有药片。

点点看可符合清单？崔楚才说。

罗干看箱子打开了，就走了过来。低头顺手拆开一个上边写着外文的盒子，里边是白色的颗粒，他用手掰了一小块，放到嘴里嚼了一下。然后走到另一箱前，又随手拿出一包针剂来，翻来覆去地看了半天，接着对贺山子点了点头。

一共三箱，你们可以清点一下。崔楚才又说。

罗干与段新宏就开始照单清点。货清点完了，和清单上的完全相符。

至此贺山子脸上才露出了笑容，他对段新宏说：你把账给他结了。

段新宏听了，就脱下自己的外衣来，里边套着个褂子，再脱下褂子，把褂子从一侧拆开了，一把一把地从中掏出了一沓沓票子，一一放到了箱子上。

崔楚才微微笑着看着他，看他掏了许多了，然后对一旁的那人喊了一声：秋林，你过来，把这些钱收了。

那个叫秋林的人就开始收钱，他闷声不响地点着钱，脸上几乎没有任何表情。

贺山子感到这个人的举止有点奇怪，有点不自然。仔细看他，见他额头挺宽，不苟言笑，话语非常少，看着面熟，但一时想不起来在什么地方见过。

钱点完了，那个叫秋林的人把钱全部装在了一个袋子里，提了袋子去牵那两匹白马了。这边的段新宏与罗干两人就忙着将药品往船上搬。

我们也有我们的难处啊。崔楚才说，阎长官曾说在三个鸡蛋上跳舞哪个也得罪不得，老蒋欺负我们杂牌军，部队减少了，中央军进来了，手中没军队了就什么都不是了。打仗打仗，就是打钱啊，士兵要发饷，要买武器弹药，都难啊。这该死的日本人，咋就偏偏要进攻山西呢？

谢谢你。贺山子看段新宏与罗干都上了船，也就此与崔楚才握手告别。

崔楚才说：你要的是药，我要的是钱，咱们是交易，谈不上感谢。就此别过，你从没买过我的药，我也没见过你的钱，咱们就相忘于江湖吧。说着那个叫秋林的人已将马牵来了，他们一先一后上了马，打马一鞭，二人沿小路飞奔而去。

贺山子三人上了船，因为装了三箱药，船重了一些，船速也就慢了下来。

船在黄河中缓缓前行，浑黄的河水微微泛些涟漪，没有一丝风，只有摇橹发出嘎吱嘎吱枯燥的声音。

光膀子艄公这时忽然就唱起来了：

你晓得天下黄河几十几道弯哎，

几十几道弯上几十几只船哎……

船在黄河上行驶着，终于买到药品，罗干与段新宏都抑制不住激动，只有贺山子依旧沉着脸。因为现在还没回到延长，船还行驶在黄河上，依然会有危险，他的神经此刻依旧绷得紧紧的。

听见船夫在大声地呐喊着唱，段新宏就说：你不怕把日本人招来了？

船夫没吭声，贺山子说：哪里就那么多的日本人，他们现在占据着大城市呢。他们人少，腾不开手脚，哪里顾得了这崇山峻岭啊。咱们四亿多人，地盘这么大，而日本侵犯中国的士兵才能有多少人呢！

我听说在凉水岸那儿日本人进攻咱们不下二十次了，就是打不过来。段新宏说。

贺山子说：我听指导员说，毛主席写了一本《论持久战》，说这抗日分三个阶段：第一阶段敌强我弱，是战略防御阶段；第二阶段是战略相持阶段；第三阶段是局部反攻到抗日战争胜利结束的阶段。想想也真有道理。现在日本人战线拉得长，补给跟不上，天天打仗，天天要死人，每耗一天他们都要付出很大的代价。等着瞧吧，他们是兔子的尾巴——长不了。

咦，山子叔，你咋懂得这么多，说出来的话一套一套的。段新宏叹道。

罗干说：山子叔虽是从农村出来的，可他看书哩，学习哩，谁像你，光知道弄枪。

贺山子说：人生来就是一张白纸，后天的本事其实都是学来的。现在咱们的政治教员整天教识字哩，你看人家张一井才来几天，就能给你们当老师了，还能唱好几首歌哩。

段新宏说：张一井啊，许拴虎都说可不能和她比，她脑子聪明得很。

贺山子说：不是脑子聪明，是人家学习哩，往进钻哩。这个学习吧，成天不见有什么变化，其实天天都在变化哩，只要你能坚持下去。我原先只识几个字，后来苏作相就给了我《共产党宣言》，要我读读，我越读越觉得人家马克思比咱们厉害，说的就是有道理。

段新宏说：叔，我脑子笨，不爱学习，就让爱学习的好好学习吧，我就跟着许队长给咱弄枪，给咱好好保卫厂子。说着他做了个打枪的姿势。

贺山子说：那可不行。枪这个东西别人都弄不了，你咋一弄就通了呢，可见你脑子并不笨啊。掌握打枪的本领是不错的，但主要的是靠这里。贺山子指着自己的脑袋说。你想想如果这儿错了，那手中的枪就起到相反作用了，比如说，段双全……

他说到这里，忽然住了口，问罗干：刚才那个人叫什么来着？

叫崔楚才啊，崔特派员啊。罗干说。

不是，我说另一个，旁边持枪背对咱们的那一个。

好像叫什么林吧。罗干说，崔楚才叫了他几次，可是我觉得他好像不愿意答应似的，坐着就如同一尊佛。

是啊，我也觉得这个人挺神秘，长得倒排排场场的，可就是一声不吭，给人感觉怪怪的。段新宏插嘴道。

这个人是不是叫雷秋林？贺山子问。

好像是。罗干说。

应该是。段新宏也说。

我知道他是谁了，也知道他为什么不吭声了。贺山子说。接着他对艄公说：船家，你将船先靠岸吧。

到底是什么事啊？他到底是谁啊？段新宏不解地问。

他应该就是骗走我们厂石油的那个人，当初正是他与尉振海把段双全灌醉了，然后深夜把油拉上跑了。贺山子说，我今天见他躲躲闪闪的，当时就有些奇怪，但没多想。现在想来，正因为他心中有鬼，才不敢面对我们，他应该就是雷秋林。

哦，对了，我也记得段双全曾说那个人叫雷秋林的。刚才这个人始终背对着我们，大概就是怕我们认出他来。罗干说。

几人这么说着，也就基本上确定了那个人就是雷秋林。

这时，船也慢慢地靠岸了。

罗干，新宏，前边就到咱们延长地界了，应该没什么危险了，你们把药品保护好，回去交给陈厂长，我去会会这个雷秋林。贺山子说着从船上一跃上了岸。

贺厂长，你不能去，太危险了，我跟你去。段新宏说。

贺叔，你莫去，他既然跟我们做生意，那就还会见面的，我们一定能抓到他的。罗干说。

你俩回去吧，注意保护好药品。贺山子把手枪插到了腰里，对船上的三人挥了挥手，然后扭头快速地沿着山坡往上走。

为了段双全在石油厂被骗这件事，贺山子憋了很大的气，他一直对段双全、黄桂芝都心存内疚。今天终于让他碰见这个始作俑者，依他的性格，他焉能放过他。

贺厂长你别去，没有价值，段双全他已经投敌了。罗干在船上大声说。

一码归一码，我去会会这个雷秋林，让他还石油厂一个公道，还段双全一个公道。贺山子在岸上大喊道。

艄公这时掉转了船头，船又缓缓驶向河心，罗干与段新宏双双站在船头，大声呐喊着：山子叔，要多保重啊！

贺山子一个人沿着黄河边的路往圪针滩方向走，一边走一边想着：这个雷秋林既然和崔楚才一起来的，那么两人关系肯定很亲密，找到崔楚才就应该能找到他。不过，如果找到崔楚才打问他，那一定会打草惊蛇的。从刚才交易的过程看，这个雷秋林清楚地知道我们是石油厂的，因此才始终背对着我们。不过，这个人也真是要钱不要命了，竟然还敢来做石油厂的生意啊。如果找到他要怎么样呢？打死他，出了这口恶气，还是要他赔偿石油厂，替段双全讨个公道？可是，即使这个公道讨回了，段双全他还会再返回石油厂吗？

贺山子赶到圪针滩，这时天已黑了。他饿极了，就先吃了饭，然后以一个生意人的身份悄悄地在一个小店住了下来。

一会儿，天就黑透了。圪针滩是个渡口，由于航运业发达，所以这个小镇子也异常繁华，清朝时有文赞其曰："地虽偏小，胜得泾阳三原；形似弹丸，赛过长安八水。""客船星集，如鱼贯之相连；店铺林立，似雁行不绝。"这里每天有数以千计的商船从这里路过，船上的粮食、油料、药材、皮毛、瓷器、冰碱、食盐等各种货物都要通过这里源源不断地运往全国各地。商贸的兴隆，吸引了秦、晋、冀、陇等各地客商纷至沓来。当时圪针滩有当铺、皮货店、饭馆、客栈、染坊等商铺六七十家，相当繁华。

此时，天色已晚，街道上行人稀少了，但各个店铺还亮着灯光，饭店里传来了喧闹的喝酒声。贺山子一个人待在房间正在想着办法，忽然听到阵阵马蹄声在空旷的街道上激起了很大的回声。究竟出了什么事？贺山子不由得把枪握在了手中。他悄悄地掀开窗帘一角往外看，只见昏暗中，有几匹马迅速地穿街而过，似乎有什么紧急事。等这些马过去了，街道又安静下来，贺山子才开始睡觉。

贺山子没有去找崔楚才打问雷秋林，只是在悄悄地等待着他的出现。他认为雷秋林和崔楚才很熟，又在这里出现，那么他住的地方应该离此不远。过了两天贺山子就和店老板混熟了。店老板姓郝，是绥德人，他父亲先前在黄河上做艄公，但最后被大水冲走了。生前一再告诫他这辈子莫做艄公，因此，他就在此开了家客店糊口度日。

贺山子向他打听雷秋林这个人，说听说有个叫雷秋林的生意做得很大，自己也打算与其做生意。如果店老板能促成生意的话，可以提成给他。

郝老板听了就笑了，说：你说的雷秋林，我不认识，但这街上也有一个姓雷的，他跟这条街上的一个叫兰姐的女人相好。过些日子就在她那儿住几天，听说他很有钱，有时也赌钱，可都是大手笔哩。

贺山子听说那人姓雷，当即就有了兴致，赶紧问那人长什么样子。

店家说：长得文质彬彬的，皮肤挺白，看起来和和气气的，但听人说做起事来非常毒辣，大家都怕他。从兰姐门前过，都侧着身子走哩。

贺山子听这么一说，觉得两人说的可能是一个人，不禁喜出望外。只要姓雷的在这条街上有相好的，就一定可以等到他。于是就对店家说：如果你发现雷老板了，请一定提醒一下我，我想和他做笔大生意。

第二天，贺山子就在街上瞎转悠，希望能碰到雷秋林。那个女人兰姐他见到了，皮肤很白，细眉细眼的，看起来倒和善。他闲逛着，街上不时有军人经过，但大都是来买东西的，也有嫖娼、喝酒的，耀武扬威，喧闹上一阵，就四散走了。

到了第三天中午时分，贺山子正在房间里躺着。这时，店家急急忙忙上来了，咚咚咚的声音震得楼梯上尘土直飞。他告诉贺山子，雷老板回来了，他坐个马车，刚才从街上过去了，肯定是到兰姐那里去了。贺山子听了，就掏出几张钞票塞给他，然后藏好了枪，下了楼。他悄悄地沿着街面走过去，果然就看到兰姐门口停着一辆马车。他一时弄不清楚对方到底有几个人，就悄悄地装作买东西在一个小店前观察着。等了有半个时辰，果然见兰姐的门上有一个帅气的男人出来了，这人就是雷秋林。但他一出门就走得很急，一下子便坐到马车上了，然后驾着马车快速地向东去了。

贺山子看见马车走了，在后边追了几步，但马车走得很快，转眼就不见了。贺山子赶不上，但他觉得这机会不能再失去，正在着急地想着该咋办哩，这时有一个农民模样的人驾着马车过来了。贺山子连忙拦住了他，那人吃了一惊，跳下车来，问他要干什么。

贺山子一时顾不上解释，就向前一步，把枪掏出来，顶到他腰上说：快点，帮我追上前边那辆马车。

好吧好吧。那人见了枪十分害怕，一边答应着，一边上了马车，贺山子一步跨了上去。于是，那人吆着马车，向前飞奔而去。

马车沿着向东的路转了几个弯，贺山子估计应该能赶上雷秋林乘的那辆马车，但路上却始终没有一丝马车的影子。再走了一段路，他心中就起了疑，让这个农民把马车停了，然后自个儿下车来察看路上的车辙印。谁知他这一下车，那个农民瞅了个机会，头也不回地跑掉了，连马车也不要了。

贺山子在路上仔细地看，土路硬硬的，白光光的，在阳光下略微泛着光，但却看不到任何车辙印。瞅了半天，也没个结果，他只得直起身来暗自叹息着：多么好的机会啊，又让这家伙跑掉了。正在叹息之际，却有一辆马车从后面来了，贺山子老远一看，这辆马车和刚才雷秋林乘的那辆一模一样。他想了一下，就把自己乘坐的那辆马车往当路上一横，然后自个儿蹲下身子，这儿拧拧，那儿拧拧，装作修理马车的样子。

后边的马车很快过来了，在贺山子跟前停住。

先生，我的马车坏了，求求你帮我修修车。贺山子站起身来伸手拦住了那辆马车。

把你的马车移开。那人在车上说。

两人一照面，贺山子就认出此人正是自己在黄河畔交易时见的那个人——雷秋林。

马车坏了，我也没办法啊。贺山子说。

妈的，快点移开，老子有公务在身。雷秋林抽出枪在马车上耀武扬威地说。

贺山子此刻还想确定一下这人是不是雷秋林，就装个样子在马车后边用肩膀扛了扛，但马车只是前后忽悠了两下。

先生，你就帮帮我吧。贺山子说，我堵在这里，你也走不了啊。

真倒霉。雷秋林说了一句，然后把枪收了，插在腰里，跳下了马车。

就在他跳下车的一瞬间，贺山子缓缓地靠近了他，叫了一声：雷秋林。那人应了一声，接着诧异地望着他。

贺山子一把掏出枪来，紧顶着他的腰，说：雷秋林，我找你找得好苦啊。跟我走，到那边说话去。

这个人此刻却并不惊慌，只是说：你认错人了吧？

认错人？你不就是几年前骗我们延长石油的雷秋林吗，我会认错人？贺山子说。

那人愣了一下，接着哈哈大笑了起来：这屎大个事，也值得你动刀动枪啊。

贺山子说：对你来说是小事，但你让别人背了黑锅，改变了他人的人生，知道不？接着他用枪指着雷秋林说：走，往那边走。

行啊，但不要这样紧张好不好，让我们把马车先移到旁边去吧。那人说。

贺山子看了看，自己的马车与他的马车都横在路中间，这条路是阎锡山修的军需路，随时有车马过来，马车停在路中间是会引人注意的。就说：别给我捣鬼，小心我一枪毙了你。

雷秋林不吭声，过去将马缰绳拉了，低着头，往旁边移了移。看见路旁有一棵树，就打算把马拴到那儿去。

贺山子紧挨着他，用枪顶着他的腰，警觉地四周张望着。现在终于抓住这个雷秋林了，他要问清楚一切，再问问尉振海的下落，然后干掉他，要他知道骗延长石油的人是不会有好下场的。

但就在贺山子左右观察的时候，忽然不知什么东西一下子砸在了他的头上。他半扭头回去看，只见车门上有一张女人的脸，那个女人手中正举着一根棍子，劈头盖脸地朝他头上砸了下来。贺山子挨了两下，一时头晕眼花，一下子身子瘫软，扑倒在了路上。

贺山子在圪针滩街上的时候看到雷秋林是一个人驾马车的，他压根儿就没想到车上还有个女人。原来，雷秋林领着兰姐正在跟人赌博哩，输没钱了，他就回兰姐家取了钱，然后赶去又赌了一阵，赌完后就和兰姐一起坐上了马车。也就是这样才走到了贺山子的后边。贺山子与雷秋林交手时，兰姐就一直坐在马车里，她在车内将这一切看得清清楚楚，看到贺山子拿着枪指着雷秋林，她就急了，顺手拉了一根棍子，朝贺山子脑袋上砸了下去。

可怜的多灾多难的贺山子，他做梦也没想到，自己有一天会遭人暗算。

贺山子咚的一声倒在了地上，雷秋林拔出了枪，说：妈的，竟有这般不怕死的，想要老子的命。说着打开了保险，对准了贺山子。

就在他要开枪的当儿，枪却被一下子挡开了，砰的一声，子弹打在了对面的悬崖上。原来是车上那个女人用胳膊把他的枪挡开了。不要打死，她说，闹明白是咋回事再打也不迟。

这个人留下是祸害。雷秋林说。

那你也要问问清楚啊。女人说。

我知道他是谁，他是石油厂的，因为我当年骗了石油厂的油而和我过不去。他敢打我的主意，该死。雷秋林用脚踢了踢躺在地上一动不动的贺山子，又一次举起了枪。

我不许你杀他。女人说。

这些事你别管。雷秋林冷漠地说。

咱们有娃娃了，我不想让娃娃看到这血腥的一幕，会带来晦气的。再说，他是延长来的，是共产党那边的人，那你何不将他送到宜川县城的国民党党部去呢，那儿可是悬赏捉拿共产党呢，那样还可以卖几个钱呢。女人用手捂着大肚子说。

雷秋林想了一下，说：好吧，看你面上，暂且饶他一死吧。

女人用手捂着肚子，雷秋林过来小心地搀着她说：你先上车吧，免得动了胎气。

说着他扶女人上了车，又返回来抽出绳子，将贺山子手脚捆了，嘴里塞了块毛巾，然后扛起来塞到了马车里。

你照看着点，别让这小子挣脱跑了。雷秋林交代道。

马车嘚嘚嘚又掉头向圪针滩跑去。马车走了好久，终于到了圪针滩镇子上了，街上这时安安静静的，有几盏灯在闪着昏沉沉的光。有几条狗似乎听到了动静，梦呓似的叫了几声，声音活似在敲一面破锣。

雷秋林搀女人下了车，女人开了铁栅栏门，雷秋林左右瞅瞅从车后拉出贺山子，像扛麻袋似的扛进了院子，咚的一声将他丢进了靠左的边窑里。

这是一个普普通通用黄河片石砌成的小院子，窑洞一共有三孔。雷秋林跟兰姐好了以后，就在此悄悄买了这一院地方，将她安顿在这里，有空便来这里住。

将女人安顿睡下后，雷秋林烧了一壶开水。他提着壶到了边窑，悠闲地坐在了八仙桌旁，一边品着茶，一边抽着水烟。

贺山子躺在边窑地上，他身体扭曲着，想站起来，但扭动了半天，还是站不起来，便索性坐在了地上，愤怒地盯着雷秋林。

雷秋林将他嘴里塞的毛巾抽掉了，贺山子呸了一声。

说说啊，你是谁，为什么要杀我呢？

贺山子又呸了一声，说：行不更名，坐不改姓，老子名叫贺山子，是石油厂的副厂长。你当年和尉振海骗了我们石油厂，害了我们许多人，难道不该死吗？我早就想杀死你了，只是没个机会。

哦，你不提，我都差点忘了。那么大个厂子，那么多的石油，被人骗一点犯得着这么兴师动众吗？雷秋林轻描淡写地说。

呸，每一滴石油都是工人拿血汗换来的。贺山子说。

哈哈，这倒也是。只不过你是偷鸡不成反蚀把米啊，你打算找我的麻烦，没想到如今反倒落在我手中了。雷秋林跷着二郎腿说。

老子是被你暗算了，你要是和我单打独斗，老子尽管一条胳膊，也要抽了你的筋！

哈哈，死到临头了，你还嘴硬。雷秋林说着，脸瞬间变了，他从旁抽过一根马鞭来，劈头盖脸朝贺山子的脸上打了几下。霎时，贺山子脸上就有了几道血印子。

你打吧，老子死不了，就不会放过你。贺山子满脸是血印仍然说道。

哼，打死你老子还怕给这房子带来晦气呢。雷秋林把皮鞭往旁边一扔，蹲下身子，用一只手托着贺山子的下巴说：你知道老子爱钱，老子就把你卖掉，把你这个共产党的官卖给国民党，让他们把你千刀万剐。用不了几天，宜川的城头上就会悬着你这颗头。

说完他站起了身，吹熄了灯，出门去了。门砰的一声也锁上了。

贺山子虽然身遭不测，但石油厂的生产却依旧兴盛，石油贸易也是红红火火。因为现在是战时，各地都缺石油啊。

这一年的军民大生产开展得轰轰烈烈，三五九旅进驻南泥湾一带开荒已见成效，同时陕北佳县、米脂等地自然条件差的群众也都迁移到了由于战乱而连年人口减少的南泥湾、金盆湾一带。为了推动军民大生产，中央领导个个也亲自下地了，延安数以万计的党政军学各界人士都投入大生产运动中。人与人之间，村与村之间，乡与乡之间都在进行着激烈的劳动比赛。

延长县也掀起了加紧生产为抗战的新高潮。呼家川村的农会谢主席、妇救会主任黄桂芝也带领全村人以前所未有的热情投入这个运动中。谢主席外号谢铁匠，本名谢志晖，他十二岁就在铁匠铺当学徒，出师后以打铁为生，擅长打锄、镰、镢、斧等农用铁器。1937 年，他加入中国共产党，同年任村农会主席。他身体似铁塔一般，精力非常充沛。他见许多群众缺工具，就日夜劳作，制作了许多农具。而此时的黄桂芝，又参加了县上组织的为期两个月的培训，工作自是更多了几分热情。

张一井此时也习惯了石油厂的工作，她调整到了维修部，不再做饭了，成为一名地地道道的石油女工。

说起她的工作调整来，还有一个小故事。张一井开始是做饭，但她性格上却继承了黄桂芝的特点，不爱围着锅头转，就对一些机器部件感兴趣，有空了就爱往工地上跑。有一次，她去送饭，见到从上海买回来的 15 寸钻杆出了问题，工人打井等着用可怎么也套不上。原来是在运回来的路上这些钻杆受到挤压变了形，因此套不进去，造成了很大浪费。张一井前来送饭，看到钻杆在一旁扔着，就说：这么好的东西扔了多可惜啊，不就是变形了嘛，修一下不就能用了？工人们听她这么说，就都笑了，说：你倒想得美呢，怎么个修法，你倒是说说啊。张一井说：那就找个同样大小的木料塞进去夯啊。工人们听着就笑了，有工人道：快去做你的饭吧，别在这里瞎捣乱了。

张一井就提着篮子回去了。过了一两天她又来到了工地，一本正经地说：你们笑我用木料没法夯，我回去琢磨了，咱们不是有电焊组嘛，那干脆把钻杆切开，再重新卷一下如何？

负责维修的组长是个年轻人，叫武志忠，听她这么说，倒觉得新奇，就说：你说的倒是个办法。切可以，有切割机，可是如何卷呢？咱们可没有卷钢机啊。

就这样又一次把张一井给问住了。

张一井第三次来，别的工人在吃饭，她围绕着一台牛头刨床瞧来瞧去，那是当初茶坊镇摩托学校与石油厂合并时运过来的。她对武志忠说：像这样的刨床不也是人做出来的吗？你是这里的电焊能手，你就不能照着这个机器，再想想办法，制造出一台卷钢机来？武志忠听到她的话，当即说：要说这个卷钢机啊，原理也挺简单，只是我从来没鼓捣过。张一井说：没鼓捣过，你就试一试嘛，你动动手就发现没那么难了。武志忠听了觉得有道理，就开始研究这个卷钢机。过了半个多月，他果真研制出来一台卷钢机。维修组的同志们看了，都觉得挺惊奇。于是他们按张一井当初说的那样把那些变形的钻杆全部切开，又打平整了，然后重新在卷钢机上卷好后，再进行焊接。

就这样在武志忠的带领下，六名工人忙忙碌碌一个多月，那一大批钻杆竟然都没作废，全部派上了用场。陈振夏厂长知道后，非常惊奇，特别表扬了武志忠和电焊组工人。在陈厂长了解具体情况时，武志忠就对陈厂长说：这还是张一井给了我启发哩。

哪个张一井？

就是做饭的那个女人啊。

哦，张一井，就是张宏霖的女儿吧？陈厂长问。

是啊。我听工人们说，她妈当年就爱机器哩，她爸去世后，她跟她妈回老家了。今年才上的班。武志忠说。

这女子可聪明着哩，在厂里做饭把她埋没了。维修组工人七嘴八舌地说。

哦。陈厂长深思着。

我看还不如把她调到维修组来，她爱鼓捣这些机器玩意，现在天天往这里跑哩，一来了就东问西问的，她这是打心眼里爱这些。武志忠说。

好，只要她有这个爱好就行，爱一行才能钻一行嘛。陈厂长答应了。没过几天，张一井就高高兴兴地来维修组报到上班了。

到了这里，张一井才算是真正派上了大用场，她如鱼得水，后来和维修组组长武志忠等人改制出了卷板机、压瓦棱机、吊车楼台等多种设备，在石油生产中发挥了巨大的作用，大大降低了工人的劳动强度。不过，这些都是后话了。

黄桂芝知道贺山子被捕了，后来又听说他被押送到宜川县城，就非常担心，因为徐怀义与贺山子是死对头，如果落到徐怀义手里，估计就凶多吉少了。她忙赶来找张一井。

张一井新调了岗位，满脑子喜悦，正筹划干一番大事业呢，这阵见她妈来找她，就满心里纳闷。黄桂芝说：如今，你山子叔被押在宜川，说不定就在徐怀义手里，我的意思是你去找找段双全，看能不能想法把你山子叔救出来。

听到当妈的这么说，张一井一口否决了：妈，别说了，我不会去的。

黄桂芝语重心长地说：我知道你对你山子叔有坏印象，毕竟他当年和你爸是对头，可是凭良心说，你觉得你山子叔真是坏人吗？

张一井不吭声了。是啊，这几年来，母亲与贺山子来往比较多，山子叔也帮了她家许多忙，她对他的仇恨也随着时间在淡化着，但真正要她放下这一切恩怨去救他，谈何容易啊。

张一井想来想去，说：那我爸呢？

黄桂芝说：你爸是个顶天立地的男子汉，大家都不会忘记他，可是我们总不能永远生活在仇恨中吧。你爸如果有今天，他肯定也会支持我的想法的。你情绪这样对立，不是你爸希望看到的。

张一井说：我来厂子以后，愈发觉得我爸是个好人。他虽结局不好，但他给我们家，不，给这个厂子做了很大贡献。像他这样的人，即使走了，大家也都会一直记得他。这一段时间在厂里，我就常听见别人说起我爸哩。

你爸当然是好人，是顶天立地的好汉。黄桂芝说，但是，生活中也不只是你爸一个好人吧。正因为有了许许多多的好人，世事才让人感到温暖，世事才朝好的方向发展。你说是不？黄桂芝说。

张一井听母亲这么说，低头想了一会儿，就说：我知道了，这好人有时是不会有好报的，好人与好人之间有时也会有互相伤害的时候，也可能成不了朋友，好人也不都是可以善终的。

黄桂芝听她这么说，就接着说：对着哩。我这些年里也在琢磨哩，真正的好人能把更多人的利益放在第一位，这才是大好人。说完了，她就抬起头来，用眼睛征询着张一井的意思。

张一井说：我明白你的意思了，但我不会去宜川的，我不想再见段双全了。自从那天离开他，我跟他已没有任何关系了。

陈厂长当天就从罗干与段新宏的嘴里知道贺山子去找雷秋林了，他很为这种莽撞的做法恼火，觉得他这是不成熟的表现，是个人英雄主义。过了几天当知道贺山子被捕后，就更为生气，埋怨罗干与段新宏两人当初没拦住贺山子，让他有了这么大的危险。

现在只能盆打了说盆，罐打了说罐了，贺山子被人家抓住了，身为石油厂的领导，现在如何把人救出来才是他该想的。陈厂长想来想去，一时也想不出什么好办法，他就给二战区经济作战处处长徐士珙写了一封信，信中讲了雷秋林当初与人合骗石油厂的全过程，说贺山子只是想为石油厂讨公道却被抓了，请求多方协调营救他出来。信派人送走了，但很快陈厂长就得到了另外一个消息，贺山子已被雷秋林送往戒备森严的宜川县国民党党部了。他一听到这个消息，心就凉了。此时国民党顽固派掀起了第二次反共高潮，凡是通共的抓住都会被杀害，更别说像贺山子这样的老党员了。想来想去，暂时也没有什么办法，就只能将这一情况上报了。

过了两天，许拴虎来找陈厂长。许拴虎说段双全在宜川，在徐怀义手下，另外那边还有一两个熟人，他想去趟宜川，看能不能救出贺山子来。

陈厂长估摸着国民党当局现在抓住了一名实打实的共产党员，一定会严加看管的，私人营救他肯定是没有机会的。至于段双全那儿，他肯不肯帮忙是一回事，另外估计也帮不上什么忙，要知道，他的顶头上司是徐怀义，那可是贺山子多年的老对头啊。

许拴虎还是执意要到宜川去。陈厂长想来想去就答应了他，但觉得他一个人去没个帮手太单薄了，就安排段新宏跟他一块儿去。他千叮咛万嘱咐，要他们探探情况就行，人生地不熟的，要多个心眼，千万不要擅自行动，避免造成更大的损失。

就在许拴虎要走的当儿，张一井却来到了他的宿舍。

张一井对许拴虎说：我劝你还是不要去。

许拴虎说：山子叔待我一直很好，现在他遭此大难，我总得想想办法啊。

张一井说：那你去也别找段双全了，他不会帮忙的。

许拴虎不知道张一井与段双全的冲突，就说：他出事也不关山子叔的事啊。山子叔当初对他可是蛮好的，这次山子叔正是想还他个清白才被抓的。他能有办法最好，想不出办法也不能袖手旁观吧。

张一井不愿意对许拴虎说她与段双全起冲突的一些秘密，听他还这么相信段双全，就说：人都是会变的，他现在是什么样子，可能你做梦都想不到。

许拴虎自信地说：我和他是一起长大的，应该还是了解他的。

张一井没办法说服许拴虎，就说：好吧，你要去就去，只是你个人要多保重，千万不要逞能，一定要平安回来，有人在等着你哩。这话说完了，张一井就觉得话里有了亲昵的成分，就又改口说，我们大家都在等着你呢。

一时话说罢了，许拴虎就开始整理东西。张一井要离开，走到门口又停住了，她回身倚在门框上，一副欲言又止的样子。

许拴虎不解地问：你还有什么事？

张一井半天吞吞吐吐道：我到秋林镇去，认识了个外号叫十里香的女人，她是暗娼，和我交往不多，但我总觉得她认识许多人，能耐挺大的。她和我交谈，有一次还向我问起认不认识一个叫贺山子的，说跟她很熟的。你过去了，找找她，看能不能帮上忙。

许拴虎听了这话，就问：她在哪里？真名叫什么？她跟山子叔是什么关系啊？

张一井摇了摇头，说：宜川南关街有家丽人坊，她先前好像在那里干过，你到那里打问打问，说不定就能找到她的。说到这里，她脑子里忽然就想起自己有一天差点走进丽人坊，不禁脸就羞红了。

许拴虎嗯了一声。

张一井又补充道：我说这些，这可全是为你好啊，为了你能有一些作为，跟救贺山子没有半点关系。说完她扭身就走了，把越听越糊涂的许拴虎一人扔在了这儿。

许拴虎与段新宏到了宜川，先去找段双全，因为在这里他们最熟悉的人是段双全。但此时段双全跟着徐怀义到集义镇剿匪去了，两人就在悦来旅店先住下来。旅店不远处，就是那个乱纷纷的丽人坊，门口依然有抹红搽粉的女人斜眼打量着每一个过往的行人。

在客店等得一天半，段双全就回来了，两人急忙去见他。但没说得两句，就谈崩了。

段双全显然知道他们的来意，他说：如果你们是来玩的，我就陪你们玩几天。其他的就免开尊口。

许拴虎人老实，也直，看不惯他这种说话的态度。就说：贺厂长亏过你吗？当初他招你进厂，他把你提拔，你捅下天大的娄子，他替你背黑锅，在会上做检查。包括这次，他去找雷秋林是想洗刷你身上的冤屈，盼你能走上正道。你难道没有一点良心吗？

段双全听到这话，冷笑道：他怎么做的，不用你们说。他先前有恩于我，但自从我被开除出厂的那时起，我与他就两清了。看来，你们真是受共产党毒害太深了，被洗脑了。还盼我走正道呢，什么是正，什么是邪？靠共产党那几个人几杆枪就是正了，就能打下天下了？我可以明确地告诉你，共产党在国民党眼里，也就是一股大的土匪而已，过去是，现在是，以后也是。这两天，我剿匪去了。你以为剿的是谁，剿的就是集义邓景亭这股共匪啊。我告诉你，用不了多久，共产党就会被国民党消灭的。延安、延长都会是我们的，更别说一个小小的石油厂了。作为一起长大的小伙伴，我倒是想劝劝你们，趁早找个落脚点吧。

许拴虎听得这话，心头冒出丝丝凉意，看来段双全的手上已沾上了共产党的血了。道不同不相为谋，他觉得没有说什么的必要了，一时间也觉得段双全这个人离自己好远啊。那些年少在一起玩的情景也离自己好远，仿佛上一世纪的事情了。看来还是一井说得对，他早就不是先前的他了。

段新宏和段双全是本家，此刻见他说话这么不留情，也不愿意过多地与他纠缠。就说：你就直说吧，山子叔这件事你管还是不管？

我不管，我也没法管，我也管不了。你们就不想想，当前国共水火不容，这徐怀义是贺山子的杀父仇人，现在能放过他吗？再说贺山子的身份是老牌共党，现在又是一个厂的领导，国民党逮住了会放过他吗？只有你俩这么头脑简单的人才会有这种天真的营救想法哩！

听到这里，许拴虎与段新宏面面相觑，两人长长地叹了一口气。

那你可以告诉我们山子叔在哪里关着吗？许拴虎问。

喏，就在那个大院。段双全打开窗户，指着七郎山脚下的一个大院子说，他就关在东面那排房屋的左边第二间。

此刻从这里望去能看见监狱的院子，是一个很规则的四方形院子，院子在三面都盖了青砖瓦房，当院里长着几棵茂密的树。

他是一个人关着吗？许拴虎又问。

段双全听到他问话，就扭头久久地盯着许拴虎，说：拴虎，你可不敢造次啊，那里戒备森严，打死你和打死个苍蝇臭虫差不多，这可不是开玩笑的。你们进城时，没看见城头上悬着一颗一颗人头吗？

唉，看来山子叔真会被杀掉了。都是我害了他啊，那天我真该拦住他的。段新宏急得眼泪都要掉下来了，他没法想象贺山子被杀掉，头悬上城门会是怎样的情形。

别过段双全，许拴虎与段新宏回到旅店里，两人一时也无计可施。段新宏大骂段双全真是卖了良心，死心塌地地投靠了国民党，这阵说不定巴不得山子叔早早死掉呢。一边说着一边在房子里来回转着圈。

许拴虎说：你别转圈了，我头都快被你转晕了。

那你有什么办法，你倒是说啊。段新宏说。

许拴虎说：虽然段双全不帮忙，但他的话中还是有很多信息的，他也把关押山子叔的地方说清楚了。

是啊，就是那个大院子，东面从左到右第二个房子，但那么多真枪实弹的兵守着呢，我们又能怎么办？我们总不能不顾死活地冲进去吧。段新宏不耐烦地说。

你别着急，我们已经来了，再想想办法。许拴虎说。

能有什么办法啊，在宜川我们两眼墨黑，连一个人都不认识。段新宏嘟囔着说。

许拴虎这时就想起了张一井说的那个十里香来，他也是病急乱投医。再说，总不能这样什么也不干就回去吧，反正到处打问打问再说。下午，许拴虎和段新宏两人就去了丽人坊。刚到门口，他俩就被两个姑娘拦住了，二话不说，就把他们往进拉。许拴虎哪里见过这阵势，就屁股后坠着，身体弯成了一张弓，大声喊着：我们是找人的，我们只找人啊。那情景仿佛要被人绑架、拐卖似的。那两个女人见这个男人空有一副好皮囊，就对他没了兴趣放了他，又去物色别的男人了。待平静了，许拴虎就塞给其中一个女的一点钱，然后向她打问外号叫十里香的女人。

女人得了钱，果然喜笑颜开。不过，一提起十里香，她便一脸的不屑，开口骂道：这个老骚货啊，这个老不要脸的啊。现在又勾搭上一个当官的，被人包养起来了。

许拴虎听到这个消息，赶紧问：那她现在在哪里呢？

你以为她能上天啊！喏，就在中山街巷子，有个黑漆大门。你们俩要找她，这般年轻嫩肉的，可小心她把你们俩吃了。女人斜着眼浪言浪语地说着。

那她真名叫什么？

叫小红小翠，或者叫小花小草小猫小狗，谁知道呢。女人不耐烦地说。

离开了丽人坊，许拴虎与段新宏就往中山街走去。他们在街中找到了一个黑漆大门的院子，门口蹲着两尊石狮子，门两边镶着对联：居卜风和仁是里，堂开景聚德为邻。从外边看，这跟其他的普通住宅没什么两样，许拴虎与段新宏两人在门外徘徊着，内心忐忑不安，不知道该不该敲开这扇大门，不知道会遇到什么事。

后来，许拴虎终于下定决心，他让段新宏在外等着，自己鼓足勇气敲开了门。一个胖胖的女人开了门，看也不看来人，就扭身回去了，躺在了屋门口的躺椅上，拿起扇子悠悠地扇。许拴虎进来打量了一下这个院子，见是一个普通的四合院，院子里横七竖八拉着几条绳子，散乱地搭着一些衣服，显得很杂乱。此时没有别的办法，许拴虎就直接走近那个躺在躺椅上的女人，说：这里有没有个叫十里香的，我是她的亲戚，是来找她的。

胖女人似乎很懒，眼皮耷拉着都不想睁，她连一句话也不说，只是用扇子指了指朝东的那个屋子。

朝东的屋子是正房，门开着，许拴虎走过去直接进了门。接着，他就看见一个女人正背对着他坐在梳妆台前，描眉化着妆。

许拴虎在门上敲了两下，算是打了招呼。接着说：我是延长的，是呼家川村的，我来找一个叫十里香的女人。

女人听到有人说话，扭过头来望见了许拴虎，一脸的疑问。但她还算是热情，做了个手势招呼许拴虎过去。

许拴虎只能走过去，在女人旁边的一个凳子上坐了。女人倒了一杯水给他。许拴虎注视着她，见她身材高挑，皮肤白皙，五官轮廓分明，年轻时应该是个大美人，只是现在年纪大了，眼角都有了一些细细的皱纹。

没说几句话，两人就熟了。许拴虎是一口延长话，这十里香也说着一口延长话，她说她在延长街上曾经生活过几年，看见延长的人就觉得亲。那天遇到一个老乡，她听他说一口延长话，就拦住他说了一上午，其实为的就是听听乡音。两人说着说着距离就拉得更近了。许拴虎便对她说明了来意，说自己想救一个叫贺山子的男人，看她能不能帮上忙。

你为啥要找我呢？十里香说。

是张一井告诉我的，她说在秋林镇上遇见过你，觉得你交往的人多，还向她问起过山子叔，所以，要我过来找找你，看能不能想些办法。

哦，那张一井咋不来呢？她找到男人了吗？女人不直接回答这个问题，而是问起了其他的话。

找到了，可是男人变心了，不回家了。许拴虎说。当然他此时说的这个变心还指信仰的改变。

世上的男人就没个好东西，靠谁也不如靠钱。十里香说完，然后就坐下来，一动不动地盯着许拴虎。许拴虎被她看得发毛，也弄不懂她是什么意思。

过了半天，女人忽然问：你咋知道我会救他呢？

许拴虎听到她这么问，就觉得她这话里有意思了，便老老实实地说：我也是瞎打问。山子叔人好，很善良，待我们大家都很好，他在那边也只是在石油厂里工作，可这边把他抓住硬说是共产党，要杀掉他。我们不愿意看到他遭受这么大的难，不愿意看到他被杀掉，不愿意看到他的头被挂在城门上……你只要能救他，我们会给你钱的，给许多的钱……

双方又说了几句话，屋里的钟就当当敲响了。女人站起身来，说：这样吧，你先回去吧，我明儿个给你回个话。然后又轻声说道：他马上要回来了。

许拴虎赶忙站起身，说：我就住在悦来旅店，我等你的消息。

第二天，许拴虎与段新宏心情忐忑地等着这个女人的消息，他们不知道会面对什么样的结果。但就在午饭后，这个女人却来到了悦来旅店。她一来，许拴虎便喜出望外，将带来的钱一股脑儿推给她。女人直截了当地说：我想个妥当的办法，再通知你们，你们还是等我消息吧。我不为钱，但钱我还得拿上。另外，张一井告诉你们的也没错，我和你们的山子叔曾经是很熟的。

好，好。许拴虎连声说。

两天后的晚上，侯监狱长哼着小调来到了十里香的屋子。十里香本来在秋林与宜川两边跑，跟侯监狱长好上以后，就租了个地方在这里居住了。侯监狱长来到这里，和十里香倚着被子抽了一会儿大烟起身就要走，但十里香不让，缠着他要他今晚在这里过夜。

这一段共党闹得凶，可不能误了大事。侯监狱长说。

哪里就误得了啊。十里香说，你看看咱们相好都几个月了，你也不陪陪我，让我夜夜守空房。十里香一边说，一边就拉着他的手朝自己身上摸去。

真有事嘛。侯监狱长拨开了她的手，说着就要下炕穿鞋。

十里香把他的鞋一把扔到了一边，说：我不让你穿。我就知道你肯定是想你婆姨哩，她是人，我就不是人?

不是，不是这样的嘛。监狱长哄着她说。

你都好多天不来了，我今天情绪不好，就要你陪我。伤心了你不陪，有事了你不在，我要你有什么用啊。十里香说着说着眼泪就下来了。

监狱长说：我这不是来了嘛，这些日子真的事儿忙。

反正你今晚不准走，人家想你好多天了，想和你睡觉哩，你把身子骨掏空了才来，你对得起谁啊。你今晚如果要走，就永远不要再来了。十里香赌气地说。

侯监狱长无奈，他今年有五十多了，胖胖的身材，秃顶了一大片。此刻见十里香这样说，又掉着眼泪，就心软了。他把吊在炕沿上的脚收回来，下了狠心似的说：好，那今夜就陪你。说着就上炕来了。十里香一看此情此景，泪花儿当即就止住了，满心喜悦起来，一把将大红被子一拉，将灯吹熄了。

两人多日不见，在被窝里颠鸾倒凤，十里香又刻意逢迎，这侯监狱长年龄大了，一会儿就被折腾得气喘吁吁，成为一摊软泥了。他缩在被子里，抚摸着十里香，说：好了，好了，求求你了，年纪不饶人啊，实在折腾不起了。

十里香故意说：你那个家伙厉害谁不知道啊，肯定是又哄别的女人了，到了我这里是只有枪，没子弹。

侯监狱长疲惫不堪地说：我的姑奶奶啊，监狱里关那么多要犯，这一阵实在忙。好了，小乖乖，我们睡觉吧。说着，他就把十里香拉过来搂在了怀里，不一会儿两人就睡熟了。

中山街口，夜空月明星稀，许拴虎与段新宏悄悄地躲在墙角圪塄里。

许拴虎左等右等不见十里香，就自言自语说：不会出什么岔子吧。

段新宏说：应该不会，这个十里香爱钱，她收了咱们的钱，肯定会想办法的。我看正应了她说的那句男人谁也靠不住，我看她对侯监狱长也不放心，她想捞上一笔钱，远走高飞哩。

许拴虎说：我倒觉得这个女人蛮有主见的，她身上肯定经历过大事儿，才敢冒这么大的风险救山子叔。说不定两人有故事哩，只是她不愿意给我们说罢了。

如果是相好，那还要这么多钱啊？段新宏说。

唉，我也说不准，总觉得她和谜一般。许拴虎说。

如水的月光泻下来，有些凉意，城墙上传来了打二更的声音，两人不禁哆嗦了一下身体。段新宏感觉到冷，瞅瞅这条昏暗的街上没有一个人影，他便站起身来不断地跺着脚。

如果拿到钥匙了，我直接进去，你就在外边望风，来人了就大声咳嗽。记住，一定要沉住气，千万别让不相干的人扰乱了咱们的计划。只要不是监狱的人，问你是干什么的，你就说等人。万一有什么大的变化，记住，你直接跑就行了。许拴虎给段新宏交代着。

段新宏说：山子叔关在东面房子从左到右的第二间，你可别忘了。

当然。许拴虎说。

两人躲在墙角有一搭没一搭地说着话。又过得一个时辰，这时打了三更。段新宏不禁着急道：咋还不见她的动静呢，她该不会骗我们吧。

两人再等了等，这时，就见十里香的大门开了一点缝，有个人影一晃，从里边出来了。这个出来的人猫着腰，轻轻地朝左右叫道：人呢，人呢？

许拴虎和段新宏从暗处赶了过去。

出来的这个女人就是十里香，她手上拿着一串钥匙递给许拴虎，说：这是钥匙，都编着号呢。你们快去，一会儿完了，千万记得把钥匙塞到我门里来啊。

许拴虎答应了一声，接过钥匙便迅速地与段新宏离开了。

两人来到了七郎山脚下的监狱门前，四下里一片黑，大门口有一个站岗的哨兵。两人悄悄躲到暗处，许拴虎说：你就站在这里，记得一定要站在暗处，发现什么情况，一定要沉住气。如果有意外，你就赶紧跑，听见了吗？说着，从身上掏出一把短枪来塞给段新宏。

段新宏说：你呢？

我有这个。许拴虎把手中的刀子晃了晃。

段新宏接过枪来，就能听得见自己咚咚的心跳声。他说：你要小心啊，万一不行，就别救了。

许拴虎看了他一眼没有应声，悄悄地从暗处走了上去。此时门口的那个站岗的正走来走去，背着一杆枪，嘴里吧嗒着一杆长烟锅，火星一明一灭。许拴虎藏在左边的黑暗处，等他转到这边来，悄悄跟了上去。那个站岗的似乎听到了响动，待要转身之时，许拴虎便一把从背后搂住了他的脖子，直接给了他一刀。他吭都没吭一声，身子便软软地倒了下去。

段新宏躲在黑暗处盯着许拴虎，只见他杀死哨兵后，就将大门悄悄打开了，然后猫下腰钻进了监狱院子里。许拴虎一进院子，便溜到右边的黑暗处藏了起来，接着他猫儿似的左转右转，一会儿看得见，一会儿看不见，到最后就什么也看不见了。四周静悄悄的，段新宏待在外边，眼睛盯着这个大院子，心里扑腾扑腾地跳着。

就在段新宏紧张不安的时候，黑暗中忽然有脚步声传了过来，有一个男人从丽人坊那个方向向这里走来了。段新宏在黑暗中观察着，心想：这个男人是谁啊，都这阵了他来干什么呢？怎么办，怎么办啊？要不要给许拴虎打招呼啊？他一时都急得心要从胸腔中蹦出来了。

那个男人竟然向监狱这个方向走来了。

段新宏记着许拴虎说的要沉住气的话，他在黑暗中密切注意着来人的动向。此时他紧握着枪，打开了保险，但他心里清楚，不到万不得已一定不能开枪。一有枪声，就会惊动监狱的人，那后果更不堪设想了。此刻他心里盼着这个男人只是个过路人，盼着他径直从这里过去。

那个男人走到了监狱门口，发现监狱的门竟然敞开着，他一时惊奇，就咦了一声。

此时的段新宏沉不住气了，他怕这男人发现岗哨被干掉，一喊叫，那岂不是前功尽弃了，他顾不得多想，一步冲了过去，一下子用枪顶在了男人的腰上，悄声说道：把手举起来。

男人一惊，慌乱之间就把手举起来了。

接着那男人又咦了一声，说道：段新宏？

段新宏此时也发现了这个男人竟然是段双全，只是此时此刻，他不敢放下手中的枪。他压低声音说：你跟我过来，我有话对你说。

好好，你先别开枪。段双全就在段新宏的枪下乖乖地走到了黑暗中。

段新宏说：段双全，我告诉你，我们正在救山子叔。你如果还念过去的情分，就从这里走开，回你的家去，装作什么也没看见。你如果要坏我们的事，那我现在就给你一枪。

段双全说：快把枪收起来，小心走了火。

段新宏说：闭嘴，你要坏我们的事，我现在就给你一枪。

段双全说：新宏，你咋不相信我哩？我不会的。我从这儿路过，见门开着，就有些生疑，我这几天也在操心着你们的安全呢。

段新宏说：口是心非！那你咋不救山子叔呢？

段双全说不出话来，只是敷衍着说：好好好，我这就走，就离开。咱们井水不犯河水。打算走时，又说道：你们即使救了，这大半夜的，咋能从城里出去哩？

段新宏说：我们自有办法，不用你操心。

段双全说：东门与南门中间有一段城墙，前些日子让日本人飞机炸塌了，到现在还没修复，你们要走就从那里走吧。记住一定连夜走。

这不用你管，我们知道的。段新宏接着又补充道，我们人多呢，你快走，免得一会儿打起来，乱枪打死你。

好的，好的。段双全抽身就走，消失在黑暗中。

过了一会儿，许拴虎猫着腰背着贺山子从监狱门口出来了，他累得气喘吁吁的。

快走！许拴虎说。段新宏跟过来，见贺山子的身体贴在许拴虎背上，两只脚几乎要挨地了，就从后边扶着他两只脚。一边走一边小声说：刚才段双全来了，我把他打发走了。

他不会坏我们的事吧。许拴虎说。

应该不会，他还没坏到那个地步。段新宏说，他让我们别从城门走，要走的话城南门与东门中间有个豁口，从那里走安全。

他倒还真没坏透。许拴虎紧走了一阵，然后找了个暗处，把贺山子放下来，对段新宏说：你在这里先看着，我去把钥匙给十里香。说着，就快速地跑走了。

他来到中山街十里香家门口，正打算把钥匙塞进门缝，这时竟然发现十里香还在黑暗中悄悄地等着他们。

人救出了？十里香问。

救出了。

情况咋样？

许拴虎说：山子叔发着高烧，说胡话。

十里香说：哦，那你们快走吧。

许拴虎把钥匙给了她，说：我替山子叔谢谢你。

十里香说：等他醒了，你问问他可曾记得一个叫转儿的姑娘。

你叫转儿？许拴虎问。

别问了，你一说，他什么都知道了。黑暗中，十里香幽幽地说。

那你跟我们走吧，要不，他们会找你算账的。许拴虎说。

各人自有各人命，我现在走不了，你们快走吧。

许拴虎此时非常同情这个女人，觉得把贺山子救走，把这个女人丢在这里实在太残忍了。但时间紧迫，没法过多交流，就说：你要尽早离开这个地方，走得越远越好。要不你就到延长来。说完，他就扭头跑走了。

许拴虎返回来和段新宏两个轮流背着贺山子，一时街上也没有人，两人一口气跑到了城墙根。他们从东门往南门沿着墙内走，找寻段双全说的那个缺口，果然不大一会儿就找到了。

宜川地处偏僻，战乱少，本来城墙是很完整的，但是日本人占了山西后，时不时派飞机来轰炸。先前每次轰炸了，县政府还组织百姓修，但禁不住天天轰炸啊，这一次就这样先搁置了。两人找到了这个缺口一看，城墙倒塌了，地上满是堆积着的石头，许拴虎背着贺山子，段新宏在后边扶着，两人在黑暗中深一脚浅一脚地摸索着上了坍塌的城墙。

踏上破城墙，外边就是仕望河了。许拴虎将贺山子放下来，然后从外围半人高的城墙跳了下去，下面是一些石头瓦块。段新宏就在上边将贺山子抱住递下去。等许拴虎接好了，他也跟着跳了下去。

面前的仕望河，本来是天然的护城河，只是现在正是旱季，河水很浅。两人顾不得多想，依旧是许拴虎背着贺山子，段新宏做着掩护，蹚着河水，扑里扑通地过了河。

两人一口气走到县城十多里外的地方，在一个偏僻的小村子，敲开了一家老乡的门，租了一辆马车，连夜向延长方向奔去。到天明的时候，他们就到了延长境内，到了一个叫何畔的小村子。村子的农会主席姓何，是许拴虎的远亲。许拴虎叫开了门，几人抬着将贺山子放在了炕上，许拴虎将送他们的马车打发走了，简要地给何主席说了贺山子的事。何主席见情况紧急，就把自己的儿子打发出去放哨，让自己的婆姨开始烧水、做饭。大家拿灯照着再细看贺山子，只见油灯下他的脑袋肿得跟大头翁似的，衣服和血肉紧贴在一起。把他的衣服用剪子一点点剪开，只见他身上已没有一点好肉了，一些伤口都生了蛆。他的指头也被钉子全钉得乌紫了。大家不断地呼唤着他，昏迷中的贺山子时不时发出一点点的哼哼声。

农会主席请了附近村里的一名医生来，给贺山子打了一针，贺山子就渐渐醒来了。他睁开左眼，又睁开右眼，看看许拴虎，又看看段新宏还有何主席，想抬起手来摸大家，但手上此刻又使不上劲。许拴虎一把拉住他的手，紧紧贴在了自己的脸上，贺山子眼里露出了欣喜，他说：嗯嗯，是你们啊。说着就昏过去了……

这天上午，许拴虎与段新宏还有村里的何主席就守在贺山子身旁，陪着他。贺山子醒一会儿昏迷一会儿，昏迷时就不断地说着胡话。

到傍晚时分，贺山子被运回县城，住进了医院。

过了两天，贺山子完全醒过来了，黄桂芝就来看他。她心疼地望着他满是伤痕的脸，说：你真是不值得啊，为了段双全你真是不值得。

贺山子说：是为他，但不仅仅是为他，也是为我自己。

张一井从许拴虎那里知道了这件事的全部经过，她真是对许拴虎佩服极了。心里想，这段双全看起来要比许拴虎聪明得多呢，可现在他怎么就走了反道儿呢！心里自是恨铁不成钢。

许拴虎给贺山子讲了整个事情的经过。贺山子说：你和新宏这样冒险，真是不值得。又问起那个冒险救他的女人是谁。

许拴虎说：我只知道她叫十里香，她让我问你记不记得一个叫转儿的姑娘。

贺山子说：我知道她是谁了，她就是转儿。我欠她太多了，但愿她一切安好吧。这样说着，心里就想，我跑了，宜川国民党政府肯定要严查的，转儿会不会受连累呢？如果她再有个三长两短，那自己这辈子心都不会安了。

这时又有消息传来，陈厂长寄给二战区经济作战处处长徐士珙的信起了作用。据知情人说，徐士珙接到信后，进行了严查，结果就查出了雷秋林与军队多名人员相互勾结贩卖军需物资的事，部队立时整肃，将军队内部贪腐之人给予严惩。同时也将雷秋林抓住了，将他的财产全部充了公。

雷秋林被抓后，财产充公罚了些钱，最后就放了。但他没了军队这个靠山，空手发大财就更难上加难。他索性一不做二不休，拉拢尉振海等十几个人，盘踞在金盆湾的梢林中，干起了打家劫舍的勾当。很快，他就瞅准了石油厂这个目标，他要从那里拿回自己失去的东西。当然，这些都是后话了。

轰轰烈烈的大生产运动在开展着。

延长石油厂的工人们鼓足了干劲，抽油、运油、炼油、售油忙碌着。一车车载着油桶的马车离开了，一辆辆满载棉花、满载粮食的马车又回来了。

张一井自调到维修组后，很快喜欢上了这种生活。她喜欢每天看着沾满油污的工人的脸蛋，喜欢看他们在劳累中露出愉悦的微笑，这种生活和她先前那种生活完全是两个样子。先前她是把自己的一生捆绑在一个男人身上，把自己的命运交给一个人，而现在她是靠自己的劳动赚钱，这让她心里更踏实。下班了，节假日了，她就会回到家里去，和小胜利一起玩。有时看到母亲忙碌，尤其是呼家川村办起识字夜校以后，母亲天天教妇女们识字、唱歌，忙个不亦乐乎，这个时候，她就会主动给母亲帮忙。她把自己在石油厂学到的一首歌教给了妇女们：打倒列强，保卫祖国，同胞们起来，起来！同敌人做英勇战斗！你看，日本强盗已在动手；你听，侵略者的炮声隆隆！退让就是死亡，要生存只有抗争！

由于黄桂芝首先想到由妇女把棉花纺成线织成布再交给边区政府，这个建议后来在离县城近的三区全面推开了，她一下子成了延长县的名人。现在的她，白天组织妇女下地劳动，晚上又在夜校教妇女们识字，每天都这样忙碌着，几乎没有一丝的空闲。在这种充实的生活中，她深切地体会到了邵大姐当初说过的话：人活着，不只是为自己，而更多的是让大家需要你。

1942 年的延长县，每村一校，妇女学习人数达到了三万人，占了全体学习人数的二分之一。县妇救会油印了识字课本，装订后分发各村，在妇女中掀起了学习的一个又一个高潮，同时也涌现出了许多感人故事。有的晚饭后全家人围在小油灯下学习，有的妇女随时随地念书练字，推碾、做饭、抱孩子或地头休息，她们都在争分夺秒地认字写字。延长县的村与村之间，母子、妯娌、姑嫂、夫妻之间都开展了热烈的学习竞赛。妇女识字、学唱歌曲、放足与剪发等活动看似简单，但这场运动的影响却是极为深远的。

在呼家川村，黄桂芝成了实实在在的能人。前来找她的人多起来了，有求她给出门在外的家人写信的，有要她写信劝在国民党军队当兵的儿子回家的，劝在外当土匪的孙子回家种田的；夫妻吵架、邻里纠纷等需要调解的，大家也都来找黄桂芝。有时黄桂芝不在，张一井回来了也会帮这些邻里一些小忙。而在这一天天繁忙的生活中，张一井的思想也在逐渐转变着，她开始想一些问题，想母亲这样不怕劳累地工作究竟是为什么，想贺山子、许拴虎这些人不怕牺牲究竟为什么，她也尝试着去理解贺山子与父亲当初的那些冲突。

新的一天，八路军一支队伍到黄河边的马头关换防，要经过呼家川村。知道这个消息后，黄桂芝便动员村里群众慰问部队。他们在村口拉起了横幅，写上“呼家川村欢迎河防战士换防”“军民团结一家亲”的字样。清早，呼家川群众就在路边架起了锅，烧了绿豆汤。他们在家里烙了饼，蒸了馒头，从家里拿来了鸡蛋。黄桂芝组织大家搬了几张桌子来，一字排开，桌上放着群众送来的鸡蛋、核桃、红枣等。最感人的是邻村一个姓乔的老太太，听说当兵的要换防，她心疼这些娃娃们，硬是颠着小脚，步行十里路，从家里带上了鸡蛋、核桃等。因为这天刚好是星期天，张一井休假，她就带着孩子也来到了这里帮忙。渐渐地，大路上乡亲们越聚越多，大家都在期待着，翘首期盼着八路军换防战士的到来。十一点多，站在高处的人们呐喊着来了来了，人群就开始沸腾起来。一会儿，大家看到一支穿戴整齐的部队过来了。他们统一着装，背着背包，扛着枪，有人起了个头，他们就唱起了歌。这支队伍有二十多名战士，大都是十八九岁的孩子。也许是因为天气炎热，他们的嘴唇有些干裂，但个个精神饱满，脸红扑扑的。战士唱着歌目不斜视地走着。部队一来，一些群众及儿童便兴高采烈地跟在了他们身后。

到了呼家川，黄桂芝迎了上去，跟大家寒暄。有一个大约是排长吧，他喊了一声，大家停住了步伐，站成一队，唱了一首歌。然后这个排长喊道：就地休息十分钟。虽说休息，这些战士们仍整齐地排着队，没有人去拿慰问品。在老百姓们热情的招呼下，排长示意战士们放松，不要辜负百姓的一番好意。一时一张张笑脸都活泼起来了，他们欢快地拥到桌子前头，有几个脱掉了军帽，拿着当扇子扇，有的喝着绿豆汤，有的就吃着老百姓塞来的红枣。张一井这样好打扮的人，今天特意围了条红围巾。她一边忙着给大家分发吃的喝的，一边就招呼着：慢点啊，慢点，都有份，不着急啊，别呛着啊。

大姐，你们的水真甜，真好喝。战士们高兴地说。

张一井正忙活着，这时一位战士突然冲到了她的面前，喜滋滋地叫道：张一井。

张一井一下子没认出他来。那位战士一下子将帽子抹到脑后，说：一井，我是小六子啊。

哇，小六子啊。张一井一下子惊讶地张大了嘴巴。自从那次在石油厂见到他以后，再没见过他，后来听说他当兵了，但哪里会想到在这里遇见他啊，并且一下子变得这么精神。

张一井就喊黄桂芝：妈，你来看，小六子来了！

黄桂芝听见就赶了过来，村里的一些群众此时见了小六子，一下子就把他围住了。小六子先前在村里不成器，偷这家摸那家的，但任谁也没想到，他穿起了军装，一下子倒有几分英武了。

大家围着小六子问他在哪儿当兵，当兵好不好？小六子一一回答着大家的话，说他先前在延边，这次换防要到马头关去。因为围的人多，他就不好意思起来，说不了几句话，脑门就冒汗了。

打仗再不怕了吧？张一井问。

哪里话！我都参加了十几次战斗了，抓了好几个俘虏呢。小六子说。

黄桂芝由衷地说：小六子，你可真有出息。

黄桂芝望着小六子，他似乎长胖了一些，脸也变得比先前红润了，举手投足之间多了几分自豪之情，一时颇感欣慰。此时，她心中不由得就涌起无限的爱意来，犹如慈母见了孩子般，只想伸出手去摸摸他的头。

可是手刚伸出去，又停住了，因为这个小六子此时已经是大小伙子了啊，何况又当着村里这么多人的面呢。

张一井在一旁说：妈，你别光顾说话啊，把这些都给小六子带上，他们一会儿就要走了。一边说着，一边就把核桃枣什么的都往小六子口袋里塞。那个乔老太太也赶过来凑热闹了，她把两双鞋垫塞到了小六子的背包里。

够了，够了。小六子一边说着一边制止。

小六子，在部队上好好干，给咱村多争光。黄桂芝说。

嗯。小六子点着头。

这回你在黄河畔驻防，离咱村里更近了，哪天有空了，我和一井就去看你。黄桂芝说。

张一井围着围巾，给战士们舀绿豆汤时要低下身子，就不得不用左手把围巾捂在胸前，这样倒显出玲珑的身体轮廓来。有一个顽皮的战士已经喝完了一茶缸绿豆汤，就又挤到前头来，说：大姐，再给我盛一碗吧。

旁边的一个妇女见张一井忙，就接过他的碗要舀，没想到那个战士一把将碗夺了过去，说：就让这位大姐帮我舀一碗。

旁边的那妇女有些不满意，说：都是桶中的水，还能舀出花啊？

没想到这个战士说：这位大姐漂亮，舀的水好喝。他这话一出口，大家哄地一下笑起来。

张一井好面子，爱听人表扬，听见他夸自己漂亮，一把接过碗来，舀了一碗绿豆汤递给他。

没想到，这一舀倒舀出一大摊事来，其他战士也都是些二不愣小伙子，这阵也跟着瞎起哄——我也要，我也要。一时间纷纷拥上前来递着碗。

好好好，一人一份，吃饱了，喝足了，上前线打鬼子。张一井说。

黄桂芝此时还是无限爱怜地跟小六子说着话，鼓励他在前线多打鬼子，小六子一迭声地答应着。正说着，黄桂芝瞅见张一井脖子上的围巾在舀绿豆汤时有些碍事，她灵机一动，说：一井，把你围巾摘下来。张一井没多想，应了一声，把围巾递了过来。

黄桂芝接过围巾，然后给小六子挂在脖子上，说：这条围巾你戴上，到了冬天，黄河滩里风大哩。

我不要，我不要。小六子见周围的战士多，凭空脖子里多了一条红围巾，会让大家笑话的，就赶紧取下来递给黄桂芝。

黄桂芝把围巾团成一团，不顾小六子的反对，硬是塞到了他的背包里，说：我家里围巾多哩，你把这条拿上。记着多为咱村人争光。

小六子应答着。

部队集合了，小六子敬了个军礼就跑步入列。这二十多个战士就又排着队唱着歌，沿东面的山路走了。他们一边走着，一边向呼家川的群众挥着手。

村里人望着他们，一直到看不见了，黄桂芝这才感叹地对张一井说：任何人活着都需要尊严，小人物更是。

送走了换防的战士，当天晚上，谢主席来到了黄桂芝家。他说：白天我到县里开了个会。县长在会上说，军民大生产总体来说是好的，开展得红红火火，收获也特别大。但有个别二流子还是不下地，净说风凉话，边区政府就发文在全区开展整治二流子运动。咱们村吧，也是这样，总体说情况是好的，劳动有热情，但有几个人游手好闲、好吃懒做，他们不干活，还净说怪话，长此下去会影响大家的劳动热情哩。这种人如果不整治整治，恐怕一颗老鼠屎坏一锅汤哩。

黄桂芝说：我也注意到这一点了，刚好边区有这个号召，那咱们就把他们改造一下。其实，每个人都是可以改变的，你看看小六子，先前大家都觉得他没出息，哪里就想到他现在变成这个样子了，整个人都脱胎换骨了。他还告诉我，他打了十几次仗，抓了几个俘虏呢。可咱村里个别人开会不来，劳动生产不去，要不就是春季把种子往地里一撒就不管了，到秋季能收多少则收多少，这纯粹就是懒。

谢主席说：这不光咱村、咱区，全县这样的人多着哩。

两人当下商议如何在村里开展整治二流子运动，彻彻底底地治治这些人的懒毛病。

原来陕北这地方，自古以来二流子就多。追根溯源，大概与陕北人源于游牧民族相关。土地贫瘠，地广人稀，许多农民撒下种子后就回家抽大烟，庄稼靠天年，能收多少收多少。民间有歌谣：“延安府，柳根水，十有九个洋烟鬼。”这些二流子总抽大烟，因而萎靡不振，一眼就可辨认出，穿的是破破烂烂，脸孔看起来像是发了霉的谷子。这些人不仅自己不生产，逃避公税，而且还爱说一些怪话、风凉话，打击别人的劳动热情。甚至有些人由于长期养成了懒散、抽洋烟的恶习，土改分得了土地，他们便卖地卖耕牛，用卖来的钱继续玩乐。许多人虽然有时打点短工，但钱一到手就花光了，过着今朝有酒今朝醉的生活。边区政府了解到这个情况，认为长此下去，不利于农业和工商业经济发展，不利于支持抗战，所以，就在边区开展整治二流子运动。那么谁是二流子呢？边区政府也出台了文件，制定了标准，把那些完全无正当职业而靠偷人、嫁汉（暗娼）、赌博、贩卖违禁品、拐骗、做巫神、当师婆等维持生活者都定为二流子。

按这个标准套下来，呼家川是没有二流子的，有两三个男的在外边跑世事，可能当了土匪，可能当了国民党兵，也可能有既当兵又当匪的，但这些人常年都不回村，偶尔会给家里捎点钱来。在村子里的人，没有一个是严格意义上的二流子，但有几个是属于半二流子。比如有个叫三全子的，成年累月给人看病跳大神，靠坑蒙骗赚点钱养家。还有一个女人，头发梳得光光的，人称“光不溜”，成天就爱走东家、串西家，不爱劳动，爱说人闲话，靠说媒混点小吃喝。

第二天呼家川村召开群众会，谢主席传达县里会议精神，然后跟大家约法三章：第一，不染不良嗜好。第二，不串门。第三，不招闲人。第四，不挑拨是非。第五，要有正当职业。第六，如有违反，罚工。

会是开了，文件传达了，规矩定了，可是还有几个人就是不愿意下地。谢铁匠与黄桂芝掌握这个情况后，商量决定先从村里的张江江下手。张江江因为早年在外面乱跑，做过点小买卖，村里分地时，他不在家，就没分得地。后来外面实在混不住了，就又回到村里。他爸去世早，他妈也在去年过世了，他一个人没婆姨没娃，便懒得种地。窑里有时几天都不生火，饿了就摘东家的一根黄瓜，拔西家的几根葱吃，成天这样瞎凑合着。

谢铁匠与黄桂芝找到他，问治理二流子运动他知道不知道。这张江江此时正在炕上睡觉呢，他披了件衣服起身圪蹴在炕上，说：我不是不种地啊，我是无地可种啊，当年政府分地的时候，凭什么就不给我分呢？

谢铁匠说：你不能埋怨政府，你出门七八年不回来，兵荒马乱的，谁知道你是死是活，怎么分给你啊？况且你现在有你妈的地也可以种啊。

张江江说：那一点地太薄了，种了只够我吃的，哪里还打得了多余的粮食缴公粮啊？

那你还可以给别人打工啊？谢铁匠说。

我凭什么要给他们打工啊，我觉得这样悠闲自在挺好啊。张江江不屑地说。

谢铁匠见他是这样的态度，就加重语气说：现在可不是先前了，你看看现在这风气，现在全民抗战，要多打粮食支援前线呢，这是一种义务。

张江江说：我又不当官，我可没你们那么高的觉悟。

这句话把谢铁匠气得半天说不出话来。

黄桂芝在一旁想，如果张江江是这样，势必别的人又照着他的样学，今年打不得粮食，公粮任务也就完不成了。她想来想去，终于想出了一个好办法，就对张江江说：你说你地薄，打下的不够缴公粮，我倒有个好办法。

张江江眯着小眼睛问：什么办法？

黄桂芝说：我家里地多，可以分一块给你，你随便挑一块。

张江江以为她开玩笑，就说：你川里靠近河槽边的那块地好，肯给我吗？

黄桂芝种有自己的、张宏霖妈的、张一井三口人的地，有坡地，也有洼地，川地能浇上水，每年种的玉米产量也高。现在张一井到厂里了，她一个人也种不了那么多。

黄桂芝说：只要你要，我就给你。我不要收成，但这块地的秋粮任务你必须完成。你要吗？

张江江只当她说着玩儿，就吊儿郎当地说：好啊，只要你给我，我就天天下地。

黄桂芝听了这话，当即就让谢主席写了个协议，然后把协议放到了张江江面前，说：就把名字签了，明儿个下地去。

张江江一见黄桂芝来真的，就傻眼了。他本来就是想找个借口，哪会想到黄桂芝竟然把地真给他啊，就啊啊啊地说：我哪里就好意思要你的地啊。

谢主席看到这场面，就生气了，他训斥着张江江：张江江，你一个大男人，整天不下地劳动，光景穷成这样，人家想帮你，你挑三拣四，我看你纯粹是烂泥扶不上墙。你要是有种，就把这字签了，种你的地去。

张江江说：我是答应了的，但我不要她的地啊，种她的地，我既要缴公粮，还要交租子……

我不要你的租子，只要你下地，只要你动起来把公粮缴了就成。黄桂芝说。

嗯……张江江说不出更多的话了，他眼睛不敢看黄桂芝，只是低头眼珠滴溜溜地转着，似乎在想着什么鬼主意。谢主席就在一旁督促着说：张江江，这是个千载难逢的好机会，你可要抓住哩。再说，你当初出去在外面干的一些事，我可都知道哩，小心我们跟你算总账。

听得这话，张江江就傻眼了。当初他在外面跑时，实在混不住了，抢过一个路人的钱。结果这个路人恰好与谢主席有远亲，他就来找谢主席，谢主席就私下里向张江江要了钱还给了他，将这事压了。现在如果再把这事翻腾出来，那他张江江就得坐牢啊。一时听了谢主席这番话，再想想人家黄桂芝真的是为自己，当时张江江嘴就软了：好，只要你真给我地，我就天天去下地。

当下他与黄桂芝把协议签了。谢主席把协议拿到手上一扬，说：张江江，现在可是白纸黑字，如果你再吊儿郎当不下地，我可要到边区政府去告你，让大家批斗你哩。

就这样，张江江的事终于解决了。

村里的三全子是个神汉，会跳大神，能看风水，就是不爱下地干活。他游手好闲，再忙的季节，先要在院子里摆上一壶茶，品上半天。村人起外号，叫他“老麻”，意思是干啥活先得“麻”一阵。有一年，家家忙着割麦子，他却提个小凳子坐在地畔上，旁边放着水烟壶放着茶，抽烟品茶挺悠闲。结果后半晌下了一场冰雹，将麦子全砸到地里了。因这事他在远近出了名，成了大家的笑谈。

最近风声紧了，政府在全县教育改造二流子，三全子也就装模作样地到地里去。但即使到地里了，他也是让颠着小脚的婆姨干活，自己手背后在地里转来转去，像是检查工作似的。看到这情况，黄桂芝觉得挺好笑。后来她了解到，尽管现在风声紧，三全子明里不敢跳大神了，但还是半夜偷着出去给人家看风水请神送神等。黄桂芝暗地里动员了他婆姨，说如果三全子要跳大神了，就悄悄来告诉她，一起合计着整整他，让他改了这坏毛病。这天晚上，听说他又要到邻村去看风水了，谢铁匠与黄桂芝就悄悄地守在了他家门口。夜里十二点多了，只听门吱的一声响，这个三全子先是将头伸出来，肩膀上背着个褡裢子，左一瞅右一瞅没人了，才悄悄从门里出来了。谢铁匠与黄桂芝就迎了上去，问他这半夜了要到哪里去。三全子根本没想到这大半夜了竟然有人在等着他，一时就慌张了，张嘴结舌半天也说不上个所以然来，谎称他舅舅的孩子病了，晚上捎话让他过去。

谢铁匠与黄桂芝根本不相信他说的话，把他带到了农会，从褡裢里搜出了罗盘、香、黄表纸等跳神用的东西。面对这些物件，三全子低下了头，什么话也说不出来了。当下，两人对他进行了批评教育，把他跳神的器具全没收了，并和他签订了协议，然后让他婆姨跟娃娃把他领回家去了。

这两个人的问题解决了，村里的风气大为转变。但还有一个叫段田虎的，小名田虎子，他也干活，也下地，但就是一门子爱赌博，把一份家当都输没了。哪里有赌场，哪里就有他，赌场不散，他就不回家。他婆姨年轻时候曾偷过汉子，名声坏了，最后两人凑合着结了婚。两口子有一儿一女，儿子十六了，不成器，三天两头和人吵架、打架，女儿年龄还小。说起这田虎子倒还有个故事，这一条川里的人都知道。有一次邻村的两兄弟打算盖房子，他们缺一根木料，当哥的正好在石油厂打短工，就从厂里偷了一根。两兄弟趁黄昏抬着这根木料往村里走，偏巧被这田虎子看见了。他一眼瞅见了两兄弟神色慌张，走路东瞅西瞅的，就感觉到有问题，便装模作样地上前盘问。那两人本就心虚，经这一问，当下承认了是偷的石油厂的木料。田虎子这时就得理不饶人，虚张声势地要把两人往政府送。两人听了当下扔了木料求爷爷告奶奶，说只要不送政府咋都行。田虎子装模作样想了半天就答应了，说：俗话说，见面分一半。既然咱们有缘，那这根木头算上一百块钱，你给我五十就行。当下两兄弟身上没钱，就由当哥的给他打了个欠条，限期某年某月前给他，田虎子才放他们走了。事情过后，田虎子曾多次讨要这五十块钱，这兄弟俩倒是认账，只是没钱。后来就到冬天了，几人又厮混在一起赌博，在赌场里，两兄弟一点一滴地把欠田虎子的账抹平了，把欠条收了回来。这田虎子想讹人家一点钱，但最后什么也没得上。后来这事被大家知道了，传成了笑话。

这段时间，呼家川村管得严不让赌博，田虎子就跑到邻村去赌，常常是玩一晚上，白天就出勤不出力了。这天，田虎子揉着惺忪的眼睛扛着镢头又上工了。谢主席看到他的影子就对黄桂芝说：这田虎子肯定昨晚赌博了，我看他的眼睛都睁不开哩。

黄桂芝说：那我们就去地里看看。

两人就装作闲溜达似的到田虎子地里去了，果然地里没有田虎子的影子，只有他婆姨一人颠着个小脚在吭哧吭哧干活呢。

黄桂芝就问：田虎子呢？

婆姨用嘴朝地畔那头努了一下，低声说：睡大觉呢。

谢主席与黄桂芝两人赶到地头去一看，只见在对面的阳洼洼上，田虎子头枕着镢头正睡得香呢。

谢主席掰了块土疙瘩，嗖的一声朝他扔过去，砸在了田虎子身上。

田虎子噌地一下子醒了，揉着眼睛，远远地瞧见了二人，说：好着哩，好着哩。

谢主席说：人人都在忙生产，你却在这里睡大觉。

田虎子揉着眼睛说：好我个主席哩，我是劳动累了啊。

谢主席问：田虎子，你昨夜干啥去了？是不是赌博去了？

田虎子一听问这话，就赶紧说：没有没有，早就不干那些事了。说着提着镢头往地里走。

黄桂芝说：田虎子，你没干就好，好好劳动吧。这么一大块地，可别指望着你婆姨一个人干。

两人说着就打算离开田虎子，就在要走时，田虎子婆姨悄悄对黄桂芝说：昨晚他肯定赌博去了，到天明才回来的。

田虎子赌博成瘾，这在全乡都是出了名的。现在形势紧张，但他和那些爱赌博的人依然心存侥幸，一群人臭味相投，不敢明目张胆地赌，有时藏在破窑里、有时藏在背阴圪塄里赌。

一颗老鼠屎坏一锅汤，铁匠出身的谢主席与黄桂芝就商量着打算好好整整这个田虎子，改掉他的坏毛病。

这一天，谢主席得到准确消息，说田虎子和一群外村的赌博汉相约晚上在一孔废弃的破窑里赌博哩。当晚十点多了，谢主席就叫黄桂芝和村里两个年轻人一起去抓赌。废弃的破窑位于相邻的太子村边，他们一行人到了这里，四周静悄悄的，没有一点声响，只有一轮弯月高悬在天空。不在这里吧，怎么不见一点动静啊。大家都有所怀疑，谢主席就打发一个年轻人从窑坡先下去看看。年轻人下去了，一会儿就返了回来，说：下面一共三孔窑，两孔黑着，只有中间那孔有微弱的灯光，估计他们就在那里赌博呢。

谢主席听到这话，就带领两个年轻人下去，要黄桂芝站在窑畔上，如果有人从这里跑，就大喊一声截住，别让他们跑了。

谢主席三人从坡里一下去，就听见院子里的狗叫声，他怕这群赌博的人听到响声跑了，就想也没想噌地一下从墙上翻进去了。那两个小伙子身手也敏捷，见他翻墙，也都迅速地从墙上翻了进去。

院里有一条狗此刻听到动静正乱叫呢，忽然就见几个黑影嗵嗵嗵从墙外跳进来了，一时倒把这狗吓了一跳，它当即忽地一下从墙里跳到墙外去了。

窑里有十几个人正在赌博，听见狗叫声，听见门外有了响动，个个心里发了慌，赌场就乱了，有的搂钱，有的就往出跑。一时，有七八个人从门里跑出来四散开了。谢主席呐喊着别跑别跑，可哪个人也不听他的，此时只恨爹娘少生了两条腿，一个比一个跑得快。等到谢主席和两个小伙子赶进屋去，屋里只剩四个人了，当下他们就将四人逮了，把他们的赌具也没收了。

四周黑漆漆的，黄桂芝正在窑畔上站着呢，这时坡里就有几个黑乎乎的人影跑上来了。黄桂芝一时着了急就呐喊道：站住！别跑，别跑！那几个从坡上跑上来的人压根儿就没想到这里还埋伏着人呢，一听呐喊声，当即慌不择路。打头的那个连忙避开正路，从一旁斜穿了过去，其他的人也都跟着他瞎跑了过去。

这一场抓赌行动，共抓住了四个人，缴获赌具一副。赌具其实挺简单，是两颗六面刻着点数的色子，还有两个瓷碗。将色子扣到碗中摇动，然后由其他人押两个色子加起来的点数是单还是双，下赌注。第二天大家才知道，从黄桂芝身旁跑过去的四个人慌不择路，从一旁的洼上跑了过去，打头的路不熟，看见前边有个硷畔便跳了下去，接着三个人都跟着跳了下去。他们做梦也没想到那不是硷畔，那是悬崖啊。结果，三个人只是栽伤了，独独田虎子运气差，竟然一直骨碌骨碌翻到了沟底，头又碰到沟底的一块石头上，当下就要了命。

本来谢主席与黄桂芝只是想教育一下田虎子，没想到出了人命，谢主席就把情况给区上和县上汇报了。县上觉得这倒是个教育全县群众杜绝赌博的好机会，当时就将这四个赌博的人押着，召集附近几个村的群众在田虎子几个人跳下去的沟畔上开现场会。现场会上，沟畔上围了许多的群众，四个参与赌博的人被绳子一溜串牵着，个个蔫头耷脑的。田虎子掉下去的沟，是个半圆形的沟，田虎子的尸体还躺在沟底，身上盖条白被单。谢主席讲了昨天的经过，区长在大会上讲了话，要求大家戒除赌博恶习，全身心投入生产建设的高潮中来。所有的人看着这场面，都静默着不说话。

由此开始，全县的赌博歪风一下子被刹住了。

但对于田虎子的死，黄桂芝内心还是充满了内疚，她想如果那一晚上自己不呐喊，他们应该就顺着路跑掉了，就不会掉到崖下去的。这些人虽然有赌博恶习，但罪不至死啊。现在出了这种事，她心里很不好受。

黄桂芝就找到谢主席说：咱们这做法对不？人活在世上，有各种活法哩，你我的活法都不同哩，懒也是一种活法，咱们不能强求统一吧。

谢主席说：我这些天也想这些事哩，但现在是非常时期，日本人打进来了，每个人都有义务都有责任哩，要不就当亡国奴了。

埋葬了田虎子，田虎子婆姨就哭着来找谢主席，被谢主席数落了一顿。她又来找黄桂芝，哭哭啼啼地说：虽然男人不成器但还有个靠头哩，要饭还有个拦狗的哩，这下什么都没了。

当时邵大姐在场，她就说：像这样的烂男人，如何靠得住啊！你看人家黄桂芝不是没男人嘛，不也生活得很好吗？

邵大姐虽然说者无意，但这一句话倒引起了黄桂芝的许多联想。她怎么听都觉得不顺耳，想顶几句，又觉得没必要。

安慰罢了田虎子婆姨，黄桂芝心里还是不安，就去找贺山子，说：自古以来，人命都是天大的事，人总要死在炕头，死在儿女怀里么。现在田虎子这样死了，我心里太难受了。

贺山子说：这不怨你，他是咎由自取。

你说这人啊，怎么就这么脆弱呢，一下子说殁就殁了呢！黄桂芝感叹道。

她的这种感叹也引起了贺山子的感叹，他说：你还是太善良了，我当初也是这样，开始别说杀人，见到别人被人杀了，都害怕极了，哭了几天。但后来我想通了，革命哪有不死人的。只有过了这一关，你才能真正地成长起来。

黄桂芝不同意他的说法，说：善良有什么不好呢，这才是人的本性呢。

两人说来说去，最后，黄桂芝就对贺山子说：你给我想想办法吧，怎么给他们弥补点，要不我这心里难受得厉害。你就算帮我个忙，把田虎子的娃娃安排到你们厂里吧，让他们家有个靠头。说完这句话，黄桂芝就觉得自己真是在贺山子身边什么都能说得出口呀，说什么也都是这么有理，这么自然。

贺山子说：娃娃咋样呢？

黄桂芝说：今年十六了，有一些小毛病，和当初小六子一样，但本质上并不坏，是个牛犊子，要套上个笼头调教哩。

贺山子说：我跟陈厂长商量一下吧，前段时间当兵走了七八个，厂里现正缺人呢。只是别把这厂整成咱家的了。说完这话，他就觉得自己失言了，抿嘴笑了一下。

过了不久，石油厂招人，田虎子的儿子段安定就被招到了石油厂里。至此，黄桂芝才稍稍心安了。

呼家川村经过这几件事，一下子大变样，大家的劳动热情高涨。到这年秋季收获颇丰，呼家川被评为延长县的支前模范村，黄桂芝与谢主席也跟着出了名。

据统计，1942 年的呼家川共有 146 名妇女，共计 102 架纺车，平均每月纺线 1150 斤。其中有一个姓侯的婆姨织布 26 丈，交给国家后换回小米 1.2 石。段七娃的婆姨织布 20 丈，自用 4 丈，向国家交售 16 丈，赚得的钱竟然给自己家买回小犍牛 1 头。全村给马头关驻军缝制棉衣 700 套，超额完成任务。其中，谢主席的婆姨一个人缝制 23 套，而妇救会主任黄桂芝一人缝制 20 套。在纺线织布以外，冬天政府下达了赶做军鞋的任务。截至 1942 年年底，全村上缴军鞋 900 双，每双军鞋，政府发给面料布 1.4 尺，其余自理。缝制这些军鞋，不付报酬，均属于义务劳动。呼家川村妇女制作的军鞋被当成全县的拥军标本。军鞋分大中小 3 个型号：大号 0.8 尺，中号 0.76 尺，小号 0.74 尺。鞋底、包边底 5 层，中间 3 层用旧布制作，新布条包边，里面皆用新布，新旧布共计 33～37 层；毛边底（也叫千层底）前后加层。鞋头另加缝布 2 寸，密针密线缝纳。鞋底外圈两行边缘（串边）110～130 针码，中间 550～700 针码，总计 870～960 针码，最多的纳到 1140～1200 针码。平均每双军鞋用麻 3 两。做成后用麻绳连在一起，防止拉乱。军鞋内外贴布条或写字，写上做鞋人所在村庄、姓名和鼓舞士气的话，如“多打胜仗”“革命到底”“打倒蒋介石”“解放全中国”等。

由于这些成就，谢主席与黄桂芝一下子成了全县的榜样，成了延长县人人学习的模范。

和呼家川一样，延长石油厂这一段时间也特别忙，工人生产出的油品也特别多，销售额也在逐日攀升。陈厂长和贺山子、许拴虎、罗干等都忙得不亦乐乎。

许拴虎在河防战斗中一战成名，加之从宜川营救回了贺山子，一时间成了石油厂的传奇人物，大家都对他刮目相看。所到之处，人们都在谈论他，说他不只有勇，并且多谋。

这段时间，石油厂收入非常不错，每天都能换来许多东西，比如棉花、纸张、鞋袜、药品等等，还有一些兵械零件、废铜烂铁等。反正有换的，石油厂都换，换了以后进行分类，大部分都要运往延安，交给边区政府。边区政府收了后，就都会付钱给石油厂。石油厂与延安的交往非常频繁，有时一两天就得去一趟延安，甚至一天得去两三趟。有时是一辆马车，有时是几辆，由于路途远，上百公里路，又要经过山区，来回石油厂总会派矿警队员押车。有时派得多，有时就少，轮到派许拴虎的时候，他一个人押车。他一人骑一匹马，背一杆枪，来来往往多少回在这条路上硬是没出现一点闪失。所以，当时延长民间将他的事迹编成了顺口溜："一人一马一杆枪，许家黑娃没人挡。"

这一天，许拴虎和平时一样，一个人押着五辆马车去延安，其余几人是车夫。马车在前边行走，他一个人骑着马背着枪跟在后头。走到郭旗村时，忽然，砰的一声枪响，子弹就从他耳旁飞了过去。他吓了一跳，从马上跳了下来，一面招呼赶车的人停下来，一面左右察看。但察来看去，都没有什么动静。但再起身时，又有一声枪响传来了，这次许拴虎注意到枪声来自对面的梢林。许拴虎就让车队停着，他跳下马来喊道：老子就是许拴虎，有本事给老子站出来。但对面梢林里什么反应都没有。许拴虎想要撵过去，看看到底是谁在那儿打冷枪，但大家都觉得还是送货要紧，按枪声分析，有可能是一两个散兵游勇开了两枪，闹着玩的，估计他们也没有胆量过来。许拴虎这边有五六个人呢。再说，现在马车上拉的是棉衣与棉裤，土匪应该也不会来抢的，他们更想要的是钱。

几人站在马路边上，朝对方喊了一通，但对面梢林里并不见有动静，也不再有枪声。待了一会儿，许拴虎就命令大家继续前行。下午到了延安，把这些东西交到了南区供销社，几人出去吃得一顿羊杂碎，又歇得一晚上。第二天吃过早饭，带上供销社付给他们的钱，许拴虎就带领众人往回返。回来时也是昨天的五辆马车，一辆马车上拉着铁箱子，里边装着钞票，一辆马车上拉着一些刚修好的抽油器材和一箱弹药，其他几辆马车上就拉着空油桶和一些小物件。走在路上，这些空油桶就乱晃荡，哐里哐当的。由于来时遇到了不明枪击，回的时候，许拴虎就多了个心眼，多带了些子弹。中午时分，他们又到了郭旗，这里川道狭窄，两面山崖陡峭，路两边多是低矮的灌木丛。

几人正前行着，前边突然就传来了砰砰的枪声。

不好。听见这么密集的枪声，许拴虎想着遭遇埋伏了，连忙打了几枪，招呼大家赶紧往梢林中撤。

这些打枪的人显然是有备而来的，是事先埋伏在这里的。枪声一响，第一辆马车上的马被打死了，堵住了向前的路。后边的马听见枪声顿时就乱了阵脚。许拴虎招呼大家往梢林中撤，几个车夫哪里见过这阵势，慌忙之间拉着牲口就往梢林中奔。但梢林中杂草丛生，马进去了，马车却卡住了。许拴虎看到此情况就躲在一棵树后，一边朝对方开着枪，一边招呼几个人把马车弃掉，把马车上的钱箱子赶紧卸下来，抬往梢林深处。

砰砰砰砰，又是一阵枪响，然后一群人就从对面的梢林中冲出来了。许拴虎一看，这群人有十一二个。许拴虎这里虽有六个人，但其他几个都是车夫，没有枪，也不会用枪。另外，这伙人利用的是有利地形，他们在狭窄的山路两旁设伏，砰砰打一阵枪，然后冲出来挡住了许拴虎他们的去路。

许拴虎见对方人这么多，暗暗吃了一惊，他一边藏在树后射击，一边指挥人把钱箱子藏好。打了几枪，他就又转移到一辆马车后用马车做掩护向对方射击。

有一个年轻的车夫姓郭，他胆子比较大一些，这时就贴了上来，说：许队长，敌人多哩，足有十多个吧。咋办呀？

许拴虎说：这样吧，敌人冲出来了，你绕过敌人快点到郭旗村去，找农会主席，请求支援。

那这里呢？

我先顶着。

能顶得住吗?

不怕的，暂时不会有事。许拴虎说。

这个姓郭的小伙子得了这个命令就猫下身子悄悄走了。

敌人上来了，许拴虎瞄准打头的打了一枪，那个人倒地了。但这种冷枪，显然并没有阻挡敌人的进攻，敌人显然吃准了他不过是一杆枪而已，他们的架势看来是势在必得。

许拴虎见敌人来势凶猛，打得两枪，就猫腰钻到草丛中，一边打一边往山脚退，然后找到一块大石头在后边藏了身。

路上来的敌人听不见枪声了，就都大着胆子追了过来。他们跑到了马车旁边，接着在马车上开始翻东西。

许拴虎静静地躲在石头后边，他觉得一个人太势单力薄了，就尽可能地拖延着时间，等待支援。这时，只听这群人中有人呐喊道：许拴虎，给老子出来，纵你今天有十条腿，也跑不了了。许拴虎藏在石头背后的草丛中，听到有人喊自己的名字，也大为惊奇，就喊道：你是谁？为什么和石油厂过不去？你可知道这是公家的东西，你敢动一下，矿警队和你没完。

老子是尉振海。那群人中有人呐喊道，你害得老子没饭吃，老子就是来吃你的肉、喝你的血的。

许拴虎听了大吃一惊，怪不得声音这么熟悉，原来是尉振海啊。当初他跟雷秋林骗了石油厂的油以后，不知道去了哪儿，今天怎么会出现在这儿？不知道雷秋林在不在，如果他在的话，那可是个难缠的主儿。两个车夫把钱箱子搬到了一处草丛中，缩着身子死死守卫着钱箱子。

大路上的这群土匪在马车上翻了一通，什么也没有得到，他们就开始向草丛中赶来。许拴虎怕他们到那一边去抢钱箱，就站起身朝土匪的方向砰砰打了两枪，然后直往东边的山脚下跑。

那就是许拴虎了，别让他跑了。尉振海呐喊着，领着人朝这边跑来。

砰砰，许拴虎又是两枪，有一个土匪倒地了。

打死许拴虎，抢了共党的票子。一伙土匪呐喊着，端着枪向许拴虎扑来。

砰砰，许拴虎又开了两枪后起身向一边跑。但当他再开枪时，发现没有子弹了。

许拴虎一连打倒了两名土匪，冲在最前边的土匪似乎吓破了胆，都钻进了草丛中。但等了一刻，见许拴虎再没有开枪，尉振海就大声喊道：许拴虎没子弹了，大家上啊，活捉许拴虎，让共党拿白花花的银子来赎。

他这一呐喊，当即给同伙壮了胆，有五六个土匪持着枪肆无忌惮地向这边扑来。

许拴虎没子弹了，他一想，糟了，看来今天自己是躲不过这个劫了。此时索性心一横，看旁边有一块石头，便搬起来准备砸向敌人。

就在这时，砰的一声，后边的土匪有一个人中了枪，接着他们的身后又传来砰砰砰几枪。背后枪声一响，这几个追许拴虎的人一时都伏下了身子，躲在了草丛中。

原来，和许拴虎同行的有一名叫石勇的二十多岁的脚夫，他胆子大，见敌人此刻注意力都集中在许拴虎身上，就悄悄地贴着地面爬到了马路上，从许拴虎打死的一名土匪身上得来了枪。此时见许拴虎四面受敌，就在敌人背后乱开了几枪。

敌人闹不清情况，受了惊吓，一时都伏到草丛中了，但依然在大喊着：许拴虎，快把钱拿来，饶你不死。我们只要钱，不要命。

许拴虎大声道：老子的镖，你们也敢抢，都去死吧。说着抱着一块石头砸了下去。

听见身后有枪声，尉振海就将人手分成两拨，一拨来追许拴虎，一拨循着枪声向后追。

许拴虎见敌人向那边靠去，钱箱在那一边，如果抢了钱，那么今天所有的努力都白费了。这样想着，就一跃而起向离自己最近的一个敌人扑了过去，一把抱住了他，许拴虎想夺他手中的枪。两个人抱着在草丛里翻滚，许拴虎终究身体结实些，把这个土匪压到了身下。但这个小土匪看似小，人却特机灵，这儿的地势又不平，他瞅空一滚，就滚到山坡下的泥塘中了。于是许拴虎与这个土匪两人抱着就在泥塘里打起了滚。这时身边还有别的土匪，但一时见他俩抱着，身上又都糊着泥，分不清哪个是许拴虎哪个是自己的人，都不敢乱开枪。

尉振海这时就召集同伙都向这儿围。也就在这时，马路上传来了乒乒乓乓的枪声和马蹄的嘚嘚声。

不好了，他们的支援部队来了。有土匪喊道。

撤。尉振海大喊一声，转头朝许拴虎和那个小土匪方向开了两枪，掉头就往马路上跑。

这时，许拴虎已将枪夺过来了，他从泥塘中想站起身来，但腿不知什么时间受伤了，扎心地疼。看见马路上有敌人纷纷往回撤，有一个人架着另一个人落在了后面，他端起枪来，顾不得其他，当即瞄准那个人砰地打了一枪，那个人就应声倒地了。另一个一见此人中枪，顿时魂飞魄散，飞奔而去。

许拴虎拖着一条腿起身追到马路上，只见土匪这时都散乱地又钻进对面树丛中去了。

马路上有自己的人来了，都骑着马，是附近的农会成员、民兵。他们接到消息后就往过赶，怕许拴虎一人撑不住，所以离得老远就开始乱放枪。枪声一响，这里的土匪就乱了套，如惊弓之鸟一般都跑掉了。

这时，草丛中的几个脚夫都出来了，钱箱子也抬了出来。

打扫战场，许拴虎的腿受了伤，有一个马车夫被流弹击中了胳膊，其他的人员都没伤。死了两匹马，车上的东西被翻倒了一地，丢了一些小物件，另外一箱火柴及车上放的一箱弹药也被抢走了。大家正在这里检查着，忽然听见有哎哟哎哟的叫喊声。大家跑过去看，只见草丛中有一个人倒在地上，满脸是血。一细看，这个人竟然是当初在石油厂上班的尉振海。他当时脚崴了，正当其他土匪搀扶着他走时，却被许拴虎一枪打在了腿上。他乘乱爬到了草丛里，但这时实在疼得受不了了，就喊叫了起来。那个叫石勇的小伙子手中拿着枪，见此情景，就说：石油厂当初把你招到厂里，你却祸害石油厂，你真是死有余辜。说着就要开枪打死他，但被许拴虎一把挡住了，说：把他押回去再枪毙吧，让大家都看看当石油厂的叛徒会有什么样的下场。说着，大家就将这个伤了腿的尉振海抬起来，扔到了马车上。尉振海显然伤到了骨头，众人抬着他，他不停地哎哟哎哟叫喊着。

这场战斗打死敌人三名，打伤一名，抓获敌人一名，也保护了石油厂财产基本不受损失。新的一天，厂里召开大会，表彰了许拴虎、石勇等。在表彰大会上，许拴虎谦虚地说：不是我能行，而是有其他同志的配合，比如有护钱箱的两名同志，比如报信的同志，比如及时抢了一杆枪的石勇同志，还有后头赶来支援的农会会员们。不是我能行，而是我后头有强大的靠山，我背靠着石油厂，背靠着共产党。

他的这番话，赢得了大家一阵阵的掌声。

张一井在台子下面看到许拴虎这么受大家的欢迎，也颇为感动，一时眼睛就潮湿了。

尉振海的事也很快就弄清楚了。原来，这尉振海在国民党部队时沾上了大烟。来到石油厂以后干不了两天，就觉得纪律严，也赚不了多少钱。刚好熟人雷秋林来了，两人一拍即合，就精心设计了骗局，骗了段双全，又相跟上一起逃了。后来，他就跟着雷秋林一起做生意。前段时间，雷秋林的财产充了公，两人十分记恨石油厂，就拉了一帮人干起了土匪的勾当。他们首先瞄准的就是通往延安路上的石油厂的车，但做梦也没想到的是偷鸡不成反蚀了一把米。就这样，本来可以成为一名堂堂正正石油工人的尉振海，今天反倒成了阶下囚！世事真令人感叹啊。

石油厂抓住了尉振海，在石油厂召开大会，声讨了他的罪行，然后把他移交给了地方政府。地方政府将对他审判，很可能要处决掉这个恶贯满盈的尉振海，以儆效尤。

但就在尉振海被关押等待判决的时候，却传来一个意外消息，许拴虎的婆姨张如意与女儿小梅被不明身份的人绑架了。许拴虎得到消息，连忙回到了村里。

很快，他弄清了事情的起因。许拴虎的婆姨张如意本来在矿上做饭，但自有了女儿后，就请假回到了呼家川。这天她女儿小梅正跟村里一群小孩子玩呢，这时来了一个人，手中拿着一顶凉帽，一边扇着一边说：你们谁姓许呀？旁边的小娃娃就指着小梅说：她姓许。这个人就对小梅说：那你爸爸是不是石油厂的那个大英雄啊？说着递给每个孩子一块糖。有了糖吃，孩子们话就多了起来，纷纷说着听来的许拴虎的事迹。

好好好。这个手拿凉帽的人似乎很高兴，对许拴虎的女儿小梅说：你爸爸让我来接你了，你快跟我走吧。

爸爸在哪儿呢？小梅奶声奶气地问。

那人将帽子戴在头上，说：他就在村口，就在那儿等你呢，咱们快点走吧。

小梅望着这个人，一时犹豫着。她也想尽快见到爸爸，但眼前这个人自己不认识啊，就说：那我跟妈说一声。

不用说，不用说，你爸还急着呢。这人说着，一把拉住小梅的手就走。小梅似乎感到了危险就挣扎着不跟他去，这个人就一把将小梅抱起来转身就走。小梅这时挣扎不开了，就呜呜地哭了起来。

几个孩子原本玩得挺好的，猛然间这个人抱走了小梅，就都害怕了，有个大一点的孩子一看情形不对，就赶着给张如意报信去了。

张如意正在家旁边的地里锄草呢。今年雨水多，庄稼茂盛，草也就多得锄不完，几天不锄，就绿汪汪一大片了。村里还有一个本家的长者也给她帮着忙。一听孩子被人抱走了，张如意就慌了，忙扔下手中的活计就往村口跑。跟她一块儿锄草的长者听到这消息，一时也觉得非同小可，也扔了活计，忙去通知村里人。

张如意顺着小孩子指的方向沿着小路一直跑去。刚到村口，忽然从侧面跑出两个人来，他们大喝道：张如意，你往哪里逃。一把拉住了她。

张如意一边挣扎着一边说：你们要干什么，我娃娃呢？

其中一个男的朝她脸上扇了两耳光，说道：你乖乖听话，我们就保你与娃娃平安；你不听话，我现在就打死你，再杀了你女儿。说着就掏出枪来，对准了张如意。

我娃娃呢，小梅呢？张如意此时如疯了一般，根本听不进他们的话，只是喊叫着。

别号叫了。一个歹徒恶狠狠地说道，再叫，就先把你娃娃打死。

我娃娃呢？张如意说。

妈妈，我在这儿。在一间房子背后，一个歹徒正抱着小梅，小梅离得老远看见了妈妈，就喊了一声。

别伤我娃娃，别伤我娃娃。张如意着急地说。

抱娃娃的那个歹徒过来了，说：只要你听话就行。你不听话，今天我就把你们母女俩都打死。

张如意怕小梅受到伤害，就闭了嘴不吭声了。

这才是个好女人。歹徒说得一句，一个便逮着她，另一个就用绳子开始绑她的双手。

张如意此时万念俱灰，心里只有一个念头——不要伤害小梅就行。

张如意被绑结实了，小梅也被抱她的那个人捂了嘴，经过一番挣扎，也许被吓坏了吧，这阵没声音了。

很快有人牵过马来，张如意被人塞住了嘴扔上了马背，她像一袋粮食似的横担在马背上。而小梅则被另一个人夹在胳肢窝里直接上了马。接着三匹马一前一后飞奔着上了大路。

村里有一些人早已发现了他们的身影，但见他们个个凶神恶煞似的拿着武器就都不敢靠前，怕他们一着急就会伤害如意跟娃娃。到村里集中了更多的人时，这三匹马早就走远了。

许拴虎回到村里，矿警队的几个年轻人知道消息后也都自发地赶来了。大家骑着马，沿着大路找寻着蛛丝马迹，沿途又问了许多人，但没有得到更多的消息。

这一夜，石油厂的许多人陪许拴虎度过了一个不眠之夜。大家都在猜测着一个问题：究竟是谁把许拴虎婆姨与娃娃绑走的呢？三个人来绑架，又是在打问清楚以后才绑架的，显然目的明确，是经过预谋的。那么会是谁呢？有可能是国民党，许拴虎前段时间从监狱里把贺山子救了出来，他们恼羞成怒，故意在这里使绊子，让许拴虎尝尝他们的厉害；有可能是雷秋林他们，这群乌合之众前几天受了重创，如今为了报复，便绑架了许拴虎婆姨与娃娃；也有可能是其他土匪。

这天夜里，整个石油厂的人都没有睡意，许拴虎婆姨与女儿的失踪，牵扯着许多人的心，也意味着更多人的不安全，这也使陈厂长的压力骤然上升。如何保护厂里家属安全，成了他此刻面临的最大问题。

关于张如意与小梅失踪的事，一夜都没有更多的消息，大家也就只能等待了。

第二天大家在焦急不安中等待了一天。到了第三天下午，事情就有了眉目，一个长年累月在宜川与延长经商的张老先生来到石油厂说，有人捎话说要用人换人，就是拿尉振海去换许拴虎婆姨及娃娃。

听到这个消息，石油厂的人一下子愤怒了。许拴虎就把这个张老先生叫了来，详细地询问情况。张老先生有六十多岁了，下巴上留有长长的白须，说话时就用手不断地捋着白胡子。他说，他是宜川的商会会员，在宜川经营一家店铺，也是地地道道的延长人。昨天，来了一个瘦弱的年轻人，在他店里转悠了很久，然后待没人了，才说要他来给延长石油厂传个话，要用人换人。并且特意警告他说一不准报官，报官了他们将杀掉人质；其二，愿意也罢，不愿意也罢，痛痛快快给个话。如果在三天后没接到回音，他们就把人质杀掉。他听了，觉得事关重大，就连忙过来给石油厂捎话来了。至于那个年轻人是谁，他没见过，也说不出个所以然。并且还说与石油厂商量后换与不换，如何换法，要他写张字条，用块石头压在自己店铺的门左边即可。

陈厂长、贺山子还有石油厂的工人们一听，个个都生气。这叫什么事啊？明人不做暗事，有本事明着来，真刀实枪地干，哪有这样的！拿人家婆姨与娃娃出气，这不纯粹是土匪行径，小人做派嘛！

许拴虎此刻很希望妻女平安，但他说不出让换的话来。想来想去，他说：要不我带领矿警队到深山去抓这帮绑匪，抓住雷秋林。

贺山子不同意许拴虎说的。敌人在何处藏身我们都不知道，如何能抓得住呢？再说矿警队的职能是保卫厂子，没有解救人的义务。更何况这帮人只给了我们三天的时间啊。

新来的指导员姓李，他不同意换，因为这样会助长敌人的嚣张气焰。如果这次让他们尝到甜头，那他们还会有第二次、第三次的。

但是，这些意见都被深思熟虑后的陈厂长否定了。陈振夏说：敌人要换尉振海，可见他在他们队伍中的重要性。但他在我们眼里却是不值钱的，也是不重要的。许拴虎是我们厂子的工人，对厂子的贡献也大，现在婆姨与孩子深陷绝境，我们应该以救人为主，既然绑匪要换，那就换回来。任何时候人都是第一位的，钱以及其他东西都是其次。但我们在换的同时也要有要求，要他们保证不再与石油厂为难，否则的话，他们将自食其果。至于其他，我可以放心地说，他们这群人继续闹腾下去，迟早都会被我们歼灭的。

绑匪的保证能信么？李指导员说。

绑匪的话不能信，但咱们先要保证咱们人的安全。许拴虎是咱厂的英雄，咱们的典型，他得罪人也完全是因为工作，我们作为领导不能不管，否则会寒了众人的心。陈厂长斩钉截铁地说。

那要不要向上级报告呢？

先不报告，救人要紧，出了事我担着。陈厂长一口否决了。

三天后的黄昏，按照事先的约定双方在马头关换人。石油厂这边，罗干、段新宏、张一井三个人坐在一条小船上等着。而许拴虎及其他人则远远地站在岸边。等了一会儿就有一条船从黄河下游驶来了，是一条大船，船上站着几个年轻人，他们在船头张望着。船头正中间坐着张老先生，长长的银须。快到岸边大船便停住了。张老先生站起来向岸边的小船招了招手，小船驶来，两条船就靠拢了。按事先约定，段新宏与张一井两人上了这条小船。

段新宏与船头的张老先生说了几句话，然后进船舱去看人。船舱里，许拴虎的婆姨张如意此时手被反绑着，脚也绑着，嘴被塞着，娃娃身上也被勒了条绳子，或许是哭累了，此刻睡着了。段新宏看见了，忙解开小梅身上的绳子，小梅一下子就醒了哭起来，张一井赶忙将小梅抱到了怀里哄着她。段新宏又赶着上前取掉张如意嘴中塞的东西，便要解绳子。这时一个跟在他们背后的年轻人说：你还是别解绳，人换完后你们随意处置吧。这个女人倔得很，她如果想不开跳了黄河我们可不管。还有这个小娃娃，也倔得很。先换人再说吧。

段新宏听了想想也对，不能让中间人为难啊，就没给张如意解绳。

此时张老先生领着对方两个人也上到了小船上，他们看了看被绑着的尉振海，只见他的腿依然缠着绷带，沮丧地坐在船舱中，但精神尚好。张老先生捋着长长的白胡须说：唉，这尉振海倒是公审了，要枪毙的，可枪毙前，人家就把他腿上的子弹取出来了，还在医院给他看病哩。你看看，你们干的是些什么事，连个小娃娃都不放过。这样说了几句抱怨的话，张老先生就返上船头与段新宏商量，说那边的意思是无论如何先要将尉振海接过船去，再放这边的两人下船。段新宏为了尽快把人换过来，一时也就答应了，反正现在船在自己的地盘上，谅他们也翻不出什么大浪来。

两条船再度靠近，因为船上一直有人在行走，船就来回晃悠着。张老先生在船头做了个动作，那两个年轻人就将尉振海搀起来。一搀起他来，他就疼得大喊大叫，那两个人便一个猫下腰来，将他背到了背上，另一个抬着双腿，一跳就上到了这边的大船。

段新宏见他们上了船，就与罗干搀着依旧被绑着的张如意往小船上走，张一井则抱着小梅跟在身后。此时要离开这条船了，张如意的嘴被塞着，但她似乎怒气冲天，一边被搀着走，一边身体强烈地扭动着，不愿意过去，似乎要和他们论短长似的。张一井以为她担心娃娃的安全，就安慰她：娃娃我抱着哩，你看，好着哩，咱们走。

人换停当，大船上边的几个人钻进船舱，掉转船头就离开了。

张如意一直被搀着到这边船上来还被绑着双手，大家看了，都心疼她，就赶紧给她解开。一时间船就靠岸了，岸上有许拴虎以及一些亲戚朋友，大家都靠在岸边接这母女俩。张如意一见许拴虎就号啕大哭起来。娃娃见了许拴虎也一口一个爸爸叫起来。许拴虎一手抱了娃娃，又用另一只手揽着婆姨。张如意哭得一时停不了，她的全身都在抽动着。一时间旁边的人看到了，都忍不住抹起了眼泪。许拴虎安慰她：别哭了，多亏了石油厂的兄弟们，还有山子叔与陈厂长他们。

张一井看着张如意哭得这般伤心，就搂着她的肩膀说：别哭了，现在不都没事了嘛！你看，许拴虎、罗干、段新宏，都是咱的人，你安全了。

许拴虎婆姨听得这话，更是大声地哭了起来，她边哭边骂道：他们真不是人，他们拿圪针条子打我的娃娃，打得她满脸是血，还不给她吃，不给她喝……

张一井看她依旧这么激动，就说：先回吧，回去咱们慢慢说。

许拴虎婆姨对着茫茫黄河上大船消失的方向，呸地唾了一口，说：狗东西们，去死吧，老娘即使变鬼也不会饶了你们的。

许拴虎见她此时的情绪有些失控，就拉扯着她说：回吧，回吧，回去再说。这边张一井脱了一件衣服给张如意披在了身上，搀着张如意。

许拴虎抱着娃娃拉着婆姨走了两步，张如意一下子跌倒在地上了，她哭着说：我不活了，那些狗东西们，他们真不是人啊，真不是人啊……

许拴虎扭头把娃娃交给张一井，对段新宏与罗干说：你们搀她起来，我来背她吧，她可能受的刺激太大了。

当下，许拴虎把婆姨背了回去。可是，到第三天，张如意趁许拴虎一时不防备，沿着院子里的斜坡上去，从崖上跳了下去。就这样，费尽心血将她救回来，她却跳了崖。

许拴虎怎么也不会想到好不容易救回来的婆姨会跳崖自杀，好长一段时间，他情绪低落，沉浸在痛苦当中，沉默不语。

张一井知道他心里难受，就对他说：拴虎哥，这些都是意外，你要振作起来，你可是咱们石油厂的英雄啊。

许拴虎叹了一口气，说：都怪我没能保护好她啊。说着泪水就流下来了。

你咋能这样想呢？你们每个人都尽了心的，如意是被那些坏蛋害的，应该把这笔账记到他们头上去。他们一天不被消灭，这个世界就不得安宁。

两人正在这里说着，一旁的小梅就过来了，她缠着一井说：姨，你们家胜利呢，我想找胜利哥哥玩，我好长时间都没见他了。

张一井听她这么说，就心疼极了，一把将她抱在怀里，说：胜利哥哥在家呢，姨这就带你去找他。她抱着小梅走，又扭回头对许拴虎说：这几天我也想了，你一个人工作带着孩子怎么能行啊。我妈在家里带胜利呢，干脆你就让小梅与胜利在一块儿玩吧。

那怎么行啊，婶那么忙。许拴虎说。

那怎么不行？一个孩子是带，两个孩子也是带。再说，两个孩子还是个伴呢。

许拴虎不吭声了。

这样，小梅就到了张一井家，整天跟胜利在一起吃喝，一起玩。

转眼间到了9月份，正当各地把公粮络绎不绝地交给政府时，呼家川的女人们也赶做了一批棉衣与军鞋，要送往县政府。正是大忙季节，村子抽不出男劳力，而这天恰好张一井休一天班，在家看两个娃娃，黄桂芝就自告奋勇去送。

毛驴车到了延长县城，把布匹送到县政府，这时焦县长却说接到了上级通知要把军鞋军衣直接送给河防军，还想麻烦黄桂芝一下，将这些东西送到马头关去。黄桂芝正要说什么，这时一旁的邵大姐说：这不妥吧，百十里路，她一个女人家，不方便。

焦县长就笑了，说：当然不会是她一个人。说完给邵大姐使了个眼色。

邵大姐问还有谁，但是焦县长就进屋去了。邵大姐就说：这一县之长还跟我故弄玄虚呢。

黄桂芝与邵大姐正在院子里说着闲话，这时，远远地看见贺山子吆了一辆马车过来了，原来今天他要将一些蜡烛、擦枪油、药品和食物也送到黄河边去。大车载得满满的，石油产品都压在下边，上边横竖放着一些麻袋，然后用绳子来回勒了个结实。他将马车拴在门外的一棵树上，一进门就说：焦县长点名要我去送，他这葫芦里卖的是什么药啊？

这么说着，一抬头看见了黄桂芝，就嘿嘿摸着自己的光头笑了。黄桂芝看见了他不由得也脸红起来。好久不见，贺山子理了个光头，人精神了许多，只是脸越发黑了。

邵大姐说：我说这县长还神神秘秘的，原来是你们二位啊。哈哈，一个未娶，一个独身，都是咱县的支前模范，倒不如把被子一搬，睡到一搭就成一家了。

邵大姐，你看你。贺山子摸着自己的光头尴尬地笑了。

焦县长从门里出来了，说：就是，趁着还算年轻，赶紧结婚，瞅空看能不能再生一个革命后代。要不，黄花菜都凉了。

邵大姐用肩膀碰了一下黄桂芝，说：我就不知道你咋弄的，要是我，早就和他钻玉米地了。

焦县长听见了，说：邵主任，我要批评你这个大嘴巴子。如今时兴自由恋爱，让人家好好恋爱去吧，咱们只提供机会与平台，知道不，这才是组织应该做的。说着就把一张字条递给黄桂芝，嘱咐过去了找谁，人家收了东西还要打收条等等。然后扭头对贺山子说：至于她这一路的安全嘛，我可就托付给你了。

焦县长与邵大姐的玩笑话让贺山子与黄桂芝都有些脸红，两人都不说话。贺山子先扭头出了门，解自己的牲口。黄桂芝拉着毛驴车掉转了头也出门，走到大门口，她见贺山子正目不转睛盯着自己看哩，就不由得脸更红了。

其实黄桂芝之所以愿意到黄河滩去给河防军送东西还有一个原因。上次见村里的小六子已几个月了，她心里也一直在挂念着，不知这个小伙子如今变成什么样了。

阳光灿烂，秋高气爽，空旷的山川里有几分清冷，是个难得的好天气。一会儿，两辆车就都转到大路上了。黄桂芝像个小媳妇似的偏坐在车辕上，双腿吊在车沿边，而贺山子则叉开两腿坐在大车上，一副大男人架势。两辆车一前一后沿着大道跑了起来。

两个人都不吭声，只有毛驴和马踢踢踏踏的声音。贺山子坐得高，扭头看羞答答的黄桂芝像个小媳妇似的拘谨地坐着，一条新织的红围巾围在脖子上，在风中缓缓地飘动着。

延长城到黄河滩一百多里路，沿川路顺河走的方向是走不通的，还要从川里转到塬上来，再下到川道去。一会儿，两辆车开始上山。山路崎岖盘旋，一圈一圈地上到了塬面上，视野一下宽阔起来。空旷的高原，安静得像个处子。那些杨树、柳树，此时像一个个士兵似的挺身立在原野上。在这样的环境里，贺山子的心情也出奇的好，他不由得扯开嗓子唱起来：

提起家来家有名，
家住在绥德三十里铺村，
四妹子爱上个三哥哥，
他是我的知心人。
……

这是一首新民歌，是唱一个女子送男人当兵的，这一段时间正在陕北大地广为流传。

黄桂芝的心里此时也如蜜罐似的，面前的这个大男人是和自己一块儿长大的，自小就在一搭里玩，她对他也是十分了解的。尽管丈夫的死和他有关，但随着时间的推移，两人在近几年内共同经历了许多，贺山子也帮了她许多忙，两人心里早就没有隔阂了。她从心底喜欢上了这个坦坦荡荡、质朴而又仗义的汉子。但要两人真正走到一搭里，成为一家人，好像一直缘分不够。前些年，她心里疙疙瘩瘩，后来中间又夹了张一井。如今，张一井似乎不再恨他了，但两人中间还隔着一层窗户纸，谁也不愿意捅破。

一路风尘颠簸，翻山越岭，到黄河畔已是黄昏了。贺山子与黄桂芝在一个路口分开了。贺山子要将东西送到河防前沿阵地去，而黄桂芝只需要送到附近的司令部驻扎地凉水岸村就行。

两人在岔路口分手，四目相对，都不说话。黄桂芝发现贺山子的头上有许多白发，不由得叹道：你老了。贺山子发现黄桂芝眼角的皱纹也多了许多，先前光滑的皮肤也粗糙了，于是也叹了一口气，说：这么短的人生，我们都老了。黄桂芝说：你路上要小心些。贺山子说：你也是。黄桂芝看了看，就取下自己的围巾递给贺山子，说：你把这围上，河滩里风大哩。贺山子说：我不怕冻。黄桂芝说：你就是个憨憨。贺山子说：大男人围个红围巾，让战士们看见了不笑话死？黄桂芝又重复说了一句：你就是个憨憨。

贺山子听出了她的弦外之音，听出了她的娇嗔，就挠挠头，嘿嘿笑了，把围巾接了过去，在脖子上试了一下，接着团成一团装到兜里，说：你一个人怕不？

不怕哩。黄桂芝说，前面就到了，你的路程还远哩。

两人正说着话，就听见轰隆一声，远远地看见河滩里有炸弹爆炸。贺山子焦虑不安地说：日本人扔炸弹哩，你要多小心。

嗯。黄桂芝应了一声。

两人告别，黄桂芝一人又吆着驴车沿小路一直走，远方不时有爆炸声传来，黄桂芝怕毛驴受惊，就把缰绳紧紧地勒到了手里。

哎，姨，怎样了，没见过打仗，害怕了吧？身后有人在问黄桂芝。

黄桂芝扭头一看，只见一个背着枪的八路军战士正善意地笑着。再仔细一看，这个人不是小六子还是谁？

小六子！黄桂芝惊奇道。

婶。小六子也惊奇道。

我就说这次来送衣服说不定还能见到你哩。黄桂芝打心眼里高兴。

小六子此时也格外高兴，只是在黄桂芝面前有些不好意思，说：我们营长就说今天要来一批军衣呢，要我看看，没想到送军衣的竟是你啊。——来，婶，你把缰绳给我吧，我来驾。驾——小六子从黄桂芝手里接过缰绳，利索地驾着车。

今天在路上，黄桂芝还想着一定会见到小六子的，但没想到在村口就碰到了他。看到他这么高兴、这么精神，黄桂芝满心高兴。

现在河防情况咋样？黄桂芝问。

小六子一听这话就气昂昂地，说：婶，我们在这里和日本鬼子打了好几仗了，都把他们赶回去了。这小日本一看没办法，就天天隔着河朝咱这边开炮、投炸弹哩！哼，咱解放区的人民可不是好惹的，让他来一个死一个，来两个死一双。小六子信心十足地说。

这种乐观的情绪强烈地感染着黄桂芝，她瞧着小六子的样子，就说：那还用得着说，有你们这些男子汉，他日本人还能过得来？

这句略带着戏谑的夸奖话一说，小六子倒不好意思起来，没话找话地问：婶，一井姐还好吧？

她现在调到维修组去了，可热心厂里的事呢。黄桂芝说。

话说到张一井，黄桂芝就不由得又想到了她。当初一个段双全一个许拴虎，两人都想做她们家的女婿呢，自己喜欢许拴虎憨厚朴实，而女儿偏偏喜欢段双全聪明体贴，结果最后女儿就稀里糊涂地嫁给了段双全。现在看来，自己这个做母亲的真是不合格，如果张宏霖在的话，一井的婚姻说不定就是另外的样子了。

婶，我能到部队上，还多亏你跟一井姐呢。小六子说。

哪里啊，那是靠你自己的努力。黄桂芝说完了，就又想到了眼前这个小六子没爹没娘，有一身坏毛病，村里人都不待见他，都觉得他没救了，可就是自己觉得他本质上并不那么坏，后来就不计前嫌地厚着脸给贺山子说，安排他到石油厂，现在他又到了河防部队。他脱胎换骨了，完全变了个样，看来部队可真是个神奇的地方啊。

两人有一搭没一搭地说着话就进了凉水岸村，眼前是个操场，操场里有一群战士在打桩玩。

战士分成两队，一队个个弯着腰，一个低头抱着一个，排成一排。另一队战士则挨个和骑马似的，跑得远远的，然后跳上去骑到他们身上。这个游戏似乎已玩了好长时间，战士都灰头土脸的，但嘻嘻哈哈声却响成一片。黄桂芝看着看着也笑了，因为在农村，那些二不愣小伙子也常玩这个游戏的。

毛驴这时仿佛知道要到目的地了，轻快地迈着步子。穿过一片林子，又穿过长长的一段窄巷，人就忙里忙外地多了起来。黄桂芝望着他们，见穿军装的三三两两可见，更多的却是些庄稼汉，但都精神饱满。

刚好经过一个大户人家，门口蹲着两尊龇牙咧嘴的石狮子，小六子就拍了拍石狮子的头说：我们营长说了，小日本就像这石狮子，外表张牙舞爪的，其实一点都不厉害。他说，这是毛主席说的。

扑哧。黄桂芝笑了。

两人说着就到了司令部，小六子吁地停住了毛驴，把缰绳交到黄桂芝手里，说：婶，这个院里就是指挥部，我还得到黄河岸边去瞭望呢，你先进去。他跑了两步，又停住了脚步说：婶，我一直还没有对你说声谢谢呢。还有一井姐的围巾，我都一直保存着呢。

黄桂芝听到这句话，心中顿时生出无限怜爱，想伸手摸摸他的头。可是刚一伸出手，小六子马上意识到了，他头躲了一下，然后站端正了，对黄桂芝敬了一个军礼转身跑掉了。黄桂芝爱怜地望着他的背影摇了摇头。

这时，院子里就有人出来牵毛驴了。黄桂芝跟着一进院子，见这个宽敞的院子挤满了人，有八路军，也有庄稼汉，他们一边在擦自己手中的武器，一边唱歌：

红旗插山顶，招下自己的人，
不论男女和老少，咱和鬼子战。
大炮压了山，手提轻机关，
老镬头，手榴弹，咱和鬼子干。
……

看着这些，听着这些，黄桂芝心里有了热情，涌起了一股久违了的激动。当年，自己在石油厂，不也是这样嘛！那个时候尽管累、尽管苦，但身上总有使不完的劲，总有无限的快乐。后来，张宏霖去世了，她的热情就没有了，而现在，她感到自己的身上有种东西正在缓缓地复苏。

其实这一点，在路上时她就感受到了。她原来觉得自己的心早已死了，可路上和贺山子在一起，她发现她竟然还会脸红，贺山子唱的那些歌还会温暖她。而这种东西，是她多少年都没有体验过的了。

一位八路军干部接待了她，向她以及呼家川群众支持河防军表示感谢。接着倒了一杯水递给她，就自己看起墙上的地图来。

黄桂芝一人坐着，就想起了小六子，问道：长官，小六子在这儿表现还好吗？

叫我同志好了。小六子？不认得。他是哪个部队的？那人问。

我刚才还在村口遇见他了，就是瘦瘦的，看起来挺精神的那个。黄桂芝说。

哦，你说的是张至中吧。他打仗勇敢，立过两次功呢，他的事迹我们都印发了册子让大家学习哩。

听见张至中这个名字，黄桂芝这才想起来小六子有个大名好像叫张至中，但村里人都叫他小名，大名是什么，大家似乎都忘记了。

我们是一个村的，他和我女儿是一起长大的，他原先在农村……是我送他到石油厂的……我还送给他一条围巾呢……黄桂芝断断续续一个人在自顾自嘟囔着。

他是个好后生，进步很快……这个八路军干部正要说什么，忽然，一声炮响。这声炮响实在太大了，震得屋顶上直落土。他听到炮声，烦躁地转过身子。就在这时，轰隆轰隆又接连传来几声炮响，他两手敲了敲桌子，口中嘟囔着骂了一句。

在炮声中，院子里有些乱了，接着有人跑前跑后的，这位八路军干部也没心思看地图了，他站在门口向空中瞅着。黄桂芝端着茶缸，因为炮声，心里也有些慌乱。她正胡思乱想着，就见院子里一下子嘈杂起来，几名战士用担架从门外抬进一个人来，院子里一下子拥进了许多人。一名战士跑到干部模样的人身边报告说：报告营长，张至中牺牲了。

一听见“张至中”三个字，黄桂芝就吃了一惊，她从屋里跑了出来。只见院子中间是担架，众人围了一个大圈，都摘下了军帽，一时间都在静默着。她挤进人群，就看见了躺在担架上的小六子，他满脸血污，脸上、嘴唇上沾了许多黑灰，但整个脸部很平静。

小六子，小六子，你怎么啦？黄桂芝见此一下子扑到他身上，她怎么也不能接受这位嘴角依然露出顽皮笑容的小六子已经死了。她使劲摇晃着他的身体，身旁的几名战士想搀扶起她，可怎么也搀不起来。黄桂芝就这样摇着叫着，但怎么也唤不醒小六子，她清楚地知道他已经去了。她泪水模糊地哭诉着说：他刚才还替我赶毛驴……还连说带笑的……你们长官还夸他打仗勇敢呢，我们村里的人还等着他回村呢……

黄桂芝的哭泣引起了许多人的哭泣，这些男子汉们，泪水都在眼眶中打着转。黄桂芝俯着身子一边哭一边小心翼翼地擦掉了小六子脸上的血污，这时有战士递过来一条围巾。黄桂芝一看，正是自己当初送给小六子的那一条，不禁泪水就扑簌簌流个不断线了。她用围巾一点一点地把小六子脸上的灰黑都擦净了，然后，把围巾轻轻围在了他脖子上。

众人都沉默着。黄桂芝站起身来，擦干了泪水，看见那位八路军干部正在身旁站着，一脸沉痛悲愤的神色，就对他说：同志，你快点给咱们打败日本鬼子，让老百姓过上安宁的日子吧！这位干部没有回答黄桂芝的话，咬紧牙关说了一句：该死的小日本。

天色渐渐黑了，黄桂芝当晚就在这里住了一夜，晚上炮声虽然停了，但时不时能听见门外有紧张的脚步声传来。这一夜黄桂芝怎么也睡不着，小六子的笑脸总会出现在她的眼前，一想起他，就不由得泪水直流。

第二天早上起来，黄桂芝吃过早饭，来了两名战士，帮她喂了毛驴，就帮忙往她的车上装东西。都是一些战利品，有枪配件及钢盔等，装了满满一车。车装好了，但他们却并不急着打发她走，黄桂芝不知道什么原因，只好先等着。到上午十一点的时候，贺山子却从门外进来了，他吆的马车停在了院外，战士们又把一些东西往车上装。贺山子就对黄桂芝说：这是我的主意，这里的战利品多，有钢盔，还有坏了的机枪和一些枪配件等，这些东西放在这里没用，但我们拿回石油厂估计还能用得上，比如能打钻头、能用铁皮打制油桶等。那些枪回去让锻工班修修，说不定矿警队还能用呢。到这时，黄桂芝才明白是怎么回事了。

黄桂芝就把小六子牺牲的事告诉他。贺山子说：太可惜了，他后来变了许多呢。

装好马车，两人告别了战士们，就开始往回走。那位八路军干部送他俩出村，三人相跟着穿过操场。昨天经过这里时，有一群战士在打桩玩，现在已没有了，只有几个人在打着篮球。球是用土羊皮缝制的，球场两边栽了两根柱子，柱子上绑了两个桶箍，几个赤脚的战士你争我夺地往进投。

一看到赤脚片子，黄桂芝就想到了在县里培训时，县里发给他们的一个识字课本，里边有一首《八路军精脚片子》的歌。那首歌只有几句歌词，但唱起来特别有趣，和打夯歌似的。

八路军呀哟哟，
不怕艰呀哟哟，
精脚片子呀哟哟，
打裹缠呀哟哟。
……

当初文化教员教大家唱的时候，因为有趣，她也笑了。她觉得不可能，精脚片子咋能打仗哩？现在一看果然是真的，就又想起那首歌来。她指着那些战士说：他们全是精脚片子。

嗨，你不知道。这位干部一提起这个茬儿来就有满腹的牢骚，他说：这日本人跟咱过不去，国民党也跟咱过不去，没鞋没袜的，只能打赤脚。真正到了冬天，战士们没棉帽戴，北方的战士还没事，南方的小伙子可就倒足了霉，整天用手捂着耳朵不放，老担心冻掉耳朵。

说着就到了村口，八路军干部便与他们告别。

黄桂芝与贺山子两人一路又相跟着往回走，本来昨天两人兴致都高，但由于小六子的牺牲，今天两人就都没了说话兴致。尤其是黄桂芝，她没精打采地沉浸在痛苦之中。

延长县政府领导为贺山子与黄桂芝搭的这个台子，安排的这出戏，由于有了意外，也就没了好结尾。毛驴嗒嗒，一前一后两个男女都不说话，就这样一路沉默着，返回了延长城。

阴历十月一，是送寒衣的日子，黄桂芝让张一井去给父亲上坟。自清明节到现在，家里发生了许多事，坟没上得几回。黄桂芝不打算到坟上去，她觉得已没多少话要说给张宏霖听了。时代在变，一切都在变，说什么呢？说全民抗战，他不知道；说石油厂打出了两口旺井，他可能也不相信；说段双全，他们也没打多少交道。唉，段双全还是不提的好。张一井也早就断了与段双全的联系了。能说的就是有个小胜利，一天天在成长着，给家里带来了许多的欢乐。还有许拴虎的小梅，自张如意去世后，她就整天跟小胜利在一块儿玩。两个娃娃平时都是黄桂芝带着，等到星期天了，厂里休假的日子，许拴虎或者张一井就会回来陪陪这两个孩子，或者把孩子带到城里去玩。

小胜利生来缺奶，黄桂芝买了一只奶羊，一直用羊奶喂小胜利，把小胜利吃得白白胖胖的，人见人爱。这只母羊还下了两只羊羔，没事的时候，小胜利、小梅总爱和小羊一起玩。小胜利这孩子非常顽皮，有一次，小羊似乎不耐烦他了，就退后一步，然后一头将小胜利抵在了地上。黄桂芝以为他要哭了，但他却没哭，而是被撞蒙似的坐在地上，扭头看着别人，用手摸摸额头，竟嘻嘻笑了起来。一旁的黄桂芝也忍不住笑了，真是个小调皮鬼啊。

张一井上坟去了，黄桂芝一个人待在屋里纳着鞋底。这时小梅跑回来了，咿咿呀呀地说着话，院子里传来了小胜利的哭声。黄桂芝赶紧出去看，原来这次小胜利可真吃亏了，他被小羊抵了一下，倒地时刚好头撞在院子的桃树上，光光的额头就冒出了个核桃大的疙瘩，呜呜地哭了。黄桂芝看了就十分心疼，放下针线活，把他拉到怀里说：不要哭了，等过年了，外婆把小羊杀了给你吃肉。哄了他半天，才哄得不哭了。

黄桂芝摸着孩子的光头，想到了许多。都到冬天了，孩子都还没个帽子，这样咋过冬呢？小胜利这孩子多亏吃羊奶长大，身体还算结实，要不然很容易着凉感冒的。

小胜利不哭了，就又拉着小梅的手跑出去与小羊玩了，院子里又传来了嘻嘻哈哈的笑声。黄桂芝一个人待着，一时就动了给孩子做顶帽子的打算。她想来想去，家里实在没什么布料。翻开柜子，柜子里是张宏霖老妈留的一些东西，自老人去世后，这些东西她都没动过。现在翻箱倒柜地找寻了一大圈，也没见有合适的布料。找着找着，张宏霖老妈睡过的棉毡引起了她的注意。那料子挺厚的，是羊毛的，就是有点硬。一时有了想法，她就裁了其中一块开始给孩子做棉帽。这样一边剪着一边做，到下午的时候一顶帽子就做出来了。缝好了帽檐，黄桂芝把小胜利叫来了，让他试戴了一下。一试，黄桂芝感觉做得不好看，但孩子却说特别暖和。

小胜利高高兴兴地戴上帽子又出去玩了。一阵寒风刮来，有点冷了，黄桂芝这时忽然想起与贺山子一起去马头关时看见那些八路军战士没有袜子穿没有帽子戴的事。她想，既然这毡帽做开了，索性就多做几顶啊。这时张一井也上坟回来了，她就对张一井说起这个想法，没想到张一井惊讶地说：妈，你的想法挺好啊，反正冬天也没事，要做就做呗。

黄桂芝曾对张一井说起小六子的事，张一井也特别感慨，为他惋惜，说自己也一直惦记着他，哪里想到就这样说走就走了。经了这回事，张一井对部队有了几分亲近，只要是她妈想干的事，她都支持。但是仅靠母亲一个人做能做几顶呢？

黄桂芝说：咱先做，回头我再组织村里妇女做一些，反正家家户户这样的毛毡多着呢。

就这样，黄桂芝开始组织呼家川村的妇女为八路军战士制作了一批毡帽，送到了县里，要求转送给前线战士。邵大姐一见这么厚厚的几沓帽子，摞起来好高啊，虽不好看，但戴在头上暖暖和和的，就一下子激动起来，说：你这个办法好，我要开会表彰你们的事迹，号召全县妇女都向你们学习。

新的一天，延长县政府召开全县妇女大会，在会上，县妇救会主任部大姐表扬了黄桂芝及呼家川的全体妇女，并向全县妇女发出“一顶帽子送一个亲人，一双袜子打一个敌人”的倡议，要求全县妇女向黄桂芝学习，做袜子做毡帽，支援抗战。

于是在1942的冬天，在延长县全体妇女们中掀起了为八路军战士做毡帽、做袜子的高潮。做毡帽用的都是旧毡。陕北人炕上没有席，大都是用羊毛擀的毡，毡铺了一代又一代，烂了就扔到了一旁，所以每个陕北家庭都有没用的破毡。这样没过多长时间，全县就制作了上千顶帽子、上千双羊毛袜子，帽子袜子就都送到了县政府的会议室，放了满满一屋子。

延长县政府把这些袜子与毡帽送到了边区政府，委托他们送给前线的八路军战士。边区政府知道这个情况后，发红头文件号召整个边区群众向延长县妇女学习，向黄桂芝学习。就这样，瞬间在陕北的延安与榆林县区掀起了妇女为八路军战士做袜帽的高潮。

关于毡帽还有个小插曲。延长县制作的这批毡帽运到了部队，战士戴上去帽檐软溜溜的，直往下垂，战士们嫌难看，都不愿意戴。事情传回边区政府，被中央领导知道后，就把剩下的帽子分发给中央直属机关，一大批领导人都戴了起来。战士们见领导人都戴起来了，这才陆续戴了起来，这种软檐帽子也在战士们中间流行起来了，一时传为美谈。当时在陕北民间还流传着关于此帽的一段顺口溜：

八路军，土包子，

头上戴顶毡帽子，

打仗就像钢炮子，

敌人见了像龟孙子。

抗战艰难地度过了1942年，到了1943年，由党中央倡导的“军民大生产”取得了决定性的胜利。它的意义不只是帮八路军渡过了难关，更重要的是彻底粉碎了日本鬼子和国民党对边区、对八路军的封锁。前线传来的喜讯更令老百姓激动不已，他们眼看着苦日子就要熬到头了。

在短短的一年多时间里，陕甘宁边区军民开垦荒地200多万亩，交公粮1014866石，彻底达到了“耕三余一”。

1943年11月，为了庆祝大生产的胜利，党中央决定在延安召开庆功大会。这是一次盛况空前的大会，参加的人有党中央的领导，有高级将领，也有老百姓中的劳动模范。黄桂芝理所当然地作为延长县的劳模参加了这次大会。

黄桂芝穿上了一身新衣服，围上了红蓝相间的围巾，和延长的劳模代表们一起来到了延安。

大会讲了军民大生产的情况，并由主持领导简略地介绍了每个劳模的事迹。这些人有：富县岔口乡陈家沟村的郎秀英，她响应号召，积极发动群众纺线织布开荒种地，改变了当地千百年来妇女不出门、不下地的陈规陋习，成为妇女解放和大生产运动的带头人；安塞县真武洞镇马家沟的陈德发，他发起和领导了本村的大变工生产，粮食总产由1941年的80石增长为1942年的160石；甘泉县羊泉街的同万明，身为太乐区区长，自己开荒10余亩，成为干部队伍中的先进；杨正齐是南泥湾农垦管理处主任，他亲自领导了南泥湾军民大生产运动；延安碾庄乡石家畔的杨步浩，当年打粮69石，缴公粮12.5石；延安吴家枣园的吴满有，这一年共种地33亩，缴公粮14.3石，草1000斤，同时还买公债150元，公盐代金665元；退伍老兵杨朝臣，他和吴满有展开竞赛，凭一把老镢头，打粮30石……黄桂芝越听越觉得和这些人比起来，自己的所作所为实在是微不足道。

又过了五个月，陕甘宁工厂厂长及职工代表大会在延安召开。在这次会上，评出了许多在军民大生产中涌现出的工人先进典型，而延长石油厂在艰苦的抗日战争年代里，共生产原油3155吨，经加工生产汽油163.94吨，煤油1512.33吨，蜡烛5760箱，蜡片3.98吨，以及擦枪油、凡士林、油墨、黄油等不计其数，满足了陕甘宁边区的运输、照明、印刷等需要，还以部分产品换取了大量布匹和其他物资，实现了毛主席关于“增加煤油生产，保障煤油自给，并争取部分出口”的指示，直接支援了抗日战争，当之无愧地成为陕甘宁边区政府工业发展的一个标志。

这次职工表彰大会开了好几天，中央领导及西北局和陕甘宁边区政府相关领导在会上发表了讲话。5月22日下午，中共中央在杨家岭设宴欢迎与会的职工代表。这次大会号召边区的厂长、工程师、技师及全体职工，向特等工业模范学习，尤其提到了要大家学习石油厂厂长陈振夏同志，他埋头苦干、以身作则，关心工人生活，注意职工教育，亲身参加生产，虚心向群众学习采石油的技术，恢复旧井，打出新井，大大提高了石油产量，支援了抗日战争。

5月25日下午2时，大会举行闭幕式。会上，边区政府领导把毛主席题写的“向战斗在生产第一线的劳动英雄致敬”的奖状发给了陈振夏，会上发布了《陕甘宁边区工厂职工代表大会宣言》。陈振夏在会上发了言，他说道：我今天领这个奖，得这个荣誉，其实是属于集体的，是属于整个石油厂的。我们有许多优秀的同志都没能来，像贺山子、张永清、张仁、汪鹏、许拴虎他们都始终战斗在第一线，不计得失，一心扑在工作上，为石油厂的发展做出了贡献，没有他们就没有石油厂的今天。尤其是老工人也是老革命贺山子，他忙前忙后，一门心思都放在石油事业的发展上……同时，这个荣誉我认为还属于那些从1905年建厂以来为延长石油做过贡献的人们，包括洪知县、贺学文他们，包括用实际行动支持了延长石油厂工作的延长县政府，包括呼家川以黄桂芝为代表的那些普通的村民们。正是他们，正是这些默默无闻的人一天天地努力一天天地奋斗着才有了延长石油厂今天的辉煌。所以，我认为这个荣誉属于所有为延长石油发展做过贡献的人们。

掌声雷动。

颁奖会结束后，陈振夏回到石油厂。工人们听说了毛主席在枣园窑洞亲自接见他，都激动地围了上来，他们还看到了毛主席的亲笔题词——“埋头苦干”。

由于缺纸，这个题词就写在了一方白色的细布上。

许多年以后，我的朋友崔完生——一位年轻的诗人，他亲眼见到了这方白色的细布，看到了上面已有些淡的墨迹，他的心情激动不已，提笔写下了动人的诗句：

五月的石油浓香扑鼻
五月的高原阳光如瀑
诗人毛泽东握住一双粗粝的手
一个叫陈振夏的石油工人的手
激动了
激动得在手心渗出了黑色的墨
墨淌在一方白色的细布上
凝成“埋头苦干”四个字
六十年了不曾干涸
……
1944 年的石油非常优秀
把无数石油赤子的心愿
定位在埋头苦干的墨海中
让我们提笔抒情
六十年了
墨愈发浓黑　海却不曾清瘦

第九章

1945 年 8 月，日本人投降了，抗日战争胜利了。为了庆祝这个来之不易的胜利，这天，延长城里的老百姓都走上了街头，他们敲起了锣鼓，扭起了秧歌，聚集在一起狂欢着，享受着这快乐而动人的时刻。入夜了，欢乐的人群还久久不愿散去，他们又燃起了火把。一人先燃起了，接着很多人就都燃起了。大家举着火把，高喊着口号，从街头走向街尾，又从街尾走向街头。可是，不知道是谁不小心，把一支未燃尽的火把扔在了一间破屋顶上，起先这群沉浸在快乐中的人们谁都没在意，谁知先是这间房子燃着了，接着相邻的几间房子就都燃着了，一时火光冲天，发出了噼里啪啦的响声。游行的人见此大惊失色，赶忙把火把扔了，开始救火。大家拿着大桶小桶，在黑乎乎的夜里从附近的河里提水，人们自发地连接成了一条长龙，一只只桶在大家手中快速地传递着。历时三四个小时，火是灭掉了，但屋顶全烧毁了，木头也塌掉了，那些瓦块就掉进了空房子里跌成了碎碴。那三间房子也就成了黑乎乎的大敞口。房子着火的事提醒了大家，也给大家的热情浇了一桶凉水，于是都蔫蔫地回家睡觉去了。

抗日战争胜利了，解放区迅速扩大，急需一大批有知识有经验的干部到东北去，到敌后去。1945 年冬天，中共中央把先前隶属于军工部的延长石油厂移交给边区政府工业厅，石油厂的人事也有了较大改变。大部分外来干部，不论是长征过来的或是抗战时从其他地方来到延安的，此时都纷纷调离了工厂，奔赴东北。陈振夏、汪鹏、李琳、张鹏、王振玉、孟宪臣、吴从江、王保堂等近三十名技术与管理人员接到组织通知，都要告别延长石油厂，踏上北上东北的征途了。

这些同志要走了，石油厂举行了盛大的欢送仪式。在会上，大家依依不舍，一一拥抱，都舍不得这些与自己多年在一起流血流汗的朋友们。

陈振夏本不能喝酒，欢送会上一时喝了两杯，他红着眼圈，拍着贺山子的肩膀说：你要把这个厂子守住，等着我们，我们还会回来的。贺山子这个坚强的男人此时眼眶里溢满了泪水，他说不出更多的话来，只是不断地点着头。

这些人离开以后，石油厂重新选举，贺山子就成了延长石油厂的厂长，年轻的许拴虎被大家选为副厂长，而更年轻的能干的帅小伙罗干则被任命为后勤部主任，负责石油销售与材料供应。段新宏新任了矿警队队长，王国威任销售部经理。

新官上任三把火，许拴虎一上任，就有了新的想法。他与贺山子商量，厂里有了一定的实力与积蓄，但打井、炼油的设备时有损坏，他想抓住抗战结束、国共正进行和谈的这段平静时期，外出去购一些器材。贺山子答应了。许拴虎就亲自带领罗干、段新宏等一些工人，越过重重障碍，去张家口、承德一带，为厂子购回了大量的管线器材。在这个阶段，也就是从 1945 年 10 月到 1946 年 10 月短短一年间，这个新组建了领导班子的延长石油厂，在贺山子、许拴虎的带领下打出了五口半井，分别是 11 井、12 井、13 井、七 14 井、延 21 井，另外延 22 井打了一半，因为形势变化，备战紧急，中途停了下来。在这一阶段，钻井速度之高，完工交井之多，从 1907 年开打第一口井以来未曾有过，打井所用的木橹台就在延长当地取材。同时，石油厂还自行制造了二寸半的抽油机管，解决了过去井里抽不干水的问题，抽油工效比以前提高了两倍半。同时采取缓火炼油，规定了汽油标准，增设了分馏塔，使汽油产出率由 8% 提高到 20% 。

因为调走了一批人，工厂就面向社会招了一批新工人，呼家川村是军民一家亲示范点，所以该村的张六榜、段志义等几个年轻人就都成了新的石油工人。

1945 年在人们欢庆抗战胜利中很快就过去了。第二年清明节一过，蒋介石撕毁了“双十”协定，国民党要打内战的消息又传来了。日子一天一天过着，打仗的风声传得一天比一天紧，整个陕甘宁边区的人们又开始惶恐了，过了几年安稳日子的人们又开始提心吊胆了。各种小道消息纷至沓来，有消息说，国民党这回要动真的了，百万大军压境，消灭共产党只是时间问题；也有消息说，共产党领导人早跑得没影了，边区早就名存实亡了。

山雨欲来风满楼，1946 年 10 月，面对国民党胡宗南军队在边区外围大规模地集结，中共中央经过慎重的权衡与考虑，决定暂时放弃延安城，诱敌深入，伺机歼敌。

这个时候，石油厂也接到了边区工业厅要求全面撤离的通知。

贺山子将这份通知在全厂传达了，但是厂子里出现了不同意见。许多人心里都在打着一个问号——共产党势力这么强大，军队这么多，现在都想跑了，一个小小的石油厂又能搬到哪里去呢？油井背不走，那些打井、抽油、炼油的设备也都是些笨重家伙，又能往哪里运呢？再说，石油厂本就是企业，共产党要生产石油，国民党来了还要生产石油。工人就是下苦的，有必要在一棵树上吊死吗？

贺山子是厂长，更是一名共产党员。他在会上明确提出要求：这是边区的厂子，这是共产党的厂子，应该不折不扣地贯彻党的指示，这是没有任何商量余地的。他在会上说，这个石油厂是在共产党领导下发展壮大的，我们那么多人付出了努力，付出了生命，可以说没有共产党就没有延长石油厂的今天。我们不是普通工人，我们是共产党石油厂的工人，我们必须替共产党守住这个摊子。在这个紧要关口，我们每个人，尤其是共产党员更要坚定意志，再大的困难、再大的挫折也难不倒我们，我们要完完整整地守住这个厂子，要设法保护我们的设备，保护我们的油井，绝不能把一个部件留给敌人，把一滴油留给国民党。

动员会一完，全厂就进入紧张的准备阶段。按照上级“坚壁清野”的指示，贺山子对石油厂的撤离工作做了细致安排。一是所有的生产全部停止，包括打了一半的延 22 井。所有的工人做好全部撤到山西晋绥军工厂去的准备。对于确实有实际困难的，个人申请，经组织批准可以不撤离，但不得与国民党同流合污，否则以叛徒论处。二是所有厂子工人的家属，愿意走的可随工人一起撤退，不愿意走的就待在原地生活，厂子在尽可能的情况下给予家属生活补助与照顾。三是关于井口问题，遵照上级指示，可产油的井一律用河沙填埋，犁平井口，但要在附近做暗记，以便日后寻找。对于工厂所有的设备，小件的全部拉走，拉到延川县老庄河沟掩埋。大件的拉不走的，就地掩埋。还有一些库存设备，按照上级指示，全部运至清涧县的一条沟里掩埋。按照这些部署安排，一夜间，石油厂进入紧张的工作之中，工人们分成多个小组，抄小路把钻井、机修、采炼的设备，还有库房里存放的八百多桶汽油、五百多桶煤油、七百多箱蜡烛全都转移到了延川老庄河一带，进行了掩埋。库存的一些布匹，也转移到了延川的田家川。一些笨重机器设备，实在没法运走，就在延长当地掩埋了。

忙忙碌碌的几十天就这样过去了，石油厂各项工作都在有条不紊地进行着。许拴虎这个副厂长负责老庄河这一带的掩埋工作，这项工作量最大，这一段时间他几乎是不分昼夜地忙碌着。他要求工友们一颗钉子也不能给敌人留下。一台蒸汽机两三吨重，许拴虎带领十几个工人抬，每天要走几十里山路，从延长城抬到烟雾沟，许拴虎的肩膀压肿了，手也磨出了血泡。

为了避免这些设备被敌人发现，延长县政府给石油厂派来了制造地雷的技工。于是，厂里就在老庄河设立了地雷制造小组，由段新宏负责，董开荣、董开泰、张有义等几个人组成。他们驻扎在老庄河，制造了许多地雷，打算在进出老庄河的路上每二十米埋一颗地雷，防御敌人侵犯。

张一井这段时间的工作主要是负责造册登记，但她听说有一些工人在老庄河制造地雷，就又不安分了。这一天，在路上她拦住了许拴虎，缠着他要到老庄河参与制造地雷去。许拴虎直接拒绝了，制造地雷是危险活，他可不愿意这个风风火火的女人冒这么大的危险。

张一井见许拴虎不同意，就说：你不领我去，我自己没长腿啊。再说我成天帮你领娃娃呢，没有功劳也有苦劳啊。

许拴虎听了这话，一怔，说：这是两码事，你帮我带孩子，我会感谢你的。

张一井说：那你现在感谢我吧，带我去老庄河。

许拴虎嘴笨，想了半天，才憋了一句话，说：孩子是黄婶帮我带的，你连你的小胜利整天都不带呢。

不想许拴虎这句实实在在的话却捅了马蜂窝。张一井的脸色登时就变了，她大怒道：许拴虎，你有没有良心，当初你到宜川救贺厂长，没有我提供信息，你能救得出来吗？后来我看你一个人可怜才把孩子放到我们家的，你以为我爱找麻烦啊，你以为我不知道享受啊。你还这么不领情，真是个不识好歹的家伙。一顿劈头盖脸的话，像冰雹一样当头砸下，把许拴虎砸得哑口无言。张一井觉得这些话还不过瘾，就又说：早知是这样，就不帮你了，你的良心都让狗吃了！说完，一跺脚走了。

这时段新宏刚好来了，手里提着沉甸甸的一袋子东西，看见张一井扭头走了，只当这两个年轻人闹了什么小别扭了。因为许拴虎婆姨去世后，厂里明眼人都能看得出，许拴虎与张一井两人走得很近，同时，两个娃娃成天在一起，大家就理所当然地认为两人会走到一起的，有时就拿这个话题打趣他俩。现在，看到张一井气呼呼地走了，段新宏就对许拴虎说：两口子打架不算啥，床头打架床尾和。

许拴虎被张一井训了半天，此刻正在火头上，随口就说了一句：滚。

段新宏梗着脖子不服气地走了，一边走一边说：谁还不知道谁哩，瞎眼人都能看出哩，就你们俩还装得和没事人似的。

张一井没被批准到老庄河去，但心思仍在造地雷上。大家都说地雷威力大，但究竟是啥样子，或者大到啥程度，她一时也想象不来。她慢腾腾地在前面走着，一会儿见段新宏赶上来了，手里提着一袋东西，沉甸甸的，就怀疑是制炸药的材料，就又好奇了，想看看。段新宏刚挨了许拴虎的骂，这时见了她也就没好气，便吓唬她说：你可不敢看，不敢捅这娄子。这袋子口为什么要扎得这么紧呢，主要是怕和空气接触。我现在一解开，你伸头一看，里边的炸药和空气一接触，砰的一声就炸了，威力可大哩，一下子就把你和我炸到一边去了。咱们炸了倒没什么，但许拴虎还在不远处，再连着把他也炸了，炸得他飞上天了，那可怎么得了啊！到那时，你妈再向我要人，要女儿，要女婿，我到哪里去寻啊？他嘴里不停地说着脚下却加快了步伐。跟在后边的张一井听他这么说，一时惊得目瞪口呆，她停住脚步，干张着嘴却说不出任何话来。

石油厂的撤离工作在有条不紊地进行着。过了一个忙忙乱乱的年，忽然厂里有人提出呼家川的群众怎么办？目前全延长都在安排坚壁清野工作，号召大家埋藏粮食，安全撤离，把损失减少到最低程度，呼家川村当然也在县政府的安排之中。但是，石油厂与呼家川多年来一直是军民友好单位，你帮我、我帮你建立起来的情义比较深，同时，目前石油厂有二十几个工人都是呼家川村的，村里许多群众都是石油厂的家属，呼家川群众的撤离与石油厂就有着密不可分的关系了。

贺山子也想到了这个问题，正月十六，他将谢主席与黄桂芝找了来，一起商量对策。黄桂芝说：县政府安排坚壁清野，但目前进展很慢，有许多群众从心里不接受，撂不下自己的家当，不愿转移到外地。还有一些人对国民党来了究竟会是什么样子抱有幻想，村中流行一句话：老百姓拜在哪个党派下都得叫干大。也就是说，国民党与共产党争权夺利，与老百姓的死活不相干，大家根本没必要怕。如今持这一论调的人不少，工作起来难度大哩。

贺山子说：本来我们手不该伸得老长，但多年来厂子与村子亲如一家，到了这节骨眼上，我们不能扔下你们。你们回去告诉村里群众，千万不能对国民党心存幻想。单说一点，国民党几十万大军来，他们要打仗，要吃喝，粮食从哪里来？带路、抬担架，还有筑墙、挖战壕、搞运输，这些都得用老百姓哩。再说这块地原属共产党，有许多家庭都和共产党有关联，如果国民党来了，会放过他们吗？希望国民党发慈悲、可怜群众，那是不可能的，一定要让大家从思想上予以高度重视。

谢主席说：地方政府要老百姓撤离，撤到安全处，但也没个撤处，一大村子人，男女老少几百口子，难啊！再说撤上三五天还行，但时间长了，这么多的人，缺吃少喝，估计到时候还是要乱的。现在政府倡导往远处跑，往没有敌人的地方跑，但许多人私下里也只是打算在亲戚家待上几天，避避风头，看看情况再说。

贺山子说：那这样吧，村里人愿意撤的，可以和我们厂里工人一起撤，撤到山西去。反正人多力量大，大家在一起，相互也有个照应。至于吃的喝的，有我们的，就少不了大家的。

黄桂芝说：这倒是个办法，只是怕老百姓不愿意撤。

谢主席说：大家都操心着个人家里的仨桌子俩凳子哩。

贺山子说：那就这样定了吧。你们回去再做做群众的工作，愿意撤的就撤，实在不愿意撤离的那也没办法了。

黄桂芝与谢主席回村做了好长时间工作，村里家家都想办法把粮食藏了，但关于人撤离的事，大家都在观望着。

几天后，贺山子又捎话让两人到石油厂去。他问了问村里坚壁清野的情况，然后说：据可靠消息，胡宗南这两天已到邻镇了，和咱们部队都开上火了。所以，所有事都得抓紧哩，你们俩也要做好准备，跟我们一起撤离。

谢主席与黄桂芝都说：群众不走，我们哪走得了啊。

贺山子说：这可大意不得，你俩都是咱县的名人，黄桂芝的名气更大，所以这次的危险也大。对了，还有许拴虎的娃娃哩，你早一点把两个娃娃交给张一井，让她带上和我们一起撤。

黄桂芝说：娃娃我早就交给她了，只是她靠不住，毛手毛脚的，干啥事没耐心，脑子也不会拐弯，就知道乱发脾气。

贺山子听她这么埋怨张一井，就笑笑说：你还把她当娃娃哩，你问问厂里的工人，她威信可高哩。

又说了几句话，几人就分开了。

且不说贺山子安排厂里人员撤退了，单说黄桂芝和谢主席刚回到村里，就远远瞅见一大群人正往一个山沟跑。有男的，有女的；有老的，有少的；有赶着毛驴的，抱着鸡的，吆着猪的。村里段家老婆婆平时挺厉害的，这一阵正安静地伏在二儿子背上。二儿子背着她，段家老婆婆紧贴在他背上，把双腿蜷起来，小脚几乎要朝天了。

两人站在村口，看着大伙往沟里跑，不知咋回事，就挡住了一个年轻人，问：你们跑什么呀？

来了，来了——这个年轻人跑得气喘吁吁。

谁来了啊？谢主席问。

胡儿子啊。从山那边打过来了，快点儿跑，快点儿。小伙子说着，就一溜烟地跑走了。

两人一听胡宗南部队打进来了，当下心头一紧，谢主席说：我婆姨还在家里呢，我得回去看看。说完就慌慌忙忙走了。他婆姨一直瘫痪在床，需要人照看。

黄桂芝这时也没了主意，看大家都跑，也就跑到人群中来，一边跑一边就招呼大家小心些。但此时大家哪顾得了听她这些话，一个又一个从村里跑出来，衣服有穿完整的，还有未穿完整的，身上都背着些东西，有些一边跑一边往嘴里塞着窝头。

黄桂芝跟着大家跑了一阵，看四周太阳亮晃晃的，并不见当兵的，也听不见枪响声，就有所迟疑，脚步便慢下来了。这时，前头的人跑不动了，劲头也松懈下来，大家就都有和黄桂芝一样的疑问，这胡宗南的队伍到底在哪里呢？不要队伍没来，可把大家都累死了。看见人群停下来了，黄桂芝就问大家为啥跑，结果问了半天，也问不出个名堂来。后来有人说，正在门口上站着哩，瞧见山顶上有人往山下跑，天气这么冻，跑得衣服下摆都开了，估摸着他是看见敌人了，于是就跑。这时，那个从山顶上飞跑下山的年轻人也被大家找着了，他从山上下来，也加入了跑的行列。黄桂芝就问他：队伍在哪？那个年轻人说：我也不晓得呀。段家老婆婆此刻被二儿子放到了地上，直喘气，她听见这话就气不打一处来，骂道：挨千刀的，不晓得你乱跑什么！

这时又有人问：队伍没来，那你在山顶跑甚？

那个后生就说：山顶风大，我冻得不行，就急着往回跑哩。

众人个个心里窝满了火，此时气正没处发呢，听得这话就把气全撒到他身上，纷纷骂他是个冒失鬼，就又转身慢慢往村子里走。

这一天，呼家川人就这样在惶恐不安中度过了。

由于动手早，石油厂该处理的都早早处理完了，很快到了工厂真正撤退的日子。这天，离得老远，街上的人已听见了隆隆的炮声。这些年，这样的事情经历多了，这一次准备充分，延长街上也就不再忙乱。炮声一响，城里基本就空荡荡了，偶尔能见到几个急匆匆的人影，但瞬间就又消失了。这个往日繁华的县城，此时一片死寂，只有几条流浪狗夹着尾巴在街上跑来跑去，这里嗅嗅，那里嗅嗅。

贺山子和许拴虎领着石油厂的三百多人上了北面高奴山的山梁，大家相跟着有说有笑地走着。此时站在山梁上，可以听见炮声，甚至看得见对面山梁上国民党士兵的身影，但这一切都丝毫不影响大家的情绪。因为，陕北山大沟深，从这座山梁上可以望得到对面的山梁，甚至可以望得见绰绰人影，但要追过来，却是没可能的，因为中间隔有几十里的深沟呢。

哈哈，国民党以为捡了个大便宜呢，哪里知道延长城是我们主动放弃的啊。王国威大声说。

人群中间夹杂着多头驮着东西的毛驴，也有小孩子在中间穿来穿去。石油厂的工人大部分都集中在这里，有个别人实在有事走不开，有的先前答应走，但临走时却请了假，不走了。对于这些人，贺山子也个个通知到了，可以不走，但绝不能与国民党同流合污，否则一定会秋后算账，以叛徒论处。一般来说，年轻人都愿意凑这份红火，跟着石油厂转移，对未来充满了希望；而年龄稍大的，就有人操心着这一走不知何时才能回来，家里总有许多牵挂。

张一井带着小胜利与小梅两个娃娃也一步一回头地跟着大家上了山梁。她母亲早已把这两个娃娃交给她了，叮嘱她一定要照看好。昨天，她还见到母亲黄桂芝了，她因为忙村里的事，交代了几句就又回村里去了。原来约好今天见面的，可左等等不上，右等也等不上。眼看着石油厂转移的大部队都出门了，这里已能听得见敌人的枪炮声了，可还是不见母亲来。张一井的心就提到了嗓子眼，母亲一直没有来，那肯定是遇到什么事了。但此刻能有什么事呢？难道还有比个人生命更重要的事吗？张一井实在想不通。最后她在石油厂实在等不到了，便想着回村里打探一下情况。许拴虎对她说：你听听，炮声隆隆，还有机枪的声音，危险随时都有，这阵还敢乱跑吗？再说，你是厂里的工人，一切行动要听指挥哩。

就这样，张一井领着两个娃娃，一步一回头地跟着大部队上了山。走到山顶上，她还回望了很久，她多希望这一阵能看见母亲从山下小路跟上来的身影。有几个人气喘吁吁地从山下爬上来了，可是里边却没有自己的母亲。

许拴虎见她三步一回头，两步一张望，知道她牵挂着母亲，就说：没时间了，你就别张望了，随后我再派人去打问婶。

张一井没有办法，她一步三回头地回望着，延长城在她视线里就越来越远了。

走了一会儿，小胜利跟小梅起先新鲜的劲头就没了，两张小脸都累得红扑扑的，步子一下比一下沉重了。

张一井见一头毛驴驮的东西不多，就把小梅放到了毛驴背上。小梅骑上去了，就又招呼小胜利上去。小胜利想要上去，但被张一井制止了。这时，许拴虎来了，说：让胜利也骑上吧。张一井说：他是男娃，吃点苦没什么，再说驴驮的东西也多呢。

许拴虎却把小胜利抱起放到了驴背上，然后把驴背上驮的一袋粮食搬了下来，扛在了自己的肩上。

小胜利戴着顶帽子，帽檐软塌塌的，遮住了眼睛。他一骑上毛驴，就高兴得了不得，嘚嘚嘚地叫着，装模作样地赶着驴。一旁的小梅见此情景也跟着乐呵呵地笑着。忽然，毛驴一个闪失，左蹄子踩到了一个老鼠窟窿里，蹄子一歪，身子一闪，得意忘形的小梅差点被甩下来，小胜利赶忙在后边一把抱住了她。

旁边的段新宏恰好看到了这场面，就开起了玩笑，说：天生的一对儿。小胜利是个小情种啊，手抱得还挺牢。

段新宏平素与许拴虎关系好，所以说话也随意。这时就信口开河地说：这老的是一对，小的也是一对哩，这叫肥水不流外人田。

张一井听见了，就说：你再乱扯舌头，小心我翻脸不认人。

段新宏就说：你那个小心思，只当谁不知道哩。

许拴虎听他这么说，就说：段队长，这条道你熟悉，你去前边开路。

段新宏应了一声，转身要走，又扭头嬉皮笑脸地说：许厂长，不用这么着急吧，该不会把我支开搞什么秘密活动吧。

你还说，还说？张一井此刻真着了急，看路边有棵柳树，就想折根柳条子来打他，柳条子有韧性，费了半天劲也折不下来。最后只能空举着一只手，装腔作势地说：看我不撕烂你这张嘴。

段新宏快速向前跑去了。

毛驴后面这时就留了许拴虎与张一井两人，两人相互看了一眼，许拴虎脸就红了，心跳得也快了。转过弯，许拴虎大约觉得和张一井这样相跟着心情太紧张了，他抹了一把头上的汗就加快脚步往前赶。没想到，这时张一井从身后也快速地赶了上来，从怀里掏出一个锅盔悄悄地塞给了他。

莽莽苍苍的黄土高原，绵绵不断的群山，一溜串的人影逐渐消失在这峰峦起伏的高原群山间了。

这天下午，胡宗南军队就完全占据了延长城。早晨先是炮声，然后有机枪的对射声，到了中午枪炮声便零落了，共产党的部队撤走了，国民党部队全部进了城。他们占据了空荡荡的学校，占据了空荡荡的县政府，那些随之而来的马匹拴在空地上，放肆地叫唤着，撒着欢，拉着屎，一会儿便有了臭烘烘的尿臊气。街上有零散的国民党兵，有提着枪的，也有扛着弹药箱的，还有背着公文包或手拿着一沓材料的在街道上匆匆走过。

黄桂芝本来准备和石油厂工人一起转移的，那里有贺山子，有张一井，有许拴虎，还有她熟悉的许多人。另外，县政府也专门找她谈过话，说她是全边区的名人，毛主席曾接见过，国民党来了肯定不会放过她的，要她早些转移到安全的地方去，黄桂芝也一口答应了。但她想把更多的群众转移出来，一些人先头答应撤离，后来又不撤了，然后又想撤，就这样犹豫不决，一直把时间拖到了最后一天。这天她先是和女儿张一井约好了一起跟着石油厂撤离，但临从村里走时，答应和她一起撤离的永堂婆姨肚子却无缘无故地疼了起来，永堂赶忙去找医生。医生找来了，一检查，说是由于这两天劳累，动了胎气，恐怕要早产了。

一些人在这里忙着，就在这个时刻，却听到了炮声。村里人一时就从家里跑出来快速地奔到旁边的山沟里去了。

永堂是个没主意的人，他瘦小的身材，满脸的皱纹，虽然年龄不大，但由于掉了好几颗牙，两腮就向里陷，看起来要比实际年龄大很多。此刻在这节骨眼上，婆姨又要生孩子，他自是急得没了主意。

黄桂芝就说：胡宗南军队如果包围了村子，那就跑不出去了。要不，先把你婆姨弄到沟里去吧，那儿有拦羊娃打的土窑，如果要生娃娃的话，那里也是可以的，生了咱再想办法。

永堂听了这话，仿佛抓住了救命稻草似的，连忙把小毛驴牵了来，把粮食驮了上去。

黄桂芝搀他婆姨下了炕，他将婆姨背在了身上就出了门。

出了门，就听见枪声了，隐约可见对面山梁上国民党兵的身影。永堂的婆姨胖，永堂背出门没走几步就背不动了，便把她放到了碾盘上。黄桂芝一时着急，就说：你干脆把粮食卸了，让你婆姨把毛驴骑上吧。

永堂说：那跑出去吃啥呀？

黄桂芝说：现在是人重要还是粮食重要啊？

两人正说着，谢主席吆着头毛驴过来了，毛驴上驮着一点点东西。他看到这情况，就停了下来，将毛驴上的粮食卸了下来，让永堂婆姨骑在了毛驴上。他则将一小袋粮食扛在了肩上，这样几个人就急急忙忙地向山沟里跑去。

一村除了提前转移的人，几乎都跑到这条老鸦沟里了。一进沟，有许多小沟，所有的人就都分散开来，一家一户分藏在山窝里。都在一条沟里趴着，虽然被杂草遮住相互看不见，但低声呼唤还是能听得到的。黄桂芝见前边沟渠里都是人，他们就一直往后沟掌走。一直走到近沟掌底，才在一孔很浅很小的土窑前停住了。这孔小小的窑洞满打满算可以容纳两个人，是那种拦羊人随手打的用来临时避雨的窑。此刻永堂婆姨的肚子也不大疼了，就暂时歇在了这里。

黄桂芝与老谢也在附近的草丛里趴下了身子，和大家一样，目不转睛地望着远方的山梁。只见近处的山梁和远处的沟掌山梁上，有人影在移动着，并且由少到多，渐渐地连成了一条线，应该就是国民党兵。

沟里死一般寂静，一个上午，黄桂芝和众人就这么趴在山窝里，眼盯着对面山梁，看着一队一队的人马飘飘忽忽地沿着山梁向前移动。中午过后，山梁上的队伍断了线，大家这才稍微松了口气，个个就直起了腰，开始吃点干粮，又在附近的小河边喝水。此时，一些群众就后悔没早早转移，如今到了这地步，对个人命运都很担忧。

黄桂芝与老谢商议了一下，觉得也没有什么好办法，只能走一步看一步，根据国民党兵力分布情况再做打算，如果现在贸然转移的话，说不定就会吃枪子。正说着话，永堂却赶来了，他光着上半身跑来告诉黄桂芝，婆姨这阵肚子疼得受不了了，恐怕要生了。

黄桂芝听了，就赶紧跑过去。只见有两个婆姨围着永堂婆姨，她的身下铺着从附近捡来的干草，干草上铺着件衣服。一个婆姨坐着搂着她，她的裤子褪了下来，身上盖着件男人的衣服，此刻正大呀妈呀地哭喊着，豆大的汗珠直往下淌。黄桂芝看了，觉得还是不能让她叫唤，万一招来敌人了，这里可有全村的百姓哩，于是就把一块毛巾塞到了她嘴中。

大家忙活了一会儿，永堂婆姨就生了。一个婆姨剪断了小娃的脐带，于是满身血污的小娃娃就诞生了。

这里一有了娃娃哭声，沟里的人都直起身来往这边看，永堂婆姨此刻大汗淋漓，像刚从水中捞出来似的。她看了一眼娃娃，说：扔了吧，现在这世道，大人都不保，哪能养活得了娃娃。周围的两个婆姨听得这话，都不吭声，一个顺手就将娃娃递给了永堂。

永堂默默地将孩子抱了过去，孩子黑黑的，眼睛也不睁，在他怀里乱动弹着，咧着嘴只管哭。永堂看着孩子皱着眉头一声不吭。

黄桂芝此刻心里也一阵阵难受，说：不要丢吧，好赖一条命哩。

虚弱的女人仍旧说：这战乱还不知什么时候结束呢。

永堂站起身来就将孩子抱走了。他一边走着孩子一边哇哇哭，他下坡时走得慢，但下到沟底就走得很快了，出得小沟，一会儿就看不见了。

永堂婆姨望见男人从沟里出去了，她胖胖的身体从一个婆姨身上移开来，骂道：老天，这是哪世造的孽啊。说着眼泪就流下来了。

旁边的两个婆姨此刻也都难受得不忍心看，捂住了眼睛。

黄桂芝心里也很难受，她强忍着悲痛，拿一个破碗在小河里打来一碗水，伸到女人嘴边说：喝点凉水吧，连一点热水也没有。说着，眼泪不由自主地就掉了下来。

时间过得很快，太阳就要落山了，山峦巨大的阴影遮过来，沟里边就暗了。沟外边一直没有任何消息传来，这里的人便越来越急躁，大家都焦虑不安。有兄弟几个就怪罪父亲当初阻止他们跟着石油厂转移，说要不哪会有今天啊。当父亲的听见他们这样说，也就不吭声，唉声叹气。谢主席过来打圆场说：也不怪他们，这胡宗南部队来得实在太突然了。

这时，永堂实在撑不住了，一天之内，失去了娃娃，婆姨目前又几近昏迷，他几乎崩溃了。他说：我实在受不了了，这国民党来了要钱要人哩，还要人命呀？我先探探情况再说。

老谢与黄桂芝听了，觉得也好，要他无论情况好与坏，都及早把消息传回来，至少早点把他婆姨先引回家去。

永堂就这样走了，其他的人都在这里等消息。左等右等，这时天渐渐就黑了，寒气上来，气温急剧下降。大家早晨从村里仓促出来，都没带棉衣，又以老人与娃娃居多，这时冻得撑不住，却又不敢在山沟里生火。

不久，永堂从沟外进来了，他拿着两件衣服，告诉大家：村里没有一个国民党兵。大家一听这消息，就将信将疑地问：那么多的兵，从山梁上走了一整天都哪去了？永堂也说不上来，只说他出去小心翼翼地到了村子里，在家拿了两件衣服，没有见一个国民党兵。他说的时候就将两件棉衣像战利品似的举了起来。

就是，就是啊。国民党要钱要粮，要占领延长城哩么，又不是要咱的命哩，再说，没有咱老百姓他们占地盘又有啥用呢？村里几个老年人见此情况就又拿老经验开谈了。

老谢和黄桂芝还是感到了事情的严重性。两人简短地商量了一下，老谢说：既然没敌人，那大家回家吧。反正要转移的同志尽早做好准备，随时等待通知。老谢想先和自己人联系，弄清国民党兵力的部署后，然后再设计转移路线，避免与敌人相遇。

一大群人相跟着往回走，永堂婆姨穿着大棉袄骑在了毛驴上。永堂落寞地拉着驴。黄桂芝心里颇同情他们，对永堂说：你干脆再去看看娃娃，看活着没，活着了就抱回家吧。永堂头也不抬地说：早就没气儿了。

一路上，黄桂芝与老谢两人警觉地望着四周，四周黑漆漆的。老谢前后跑了半天，最后悄悄地到黄桂芝身边说：村里暂时没驻部队，这下更没有人愿意跟我们走了。但我们得提防着，我们得走。这样吧，你再私下问问，凡愿意走的，今晚我们就转移吧，待在这里危险性实在太大了。虽然情况不明，但敌人今天都往城里去了，我估摸着靠近黄河沿岸应该没敌人，我们就先往那边走。

黄桂芝应了一声，就挨个问众人，看哪个愿意转移，但大家一时还是犹豫不定。

一时到了村里，本来说好大家住一起的，但一些人见村里没有胡宗南军队，就回家里去了。大家饿了一天，都希望能吃上一口热饭，暖暖身子。

但就在这天半夜，国民党兵却悄悄包围了村子。

黎明时分，当谢主席与黄桂芝领着八九个人要悄悄出村的时候，被村口把守的国民党兵给截住了。

原来国民党兵从山头上下来，来到呼家川村，发现这是个大村子，看到各家各户跑了，且跑得这么仓促，就知道他们都在附近躲着，也知道他们都会回来的，就没有在村子里住，而驻扎到了镇子上。他们整年整月打仗，对老百姓心里怎么想的、怎么打算的都知道得清清楚楚。半夜里，他们估摸着所有人都回到村子了，就杀了个回马枪，包围了村子。

持枪的国民党兵把截回来的人先在一个空院子里关了，由几名当兵的看守着，其他的士兵就去各家翻寻粮食了。

老谢与黄桂芝他们被关在了这个小院子里。这时，就听见村里有了鸡飞狗上墙的声音，有砰砰零星的枪声。每听见枪响声，大家就不由得心提到嗓子眼上。等了一会儿有消息传来了，村里一个叫红娃的小伙子在翻墙跑时腿被打断了，此刻正大呀妈呀地号叫着。

不断有人被押过来，关到这个小院中。陆陆续续的两三个钟头，这个院子就关满了人。男女老少都有，大家都沉默着。又过了一段时间，在院子里关押的人中有十几个婆姨被挑出去了，说是做早饭、烙烧饼去了。

过了两个时辰，这群婆姨就回来了。有的婆姨就低低地说着偷听来的话，说国民党占了延长城了，还要向北走，寻共产党、毛泽东哩。有两个婆姨竟从裤腰里掏出几张饼子来悄悄地分给大家吃。院子里此刻聚集了许多人，几乎昨天在沟里躲藏的那些人都被集中到这里来了。有几个群众看到了黄桂芝与老谢，就挤过来，一再低声地给两人说对不起，说是因为他们才连累了两人。说完了就直摇头。

到了11点钟左右，这群国民党兵吃饱喝足了，他们将人全部从院子里吆了出来，赶到了门外。这里是一块空地，有一棵老槐树，平时村人就坐在槐树下说东家长、西家短，闲话春种秋收。国民党兵持着枪将一群人全赶到了槐树下，围了起来。这时，就有三人骑马过来了。骑马的人穿着不一样的衣服，见他们来了，这里的士兵就让开一条道儿。这三人下了马，将马交给士兵，然后站到了槐树底下。所有的群众都觉得这几个人是他们的头，就都扭过头来，睁大了眼睛，看看这些人要干什么。首先是一个姓魏的连长讲话，他先恐吓了一番，说你们这些共匪婆共匪汉，即使一个个杀了都不解恨。国军来打仗是来解救你们的，可你们一个个却和国军作对，把什么都藏了。现在要的是拿出诚意来，把你们埋了的粮食全挖出来，把藏了的宝物全都奉献出来，要不，就全部杀了。他讲完了，另一个雷队长讲话。他脸生得白净，身材高高大大的。他的话很简短，说延长一直是共匪盘踞的地方，现在毛泽东他们早就跑了，被国军打得不知踪影了。剩余的这些人也不全是坏人，要把共产党与老百姓区别开来，谁是共产党希望大家检举出来。敢于检举的就没事，不检举的查出来，可要杀头的。他说到杀的时候，就拔出刀在空中挥舞了一下。

他一说完，另外一个人就站出来了。这人个不高，但身体很壮实，黑胖黑胖的。他大声说：谁是共产党，快点站出来。被查出来，现场处死。站出来，我给雷队长说说情，说不定还可以饶你一命呢。

黄桂芝觉得这人面熟，但一时想不起来他是谁。老谢就轻声告诉她，这人是七里村的。他这一说，黄桂芝一下子明白了，原来这个人就是尉振海啊。同时，他估计那个身材高大脸白净的应该就是雷秋林，当初也就是这两个人合伙骗了石油厂的油，导致他女婿被厂子开除的。一时这样想着，心中就对这两人充满了恨意。

三个人要了一阵威风，群众都尽量往后躲着，谁也不说话。

妈了个逼。那个姓尉的当下抽出刀来，在众人面前呼哧呼哧砍了两下，那刀子锃亮，在阳光下一闪一闪的。看来老子不动点真的，你们真不知道马王爷三只眼了。他一把拉过前排的永堂。永堂瘦小，被他一拉，身体打了一个趔趄。

你给老子说，哪个是共产党？尉振海说。

永堂此时身体如筛糠般直打哆嗦，他上牙打着下牙，说：共产党早扔下我们跑了啊，我不知道。我婆姨昨天生娃娃啊，所以我没走得了啊。

去你妈的。尉振海把他一拉一搡，永堂一下子摔倒在了旁边的碾盘上，嘴磕在碾盘的边缘，瞬间牙就掉了两颗，嘴里吐出血水来了。永堂坐起身来，满身的尘土，他用手捂着嘴，啊啊地干号起来。

悄逼些，再哭老子宰了你。尉振海过去把刀架在了永堂脖子上，永堂就不敢号了。

你们给老子挨个往过走。尉振海说，老子瞅瞅哪个是共产党。

有两个当兵的听他这么说，就走进人群，要众人站成一队，挨个从尉振海面前经过。怎么办？黄桂芝盯着谢主席，谢主席给了她个眼神，要她沉住气。

一群人就站成一排从尉振海眼前过，尉振海盯着每个人，眼珠子在他们的脸上打着转。一个一个走着，最后只剩几个人了。这时，在那两个当兵的示意下，老谢将帽子压低了，跟着走了过去。

他经过尉振海身边时，尉振海一把拉住了他。你是共产党？尉振海盯着他说。

我不知道你说什么。老谢说。

尉振海噌地一下把老谢的帽子摘了下来，老谢光秃秃的头就亮在了阳光下。尉振海恶狠狠地说：你就是农会的谢铁匠，你以为你戴个帽子，老子就认不得了？

就在这一刻，老谢突然向尉振海扑了过去。尉振海没提防，一下子被老谢扑倒在地上，头咣地磕在了硬地上，谢主席骑在他身上挥拳就打。两人当时就厮打在了一起，相互抱着在地上骨碌骨碌滚了起来，一会儿你占上风，一会儿他占上风。旁边的士兵似乎被这一幕惊呆了，一个个赶上前去想开枪，但两人始终在一起纠缠着分不开。终究是尉振海年轻，身体壮实，占了上风，他翻身死死地将老谢压到了身下，又用手去掐老谢的脖子。这时间，老谢一张口死死咬住了他的耳朵。尉振海疼得哇哇乱叫着，两人脸紧贴着，他将拳砸向老谢，却因为近使不上劲。这时一旁的雷秋林就上来了，他上前用脚朝老谢的头上踢了两脚，老谢吃了痛就松了口。尉振海这才直起身子，他掏出枪来，朝老谢的头开了两枪。随着枪声，血瞬间从老谢的头上就涌出来了，也溅了尉振海满身。老谢身子挣扎了几下，就一动不动了。

妈的。尉振海起身拍拍身上的土，用手摸耳朵，耳朵上满是血。他又踢了老谢两脚，回头呐喊道：看见了没，这就是共产党的下场。此时他被激怒了，两只眼睛通红，杀气十足。他来回挥舞着枪，指着剩下的几个人说：都过来。

这边只剩下五六个人，都不吭声。黄桂芝心里也怕，但此时觉得怕也没用了，索性就昂着头，和众人一起缓缓走了过来。

你，出来。黄桂芝走过来时，尉振海指着她说：我看见你就面熟，你是共产党的名人、劳模，还受过毛泽东接见呢，可是出尽了风头啊。你以为你能跑得了吗？

黄桂芝先前有些怕，但此刻见老谢死了，反倒不那么怕了。死就死了，大不了一条命，又能怎么样！她当时心一横，就说：我就是黄桂芝，我反正没有做伤天害理的事。

槐树下的那个魏连长与雷秋林听说黄桂芝是名人，是劳模，当时大喜过望。两人走上前来，那个魏连长大概怕尉振海此时将黄桂芝直接打死，就命令士兵将黄桂芝绑了。

原来，这个魏连长是外地人，不知道这个村的情况，雷秋林也没有见过黄桂芝，也不认得她。尉振海是七里村人，当年在石油厂干过一段时间，他原来就认得谢铁匠，虽然多年不见了，但仔细一认，还是能认出的。至于黄桂芝他早就认出了，只是他现在与段双全在同一个阵营，黄桂芝依然是段双全的丈母娘，所以有几分忌惮，就犹豫着要不要将她抓起来。刚才经得老谢这一折腾，他在众人面前失了面子，此时就怒气冲冲，索性不管不顾了，反正认出一个共产党来，只有好处，没有坏处。至于段双全那里，他思量着也不能把自己怎么样吧。

黄桂芝被绑着带到了一边。就在这时，突然出现了戏剧性的一幕，一个当兵的拉着一头驴在前头跑，张有福老汉在后边追着，呐喊着：我的驴——我的驴——

原来，张老汉视驴如命，昨夜将驴偷偷地藏在了窑后的拐角处，添足了饲料，外边用稻草堵住了，国民党兵搜了一圈硬是没搜出驴来。谁知就在他们搜邻家的时候，张老汉这驴忽然就叫开了，被国民党兵听见后，当即就砸开了窑，拉出了驴。

张有福老汉发现驴被拉走了，就跟在当兵的屁股后撵来了。

当兵的过来将驴缰绳交给了魏连长，可那个连长似乎懒得逮这头驴，就把缰绳又递给了尉振海。烂着一只耳朵的尉振海接过驴来，顺手把驴拴在了碾盘上。此时张老汉赶过来，双手扯着驴绳，求着说：老总，这头驴是我的命根子呀，我们全家人就靠这头驴呢。没有驴，拿什么种田啊，是不是？

张老汉双手扯着驴缰绳不放，尉振海就拿枪托在他屁股上砸了一下，张老汉一下子被他砸得趴倒在地直哎哟。本来这时张老汉起身走了也就没事了，偏他认死理，躺在地上了，嘴里就不停地骂起了国民党。你们这些胡儿子啊，驴日下的，不得好死啊。他这一骂，那个魏连长就生气了，他直接蹲下身子当众扯起了他的白胡子来。他扯一根，张老汉就哎哟一声，扯了有七八根，张老汉就直接闭了嘴，不吭声了。但看到一旁当兵的又在解驴缰绳，他就又忍不住了，大骂道：你们把我的驴吆去给你妈驮棺材吧，你们一个个都不得好死。

一旁的雷秋林这时冒火了，就扭头砰地开了一枪，枪子擦着张老汉的脸而过，打到了地上的一块石子上，石子溅起来，砸在有福老汉的门牙上，把他的一颗门牙给砸掉了。他一抹满口都是血，这才不敢骂了。

这时魏连长就说了几句话，大意是要呼家川村民做良民，不要做刁民。安心种地，安心待在家里，有情况随时汇报。

说完了，这群人就准备撤，当兵的又开始解碾盘上的驴缰绳，张老汉此时还趴在地上哼哧哼哧着，看到他们拉驴，嘴里又开始小声嘟囔，魏连长看见了就说：驴被征用了，你既然舍不得驴，那你就跟上驴一块儿走吧。

张老汉还要说什么，一旁当兵的一把将他提了起来，将手中的枪一晃说：走。

到了此时，张有福老汉真是欲哭无泪，欲喊无声，他腿瘸着，抚摸着自己的驴，老泪纵横。当兵的持着枪，又命令道：走。张有福就拉着他的驴一步一步低着头在前头走了，其他当兵的押着黄桂芝也走了。

等这些人一走，呼家川村一下子就乱成了马蜂窝。

当天下午，黄桂芝被押到延长县城，魏连长把她交给了二营魏国栋营长。因为国民党刚占领延长县城，新县长还没有上任，二营营长暂兼副县长，处理日常事务。

徐怀义原任宜川保安大队大队长，国民党侵犯延长，他自告奋勇，带领保安队参与了战斗。延长县城一攻下，他收编了雷秋林、尉振海等一帮土匪，当起了延长县保安大队大队长。胡宗南部队进入延长城，魏国栋营长知道寻找共产党、肃清共产党势力还得靠地方上的力量，就很看重徐怀义。三十年河东，三十年河西，徐怀义蛰伏多年，正想好好表现一下。他听从命令，指使手下雷秋林、尉振海以及刚收编的一些无赖地痞到各个村子，挖地三尺找共产党。但找了几天，只找到了几个农会主席，还有一些共产党员的家属以及两三个教员，真正的共产党的首脑、县政府的政要，此刻都像从人间蒸发了似的，不见影了。

听说黄桂芝被抓住了，徐怀义非常高兴，就把黄桂芝的底细添油加醋地说了一通。魏营长一听大喜，赶忙提审，整理材料，准备向上级报告，邀功请赏。黄桂芝在边区非常有名，但也仅仅是一个支前模范罢了，说到底只是个基层的工作者，对于共产党机关包括部队到哪里去了，或者部队部署等，她都是不知道的。

段双全此时也跟随着徐怀义来到了延长，在保安大队任小队长，主要负责城区内的治安。他过了两天才知道黄桂芝被抓的事。虽然现在他与雷秋林、尉振海属同一阵营，但他心里仍很瞧不起这两人，很不屑于与他们为伍，不过问他们的事。知道黄桂芝被抓后，他赶来问徐怀义。徐怀义故意装糊涂说：你和张一井不是早散伙了吗？这个老共党分子黄桂芝和你已没什么关系了，所以我就没有告诉你。段双全心里不禁骂道：妈的，真是个老滑头。大家都知道他与张一井关系不好，几年都不往来了，但还没有离婚，还算是合法夫妻，他们还有一个孩子小胜利呢。这个黄桂芝可是他娃娃的外婆啊，无论怎样，要抓她总得跟他说一声吧。而更重要的是在段双全心里，无论张一井怎样对他，他还是依然喜欢着张一井，他仍在想着有一天自己衣锦还乡，张一井一定会理解他，夫妻会破镜重圆。

段双全心想，徐怀义此刻没事人似的，装糊涂，他早早把黄桂芝送给魏营长，邀功请赏，可能就是怕自己从中作梗呢。自己虽然反对黄桂芝的所作所为，觉得她纯粹是被共产党洗了脑，上了贼船，是死心眼，是纯粹往枪眼上撞哩，但一想起她是张一井的妈，是娃娃的外婆，就觉得个人无论如何还是应该说句话的。

段双全就去找魏营长，直截了当地说了自己与黄桂芝的关系，求魏营长看在自己的面子上先别把抓住黄桂芝的消息上报，容他再想想办法。因为段双全清楚地知道，如果一级一级上报了，那么抓到黄桂芝这个共党的积极分子一时就会成为大新闻，就会轰动一时，说不定还会被押到南京去，最终被杀掉。

段双全没想到魏营长答应得非常利索。他说：那好吧，我在没入伍之前是做过一段生意的，生意讲究个对等交换。这么个重要人物，单你动动嘴皮子我就把人放了，那我岂不吃亏了，也没法给下属交代啊。你说呢？

段双全不知道魏营长葫芦里卖的什么药，就说：你说吧，啥条件都可商量。

哈哈。魏营长说，不是想把她卖钱，你们这里人砸锅卖铁也没多少钱。再说卖得多了，我还得担责任呢。事儿可以先不上报，咱们明人不说暗话，在我还没到延长的时候，就知道这儿有个石油厂，规模不小，产油量也高，生产搞得红红火火的。但就在咱们到来前，共党把该埋的埋了，该藏的藏了。石油可是目前的大热门生意呢，你有没有打算把这个生产重新恢复起来？

段双全这才明白了魏营长的意思，他是想让自己重新组织生产石油，然后用生产石油所得的钱将黄桂芝赎出来。这个魏营长，他不在乎逮到的是谁，他在乎的是能给自己敛财。

段双全想了一想，说：听说贺山子、许拴虎他们走时把井口填了，把机器分拆成零件都埋起来了，要恢复生产，要用大笔资金呢。

这个你就不用管了。你丈母娘暂先押在这儿，没有人会动她一根毫毛。石油厂开工的钱由我来筹措，你呢，只管放下包袱，好好生产吧。说不定在这里驻扎上一段时间，咱们就都成百万富翁了呢。

好吧。段双全答应了，外表看似勉为其难，但内心还是窃喜的。在他看来，恰恰是瞌睡给了个枕头。一是为了黄桂芝自己才答应做这个营生；二是重新回到石油厂当厂长，是他多年的梦想。还有，他虽然还相信国民党，但逐渐地看透了徐怀义、雷秋林、尉振海这些人，也乐得不再与他们打交道。最重要的还有一点，他想用石油、想用黄桂芝来维系他与张一井仅存的那点感情，希望有一天张一井会主动回到他的怀抱中来。

贺山子率领石油厂工人及部分家属向黄河岸边撤退，按照原定计划，东渡黄河到山西，到一个军工厂落脚，然后再做打算。但是因为这群人有老有少，路上又缺吃的，还怕在大路上碰见国民党兵，一路走的尽是小路、山路，所以，走了五六天，才走到了清涧县的解家沟。但好的一点是虽然担心了一路，却没有碰见半个国民党兵的影子，所到之处，人们都在忙着坚壁清野，都在惶惶不安地谈论着什么时间国民党兵会来。

这天他们到了黄河边，打算渡过黄河去，但意想不到的情况出现了：面对着宽阔的黄河，却没有船可渡。原来，这里是个大渡口，对岸的阎锡山害怕胡宗南进攻延安后，共产党被赶到山西来和自己抢地盘，就将渡口的船只都收缴砸沉了。如今单剩得这滔滔的黄河万古如斯地流着。

贺山子、许拴虎一行在黄河边上转悠，挨家挨户找船，找了许久才找到一条小船。这条船是破的，早已弃在废窑里好几年了。前一段时间阎锡山部队收缴时，这家主人把这条破船给忘记了，因而保存了下来。如今，贺山子他们找到了这条船，大喜过望，立马找人连夜修补，想把工人们在一两天内都渡过河去。

第二天船就修好了，一试水还挺不错。但这条船实在太小了，每次只能载七八个人渡河。贺山子就与许拴虎、王国威、罗干几个人商量，由他和王国威先打头过河，因为过河去以后人生地不熟还要联系人，才能找到这个兵工厂。许拴虎、段新宏负责断后，以防国民党兵追上来。另外，先渡老人、孩子与妇女。就这样，仅靠这一条破船在黄河里颤颤悠悠，一天内来回折腾了七八趟，渡过去了五六十个人。看来所有人渡过黄河，应该还需要两三天时间。

天空阴沉沉的，不见太阳。大家聚集在黄河岸边，焦急地看着这条小船往来。忙忙碌碌一天，又渡过去了一批人，这样岸边就剩一百多人了，按照许拴虎的计划再用一天时间就可以全部渡完了。可第三天早上他们还没有睡醒，就传来了黄河水的咆哮声。许拴虎赶忙起身到河边一看，发现昨天夜里黄河突然涨水了，河面一下子宽了许多，河水向岸边漫上来，已把石岸上艄公用来拴船的石孔全淹了。昨天安静的黄河水，此刻汹涌浑浊，岸边不断有泛着白沫的水涌上来，哗哗的涛声阵阵。

艄公起床了，在河边转了一圈，然后明确地告诉许拴虎说，今天是不能渡河了，只能待水位下降再渡。要不，一叶破舟，任一个大浪、一个漩涡都可以弄翻的，他可不愿意这么多人把性命搭上。

许拴虎和段新宏听着滔滔不绝的水声，看着满天密布的阴云，此刻也无可奈何，只能让大家先安下心来，等水退了再渡河。

但就在这天上午，段新宏等几个年轻人却意外地抓到了一名国民党的逃兵。

原来负责警戒的矿警队员清晨看见一个瘦瘦的年轻人从小路上跑来了，他一边跑一边回头张望着。这个人穿着老百姓的衣服，但衣服太大了，明显不合身。再加上这个年轻人行色匆匆，他们一时就觉得可疑，当下就将他抓来了。在河边的石窑里，许拴虎就审问他。这个年轻人操着一口山西口音，起先他还狡辩，许拴虎拿出枪来吓唬了他几句，他就乖乖地承认了自己国民党兵的身份。

原来这个国民党兵是山西人，他怕死，不愿意打仗，就悄悄从延长城里跑出来了。他不知道往哪跑啊，只知道往黄河边上跑，认为只要渡过黄河就可以回老家了，可哪里知道刚逃到这个渡口，就被矿警队队员们给活捉了。

许拴虎问他延长城里的情况，他竹筒倒豆子一般把自个儿知道的全说了。也就是从这名逃兵的嘴里，许拴虎知道了延长城里现驻扎着两个营的国民党部队。徐怀义跟着国民党兵又打回来了，他现任延长县保安大队大队长，还有雷秋林与尉振海也都被他收编了，现在两人打头到处搜捕共产党呢。从这个当兵的嘴里，许拴虎还知道了段双全的情况，知道他任了延长石油厂厂长之职。目前，正在招兵买马，组织人到处找寻油井、挖埋藏的机器，准备恢复石油生产呢。

段双全这个驴日的，又跑回来祸害石油厂了。段新宏愤愤地骂了一句。

看来石油厂不得安宁了。听到这些情况，许拴虎心里一沉。先前他是放心的，井口填了，机器埋了，他想着敌人是不会费那么大的劲再组织生产的。但现在一听段双全任了厂长，许拴虎心头就不由得一紧。段双全先前在石油厂工作过，许多老工人他认识，先前那些井的具体位置他也知道，他对石油生产流程清清楚楚，如果他要想生产的话应该是轻车熟路的。看来石油厂真遇到麻烦了。

我们绝不能让他的阴谋得逞。许拴虎沉思了半晌说。

段新宏疑惑地盯着许拴虎，说：我们要撤到山西去了，怎么阻拦他呀？

我们不去了。许拴虎说，我们应该组建自己的游击队，绝不能眼睁睁地看着敌人顺顺当当地组建起石油厂来，用我们的设备，用我们打的油井生产石油。

不到山西？那贺厂长他们已过去了，总得请示他呀！段新宏说。

不用了。许拴虎说。

许拴虎立即召集几个党员开会，他把自己的想法一说，大家都吓了一跳，都觉得这个想法真是太疯狂了。共产党的军队不见影了，毛泽东这些领导人也不知哪里去了，延长县委县政府都转入地下了，靠石油厂这么一点人与国民党部队和保安大队对抗，能行吗？

许拴虎说：咱们是石油厂的人，那些井是我们一点点打出来的，设备是我们历经重重困难从外地购买回来的。可刚才大家都听见了，段双全任了厂长，正招兵买马组织人生产哩。如果咱们不去阻拦，他轻车熟路，应该很快就会抽油、运油、炼油、销售油的，那么我们费了九牛二虎之力把井口填了，把设备拉到老庄河、烟雾沟埋了，所有这些努力不都白费了吗？如果咱们组建一支游击队，虽然势力小，和国民党的大部队对抗起来是鸡蛋碰石碾，但只保卫咱们的石油厂呢？他们在明处，咱们在暗处，咱们对延长的地形熟，还有许许多多和呼家川村民一样的好群众，这些都给我们提供了生存空间。咱们留下来，只要能保护咱们的利益，成功地阻挡段双全，不让他生产出油，这就成功了。甚至让他少生产油，或者迟生产油，都是我们的成功，大家说对不对？

这时年龄大的人都过了河，这里只余了一些年轻人，其中有不少是矿警队员，个个血气方刚，听了许拴虎的话，一时热血沸腾，都觉得他说得对。

老工人马进昌说：贺山子是厂长，咱们应该请示他，一个厂子应该有纪律。

许拴虎说：贺厂长已过黄河了，黄河这两天涨水，咱们一时也过不去。这样吧，咱们把这个决定捎过黄河去，报告给他。我估计，贺厂长如果知道今天我们掌握的这些消息，他也会和我们有一样的想法，也会全力支持我们的。这件事大原则是没错的，如果出了错，由我来承担责任。另外，马叔，咱们也不是要把人全部留下来，愿意过黄河的就等着继续过，愿意留下来打游击的，就报名。大家要想好，留下来可不是闹着玩的，是要随时准备牺牲的。

对，既然许厂长这么说，我们就应当留下来保卫我们的石油厂。段新宏说。

有福同享，有难同当！拿起枪来，保卫石油厂！有几个年轻人叫道。

当此之时，在黄河岸边，许拴虎决定以延长石油厂的名义成立延长石油工人游击队，由自己任队长，段新宏任副队长，愿意参加游击队的可报名。一时报名的共有二十六个人，许拴虎把一些年龄大的、体弱的从中划掉了，就只剩了十八个人。再清点武器，共有十四支山西造的枪和两把马刀，每支枪也仅有四五发子弹。尽管这些报名参加游击队的队员大都没有打过仗，没有任何战斗经验，但此时全队的战斗意志很坚定，大家写了血书，签了名，个个恨不能立即就赶回去，和段双全他们拼个你死我活。

其他等待过河的人由罗干与马进昌负责，许拴虎一再嘱咐罗干负责把成立游击队的消息带给贺厂长。罗干握着许拴虎的手依依不舍得，他说：道虽然现在石油厂人要分开了，要分隔在黄河两岸，但我们还是一家人，要紧密联系。我们过了河到山西，日子可能会更好过一点。你们有情况随时给我们通报，我们当好工人游击队的后援，尽可能及时地为工人游击队提供给养。

罗干一席话，说得这一群小伙子包括许拴虎都非常感动。

当下就这样决定了，但在安排张一井过黄河时，却遭到了张一井的拒绝。

我不过黄河去，你们都不过去，凭什么让我去？张一井说。

许拴虎耐心地解释道：你跟大部队过去是为你好，这里要打仗，不是闹着玩的，是要随时准备牺牲生命的。

你们都不怕，我怕什么？张一井依旧坚持。

这么跟你说吧，你还领着娃娃呢，你过黄河去和贺厂长他们会合，那边人多，环境也好，相对来说比较安全。等打败了胡宗南，我们就接你们过来。许拴虎说。

张一井一听这话，顿时瞪大了眼睛，她大叫道：许拴虎，没见过你这样没良心的。我跟你说，我是石油厂的一名工人，我也要参加工人游击队。再说，我妈在这里，我家在这里，还有你们大家都在这里，凭什么要我过去？你说死说活，我也是不会过黄河去的。哪怕你让娃娃们跟着他们过去，我也不会过去。

看到张一井这么坚决，许拴虎就不知说什么了。他还要解释，但这时段新宏就在他耳朵边悄悄说了几句话，许拴虎听完了，瞪起眼睛问：能行？

段新宏点了点头。

好吧。许拴虎对张一井说：你愿意留下来也行，但要一切行动听指挥，不能擅自行动。现阶段你的主要任务是把两个娃娃看护好，不可出一点差错。

这才像话。张一井胜利了似的说。

就这样，张一井和两个娃娃也没有过黄河，而是跟随着游击队。不过，她的任务和先前一样没有变，主要是照顾小胜利与小梅。张一井选择不走其实还有一个原因，那就是她一直不知道母亲黄桂芝的消息，很为她着急。

新的一天，天气晴了，过河的继续过河，参加游击队的则由许拴虎带领着又返回延川县的老庄河去了。之所以选择老庄河，是因为它地处延长县与延川县的交界处，比较偏僻。同时，石油厂的好多机器都埋在这里，游击队驻扎在这里，便于看管。

当天夜里，他们来到了老庄河。由于先前许拴虎、段新宏多次到过这里，所以对这里的情况特别熟悉。天擦黑时，他们正从一个坡往上走，准备到上面空窑里歇息，这时却有枪朝这边打过来了。许多队员没打过仗，一听枪响，就乱了，个个掉头往坡下跑。许拴虎赶紧呐喊让大家隐蔽，大家就慌乱地各找各的隐藏地方。张一井领着两个娃娃在最后，一有枪响，小梅就大哭了起来，一有了哭声，对方似乎有了目标，枪子就朝这里打来了。张一井着了急，赶紧一手拉着一个娃娃向附近的院子里跑。跑到院子里屋门却锁着，张一井就领着两个娃娃躲进猪圈中了。一头老母猪被惊动了，哼哼着向他们拱来，小胜利与小梅就又喊了起来，这时对方的枪就又朝这里打来了。张一井一时低着头护着两个娃娃，大气也不敢出。许拴虎指挥大家隐藏好，然后命令大家向枪声传来的方向射击，打了一通，对方就没了声息。于是大家就又追过去看，只见对面是一家大户的空院子，一个人也没有，开枪的人早就不知道跑到哪儿去了。但许拴虎这边却有人受伤，队员张有义听到枪声，当时一着急，一脚踏空，从一个窑畔上掉了下去，把腿栽折了，此刻正哎哟哎哟地叫着。

确定敌人跑走了，大家就又聚集在一起。此时个个饥饿不堪，就开始支起锅来做饭。许拴虎安排岗哨，然后召集大家总结刚才的情况，但大家都说不清，有的觉得对方有四五个人，有的说有两三个人。虽说大家都没打过仗，紧张是难免，但许拴虎还是窝了一肚子火。一是大家听不得枪声，一听就乱了，张有义竟然忙乱中从崖上掉下去了。二是命令射击后，许多人干着急竟然拉不开枪栓。三是两个娃娃在夜里哭，导致黑夜里对方有了目标，密集地朝这边射击，差点酿成大祸。

分析来分析去，许拴虎估摸着是地主武装或者是盘踞在村子里的散兵游勇，是属于打一枪换一个地方的那一种。但这一场虚惊，也给了大家个下马威，够大家受的了。

这一群人就在高处的空院子里驻扎了下来。这个院子的门窗被拆了，张着黑洞洞的大口，他们就从家户的柴垛上抱来一些柴，把窗子遮住。很快，吃饭就成了问题。村里人先前将粮食藏了，国民党军队来了就找粮食，村子里到处是被挖过的痕迹。隔壁住着一个老婆婆，家里石案被掀翻在一旁，摔成了两三截，石案下有一个洞口，显然那就是他们用来藏粮食的。老婆婆的锅台上放着一个簸箕，里边盛着半簸箕杂七杂八的粮食，和土混在一起。老婆婆揉着眼睛骂着国民党兵：那些龟儿子啊，真不是个东西，把粮食全糟蹋了啊。

安稳下来，大家的情绪逐渐好转，就一起讨论着游击队目前的状况，认为一是女人与娃娃跟着游击队实在不行，真正打仗了，情况瞬息万变，到底该打仗还是该顾女人娃娃？二是手中的枪不行，虽然有十四支枪，但每支枪只有四五发子弹，前晚又乱放了一气，许多人手中没有一颗子弹了，纯粹成了烧柴棍。至于没经验嘛，那要靠积累，仗打多了，经验就自然多了。

许拴虎觉得大家说得很对，当即总结：当务之急是要想办法弄点子弹与枪支，要有武器。再一个就是把张一井和两个娃娃送到安全地带。第三，这里虽然是一个暂居之地，但一定要把村情吃透，要盘查一些重点家户，免得他们与外人勾结，端了游击队的老窝。

就这样，又过得两天，尽管张一井的嘴依旧噘得很高，但她与两个娃娃还是被许拴虎派人送到了高家湾的刘考生师傅家里去了。

张一井走时很不情愿，说：我就知道，你总要赶我走的，那天在黄河畔你没赶走我，你就不死心。

这是没办法啊，我们这十多个人，今天在这里明天在那里，随时随地都有可能牺牲，你和娃娃跟上可咋办啊？许拴虎耐心地解释着。

张一井看看事实情况也是这样，心里就没了别的打算，只是问：那等稳定了，你会不会来接我啊？

许拴虎说：当然会啊。

你这都是借口，你就是不愿意让我跟着你。张一井说，现在我妈不见了，我孤身一人领着娃娃，可你还是要将我赶开。她说着说着，觉得十分委屈，眼睛里就有了泪花。

许拴虎看她这样，一时心头也有些伤感，就对她说：你就是个憨憨，我把娃娃都交给你了，你还有什么不放心的呢？

听到这句话，张一井沉默了。到了石油厂以后，尤其是许拴虎婆姨去世后，两人心里对彼此都有了想法，但谁也没说破。张一井虽然咋咋呼呼的，有时无理也要抢三分，其实在她心里就爱许拴虎干着急又说不出话来的样子，看到心里就很得意。

现在有了许拴虎“憨憨”这么亲昵的一句话，张一井心里一时就有了些许感动。是啊，许拴虎现在也没什么了，婆姨走了，他除了厂子，再就是这个娃娃了。而现在这个娃娃，他全权委托给自己了，在所有人的眼里，这个小梅与小胜利相比，就只剩叫自己妈了。

一时伤感，心里也有了沉重感，张一井就对许拴虎说：我走了，你要保重自己。要安安全全的，我和娃娃都在等着你呢。

许拴虎说：我知道哩，你放心吧。

张一井又说：你光知道厂子，光知道动枪动刀，其实这世上还有许多好东西呢。

许拴虎听了这话一时摸不着头脑，就问：那还有什么？

张一井说：我给你比个例子吧。段双全现在成了厂长了，你觉得他的生活是完整的吗？你觉得他什么都不缺了吗？其实张一井说这话的意思是想让许拴虎多想想自己，多想想自己对他的情意。

许拴虎还是理解不了，他说：段双全虽然拥有厂子，但他缺的是正义。得道多助，失道寡助，他注定是会失败的。

张一井听他这么说，就觉得他就是榆木脑瓜，便用手指着他的脑袋说：你就是驴脑子，啥时都是直的，咋就不会拐弯呢？

许拴虎摸着头嘿嘿笑了。

就在这时，护送张一井的队员牵着毛驴来了，张一井就拉着娃娃跟着他一路下坡而去。

直到张一井从坡上下去了，许拴虎还在想着：她说的驴脑子到底是怎么回事呢？

段双全出任延长石油厂厂长，这是他多年来的梦想啊。他志得意满地说：石油厂啊，终于成了我的了！当年我从这里离开，差一点由于一点油而跳了河。而现在呢，整个石油厂都是我的了。世事真有意思，在不断地轮回，走着走着，就又走回来了。现在呢，石油厂的贺山子、许拴虎、段新宏、罗干这些人全都不见了，甚至共产党更大的官都不知跑到哪里了。闹革命，闹革命，世事不是你想如何就如何，毕竟是要靠实力来说话的。共产党、贺山子他们还会回来吗？做梦去吧，哪儿凉快哪儿歇着吧。

延长城形势基本稳定后，魏营长通过县政府给石油厂拨了一大笔钱。有了这笔启动资金，段双全腰杆子一下子硬了许多，他在这块自己熟悉的天地里要大显身手了。

山还是原来的山，天还是原来的天，石油厂还在原地，只是规模比先前大了许多。共产党曾经打出了两口喷井，但听说填了沙，犁了井口，而这些岂能难得住他段双全？现在看来，共产党不过是替他人做嫁衣罢了。

段双全想，自己只要贴一张布告出去，只要肯付钱，就会招到相当多的工人，这一点是毫无疑问的。毕竟这世道有许多人吃不上饭嘛，谁见了钱不稀罕呢？只是有技术的工人难招罢了，但他也是有办法的。据说，石油厂有工人四五百哩，但跟着贺山子他们过了黄河的不过二百人，还有那么多的工人都留在延长，难道就找不到一些技术工？

段双全很快找到了两个人，一个叫张真，一个叫李三牛。这张真是石油厂的老工人，当年段双全进厂时他就是段双全的师傅，技术也相当好。但那时，他怕教会徒弟饿死师傅，所以就不肯教给段双全过多的技术。凡干技术活，他都把段双全支开。段双全当即去邀请他，他开始推托，怕贺山子、许拴虎他们回来秋后算账，但架不住段双全一顿好话，加上高薪聘请他为副厂长，他就答应了。同时，张真又联系了李三牛等几个人。这李三牛原本是答应跟着贺山子走的，但走到半路上又找了个借口偷偷溜回来了。他是石油厂的勤杂工，多年一直照看柴油机。他父亲是先前衙门衙役的一个小头目，1935 年延长一解放就被红军抓去打死了。他哥哥当过国民党兵，最后也被共产党打死了。这李三牛平素话不多，但张真知道他心里积满了对共产党的不满。果然，一说这事，李三牛就答应了。

张真又叫了一个叫王一春的。这个王一春本是炼油厂一个带班的，在技术上他很佩服张真，两人在厂里几乎是形影不离。对于此时加入石油厂，本来他还有所顾虑，但见张真、李三牛都参加了，也就勉强答应了。就这样，这四个人很快就组成了新的延长石油厂的领导核心，由段双全任厂长，张真任副厂长，主管生产，李三牛任副厂长分管运输、炼油，而王一春则负责财务及后勤供应。

他们马上张贴布告，几天内就从延长当地招到了五六十个人。这里面有以前在石油厂打过短工的，也有七八个是石油厂以前的正式工，更多的是社会上的流民。

段双全召集这些人开会，确定近期的主要目标就是找寻石油厂撤离时填埋的井口，尤其是七里村两个喷井的井口，然后尽快把沙子清理出来，开始抽油。另外，就是把石油厂埋在附近的大件设备挖出来，安装机器，准备生产。

有了张真、李三牛这些知情人，挖出石油厂埋藏的东西也只是迟早的事了。没过两天，七里村两口旺井都找着了，他们就搭管子开始注水往出抽沙子。还有那些当初没运走埋在石油厂旁的大件设备也一个个被挖出来了，重新运到了原地安装。另外，一些埋在烟雾沟的机器零件也都被挖了出来，运回了厂里。现在看来，只有两处没有挖，一个是埋在清涧县的，路程远不说，那里的地盘暂时还属于共产党；二是埋在老庄河的东西也没有挖，有消息说那里埋了大量的地雷，危险性太大。同时也有消息传来，石油厂留了一部分人，由许拴虎带队，正时刻守卫着老庄河呢。

大件的设备有了，但缺一些主要的小零件。当初工厂在掩埋时把整部机器都拆开分散埋了，没有这些小东西可打不出油。

这时，张真就给段双全推荐了另一个人，说这个人是厂里的老工人，聪明，善于动脑子，且办法特别多，他如果肯来的话就能想出许多解决的办法来。

张真推荐的这个人不是别人，正是高家湾的刘师傅——刘考生。

刘考生也是自建厂就一直在石油厂的老工人，对业务非常精通，对厂子贡献也特别大，尤其是机械方面，厂里重大的技术革新都是他主导完成的。为此，他曾作为石油厂的代表和陈振夏一起获得了边区“工人模范”的荣誉。

张真与李三牛两人去了高家湾刘师傅家，动员他来段双全的石油厂，但被刘师傅拒绝了。刘师傅说自己家里的老母亲病在床上，实在是走不开啊。他这也是实话。刘考生的老母亲自从四年前中风，身体是一天不如一天，先是挪着走，到现在就只能在院子里爬来爬去了。这样爬着也还行，但重要的是她已痴呆了，碰见什么都捡着吃，有时把鸡屎、土块等拿起来就往嘴里塞。刘考生实在没办法，就在院子里铺了几领席子，任由老母亲爬，待到爬出席子爬到敞地里了，就又将她拉回去。怕她身上弄脏了，有时就在她腰里拴根绳子。但拴绳子也有问题，有时又怕绳子缠到她脖子上了。照看母亲是真的，也是借口。真实的情况是他即使有心，也不敢到石油厂去，因为他清清楚楚地知道许拴虎领的人已经组建了工人游击队，那可是真刀实枪的，当初在会上说了谁要是帮国民党将来可是要以叛徒罪论处的，是要秋后算账的。另外一点，许拴虎前天把张一井与两个娃娃送到他家了，许拴虎对他这么信任，他是无论如何也不会去的，他怕给自己留下耻辱。

张真与李三牛两人回来就向段双全汇报了。段双全觉得强扭的瓜也不甜，刘考生既然不愿意来就算了。再说，即使硬把他弄来，出勤不出力的，也没什么用，这天下缺了谁不行呢！

汇报完了，两人却没有走。张真神秘地对段双全说：你猜我这次在他家见到谁了?

谁?段双全问。

张真神秘地笑笑，故意卖着关子，然后贴着段双全的耳朵说：我看到你婆姨张一井了。

真的?

嗯。张真点了点头。

段双全自从回到延长后，一直在找自己的娃娃，在找张一井。知情人都说她跟着石油厂工人到山西了，他也就断了这个念想，但这个张真却说在刘考生家里遇见她了还有娃娃，是真的吗?

张真肯定地说：当然是真的！我们到刘师傅家，她就在院子里，一见着我们就避到另一孔窑了。但她和我们在厂里成天见，我当然熟悉她的身影。

许拴虎把张一井送到了高家湾的刘师傅家里，他认为刘师傅是厂里的老工人，是技术骨干，又是边区的劳动英雄，政治上应该是靠得住的。另外，高家湾是一个十分偏僻的地方，估计那里暂时不会有敌人。但他做梦也没有想到，张真与李三牛去找刘考生，却意外地碰见了张一井。

原来，这张一井大大咧咧的，尽管许拴虎多次嘱咐她要小心，但她觉得自己就是石油厂的一个工人，又没参加什么组织，也不大参加什么活动，说白了就是赚点钱谋生吃饭而已，更何况自己的父亲还是被共产党打死的呢，国民党来了是不会找自己麻烦的。基于这一点，她就对许拴虎交代的所有话都不在意，成天在村里晃来晃去，觉得无所谓。

刘师傅的婆姨是一个农村婆姨，家里穷，又嫌刘师傅爱打麻将、参与赌博，整天就唠唠叨叨，嘟囔着地里庄稼苗没人锄，地没人种，骂刘考生不务正业。张一井知道她是嫌弃自己来了，但目前情况下又没个去处，就只能硬着头皮，一天天待着再想办法。她能做的就是尽可能地把自己的钱多给她家补贴一点，多干点活，讨她的欢心。另一方面，她又时时在村里暗暗地打探着母亲的消息，打探着许拴虎他们的消息。尤其是母亲这些日子一直没消息，这让她很是着急。这天她正和两个娃娃玩，这时门外就有人喊叫刘师傅。刘师傅去开门，他一眼看见是石油厂的张真与李三牛，就多了个心眼，在两人还没进门时，就大声地寒暄着，说着话咳嗽着，给张一井打暗号。张一井知道来了熟人，她也正想向他们打问母亲的情况呢，但经不住刘师傅的暗示，最后还是拉着两个娃娃回窑里去了。但就这样，还是被张真看到了个背影。

张真对段双全说了张一井藏在刘师傅家，他想肯定是许拴虎安排她在这儿住的，因为两人在厂里一直眉来眼去，这大家都知道的。但此时他不愿意给段双全说这些，怕引起不必要的麻烦，毕竟名义上张一井目前还是段双全的婆姨。他对段双全说：听说许拴虎根本没过山西，他组织成立了工人游击队，看来专门要找咱们石油厂的事哩。

段双全早已知道了这个情况，他根本不在意。现在他经历多了，知道任何事都会有正反两面，看你在意哪一面。人生就像是赌博，单与双你只能押一个，但你如果不押注，那就只能永远是看客。现在他背靠的是国民党这棵大树，所以对几个工人拿几杆破枪，他从心底是不害怕的。

只是这个张一井，他得去看看。当初她从宜川城与自己不辞而别，看来是被自己伤透心了。相隔这好几年了，他都不知道张一井什么样子了，自己的娃娃什么样子了。如果有可能，他是想将张一井接过来，住到城里来，住到厂子里，让她看看自己的成就，看看自己今天的这个样子。当初他就对她说过的，终有一天石油厂还是会属于国民党的。衣锦一定要还乡，还乡就是给故人看的。其实，活人活人，任何人活的都是别人眼中的自己。

段双全挑了个阳光灿烂的日子，他穿着一身军装，骑着高头大马，带着两个卫兵来到了高家湾。因为当年张一井曾说他穿起军装来是最漂亮的，是最精神的。

张一井正在院子里洗衣服，却看到高得胜保长来了，在他身后还跟着两个当兵的，都背着枪。刘师傅不在家，他婆姨和张一井看到两个背枪的都吃了一惊，张一井就赶紧呼唤着，将两个正在院子里玩耍的娃娃叫到自己身边来。高保长径直走到刘师傅婆姨身边说：老嫂子啊，你这里是不是来了一位亲戚啊？

刘师傅的婆姨见有背枪的就害怕，战战兢兢地说：有个亲戚，来多天了，两个娃娃好调皮的。在刘师傅家，张一井一直是以战乱投靠亲戚的理由出现的。

高保长说：那你把你亲戚叫来，有人想见见她。

喏，那不是。刘师傅婆姨努了一下嘴说。

高保长就撇下刘师傅婆姨一直走到了张一井旁边。张一井满眼疑惑地望着他，不知他有什么事。

高保长说：你就是张一井吧。哈哈，不碍事的，不碍事的，一家人不说两家话。你往门外看，谁来了。

张一井顺着他指的方向望过去，不知什么时候，跟在保长屁股后的一个当兵的已端直直地站在了门口，一个穿军装的人骑着马，正朝这边望着。那人看见张一井了，便跳下马来，将马缰绳递给了卫兵，然后，手中提着马鞭径自从院门外进来了。

张一井紧张地搂着娃娃，不知道这个当兵的是谁，来找自己干什么。

那人来到了张一井身旁，然后摘下墨镜来，说：一井，我是双全啊。

张一井一下子嘴张成了 O 形。

这正是段双全，正是与张一井有爱有怨有恨的段双全。自当年宜川一别，两人好几年都没见过面了。但段双全还是这般英俊，尤其一身军装，更平添了许多英武之气。看着他，张一井脑子里忽然闪现了灰头土脸的许拴虎形象，两人真是天上地下啊。

在宜川主动离开段双全，有一段时间张一井想忘掉他，但就是忘不掉。尤其是在刚回来的那一段时间，尽管她全身心投入劳动中，想忘掉关于他的一切，但偶尔在夜深人静的时候，她还是会忽然想起段双全来。想起先前有过的甜蜜与当初自己编织的那些梦想，心头便会掠过一丝苦涩，会有一丝叹息，心想着如果他此时能在自己身边该多好啊。但这些念头也只是一闪而已。随着时间流逝，她已不想他了，他的身影也模糊了。然而，就在这个平常的日子里，这个男人却突然出现在了她的眼前。

面对着这张年轻英俊、充满笑意的脸，张一井心头闪过一丝难言的惆怅来。这张脸自己曾是那么熟悉，并且，儿子段胜利一天天在长大，也长得越来越像他爸了。但依张一井的性格，自从那天不辞而别后，她就根本没想今生再与他有什么瓜葛，一切都过去了。

一井，没想到是我吧。我是来接你的，我们回吧。段双全说着，用手扯了一下张一井的胳膊。

回哪儿？

回咱们的家呀。我告诉你啊，现在整个延长石油厂都成了咱家的了。

对呀，现在他是国民政府新任的延长石油厂厂长了，手里将来要管几百号人哩。高保长在一旁插了话。

我不去，那是你的家，不是我的。张一井说。

哎哟。段双全把脸凑上来说，生什么气啊，咱们夫妻多年不见面了。走，别耍脾气了，好好亲热亲热去。

看着他的脸贴上来，张一井就不由得生气，她将脸扭到一边，说：段双全，你把你的脸离我远一点。你是个大人物，我是个毛毛虫，你走你的阳关道，我走我的独木桥。自打我从宜川离开你后，就没打算和你再有一点牵连。

哎呀，你咋耍小孩子脾气嘛。有别人在，这些毫不讲情面的话让段双全脸面上下不来。他对保长说：你们在门口等着吧。高保长应了一声，就和身旁的那个卫兵出门了，站在了门外。

我一直找你哩，找不到。你看看，过去咱们欠了一屁股债，现在这下好了，整个石油厂都是咱的了，欠的钱再多咱也能还得起的。

呸，就是整个延长城是你的我也不稀罕。张一井说。

好好好，不说这些了。这是我们的小胜利吧，长这么大个子了，来，爸爸抱抱。段双全蹲下身子伸出双手想抱小胜利，小胜利几年不见段双全，此刻不知道他是谁，就使劲地躲到张一井身旁，扯着她的衣襟。

这个孩子呢，这是谁的？段双全发现小胜利旁边还紧跟着个小女孩。

你别碰孩子。张一井一把将女孩拉到了自己身边。

好吧。段双全站起身来说，咱们不说这些了，我还有更重要的事呢，时间也耽误不起，快点走吧，马匹都给你准备好了，我也让人把房间拾掇好了。

刘师傅这时不在家，刘师傅的婆姨看到来了这么大的官也过来凑热闹，满脸堆着笑劝张一井说：就是，你跟着男人回去吧，热窑暖炕的。

我要是不走呢？张一井问段双全。

一井啊，你看看寄人篱下有什么好啊，吃不好，穿不好，娃娃也跟着受罪，受这份罪到底图什么哩？段双全由于在众人面前丢了面子，所以情绪就有些急躁了。

吃糠咽菜那也是我自找的，我愿意，这一切和你没半点关系。张一井说。

段双全尽可能地压低语声，说：一井，你这个臭脾气得改一改。当初在宜川时，我就对你说过的，共产党是兔子的尾巴长不了，国民党迟早要打回来的。你看看，是不是？我还说终究有一天，石油厂都会是我们的，可你就是听不进去人话。看看，我当初说的哪句话哄你了，这不是都应验了？

你这叫人话？你乱杀人，抢人家东西，跟强盗土匪整天混在一起，也会说人话，做人事？张一井轻蔑地说。

这句话显然戳到了段双全的痛处，站在门口的高保长这时不知什么原因笑出了声。段双全朝外看了一眼，觉得张一井的这些话使他的尊严受到了伤害，恼怒不堪，脸色就变了，大声说：张一井，你不打算跟我去是吧，那你要不要你妈了？

我妈怎么了？张一井急忙问道。

告诉你吧，你妈已经被国军作为共党抓起来了，不日将要押往西安、南京哩。段双全冷冷地说。

你在骗我！是真的吗？张一井果然着急了起来，她所能想到的最坏的情况还是发生了。

我骗你？你问问高保长是不是。只有你一个人不知道罢了。那谢铁匠早已被杀了，头在城门上悬着呢。你妈也多亏了我给人家说好话才留下一条命。段双全冷冷地说着，瞧着张一井。

此刻面对张一井，段双全发现这个女人虽然多年不见，但她依然高傲，对他充满了蔑视，这让段双全极不舒服。以往和她一起生活都是她占上风，现在他的身份变了，已不是那个成天跟在她屁股后唯她马首是瞻的后生了。他不能让她依然高傲地俯视着他，他要让她屈服，要让她求他。

张一井此时的心情也很复杂，一方面，母亲的消息对她来说是一个晴天霹雳，她怎么也想不到自己思念了多天的母亲竟然落到了国民党军队手中，她此刻急切地盼着想见到自己的母亲。但既然她早已下了决心不打算再跟段双全有往来了，此刻在他面前服软，再跟着他乖乖地回去，那不是她的个性。

她想了想，就说：段双全，你听好了，如果你看在你还是孩子他爸的分上，就请你多照顾他外婆。但是要我今天跟你回去，你还是死了这条心。我张一井说出的话是算数的，拉下的屎就不可能再吞回去，我大我妈就生我这么个样，我死也不会跟你走。你要不服气，你今儿个就把我弄死。

听到这些话，段双全内心凉透了，多年前的感觉又重现了。对这个张一井他是没有任何办法的，但就是这样，他还是那么喜欢她，这真是让他弄不明白，也常常骂自己没出息。其实，段双全是真的不明白，爱情就是个天平，你爱她多一分，你的重量就会减轻一分。你若是全身心地去爱一个人了，那么你就会轻得没了分量。

段双全想了一下，今天如果用强的话，是可以将她抓回去的，但是，那有什么用呢？他知道这个女人是什么事都能做出来的，她做事是从来不考虑后果的。再说，此刻当着这么多人的面，把自己婆姨绑回去，传出去也太失身份了。他想了一下，就说：那好吧，你不回去也行，我把娃娃带回去。

告诉你，段双全，你休想。张一井一听，怒不可遏。小胜利这几年一直是她与母亲养育大的，早已经成了她们生活中不可分割的一部分，甚至比她自己的性命还要重要。此刻听段双全说出这么无耻的话来，张一井一下子就发疯了，她说：段双全，我问你，这孩子你带过一天没有？他是我一手养大的，和你有关系吗？你今天如果敢把小胜利带走，我就死在你面前，你信不信？

我就要带走。段双全沉着脸说。

你试一试，看你有这个胆没有。张一井此刻像只斗红眼的公鸡，她盯着段双全，手里紧紧地拉着小胜利。

你……段双全一下子怒了，噌地举起手中的马鞭来，他这几年很少有这样的耐心了。

张一井一下子把头伸到他面前，说：你今天把我弄死，才能把孩子带走。

啪的一声，段双全把马鞭子甩到了地上。

高保长见此情形，连忙过来把鞭子捡起来，打着圆场说：不要动怒，夫妻俩嘛，有话好好说，日子长着哩。

哼，你等着。段双全说，这天下终究姓国而不姓共，你和你的那帮人还是做梦去吧。说完他气冲冲地走了。

看着段双全带人离开了，张一井忙问刘师傅婆姨说：刘师傅呢？

大概又打麻将去了。

快带我去找他，我要去寻许拴虎。张一井说。

回头再说许拴虎领导的这支游击队。过了不久，罗干与王国威就从山西回来了，找到了许拴虎，并带回了贺山子的信。信中对许拴虎成立游击队一事大加赞赏，鼓励他带领这支游击队多打胜仗，阻止段双全生产石油。同时，石油厂游击队也获得了边区政府的认可，边区政府副主席刘景范听到汇报后，将这支队伍改名为“延安游击队工人支队”，并指示其工作任务主要是保存人力，保护群众，保护油井和机器，开展游击战，在东地工委的领导下，配合主力部队有效地打击来犯之敌。

工人支队是成立了，但由于人手少、枪弹少，大家又都没有打仗的经验，再加之敌人情况不明，所以一直待在老庄河，每天练练基本功，腾挪跳跃、刺刀拼杀等。但很快这二十个小伙子的吃饭就成了问题。

村民这阵也陆续地回到村里了，但门板大都被拆走了，一个个家户就成了大张口，犹如一张张哭丧的脸。回来的人有的就拿麻袋片子遮住，也有的用木棍钉一个木架，苫上一些草。面对这一切，人们更多的是无奈。

就在许拴虎为游击队吃饭发愁的时候，张有义汇报说，他从老家回来的路上发现山根下有一匹摔死的马。许拴虎听了很高兴，就忙带领几个年轻人带上杠子、刀子、绳子、斧子出发了。到了下午时分，死马就让这几个年轻人抬回来了。院子里临时支起一口大锅，大家将马剥了皮，肠子肚子倒掉，然后剁成块开始炖。过了一阵，肉炖熟了，许拴虎就打发人喊全村人都来吃，谁愿意吃都行。一会儿来了三四十口人，男女老少都有，一个个衣衫破烂，神情沮丧。这些人大部分一人拿一个碗，也有不拿碗的，空着两手就从锅里扯一块肉站着吃。

马肉缺盐少味，吃起来有点酸，但队员们都喜洋洋的。有个小伙子不知从哪儿弄来了一瓶酒，大家还小饮了几杯。

一匹马让游击队与村人吃了两天。到了第三天，就真没有什么可吃的了。这时，陆续从村外回来的群众说，对面山上有战壕，战壕里似乎有粮食。村人听了这个消息就提了篮子上山去捡粮食了。许拴虎打发几个人也到山上去捡。上到山顶，果然看见国民党部队挖的壕沟中散落着些麦秸谷草，有的地方散落着一小片、一小堆粮食，其中一种拇指大小的刀豆比较多，这是大家都没见过的。因为前两天下雨，粮食经过雨淋水泡后已经涨大了许多。大家不管三七二十一，把这些粮食扫起来，连泥带土装进口袋里带了回来。但令大家困惑的是，国民党兵把那么多的粮食弄到山上干什么，为什么走时又要到处抛撒呢？唯一的解释就是在这里挖战壕，运粮食，准备打一场大仗，结果最后又走得急，能搬走的都搬走了，有一小部分就丢在这里了。

有了这一点吃的，这支队伍就暂时安定下来了。又两天过去了，派出去打探消息的王国威回来了，他带回来的消息令大家欣喜不已。他说遇见延长县政府的人了，他们说毛主席哪也没去，就在陕北，还在大山沟圪塄里转哩，但国民党就是抓不着他。并且说前段时间的传说都是真的，毛主席领导的军队真在青化砭、羊马河打了两个大胜仗。为了证明这个消息，他还拿回了两份皱巴巴的油印报纸，上面就印着战况消息。

大家听了，都想知道报纸上写些什么，王国威便念给大家听。

一张是 1947 年 3 月 28 日的《晋察冀日报》，上面写道：人民解放军总部发言人公布陕甘宁兵团首次捷报。我陕甘宁兵团一部于本月25日在延安东北七十里之青化砭附近歼灭胡宗南军整二十七师三十一旅旅部及其一个整团，共四千余人。总部发言人指出，这一歼灭战有三个特点：第一是快，从战斗开始到结束，只用了两个钟头；第二是干净彻底，该部敌人自旅长到士兵，没有一个逃脱；第三，敌我伤亡是二十比一。综合以上三点，此次战役堪称模范战例。此次歼灭战距我军撤出延安仅六天。

还有一张也是《晋察冀日报》，是1947年4月17日的，新华社刊发的题为《战局的转折点——评蒋军一三五旅被歼》的社论。社论中写了我军在羊马河取得的另一个胜利，揭示了胡宗南进攻陕北各种新战术的破产和目前处境的困难，指出“胡宗南是蒋介石的最后一张王牌”，“可以预计，4月开始后的两三个月内，蒋军将由攻势转变为守势，人民解放军将由守势转为攻势。……历史事件的发展表现得如此出人意料，敌人占领延安标志着蒋介石灭亡；人民解放军放弃延安，却标志着人民的胜利。”

念完这两则消息，队员们大受鼓舞。王国威说：我这次出去，还听老百姓把这些胜仗编成民谣在传唱呢：

胡长官一张嘴，
下面跑断腿；
胡长官放个屁，
下面跑断气。
……

王国威又说，他这次出去听县政府的人一说才明白了，胡宗南部队正满山沟里转着寻解放军主力决战呢，可是咱们的大军却在山圪塄里牵着敌军牛鼻子转，他们说这叫运动战，也就是在适当的时机集中优势兵力歼灭胡宗南队伍。我军取得了两场胜利，可以想见不久的将来，还有大仗要打哩，国民党挨打的日子还在后头呢。

许拴虎听他这么说，就问：那你听说没，哪里还有大仗打？他操心着弄些弹药，无论如何得先把这支队伍武装起来啊。

王国威说：这个我可不知道了，但咱们总要出去啊，整天憋在这里，谁会把枪弹给咱送上门来？

对，咱们也参加打仗去，胡蛮这么不中用，说不定咱们也能抢些枪弹呢。段新宏说。

他这一说，这一群血气方刚的年轻人就都来了劲，说：咱们找咱的解放军去，找他们多要几杆枪，要一些弹药，咱们也要打敌人，不能让他们吃稠的，咱们连口汤也喝不上。

这样说着，最后大家把目光集中到了许拴虎身上。

许拴虎说：咱们的枪少，子弹尤其少，现在合到一起也只有十几发了，但咱们现在有组织了，有名称了，上级要咱们开展机动游击战，给了咱们自主权、主动权，咱们就应该想想办法。大家的意见非常好，咱们就是要从敌人手中夺来枪自己用，但是不能硬拼，不能做无谓的牺牲。咱们的势力还小，不能打无把握之仗。

大家听了，都觉得就应该这样。

过了几天，派出去的王国威又回来了，他对许拴虎说：听说蟠龙镇正有一场战斗，已经打响了。这是一场大仗，咱们不如去捡点东西。

许拴虎听到这个消息，就和大家合计着去冒这个险。

当天深夜，许拴虎挑了七个队员，一行人提着枪，怕大路上有国民党兵，就抄小路翻山越岭直奔蟠龙而去。到上午十点钟左右，他们爬上蟠龙镇东面的一座山头。此时的阳光懒洋洋地照着，四周非常安静。从这里往山下看，可以看见山下国民党的兵营，兵营里有士兵与卡车出出进进。因为摸不清情况，不敢贸然前进，队员就在此山头歇息下来。

段新宏看见敌方士兵出进心里就发痒，说：咱们下去夺枪吧，门口站岗的兵不多。

许拴虎说：可千万不能，你瞧瞧四周山头上都有岗楼，有岗哨呢，等不得你下去，他们就会发现你。

那我们怎么办呢？

先等等吧，等机会吧。王国威说这里有一场大仗，现在这里又这么安静，好像不正常啊，该不会是骗咱们吧。队员张有义说。

八个人这时就趴在山头上等，饿了吃点干粮，渴了喝点水，有一搭没一搭地说着闲话。有几个队员在一旁拿土疙瘩与柴草棍玩起了“搁方”的游戏。等到下午时分，突然山下就响起了隆隆炮声，果然战斗打响了。几人一时就瞪大了眼睛看，只见这个兵营四面八方的山头上都响起了枪声，兵营中的国民党兵也纷纷在还击着。大家一时都蒙了，不知道事先山头上的兵都在哪里藏着呢，怎么这么安静的世界，枪说响就响，四周一下子就都有了猛烈的枪炮声。

原来，这几个人翻山越岭到了蟠龙地界，但还没到真正的蟠龙镇。这时蟠龙大战已结束了，他们所在的山脚下是敌人的一个隐蔽仓库。

段新宏看着这场面，就感叹地说：今天可长见识了，解放军真厉害，如神仙下凡一般。四周我们都没发现一个人，但一下子就砰砰响起了枪声。

战斗进行得很快，一个多小时后，枪声就小了下来。沟岔梁峁都有解放军战士冲出来。这时候的场面真是壮观，许拴虎他们八个人看得热血沸腾。段新宏和几个队员沉不住气了，跃跃欲试，想往山下冲。许拴虎拦住了他们，他当年是上过战场的，他对大家说：现在战场这么乱，咱们也和自己人没联系，就这样冲下去，都是些乱枪子，会吃亏的。

那怎么办呢？我们总不能等着他们把敌人全收拾完再下去吧，那我们不是白来了吗？

再等等看。许拴虎说。

一会儿，大家看到冲出来的战士持着枪向中间围拢，把从兵营冲出的国民党兵团团围在了中央。中间有些人拼着拼着就倒下了，另外一些人则跪到地上将枪举过了头顶。

现在该出击了吧。段新宏说。

许拴虎正犹豫着要不要出击，忽然段新宏指着山下说：看，那儿有敌人。原来，正在他们趴着的山峁下，有几个国民党兵一人持着一杆枪，沿沟里奔来了。从这里望过去，可以看见他们跑得很慌张。

机会来了，走，大家跟着我。许拴虎说。

一说完，他就悄悄地猫下身子，向山下奔去。其他的人见了，也都猫下身子跟在了他的身后。

沟里是几个国民党的溃败兵，眼看着这个仓库守不住了，他们不想当俘虏，就乱打误撞朝着这条小沟里跑来了。

许拴虎领着几个人悄悄地沿黄土峁前行，慢慢靠近敌人。进沟的几个国民党兵只管慌慌张张向沟里一直跑呢，他们根本没有注意到就在他们头顶的山峁上还藏着许拴虎等一拨人呢。

站住，不准动，举起手来！许拴虎忽然大喝了一声，然后迅速从丈把高的悬崖跳下去，将最前面的那个士兵一下子摁倒在地上。

后边跟着跑的几个兵本就是惊弓之鸟，一时间瞅见前头有人被摁倒了，想着中了埋伏，扭头就往回跑。

不准动！段新宏、张有义等几个队员此时见许拴虎从山峁上跳下去了，也都急了，扑里扑通地从丈把高的黄土崖跳了下去。此时的那几个国民党兵根本顾不上看有多少人，是些什么人，个个缩着头只管往回跑。这几个队员就一边呐喊一边跟在他们后边追。跑着跑着，跑在最后边的一个逃兵眼看着逃不掉了，就将枪扔了，扑通跪了下来，举起了双手。张有义赶了上去捡了枪，又忙解开腰带将这个俘虏捆了。段新宏领着其他几个队员依旧去追赶那三个国民党兵。这时许拴虎已将身下的那个国民党兵制伏了，将他的枪缴了，正在捆绑着。段新宏和几个队员追了上去，看见前面的国民党兵仍在跑，就将枪举在手中呐喊着：不许跑，不许跑！说完就瞄准了最前面的一个，扣动了扳机。砰的一声，最前面那个敌人随着枪声立时就倒地了。紧随在后边的一个士兵眼见得前面的人被一枪打死了，此时早被吓得魂飞魄散，扑通一声跪在了地上，举起了双手。另外一个还在沟里跑，许拴虎看见了，瞄准他开了一枪，枪子儿贴着他的耳朵飞过去。这个敌人吃了一惊，脚下一慌，一下子就跌倒了，趴在了地上。他这时竟然号啕大哭起来。

就这样，八个人打死了一个国民党兵，俘虏了四个国民党兵，他们将俘虏双手反绑，押出了小山沟。

出得小沟来，外面的战斗已结束了，解放军正在清理战场。许拴虎他们押着几个俘虏，到处问长官是哪一个。终于问到了一个提盒子枪挽着裤腿的，大家叫他姜团长。许拴虎便告诉他，自己是游击队工人支队的，归东地工委领导，这次也参加了战斗，打死了一个，抓到了四个俘虏。姜团长一看到他们押着俘虏，当时就十分高兴，就将俘虏接收了，然后说：你们缴获的那几支枪就归你们了。

说完了，他看到许拴虎有所犹豫，就问：你们再要什么不要？

许拴虎说：我们缺枪，也缺子弹，满打满算子弹才剩十几发了。

姜团长哈哈笑了，说：来得早不如来得巧，你们可赶上好时候了。这里是国民党的仓库，武器弹药、棉衣都在这里呢。说着，他就让战士们扛过来一箱子弹和一箱手榴弹给他们。一时给了，就又问道：这下行了吧？

一下子看到这么多的手榴弹和子弹，许拴虎高兴得合不拢嘴，他说：行了行了，够多了。

这时，一旁的张有义听见这里是库房，就多了个心眼，说：我们工人支队刚组建起来，也缺吃的呢。

姜团长听了就呵呵地笑了，他甩了甩手中的盒子枪，说：你们哪里是游击队，分明是趁火打劫啊。话说完，就吩咐战士们给他们扛两袋面粉过来。

八个工人支队队员看到这些心里别提有多热乎了，他们告别了这个热情仗义的姜团长，然后扛起枪、子弹、手榴弹及两袋面，踏着夕阳胜利归来了。

到了天黑的时候，队员们回到了村里。看着这些战利品，听着他们的故事，其他的队员都羡慕得不得了。

老庄河村里的群众听说游击队打了胜仗了，也都赶了过来，大家你摸一下枪，我摸一下手榴弹，都觉得这支游击队真神奇。

这些队员不知道，他们参与的这场战斗，正是非常有名的蟠龙战役。在这场战斗中，胡宗南部的旅长李昆岗、副旅长涂健及四九九团团长萧伯廉等官兵六千七百多人，除伤亡三百多人外，全部被俘。而蟠龙基地的全部军用物资与粮食成了物资奇缺的解放军的战利品，其中仅军服就有两万多套。

胡宗南又一次遭遇了失败。这是他进占延安后遭到的第三次打击，而且是最严重的一次。

1947 年 5 月 8 日，中共广播电台播发了新华社评论《评蟠龙胡军被歼》。评论很长，历数胡宗南部进攻陕北以来的败绩，揭示胡军屡败的原因，文中还引用了一段顺口溜：

胡蛮胡蛮不中用，延榆公路打不通。
丢下蟠龙去绥德，一趟游行两头空。
官兵六千当俘虏，九个半旅当狗熊。
害得榆林邓宝珊，不上不下半空中。

有了这些枪支弹药，许拴虎一下子腰杆硬起来了。这些跟着他的小兄弟也个个有了底气，大家商量着，决心要教训一下这个段双全，决计不能让他把石油生产出来。

而在这一段时间，段双全的石油厂重建也在有条不紊地进行着。他有在石油厂的工作经验，又有了张真、李三牛几个先前石油厂的技术工，他的石油厂重建便进展顺利。埋在石油厂后山、烟雾沟的大型机械设备该挖的都挖出来了，井口也找到了，原先填埋的沙子也都抽出来了，他已经组织人开始抽油运油了，但炼油仍然缺少一些小部件，问题还没有得到解决。为了让段双全早点炼出油来，闷声发笔大财，这魏营长也是拼了力气，他给石油厂派了一个排的兵力，保护厂子的生产。

许拴虎了解了这些情况，决定闹腾一下，该是让段双全知道厉害的时候了。

第二天黑夜，工人支队留了两个照门的，其余人员由许拴虎带领着悄悄向延长城进发。一路无话，脚下是一片沙沙沙的声音。走在路上，许拴虎忽然想起贺山子给自己讲过的多年前他给土匪带路就曾走过这条道。那时，山子叔尚年少，他越走越感觉到不对劲，后来就偷偷沿了一条柴道跑了。而正是那一次逃跑，让山子叔走上了一条不同的人生之路。此时许拴虎心想着，要是山子叔此刻在身边该多好，让他好好看看，同样是夜里，同样的道，如今上面走的却是自己的人，自己的队伍了。

行至延长城北山上，已是深夜了，夜风吹来，树枝哗哗作响。从山上望下去，只见延长城里冷冷清清的，看不到一丝灯光。万籁俱寂，有一轮下弦月挂在天上，月旁有两颗星星特别明亮。许拴虎召集几人压低声音，商量了一阵，然后绕着北山避开敌人山头上的碉堡转了半个圈，来到了石油厂的山顶上。又沿一个小坡往下走，一直走到石油厂的外围，在离石油厂几百米的地方停住了脚步。这时石油厂已尽收眼底，月光下的石油厂有些惨淡，看不清院子里的机械设备，只有一些黑乎乎的影子。在石油厂中心，竖着一根杆，杆上挂着一盏马灯，马灯下有两三个人影在晃动。

原来，段双全这些日子为将石油生产出来，就天天要工人们加夜班。石油厂院内砌了油池，架起了锅炉，竖起了塔井，工人们日夜忙活着。同时，他又学着共产党的办法，贴了布告，征收民间的炼油设备零部件。他是想尽快生产出来石油，这魏营长已催了再三了。新设立的国民党延长县政府也对他寄予了厚望，期望着尽快产出油来。不说别的，单就胡宗南的部队每天都有那么多车辆要用到油呢。

十几个游击队员在半山腰停住了脚步。怎么办？我们冲下去吧。段新宏说。

不能，我们不摸情况，硬冲下去只会增加无谓的牺牲。许拴虎说，我们现在主要做的就是吓唬他们，阻止他们生产石油，扰乱他们的生产计划。随即许拴虎命令道：大家看我的，我开枪，大家就开枪。

许拴虎瞄准了工厂里那盏高悬着的马灯，砰的一枪打过去。扑的一下，马灯碎了，一下子整个石油厂就变得黑乎乎了。

有好些队员没打过仗，见到许拴虎开枪了，就砰砰砰朝着石油厂里乱开起枪来。

接着，大家听见石油厂里有了吹哨子的声音。过一会儿，看到下边的厂子忙乱了起来，许多人都赶来了。他们站在院子里拿着枪，砰砰地朝游击队这个方向胡乱射击。一些子弹就打在了附近的石头上乱迸着火星。

看到下边工厂内一阵混乱，许拴虎命令大家扔手榴弹。几颗手榴弹下去，轰隆声响成一片，有颗手榴弹把院墙炸开了一个口子，火光中只见尘土到处飞扬。

张有义没见过威力这么大的手榴弹，就说：我的个乖乖啊，这玩意儿可真好，离近了拿在手上，敌人就不能靠前了。来一个炸一个，炸得他们胳膊腿没了，肚子肠子流一地，看他们再生产！

双方枪战你来我往，混战了一阵，这时延长城里就响起了警报声。许拴虎怕有危险，此时他也不知道厂里有多少国民党兵，觉得本次扰乱敌人的目的也算达到了，就让大家停止射击。这里一停，对方也停了。

许拴虎高声喊道：段双全，你给老子听着，老子是工人支队的，有我们在一天，你就别想生产出一滴油来。今天只是个小警告，明天、后天老子还会来的。还有那些帮段双全生产石油的叛徒们，你们不会有好下场的，我们总有一天会找你们算账的。下面石油厂的人听到他的喊声，就又一排子弹射过来了。子弹在黑夜中像火龙一般，在空中划过。

等下面枪声停歇了，许拴虎就让大家撤。大家就又上山沿原路返回，返到塬面上。这时见延长城里次第亮起了灯光，警报声一片，队员个个心情激动。段新宏觉得不过瘾，不愿意这么返回去，他提议说：城里的敌人正乱着，看来这一夜他们都不能安生了，咱们干脆到呼家川去。他这一提议，大家就都响应了，因为呼家川的群众大家都熟悉。许拴虎也惦记着老家的群众，不知道他们过得怎么样，想想也就同意了。于是，大家就悄悄地又绕到呼家川来了。

许拴虎领着人来到了呼家川，派了两个队员在村口站岗，其他人来到了张有福老汉的二儿子张宝胜家里。张宝胜娶的是本村的女子，就是先前提到与张一井关系比较好的秀女。叫开宝胜家的门，宝胜和秀女一见是许拴虎他们，就十分高兴，秀女就洗手和面给大家做饭吃。许拴虎问：村里有敌人没有？宝胜说：白天时有敌人来，不是催粮就是要款的，但晚上都回去了。据他听说，延长县政府也组织游击队了，敌人出来讨粮要款的怕挨打，晚上就都不在村里住。

许拴虎他们来到呼家川村虽是悄悄的，也是深夜，但因为许拴虎、段新宏、张有义都是本村人，这个消息一会儿就传得大家都知道了。村里许多人都赶到张宝胜家里来了，一时间他的窑里挤满了人。

坐在炕上，队员们听到谢主席被杀的情况，都唏嘘不已。许拴虎听说黄桂芝被捕，就问具体情况，但村民却说不上个三长两短。村民们知道段双全成了石油厂厂长，四处招工人生产石油，就都骂他：这么好个后生，倒走了这么条路，真是人走什么道，老天爷自有安排啊。

一会儿饭熟了，许拴虎和游击队员们吃着热乎乎的饭，和乡亲们拉着家常，觉得很亲切。看到有这么好的群众基础，许拴虎想到这里离城近，可以在这里建一个据点，藏一些弹药什么的，这样打起仗来也更方便些，但又怕连累众乡亲，犹豫着不知该说不该说。这时，村里来了几个二不愣后生，其中有个叫段安定的，就是段田虎的儿子，他先前由黄桂芝介绍在石油厂打过短工，后来他主动回村了。他看着明灿灿的枪十分喜爱，非要打一枪不可。许拴虎说：子弹可珍贵哩。但安定说：我有的是。说着他竟然从包里掏出了六发子弹。原来这些子弹都是他前几天在一个战壕里捡的。

许拴虎不愿拂他的好意，就说：那好吧，每人打一枪。于是几个二不愣纷纷拿了枪站在了院子里。院子里也没有个瞄准目标，大家就瞄着硷畔上的一棵槐树，砰的一声，枪响了，在深夜里传来了很大的回声。子弹打在树上，树皮瞬间就被打落了一块，大家都被吓了一跳。

许拴虎见夜深声音大，怕引起怀疑，就不让这几个年轻人再打了。大家正说着，张有福老汉来了，他依旧留着白胡子。他一来就朝许拴虎发了一通脾气，他说：你们石油厂的人口口声声说要保护我们哩，可一转眼都不知道哪去了，我可被那胡儿子害死了。于是有年轻人就对许拴虎说了张老汉上一次宁要驴不要命的事，大家听着就都哈哈大笑起来。

张有义问他后来怎样了，张老汉就给大家讲了自己的经历。他当时没办法，实在舍不得驴，就只能跟着驴到国民党部队去了。有一次吆毛驴驮粮食，半路上国民党军遇到游击队了，被打得个个趴到地上不敢起来，他得了个空，把驴吆进梢林中就回来了，还白捡了一袋白面呢。张有福老汉掉了两颗门牙，把不住关了，一说话唾沫星子乱溅，稀白胡须也只剩了几根，说起当日被胡宗南部队欺负，他剩余的几根稀疏的胡子就直颤抖。他摸着许拴虎的枪说：要是我老汉再年轻十岁，我非扛起这杆枪不可。

一时吃完饭了，大家就又说起了遇害的谢主席和不知生死的黄桂芝，都说是那个尉振海给害的，就是他杀死的谢铁匠，也是他认出的黄桂芝。大家说这个尉振海现在徐怀义手下是个小头目，整天就是抓共产党欺负老百姓。永堂这时也来了，讲到了一件事，说附近的东庄村有一个在小学当教员的人，他曾在东一区游击队里工作过几天，但主要工作还是教员。前几天，他回学校取东西，结果半路上遇到了尉振海带的人，他翻墙逃路，被他们追到一个山沟里捉住，他们不仅把他杀了，还挖了他的心肝炒着吃了。

一时大家就都说这尉振海如何如何坏，个个都恨不能喝他的血，吃他的肉呢。

王国威说：这个人坏透了，先前山子叔将他招到了厂里，可他却吃里扒外，勾结外面的人把石油厂的石油骗跑了。前一段时间又和土匪勾结在一起，后来，本来逮住了他，要枪毙了，结果他又绑架了我们的人……说到这里，他想起许拴虎的婆姨，便住了口。

许拴虎脸色铁青，一声不吭，他这时想起了自己的婆姨张如意，她正是因为受辱，才跳的崖……尉振海，你欠老子一条命啊。等着吧，血债要用血来偿的。

一时鸡叫三遍，天色就要明了，许拴虎就对大家说：这次来还有件事，大家谁愿意转移的今天就和我们一起走。

当即有几个人表示愿意一起走，说家里什么都没有了，也不怕国民党兵了。两个有羊的老汉，他们把羊藏在后深山里，经了这一段，怕得要命，也想走但又有所犹豫。许拴虎就说：那等你们想好再说吧，你们随时来，我们都欢迎。

到走的时候了，队员们告别了村里人，沿着山路往回返。他们钻到了沟里，沿着小路走上宁条梁，翻过走马山，又开始下山。一路上大家情绪高涨，走到圆肚子山的时候，太阳已升得老高了。此时，山川清秀，沐浴在一片霞光之中，近处山泉淙淙，鸟鸣花艳，真是一派好景致。走到这里，离高家湾不远了，许拴虎忽然想到好久没见张一井了，也没见娃娃，应该去看看他们，他便打发段新宏领着其他游击队员先回去，自己就和王国威一起朝高家湾走来了。

到了刘师傅家，两人怕敲大门惊醒别人，就从后墙翻进刘师傅家的院子。

刘师傅是个闲不住的人，他这时已起来了，正在院里的菜园子忙着。他婆姨正在做饭。

一看许拴虎来了，刘师傅忙招呼着进屋，打算到另一孔窑里把张一井也叫过来，许拴虎阻止了，刘师傅就打发婆姨出去守着门，三人在屋里说话。

刘师傅告诉许拴虎，段双全派人来了几次，想要自己到他的石油厂去上班，他正要找许拴虎说这件事呢。

王国威说：你可不敢上啊，那几个叛徒我们都记在册呢，正打算收拾他们呢。

刘师傅说：我也是这样想的啊，所以，就一直没敢答应他们。说着就轻轻叹了一口气，不说话了。

许拴虎敏锐地捕捉到了刘师傅的话外之音。现在是战乱时期，一家人，三个娃娃，一个婆姨一个瘫痪的老娘，又加上张一井和两个娃娃的到来，吃喝的压力肯定大。他要么是撑不下去了，要么是段双全开的价码比较高，对他有了一些诱惑。

现在家家都艰难，但这只是暂时的，已打了几仗了，国民党失败指日可待哩。王国威说。

刘师傅看了一眼王国威，没吭声。

许拴虎忽然有了新的想法，他说：刘师傅，要不你去上班吧。

听到这话，王国威和刘师傅都不解地望着他。

许拴虎说：缺你多你，这段双全总要生产石油的。你去了，可以把他的石油厂的进展情况随时报告给我们，我们也不在黑处了，可以及时掌握情况，这对我们工人支队也有利。

对对对，我怎么就没想到呢。王国威说。

那可说好啊，我这个工人是你许拴虎这个副厂长让当的，将来可不能算我叛徒啊。刘师傅似乎有点高兴了，长长地舒了一口气。

许拴虎说：只是你一直要记得自己的身份，把里边的情况及时传出来。不只是厂里的，城里的也要有。

刘师傅说：那是当然。我都打问好了，这厂里嘛，工人一周可以休息一天，平常他们都出不来，加班加点生产。这城里嘛，国民党县政府把城里的人都造了册，要出城就得有保长担保，在胳膊上盖个印章，进城的时候再检查这个印章在不在，没印章的就不让进城了。

许拴虎说：好，那我先交给你一个任务。你先把尉振海的情况吃透，看看他都跟什么人往来，如果他出城了，就提前告诉我们。

好好好，我明天就去打问。刘师傅答应着。

刘师傅的事儿就这样说定了。紧接着，刘师傅就又说到了张一井，说段双全知道张一井在这儿，来过一次，但两人说崩了，后来不知这段双全葫芦里卖的什么药，再就没有来。这张一井与两个娃娃都暴露了，在这里也不知道安全不。

许拴虎听到这个事，心里猛地一沉，觉得这事儿真是大，张一井如果不转移，段双全说不定什么时间就会来的。他来了说不定会放过张一井，但会放过自己的娃娃吗？

刘师傅说：我都跟一井说过多次了，但你知道她的性格，天不怕，地不怕的，总是不以为然。她总是觉得段双全没那么坏，也不敢把她怎么样。

走，咱们见见她去。许拴虎站起了身。

三人出得这个窑，进得另一间窑。这时张一井已起了床，正在一笔一画地教两个娃娃写字呢。看到这么温馨的场面，许拴虎一时间心里倒涌起了些许感动，一时有点恍惚，仿佛回到了自己的家。

张一井看到许拴虎来了，一时大为惊讶。小梅见了许拴虎就缠到了他身上，要他抱，趴在他身上不肯下来。刘师傅就让婆姨拿了几颗核桃几颗晒干的枣将两个娃娃哄出去了。

许拴虎问张一井过得好不，张一井简单地应答还行。许拴虎就说，知道桂芝婶被捕了，大家很伤心，正在想办法。让一井不要过分伤心，大家一定会救出她的。

一提到母亲，张一井的眼里就憋满了泪花，此时见这里人多，她便强忍着不让自己掉眼泪。

许拴虎嘴笨，也说不出来更多的话，只能劝她心放宽点。张一井说：我妈她都进去这么长时间了，这段双全虽不是人，但他还是求魏营长不上报的，可现在该咋办啊……这样说着，眼泪就落下来了。旁边的刘师傅听着这话，觉得张一井是在埋怨许拴虎，就给王国威使了个眼色，两人就找借口躲出去了，窑洞里就只剩了许拴虎与张一井两人。

一井，你不要伤心，县政府和我们工人支队都在想办法，会救她出来的。许拴虎说着看见张一井眼睛里溢满了泪花，觉得她此时挺可怜的，忍不住用手替她擦了一下。没想到这一下子倒惹得张一井更伤心，她一时情绪失控，也不管外边有没有人就呜呜呜地哭了起来。这些天来，知道母亲被关后，她非常委屈。自己孤身一人领着两个娃娃，连个说话的也没有，待在刘师傅家里刘师傅婆姨又不待见，母亲被关在监狱，自己又没奈何，那天还让段双全来欺负了一通，怎么什么倒霉事都让自己撞上了啊。她觉得委屈死了。

一井，你莫伤心。许拴虎嘴笨，依旧是说不出更多的话来。

我能不伤心吗？要你们这些大男人都干什么，一遇到危险了就下软蛋。躲起来了，藏起来了，要到山西去了，躲到村里当缩头乌龟去了……当初我妈帮你们的事都忘了，给你们送的温暖都忘了？现在她被关在监狱里死活不知你们却不管，只是拣好听的说，你们还有良心吗？她呜呜地哭着，全身耸动着，责备着许拴虎。

其实，张一井在这一段日子里也在想怎样才能救出母亲。她心里也是非常矛盾的，纠结要不要再去求段双全，求徐怀义他们想想办法，一时拿不定个主意。她曾经去监狱探望过一回母亲，也给母亲捎了一些东西。母亲老了许多，也瘦了许多，眼泡明显地垂下来了，皮肤也粗糙了。看到她这个样子，张一井不由得眼泪就落下来了。一时心软，她对母亲说：我去求徐怀义，求段双全，求尉振海，让他们把你放出来。

黄桂芝听到这话，就问她道：你现在和段双全在一块儿？

没有，他来找过一次我。

黄桂芝说：你可真没出息，好马不吃回头草哩。

不是，他要我回去，我不愿意去，我还骂了他一顿呢。张一井解释道。

听到这话，黄桂芝心里平静了，对张一井说：这就对了。我在监狱里也想了许多，觉得这人活在世上就活“尊严”二字。你父亲在许多人选择投降的时候不投降，他用枪结束了自己的生命，选择了有尊严地死。人活着就该是这样的。你妈念书不多，也没什么能耐，不能像你学文叔那样唱高调为祖国什么的，我只知道按我自己的内心活，活得不负这心。这样不管今后会遇到什么，自己也没什么后悔的了，我活得坦然、活得安然，我没亏过任何人，也从没违背过自己的良心。

张一井听母亲这么说，一时竟说不出话来了。她从没想到普普通通的母亲会说出这样一大堆道理来。这事要放到自己身上，她肯定会整天哭哭啼啼的，见了人便会说自己的冤枉，会求着人放了自己。而现在母亲在监狱里关着，身体越发消瘦了，但说出来的话却硬邦邦的，如铁似钢，这实在太出乎自己的意料了，也令她对母亲刮目相看。这一天她在回家的路上，忽然想起小时候自己总要抓着母亲一绺头发才能睡得着。母亲的头发顺滑，乌黑，光亮，睡觉时一直抓着，有时就塞到了自己嘴里，或者和自己的头发搅和在一起，分不清哪些是母亲的哪些是自己的。这样的睡法一直持续到她十岁。她后来一直想为什么会这样呢，觉得可能自己在小的时候缺少一份安全感，只有抓住母亲头发了，才睡得安然，睡得香。而母亲现在这样淡然地面对一切，什么也不靠，什么也不怕，显然是从她心底里有什么东西成长起来了，有了一份支撑。那么，这份支撑是什么呢？这是不是山子叔说的人有了信仰就不一样了呢？——而正是母亲的这份坦然，才使得她没有乱了阵脚，没有到处乱跑，到处求爷爷告奶奶。

现在遇到了许拴虎，她觉得自己所有的委屈有了诉处，她捶打着许拴虎，埋怨着他，埋怨着贺山子，埋怨着整个石油厂，也埋怨着县政府。同时也埋怨着自己，自己当初为什么那么急着要走啊，如果不走，等着把母亲领上，不就没这回事了嘛！

张一井从小娇生惯养，养成了任性、霸道的个性，她想问题很少考虑别人，很少站在别人的立场上来思考。所以，在母亲这件事上，她觉得全世界的人都没有自己有理，也只有自己的理才是正理，才是真理。

许拴虎打小就知道她这个毛病，此时他也感到十分委屈，只是没法对一井说，你说一句，她就能说十句、一百句。此时此刻就只能耐着性子劝她小声点儿哭，现在着急也救不出黄婶，要找机会。再就是交代她先在这儿待着，帮工人支队干点工作，比如传个情报什么的，有了准确的情报，工人支队才好开展工作。

两人正说着，刘师傅婆姨领着两个娃娃回来了，两个娃娃蹦蹦跳跳的。刘师傅婆姨现在也特别高兴，因为刘师傅可以上班了，家里有收入了，不用再过先前的那种苦日子了。她一进来，张一井与许拴虎两人就赶忙离得远了，两个孩子进门后不管三七二十一，叫爸叫妈，一个抱一个的腿，亲热得了不得。哭哭啼啼的张一井只好把脸上的泪擦掉，不再哭。

过了一阵儿，刘师傅与王国威也大声说着话回来了，王国威就说了想让张一井转移。许拴虎也想让她转移，只是往哪儿转移呢，一时也没个好去处。

刘师傅的婆姨此时很高兴，说：哪里也别去，就待在这里，我还有个伴呢。她知道刘师傅要工作了，就特别兴奋，把许拴虎当成恩人似的。更何况这个张一井还是现在厂长的婆姨呢，更要巴结了。

我哪儿也不去，我要参加游击队，和你们一样拿枪。张一井说。

王国威说：这里太危险，段双全说不定哪天还会来的。

我才不怕他呢。再说，我手中还有娃娃呢。另外，说句实话，我觉得他是坏，但还没坏到骨子里。

人都会变的。王国威说。

要不，就先让她在这里待着吧，找下合适的地方再转移。刘师傅说，再说所有的人都不知道小梅是谁的孩子，我们对人说是妻妹子的。刘师傅考虑许拴虎是怕娃娃有个闪失，就一旁劝着说。

许拴虎考虑让张一井回呼家川是不行的，那儿离城太近了，去老庄河更不行，现在暂时也没个好去处，就说：那就这样吧。你们要随时注意段双全的动向，有风吹草动，就和我们联系。

这件事情就暂时说到这里了。

一时刘师傅婆姨端了饭来要大家吃，但许拴虎觉得时间长了，怕有麻烦，两人就每人拿了一个饼子，夹了点菜悄悄从后门走了。

刘师傅与张一井送他俩走。一时刘师傅与王国威在前，故意把许拴虎与张一井留到了后头。张一井嘴依然噘着，嘟囔着说：你要多来看我啊，不要十天半月都没个音信。

许拴虎应了一声。

你也要记住你刚才说的话，把我妈快点救出来。张一井又说。

嗯。许拴虎答应着。

走着走着，张一井从头上拔下支金簪来，趁前边的人不注意，一下子塞到了许拴虎的手中。许拴虎想张开手来，张一井一把将他的手攥住了。

金簪就握在许拴虎的手心，金簪硌得他手心有点疼。张一井的小手从外紧紧地捏着他的手，手虽小，但这样捏着，一股暖流就从手指上缓缓传递了过来。就像浇地的水流进了田里，然后慢慢地浸开去。一时许拴虎心中就有了许多感动，有了一种被别人信任的幸福感。他心中涌起一种悲壮来，暗暗发誓道：老天，老天，我今生一定不辜负这个女人对我的深情。

刘考生到石油厂上班，段双全自是十分高兴，尤其在设备残缺不全的情况下，有个得力的技术能手相助更是增添了他的信心。他渴望着进度更快一些，炼出更多的油来，供给目前大受挫折的胡宗南部队，然后受到上司的赏识，证明个人的能力，升官晋职。他根本就不担心张一井，女人么，夫贵妻荣，都很虚荣的，也都很现实的。如果国民党一直能在延长统治下去，如果他一直是厂长，如果黄桂芝是他救出来的，他就不相信张一井不对自己感恩戴德，不主动回到自己的怀抱来。

刘考生果然技术好，因为缺少法兰盘，没法炼油，刘考生想来想去，看到挖出了一副冷凝器没有用处，他就将管子打成了喇叭口，又用铆钉铆住，用来代替法兰盘。另外，还缺一些小零件，但几天来在他的鼓捣下，都拼凑完整了，可以开始炼油了。

刘考生在进行改装的同时，也记住了许拴虎给他交代的话，他通过石油厂一个跟尉振海有交往的人弄清了尉振海的行踪。他偶尔会到县城西郊去，找一个叫卫锁子的朋友。卫锁子在城郊开了个赌场，也交易鸦片，尉振海时常就在这里过过烟瘾，买点大烟，或者赌博，活得逍遥自在。刘师傅摸清了这个情况，就说给了张一井，张一井再托人把这个情况报告给了许拴虎。许拴虎知道后就和大家一起商议着如何除掉这个害人精。商议的办法是让卫锁子用鸦片交易这个钩把尉振海约出来，然后伺机干掉他。

王国威自告奋勇到赌场去找卫锁子，他跟卫锁子有过一面之缘，卫锁子也知道他是石油厂工人。王国威见了卫锁子，告诉他说，离开石油厂自己一直没活干，现在他从朋友那里倒腾了些洋烟，听说卫锁子与尉振海熟悉，就想让他牵牵线，做点洋烟生意。另外就是想混个脸儿熟，看能不能跟着他混点吃喝。说着就把事先准备的两块银圆递给了卫锁子。卫锁子见钱眼开，又被人抬举，连忙满口应承了下来，说：好说，好说。等我联系一下，有了消息，我就通知你。

就这样，王国威在县城西郊的一处民宅里住了下来，每天装模作样地也到赌场玩玩，一直打探着尉振海的消息。过了两天，卫锁子告诉王国威，当天上午尉振海答应来，要他一定把货准备好，一手交钱，一手交货。王国威答应了，一边快速把这消息派人传给了许拴虎。

卫锁子开的赌场在城西李家渠的小庙旁，他之前约了尉振海好几次，尉振海也答应了的，但总是有这事那事的，忙得走不开。今儿个有空了，便答应过来看看烟土。

知道了这个消息，许拴虎领了段新宏和张有义就赶来了。他们查看了赌场的位置，与王国威通了气，便悄悄地在小庙旁的沟渠里埋伏了下来。三个人伏在沟渠旁，头上插着草伪装着，单等王国威发出信号就开始行动。

王国威在卫锁子住的石窑里等着，等了一上午都没有动静，到了中午时分，这尉振海果然来了。其实尉振海这些日子自己也担心，尽管手里有了权，做事也是屡屡得手，延长许多人见了他都不敢抬头看他，都是低着头走过，但他心里也清楚，树敌太多，难免被人盯上，遭人暗算，所以就有意无意地故意来迟了。他来到了卫锁子窑里，看到一旁的王国威，就说：你有洋烟哩？王国威赶紧把自己的烟土递了上去。旁边的卫锁子说：他是我朋友，想跟你做点生意。也想认识你哩，想跟着你混世事哩。

尉振海接过洋烟，翻看着，又用手指蘸了一点放在舌头上，然后微张着嘴，不断地将舌头来回在嘴里边打着转。他品了一阵，忽然间翻起眼睛瞥了一眼王国威，也许就是一眼之间，他似乎预感到了什么，觉得王国威的眼神不对，把洋烟往桌上一放，然后推到王国威身边说：老子洋烟多的是，还要你的？说着就站起身来，直接向门外边走去。

王国威想，这尉振海好不容易才等来了，他这一走，还不知道什么时间才能再碰见哩，一时脑子一急，就赶上去从背后抱住了他。当下，两人就在石窑里厮打开了。卫锁子不知是怎么回事，还老操心着两人把洋烟打翻了，就先将洋烟拿到一边去，说：都是自己人，都好商量，你俩就别打了。此时，窑里空间狭小，尉振海身子大，施展不开手脚，再加上他没提防，一下子被王国威从背后给扳倒了。王国威顾不得掏枪，就去掐他的脖子。尉振海身体粗壮，在地上挣扎着，大声对卫锁子喊：他是共产党，我们上当了。卫锁子一听得尉振海说“共产党”三字，顿时惊慌失措，他反身举起一把椅子来，哐当就砸在了王国威的头上。随着响声，王国威头猛地一颠，整个身子就软绵绵地倒在了尉振海身上。尉振海把他身体拨拉到一边，站起身来，揉了揉脖子，咳嗽了一声，然后掏出枪来，对准王国威骂道：你去死吧。说着就要开枪打死他。卫锁子胆儿小，怕在自己家里闹出人命来，就忙将尉振海推了一把，说：你快走吧，别在我这里闹出了人命来。这一推，砰的一声，尉振海的枪一下子打在了窑顶上，一个小土块应声而落，掉在了水缸中，溅起了很大的水花。

妈的，你也不是什么好东西。尉振海用枪指着卫锁子说，差点要了老子的命。说着他揉了揉自己的脖子，伸手把旁边放的鸦片抓过来揣在了自己的怀里。

但就在这时，门外许拴虎等三个人听到枪声冲进来了，一看此情此景连忙开枪，砰砰几下就乱枪将尉振海打倒在地。卫锁子见此情景，更是惊得张大了嘴，一句话也说不出来，他根本闹不清是怎么回事。尉振海中枪倒地，段新宏和张有义验了一下，看他真死了，两人就将他抬出院子抬到了旁边的小庙里，然后将事先写好的一张布告贴在了庙门外。布告是事先写的，罗列着尉振海的八条罪状，布告下边落款为延安游击队工人支队。许拴虎则将已昏过去的王国威叫醒了，将他搀扶了起来。

铲除尉振海的行动尽管有点意外，但整体上还算顺利，没伤一兵一卒。许拴虎和几个队员都非常高兴，他们钻进梢林藏了一阵，天黑时便往老庄河返。他们沿着山路走，抬头望天，山清野明，皓月当空，正是本月中月最圆的一天。他们绕到了石油厂背后的山上，从这里可以望见山下石油厂院子里有人在忙碌着。

段新宏说：咱们再扰乱他一下子吧。

说着，他们在一片丛林里用藤条缠着捡来的两件衣服，又挂了些鞭炮，然后向石油厂跑去。跑到近旁了，这四个人就先瞄准石油厂乱打一通，然后就点起了火把，点燃了鞭炮，他们却悄无声息地跑了。在他们身后，石油厂响起了几排齐发的枪声，紧接着延长城几座山头敌人的碉堡工事枪声大作，火舌频吐，红绿色信号弹频频腾空，探照灯白色光束忽戳夜空，忽扫河谷……

真是一幅美妙的夜景啊。

一个得力干将被打死了，而打死他的人还张贴了布告，这可把雷秋林气坏了。他派人在县城、城郊把地皮翻了个遍，却找不到工人支队半个人影，雷秋林的肺都要气炸了。这么多年尉振海一直跟着他，是他的死党，心狠手辣，他指到哪里尉振海就打到哪里。这也是雷秋林当年肯下大功夫冒着危险将他换回来的原因。

这一段时间背靠胡宗南这棵大树，他俩在一起干了许多事，也得到了上级的奖励，当然也敛了不少财。可哪里会想到，忽然尉振海就被打死了，身上被枪子打得像筛子似的。查来查去至今找不到工人支队，这让自视甚高的雷秋林心里如何能过得去？

雷秋林找不到许拴虎，找不到游击队员，却意外地得知张一井领着孩子就藏在高家湾。

直觉告诉他抓住张一井就肯定能找到许拴虎。但因为张一井名义上还是段双全的婆姨，段双全又和魏营长整天在一起，魏营长还派了一个排的兵力保护新开工的石油厂，这令他有所顾忌，不敢轻举妄动。

想来想去，他就来找段双全了。

雷秋林找到段双全说许拴虎领导的工人支队杀了自己的人，目前虽然不知道这支队伍人在哪里，但他知道张一井就藏在高家湾，找到她就一定能找到许拴虎和工人支队。

段双全听他这么说，就急了，说：张一井是我婆姨，她和游击队没有任何关系。

雷秋林说：我也没说她和游击队有关系啊，但从她嘴里一定能问出许拴虎的下落来。我听别人说，她在石油厂上班的时候，就跟许拴虎眉来眼去的。

放他妈的屁！段双全一听怒不可遏，噌的一声站起身来，说：我告诉你雷秋林，张一井是我婆姨，是我安顿让她住高家湾的，那儿还有我的娃娃。谁今后敢说我婆姨坏话或者打我婆姨的主意，小心我认得他而我手中的枪不认得他。

雷秋林看他生气了，就说：我也只是说说嘛，小心被人卖了还帮人数钱呢。

我的事不用你管。雷秋林，你前头骗了我两次，第一次是石油，第二次是你逮了我丈母娘。她就一个基层妇女，不过是挂个名受共党教唆干一些缝纳洗补的活罢了，可你们都不放过。这些事，我还没和你算账哩，难道你有枪，我手中就没有枪？如果我婆姨与娃娃有个闪失，我发誓，我第一个就找你算账。不信，咱们走着瞧。段双全把这么多年对雷秋林和尉振海的不满全发泄出来了。

看到段双全真怒了，雷秋林就打着哈哈说：过去的事咱就不说了，那都是尉振海干的，如今他也被打死了，这些事咱就一风吹了。不论先前怎么样，现在我们是一条线上的蚂蚱，共同的敌人就是许拴虎带领的这支工人支队。不用我多说，他更是冲着你这个厂子来的。你这样的当断不断，儿女情长，将来恐怕会吃大亏的。

段双全说：许拴虎杀了你的人，你尽管去找他。你杀了他，剐了他，活剥了他，煮了他都行。但我警告你，你别把我婆姨与娃娃牵扯进去，要不，我会和你算总账的。

其实虽然两人目前在一个阵营，但段双全从骨子里还是瞧不起这两个靠坑蒙拐骗起家的骗子的，他一直对两人当年骗自己的行为耿耿于怀。另外，两人又将黄桂芝暗地里抓了起来，也没有告诉他，这在段双全看来分明是不给自己面子。因为自己与张一井关系也僵，所以睁只眼闭只眼的，但谁想要伤害张一井，他是不能坐视不管的。因为他依然喜欢着张一井，还深爱着自己的儿子。

至于许拴虎以及许拴虎领的这帮人，段双全对他们是恨透了，井口的抽油设备一再遭到破坏，他们还三五天就来厂子捣乱一次，神出鬼没的。每次就是捣乱，打上几枪，把厂子弄得人心惶惶，然后就跑掉了。自己在明处，他们在暗处，真是防不胜防啊。他恨得牙痒痒：许拴虎，我要是抓到你们，非给你们好看不可。昨天，有人拿来了一份工人支队散发的传单，传单上点了张真、李三牛、刘考生等一些人的名字，赫然写道，如果这些人执迷不悟，工人支队将严惩他们。那张纸背面还画有一个骷髅头，用红笔打了个大大的“×”号。目前，厂子人心涣散，个个瞻前顾后，而魏营长现在正急等着发一笔大财呢，胡宗南的部队也在等着这里生产的石油呢。唉，想干点事好难啊，现在就盼着国民党将陕北全部占领了，将共产党都消灭了，或者赶到山西去，这日子才能太平。

雷秋林与段双全两人不欢而散。

雷秋林临走又对段双全说：我还是那句话，多个心眼，别让人卖了还帮人数钱。

段双全说：你还是管好自己吧，小心点为好，人生在世，诚信第一，要不然哪天走着走着就和尉振海一样走没了。

雷秋林被段双全数落了一顿，装了一肚子的气，牙咬得咯吱吱的，就想要报复。他认定这个段双全是个软脑壳，是个不可与之共事的人。世上的女人那么多，就离不开一个不起眼的张一井？其实照雷秋林的想法，许拴虎的游击队建得迟，人肯定也不会多，枪也不多，战斗力差，如果抓住张一井，再找着许拴虎决一死战，就可以把他们解决了。这个想法，他不是没给徐怀义说过，但徐怀义是个大滑头，既想弄钱，又想保存个人实力，不愿意打硬仗。魏营长心思根本不在这里，他也是想着怎样快速地弄些钱，再说前线天天有战败的消息传来，也令他时时不安。这一群乌合之众，都在打着自己的小算盘，没有一个人做长远考虑，这样的国民党不败才怪呢。

想来想去，雷秋林觉得自己非要露一手不可。这尉振海可是自己的左膀右臂啊，就这样大天白日被人枪杀了，自己再不吭声，会让人小看的。他回到驻地，手下人来报告说卫锁子抓住了。雷秋林想，怎么严惩他呢？想了一阵就有了办法，然后他把这个想法跟徐怀义说了，徐怀义也点头同意了。

这个卫锁子也是合该倒霉，本来事情发生后，他知道自己摊上大事了，拿上钱就跑了。跑到半路上，他甚至想到了去找王国威他们，但一想到游击队清苦，并且每天脑袋都在裤腰上挂着，就又不想去了。他在外跑了几天，避了避风头，将拿的钱挥霍一空。后来偷偷地打问，觉得死了个尉振海世事还是原样，就偷偷潜回了家。而他刚回家，就被雷秋林的人给抓住了。

这天，在一个学校的操场里，竖起了一根高杆，堆了一大堆柴火。黄昏时分，就有国民党兵三步一岗、五步一哨地站到了这里。城里的群众都不知道这里要发生什么事，都围在学校周围好奇地观看。

到了傍晚时分，一群衣衫褴褛的人就都押过来了。他们一个个双手被绑着，用绳子牵成一串。其中大部分是男人，有一两个女人。围观的人认出了哪个是农会干部，哪个是教员，哪个原来是共产党政府里的工作人员。这群人一个个精神疲惫，神情沮丧。

在这群人中就有黄桂芝，她从前到后排在第五个，也像其他人一样被反绑了双手。一群士兵押着他们这群人来到了操场中央的高杆前头，要他们站成一排。黄桂芝他们都不知道这群国民党兵要干什么，就我望着你，你望着我冷眼旁观。长时间的监狱生活使大家看惯了世事，大家的脸上表情木然，都是一副听天由命的样子。黄桂芝想大概是要被枪毙了，死就死了吧，在监狱这一段时间活受罪，也早让她受够了。

这群人在这里站得半个钟头，有两个士兵却押着一个身体瘦弱的年轻人过来了，这人面色发黑，一看就是长期抽大烟的那一种。他的手反绑着，被两个士兵推着往前走，他一边走一边挣扎着，并喊着说：不关我的事啊，我冤枉啊，你们去找他们啊。但没人听他的。就这样，他被两个士兵一直推到了高杆下，站在了黄桂芝他们面前的台子上。一名士兵朝他的腿弯踢了一脚，这个年轻人就顺势趴在了台子中间。一名士兵又扯着他的衣领，将他上半身提起，于是，他就跪在了台子中央。他这时还要喊什么，另一个士兵拿起枪托朝他的屁股砸了两下，他便不吭声了，低头面对着众人跪着。

黄桂芝不认识这个人，也不知道这人犯了什么罪。身边有个当教员的偷偷地告诉她说，这人叫卫锁子，是个小混混，城西李家渠的，至于犯了什么罪，他也不知道，但看今天这架势这个人不会有什么好结局了。

这时保安大队副队长雷秋林上台讲话了，他说：台上跪着的这个人叫李卫锁，他勾结工厂支队的人杀了尉振海分队长，今天我们要跟他算一算总账。在延长，谁敢动我们一个指头，我们就将割掉他的十个指头；谁敢动我们一个人，我们就杀他全家。简短的讲话完了以后，他手下的几个士兵就开始动手，他们把卫锁子的衣服当着众人的面剥了个精光。卫锁子这时也知道自己不会有好结果了，瘦小的黑不溜秋的身子在台子上挣扎来挣扎去，大呀妈呀地哭喊着。黄桂芝看他瘦小的身子在台上愈发显得黑小，身上一时又滚上了许多土，就觉得十分可怜。一时看不下去了，就将头扭到了一边。

两个当兵的手中拿着一些白布来到前台的空地，他们将白布在台子上铺开来，另外两个人便把挣扎着的卫锁子抬放在白布上，然后拿白布将他一圈一圈缠起来。一会儿，卫锁子的全身都被白布缠结实了，只露了一点点头发，此时的他也根本动弹不得了。

天这时也黑透了，有个士兵就拿了火把来点燃了，一时把前边的空场地照得通亮。

卫锁子估计这一阵早被吓晕了，被缠着连一点挣扎的迹象也没有，仿佛死去一般。两个士兵将他抬到了那根高大的柱子旁，然后把他与柱子竖绑在了一起，下面堆上柴火。

这时就有人提来一桶油，这些油是未提炼的原油，那个士兵拿个马勺，围着卫锁子转圈，把桶里边的油往卫锁子身上浇，往旁边的柴火堆上浇。不一会儿，稠乎乎的油就浇了他一身，卫锁子顿时就成一个黑人了。

黄桂芝看到这里，知道他要被烧死了，心里非常害怕，但她不明白为何要把他用白布缠起来呢。这时一旁冷眼看着这一切的雷秋林就又在台上发话了，他说：大家都看到了吧，这就是得罪国军的下场，这就是私通共产党的下场。妈的，谁让我们不好过，我们就让他十倍地不好过。说完了，就将手一挥，台子左边持火把的士兵就跑了过去，雷秋林对他示意了一下，那名士兵就开始点缠在卫锁子身上的白布。

这叫点天灯，这群天杀的。身旁的那个教员小声愤怒地对黄桂芝说。此刻黄桂芝早已经吓坏了，她想到的死法，比如说砍头，比如说用枪打死，或者跳崖，或者上吊，但从来没有想到竟然还有这种方法将人烧死。

火从卫锁子脚下燃起，马上就成了一团大火。越烧越旺，火焰也燃得越高，冒起的火焰足有两个卫锁子高，转眼间那个白布缠的卫锁子的身躯就整个地被罩在火光里了。下边的柴垛也着了，燃烧的时候发出了噼里啪啦的响声。

黄桂芝的身体软软地倒下去，她昏死过去了。

卫锁子被点天灯这件事很快就在延长的乡间传开了，离城近的群众人人自危，于是很多人相跟着往外地跑。大家觉得，反正跑得离这些禽兽越远越好。有一些人就跑到老庄河来了，他们来了，把家里仅剩的粮食也带来了，把猪赶着，羊吆着。人们的到来给这里增加了许多困难，尤其是粮食不够吃，但同时也在一天天地增加着许拴虎和队员们的信心。我们不怕，我们再大的困难也能克服，因为我们身后有着无数老百姓的支持。许拴虎对队员们说。

呼家川的张有福老汉也从村里跑来了，他吆着自己的那头毛驴，毛驴上竟然驮着一个铁疙瘩。张老汉说，昨天他打算离家哩，结果家里驻扎了一群不带长枪全拿短枪的国民党兵。他们来了，就从一个箱子里掏出这个铁疙瘩放在磨盘上，侍弄得一阵，就回窑里吃饭了。他虽然没见过这个东西，但他想着敌人能用的，我们的人肯定也能用，便乘敌人吃饭之机，将这个铁疙瘩偷藏到了猪圈里，而自己则跑到深山里藏匿起来。等敌人走了后，他把这东西就驮到老庄河来了。张老汉把这个宝贝疙瘩拿出来交给许拴虎，许拴虎也不知是啥，拿出来让众人看。有人认出来这是部电台，也就是报话机，通过这个东西想与谁说话就能与谁说话。大家一时觉得很稀奇，就乱扭上面的钮。许拴虎制止了众人，说：咱们还是先把这个东西交给上级吧，咱们的大部队肯定能用得着。

因为有了枪，工人支队就不断壮大着，吸收了许多新生力量，很快就多达四十人了。有了人，有了枪，扰乱石油厂、阻击小股国民党兵就成了常事。常常是三五天一小捣乱，七八天一大干扰，使得想安稳生产一点石油的段双全疲于应付，一直提心吊胆。

但就在这一天天的攻与防中，历尽千辛万苦的段双全终于炼出了第一锅油。兼国民党延长县副县长的魏国栋营长知道了，打算趁机开庆功会。这一天，他邀了地方绅士和政府官员一起来到了石油厂，见证这历史性的时刻。

石油厂院子里摆了一排桌子，桌上铺上了白布，摆着延长本地特产的西瓜、小瓜、梨，一大群延长县政府的要员以及邀请来的地方绅士坐在了台前。

本来像这样的大事，魏营长还打算邀请更多的人呢，这锅油标志着延长石油厂在炼油方面走出了一大步，这是一件大事啊。但是段双全实在对生产的油没有把握，因为机器设备缺这少那的，配件又都是改装凑合的，又不停地受外界干扰，所以他还是想低调一些。

庆功会上，段双全发了言，说了他接管石油厂从无到有，历尽艰辛终于才炼制出了第一锅油。魏营长也讲了话，给予延长石油厂高度评价。接着，一些地方绅士在会上也发了言。

发言完了，两辆军用大卡车开到了厂子，李喜喜带领着两名工人将新生产出来的汽油在众目睽睽之下加到了油箱里面。随即汽车启动了，发出了突突突的响声，车身也在颤抖着。

魏营长站起身来，邀请大家上车，他说：我们一起去延长城里兜兜风吧。这群人中有许多人没有坐过汽车的，都不知该咋样坐，那些年龄大的，干着急也上不了汽车。李喜喜就和几个士兵忙活着，把先前放在车厢中的凳子递下来，让一个个踩着凳子上。等他们坐稳了，汽车要开动了，围观的一些人便响起了一片掌声。

汽车在石油厂院子里高低不平的路上转了个圈，然后载着这些人颠簸着出了厂子大门。两辆汽车一前一后，先开到七里村，在七里村掉头后，又返回延长城。1947 年的延长城，许多人都没有见过汽车，一时两辆大卡车一前一后，突突突突沿街开来了，城里的群众都围着看稀罕。车在前面走，一大群人就跟在后边。那些坐在车上的人也个个头从车厢里伸出来四处张望着，跟熟识的人打着招呼。

车按原计划要行至东门外，然后在此地掉个头，再返回石油厂，就算成功了，石油厂里由李喜喜带头的工人们早已准备好了鞭炮庆祝呢。行至东门外时第一辆车正在拐弯掉头之际，突突了几声却灭了火。车上的人都以为是驾驶员拐弯减速的问题，也都没在意，依然在车上高谈阔论着，给魏营长与段双全竖着大拇指叫好。

驾驶员又重新开始发动车，突突突……突突突……每一次车都似乎要启动了，但突突了两下等不得挂挡开走，就又灭火了。

第二辆车上的司机看见了，就停了车赶上来，一起发动车，但这辆车依旧还是突突突突几声，就熄火了。

停车地点正处于东门外，狭窄的街道停了这两辆车，周围的老百姓便把车围了个水泄不通，指指点点着。

车久久发动不起来，车上的人就着急了，先是段双全下来了，接着魏营长也下来了。魏营长问司机怎么回事，司机敬了个礼，说：报告长官，汽车出了故障，正在修理之中。

两个司机满手的油污，一个车上一个车下地忙活着。但每次启动，都是只突突几声，并且一次比一次突突的声音短。

段双全与张真最担心的还是油的质量问题，此时见车停了，两人张望着，心中忐忑不安。

魏营长见这里的群众实在太多了，车上的人又在车篷中，此刻天气热，个个已满头大汗，就招呼这些人下来。他说道：各位，这辆车有些故障了，大家下车，我们一同坐后一辆车吧。

车上的人就先把凳子递下来，踩着凳子开始下车。

但就在这时，后边的车也突突了两声熄了火。后车的司机见此情景吃了一惊，忙跑来发动自己的车。但此时这辆车和前车一样，也是一打火突突突突几声，但就是发动不起来。至此，两个满头大汗的司机就都明白是怎么回事了。

他们给魏营长报告说汽油不达标，所以车没法启动。

真的吗？魏营长疑问道。

是真的，两辆车都是这样。司机说。其实这时魏营长也明白了，他们在试验这批油的时候，把两辆车的油都抽尽了，为的就是测试这批油的质量，但现在看来这批油是真的不合格了。

魏营长扭头盯着段双全，满脸的责备，似乎要他给个解释。段双全疑虑着说：不可能吧，当初石油厂的石油都是这样炼的啊。那些油还供过大部队呢，从来就没人反映过油有质量问题的。

张真在一旁悄悄地给段双全耳语了几句，段双全只是摇了摇头。

魏营长见天这么热，围的人又多，再这么折腾下去，脸会越丢越大，就打着哈哈说：看来，咱们今天的运气不好啊，各位只能走回去了。

没事没事，走走也健康啊。一大群坐车的人就个个打着哈哈，相跟着从东门外往回走。

李三牛与刘考生两个人没走，还有几个石油厂的工人闻讯也赶来了。这时第一辆车倒是发动着了，但没走多远，就来回颠簸了几下又停了。一大圈的百姓看着这个场面就都笑了。

看看这样确实不是办法，段双全就让多叫一些石油厂的工人来，大家齐出力把这两辆车推回厂里去。

有了这次意外，庆功宴上所有人都不开心，段双全饭也没吃就离了席。

这次庆功会的事也传到了游击队队员的耳朵里，大家别提有多高兴了，都说：看来我们的扰乱真有效啊，段双全炼出了一锅油渣，丢尽了脸。

段新宏说：我们干脆钻到石油厂，点一把火，把石油厂烧掉算了，他段双全即使有天大的本事，在一两年内都恢复不了。他这个提议马上受到了其他队员的支持。这些日子队员们士气正高涨，认为一把火就可以一劳永逸地解决问题了。但此时的许拴虎却不这样想，他先前也想过这样做，尽管石油厂有士兵防卫，但瞅个空偷偷进去点一把火的可能性还是存在的。但想来想去，他就把这种想法否定了。要知道，石油厂那些设备都是工厂多年积攒的，是从 1905 年开始到现在的全部家当，年年从外买往回运，付出了多大的心血啊，甚至许多人还为此付出了生命呢。放一把火倒是痛快了，但设备、厂房都付之一炬，造成的这种损失却是多少钱也买不回的。目前，胡宗南处处吃败仗，已经顾头不顾尾了，这样下去，敌人失败的日子是迟早会来的。那时，将胡军赶出延安，这石油厂又成了我们的。到那时我们如果再建厂拿什么建呢？所以他就否定了队员们的提议。

国民党占领延长城以后，城里驻扎了两个营。先前他们在城北的走马梁、蛮婆山一带曾修过防御工事，后来由于前线吃紧，就调走一个营，只剩魏国栋这个营了。受兵力所限，他就放弃了这两个阵地。于是，延长游击队与工人支队就不断地登上走马梁向城内敌人打枪，不只是晚上，甚至白天也向石油厂、向山下守军打枪。这种袭扰城里的士兵看得清清楚楚，老百姓也都能看得见，都议论纷纷。然而每当山下一发现，无论是派正规军还是派保安大队，只要他们一爬到半山腰，游击队就顺着山梁撤退了，敌人连他们的影儿也摸不着。有时敌人实在没办法，就在县城架起炮来轰击走马梁，但山那么大，炮弹打不准，游击队员们还是从容地撤走了。这样的袭扰，使国民党军疲于应付，石油厂也人心惶惶，城内更是谣言四起，使得国民党统治下的延长城愈发不安定了。就这样，大家一天天眼看着国民党只能统治延长城内方圆不到十里的地方。

游击队来回骚扰，炼出的又是废油，一次次地打击着段双全的自信心。他痛定思痛，逐步开始调整自己的计划，紧缩战线，只守七里村两口井，把先前找着的井都放弃了。这里离县城近，随时可以照看。他在这两口油井边建了房子，让持枪的士兵二十四小时轮流值班看守。同时，在油矿与七里村之间架设了电缆。由于魏营长的兵力缺，段双全还组建了自己的保卫科，配备了两门迫击炮，还有大量炮弹。现在他一心想再组织人力改进技术，生产出合格的汽油来，要不，他真就无立足之地了。

至于婆姨张一井，他觉得根本不足为虑，只要国民党能在延长统治下去，只要自己是这个石油厂的厂长，难不成她张一井能上到天上去？这一段工作特别繁忙，段双全的压力又大，他知道张一井还在刘考生家里，就托刘师傅休假回家的时候，给娃娃捎一点东西回去，不让娃娃在吃喝上受罪。

他现在对许拴虎的工人支队是恨透了，就给魏营长汇报说，之所以汽油不合格，是缺一些零件，而这些零件就埋在老庄河，常常捣乱的工人支队听说也驻扎在老庄河，所以，干脆趁机到老庄河去把工人支队的老窝给端掉，一劳永逸。

此话正合魏营长之意。这一段时间他也天天被这些游击队折腾得睡不好觉，他觉得是该好好教训教训这帮不安分的穷鬼了。

两人的这些话段双全在石油厂会上说了，他小范围地说了一下，为的是给大家打气。但说者无心，听者有意，刘考生听到后，觉得情况重要，就把这话悄悄地捎给了张一井。

整天领着娃娃百无聊赖的张一井此时早已认定自己是工人支队的一员了，她就想赶紧把这个消息通知给工人支队。她还有另一个想法，许拴虎上次曾答应救母亲出来呢，结果到现在一直没有动静，这让她心里也生了抱怨。当初他还只身闯国民党监狱呢，现在手中有人了，有枪了，胆子倒越来越小了，越来越瞻前顾后了，真是白费了自己对他的一片好心。所以，她此时憋了满肚子的话要对许拴虎说，她觉得许拴虎是自己唯一想倾诉的人。

可是这么远的路，自己如何去呢？

这一天，高家湾来了一伙山西贩瓷器的，一共四个人，吆着八头毛驴。这些毛驴驮着瓷器，既有大的水缸，也有盆、碗、碟子什么的。他们常年在陕北这一带活动，用瓷器把陕北产的食盐、皮毛、碱换回去。

看到这些，张一井就有了想法，她问他们要到哪里去。领头的说，由于延长城附近国民党兵多，刁吃抢喝的，生意也难做，他们打算沿高家湾到延川去，在离县城偏僻的一些地方走走，做点小生意，混点小吃喝。张一井听了心里一盘算，他们要到延川去，一定得路过老庄河，这正是去见许拴虎的好机会啊。

她就给赶牲口的头儿说：我打算到老庄河去看亲戚，想和你们相跟上去，行不？领头的听到这话马上就拒绝了。因为常年在外边跑，他们认为有女人跟着会带来晦气的。再说目前世事这么乱，说不定就会在路上碰见散兵游勇，相跟一个漂亮女人在路上那不是给自己找麻烦嘛！

但此时的张一井要见许拴虎的心情已十分迫切了。她想来想去，就想了个好办法。她将两个娃娃托付给刘师傅的婆姨照顾一两天，刘师傅婆姨满口答应了。

天下没有张一井不敢做的事，她想的办法竟然是趁那几个贩瓷器的人不防备，悄悄地藏进一口水缸中，然后盖上盖。那是口黑缸，瓷光明亮的，一边一个搭在毛驴背上，保持着平衡。

四个赶牲口的人根本没注意到张一井，他们在村里换了些东西，就上路了。上路的时候，有个赶牲口的发现一头毛驴驮的缸一边沉，走起来往一边斜，他还特地揭开另一边的缸盖来，将收到的几件破羊皮塞进了缸里以保持平衡。

一行人就这样上路了。尽管目前形势紧张，但没阻碍这些见惯世事、心性淡然、爱说话的人。听着他们一路在说话，缸中的张一井很快就弄清了这四个人的关系。他们是一个村的，其中一个姓高，人称老高，是这四个人的头。

半路上下起了雨，一行人在一个村子避了一下。等到雨停了，再上路时地面就很滑，四个人小心翼翼地拉着毛驴。由于张一井钻到了缸里边，增加了分量，驮子就老向右偏。一个年轻人一边小心地拉着牲口，一边说：这驴日的，该不会闪了脚吧，咋走起来有点偏。

天虽然不下雨了，但阴沉沉的，很快就到了下午。

快点走啊，走到老庄河有羊肉吃。老高喊道。老庄河的羊肉在这一带是非常有名的。

如果晚上有个女人暖被窝就好了。走在最后的张三说。他的腿略微有点跛，走起路来一高一低的。

张三，你不是前两天才和婆姨亲热过吗，该不是没把枕头支高？另一个姓张的年轻人在前头打趣道。张一井听了半天，知道这叫张三的前几年婆姨害病死掉了，打了几年的光棍。最近新娶了个寡妇，偏这寡妇久旱逢甘霖，在新婚之夜折腾个没完没了。折腾个来回，仍觉得不过瘾，竟然拿了个枕头来把臀部支高继续折腾，而这恰恰被在外听房的人听见了。

张三听到这话也不恼，只是呵呵笑着说：小伙子们，女人可是个好东西啊，成了亲你们就知道了。

说着，他大声哼唱起了一首歌：

神仙也管不住人想人，老天爷留下个男人爱女人……

张一井在缸中听着他们说话，触景生情，不由得就想起许拴虎来：唉，只怪自己当初瞎了眼啊，怎么就错过了许拴虎这样的好后生呢！现在他在哪里啊，这一段时间自己寄人篱下，没个说话的人，这个傻瓜，这个笨脑瓜，也不知道想自己不想。段双全的影子也在她脑子里闪了一下，但很快她就不想他了。现在段双全即使给她整个世界，她也不稀罕了。一想到这些，她觉得这人活着可真有意思，要说心大，大得什么都装得下；要说心小，可真是小啊，小得只能装一个人。

张三唱了几句，天就完全黑下来了，这群赶脚的此刻不约而同加快了步伐。

漆黑的夜正像一头巨兽向他们压了过来。

就在这时，忽然传来一声嚎叫声，嗷——

有狼。前头的小伙子叫了一声。此时听得这叫声，所有的牲口都竖起了耳朵，一个个警觉地停下了脚步。

嗷——又一声狼叫声传来了，在这夜里，狼的叫声孤独而又悠长。叫得缸里边的张一井心里也一阵阵发毛。

狼离这里不远。老高说，并且不是一头狼。他走的路多，经历的世事多，听出了刚才发出叫声的并不是一只狼。大家把牲口拉好。他喊道。

又是一声狼嚎，声音明显离得近了。最前头的毛驴似乎是嗅到了异味，忽地一折，就往回跑，但马上被它的主人死死拉住了。它这一乱，后边的驴队就都乱了。

老高停下牲口从一个驮子里竟然掏出了一杆枪来，他拿在手中，其他的三个人也都从驮子中掏出了棒子拿在了手中。

再往前走一点，就到老庄河了。老高大声说。

最前边的年轻人拉着毛驴小心翼翼地往前走。

又是嗷的一声长嚎，这一次的叫声近在咫尺。听到这叫声，所有人都吓了一跳，毛驴这时也都四散开来，有的往回跑，有的往两边跑。但因为毛驴是两两拴在一起的，一头跑就牵扯着另一头，一时贩瓷器的牲口队伍乱作了一团。

老高照准狼嚎的方向开了两枪，砰砰的声音在夜晚发出巨大的回响声。

点燃火把，狼怕光。老高说。其他三个人就从缸中掏出棉布来，简单地缠在了木棍上，做成火把点燃拿在了手中，将惊慌不安的驴队围成一圈。张一井在缸中颠簸着，一时也是魂飞魄散。

枪响后，再没听见狼嚎声，四周也没有了声息，这群驴就稍稍安静了一阵。老高说：走吧，再有五里路程就到老庄河了，大家要小心点。

于是，这一行人就又吆着毛驴起了身。

一行四人散开来，扯着毛驴的缰绳左顾右盼着，手中拿着火把含混地吆喝着给自己壮着胆，小心翼翼地前行。

正走着，忽然走在最后边的驴疯了起来，又是踢又是蹦，但因两头驴是用绳子扯在一起的，这头驴此时又扯不开，跑不掉，只是发出痛苦的呻吟声，并乱尥着蹶子。狼，狼！走在最后边的张三回头看，赫然发现那头驴背上竟然趴着一只狼，他一下子把手中的棒子扔掉大声喊着往前跑。其他的驴这时也受了惊，都四散往开挣着。最后的驴没跑得几步，就倒在了地上。

老高听见张三的叫声提着枪就往回赶，正看见后边的驴倒在了地上，驮子倒在了一旁，前边的一头驴正转着圈，而倒下的这头驴身上有三四只狼正在撕扯着它，驴发出了一阵阵的哀鸣。老高顾不得其他，瞄准狼开了两枪，狼受了惊，就忽地一下四散跑开了。但咬住驴脖子的那只狼大约是异常饥饿，依然没有跑，仍在咬着喉管。老高忙装好子弹，瞄准它砰地又是一枪，这只狼就倒在了地上。

其他几个人这时都赶过来了，举着火把、棍子吆喝着。吆喝得半天，见那只倒在地上的狼没有一点动静，大家就估摸着是被老高打死了。慢慢走近一看，却是一只母狼，身上有白斑毛，嘴上沾着血，此刻倒在血泊中一动不动。

再看那头倒在地上的驴，此刻不停地蹬着四条腿。它的喉管被咬破了，肚子也被咬开了，不断地流着血，尾巴血淋淋的，臀部一片血肉模糊。驴呻吟着，腿一蹬一蹬的似乎还努力地想站起来，但驮子倒在地上，一口缸碎了，压在它身上。另一口缸不知滚到哪里去了。大家互相望着似乎都还没有从刚才的惊慌中醒过来。

救命啊，救命啊。这时忽然传来了女人的呐喊声。

谁？大家面面相觑。

女人还一直在喊着，显然非常急迫。

救人要紧。老高说，大家去看看。

说着几个人就提着木棍，打着火把，循着声音去路边斜洼上四处打探。一会儿，大家逐渐听清了，声音就是从这边的洼上发出来的。

谁？老高呐喊了一声。

是我，是我。女人在喊。

是缸里边发出的声音吧。一个年轻人说。

大家此时都发现了半洼上有一口缸。缸从驴身上掉下来，就从这边洼上向下滚，恰好在一个斜坡处被几棵小松树给卡住了，声音就是从那个缸里边发出来的。

那个叫张三的年轻人下去，接近缸了，他用手中的木棍敲击着问道：有没有人？

有，是我。张一井说。原来此时的缸被卡住了，仍摇摇晃晃的。张一井从缸里伸出手来，死死抓住了身旁的一棵小松树。

张三先抓住了张一井的手说：你先别动，千万别动啊。接着慢慢探身下去，将她牢牢抓住了，然后用劲把她从缸里拔了出来。她一出来，那缸就骨碌骨碌地滚到山沟里去了，发出了巨大的声响。

张三就搀着张一井往上走，但张一井此时受了惊吓，身子软成一摊，无论如何都站不起身来。这几个赶脚汉见此情景，忙从洼上下来了，连拉带扯地将张一井拉到了大路上。

四个人看着这个瘫软无力的女人，闹不清是怎么回事。

你咋在这里？老高问道。

我藏在缸中，我以为没事的……张一井不好意思地说。

唉，都是你这个女人让我们倒霉的。有女人就是倒霉啊。老高拍着大腿懊悔地低下了头。

这天晚上，张一井和许拴虎见上了面。

张一井本来准备了满腹的贴心话要与许拴虎说，但在路上一惊吓差点掉了魂，又被几个赶脚汉埋怨了一顿，她心里自是装满了委屈，觉得这一切都是许拴虎造成的，想着见到他非大发一通脾气不可。但是当见到了许拴虎以后，她眼睛里看到的却是另一种状况。队员们住着非常简陋的窑洞，窑洞门用几垛柴挡着。队员们缺吃少穿。在边窑里，队员张有义打仗腿部受了伤，没有医生，也没有药，此刻躺在床上直叫唤。许拴虎忙前忙后，正打算派人将张有义送到山西去治伤。如果继续躺在这里不去救治，张有义就只有等死的份儿了。

看到这一切，张一井的心就沉重起来，发脾气的话也说不出来了。生活这么残酷，人人活着都不容易，工人支队条件这么艰苦，但他们还在坚持着战斗，自己帮不上忙也不应该添乱啊。难道说自己母亲的命就是命，别人的就不是了？再说，自己的母亲关石油厂什么事啊，难道还要这些人牺牲了性命去救她吗？

这样想着，就觉得个人再抱怨就真的不合适了。她对许拴虎说：我为啥要来啊，我是石油厂的一员啊，我也要参加战斗。

许拴虎说：你就是工人支队的一员，你每天都在战斗着。照顾好后代、及时传递情报都是工作的一部分，你作用大着呢。只是你不该这样乱跑，你看看今天多危险。

张一井听许拴虎说自己是工人支队的一员，就高兴了。但听他又责备自己，就又不满意了：不是你让我有什么情况就对你说嘛！倒还怪起我来了。你若不给我嘱咐这些，我还懒得给你说哩。张一井就是这样，尽管现在身上的衣服被树枝挂得破破烂烂的，尽管差点丢了性命，但她说起话来依然不饶人，再没道理的事在她的嘴里都是有道理的。

接着张一井对许拴虎说了她知道的延长城的一些情况：一是城里的敌人可能近期要偷袭老庄河，要他和队员们小心，注意提防。二是段双全生产的油不合格闹了笑话，但他还在生产，并且组建了保卫科，把县城到七里村的路上都拉了电缆，看来还是不死心。第三……原来她想说救母亲的事，但觉得此时说这件事不合适，就停住不说了。

许拴虎没接她的话，只是说起了另外的事。说他前一段时间见到延长县委、县政府的同志了，大家还说起了黄桂芝，说都在想办法救她，要张一井目前莫着急，敌强我弱，可能要等一阵，要有足够的耐心。

正说着，有队员高高兴兴地把狼汤肉端进来了，说：你俩少说点话吧，赶快吃肉喝汤。原来他们听到枪声，到赶脚人和狼打斗的地方察看，发现死狼就捡了回来。

好吧，常有理。快点吃狼肉吧，这可是你的功劳。许拴虎说。

张一井端起碗来，摸着还有些烫，便将汤放下，从怀中掏呀掏，掏出来一个旱烟荷包来。上一次她见许拴虎抽烟没个烟荷包，这一段时间就抽空绣了个烟荷包。她扔给了许拴虎，说：你这没良心的，早知道就不给你绣了。许拴虎捡起来在灯下看，见烟荷包绣得非常精致，在荷包的两面还绣着图案，一面绣的是一对鸳鸯戏水，另一面则绣着一个古代的人，手持一杆枪。他一时就问：这背后绣的是谁，咋还拿着一杆枪哩？

张一井说：我说你就是个憨憨，这是杨六郎，在卫国保家乡呢。

许拴虎说：杨六郎是宋朝的，哪里就有枪了？

张一井听到这话一把夺了来，强词夺理道：杨六郎有没有枪你知道哩？你又不是宋朝的。哼，真是好心当成个驴肝肺了，我还不给你了呢。

第二天，许拴虎派人将张有义送过了黄河，送到贺山子那里医治。因为听张一井说国民党部队打算进攻老庄河，他就悄悄地将队伍带到清涧的解家沟去了。

魏营长让人去打探，得知许拴虎早就领着队伍跑得不知踪影了，所以这个占领老庄河的计划也就不了了之。

转移到清涧的许拴虎听说段双全还在尽其所能生产着石油，他就和大家一起合计怎样才能给段双全来一次致命性的打击，让他彻底死了生产石油这份心。

这天晚上，许拴虎领着十多名队员，悄悄从山梁上下来。到了七里村后，他将人员分成了两组，一组由段新宏领着去填井，另一组则由自己领着去完成另一项大任务。许拴虎领着六七个人来到七里村街上，见店铺早就关了门，一片黑乎乎。走到街尽头忽然发现有一处窗子有一丝灯光透了出来，他和众人小心翼翼地贴过去仔细听。只听见里面有细小的说话声，却听不清说些什么。许拴虎和几个队员端着枪直接撞开了门，一下子把里边的几个人吓坏了。原来这个屋里有七八个男人正在摸纸牌，忽然看见这么几个人拿着枪进来，顿时个个惊慌失措。许拴虎让他们平静下来，对他们说：我们是石油厂的，是工人支队，这里的油原本就是我们的，井也是我们打的。可是现在国民党来了却在这里占着我们的地盘抽着我们的石油，大家说该怎么办？屋里的几个人听了这话，面面相觑，不敢吭声。有一个小伙子曾在石油厂干过一段临时工，他认出了许拴虎，握住许拴虎的手高兴地说：有些人说你们过山西了，有些人说没有，原来你们真没去啊，成天跟国民党打仗的就是你们啊。许拴虎说：我们走了难道让国民党在这里称王称霸，让段双全在这里耀武扬威吗？有一个老年人十分感慨地说。现在这国民党的统治可把人给难为死了，一人犯事，全家坐牢。大家整天什么都干不成，上边随时要查人哩，这比坐监狱都难受。

许拴虎看到大家对国民党都有意见，就给大家讲形势。他说：毛主席一直没有离开延安，还在陕北的山圪塄里，胡宗南吃了几场大败仗，眼看着就要完了。徐怀义、段双全这些人更是兔子的尾巴长不了。大家等着，马上这天下就又是共产党的了。

一屋子的人最先是惶恐不安，当有人认出是许拴虎他们时，这群人情绪都缓和了，大家在一起也说得热火起来。后来，当许拴虎和几个队员要他们拿上斧头去砍电杆和割电线时，他们都爽快地答应了。那几个男人就在家里找寻工具，然后悄悄地跟着队员们一起奔向公路，与队员一同砍杆割线。

这些人是七里村的，对地形对电线杆的分布情况都十分熟悉，大家用了三个多钟头，就把电杆砍了，电线割了。天快明了，跑马梁上敌人的警报声才慢悠悠地响起。这时许拴虎和几个队员已经背上割下的电线和村民们告辞离开了。

这次行动是许拴虎领导这支游击队打击石油厂战果最为辉煌的一次，填了两口井，俘虏了四名保卫员，把县城通往七里村油井路上的电杆全部砍断了，割下电线三百二十斤。

这一次的打击对于段双全来说是致命的，损失也是空前的，不仅仅是受到魏营长及来自上级的怪罪，更重要的是这沉重的打击使他丧失了信心，他像一条被打败的狗似的夹紧了尾巴，再也不敢唱高调了。他对这个石油厂生产出石油，实在是没有信心了。尽管在以后的日子里，他又清理了井口，又组织抽油、运油，但明显慢了，只是走走过场而已。最终一直到国民党离开延长县，他都没能生产出一滴合格的油来。

从4月份胡宗南侵占延安起，解放军打了三次较大的战役：青化砭战役、羊马河战役、蟠龙战役，这三次战役国民党都损失惨重。到了8月份，胡宗南探明解放军的主力在榆林，倾其主力部队全部北上决战，解放军与之打了一场著名的沙家店战役。战斗打得相当惨烈，但只进行了一天就结束了，胡宗南部精锐的三大主力之一整编三十六师约六千人被解放军全部消灭。也就从这时开始，胡宗南部队就走下坡路了，由主动变为了被动。他开始收缩兵力，放弃了陕北一些占领区，开始向南撤退，部队主要集结于绥德、清涧到延安一线，战略上处于守势。明眼人都看得出来，胡宗南败退是迟早的事了。

这四场仗把胡宗南军队的士气打得低落到了极点，更重要的是解放军切断了从洛川到延安的供给线，西安运不过来给养了，胡宗南的物资供应，尤其是粮食供应，出现了全面的危机。

一连多天过去了，部队开始缺粮食了。胡宗南就下令所占领的各县地方驻军与政府要从多从快征集粮食，支援前线。各地政府接到命令后就加紧了对粮食的征集，驻军开始到处抢粮食。一直活跃在地下的延长县委、县政府给各游击队下达了命令，要求寻找战机，坚决打击敌人抢粮的嚣张气焰。并对此做出了部署，要求所有工作人员，区不离区、乡不离乡，及时掌握胡宗南抢粮部队的动向，保护粮食，保护老百姓。

为了阻止敌人抢粮食，游击队想了个办法，他们在离城十里的玉家湾山上安了一口大钟，每当探得敌人的抢粮队出城，就敲钟报警。听到钟响，附近的村民就开始埋藏粮食或者躲避。

这样，敌人的每次抢粮都会受到游击队的打击，都有伤亡，实在是得不偿失。

8月份的一天，张一井给许拴虎捎来了情报，城里的驻军和高家湾保长高得胜正组织群众计划在8月20日这天到延川去背粮。许拴虎接到这个情报，觉得这是一次伏击敌人的好机会，这天便领了三四十个游击队员，悄悄地埋伏在了党家塬的路边。天气炎热，旁边的柳树上有蝉在吱吱鸣叫。游击队员伏在小沟渠里，动也不动。到了下午，敌人的背粮队就过来了，二十几个士兵押着五六十个老百姓，老百姓中有肩扛的，也有身背的，还有用毛驴驮的，一袋一袋应该都是面粉。被游击队多次打击，押送的国民党兵也学精了，他们挎着枪，但在行走时始终和老百姓以及那些驮东西的毛驴搅和在一起。许拴虎他们看着一队人马过来了，想举枪打又怕误伤了老百姓，眼看运粮队就要从眼前过去了。许拴虎想来想去怕错失战机，就向所有的队员下命令：打。

许拴虎瞄准打头的那个高个子士兵，砰的一声枪响了，敌人应声倒地，接着队员们便砰砰砰开起了枪。

枪声一响，运粮的队伍就乱了，背着粮的、扛着粮的就扔了粮四散逃命去了。只有那些毛驴比较缓慢，也不听话，有些老百姓就拉着毛驴跑，有的就放了毛驴自己往路边草丛里钻。押送的这二十几个国民党兵，惊慌一时，但随即镇静下来，仗着武器好，就地与许拴虎他们对战起来。

打，狠狠地打！许拴虎说。游击队员听得这声令下，便不管三七二十一，瞄准公路上的国民党兵打了起来。

子弹在双方的头顶上乱飞。这些护粮兵显然经过了多次战斗，他们非常有经验，也非常有战斗力。

很快，许拴虎这边的一名队员中弹了，被暂时拉到了一边。

打，不打退敌人，誓不罢休。许拴虎说。

战斗在激烈地进行着。双方你来我往打了一会儿，公路上就多了几头死毛驴，驴驮的面粉也倒在了地上。敌人虽然伤了几个，但还没有受到重创，仍然向这边还击着。

冲！许拴虎一声令下，三四十个工人支队队员一起出击。许拴虎第一个冲出了沟渠，一边向前跑，一边向敌人射击着。这支游击队也在一次次战斗中成长起来了，他们已不是先前的石油工人了，他们掌握了许多战斗技巧，因而战斗力也增强了许多。

三四十个游击队员一齐从沟里冲出，端着枪向敌人猛攻，公路上的敌人缺乏好的掩体见此情景就开始往后撤。但撤的时候抓着几个老百姓做掩护，一边往后撤着，一边以老百姓为掩护不断地向许拴虎他们还击。

段新宏此时见敌人撤退到一大片田地里了，便紧紧追着敌人。他追着一个国民党兵，那士兵退着，手中仍抓着一个老百姓做掩护，被抓的老百姓使劲地朝段新宏挥手，大约在呐喊着不要开枪之类的话。段新宏看这个人好像是自己的姨夫，一时心劲松动，开枪就犹豫了。就这一瞬间，敌人却一连向他开了几枪，段新宏一下子就倒在了地上。一旁的王国威看见了，就朝这个敌人打了几枪，这个敌人便把手中抓着的那个农民放了转身就跑。王国威赶紧将段新宏拉了起来，抱在了怀里。就在这时，那个被国民党兵抓着跑的人也朝这个方向跑来了，他不是别人，正是段新宏的姨夫、高家湾的保长高得胜。

这时敌人就全撤退了，战斗基本结束了。但留下的面袋并不多，有一些农民趁机扛着面袋跑了，有的拉着马车跑了，也有一些人把面袋藏在了草丛中或者扔到了沟下面。毕竟现在粮食紧缺，每个人都存一份私心，想给自己留一点粮食。

清理战场，共打死五名敌人，缴获了七支枪，同时也死了两名群众，伤了五六名群众，工人支队中一名叫张万禄的队员牺牲了，段新宏受了重伤。

许拴虎走过来，看见段新宏胸口不断有血往出冒，王国威扯了一块布想要按住，却怎么也按不住，布一下子就被血渗透了。段新宏嘴一张一合地说：我这几天老做噩梦，梦到自己快死了。我醒来总给自己说，这不是真的，是噩梦。但估计这一次我是再也不会醒来了。我好怕啊。

许拴虎命令大家赶紧将段新宏抬回去，尽快找医生治疗。但是由于伤势过重，半路上他就牺牲了。

当此之时，王国威拉着段新宏的姨夫高得胜一瘸一拐来到了许拴虎跟前，说：段新宏刚才就是为了救这个人才牺牲的。他是高家湾村的保长，叫高得胜。

高家湾许拴虎是熟悉的，但是保长许拴虎却不认识。

鄙人姓高，叫高得胜。是高家湾村的保长，也是段新宏的姨夫。这个高保长此时看见了许拴虎，怕因段新宏的死许拴虎找他算账，就满脸堆着笑，点头哈腰。

许拴虎问他城里驻军的情况，高得胜就说：胡宗南前线打仗要粮，催得紧，魏营长没办法，就只能到处抢。可到处都挨打，后来也不敢抢了。现在，别说供前线粮了，城里驻军也没粮了，饥一顿饱一顿的。魏营长前天组织我们开会，向我们要粮，可我们实在没有办法啊。今天他就联系了延川的一点粮食，让我组织人搬运，不想还让你们打了个伏击。哎呀，没办法啊，这人好难活啊，这保长可真不是人当的。他说着说着几乎要哭了。

许拴虎这才想起来，当初安排一井到刘考生家，段新宏就曾说起过他这个姨夫。说这个人挺活泛，在群众中也有一些威信，当保长后办事还有些良心，没有坏彻底。此时听他这么说，见他与城里的驻军也很熟悉，跟魏营长也能说得上话，就想着可以好好利用他一下。这样想着，就故意沉下脸来问：高得胜，你自当保长后都干过什么坏事？

高得胜一听这话就急了，说：天大大哩，伤天害理的事我可没干过。每次知道敌人出城，我都私下给通知哩，让群众把粮食藏了，或者逃避开。你不相信的话，就问问我们村的人。我们村只有一两家是杂姓，一个村的人一大家，爷爷孙子的，伤天害理的事咱可做不出来。再说了，前几天我还见黄大姐了，见她挺可怜的，我还专门派人给她送过饭呢。

哪个黄大姐？许拴虎问。

黄桂芝啊，她是咱县的名人，在监狱里可受折磨哩。前一段时间还让她陪杀场哩，她受了惊吓，身体十分虚弱，常常昏迷着哩。这个高得胜此时认出了许拴虎，所以就说起了黄桂芝，想趁机讨好。

听了这话，许拴虎心里就难受。一直以来，黄桂芝对自己挺好的，尤其是当年在雪地里砍伐木料时，黄桂芝曾经亲自带人前来帮忙，还有后来自己的婆姨也是黄桂芝给说的媒……可哪里会想到啊，她竟遭遇这样的磨难。另外，张一井也一心对自己好，自己曾经答应将她母亲从狱中救出来的，可敌人是那样强大，一直没有机会。现在见高得胜提起了黄桂芝，他脑子忽然就有个想法：能不能通过这个人把黄桂芝救出来呢？

许拴虎就对高得胜说：你跟我们回，我有事要和你说。

好好好，一定效劳。高得胜说。

高得胜在农村是聪明人，他当上保长后，也昧心干过一些坏事，但眼见得一天天时局不稳，国民党朝不保夕，共产党游击队势力越来越大，就老担心共产党秋后算账。这国民党的军队可以一走了之，可是自己拖家带口的，往哪儿走呢。再说，今天眼见得外甥段新宏为了自己送了命，当下心中也颇过意不去，就有了不再跟着国民党走的打算。

许拴虎得知目前的驻军极为缺粮，又听到高得胜说黄桂芝在狱中特别受罪，就有了拿粮食将黄桂芝换出来的想法，只是还不成熟。

晚上到了驻地，许拴虎将高得胜叫到了房子，对他说：给你个任务，你去和魏营长商量，拿粮食将黄桂芝从监狱中换出来，粮食我们自己想办法。如果你能完成了，那么可以将功折罪，既往不咎。否则的话，定当和你秋后算账。

高保长听了，犹豫了半天，他说：应该说这倒是个办法，但我一个高家湾的保长说话分量可能不够。据我了解，还有几个保长也都同情黄桂芝哩，都说她这么好个女人，却身陷囹圄，都在替她鸣不平。我考虑，你们或者我联系其他村的保长一起弄个联名保黄桂芝，看这事能办成不。

许拴虎听完了，觉得他说的倒也是实话，就派王国威和他一块儿去实施这个计划。反正就一句话，救了黄桂芝，你们就立一功，如果不救她，那么所有保长就是和工人支队作对哩，尉振海的下场就是坏保长的下场。

这几个月，保长们也听到了许多工人支队的事，许拴虎已成了一个传奇式的人物，许拴虎这个名字这些保长们心里都是怕的。所以，为求自保，保长们就在高得胜的带头下纷纷想办法，托关系说情，联名上报说动了魏营长。魏营长此刻自己缺粮，也急着要往前线送粮食，双方议定拿二十石粮食将黄桂芝换出来。

魏营长同意交换，可一时从哪里弄这么多粮食呢？许拴虎就以工人支队的名义找到了延长县委、县政府，找到了边区政府，说明了情况，同时又动员群众及亲戚朋友想办法筹集。呼家川村的群众个个站出来捐献，那些有良知的保长也设法筹集了一些，但就这还差一些。

就在这时，有一批粮食却从黄河对岸运过来了。原来，贺山子听送张有义看病的罗干说了工人支队的情况，知道他们生活非常困难，缺这少那的，便从山西当地筹集了一些粮食，派罗干给工人支队运回来了。看到这些粮食，许拴虎非常高兴，就征求大家的意见，大家一致同意用这批粮食先救黄桂芝。

在大家共同努力下，今天给一石明天给五斗的，给了大约十九石粮食，终于将黄桂芝换了出来。

这一天，在高得胜的带领下，呼家川的群众及一些保长，还有张一井等去监狱接黄桂芝。

黄桂芝这时已不能动弹了，大家用担架将她从监狱中抬了出来。张一井掀开被子，黄桂芝骨瘦如柴，眼眶深陷，背上有多处褥疮已血肉模糊了。看到这情景，张一井紧握着母亲的手放声哭了起来。

黄桂芝当天被抬回了呼家川自己的家。

众乡亲知道她要出狱了，纷纷赶到她家来，提前为她烧热了炕，烧了开水，请来了医生。但乡亲们看到几个月不见的她一下子竟然成了这般惨不忍睹的模样，都忍不住掉下了眼泪。

黄桂芝回村以后，张一井就领着两个娃娃也回到了呼家川村。

这一阵国民党已没有刚占领县城时的疯狂了。前方吃紧，县城驻军少，徐怀义带领的这些地方武装每次到乡下去，都要受到游击队的打击，也就不敢多做坏事了。大家都在拖着等着，等待着时局的变化。

等待时局变化的还有段双全，他依旧在鼓捣着石油，但他手下有些工人由于怕工人支队清算，就都偷偷跑回家了。遭受了几次打击，他的情绪低落，也在一天天混着日子。曾有一阵，他想当兵，到魏营长手下任个职，但想想还是算了。

因为，他多年前一直做的那个梦又出现在他的眼前了，那个巨大的黑洞，自己一人在其中不断地坠落，坠落……

张一井天天伺候着老妈，有时听到钟声，知道国民党部队或保安队出城了，便将黄桂芝藏起来。就在这样一天天提心吊胆的日子中，黄桂芝的身体渐渐恢复，气色也好起来，饭量也增加了。张一井让人制作了一辆架子车，整天将她推上，在村里转悠转悠，活动活动。而小胜利与小梅两个娃娃跟在身后，一口一个外婆地叫着，也给黄桂芝带来了快乐。

这段时间由于乡村基本上不受国民党控制了，转移到地下活动的延长县委、县政府也活跃起来了。眼看要到八月十五了，一个振奋人心的消息传来，解放军和胡宗南部队近期要打一场大仗，这一仗事关成败，如果胜利了，就会将胡宗南彻彻底底地赶出延长。这个消息在暗地里传递着，像春潮一样在涌动。只是解放军缺少粮食，总不能让战士们饿着肚子去打仗吧。共产党延长县政府给各区、乡暗地里下达了新的缴粮任务，要求尽快将农民组织起来，捐献粮食，支援解放军打仗。任务下达到呼家川，在谢主席被杀以后，这个村子就没有农会主席了，现在黄桂芝出狱了，这个任务自然而然就落在了她的头上。政府冯县长找她谈话，看她完成任务态度很坚决，就临时任命她为呼家川农会主席。

张一井见母亲身体还没好利索，并且已受到国民党的高度关注了，怕她再招摇给自己带来意外之灾，就劝她先缓缓再说。黄桂芝说：像你妈这样的，都死过几次了，早就不把生命当回事了，没有什么大不了的。我现在还活着，在这个位置上，我该干的事还得干完。

张一井说：这么重的任务，现在大家都缺粮，到哪里去筹呢?

黄桂芝说：这一点我是清楚的，但是现在大家和我的心情是一样的，都盼着尽快把国民党兵打败，把胡宗南赶跑。只要大家这个想法是一致的，那困难就不是困难了，总能想出办法的。再说，赶跑胡宗南要靠这些战士，他们在前线拼命、流血，我们总不能让他们再饿肚子吧。

张一井听了这些话，觉得母亲真是了不得，她的一些话语与做法总是出乎自己的意料。她发现每次跟母亲对话，总能让自己比之前视野更广，心胸也更开阔，意志也更坚韧。

恰巧这时，许拴虎也派了罗干、王国威等四名工人支队队员来到了呼家川。因为呼家川是远近有名的大村子，缴粮任务艰巨，许拴虎考虑到黄桂芝的难处，就派人来帮着想想办法。

这天晚上，黄桂芝就将大家暗地里召集起来，然后把县上下达的任务说了，看大家有什么好办法。

张有福老汉说：实实在在是没办法啊，粮食都被国民党糟蹋完了，如今许多家户都揭不开锅呢。

黄桂芝说：那这样吧，先把任务分摊下去，大家再想办法。缴的粮只要能吃咱们都顶数，部队也都要，现在是困难时期，部队上也能想得开哩。其他的，咱们再想办法。紧接着，公布了每一户应缴的粮数。

过了两天，陆陆续续就有一些群众缴来了粮，这些粮食便暂时堆在了村里的两孔空窑里。每天派两名工人支队队员看守着，另两名队员则负责在村中站岗放哨，观察敌情。收来的粮食有小米、玉米及各种豆类，还有红薯、洋芋什么的，也有一些高粱、豆荚荚，甚至还有一家人交来了在碾子上碾好的一点糕面。

延长县政府派来一名年轻的姓张的文书来呼家川检查粮食征缴情况，黄桂芝领他到窑中指给他看，一边看一边说：我们的老百姓，即使自己不吃也要支援部队呢。你看，这些红薯洋芋，这些高粱糕面，都是他们平时一点一滴积攒的。胡宗南来了，他们舍不得，把这些东西都藏了，可现在为了亲人解放军能打胜仗，他们都拿出来了。

说到这里，她就忍不住掉眼泪。她将眼泪抹掉了，不好意思地说：唉，大概是年龄大了吧，我是越来越心软了，见到什么都落泪呢。

王国威在一旁说：落泪是人的本性，落泪才说明我们心里有柔软的地方，我们有良知在。

几个人在一起盘算了一下，尽管收的东西种类多，但距离完成任务还相差很远。该怎么办呢？说来说去，家家都缺粮食啊，即使再有心劲，但也巧妇难为无米之炊啊。

几个人正在屋子里商量着办法，忽然听到外边有人呐喊：偷青苗了，偷青苗了。几个人就相跟着从院子里跑出来，搭手一瞧，只见大路上有一个人在前边跑，后边几个村里人在追，显然是有人偷青苗了。现在是庄稼将熟未熟之际，老百姓就等着这一点口粮哩，所以日夜都派人在田里看护着。这可是他们的命根子啊。

一会儿一个年轻的后生被村人扭着胳膊押来了。就是他，我们正在这里照看着，见他偷着掰我们的玉米，就捉来了。村里的段安定说。

黄桂芝一看，押来的是一个二十多岁的年轻后生。他身上脏兮兮的，满头满脸尘土，一副恐慌的样子，手里还捏着两个玉米棒子。

大家都不认识这个人，黄桂芝就问他是怎么回事。这个年轻人就说，他在城里当兵，这两天缺粮，老吃不饱，他和几个士兵抱怨了几句，结果被司务长告了状，排长打了他一顿。他实在是气不过，今天派他上山砍柴，他就偷偷把镢头与绳子一扔跑到这里了。实在饿得不行，就掰了几个生玉米棒吃，恰好被抓了。这个士兵怯怯地说着，他的嘴角还留有嫩嫩的玉米粒。

黄桂芝将玉米拿到手中，剥开层层玉米皮，里边是水嫩的玉米粒，用指甲一掐，就有白的液汁流了出来。老百姓现在都饿，这些玉米棒谁见了都想吃，但大家都在忍着。现在是青苗期，再过一个月，这些玉米颗粒就会成熟，便滚圆饱满了。现在吃这些还是汁液的玉米粒就等于糟蹋粮食啊。

看来这个小伙子说的话是真的，他是真饿急眼了。

黄桂芝问他：你们部队是真的没吃的吗？

是真没粮食了，整天锅里的米汤能照得见人影，蒸的玉米窝头比先前小多了，食物不够，人心惶惶。昨天魏营长开了个连排长会，怕发生兵变，议论着打算割青苗哩。

割青苗？这出乎黄桂芝的意料。

我也是听连长回来说的，他说魏营长说这里的老百姓没一个好的，全是些

“红”脑子，如果等他们把粮食收了，就会将粮食藏起来或者送给共产党，根本不会有咱们的份。所以早下手，割些青苗，尽管这样会收成少些，但是维持一天算一天吧。咱们总不能眼看着他们把粮食都收割光了，而没我们的份。听说魏营长已和县长商议着稍等几天就准备抢收青苗哩。

听到这个消息，黄桂芝心猛地一沉，看来敌人真要下手了，要割青苗了。她早先就想过，只是心疼庄稼，心疼老百姓，可现在如狼似虎的国民党兵会放过这些青苗吗？他们现在这么缺粮食，他们会让老百姓安然地收获吗？

黄桂芝让人暂时将那个当兵的押走，扭头对其他几个人说：我们到地里去看看。

大家相跟着一同走上田野。田野里一片安静，一大片的庄稼绿油油的，阡陌纵横，犹如一幅美丽的图画。有一瞬间，黄桂芝好像忘记了现在是战争年代，又回到了童年，也是这一垄垄庄稼，她和一群小伙伴唱着歌，走在田野上，有贺学文，也有山子，还有张宏霖。她拿着小风车，在田野上跑着，风车在滴溜溜地转着。还有一回，他们一群小伙伴，也正是这个季节，从河里逮了几只螃蟹来烤了吃。吃完了又觉得不过瘾，这时张宏霖就说玉米熟了，咱们掰几个玉米棒烤着吃吧。她就自告奋勇，从自家地里掰了几穗。他们几个在河边生起了火，烤起嫩玉米来。一会儿，玉米便吱啦啦地响，外面的皮就全烧黑了，大家以为熟了，就剥开来啃着吃。但是玉米粒并不饱满，一嘴啃下去，皮多而瓤少，张宏霖几乎一口就啃一圈儿，三下两下就将一个玉米棒子啃完了。几个小伙伴正吃着，这时自己的父亲来了，他看着满地的苞谷皮，不由得火冒三丈，照着张宏霖屁股上就是一脚。他说：你们这伙碎娃娃，这是害命哩。你们糟蹋粮食，要造孽哩。这几个小伙伴吃了一惊，起身就跑，跑到很远了，还听得见父亲在身后的骂声。他们几个互相一看，个个都是黑嘴巴，就都忍不住笑了起来。

此时大家望着田野，都不吭声。王国威问黄桂芝：你的意思是不是我们割青苗？

黄桂芝一脸凝重地对大家说：对，我正是这样想的。胡宗南的兵已蠢蠢欲动了，如果我们不早点下手，那时他们持着枪组织人来割青苗，我们就只有干瞪眼的份儿了。所以，我们唯一的办法就是赶在他们前头割青苗，这样我们会有一些损失，但是我们可以完成任务，支援解放军，还可以对国民党形成打击，让他们的算盘落空，颗粒无收。

这个办法群众会同意吗？那可是剜大家的心头肉啊。王国威说。

应该可以的。村里哪个没受过胡匪的欺负，尤其谢主席被胡儿子们杀了，大家都恨不能吃了他们的肉。我想，在这件事上大家一定会通情达理的。黄桂芝说。

但是，这，这，这毕竟是件大事啊。王国威依旧很担心。

这件事情要保密，仅限我们几个人知道。我们晚上开会，然后将情况报告给县政府冯县长，请求他们同意，毕竟这是件大事啊。待他们同意后，我们可以联系许拴虎，让他再给我们支援，争取在敌人知道之前，我们悄无声息地将庄稼收割完。黄桂芝说。

过得两天，县政府的批示就下来了，说非常时期，同意这个做法。但在做之前，一定要做好群众工作，获得群众的支持与理解。并且要把呼家川的这个做法在全县推广，号召大家割青苗，以实际行动支援前线。

黄桂芝召集群众开了会，说了割青苗的想法，呼家川的群众对这个想法感到非常意外。眼看着地里的庄稼要熟了，割掉了会损失多少啊。况且依据只是个小道消息啊，国民党真的会收割青苗吗？大家都将信将疑。黄桂芝把那天抓住的那个年轻人押了来，让他给群众说实情。这个年轻人就苍白着脸把连长说的魏营长打算割青苗的事给大家都说了。听后，大家就都不吭声了。

黄桂芝说：庄稼一年一年都在长，今年我们缺点吃的、受点苦煎熬一下就过去了，但打仗失去了机会就再没有了。我们现在缴粮食支援解放军早一点打败胡宗南，就是为了保证我们来年的收成。现在我们只听见我们的战士到处在打胜仗哩，听到国民党在节节败退呢，但解放军总不能成天吃铁咬钢吧，这也是没办法的办法。

黄桂芝说完，会场出现了长时间的沉默。她又说：我的遭遇大家看到了，老谢的遭遇大家也都看到了。大家埋的粮食哪里去了，牲口哪里去了，大家心里不清楚吗？只要国民党在，我们想过个平安日子有可能吗？再过得几天庄稼全熟了，魏营长他们目前没有颗粒粮食，士兵没吃的了，他们会让我们收割然后把粮食倒进我们的囤子里吗？

听着这话，大家都一个看着一个。过得半天，张有福老汉站起身来，依旧捋着稀疏的白胡子，大声说：我地里的庄稼我给，你黄桂芝什么时候要我什么时候就给。我实在是受够了。他这一表态，村里就有许多人都站起身来表态。这些人大都是被国民党兵欺负过的，或者粮食、牲口被国民党兵硬拉走的，所以提起国民党兵就恨之入骨。

这时一个女人站起了身，这个女人小名叫三女，和张一井很熟的。她说胡宗南兵来了，他们一家从呼家川跑到了四十里外的姑夫家，姑夫一辈子都是从事劁猪骟马营生的。有一天他又去劁猪，带上工具就出发了，结果半路上在一个叫孔庄的地方遇见了几个国民党兵，他们从他身上搜寻出小刀子，就硬说他是共产党探子，就把他抓了起来。家里人不知道他哪去了，一连找了许多天也找不到他。直到后来孔庄这个地方下雨发大水，把一处地畔给冲塌了，在那儿发现了一个人的尸体，已经面目全非了。消息传给姑姑，姑姑就领了人去看。结果从那个尸体身上发现了一面小镜子，那是姑姑当初送给姑夫的。可怜的人，他一个劁猪骟马的，没有得罪一个人，最后竟这样被国民党兵害了。三女说到这里就泣不成声了，她最后表态说：割就割。割了青苗，还能有点收获。如果被国民党兵糟蹋了，就什么都没有了。

她这一表态，其他的人就都表态了，都愿意割掉青苗，支援前线，支援解放军去打这一场大仗。

但是如何割呢？如果正割着胡宗南部队来捣乱，又来抢呢？

黄桂芝说：大家做好准备吧，我再联系一下工人支队，看他们能不能派人过来，一方面武装保卫我们，另一方面也能给我们帮帮忙。

王国威把消息传给了许拴虎。许拴虎听了也吓了一跳，他睁大了眼睛，说：庄稼还在成长，颗粒还未饱满，这时收割，老百姓会愿意吗？自古以来割青苗都是犯罪的，老百姓种一茬庄稼多不容易啊。

王国威说：县政府已经同意了，并且号召全县群众干起来，早早抢割，不给国民党胡宗南部队可乘之机。

许拴虎想了想，无奈地说：这真让人心疼，不过也算是特殊形势下的无奈之举吧。这样吧，你算算需要多少人，我把这里的小伙子都给派过去。也把枪都带上，如果敌人来捣乱，就让他们有来无回。

一时议定，许拴虎派了十几个后生，个个带着枪，由王国威带队来到了呼家川。王国威他们在呼家川的山顶上栽了一根杆，如果敌人来了，或者有不认识的陌生人出现，就由负责的人把杆拉倒，全村的人就都知道了。另外又派了几名工人支队的队员们在村四周巡逻，他们在头上编了草帽戴着，埋伏在草丛里、山坡上，密切地注意着村外的情况。

收割开始了。这天正是农历八月十五，晚上月光皎洁，如流水般洒向大地，给大地罩上了一层神秘的面纱，大地一片银白。人们这时就从家里出来了，他们有的拿着镢头、锨等工具，有的拿着布袋，男女老少都有。大家都不吭声，悄悄地下到田地里，然后开始咔嚓咔嚓地掰玉米棒。前边的一路掰着，掰下的扔成了一推，后边的人便挨个把玉米棒装进袋子里。为了不被人发现，群众就从地中间开始掰，将地外圈的玉米留着，这样从外边看来，一株株绿汪汪的玉米还在充满生机地长着。另外，割谷子、糜子也是这样，大家先收割山坡上的，然后再收割沟里边的，最后才收割公路边的。

皎洁的月光笼罩着大地，一袋袋玉米都掰回来了，倒在了村子中心那个空院子里。一群老汉婆姨们便围着这些玉米开始剥玉米，苞谷皮青绿厚实，一层一层地打着褶皱。不一会儿，玉米没有剥得多少，那些绿汪汪的苞谷皮便堆得像小山一样高了。再看堆在中间的那些玉米棒则像是脱了衣服的小孩子，身体还没长壮实，瘦小白嫩。张老汉剥着剥着扑腾一下趴在了玉米堆中，当即就大哭开了。大家都不知道他为啥哭，只听他哭着说收了一辈子的庄稼还没见过这样割青苗，这是造孽啊。

黄桂芝以为他是心疼自己的庄稼，就说：张大爷，你就别伤心了，日子天天在，只有打倒反动派，我们才能年年有好收成。

张老汉抬起头来，老泪横流，揉着眼睛说：我不是哭别的，我是替这些庄稼惋惜哩。这就像人还没活到年份上就去世了，是英年早逝啊。它们如果有灵性，它们一定疼哩。我是替它们疼啊。世世辈辈我们就靠这些东西养活哩，这些东西比我亲儿子亲孙子都亲啊。说着不由得又流起泪来。

一席话说得大家都伤感透了。

一切都在顺利地进行着，收割的庄稼中以玉米与豆类为主，还有高粱、芝麻、谷子等。几天收割下来，地里就只剩了谷子秆儿、糜子秆、玉米秆，站在公路上依旧还能望得见田野上一片绿汪汪的。

张一井本来拉扯着两个孩子，可看到众人都忙着，也就急忙投身到紧张的收割中了。有时到了晚上，她就将两个娃娃丢给黄桂芝，自己跑去参加劳动。结果有一晚上，差点出了大乱子。她将两个孩子丢给母亲，母亲后来也有事儿，看两个娃娃在家里睡实了，估计不会出什么事，就自己出去到村子放粮的院子看任务完成的情况。哪里会想到，这小胜利睡了一会儿就醒了，不见大人就自个儿下炕开门，到门外面去找大人了。后来被村里人碰见了，才送回来。

收获的粮食分许多集中点，附近几个村子的粮食就都集中到了呼家川，然后由这里再运向清涧前线。

这一天，张一井正忙着剥玉米。这时许拴虎来了，张一井手中一边忙着一边就说：哎，我看这些玉米秆也都嫩着，还有豆秧、红薯蔓儿，铡了牲口也能吃哩。你干脆问问，部队上如果要的话，咱们把这些也给他们拉上，反正那些战马总要吃草哩。

许拴虎听了就说：红薯蔓可不敢吃，牲口吃了拉稀哩。

张一井说：你就不能说句人爱听的话啊。

许拴虎哈哈笑了，说：当初黄婶是边区的劳动英雄，她带动了呼家川村，也带动了延长全县的妇女。你看看现在村里个个都争当英雄，争当支前模范哩，就连你这个大小姐也都忙前忙后的。等过了年，说不定边区的劳动模范就成你了。

张一井说：你就笑话我嘛。我什么时候是大小姐了，小时候还不是被你们气得直哭。

许拴虎说：我倒是被你气得直哭哩。

张一井说：我哪敢气你哩？你现在是游击队长了，几十号人几十杆枪哩，跺跺脚这延长的地都得抖一抖哩，了不得嘛。说着给他挤了一下眼睛。

许拴虎站在旁边看着，见她一边说着话，一边上下翻飞地忙着手中的活，但就在这样的劳动中依旧顾盼生情，不由得心里就越发喜欢起她来了。就说：我来给你帮帮忙吧。一边说着一边就悄悄地向她靠近，蹲下了身子，捡起玉米棒棒来剥皮。此时两人靠得非常近，虽然都不说话，但张一井的手几乎每剥一个玉米棒，都要碰一下许拴虎。她一碰，他的心就怦怦地跳。

停得半晌，许拴虎说：你歇一会儿吧，小心累着了。

要赶着支前哩，你不知道？张一井头也不抬地说。

我这心里慌哩，你听，咚咚咚的，心都要蹦出来了。许拴虎说。

张一井说：又不做啥坏事，你慌啥哩么。

许拴虎就站起身来窸窸窣窣从身上掏呀掏，掏出几颗青枣来，悄声说：我刚才在那边摘的，枣熟了，吃上可甜哩。

怀娃娃婆姨才吃哩。张一井说。

许拴虎听到了，顺口接着说：那你就给咱怀个娃娃。

呸，我打你个不要脸的。张一井说着，拿起一个玉米棒子扔了过去。许拴虎一下子躲开了。

就在这时，空中有一行大雁飞过，排成一个“人”字形，天空中传来了一阵阵雁鸣。许拴虎抬眼瞅见了，就没话找话地说：这大雁飞来飞去的，也不嫌累得慌。

张一井抬头看了看大雁，说：大雁是在找地方，找到落脚的地方了，它们就不瞎飞了。

许拴虎听她这话有了弦外之音，就直呆呆地望着张一井。只见张一井的脸也有了红晕，但她依旧装作没事人似的忙着剥玉米。

割青苗的事情进行得异常顺利，仅用了六天时间，庄稼就基本收完了，那些红薯、洋芋也都挖干净了。这些东西一部分要送到前线，一部分老百姓留下来自用。

往前线运送粮食的任务分给了几个片区，呼家川这一片就由许拴虎他们工人支队负责。夜幕降临呼家川村，一头头毛驴背上搭着布袋，里边装满了粮食，还有洋芋、红薯等，只要是能吃的，只要是老百姓缴上来的，都装了进去，扎了口，搭到了驴背上，捆绑得结结实实。此时，小毛驴看起来精神抖擞，个个打着响鼻，运送队员们也整装待发。许拴虎一再嘱咐队员们，要大家路上提高警惕，多加小心，因为要避开大道走小路，许多路都要翻山。

就在这时，张有福老汉却吆着自己的毛驴从坡里上来了。

哎，也给我的毛驴驮上两驮子么。他走进院子里，气喘吁吁地大声吆喝着。

许拴虎听到张老汉来了，就从窑里出来了。看到他这个样子，就说：算了，今天没安排你的毛驴送粮。

人人都知道张老汉爱惜自己的这头毛驴，他那个舍命不舍驴的故事传得方圆多少里都知道，所以此次运输时就没有安排他的毛驴。

张老汉听到许拴虎这么说，就不高兴了，说：咋，看不起我咋的？为啥就不安排我的驴呢？

张有义的病看好了，也从山西回来了，他也参加这次运输，正等着赶驴走呢。他见张老汉此时气得胡子直抖，觉得好笑，就想逗逗他，便说：年轻人看见年轻人好，白胡子老汉势倒了，你七老八十的，不指事，还误事哩。再说，你那毛驴如果参与运输的话，你又要哭了，再磕掉两颗牙可咋办哩？

张老汉一听张有义的话就着急了，登时把两眼瞪着圆溜溜的，说：咋，就你们能支前，就不准我去。我告诉你说，我老汉如今这觉悟高哩。昨日胡儿子要我命我给，要我驴我不给。可今天，就我这家当，要啥给啥，要命都给哩。

张有义说：要你命干啥哩，就要驴哩。

张老汉说：我跟你说，你小子别挤对我，今儿个我吆了这驴来，就没打算再吆回去。打仗如果粮食不够的话，那就把我这头驴给杀了吃了，只要能打败敌人。我估摸着胡儿子嚣张不了几天了，延长城就要成为咱们的了。

张老汉拉的这头驴喂得饱饱的，此刻仿佛配合张老汉的话似的，正满地里撒着欢，打着响鼻。有队员就说：你真舍得，那咱们就杀了吃肉吧。

张老汉伸出手来制止住大家，说：这杀要看谁杀，许拴虎要说杀，我一百个愿意，解放军要杀了吃，我也愿意。别人，哼，连个驴毛也不让他摸呢。

他这话把大家说得都笑了。笑过之后，有一些游击队员就给老汉鼓起掌来，接着院子里掌声响成一片。

许拴虎此时也有些感动，他拉着张老汉的手，对大家说：看看，有这么好的群众支持我们，如果我们还打不赢仗，还能说得过去吗？

这时延长县政府冯主席也在这里，他这一段时间到处动员群众收割庄稼。看到这种场面，就接着许拴虎的话站在院子里大声说：前几天有人问我共产党和国民党的区别，看看吧，这就是区别。敌人是翻箱倒柜地寻，挖地三尺刨粮食；而共产党是老百姓情愿割了青苗送粮食。敌人那边是把毛驴把猪往走拉，而我们这边是张有福老人这样的吆着毛驴给我们送。这场战争谁正义这不就分得很清了嘛，谁会胜利谁不会胜利这还用问嘛！自古得人心者得天下，大家说难道不是吗？这段时间，我一直在各村里跑，在呼家川，我看到了咱们群众的一片热情，爱边区政府、爱共产党。这个村子涌现出了黄桂芝这样的边区模范，又涌现出了许拴虎、张一井、张有福这样为赶走国民党而无私奉献的英雄，这一切都让我们感动。你们在支持着我们党的事业，付出着，也期待着，为了你们这份期待与付出，我们还有什么理由不沿这条道走下去呢？我们还有打不赢的仗吗？我们还赶不走胡宗南吗？

黄桂芝也在人群中，她听着听着也不禁感慨万千，她抹了一把眼泪，对身旁的张一井说：你看看这个场面，你还怪你妈当初所做的选择吗？

张一井说：妈，我明白这一切了，只是这一切来得有些晚了。

黄桂芝说：不晚不晚，哪一天明白都不算晚的。

张一井说：我刚才还想着，我爸如果在的话，他今天会做怎样的选择。

黄桂芝说：他是个直性子，只是走得太早了，如果今天他在，我敢保证他也会和我们一起感动的，也会和我们做一样的选择的。

唉。张一井长长地叹了一口气。

你是想到段双全了吧？黄桂芝问。

嗯，没想到他这么不争气啊。张一井说。

我也听人说了，他刚上任时气势汹汹，不可一世，可天难遂人愿啊。经得几回打击，他拼了全力也就只炼了一锅油渣而已。听说他后来不生产石油了，只是生产一点蜡烛。但生产的蜡烛因为没法冷却，刘师傅就想出了暴晒制蜡的办法，但这样制的蜡密度不够，一会儿就燃完了，烟也大，销路非常差。我后来还听说厂里的工人一听要打仗，就都跑完了，就剩他们几个人了。唉，他大概做梦都没有想到自己会失败，这也算是给了他一个沉重的打击，但愿他能从中吸取教训吧。还有一点，你要时刻注意啊，小心他狗急跳墙伤害你和娃娃。

我才不怕他呢，谅他也没这个胆。张一井不以为然地说。

谁也没想到，一切竟然来得这样快。

9 月 23 日，西北野战军司令员彭德怀在黑家堡乡安家渠召开第一纵队、第三纵队、教导二旅和新四旅领导会议，决定在攻打清涧胡宗南的主力部队之前，先收复延长、延川两县，扫清外围之敌。许拴虎作为工人支队队长参加了本次会议。会上，彭总司令要求工人支队迅速运动到县城以南，封锁消息，毁伪保甲，在攻城战斗打响后，守住城南之路，截断敌人南逃的路线，配合主力部队坚决干净地消灭敌人。

接到了任务，许拴虎领导的这支工人支队就投入到忙碌的准备之中。

因为要打仗，呼家川村又在大路上，许拴虎怕有什么不测，就要黄桂芝、张一井领上两个孩子到高家湾躲几天。那里离县城远，也偏僻，一般敌人是不会到那里去的。黄桂芝拒绝了，因为她现在隶属于延长县政府领导，手头有许多事，走不了。这样，许拴虎就只能让人把张一井与两个孩子再次送到了高家湾。

张一井到了高家湾，又住到了刘师傅家里。她很高兴，因为眼看就要解放了，老百姓的苦日子就要到头了。

刘师傅也在家里，他告诉张一井，由于石油厂屡遭破坏，后来基本就成了废厂子，段双全也懒得打理了。许多工人眼看着形势急变，就都偷偷跑了，他自己也请了病假回来了。

张一井掩饰不住地高兴，说：马上就要打仗了，就在这几天了，胡宗南要完蛋了。

但是，面对异常兴奋的张一井，刘师傅还是充满了担心，因为他经的事儿多，知道黎明前会有黑暗，知道越是到这个时候，危险会越大的。他心中想着许拴虎把张一井与娃娃托付给自己，可不能让他们出丁点儿差错。思来想去，觉得还是应该把张一井转移到一个更秘密的地方去。但今天天已晚了，母亲又瘫痪在床，缺人照顾，他就让张一井今晚暂先在此歇息，做好准备，明天早上吃过饭，就把他们送到一个更偏僻安全的地方去。

张一井并没有意识到危险，照样大大咧咧的不在意，但架不住刘师傅的劝说，她最后就答应了。

第二天清早起来，刘师傅给老妈穿了衣服，伺候她起床。这时刘师傅的婆姨将饭做好了，张一井和娃娃也起来了，几个人吃了点东西，刘师傅就催张一井收拾东西，准备出发。

东西收拾好了，刘师傅套好马车停在了门口，等张一井与两个娃娃上车。就在这时从路上快速跑来了一辆马车，后边还跟着三四个骑马的，来的人都扛着枪，刘师傅一看就吓了一跳。

张一井呢？领头骑马的竟然是段双全，他气势汹汹地跳下马来。

段厂长啊，张一井早走啦，都好长一段时间了，可能在呼家川吧。刘师傅见他来者不善，就赶紧撒谎道。

搜。段双全命令道。几个持枪的人就将刘师傅拦在了门外，进院子里搜。

一会儿，张一井与两个娃娃就都被带到了大门外。

这就是你说的早走啦？段双全逼问道。在事实面前，刘师傅低下了头没话了。妈的，让老子这几天好找。段双全骂了一句，然后走到张一井身旁，对她说：快点，我们走！

走？到哪儿去？张一井问他。

城里马上要打仗了，魏营长、徐怀义会撑不住的，我们一起走吧。由于形势紧张，段双全脸上没有一点笑容。

走哪儿去？张一井再问。

看到张一井这么问，段双全明显地感觉到了敌意，但他此刻不愿惹她生气，就放下身段，尽可能温和地说：我们过黄河到山西去，管他妈的延长姓共还是姓国呢，都和咱们没关系了。我们有的是钱，带上娃娃，远走他乡。在他乡我们买一处地方过活，然后把娃娃养大。

我不会跟你走的，我也不稀罕你的钱。张一井说。

段双全左右看了看，手下的李喜喜还有两个人都在紧紧盯着他，个个都面无表情。

那好吧，你不走也行，我把娃娃领上。段双全说着就来拉小胜利，但小胜利和他见面少，也不认得他，就直往张一井身后躲。

娃娃也不准你领。这娃娃生下来你抚养过一天吗？你还好意思说领娃娃。张一井说。

看来你是铁了心不跟我过日子了？段双全紧紧地盯着张一井说。

段双全，好马不吃回头草。早在几年前，在你乱杀人的时候，在别人把你当个人你却执意往牲口圈跑的时候，我就打算今生不跟你有任何瓜葛了，咱们车走车道，马走马道。张一井说。

怪不得有人说你跟许拴虎好呢，这个娃娃也应该是许拴虎的娃娃吧！那好，你既然不仁，也休怪我不义，我就今天成全你吧。段双全从腰里拔出了枪，指着张一井说：你就是个无情无义的女人。你想想，我走到今天的哪一步不是为了这个家，不是为了你，不是为了娃娃？可不管我做多少，付出多少，你感动过吗？你说过一句感谢的话吗？

你是为了我吗？你是为这个家吗？你不过是想满足你个人的私欲，满足个人虚荣心罢了。你成天狗仗人势，为虎作伥，你就是杀人帮凶。你如果还有一点点良知，还是投降吧，你看看那么多的胡宗南部队都哪里去了，你一个人又能撑几天呢？

看来你是吃了秤砣铁了心了。好吧，我这就来成全你。段双全将枪对准了张一井，咬紧了牙关。

就在这时，一旁的刘师傅看不下去了。许拴虎把张一井送到这里来，现在如果被段双全打死了，他怎么给许拴虎交代啊！他赶忙上前去劝段双全，说：段厂长，你发什么脾气啊！两口子的事，再商量商量，或者再缓上一两天，让一井想通了再跟你走也不迟啊。他一边说着，又怕段双全的枪走火，就用手推段双全的胳膊。但就在这时，段双全掉转了枪口，把枪直接对准刘考生扣动了扳机。随着枪声，刘考生一下子倒在了地上。他挣扎着指着段双全说：你你你……

你也不是什么好东西。段双全说着，又朝着正在地上挣扎的刘考生砰砰开了两枪。随着两声枪响，刘师傅的腿伸了几伸，当时就咽了气。

张一井和两个娃娃看得目瞪口呆。

刘师傅的婆姨身体弱，正在窑里躺着，她听见外边有吵闹声，怕丈夫和人争执，就赶了出来，哪里知道一出来就眼见得自己的男人被打死了。她一下子跑了过去，扑在他身上大号了几声。接着，猛地起身就要和段双全拼命。段双全就又一次举起了枪，这时旁边的李喜喜几个连忙将这个女人拉开了。

刘师傅婆姨趴在刘师傅身上一边哭一边大骂道：段双全，你不得好死。你大是谁，你爷是谁，我们都知道哩，你家祖坟在哪儿埋着我们都知道哩。你这样滥杀无辜，你会遭报应的。我们老刘为你的厂子没白没黑生产，没有他你的油还不知道在哪里哩。你过河拆桥，卸磨杀驴，你不得好死……

看见了吧。段双全不理睬刘考生婆姨的谩骂，他举起枪来放在嘴上吹了一下，然后对张一井说：像刘考生这样的人，挣着我的钱，却吃里扒外，当面一套，背后一套，就应该是这个下场。

张一井看到这些情景吓得一句话也说不出来，她怎么也不会想到刘师傅一个活生生的人就这样没了性命，她还是第一次目睹段双全杀人。

你……你……张一井吓得脸煞白，说不出更多的话。她想不到这个白脸的段双全会说开枪就开枪，一下子就将一个人打死。

你想明白了没有？段双全说，每个人只会对个别人好，不会对所有人好。人对你好，你也要对人好哩，否则就是把别人的好心当成了驴肝肺，别人就是热脸贴了冷屁股了。你这么大了，这个道理难道还不懂？

这时的张一井脑子一片空白，只看见他张着嘴，但已听不清他说的任何话了。

带走！段双全依然面不改色地命令道。

李喜喜领着两个人过来了，他们将身体几近瘫软的张一井拉起来就往外走。身旁的小胜利与小梅看到这情景，都拉着扯着不让众人抬张一井走。

把这两个娃娃也带走。段双全说道。

就这样，张一井连同两个哭号的娃娃被一并塞上了马车。

马蹄嘚嘚，马车向西边跑去。

1947年9月29日凌晨，许拴虎带领着游击队员们赶赴埋伏地。现在的许拴虎已不比当初了，随着敌我形势的转化，许多以前在段双全手下干的工人从厂子跑出来后都加入了工人支队，这时的工人支队已发展到了八十多人，手中也有了一百多杆枪，有了上万发的子弹，可谓是兵强马壮了。

但是对于埋伏阻击敌人，许多游击队员还是有怨言的。他们在这大半年内，常常去骚扰段双全，也和徐怀义率领的保安大队以及魏营长的驻军打过一些小规模的接触战，大家都在盼着有一天打一次大仗，打一次正面仗，痛痛快快以解心头之恨。可是在南边的路上埋伏着等待敌人，如果敌人被消灭完了，或者敌人根本不从这条路上撤退，那不空等了嘛！

怨言归怨言，命令下了就必须执行，许拴虎他们是没有任何选择的。于是游击队员们，一边嘟囔着，一边趁夜里奔向预定地点。

延长城里的战斗很快就打响了。这场战斗基本上没有悬念，因为此时的胡宗南部队经过几场战役之后，已实力大减。何况现在外围据点被清除，延长县城与延川县城被解放军切割开来，成了两座孤城。加之胡宗南现在是确保驻清涧的王牌师不被吃掉，对于守延长、延川这两座县城他也没有多大信心。所以，在这场力量悬殊的战斗中，国民党军队很快就败下阵来。1947 年 9 月 30 日这一天，仅用半天的时间，解放军教导二旅就攻克了延长县城，全歼胡宗南部队的七十团第二营，打死了营长魏国栋，俘虏了副营长，延长县宣告解放。

狡猾的徐怀义当初从宜川来到延长，还指望背靠着国民党这棵大树发迹呢。他一到延长，就事事把雷秋林与尉振海这些人支到前头，疯狂地抓捕共产党员及家属。他一心盼望着国民党尽快将共产党赶出陕北，延长城永远属于国民党，他甚至打算在有生之年弄个县长当当呢。哪里想到，国民党部队这么不经打，胡宗南几十万大军，屡战屡败，这座延长城解放军只用了半天时间就攻下来了。

解放军攻城时，徐怀义领着一百来人的保安大队队员协助守城，主守延长城东面与南面。北面与西面则由魏营长率领士兵守着，但只守了一会儿，西门北门就被攻破了，解放军大部队进城了。消息传来，魏营长已被打死，副营长被俘虏了。徐怀义赶忙带领手下的几十号残兵败将跑出了城。有消息说胡宗南正派兵增援，但他才不信这些鬼话呢，当年他可是吃过这样的亏的。上一次红军攻打延长城，守城的官兵晚上还喝血盟誓呢，结果第二天城刚破，国民党就撤了。后来他才知道当天夜里那个唱高调的国民党县长早就领着太太跑了。

跑出延长城，西面北面都有解放军，东面是滚滚黄河，情况不明，唯有往宜川跑，跑到宜川与当地驻军会合，才是唯一的出路。徐怀义这样打算。

许拴虎领着几十号人埋伏在南面的山路上。有消息从县城传过来了，延长城已被解放军攻破，据说徐怀义领着队伍要逃跑，估计往宜川跑的可能性大，上级通知一定要拦住他，千万不能让这条老狐狸再跑掉了。

他在延长城干了那么多坏事，老百姓都恨不得吃了他的肉，喝了他的血，咱们能让他再跑吗？有队员说。

有人不相信战斗结束得这么快，说：消息该不会是假的吧？国民党那么多的驻军，那么好的武器，打仗还没半天，怎么能说败就败呢？会不会是骗咱们呢？但是说归说，大家还是严阵以待。

等待的时间是漫长的，许拴虎此刻内心忐忑不安，他不愿意错过这个机会。这个机会他等了好几年了，他在替学文叔等，在替山子叔等，在替黄桂芝等，在替张一井等，可是徐怀义真的会走这条路吗？

徐怀义的保安大队共有一百多号人，被打死了十几个，他下令撤退，又有一些人趁乱跑了，出南门的时候仅余三十多人了。

一干人急急如丧家之犬，从县南门突围出来。有大路，但显然大路上会有伏兵的，像这样大的战斗，共产党解放军肯定早就事先设好套了，就等着他们往进钻呢。徐怀义想了一下，认为还是走小路安全些，他们就翻南面的乌岭山，又走过黑圪垯峁。离延长城越来越远了，听不见了炮声，也没见背后有追击，他们就都松了劲。从山上走下去，面前是一条河，蹚过这条河，离宜川的张汉初部队就越来越近了。可他们哪里会想到，许拴虎的工人支队恰恰就埋伏在这里。战士们埋伏在树丛中，一看徐怀义领着保安大队的人过来了，许拴虎喊一声打，率先开了枪。工人支队的队员们纷纷开枪，扔手榴弹，一时居高临下打了起来。

徐怀义领着包括雷秋林在内的三十多个人，一阵乱枪响，就有五六个倒了下去。徐怀义急忙命令手下人寻找掩体还击，可此时这些乌合之众逃命要紧，哪有心思恋战啊，个个一面向上还击，一面脑子里在寻思着如何逃跑。

徐怀义与雷秋林在后边拿枪督战，声嘶力竭地让往前冲。但此时没有一个人往前冲，都圪蹴着寻找掩护，每个人想着只要不把自己伤着就行。两人看到军心如此涣散，就有了怯意，简单地商量了一下，决定后撤。因为从枪声判断，这里埋伏的人多，并且有备而来，硬打只会导致全军覆没。但往哪里撤呢？一时也没有地方可去，就想只能撤到黄河边再想办法。

于是，徐怀义就带着这些残兵败将又慌忙沿原路往回撤，许拴虎见他们要跑，就忙下令让队员们赶快追击。

徐怀义与雷秋林他们此时兵败如山倒，个个自顾不暇，只恨爹妈少生了两条腿，纷纷上山又沿原路往回跑。许拴虎领着队员们在后边追，一边开着枪，一边呐喊着，壮着声势。徐怀义一群人从山坡上去，沿着塬上的路走了十几里，就又从山上下坡，想下到川里再掉个头往东走，走到黄河边再寻找机会逃往山西。但是也该他们倒霉，他们从山上下来的村子恰恰是呼家川村。这呼家川的人听见城里隆隆炮声，知道双方正战得酣，紧接着就有消息传来了，说城里的驻军被消灭了，只有徐怀义领着保安大队的部分人跑了。大家正在一起叹息说这次又让这老狐狸跑了，只见一群穿黑衣服的人丢盔弃甲地从山坡上下来了。有人把这消息报告给了黄桂芝。黄桂芝搭手一瞧，好像是县保安大队的，她估摸着这些人就是徐怀义一伙，当即就在村里当当当敲响了钟。当此之时，也有一些妇女学着她的样子拿起脸盆也当当当敲了起来。呼家川人深受保安大队之害，这阵听说保安大队败下来了，要从村里过，便扛着锄头、镬头从家里出来了，婆姨老汉、女子后生们个个义愤填膺。徐怀义如今身边剩不到二十个人，虽然有枪，但此时如惊弓之鸟，抬头看见这么一大群人扛着家伙一窝蜂地从村里拥了出来，心中愈发惊慌，胡乱放得几枪，扭头就跑。

这时许拴虎领着工人支队的队员们赶来了，他告诉呼家川的群众，前边那些跑的人正是县里保安大队的人，其中就有徐怀义与雷秋林。呼家川群众听得这两人也夹杂其中，登时就群情激愤，纷纷呐喊着别让徐怀义跑了，喊着为谢主席报仇，举着家伙就追了过去。刚才保安大队的人胡乱开枪，又伤着了村里的一个小伙子，大家此时更是义愤填膺，要与徐怀义他们决一死战。

徐怀义这群人一时慌不择路，虽然朝东走，人却分成了两拨。一群是徐怀义领着三五个人沿着村里小路走，另一拨人则跟着雷秋林沿着村里的大路想过河跑到公路上去。许拴虎看那股跑向大路的人多，也都个个带着枪，就打算去追他们。黄桂芝说：你们去追吧，这几个交给我们。

许拴虎说：注意安全啊。说完就领着游击队员去追雷秋林他们了。

徐怀义带着几个人在前头跑，黄桂芝领着群众追。她看见有一个人像是徐怀义，就喊着：徐怀义就在前边，大家快点追，别让他跑了。于是一大群男女老少就挥着锄头镬头呐喊着口号在后边追赶着。

徐怀义几个人对村子情况不熟，一看后边有人追，便慌不择路，遇坎过坎，遇田过田，遇胡同则进胡同。这样乱跑着，就跑到了一个死胡同了。这里是段田虎与哥哥段玉虎的地方。他们父亲过世早，因为中风，临死时没说得一句话，后来兄弟俩就都怀疑父亲的家产被对方独吞了，久而久之两人就有了矛盾。矛盾越来越深，最终兄弟俩打了一架，然后在门前的路上砌了一堵墙，从此老大段田虎出门往南走，老二段玉虎出门往北走，两家是老死不相往来。徐怀义此时就正钻进了这个死胡同。

这四五个人跑到这里一看没路了，面前是一堵墙，心想，怎么办呢，身后是三五十个愤怒的老百姓啊。徐怀义这些人就做困兽斗，向群众开枪。几声枪响后，打伤了一个群众。有人倒下了，呼家川的群众就不敢上前了，但并没有退却之意，守在巷口，举着锄头镬头愤怒地呐喊着。

徐怀义见从人群中穿过冒的险实在太大，大有被乱棒打死的可能，就是把段田虎家门砸开，钻进他家里，被群众堵起来也难免一死。想来想去，就打算翻墙。但这墙实在太高了，一时也翻不过去，他就命令两个人立在墙下，他踩着他们的肩头翻了过去。随后，又有两个人翻了过去。

徐怀义跑了！大家看见了就又呐喊了起来。一时，这里留下了十几个人扛着锄头守着巷口，谨防没翻过墙的保安队员逃掉，其他的人一窝蜂地从这个路口退了出去，然后转到另一个路口去堵徐怀义他们了。

翻过墙的徐怀义和另两个人慌不择路，沿着一条小道一直往村外跑。他毕竟年龄大了，今天折腾了一天，跑着跑着嘴角开始吐白沫，实在跑不动了，一屁股坐在地上直喘气。他对其他两个人说：你们跑吧，我不跑了，我死也不跑了。

后边群众的呐喊声一阵接一阵地传来。身旁的队员心里着急，想拉他起来又拉不起来，想背他但此时每个人都疲惫不堪，哪里还有气力啊。这时，一个人看到荒野里有一簇簇玉米秆，就对另一个说：我看还是把徐队长藏起来吧，把那些村民引开再想办法。

当时徐怀义也没有其他办法，就同意了，心想着他们把群众引开后，自己休息一阵得空再逃。这样两个人就架起徐怀义朝地里跑去。跑到一簇玉米秆前，两人在玉米秆里挖了个洞，徐怀义钻了进去，他们两个就慌乱地用玉米秆把徐怀义遮了起来。做完这些，两个保安队员就重新沿地垄往北边跑，想跑过河重新回到大路上去。

看，他们在那边。黄桂芝领着群众在后边跟来了。

两人穿过田野，一直跑到了小河边。小河里没有桥，只有几块石头距离不等地排列着。正值秋季涨水，几块石头半淹在水中，只露个小尖。第一个人快速地跑过去了，脚下只是趔趄了一下。第二个往过跑的时候，脚下一滑，整个人就落水了。此时的他顾不得这些，在水中一边挣扎着，一边往出跑。刚跑过河的那个见他在水里挣扎，赶忙就伸出手来拉他，但也被拉下水。水并不深，两人一下子又从河里出来了。但等得两人如落汤鸡一般地从河中挣扎出来时，他们发现周围已全是愤怒的群众了。

原来刚才在后边追的群众呐喊着，刚好公路边的田地里也有几个人，见众人追这两个人，他们便从地里跑过来，把这两人堵到了这里。

两个人身上湿淋淋的，抬头见这么多的人堵在了面前，后面又有许多人追上来了，顿时眼前一黑，将枪一扔，跪在了地上，双手举过了头。

黄桂芝领着群众赶来了，众人将这两人围了起来，这个一拳那个一脚打将起来。

一个保安队员当即求饶，磕头如捣蒜一般，哀求着：各位乡亲，莫要打啊。我也是咱延长的，是罗子山的，我大叫张义啊，我是没办法啊，混一口饭吃啊。我有婆姨娃娃啊，我奶奶还瘫痪在床上呢，还等着我养老哩。

黄桂芝过来制止住了众人，问他：你们头儿呢？

哪个头儿？我不知道啊。那个队员道。

黄桂芝说：你们三个，跑着跑着就剩下两个了。你说你不知道，那我就不管了，让大家把你打死吧。

这个人瞅了另一个一眼，转着眼珠子，似乎在盘算着该说不该说，但那个此时已被打得躺倒在地上一动不动了。

他想今天自己不交代，是过不了这个坎了，就用嘴努了努田野那边。黄桂芝见他不老实就朝着他屁股上踢了一脚，喝道：到底在哪儿？这人看周围这么多群众，个个都瞪着眼睛，情知今天无论如何也逃不过去了，就说：你们别打我，我跟你们说，他就藏在对面的玉米簇里面。说着，用手指了指对面的田地。

把这两个绑起来。黄桂芝一声令下，大家当即就将这两个人捆绑了押着。众人让他俩走在前边，段安定、张宝胜两个年轻人牵着绳子，跟在身后。大家一起返回玉米地旁，那个湿淋淋的保安队员就不走了。他停了脚步，眼睛就朝那堆玉米簇子望着。

就那个？黄桂芝问。

那个保安队员点了一下头。

大家跟我走，别让徐怀义这个作恶多端的人今天再跑掉了。说完，黄桂芝领着大家就往地里走。但就在这时，玉米簇里传来了枪声，子弹打在了黄桂芝的腿上，黄桂芝一下子倒在了地上。这时的群众有四五十人，看到都到这个时候了，徐怀义还在伤人，就都嗷嗷地叫着，举着家伙一窝蜂地朝这个玉米簇子跑了过去。

到了近旁，不管三七二十一，众人就围了一大圈，用镢头、锄头把玉米秆往开刨，一下子就发现里边躲藏的人了。大家几近于一种疯狂状态，什么也不管，什么也不顾了，纷纷抡起手中的家当没头没脑地砸下去。

玉米簇中传来了一阵阵哀号，徐怀义这时才知有危险，他想往出跑，但愤怒的群众哪里肯放过他，纷纷喊着为谢主席报仇、为黄桂芝报仇，抡起手中的镢锨狠劲地往下砸。

发现里边没了声音，众人这才停了手，将玉米秆全部拨开来。只见徐怀义已死了，他已血肉模糊，身上的衣服也已被砸成了碎片。

谁能想到威风一世的徐怀义，竟落得被群众乱锨乱镢头打死的下场。

回头再说雷秋林领的这帮人，他们避过村子，过了河，就上了公路，一帮人就沿着大路一直朝东走。

雷秋林领的这些人是当初跟自己当土匪的，他们天天钻沟溜洼，眼下又是逃命的当儿，所以一个个跑得比兔子还快。许拴虎领的这些人毕竟是些工人，没有他们的身体素质好，追来追去前边就不见了人影，心思也就淡了下来，没有先前那么迫切了。每个人都在想着，这也算是大胜利了，阻击了徐怀义的逃跑队伍，打散了一帮匪徒，目前眼看得雷秋林领的人也仅有十几个人了。到了白家河，这时就黄昏了，队员们个个疲惫不堪。许拴虎见大家追赶了一天实在是困乏了，就在白家河歇了下来，打算吃点饭再做打算。

村里农会张主席见来了这么多自己人，便热情地给大家烧茶，安排做饭。一会儿，村妇女主任烙了一锅饼子，用篮子盛着，又炒了菜。队员们看到了食物，个个就狼吞虎咽地吃起来。就在大家吃饭的当儿，忽然有消息传来说徐怀义被呼家川的群众打死了，大家一听都十分兴奋，就问传消息人具体情况。来人就绘声绘色把听来的场景添油加醋地描述了一番，大家就都相信是真的了。这时一些人就泄了气了，说：唉，保安大队长都死了，还追个什么呀。

许拴虎听说徐怀义被群众打死了，觉得这是件大事，就让王国威暂时带队，自己带了两个人回去看看具体情况。

回到呼家川来，见到了黄桂芝。黄桂芝受伤了，正躺在床上，许拴虎就问了她徐怀义被打死的具体情况，又问尸体在哪儿。黄桂芝此时动不得，就打发张宝胜带许拴虎过去。许拴虎跟着张宝胜走，张宝胜把他领到一个空院子里，段安定和另一个民兵正在这里站着岗，被活捉的四名保安队员此刻都被绑在树上。院子一共三孔窑，两边的窑门窗当初被国民党放火烧了，只有中间的窑还安着门。张宝胜打开门，许拴虎一进去就看见这个空窑里点着蜡烛，用凳子支着一张门板，门板上面铺着些干草，徐怀义的尸体就放在上面。头被镢头和锨砸得血肉模糊，身上的衣服也破碎不堪了。

许拴虎看了一下恶心得直想吐，张宝胜见旁边有个破衣服，就拉过来把徐怀义的脸给盖住了。他说：当时徐怀义躲在玉米簇中开了一枪，把桂芝婶打伤了。大家一看就什么都不管了，赶过去三下五除二把他在玉米簇中给打死了。

许拴虎说：这就是报应，他作恶多端，大家都不想饶他，迟早会有这一天的。随即又叹了一声说，他在风光的时候大概怎么也不会想到，有一天竟会被一群普通的百姓给打死。

唉，我听人说，他资格老哩，和山子叔、学文叔的父辈是一起的，石油厂开建的时候就有他，只可惜他走了一条相反的路啊。张宝胜说。

听到张宝胜说这话，许拴虎脑子里忽然就想到了段双全。他现在哪儿呢？还有张一井，她和娃娃在高家湾此时安全吗？

两人说得一通话，就一起回到黄桂芝的窑里来了。许拴虎说：徐怀义也算是咎由自取，但这么大的事，得尽快给县上汇报一下，把事情说清楚。另外，也给他换上两件像样的衣服吧，毕竟人死了，也别让他这么没尊严。

黄桂芝应了一声，一时就问许拴虎追那伙人的情况。许拴虎告诉她剩十三四个人了，其中应该就有雷秋林，其余就是当初雷秋林领的那帮土匪，应该都不是本地的。

那有段双全没有？黄桂芝问。

应该没有。他们朝黄河方向跑了，队员们正在白家河歇息，我打算请示一下再行动。

黄桂芝说：我听人说这段双全昨天就跑了，但不知跑到哪里去了。一井和娃娃不知道现在安全不？

许拴虎说：应该安全吧，前天我让人送到高家湾了，有刘师傅在那儿，应该安全着。

黄桂芝说：我这心跳得咚咚咚的，一井不在身边，我心里不踏实。

刘考生这人还是靠得住的。许拴虎说。

听到这句话，黄桂芝心里稍安了些，说：但愿吧，世事这么乱。老天，快结束这一切吧。

一时静默下来，许拴虎打算走，黄桂芝说：如果你碰见了段双全会咋样处理？

许拴虎摇了摇头，说：我真不知道。说罢起了身。

黄桂芝担心着一井，而此刻一井与两个娃娃还有段双全却正在黄河畔的九天寨子里呢。原来，眼看双方要打仗了，这段双全觉得国民党稀松，就私下安排几个人誓死保卫厂子，而个人则领了李喜喜几个人，将厂里的资金一揽，起身悄悄跑了。走到半路上又掳了张一井和两个娃娃，他们一路朝东，向着黄河方向奔去。

段双全认为，国民党驻军如果保不住延长了，那肯定会撤到宜川去与张汉初部会合，自己夹在这种缝隙中生存，还不如跑到山西去。有这些票子，到了山西，领着张一井买地置业，过个太平日子还是绰绰有余的。或者到山西观察形势变化再重找门路也未尝不可。

一路向东，沿着延河一直跑，路上也没有人拦挡，他们一直跑到了小河口，跑到了凉水岸。

可哪里想得到，跑到这里一看，黄河岸边竟然没有一条船。打问了半天，才听本地人说，前几天来了一些不明不白的人将船全部都收走了，封锁了黄河，任何人也不能过河去山西。段双全一下子傻眼了，早知是这样，那不如往南跑啊，跑了这么多冤枉路。他们几个人商议着，再往回返要走许多路呢，此时人困马乏，干脆先落脚再想办法。落脚就要落到村子里，但段双全带的钱多，恐怕在村子里遭人暗算，想来想去，几个人就上了九天寨。

九天寨位于黄河岸边，是一个用石头砌成的寨子，地势极为险要，处在一座山峰的延伸部分，东临黄河，西南两侧临深谷，四面悬崖突兀，仅西北方向有条狭窄的崾崄与山寨相连，真可谓一夫当关，万夫莫开。据说此寨建于明嘉靖二十五年，后来有坍塌，又多次重建，是非常有名的一个老寨子。山上的建筑比较齐全，可容纳百余人，数百年来曾多次有群众及土匪上此寨子，以躲避匪事或占寨为王。但要进入该寨，则必须通过西北方向的吊桥。

段双全带着手下四个人，押着捆绑着的张一井和两个孩子上了九天寨。

这个寨子上现在住着一个大户，他们也是为躲避战事，一家六口人都住在了上面。为了长久居住，他们还从山下搬来了粮食，存在上面。但寨子上没有水，喝水要到山下去挑。段双全想要上寨子，很简单，他命令李喜喜朝寨上喊了一通话，打了一阵枪，这寨上之人一看就慌了，就放下吊桥，打开山门迎他们上来了。段双全虽上得寨子，但清楚地知道这不是长久之计，只要延长城一解放，共产党肯定就会来这里的，所以，就派李喜喜出去打探消息，搜寻船只，打算从这里渡黄河。如果这里渡不成，那么就沿黄河向延川或宜川方向走，只要过了黄河就行。

第二天早上段双全还没有想好办法，却探听到了一个意外的消息，贺山子从山西回来了，那些船只就是贺山子派人没收的。原来，贺山子领着工人及部分家属在晋绥兵工厂住着，这一段时间他听说延长城里要打仗了，便领了一些工人过了黄河。过了黄河，到了延长地盘上，打听到仗马上就要打起来了，他就让工人们把附近的船全部收缴了，并且安排人在此站岗放哨，不允许一个国民党兵及相关人员渡过河去。听到这个消息，段双全惊呆了。原来，听说这贺山子到了山西，这几个月都没了消息，段双全几乎都把他忘记了，还以为他早全军覆没了，哪里会想到在这当紧之时，他竟然率着人堵在了这里。这该如何是好啊？如果贺山子知道自己与石油厂为敌，并且当了国民党的石油厂厂长，他会放过自己吗？段双全想到这里，吓出了一身冷汗来，当即决定离开这里，免遭不测。

但就在这天黄昏之际，山下却传来了呼喊声，原来是雷秋林领着十多个人来到了山寨下。此刻他呼喊着让把寨门打开，他们一行人要上来。雷秋林急急如漏网之鱼，被许拴虎一路追赶到这里，本来也想渡河过去，但和段双全一样找不到一条船。再一打问，有几个人上了九天寨，他就估摸着是段双全他们了，就来到山下呐喊开了。

此刻，山上原先住的张大户听到又有人来，吓得双腿如筛糠般，他只想着如何保全家人性命，对有人有枪的段双全唯命是从。寨上现在的当家人是段双全，但段双全犹豫着不知该不该开这个门，放雷秋林上来。

张一井被带上山寨，嘴里塞着毛巾。此时她听说雷秋林领着人在山下喊门，就想阻止段双全开寨门，但嘴被塞着，说不出话来。段双全这时就和众人商量着该怎么办。他不想让雷秋林上来，因为他非常看不起这个人。当初雷秋林骗了他，加之后来雷秋林在延长干了那么多的坏事，惹了那么多的人，和雷秋林搅和在一起，肯定没好处。他手下有人也不同意雷秋林他们上来，因为他们人多枪多，到这寨子后肯定是由他们说了算，自己这几个人就朝不保夕，会丢了性命的。山上的张大户也不同意他们上山，一是他们上来，只有这么点粮食，是维持不了几天的。二来他们个个都拿着枪，自己和家人的平安是没法保证的。但李喜喜却说：还是让他们上来吧。此时有人在后边追赶，他们才到了这里，大家都是一路人，多一个人，就多一分力量。

如果他们上来要吃掉我们呢？有个人问。

哪会！他现在是逃难，如果把我们吃掉了，共产党再来，谁帮他们跟共产党拼命啊？李喜喜说。

他们在山上议论着，这时山下的人不耐烦了，砰砰砰朝上面打了几枪。枪子打在屋子四周的石头墙上，火花四溅。

我们出去看看吧。段双全说着，领几个人出来了。

看到寨子上有人出来，山下的人就喊话道：段双全，现在我们共同的敌人是许拴虎，是工人支队，他们就在后边追来了。如果他们来打败了我们，还会放过你吗？你那三五个人能扛得住吗？现在我们是绑在一条绳上的蚂蚱，走不了你也跑不了我。所以，打开寨门，让我们上来，我们两家合一家，共同抵挡许拴虎，这样就可以撑得一半天，就会等到国民党七十二团来接应我们。

这是雷秋林临时编的瞎话，因为他是被人追赶到这里来的，但现在这谎话却如同给了段双全这几个淹在海里的人一根救命稻草，他们宁愿相信这是真话。

你说的是真的吗？段双全问。

当然是真的，宜川驻军我们已经联系过了，张汉初部答应从黄河上派船来接我们，要不，我们来这儿干吗？雷秋林说。因为要逃命，所以他编起谎话来一套一套的。

打开寨门，让他们上来。段双全下命令道。

李喜喜急忙带人去打开吊桥，开了寨门。

虽然让他们上来，但大家要处处多个心眼，别吃了亏。段双全对手下几个人交代道。

那我们走呀。山上的张大户说，他担心这么多人都拿着枪，而自个儿没枪，会吃大亏的。况且听起来后边还有追兵，如果解放军再追来，他们互相打起来，自己夹在其中，肯定没好果子吃。他想来想去，就想带着家人离开。

段双全说：离开可以，但山上的食物不准动。

当然不动，全都留给你们。张大户说着就招呼家人拾掇东西，准备下山。

这时，雷秋林领着一帮人从寨门上来了。

雷秋林见了段双全，两人寒暄了几句。这时雷秋林见张大户一家正收拾了东西要下山，连忙拦住了他。

我已答应了，让他们下山去吧。段双全说。

不能下山。雷秋林对段双全说，一是他们知道这上面的底细，如果给共产党当了探子，那这山上的情况他们就全掌握了。第二……说到这里，他贴着段双全的耳朵边悄悄说了几句话。段双全听了就对张大户说：这样吧，现在天黑成这样了，下去也不安全，你就先待在山上吧。

听了这话，张大户顿时垂头丧气，知道再争辩也没有意义了，只得招呼家人回房里去了。

雷秋林向段双全简要地说了延长城失守了，徐怀义下落不明，许拴虎带领的游击队有可能马上追过来，要他做好生死决战的准备。段双全告诉他贺山子回来了，收缴了黄河沿岸的全部船只，他正派人找船，目前还没回音。两人听着彼此的消息尽管没动声色，但都大吃了一惊。段双全只想到延长城守不住，但没想到只半天工夫就失守了。雷秋林没想到这个老对头贺山子会出现在这里。尽管两个人都装作若无其事地议论着其他事，但是心里自是心惊胆战。这时张大户一家人做好了饭，雷秋林带来的人就狼吞虎咽吃起来。

吃完饭，段双全带着雷秋林把九天寨整个看了一遍，雷秋林此时也不提国民党援兵几时到，只是说：这个寨子易守难攻，守十天半月应该不成问题的。许拴虎虽然人多，但没有重武器，仅仅靠几杆步枪，我们在这里还是可以和他决一死战的。

话虽然说得很坚决，但两人心里都知道，想办法离开这个地方才是当务之急。

一夜无话。一觉醒来已是第二天天明，他们发现根本走不了了。山下已被闻讯赶来的许拴虎带领的四五十个人和贺山子领的一些工人围了个水泄不通。从山上望下去，下边是黑压压的一层人。半夜赶来的许拴虎与贺山子也联系上了，贺山子简要地介绍了这一段时间在晋绥军工厂的情况。说他们人虽然在那儿，但是心思全在这边，关心着这边的战况，关心着许拴虎及工人支队的情况，听说要在延长及延川、清涧打一场大仗，大家就都坐不住了，他领了二十几个人就先行出发，过了黄河。本来想参加延长战斗的，但恐怕临时去了添乱，几个人一商议，觉得敌人要逃跑，一定会经过这里的，他们就收了全部船只，在村子里隐藏了下来。他带的二十几个人尽管个个年轻，却都没有武器，因为要通过敌占区，是没法子带武器的。

许拴虎在山下并不知道段双全也在这里，他只知道雷秋林带着部分人马在寨子里，他在山下呐喊道：雷秋林，快投降吧，不投降就没命了。

雷秋林说：放你妈的屁。许拴虎，我看你还是退吧，就你那几个人几杆破枪，能把我们怎么样呢?

许拴虎说：哈哈，你还不知道吧，除过我们的人，山子叔也从山西过来了呢，总共七八十人呢，你想想你们能逃得了吗?山上的兄弟们，你们还是投降吧，不投降，只有死路一条。

雷秋林看到山下黑压压的人群，知道今天自己凶多吉少，但是如果投降了，自己做了那么多坏事，共产党是不会饶过自己的，就做好了拼死战一场的准备。他怕下属心里松劲，就砰砰向山下打了两枪，然后大声命令道：现在我们是两家合一家，大家只有一心，才能打退他们。如果谁要投降，那么就是这个下场。说完，他砰地朝身边的一条黑狗开了一枪，张大户那条狗瞬间就一命呜呼了。

许拴虎与贺山子商量，山上的敌人负隅顽抗，看来只能强攻了。决定用火力压制敌人，然后选十几个突击队员，随时准备强攻。此时贺山子还是厂长，就由他任总指挥，许拴虎任副总指挥。

打！贺山子发布了号令。强攻开始了，山下向山上猛烈开火，与此同时山上也向山下开始了射击。由于雷秋林居高临下有优势，并且还有一挺机枪，机枪吐出火舌，打得许拴虎他们抬不起头来，很快便有三个队员负了伤。强攻没有任何进展。

不能这样打，否则会伤亡更多的。担任突击队队长的许拴虎说。

贺山子说：此寨一夫当关，万夫莫开，像这样强攻下去，伤亡会很大，也得不偿失。要不我们围而不攻，山上缺这少那，他们撑不了几天的。

许拴虎说：这倒是个好办法，但是现在国民党刚败退，情况瞬息万变，如果国民党驻宜川部队来增援呢？我们不能让他们跑了，跑了还会祸害别人的。

王国威在一旁说：就是，这些人早就该死了。

几个人又在一起研究仗该怎么打，但想了半天都没招。贺山子就建议围着寨子再观察观察，看有没有可以突破的地方。

战斗暂时停了下来，贺山子、许拴虎、王国威、张有义等四人就绕着寨子四周察看。看了半天，发现寨子南面石崖上有一条被雨水冲刷而成的小槽，像一道壕似的，壕边生长着一些叫不出名的杂树。这道壕比人稍宽一些，它虽然笔直陡峭，但只要两脚紧贴两边还是可以慢慢攀登上去的。看到这里，许拴虎就提出了一个计划：从正面佯攻，掩护战士从这里悄悄登上去，只要上去几个人就可以打开正面的吊桥，让正面的战士们通过。贺山子说：这倒是个好办法，只是从这道壕上的话，得选些身体素质好的、勇敢的人。

许拴虎说：这个有我哩，比这再难上的崖我都上过。

贺山子说：即使从这里上去，到吊桥还有一段距离，面对敌人的射击，随时都可能牺牲哩。

许拴虎说：我都死过多少次了，该牺牲早就牺牲了。

看他说得这么悲壮，贺山子就问：张一井呢？

许拴虎不吭声，装作没听到。王国威就说：我们也是刚才听村里人说的，这九天寨上还有一个被绑的女人和两个娃娃，大家估摸着是段双全把张一井与两个娃娃全部掳上寨子了。

贺山子一听山上有张一井与两个孩子，就说：我们不能强攻，攻心要紧，要不，他们会伤害娃娃的。

许拴虎说：娃娃有张一井照看，再说段双全无论怎样坏，他总不至于伤害娃娃吧。

贺山子说：你可别这么说，人都会随着环境改变的。段双全有近十年和你我不在一起了，他变成什么样了，很难说。

几人说着，就又回到了原地，将攻击时间确定在了下午两点，依然由贺山子指挥，挑选了许拴虎、王国威、张有义等五名队员沿山寨南面那一道土壕悄悄爬上去，由许拴虎担任突击队队长。

到了下午两点，贺山子开了第一枪，发出了总攻的命令。顿时，正面的游击队火力全开，密集向山上射击。一时间，尘土飞扬，烟雾弥漫。寨子上此时自然是谁势力大谁说了算，统一由雷秋林指挥，他看情况只当这些人要从正面进攻，便命令山上的这一群乌合之众也朝山下开火。一时间双方你来我往，打得颇为紧张激烈。

而就在同时，许拴虎等五名突击队员顺利地接近了九天寨的南崖根。到了崖根下，这些突击队员就开始搭人梯，沿着南寨的狭缝悄悄地往上爬。真是好危险啊，仅仅窄窄的一条缝，而山下离山顶有几百米之高。但好在山上之敌的注意力这时都被吸引到了正面，这个背面崖缝由于最上边有杂草与树木掩盖，一时上面也看不见。经过四十分钟的攀爬，许拴虎和四名队员终于顺利地攀上了崖顶。

许拴虎带领队员们刚上去，就被几个防守南寨门的敌人发现了，他们即刻开枪，阻止许拴虎他们前进。许拴虎这时只能和几个战士借助山上的树木做掩护和对方对射起来。

此时，许拴虎五个人前面是敌人，背后是悬崖，处境极为危险。

正面指挥战斗的贺山子老远看见突击队员上山了，山上传来了激烈的枪声，知道他们和山上的敌人已交火了，立即命令正面的队员再加大火力，快速强攻。于是，枪子像雨点一样落在对方的阵地上，打得敌人抬不起头来。但就在这紧要关头，一颗枪子飞了过来，打在一块石头上，飞溅的碎片击在了贺山子的脸上，顿时血流如注，他还是硬挣扎着指挥部队继续战斗。

由于正面火力凶猛，敌人的注意力都被吸引到这边，他们不敢有稍微的松懈。所以山上的敌人暂时没有对许拴虎几个合围，只有五六个敌人拿着步枪与许拴虎他们对射。

久攻不下，许拴虎十分恼火，听着西北边的枪声越来越激烈，许拴虎一跃而起，使劲往进冲。他冲进了寨内，与敌人展开了白刃战。几个战士见此情景也都从树后冲了出来，冲进了寨子，敌我双方展开了近距离的搏斗。

南面的这几个敌人被许拴虎他们一冲击，顿时乱了阵脚，正在指挥战斗的雷秋林扭头就看见南寨门这里有了突击队员的身影，担心受到前后夹击，就赶忙调集正面的人加入南面的战斗之中。敌人一增加，力量马上有了变化，随同许拴虎上来的四个人已有两个人倒在了血泊之中。许拴虎见敌人来得多了，便一边打着一边又往后退。但山上的地方实在太小了，很快退到了悬崖边，就是他们刚刚爬上来的地方。此时的许拴虎手中已没有几发子弹了，情况万分危急。

怎么办？怎么办？要不，等着被打死；要不，就从这里跳下去。许拴虎脑子快速地转着圈。

正在这千钧一发之际，敌人却自乱了阵脚，纷纷开始后撤了。原来刚才雷秋林把正面的人调过来支援南面，贺山子就猛然间加强了正面的进攻，将正面的防线撕开了一道口子，两个突击队员就冲了过来，放下了吊桥。早有准备的游击队员就从吊桥上一下子冲了进来，纷纷朝敌人开枪。敌人一下子乱了阵脚，在强大的火力攻击下，雷秋林连忙呐喊着让自己人往后撤。

许拴虎领着的两个战士看到自己人来了，顿时心劲大增，转守为攻，持着枪，呐喊着“雷秋林投降，雷秋林投降”的口号，重新又跳进寨子。此时从吊桥进来的队员也冲进了寨子，雷秋林丢下了几具尸体，狼狈不堪地缩到山顶最上边的房子里去了。

游击队将寨子围了起来，队员们个个打红了眼，都要往进冲，有的还要往屋子里扔手榴弹，但被许拴虎制止了。因为他猜测屋里边还有张一井，还有他的女儿与张一井的儿子。

投降吧，你们今天逃不走了。许拴虎呐喊道。

休想。即使战死我们也不会投降的。雷秋林说。

对，跟上雷哥，誓死不当俘虏。里边传出了嘈杂的声音。

我们一把火就可以烧掉这里的，几颗手榴弹就能把这里炸平，仅靠一间石房子，你们能守得住吗？许拴虎说。

雷秋林说：许拴虎，你要烧死自己的娃娃吗？她可在我们手中。

胡扯，她怎么会在你们手中！许拴虎心里一沉，看来最糟的情况还是出现了。虽然从村民嘴中知道有一个女的与两个娃娃在这里，也有人猜测是张一井与小胜利、小梅，但许拴虎就是不愿意相信。张一井与两个娃娃他早就送走了，怎么会在这里呢？现在看来是真的了。只是此时，宁让挣死牛，也不能让退了坡，他不愿意影响士气，就强压着内心的惊慌，说：开玩笑，我的娃娃咋会在你手中。

那你就自己看看吧。雷秋林掀开一扇窗，把一个孩子从半截窗扇里伸出来，说：许拴虎你看看，这是谁家的孩子。你只要舍得，就开枪吧，扔手榴弹吧。只要你愿意打死她，我们就愿意一起死。

雷秋林躲在屋内一只手抓着小梅，小梅脚站在窗沿上哭喊着，两只手在空中乱舞着。爸爸——爸爸——她在不断地叫着。听到叫声，许拴虎心急如焚，自己和女儿刚分开几天，怎么也没想到竟然是以这种方式跟自己的亲闺女见面。

但此刻他告诫自己，千万不能乱了阵脚。他看到小梅在这里，就清楚地知道段双全肯定也在这里了。他想了一下，还是从段双全身上想办法。他大声喊道：段双全，我和你情同兄弟，从小时一块儿长大，一块儿吃，一块儿耍，我有什么对不起你的，你有什么就冲我来，怎么舍得对一个娃娃下手。

许拴虎，别废话。你还是撤吧，后撤三十里，给我们一条船，放我们一条生路，从此咱们井水不犯河水。雷秋林说。他的手依然在背后抓着小梅，小梅挣扎着，哭叫着。

段双全，我知道你在屋里。张一井也在这里，你娃娃也在这里，你能舍得你婆姨与娃娃就这样死去吗？你为什么要和雷秋林这样的人在一起？他可是当初害惨你的人啊。雷秋林，你还是投降吧，你看看外边这么多人，这么多枪，你还能逃得掉吗？你要我后撤，我这么多的兄弟会答应吗？那些被你迫害致死的人会答应吗？

那我们只有一同死了。我死了也不亏，有这么多人陪着。雷秋林说。

时间在一分一秒过去。所有队员都心急如焚，都在等着许拴虎下命令。怎么办，怎么办？

雷秋林、段双全，既然你们不仁，就别怪我不义了，你们都愿意去死，那我今天就成全你们。许拴虎大喊道。

此时的许拴虎心里纵有百般不舍，但大敌当前，也只能将口气放硬，然后再寻找机会，否则被敌人抓住软肋，就前功尽弃了。他是清楚地知道这一点的。

屋里没有任何声音，小梅依然被人木偶似的举在窗台上。

寨子外边，王国威、张有义等一些队员脑子也都在急速地打着转。队员们的心情都很矛盾，战斗进行了这么长时间，付出了这么大的牺牲，贺山子负伤了，有几位队员已牺牲了，胜利就在眼前，如果让这群敌人逃脱，不知道何时才能把他们抓到，不知还要祸害多少人。但强攻，很显然第一个死去的就会是许拴虎的娃娃。许拴虎的婆姨跳了崖，他只有这么一个娃娃啊!!

时间一分一秒过去，四周一片寂静，每个人都不说话，都在紧盯着许拴虎，都在等着他拿最后的主意，等着他下最后的命令。此时，太阳已西斜，山上已隐隐有了凉意，一阵冷风吹来，几棵灌木在窸窸窣窣地摇晃着身子。怎么办？强攻，下不了决心；不强攻，时不我待啊。

等了一刻，许拴虎终于没有了耐心，他咬牙下了狠心，大声道：小梅啊，别怪爸爸，爸爸对不起你了。许拴虎说完大喊一声，朝空中砰地打了一枪。

就在这时，只听见房子里传来了砰砰两声巨大的枪响。窗台上正在挣扎着的小梅砰的一声朝外摔下来，摔在了窗台下边。

许拴虎心如刀绞，看来敌人终于还是下毒手了。但仔细一看，小梅掉到窗台下之后，却一瞬间挣扎起身子，朝许拴虎他们这个方向跌跌撞撞跑过来了。

许拴虎见此情景，顾不得许多，赶紧起身跑去抢自己的孩子。

大家都不知道这到底是怎么回事。两侧伏着的队员都担心许拴虎接孩子会遭遇到什么不测，就赶紧端起了枪朝对面小房的门窗上射击。

许拴虎抱回了娃娃，重新伏下了身子。小梅的脸擦伤了，受到过度惊吓，她身子缩在许拴虎怀里瑟瑟抖动。

许队长，下命令吧。王国威请示道。

不投降，就消灭。许拴虎坚定地说。

但就在这时，对面的窗户却又一次被人推开了，一把刺刀挑出了一个白衬衫，来回晃动着。紧接着有声音喊道：许队长，别打了，我们投降，我们投降。

紧接着，另一扇窗户也打开了。一个女的在里边说：许拴虎，我们把雷秋林打死了，他们决定投降了。大家一看，窗上闪出来的那个女人不是张一井却是谁。

原来，段双全对张一井不放心，她一直被捆绑着，嘴也被塞着，自上来到现在就关在这间屋子里。雷秋林从李喜喜嘴里知道那个女孩是许拴虎的孩子，他就想拿此要挟，逼迫许拴虎撤退。但段双全有所顾虑的是张一井领的小梅，如果这娃娃有个三长两短，那么张一井这一辈子也不会原谅他的，所以就一直没有答应，直到最后一刻，他才睁只眼、闭只眼默许雷秋林把小梅作人质。

刚才在双方僵持之际，里边赤拳空手的张大户眼看着外边的势力大，如果扔几颗手榴弹的话自己一家人也会被炸死在这里边的，但他此时给谁说话谁也不会听他的，就趁乱悄悄地给张一井解开了绳子，把捡来的一把手枪塞给了她。见雷秋林拿孩子要挟，张一井实在气不过了，就在他们精力都集中在双方对阵之际，从背后开了两枪，将正在耀武扬威的雷秋林一下子打死了。

房子里边还有几个人是雷秋林的死党，见她打死了雷秋林，便纷纷掉转枪头对准了她。

这时，段双全站出来了。他站到了张一井面前，护住了她，对这些人说：你们要打死她就先打死我吧。

张一井在段双全的身后把枪一扔，大声对他们几个说：我一人做事一人当，不连累任何人。但你们看看，就你们几个人，外边那么多人，那么多枪，你们能活着出去吗？

是啊是啊，咱们每个人上有老下有小的，爹娘都还在等着你们回去呢，婆姨孩子也在等着你们呢，你们为什么要死在这儿呢？张大户担心再打下去自己一家人性命保不住，此时就赶紧给张一井帮着腔。

这几个人想想张一井与张大户说的也是实话，雷秋林已死了，再顽抗下去又有什么意义呢？他们就松了劲，都有了投降的打算。

屋里几个人简单一商量，就由张一井打头，提出投降了。

许拴虎等人在外面看见对方伸出了白旗，做出了投降之态，还怀疑有诈，就呐喊着让里边的人把枪全扔出来。听见喊声，里边的人就把枪从窗口里全扔了出来。接着门打开了，七八个人举着双手从门里出来了。张大户一家也跟在这些人屁股后面抱着头出来了。

最后出来的是张一井，她仍然拉着自己的儿子小胜利。

一井！许拴虎叫道。

拴虎哥。张一井跑了过去，一把抱住许拴虎嘤嘤嗡嗡地哭了起来。

段双全呢？许拴虎问道。

我不知道，我不管，我只知道你是我的拴虎哥。张一井的脸上满是泪水，也不知是高兴的还是激动的。

你们快去看，各个角落里都要搜，看有没有残存的敌人。许拴虎命令道。

工人支队的队员们冲进了屋子，但见这间大房子里到处是破碎的瓶罐，却没有一个人。

段双全呢？许拴虎又问。

这时抱着头的李喜喜正从身旁过，他听见了就说：我们出门时，他一个人悄悄地转到后边去了。

那快去背后看。许拴虎说。

两名游击队员听到这话连忙绕过房子朝后边赶了过去。在这个石头砌成的房子外围有个小碥道，绕房一圈。

如果不投降，就地消灭。许拴虎补充说。

两个游击队员朝后面赶过去，转了一圈，又转到左边的碥道上来，给许拴虎汇报说：没有段双全。许拴虎和张一井都觉得奇怪，两人也赶了过去，沿房子背后的小碥道转了一圈，还是不见段双全的影子。这时身旁有一个俘虏说：我刚才出来时，听见扑通一声，该不会是从山顶上跳下去了吧。

这话提醒了许拴虎，他就跟几个人沿着寨子周围朝下看。大家发现寨子的边缘有一丛蒿草四散铺开，上面有压过的痕迹。

会不会从这里跳下去了？王国威发现了指着说。

这几个人都朝下张望。只见高耸的悬崖下，有一个黑影儿趴在那儿，一动不动。黑影儿有胳膊有腿，似乎是个人影，但是离得远看不清楚那是谁。

崖畔有劲风吹来，树木在晃动着，几个人站在这里不由得都打了一个寒战。

后 记

亲爱的读者们，写到了这里，我拥有的资料就全断了。在阅读这些资料的同时，我的观念也在转变着。原本我以为这是一部关于油矿的发展史，或者是一个民族工业或一个集团的秘史，但在我阅读并整理完所有的资料之后，我发现所有资料都是关于个体人物在重大历史进程中跌宕起伏的人生历程，有对命运的抗争、对人性的挑战、对事业的奋斗，也有缠绵和凄苦的爱情。我拿到的这些资料中，有些记载是断断续续的，有些地方不连贯，东一榔头西一棒槌的，也有前后矛盾的地方。而我所能做的就是尽可能在忠实于原资料的基础上，把所有情节理顺，有时也难免会跳出来抒几句情或议论上几句。但我所做的这一切，都只是为了让故事读起来更明晰，不那么晦涩罢了。无论如何，我没有辜负那位老人的期望，总算把这些东西写完了，这也是令我心安的一点。

2015 年初夏，山绿了，花开了，这座小城里的人们纷纷拥到乡村，或赏花，或挖苦菜、摘洋槐花、摘苜蓿，而我在广电大厦的单元楼里开始了《流火季》的写作。很巧的是，就在我着手写这本书的时候，对面的楼也开始建了。时间飞逝，一转眼，三年过去了，对面的楼盖起来了。三年里，那些挖土方、建地基时拉土车往来的声音，以及丁零哐当的声音整夜不断，它们伴随着我写作的每一天。虽然一开始很不适应，但最后竟然慢慢习惯，甚至想象小说的各个场景中是否也有这样让人烦恼，但又无法避免的噪声。那些书中的文字好像在我身体中流动着似的，我一动笔，就全跑到我手下了。终于，在 2017 年阴历三月二十这一天，在我五十岁生日的这一天，《流火季》完成了。对于我来说，这真的是意义重大的一天。

写作完成的那一刻，我感觉全身燥热，有那么一刻，我觉得全身虚脱，要昏过去了。打开窗子，有冷风吹进来，马路上车辆穿梭，人行道上有一些辨不清男女的慵懒的影子。楼下的店铺里正播放着《兰花花》，我伸着懒腰，像一条鱼张大嘴贪婪地呼吸着这一点点空气，今晚我将要睡个安稳觉了，我将不再为我书中的主人公们纠结了。我一遍遍地念叨着：感谢你们，让我在这三年里在这种嘈杂的氛围中活得荡气回肠，活得丰富而充实。

写作完成了，公正地说，是老人留给我的手写资料整理完了，但我和读者一样好奇的是，不知道书中的那些主人公，他们的命运又会是如何呢？比如贺学文究竟再回延长了没有；比如贺山子与黄桂芝究竟走到一起了没有；许拴虎与张一井，抑或像罗干、张有义、王国威、张江江这些小人物呢？

老人留给我的资料就这样中断了，我只能继续查手头拥有的其他书：《延长油矿史》《延长县志》《中国百年石油》等，试图从中寻找一些蛛丝马迹。另外，有人给我提供了一个线索，说20世纪60年代的时候，延长油矿曾组织老工人写过一些回忆录，里边有关于贺学文与贺山子等一些人的记载。但我几次到七里村油矿，问了许多人，最终也都没找到这些资料。这样，我也就没办法知道他们每个人的下落了。

我从十八岁开始写小说，今年五十了，写了整整三十二年，在杂志上发表了一些中短篇小说，也出版了四本中短篇小说集，但写长篇这还是第一次，写石油题材也是第一次，可以说《流火季》是我倾注了极大心血和花费时间最长的小说。小说写的好坏，读者自有公论，这里我不想多说，但是对于延长石油，我觉得我还是想多唠叨几句。

翻开延长石油的历史，一幅幅波澜壮阔的场景呈现眼前，一件件开创之举令人热泪盈眶又感怀万分。延长油矿是中国最早的民族油矿、红色油矿，自1907年建厂至今有一百多年的历史，其结束了中国大陆不产石油的历史，开创了中国大陆石油开采的先河，是中国民族工业重要的里程碑。1938年，延长的钻机被拉到了玉门，贺学文以及一些技术人员也被调到了玉门，他们开始走上历史的舞台，在新世纪翻云覆雨，大显身手。2009年，也就是距延长打出大陆第一口油井的百年后，延长油矿（原延长石油厂）产量突破1100万吨，企业产值突破了800亿人民币。纳税额占到全陕西省财政收入的六分之一，而延长石油集团所驻地延安市财政的82%都来自延长石油，2013年延长石油集团更是跻身世界企业500强。

“近年来，延长石油通过加大核心技术攻关，加快转变开发方式，由一次采油向二次、三次采油相结合转变，通过加大油田注水，推广应用水平井、新型压裂和驱油技术，形成了一整套适合本区域‘特低渗’‘超低渗’‘低品位’边际油田的勘探开发技术体系，新增探明地质储量连续三年超亿吨。在新开发油井数量下降的同时，原油产量却保持稳中有增，连续七年保持千万吨以上稳产增产，创造了低品位油田勘探开发的奇迹。这对于我国依靠自主创新破解致密性油气藏开发世界性难题，实现超低渗油气田有效开发具有里程碑意义。”（引自《陕西日报》2013 年 7 月 10 日刊载的《延长石油集团成为西部首家世界 500 强企业》）

当年那些美孚专家说陕北贫油，说陕北的油没有开采价值，他们哪里会料到如今在陕北的几乎每一个山沟里都有抽油机在日夜不停地运转着，这些黑色的液体正源源不断地从地下被抽出来，运往大江南北。这是延长石油人始终秉持的“埋头苦干”“自力更生，艰苦奋斗”的精神一代代传承的成果。

人生起起落落，生生死死，看似平常，却又惊心。随着故事里一代又一代石油人的不断繁衍、生存、死亡，我已经不再纠结于故事里每一个人的结局。他们和你我他一样，是一些小人物，朴朴实实的，但每个人每一天都脚踏实地扎扎实实生活着。他们的梦想，他们的追求，他们的所作所为构成了我们这个五彩斑斓的社会。换句话说，延长石油也正是靠这些小人物们创造出来的。今天你在这个革命圣地的公园里遇到一个正在下棋的老头，或者明天你在靠阳的地方看到一个流着涎水的老头，说不定他就是我故事中的贺山子、贺学文呢！

写到这里，我想到了我开头说的话：我知道我的写作注定要传世的，不是因为我，而是因为那些被贺山子形容为黑不溜秋的人物，而是因为石油——这黑色的神秘地隐藏在陕北地下的庞然大物。

最后，请让我对所有为延长石油发展而付出艰辛努力的人们表示我最真挚的谢意。

感谢太白文艺出版社，感谢延长县委、县政府，感谢那些倾心帮助过我的人们及所有喜爱我作品的人们，有你们的支持，下本书我一定会写得更好。

2018 年元月

流火季

LIUHUOJI

上册

侯波 著

陕西新华出版传媒集团
太白文艺出版社

图书在版编目（CIP）数据

流火季：全2册/侯波著. —西安：太白文艺出版社，2019. 1（2022.1重印）

ISBN 978 – 7– 5513 – 1534 –0

Ⅰ.①流··· Ⅱ.①侯··· Ⅲ.①长篇小说 – 中国 – 当代 Ⅳ.①I247.5

中国版本图书馆CIP数据核字（2018）第252098号

流火季

Liu Huo Ji

作　　者 侯　波

责任编辑 申亚妮　蒋成龙　姚亚丽　张　笛

封面设计 张洪海

出版发行 陕西新华出版传媒集团

太白文艺出版社

经　　销 新华书店

印　　刷 三河市华东印刷有限责任公司

开　　本 787mm×1092mm　1/16

字　　数 707千字

印　　张 47

版　　次 2019年1月第1版

印　　次 2022年1月第3次印刷

书　　号 ISBN 978-7-5513-1534-0

定　　价 98.00元（上、下册）

联系电话：029-81206800

出版社地址：西安市曲江新区登高路1388号（邮编：710061）

营销中心电话：029-87277748　029-87217872

我们生活在一个有着永恒过去的地方，中华文明进程中几乎所有重大事件都与这个地方密切相关，有些甚至具有世界性意义。对这个地方了解越多，敬畏也就与日俱增。

——欧内斯特·波尔斯特·史密斯《辛亥革命前后的延安》

引　子

这些资料是我从一个邻居那里得到的。

他和我同住一栋楼，我认得他的时候他已经很老了。我们很少说话，我到现在都不记得曾经与他说过什么，只记得每天清晨他都会准时出现在楼下的院子里，出现在那方阳光里。他这么稀罕这方阳光，我因此认为他和我一样，也是住面西的楼房。这样的楼房总是早晨没有阳光，下午阳光充裕，俗称西晒。

那段时间我有病，需用中药来调理，老吉就给我推荐了一位姓顾的中医。那中医说我肝火旺，阴阳失调，给我抓了五六十服草药。因为每天要煎药喝，我索性就上午请了假，下午才到单位去。每个清晨，在等待妻子煎药的这段时间，我总会拿本书下楼来，在院子里看阵书。然后我就发现了那方阳光。

和所有的小区一样，院子四周都是密密麻麻的高楼，但每天早晨九点多的时候，院子里准时会有一方阳光。这方阳光，从上往下缓缓移动，很快，一半打在西墙上，一半打在地上。这样的状态会持续一个小时左右，然后太阳就会继续移动，方块逐渐上升，直到一幢大楼的黑影将这个地方又全部罩起来。

就是在这方阳光里，我认识了这位老人。每天清晨，会有一个纯朴如阳光般的农村妇女将他用轮椅推到这里，然后给他整理好衣襟，让他坐着。她呢，则坐在一旁的小凳上绣自己的十字绣。

老人不说话，神情呆滞，嘴角有些下垂，使人禁不住担心会有涎水流下来。显然，他行动不便，也似乎不会说话，眼睛尽管睁着，但既空洞又迷茫。他的头能转动，有很多时候他都会扭头一动不动地望着我，但从不说一句话。

咋啦，脑中风啊？我曾经试图和他说话。几年了，越来越不行了，前年还有些意识，去年就不说话了，大小便都在床上呢。中年妇女红着脸膛嘎嘎地说。带老人和小孩可不一样。小孩吧，这么小一点一抱就走了，拉点屎，一擦也完了；可老人，身板子还这么重，一拉那么一大摊……显然这是位保姆，是那种心肠很好但说话没有边际的农村女人。

我望着老人，他的身材很高大，脸上却有一种病态的虚胖，浮肿是那种常年躺在床上缺少阳光的病人特有的面部特征。他听着中年妇女唠唠叨叨的这些话，脸上的表情没有任何变化。这使我觉得老人活得也许只剩本能了，别人的世界、别人的话语已和他没有任何关系了，对于他来说，现在存在的也许只剩这方阳光。

再坚强的人，老了就都不中用了。妇女说。

我是不屑打听他人隐私的，在这座钢筋与水泥组成的城市里，所有的人关起门来就是一个世界。每个人都急急匆匆，没有人愿意和你交流，或者愿意听你唠唠叨叨地诉说你自己的故事。你去敲开每一扇门，面对的都会是一张张充满戒备的极不耐烦的面孔。

所以我就不说更多的，而是把凳子移到一旁，看自己的书。之所以移动凳子，是因为我整天喝中药，身上老有股药味，怕惹人厌。好在农村妇女也不再说话，她也坐下来，掏出针线开始绣十字绣。

就这样，我和这位老人还有这位中年妇女一起待了有一个多月。

中年妇女每天推轮椅下来，总会帮老人把衣襟整理好，然后把轮椅上的两根带子解开。这带子是用来保护病人的，老人坐着，似乎是完全没必要打开的，但她却打开了。这个细节使我猜想到每天这个时段，老人很可能不愿意待在家里，只有待在这方阳光里，他才舒心，才会乖得像个小孩子一样。

每天，我在这里待上大约一个小时，妻子就会发短信来：药煎好了。我就离开。而我一离开，老人也马上就离开了。

我和这位老人的交往仅限于此。

一方阳光，两个人：一个垂危的老人，一个苍白着脸的年轻人；一个对于世事早已茫然的人，一个不知道世事为何物整天沉醉在书本中的人。

日子就这样过去了，我的身体渐渐恢复，精神也好起来，不再夜夜失眠，中药也不用再喝，当然，早晨也不用赶着晒那一方阳光了。然后，每天清晨，我更多地会赖在被窝里翻书看。

但就在那么宁静的一天，一位满脸胡茬的中年人却敲开了我的房门。妻子一打开门，他铁塔一般的身躯就几乎遮住了门口的所有空隙。这个男人用蛇皮袋子提着一大包东西。他身体非常结实，红脸膛，说话瓮声瓮气的。他说他要找一位读书人，他说他是我们的邻居，就是先前在楼下晒太阳的那位老人的儿子，他要将一个东西交给我们。我和妻子让他进来。让他坐，他也不坐，他告诉我们说，他父亲前几天去世了，在去世前，嘱咐他一定要将这个东西交给我。说着他打开了蛇皮袋子。我和妻子疑惑地望着他，不知道那个蛇皮袋子里会是什么。

红脸膛的男人把东西递过来，我伸手翻了一下，是一些散乱的纸和一些书刊资料，翻的时候就有尘土在升腾。

我不知道自己该不该接受这个礼物。这个红脸膛的男人看出了我的疑虑，说是他爸要他这样做的，可能见我天天在看书，是个有学问的人。他爸知道自己要去世了，但不愿意这些资料浪费了，就希望把这些资料交给我，它们或许对我是有用的。而他呢，只是在完成父亲的遗愿，并没有任何诉求。就是说，只要我接受了就行，至于接受了以后是留是丢，那都与他无关了。

就这样，这个蛇皮袋子到了我们家。

然后，我就怀着一份好奇阅读了这些资料。这些资料有手写的一些草稿，还夹杂一些书刊资料。从资料中，我看出老人一生在矿上工作，年老了可能喜欢回忆一些往事，于是，就散乱地记录了很多。只是文字水平有限，错别字太多，也时常前言不搭后语，读起来让人感到莫名其妙。

现在，那么多发黄的资料就堆积在我新装修的房子里，足有一人高，这些资料散发着一种陈旧发霉的味道，使我不得不过一段时间就摊开来在阳台上晒一遍。妻子曾说，她每每看到这些纸张，就莫名地担心其中会有什么鬼怪精灵蹦出来。这话倒是实话，因为在陕北，人们认为所有古老的东西都是有灵性的。一只龟是这样，一条蛇也是这样；即使一棵树，树龄老了，也会被人保护起来，缠上红红绿绿的布条，逢年过节便有人在树下点起香火。还有一次，妻子看我从书房出来了，她说自己甚至出现了幻觉，觉得我不是我了，而是一个穿着汉代官服、戴着高高帽子的人从里边出来了。

我用一年的时间把这些资料全看完了，有些甚至看了不止一遍。我看一阵，叹息一阵，一遍遍读着的时候，逐渐喜欢上了这些东西。在每个深夜里，在一页页揉皱的稿纸中，在这些散乱的文字里，我感觉到一个个活腾腾的生命在呼吸着，一颗颗滚烫的心在跳动着。我能看见他们的面容，甚至在夜深人静之时，我能听见他们沉重的呼吸声。有一天，水杯倒了，有几页纸不小心被开水烫了，我甚至听到有人在对我说：哎哟，你弄疼我们了！

对这些资料熟稔后，我徒步来到了延长县一个叫烟雾沟的地方。

这里已物是人非。

烟雾沟是条很小的沟，普普通通的，和陕北所有的沟没有什么两样。沟比较窄，两边的山势陡峭，山上长满了荆棘和洋槐树，树下有一些藤蔓在缠绕着。山脚裸露出来的是一些岩石，黑得发亮，坚硬如铁。

在进入山沟二三百米的地方，隔着河有一块平坦的土地。据资料记载，这里就是最早的延长石油厂建厂的地方。史载：1905 年，时任延长知县的佘元章筹办延长石油厂，他与候补知县孙玉堂一同前往烟雾沟相得贺姓、董姓地坪一块，面积十亩，与贺董二姓议定地价银十两，嗣后在其上建可安置机器并作修理之用的洋式房舍五大间，并修通了延长县城至烟雾沟的十五里山路。但现在，厂房已没有一丝痕迹，当年修建的六孔拱桥也没有了，这片土地已被种上了庄稼。我到了地边，看见在地边缘处有一些瓦砾，大小不齐的瓦块乱七八糟残碎成一堆。从这些残存的瓦砾中可以想见当年这儿曾经有过的一座座低矮的房子。在地块周围有尚未结冰的河流，河水跳跃着，欢快地流淌着，发出一串串欢叫声。

正值深冬，稀稀疏疏的几株未收割净的玉米秆在微风中晃动着，发出呼呼啦啦的声响。地头有扎着白头巾的农民，在寒风中圪蹴着身子，一大群羊正埋头饮着小河里的水。我上前去向那个扎头巾的老汉打听这块地方的往事。

咋价，你说啥？这个有些耳背的老汉把旱烟锅子在鞋底上磕了磕。过去啊，老辈子人说这里扎过矿的，公家人住在这里，还有日本人哩，美国人也来过哩。

他们这代人习惯把所有给公家干事的人称作公家人，但关于这里发生的具体事情，他就不知道了。

那些厂房呢？那些人呢？那些事呢？我问。

这个放羊老汉像看一个病人似的，用惊讶的眼神望着我：胡尿说话哩，人死了，房拆了，事就没了。

而我却确切地知道，对于一些人来说，这里是没有任何事了，而对于另一些人来说，这里的许多事依然存在着，即使时间流逝了，那些瓦房不在了，但事情却永远镌刻在他们的记忆中。比如那个晒太阳的老人，他为什么要把这些东西留给我呢？他都痴呆了，一切世事对于他都无所谓有无所谓无了，可他还是要把那些东西留给我这个他认为有文化有学问的人。照我的推测，在这个老人还未痴呆之时，他可能想把那些残存在他脑海中、搅腾得他日夜睡不安稳的一些东西留下来。于是，他说给儿女们听，可没有人愿意听，或者他们听腻了，不愿意再听。后来他就想用颤抖的手写出来，可是也没有人愿意看，儿孙们都在忙着自己的事。最后在绝望中，他就将这一切留给了另一个人。我真不知道，他是如何知道我是那个愿意听他讲话的人。也许是我的某个眼神，或者是我看书时专注的神态打动了他，因此老人在弥留之际才决定把这一切留给我。

如今，这个重担压在了我的肩上。我知道，我只有把这一切写出来，才能不负重托，才能对得起那个在梦中常常站在发黄的纸堆旁望着我的老人。

羊跑走了，放羊老汉骂骂咧咧地去赶羊了。身旁没了人，只有寒风中的玉米叶子在呼啦啦响，有两根电线杆歪歪扭扭的，低垂的电线上挂着一块塑料布，来来回回飘着，像一面旗帜。

那个老人描述的烟雾沟就在这里。这里对于他来说，是一个豪情激荡的地方，是一个魂牵梦绕的地方。而我对此行的结果却大失所望，只有老人材料中的那些东西，是活生生的，是可触可摸的。此刻我面对的只是一堆废墟——不，不是废墟，而是一片空白。

我凝坐良久，然后回到了宾馆。

一个人吃过晚饭，天已黑了，独自待在房间。打开窗子，冷空气扑面而来。凝望着窗外，只听见风在空中肆虐，发出呜呜的声音。如今已是阴历十月，气温急剧下降，天气干冷干冷的，街上一个行人也没有，河道里有几棵干巴巴的柳树在窸窸窣窣地晃动着身子。

这时天色已逐渐黑下来了，我没有开灯，静静地坐在椅子上，凝望着窗外。一个多小时后，风就小了下来，夜也安静了下来。但就在这时，我听到了门外有什么东西在响。我起身，打开门来看，却什么都没有。我懒得再关门，就那么一个人坐在黑暗中，凝望着黑暗中的门。这时，在一片漆黑中，我分明看见了一个人——不，不是一个人，而是一群人。他们有男有女，有老有少，一个个脸色赤黄，衣衫褴褛，但脸上都流露出一种坚毅的光芒。他们不知道从哪里来，也不知道要到哪里去，此刻只见他们手挽着手、肩靠着肩，一声不吭地站在门口，都在盯着我看。

我紧盯着他们。近在咫尺，我分明听见了他们的呼吸声，看见了他们坚硬如铁的表情和眼睛里燃烧着的火一般的光芒。就在这一刻，我被震撼了。

神啊！我感叹道。

在这样的夜里，我不再犹豫，而是关了门，打开了笔记本，在白炽灯的光下，开始了我的写作。我知道我在写一群人的秘史，我知道这些人坚硬如铁的表情将重现在我的作品中，也将会永存在世人的记忆里。

我的作品，注定是会传世的。

第一章

延长县的高等小学堂位于县城中街的北水沟西岸，由过去的书院改设而成。从外部看起来，像一座庙宇似的。大门是朱红漆刷的，门两边悬挂着一副红底黑字的对联。院子中心有一棵老槐树，巍巍峨峨，枝干、叶子都伸到了外边的街道上，树上有众多的喜鹊窝。唯一和庙宇不一样的是这里没有和尚们念经的声音，少了暮时课诵，而多了孩子们的琅琅读书声与喜鹊的喳喳声。

放学了，钟声一响，学堂院子里便哇的一声，像炸开了锅似的，一个个背着书包的孩子从狭窄的大门口挤了出来。

最先从门里挤出来的是一个小同学，名叫贺山子，今年十二岁。他挤出大门后，却没有往别处去，而是站在路旁一棵柳树下，眼睛盯着大门，仿佛在等着什么人。过了一会儿，学生都走完了，最后出来了两个大一些的学生——贺学文与张宏霖。这两人出了大门，就朝东一拐，一边相跟着走，一边说着话。

哥——山子叫了一声，连忙跟了上去。

正在和张宏霖说着话的贺学文吃了一惊，扭头看见了贺山子，就问他：你怎么还不回家？

山子说：哥，我想去看日本人。

学文不以为然地说：别给咱爸咱妈添乱了，日本人还不和中国人一样，有什么好看的?

哥，你不去，那我一个人去。山子说。

不许去。爸妈正干活哩，你去添什么乱啊！小心洪提调骂你。学文警告着说。他知道他这个弟弟是个捣蛋鬼，什么事都能干得出来的。

山子哼了一声，停下了脚步，不服气地晃着头。贺学文和张宏霖不再理他，两个人只管相跟着往前走。

就在这时，一个女孩子却不知从什么地方钻了出来，她穿戴整齐，细挑的身材，模样儿很是周正。见山子在一旁阴着脸，她就问：山子，你怎么啦？不高兴?

这个女孩子是洪知县的女儿，大名叫洪丹风，由于高等小学堂不收女生，洪知县就在家里聘了专门的私塾教师教她识些字。这会儿她估摸着学堂放学了，便来找学文与宏霖玩，却一眼看到了拖着鼻涕噘着嘴的贺山子，便过来安慰他。

哥哥不带我看日本人。山子说。

哈哈，我还以为什么大不了的事呢。他不带你去，咱们自己去呗。丹风笑嘻嘻地说。

山子不吭声，依旧沉着脸，满脸不高兴。

走走走。丹风拉了一把山子，山子便扭扭捏捏地跟着她走开了。

学文与宏霖两人在前边走，看见了后边的丹风，两人就慢下了脚步。一会儿，丹风与山子就跟上来了。学文嘟嘟囔囔地说：日本人有什么好看的嘛，还不跟中国人一模一样!

哼，离了你，难不成我们就不玩了？洪丹风不服气地说。

不一会儿，四个小伙伴就尽释前嫌了，他们相跟着一边走一边高高兴兴地说着话。穿过空荡荡的石板街，一直往前走，走了好长时间，他们来到了一条小山沟，沿着小山沟往里走，就到了标有“延长石油官厂”字样的大门前。

透过木栅栏做的大门从外往里看，院子里乱七八糟堆放着一些叫不出名的东西。厂子分为东西两边，东边是厂区，西边是工人的生活区。厂区里有机器在轰响着，有几名工人在弓着腰忙碌着。西边的生活区院子里空无一人。大门上拴着一条大黑狗，看见他们四个人来了就汪汪地叫个不停。

妈——隔着门，山子喊叫道。

妈——隔着门，学文也在喊叫。

叫了一阵，院子里什么动静也没有。几个孩子失去了耐心，便手抓着木栅栏门摇晃着，大声喊道：我们要看日本人——我们要看日本人——

一会儿，靠近生活区最右边的一个房间门开了，一个少妇伸出头朝这边张望了一下。她勒着围裙，显然正忙着做饭。她看见这群孩子了，便回到房间去，脱了围裙，然后搓着双手朝这边走了过来。她高高的个儿，红润的脸膛。看见孩子们，她喜得合不拢嘴。她一到木栅栏门前，狗就不叫了，而是讨好地朝她摇着尾巴。

妈，我们要看日本人。山子看见了她高兴地说。

可不敢说，不要让人家听见了。她制止住了孩子们喧闹的声音。

妈，我不让他来，他硬要来。学文到底年龄大些，懂事些，他压低了声音说。

还不跟咱中国人一模一样啊，只是说话呜里哇啦的。少妇说道。

妈，我们就看一眼嘛。山子说。

姨，我们就看一眼，我们不捣乱的。丹风说。

她是洪提调的女儿洪丹风。学文介绍道。

是洪提调的女儿啊，那快进来吧。少妇高兴地说着，打开了木栅栏。当此之时，洪远峰任延长知县，兼任石油官厂的提调，也就是厂长。学文的父母亲和他都熟悉，见丹风也来了，学文母亲便连忙让他们进来。

少妇打开了门，把四个小孩子一一放了进来。她一边在前边走，一边安顿道：不要乱跑啊，小心日本技师发脾气，都到厨房去啊。

四个孩子听到了这句话，就都慢下了脚步，一个个像小猫似的屏住呼吸，只是眼睛骨碌骨碌地四处张望着。少妇领着四个孩子穿过厂区，一边走，一边说：日本人可厉害哩，常常发脾气，嫌饭菜这不好那不好的，可难伺候哩。他们动不动还闹罢工哩，一罢工，机器可就转不了了。全厂的人都怕他们哩，洪提调也得让着他们几分，因为生产不出石油，就没法向皇上交差。你们可不敢乱动啊，别惹他们不高兴。前天厂里有一个工人和日本人争执了几句，这阵还被关着呢。

四个孩子听得这话，就愈加害怕了，一个个乖乖地跟着她来到了生活区这一边。

走到厨房门口，少妇对孩子们说：都站在这里，不要乱跑，不要乱动啊。喏，对面那就是日本技师。

四个孩子在厨房门口像小鸟似的站成一排，朝对面张望。只见对面是几间普普通通的房子，有一间敞开着门，从门望进去，看见房间内并不像普通老百姓那样盘着炕，而是支着张大床。在靠近窗户的地方放着一张桌子，一个矮胖的日本人，正坐在桌前聚精会神地翻看着一本什么书。

学文和丹风都见过日本人，因此并不觉得好奇。只有宏霖与山子好奇，宏霖问道：他咋不抬起头来呢？他长什么样啊？

学文说：跟咱们一模一样的，一共七个呢。有一个瘦的，戴个眼镜，说话嗓门挺大，总嘻嘻哈哈的；还有一个胖子，足有二百斤。我那天看见两个日本人和咱们的工人一起收工回来，脸上糊得黑乎乎的，根本认不出是日本人。

学文妈忙着做饭，四个小孩子站在门口像四只小麻雀，叽叽喳喳的。他们等不到房间里那个看书的矮胖的日本人抬起头来，多少有些不甘心。几个人说着说着就打起了赌，猜日本人到底发现了他们没有。

他看什么书啊，那么专注？丹风问。

肯定和石油有关呗。学文答道。

这时，这个矮胖子旁边房子的一扇门忽然吱呀一声开了，一个瘦高的日本人从门里走了出来。这个日本人个子挺高，穿着一身黄衣服，戴着眼镜，脸上倒蛮和气的。他出了门，站在门口，瞧见了几个孩子，嘻嘻笑了一下，便朝隔壁呐喊了一声。那个矮胖的日本人听到喊声，就应了一声，放下书从门里出来了。

两人就站在门口呜里哇啦地说着话。

四个小孩子看到这一胖一瘦的两个日本人都觉得十分有趣，又听到他们呜里哇啦的说话声就都忍不住笑了起来。

你们的过来。瘦高个日本人打了个让孩子们过来的手势。

孩子们看见手势虽然明白了，但没有人动，都嘻嘻哈哈地站着。

那个瘦高个对矮胖子说了一句什么，两人便哈哈大笑起来。

接着矮胖子就回房间了，他拉开抽屉，从里边拿了一些东西，然后又出来站到了门口。这回，他将手中的一样东西扔在了当院。当的一声，孩子们都看清了，是一文钱。

你们的去捡，捡到的就是自己的。瘦高个日本人似乎能凑合着说一点中国话。

孩子们虽然听明白了，但是没有人去动。

矮胖子不甘心，又呼地扔出了一枚，那枚钱在空中画过一道弧线，在地上滚了几滚，就落在了中间。

瘦高个再一次示意孩子们去捡。

哥，怎么办？我们要不要去捡啊？山子扭头问。

孩子们面对这种情况都傻了。

当——又是一枚。

我们去捡吧。山子说。

对面的两个日本人嘻嘻哈哈的，打着手势鼓励孩子们去捡。轻松的氛围使几个孩子心里都没有了防线，个个跃跃欲试。

当——又是一枚。这回是那个瘦高个从矮胖子手中抽出来一枚钱，又扔了过来。这枚钱落地以后，就歪歪扭扭地往前滚动着，一直滚到了山子脚下才停下来。

就在这时，厨房里做饭的少妇出来了，她依旧勒着围裙。她一出来，看到了这一切，一下子就明白了。她说道：学文、山子，你们都回去呀，回去干活呀。接着她走到中间来，将几枚钱一一捡了起来，走过去递给那个矮胖的日本人，说：把你们的钱拿好，你们漂洋过海来到中国，赚点钱也挺不容易的。

矮胖的日本人因为少妇扰了他们的兴致，就很不高兴，冷着脸，并不去接钱。少妇便将几枚钱一一摆在这个日本人房间的窗台上，然后扭过头来对孩子们说：快点回去吧。各回各家去，喂猪去，喂牛去，喂鸡去吧。

几个孩子听到这话便一起扭转身子离开了。大家边走边不约而同地几次回头张望着日本人。

紧盯着孩子们走远的背影，两个日本人耸了耸肩膀。

几个孩子离开了厂子，却并没有回家，而是登上了烟雾沟的山。正是冬季，草木已衰，山坡上草已全部枯黄。站在山顶，可以瞅见山下有一群人正在忙碌着，那是工人们正在打油井。

爸爸——你在哪儿——山子喊道。

爸爸——我们在这儿——学文喊道。

叔叔——我们都在这儿——丹风与宏霖也喊道。

学文、山子的爸爸贺振生，此刻正在山下同工人们一起打油井。日本人将打油井的核心区域用帐篷围着，不让工人们看。贺振生此刻只能同工人们一起清理一些外围的石头、土块等。先是有工人听到了孩子们的喊声，看到了孩子们，认出了是贺振生的两个儿子，同时还隐约看到旁边站着一个女孩儿。这个工人便指着孩子们的身影对大家说：快看，老贺的儿子还领着个儿媳妇呢。听到这话，一群脏兮兮的工人都抬起了头，看到了山顶上的几个孩子。有人认出了那个女孩是洪知县的女儿，便开玩笑说：哟，老贺啊，你儿子攀上高枝了呀，那可是知县的女儿呀，你娃娃要成驸马了啊！

快不敢乱说，娃娃家在一起瞎玩哩。贺振生吓了一跳，赶紧制止了工人们的话。

哈哈。一群工人看着贺振生窘迫的样子，都笑了起来。

其实，像贺振生这样老老实实的人，本来是可以平平淡淡过一生的。他先前种庄稼，能吃下苦，冬闲时便打些柴来卖，贴补家用。他有个同样勤劳能干的媳妇儿，有一对儿子，光景过得还说得过去。然而，他平静的生活却被一次意外事件打乱了。

1906年刚过得年，天气还寒冷，趁冬季农闲期，贺振生打了些柴来集市上卖。集市上红男绿女，来来往往，络绎不绝。到中午时分，忽然人群都向南门奔去。贺振生一打问才知道，小县城来了几个日本人，大家都赶着过去凑热闹。其实，早在日本人到来之前，民间就疯传着日本人要来延长了。日本人长相如何，身高如何，器物大小，等等，人们传得津津有味。此时的贺振生也是一时好奇，就跟着大家也往南门赶。一到南门，便见这里被围了个水泄不通，里三层外三层的。贺振生个子高，就站在后边张望着。只见前边的佘知县骑着一匹高头大马，后边跟着五六个人，有骑马的，也有骑驴的，一字儿从南门缓缓进来了。旁边的人指点着说，前头骑马的是佘知县，后边几个是日本人。贺振生看那几个日本人，发现和当地人也没有什么不同，只是胖的胖，瘦的瘦，矮的矮，高的高，倒也相映成趣。这些日本人似乎对众人的围观兴致盎然，一点也不介意，一边得意地招着手，一边还互相呜里哇啦地说着什么。

马队往前走，人群往后退。就在这时，夹在中间骑马的那个矮胖的日本人朝前边骑驴的瘦高个说了一句什么，那骑驴的似乎不以为然，回敬了一句，这个骑马的日本人就拿起马鞭顺手在那个瘦高个骑的毛驴屁股上抽了一鞭。毛驴吃了疼，一下子蹦了起来，蹄儿乱踢，没想到一蹄踢在了佘知县骑的马身上。紧接着是一串连环反应，前边的马吃了疼，就嗷地叫了一声，直冲人群而来。围观的人群一看马冲来了，立刻如大海中的波浪一样，分成两拨，朝两边散去。腿脚不利索的来不及散去的就被挤倒在地了。尤其是处于前排看热闹的娃娃，一下子就倒了好几个。

人群一散开，本来在后排的贺振生就到了前排。他看见马狂奔，马上白发苍苍的佘知县手忙脚乱，脸色苍白，当时就着了急，一时也顾不得多想，一下子冲出人群，跑上前去，两手扯住了马尾巴。

马往前挣，他往后扯，中间是一条马尾巴，和拔河似的。他全身的力量都朝后扯着，那马挣扎着，但任它怎样费尽力气，两个后蹄竟然怎么也弹不起来。这样，双方相持了三四分钟，那马竟然不挣扎了，在原地停了下来，呼哧呼哧地直喘粗气。

惊慌失措的佘知县待马安静了，才从马上下来。他满头是汗，先安抚了一下马，然后把马拴在路旁的柳树上。他把贺振生招呼到身边问：你是哪里人？

贺家洼的。

叫什么？

贺振生。

平时靠什么营生？

平时种庄稼，闲时打柴卖柴。

你愿意到石油厂来不？

石油厂，那是闹什么的？贺振生问。

就是打油井，从地下挖油脂，再提炼、加工，佘知县说。

加工那玩意儿有用吗？油脂贺振生是知道的，这里山沟里发洪水时水面上时有漂浮的油脂，附近的人就用羽毛沾了回来点灯或烧火用。

那玩意儿用处可大哩。这不，朝廷投资成立了个大厂哩，你回去跟你老婆商量一下，愿意来的话，明天就到厂子里来报到吧。佘知县说。

就这样，因为这个偶然的机会，贺振生得以在石油厂做工。随即，他就不再种庄稼，不再打柴，而是携带着老婆孩子进了城。

搬进城以后，厂里缺一个做饭的，佘知县见贺振生的老婆比较麻利，就把她也招到厂子里来。这一年县里又办起了学堂，贺振生听了佘知县的规劝，将两个儿子送进了县学堂。过了一年，满头白发的佘知县在延长任职期满，到陕北的另一个地方横山县去任职了。先前筹备厂子的洪远峰成了候补知县，兼石油官厂的提调。这时的贺振生凭着自己的吃苦肯干，在厂子里站稳了脚跟，升成了钻井队的队长。光景过得顺当起来，他干起活就愈发努力了，身上仿佛有使不完的劲。

贺振生的老婆叫樊秀英，虽然是两个孩子的母亲了，可身材依然匀称，是农村那种见了生人面就羞得抬不起头来的女人。她本来给工人们做饭，但自从日本人来了以后，洪提调便安排她只给几名日本人做饭。她天天变着花样，尽量让日本人吃得好一些。

这一天，她正在厨房里一边做着饭，一边哼着歌：

> 初一到十五，十五的月儿高，
> 那春风摆动杨呀么杨柳梢。

她声音很低，但哼得有情有调，有滋有味。这天中午给日本人吃浇臊子面。民间俗话，白面片片子打鸡蛋和油浇臊子，是延长农村最上等的待客饭。此时，臊子汤已做好了，正在小锅里热腾腾地冒汽，她呢，正在案板上擀着面。随着擀面的节奏，她的身子有节奏地摆动着。

日本技手板垣回来了。板垣就是那个矮胖的男人。石油官厂聘请的日本人一共有七个，佐藤弥次郎是技师，其余的田中久造、板垣仓吉、入泽弥三郎、田内启作是技手，栗林时太郎是铁工，赤川寅吉是木工。瘦高个的佐藤是领队兼负责绘图，矮胖的板垣与田中负责石油炼制，另两名技手负责打油井。

外面传来了哐里哐当的响声，秀英知道有人回来了，但她并没有在意，因为工作期间工人回来拿东西是常事。此刻，她的心里充满了甜蜜，丈夫在工地上正忙碌着，尤其是两个孩子上了学堂，这女人觉得日子有了盼头，心情就格外舒畅。

板垣在工厂区安装炼油装置，这会儿返回生活区找个机器配件。他在自己房间翻寻东西的时候，隔着窗户，看到了厨房里的秀英，听到了她在哼歌，看到了她幸福红润的脸庞和诱人的身体。板垣一下子控制不住自己，觉得有一股引力正在吸引着他。他痴呆呆地放下了手中的东西，朝厨房走去。

板垣进了屋，他胖胖的身影从厨房门进来，一下子拦住了所有的光线。秀英陡然觉得屋里暗了下来，兴致一下子被打断了。她吃了一惊，抬头一看是板垣，她为自己刚才情不自禁的沉醉红了脸，甚至为自己哼歌而有了几分羞涩。她从慌乱中镇定下来，说：原来是板垣君啊，没到吃饭的时间你就回来了？

我回来拿个东西。板垣支吾着，顺手关住了门。

因为是熟人，秀英就没注意，也不管板垣来干什么。这时案板上的面已擀好了，秀英把面来回折叠成长条，顺手拿起菜刀准备切面片，然而就在这时，意想不到的事情发生了。

矮胖的板垣猛然从后边抱住了秀英的腰，秀英没有防备，一下子就被板垣摔倒在地上。她手中的切面刀也当的一声从手里掉在了地上。

我给你钱，我有钱，我给你钱。板垣一边畜生似的嘴里嘟囔着，一边两手胡乱地开始在秀英身上摸，开始解秀英的衣服。

秀英被板垣摔倒在地，压在身子下，她这才明白是怎么回事，慌乱起来。不，不，板垣君，不能啊，我有丈夫，还有儿子啊。秀英慌乱着，喊叫着，挣扎着，两只手阻挡着板垣。但这个瘦削苗条的女人哪里是这个矮而胖足有一百公斤的日本人的对手。很快，她的上衣纽扣被解开了，裤带也被解开了，白花花的肚子露了出来，眼看着反抗已没有任何用处了。

就在这时，秀英挣扎着的右手碰到了掉在地上的菜刀，她一激灵，捡了起来，顺手向正趴在自己身上的板垣脊背上砍了下去。刀砍在板垣背上，因为距离近，使不上劲，力量不大，但板垣还是感到了疼。他直起身来，一把将秀英的刀夺了过来，大骂道：你的，不想活了，竟敢砍我！说着，啪啪给了衣衫不整的秀英两个耳光。

秀英筋疲力尽，脸上一阵火辣辣的疼，面对着这个身强力壮的男人她感到了绝望，无奈地闭上了眼睛。

但就在这时，厨房的门忽然被砸开了，进来的人啊啊地叫了几声，接着那人顺手抄起一根柴火棍朝板垣的脊背上砸了下去。

板垣吃了疼，扭头看，却是看大门的哑巴。

你个死不了的。板垣狠狠骂了一句。但是，很显然，因为这个人的出现，他做不成任何事了。他也就起了身，放了秀英。

哑巴砸了板垣一下，见板垣起了身，他就扔了柴火棍，跑出了门。他嘴里啊啊地叫着，一溜烟地向工地跑去了。

半个小时后，贺振生来到了厂里的生活区。他的身后还跟着几个雄赳赳气昂昂的工友。原来，贺振生正在山沟里钻油井呢，慌乱中的哑巴跑来了，啊啊地说着，用手比画了半天，贺振生终于明白了是怎么回事，他扔下工具就往回跑。一些工人也知道了，就都跟着跑了来。贺振生先到了厨房，秀英这时已坐起身来，扣住了衣衫，只有头发还散乱着，她坐在小凳上低头啜泣。哑巴着急地给贺振生比画着刚才发生的事。贺振生一看此情此景，二话不说，抄起一根棍子，出了门来，站在了板垣的房子前。

板垣的房子死一般寂静，门窗紧关着。

板垣，你给老子出来。贺振生在门外边大声喊叫着。

板垣，出来。贺振生身后跟着的几名工人也都呐喊着。

板垣关着门，在里边死不吭气。

贺振生拿起棍子砸了几下门，又用脚猛地踹了几脚，门哗啦一下就开了。房间里，衣衫不整的板垣正躲在床上瑟瑟发抖，他几乎软成了一摊泥。

你个畜生。贺振生骂着，拿着手中的木棍朝板垣头上砸了下去。板垣的头一偏，这一棍，正打在了他的光背上。板垣哎哟叫了一声，从床上滚了下来。但房间里实在太狭小了，板垣滚到地上躲到墙角里再就没处躲了，他就缩成一堆儿，双手抱着头，求饶起来。这时的贺振生顾不得其他，举着棍子，劈头盖脸，一下，两下，三下，朝板垣身上砸了下去。

背后传出了工人阵阵叫好的声音。

但就在这时，洪提调出现了，他一把拉住了贺振生。

贺振生这下把乱子捅下了。

这是 1907 年的延长县，在这里，风雨飘摇的清政府成立了延长石油官厂，开采一种叫油脂的东西。其实，延长这个位于黄河畔上的小县，自古以来就出产油脂。宋人沈括在《梦溪笔谈》里就曾经这样记载，延长县每逢下雨天，老百姓总会发现山沟里流水之上会有一层黑乎乎的油脂样的东西，俗称脂水。老百姓就用羽毛把上面的这一层液态的东西一点一滴刮到桶里，然后拿回家里用来点灯照明。到了元朝，延长县有大户人家在西门外用人工凿井的方法提取一些油脂。但多少年来，这种叫作油脂的东西一直没有引起官方的重视。直到清末，八国联军打进京城，重创了不可一世的清政府。当时国外石油开采与利用已具相当规模，进京后的德日美俄听说陕北有石油，就对开采陕北石油蠢蠢欲动。德国有个叫汉纳根的人，纠集了关中一些所谓的乡绅，多次到陕北勘探石油，准备开采，后来被国内的一些有识之士给拦住了。自这些事以后，石油开采才被提上议事日程。陕西巡抚曹鸿勋在延长县实地考察后呈文上报，提出要开采延长煤油，与外国煤油相抗衡。此时的清政府虽然风雨飘摇，朝不保夕，但对石油的消耗却是巨大的，据记载，单皇宫中照明一项，每年清政府都要把白花花的数万两白银送给美孚公司。接到曹巡抚的报告，慈禧太后权衡再三，终于下定决心，在1904年11月拨款批准试办延长石油官厂，1905年延长石油官厂正式在延长县挂牌成立。

其实，延长石油官厂成立前后，时任延长县知县的佘元章没少费精力。他亲自给油厂选了址，购置了土地，建造了厂房。管理延长石油开采没有合适人选，佘元章就推荐了一个叫洪远峰的人。这个人虽然没功名，但办事干练。他一上任，就不负众望，从延长带原油十余斤到汉口，请日本化学博士稻并幸吉及其门徒阿部正治郎化验，化验结果证实延长石油成分特佳。后来洪远峰又邀请阿部来延长县勘察，阿部应约而至。他到了延长县的烟雾沟、料子原、胡家川等地，踏勘了油苗，并考察了县城西门、东门以及南门外人工开挖的旧井，再度将取来的原油用小机器提炼，大约十斤原油可炼得灯油六斤，而且油质远胜于日本石油，可以和美国石油相抗衡。于是通过阿部和稻并的关系，石油官厂从日本新鸿购来钻机和炼油设备，聘请日本人为技师、技手、工匠，紧锣密鼓地开采起了延长石油。

就这样，小小的延长县一下子有了设备、技术先进的炼油厂，全中国工业界的目光都聚集到了这里。身处深宫的光绪皇帝与慈禧太后看到了曹巡抚的折子，听到了汇报，也露出了难得一见的笑容。他们勉励石油官厂多产石油，同时还给延长石油厂下达了指标性任务，每年要往皇宫送多少石油、多少蜡烛等等。

可是现在，在延长县，第一口油井还没开钻，钻机正在安装试运之中，清政府眼巴巴地盼着这块地多产石油来拯救大清帝国呢，哪里会想到这里就发生了这样的大事啊！

就在贺振生殴打板垣的这天下午，七名日本人全部罢了工，抗议贺振生殴打日本技手。

由于日本人的罢工，往日红红火火的工厂一下子冷清下来。蒸汽机停止了运转，顿钻也停止了起起落落，炼油的锅炉也熄了火，厂子里与工地上死一般的寂静。虽然日本人来了有一段时间了，可是机器是日本产的，碰到机器出了故障，日本技师总是把中国工人全部支走再修理；至于机器零件坏了，日本技师更是要从日本托运过来，就连用的枕木也都是从日本运过来的，他们说日本的木料结实耐用。在石油厂里工作的中国工人就只有下死苦的份儿，什么活脏是他们的，什么活累也是他们的。现在日本人一罢工，机器停止运转，就等于全工厂都停了工。

这可急坏了洪远峰。此时的洪远峰身任延长知县，同时又兼油厂的提调，负责着油厂的全部生产。现在，京城里眼巴巴地等着用油，前几天还来文催呢。早前几天，陕西巡抚还来视察过，洪知县曾经信心满满地打包票要全面完成任务呢，而正在这样的节骨眼上，日本人却罢了工，这可如何是好呢？

洪知县先把贺振生关了起来。接着，他到工地上转了一圈，见工地死一般的寂静，十多名中国工人都闲坐在河边下着石子棋。他心里凉了一截，长叹了一口气。

洪知县来到生活区日本人住的地方。板垣当天被贺振生打得头破血流，在延长县简单地包扎了一下，已送到延安府治疗了。剩余的六名日本人个个呈“大”字状睡在大厂房里，“一”字形排开。他们头上都缠着一圈白布，白布中间画着个血色太阳，显示着自己是日本人，白布的边上写着“严惩凶手，还我公道”八个小字。字的颜色是红的，呈血迹样。

洪知县，我们将把此事上报我国政府，要求和中国政府进行严正交涉。同时以不能保证人身安全为由，要求终止合同。佐藤说。

洪知县听得这几句话就怕了——不是洪知县怕，而是清政府怕。清政府怕外国人，这在全世界都出了名的。洪知县没有功名，只因为人干练利索，被佘知县任用试办石油官厂。后来佘知县任期已满，调走他乡，多亏皇恩浩荡，格外提拔他任延长县知县。在这么个穷县，本来他想安安分分干点政绩出来，可哪里会想到如今就出了这么个事啊。日本人报上去，到最后就会捅到皇宫，朝廷就会不问青红皂白先革了自己的职，这一点洪知县比谁都明白。他明白的另一点是，如果日本人以人身安全不能保障为由终止合同的话，那么，受世界瞩目的延长石油开采就不得不草草收场。难道说，花费了这么大精力，费了这么多钱财的工程就此罢休不成?

在中国，妻子被人冒犯，将犯事者打一顿是正常的事。但此刻洪知县却顾不得想这些，他脑子里一再想的是如何将此事大事化小，小事化了。因为这里的每一个动作都牵扯着大清帝国的神经啊。国弱民就弱啊，在强者面前是没有道理可讲的，没有人会在乎事实真相究竟是什么。

我们的人身安全得不到保障，要求严惩凶手，并给予赔偿，同时我们要解除合同。佐藤说。他的脸细长，说话时一动不动，活脱脱一张麻将牌中的白板。

妈的，事儿还不都是你们惹起来的。洪知县在心底暗暗骂道，但他嘴上说出来的却是另一番话：先给板垣看病吧，我马上就查明真相，惩罚凶手。只是在查的这段时间，还是先请贵方几名技师尽快复工。

在事情未得到满意解决之前，我们绝不复工。佐藤及其他几名日本人纷纷说。

第二天，洪知县就约几个日本人到县衙来谈复工的事。这六名日本人派来了两个代表，领头的正是佐藤。

佐藤的态度相当强硬。他提出三个要求：一是要严惩凶手；二要赔偿损失；三要公开道歉，确保此类事情不再发生。否则，复工就免谈。

几人正说着话，这时就有差役进来了，给洪知县悄悄地说：县衙前围了许多人，恐怕要闹民变哩，请问如何处置?

原来，延长街上的一些人都听说了此事，大家议论纷纷，此刻都围在了县衙门口，七嘴八舌地在等着看热闹。

洪知县在大厅听说有民众闹事，吃了一惊，他扭头给这两名日本人说：你们听到了吧，中国有一句俗话叫得饶人处且饶人，如果你们一口咬定答应这几个条件才能复工，那么惹起民变就不是我能管得了的了。况且你们复工以后，还要在这里继续工作，以后的人身安全，我即使是千手观音，恐怕也保证不了啊，这里有几万民众呢。

佐藤与田内听出了洪知县的言外之意，再说他们也不是真想回国，毕竟这里的报酬要丰厚得多。只是他们认为这件事不处理就会助长厂子内外中国人的气焰，他们就会被人耻笑，以后就没有立足之地了。听到洪知县这么说，佐藤就站起来说：既然知县大人这么说了，那么，我们就给你个面子，退一步，赔偿是不要了，我们也知道中国人穷，他们是没有钱的，但药费却必须出。另外，要严惩凶手。要严惩，要游街示众，要让大家知道谁是谁非，要还我们一个清白——这就是我们最后的条件。说完这句话，佐藤与田内拂袖而去。

佐藤之所以要提游街示众，是想借这个机会给所有对日本人抱有敌视态度的人一个教训，让大家知道，日本人不是好惹的，他们是有后台、有靠山的。

洪知县望着日本人远去的背影，呸地唾了一口。随即他叹息道：贺振生啊贺振生，你个二杆子，你什么人不能打啊，怎么就单打日本人呢？

新的一天，也就是罢工的第四天，洪知县先将石油厂看大门的哑巴开销掉，打发他回了老家。接着，洪知县将板垣以外的几名日本人叫到了大堂上，分坐在两旁，然后将监狱中关押的贺振生提了出来。他在堂上一声吆喝，两边衙役立时动手，将贺振生摁倒在地，噼里啪啦打了二百大板。

可怜的贺振生被打得皮开肉绽，屁股上渗出血来，和裤子粘在了一起。他先是大骂日本人不得好死，紧接着又大骂了一通洪知县，最后声音渐弱，没了声息，昏死了过去。

打完二百大板，贺振生又被两个衙役五花大绑搀扶着上了马背。这时的贺振生已不能在马背上坐了，只能被两边的两个衙役扶着。衙役鸣锣开道，押着贺振生从西门一直走到东门，又从东门返回到西门。

延长县城本就小，贺振生挨打游街这个消息，一下子大家都知道了，都赶来围着看热闹。人们在悄声地互相询问着事情的经过，这样，事情便以讹传讹，最后传得完全变了样。传成樊秀英被一个日本人强奸了，贺振生一怒之下打死了这个日本人，洪知县便将贺振生痛打一顿，然后绑来游街。

贺振生被押着游街一圈，最后回到县衙门口。衙役驱散众人，然后将贺振生押回了监狱。

这天晚上，洪知县招待几名日本人吃了一顿压惊饭，好说歹说，又与日本人重新补签了一份合同，大意是县署要竭尽全力保障日本人人身安全之类。当然，洪知县在签这份合同之时，也将日本人要入乡随俗，要遵纪守法，一并写了进去。

吃完饭后，日本人答应第二天复工。

日本人心满意足地回厂里休息去了，洪知县却没有歇息，而是领着延长城里的名医朱济壶来到了监狱。

贺振生浑身是伤，倚在墙角，两只眼睛充满仇恨地盯着洪知县。

洪知县要朱济壶给贺振生贴膏药，但被贺振生推开了。

洪知县从朱济壶手中接过膏药来，望着贺振生说：我知道你现在是什么想法，你现在恨不能杀了我，恨不能杀了那几个日本人。我是打了你，但谁让你给我捅下这么大的乱子呢！你想想，每一个洋人都牵扯着朝廷的神经啊。我现在可以放你出去，但我并不愿意，因为我对你是了解的，一放你出去，你就会去杀日本人，但是你杀不了他们，你只会白白搭了自己的性命。你是一条汉子，但错就错在不该惹日本人。大丈夫能屈能伸，眼光要看长远些，日本人终究是外国人，总有一天会离开这里的，这块天、这块地、这油厂还是咱的。目前受点小灾小难是为你好，让你长点记性，以后别再捅大乱子了。至于这膏药，你爱贴就贴，不爱贴就扔掉。

说完，洪知县把膏药扔给了朱济壶，走了。

他一走，倚在墙角的贺振生似乎有所触动，他示意朱济壶靠近些。朱济壶用一把小剪子一点一点剪碎和血肉粘在一起的衣服，在灯下把膏药烤热了，敷在了他的屁股上。

其实，洪知县对贺振生还是相当了解的。贺振生自到厂里后就是担水工，因为从日本运来的是蒸汽机，一开机就需要大量的水，担水就成为其中一项主要工作。贺振生下苦出身，不怕吃苦，力气大，他特意给自己做了两个大的木桶，这样他每担一次水就相当于别人两桶半的水。后来，洪远峰看他能干，人实在，就将他调到了钻井队，下一步还想重用他呢，没想到半拉地里出了这事。而现在，洪知县知道，放掉他，他很可能再要二杆子，找日本人的麻烦，只能再关几天，杀杀他的锐气，待他想通了，气消了，再悄悄放他出来。所以，第二天一大早，洪知县就将衙役叫来，要他们到贺振生家里去，把铺盖卷拿来，让贺振生做好长久坐牢的准备。

一会儿，衙役回来了，铺盖卷没拿回来，却带回来了一个惊人的消息——贺振生的老婆樊秀英昨晚上吊死了。

这个消息一时惊得洪知县半天合不拢嘴。

这是真实发生在清末石油官厂的一件事情。在现存的资料中还能查到关于此事的记载，但是很简略，是说日本人把一个中国人的妻子侮辱了，被中国人打了一顿，后来洪知县将这名工人打了二百棍，然后游街示众。官方的记录到此戛然而止。而我应该感谢的是那位晒太阳的老人，他给我留下了这段事情的详细记录。我一再说，我所能做的，只是根据老人的记录，把一些资料理顺后呈现给大家。在这里，对于樊秀英这个贤惠女人的自杀，我当然和大家一样觉得很可惜，也觉得不值得。中国有句俗话，好死不如赖活着，何况她还有两个正在成长的孩子呢。然而，事情总是不以人的意志为转移的，事儿就这样发生了。我和大家一样对于她的死是很痛惜的，然而事情却注定永远无法挽回了。

出了人命，是这个精干而又软弱的洪知县无论如何都没有想到的。

贺振生的两个儿子学文和山子一觉睡到大天亮，却不见了妈妈。这两个傻乎乎的孩子不知妈妈哪里去了，就在院子里乱喊叫。叫了好一阵都没听见回应，就着了急，跑到邻居家去问。一时邻居也着了急，就动员了一些人分头去找。有上山的，有进沟的，最后在后山上的一棵歪脖子杜梨树上找到了她。杜梨树掉光了叶子，霜杀过的杜梨早已脱落，在树下铺了黑乎乎的一层。秀英的身子就悬在这棵树上。她的头歪着，因为脖子要承受下面的重量，所以，她细细的脖颈就显得愈加细长了。

一些人发现了，急忙将她解下来，但此时她已没了呼吸。

学文、山子号啕大哭。

更多的乡亲知道了，也都赶了来，将她的遗体抬下了山。

学文与山子哭了一通，就都转悲为怒。学文想来想去，说：我找洪知县去。说完就往外走，刚走出门，山子也赶出来了，他的肩上赫然扛着一柄斧子。

一会儿，两个少年出现在了县衙门口，口口声声说要找洪知县。

守门的衙役拦住了他们，说知县出门去了，不在这里。

让我们进去，我们要找洪知县算账。学文说。

我们要他还我妈。山子说。

跟你们说他不在，你们进去也没用。衙役说着就关了大门。

学文拿拳擂了几下，大喊道：开门开门，还我妈来。但里边静悄悄的没有任何声音。

山子脾气暴，一时着了急，抡起斧子，哐当一声砸在了门上，铁门瞬间被砸掉了一块漆。

谁砸门？谁砸门？里边的衙役把门打开，又探出了头。

我们要洪知县还我妈。学文说。

他今天不出来，我们就不走。山子又要抡斧子。

衙役对山子说：这里是县衙，不是寻常家门，你们敢砸门，是不要命了吧！是不是也想坐监狱啊？

我要我妈。山子固执地说。

学文拦住了山子，夺下了他手中的斧子。他毕竟年龄大些，懂些事，他对衙役说：你给洪知县说，我们要见他，难道我妈就这样白死了不成？

衙役说：跟你说洪知县不在啊，你们先回去吧。事情发生了，总有理儿在。等洪知县回来了，我赶紧跟他说。

那我们就在这儿等着。学文说。

愿意等你们就等吧。衙役说着把大门再一次砰地关上了。片刻，他又打开来，探出半张脸对两人说道：你们等着，可不准砸门。再砸门就对你们不客气了。说完，瞪了兄弟俩一眼，就再一次关了门。

山子捡了一块石头还要砸门，学文拉住了他，两人坐在了石台阶上，在他们身旁是县衙门口的两尊张牙舞爪的石狮子。

等了许久，还是不见知县的影子。

洪知县不肯见我们，怎么办？山子问。

再等等吧。

狗官肯定在里边，我们打进去。山子说。

山子，不能乱来。贺学文拦住了山子。

两个可怜的孩子一直端坐在县衙门口。一会儿，延长县城的人就都知道了这回事，三三两两地围了过来。也有悄声说着话的，也有为他们的遭遇感叹的，还有劝他们回去的。但二人就认定了一条死理，今天见不到洪知县绝不回去。

时间一分一分地过去，周围的人来了走了，又来了又走了，也有给他们端水、拿馍的。但县衙的门却静悄悄的，关得紧紧的。

到了下午，贺振生却被从监狱里放出来了。他神情委顿地来到了县衙门口，一把拉住了两个儿子，父子三人抱成一团大哭起来。周围的人见他被放出来了，就都围了过来。

短短的几天时间，贺振生苍老、憔悴了，胡子老长，人也没了精神。他不理睬众人，只是将两个儿子拉过来，然后劝他们回家去。

不，我们要找洪知县报仇。山子说。

唉，回家吧，回家再说。贺振生说。

爸，我们不能就这样受人家欺负啊，我妈不在了。学文哭着说。

我知道。贺振生说着，眼泪也忍不住淌下来了。

我们要洪知县这个狗官赔我妈。山子说。

回吧。贺振生叹了一口气，说着捡起那柄斧子扭头就走。

学文、山子不服气，脖子歪着，还叫嚷着要和洪知县讨个说法。

贺振生走远了，扭头看见两个儿子还站在县衙前，就喝道：往回走，快点。

看见父亲的神情有些严厉，学文这才不情愿地扭过头。山子则将兜中装的石头块一个个掏了出来，扔到了地上。

人群让开了道，两个孩子跟着父亲回家了。

这时，教堂的钟声敲响了。那是一个英国人新建的天主教堂，每天到此时都会有钟声敲响。

就这样，贺振生领着两个儿子回到了家里。

贺振生之所以劝儿子离开，自然有他的道理。在知晓樊秀英上吊以后，洪知县又一次来到了监狱里，告诉贺振生，他老婆上吊了。说这只是个意外，说她本来不必这么想不开自寻短见的。他们的光景将来也会越过越好的。洪知县的神情有些颓唐，他眼睛不看贺振生，只是一人喃喃地说着。他说本来也只想关贺振生几天，杀杀锐气，现在连清政府都得罪不起洋人，何况一个小小的知县呢？他又说，事已至此，盆打了说盆，罐打了说罐，秀英的抚恤费由厂里来出，让贺振生暂时不要声张，先带孩子回乡下去，厂里会依照先前的标准付给他工资。但前提条件是要识大体，不能再和日本人生是非。

洪知县几乎是自言自语地唠叨了好长时间，然后就把贺振生从牢里放了出来。贺振生听到老婆死了，内心很悲痛，但他奇怪自己怎么也恨不起来这个洪知县。和这个洪提调相处的这一两年里，他们打交道非常多，也非常熟悉。印象中，觉得他不像是一个知县，更像是一个热心肠的邻里。平时总是匆匆忙忙，跑东跑西，忙忙碌碌，事无巨细，都要亲自过问。

过了几天，贺振生用洪知县给的钱埋了老婆，然后又给丈人丈母娘两人买了两口棺材，算是替他们早逝的女儿尽一份孝。但他并没有听从洪知县的吩咐回到乡下去，而是在延长县城南边翠屏山下买了两孔土窑住了下来，因为学文、山子要上学，回去就把娃娃耽误了。没过多久，这一家的生活又恢复了平静。学文、山子每天按时上学，而贺振生呢，重操砍柴的旧业。虽然答应了洪知县不再到石油厂去，但贺振生的柴还是卖给了石油厂。

遭遇了母亲去世，学文、山子心里疙疙瘩瘩的，两人发誓不再理洪丹风了。可是洪丹风却不管这些，她像个男孩子似的，想怎么样就怎么样，一有空照旧来找学文、山子他们玩，可学文和山子总不给她好脸色看。

时间长了，倒是贺振生看不过去了，数叨两个孩子：人家好心来找你们，咋不理人家呢？

学文说：我们不会和她玩的，我妈就是因为他爸这个混账官才冤死的，你身上的伤不是他爸打的吗？

山子说：就是，等我长大了，我还要报仇哩，我可不和仇人的孩子一起玩。

听了这些话，贺振生就说：娃呀，爸一辈子是浑汉，经了一些事才明白了一些理。人呢，不能逞一时之勇，而要看一辈子的努力。只有自身强大了，别人才不敢欺负你。这也是爸将你们留在学堂不愿意回老家的原因。

但话说归说，这憋在学文、山子心里的疙瘩就是解不开。

学文说：反正我们不会理她的。

山子说：对，我们就是不理她。

这天两人正说着话，洪丹风又来敲门了。学文一开门见是她，就绷起脸说：你怎么又来了？

丹风说：喊你们去上学啊。

学文说：你去吧，我们不去了。

干吗不去啊？快点啊，要迟到了，小心老师打板子。洪丹风瞪着两只大眼睛说。

贺振生正在洗锅，听到了他们的对话，就督促两个孩子：学文、山子，你们快点去吧，小心迟到了。

山子和学文不情愿地整理起书包，磨磨蹭蹭地出了门。

一出门，兄弟俩就加快了步伐，走在了前边。丹风跟在身后，迈着碎步子，说：学文哥，你们慢点走啊。我妈说了，私塾老师这几天请假了，她要我跟你们俩相跟着到学校去听课哩。说着，快步跟了上来。

跟上来的丹风要拉学文的手，但被学文一下子甩开了。

洪丹风气得直哼哼，嘟囔道：怪不得我妈说你们兄弟俩和你爸一样，都是拗劲子货。

你再给我说一句！学文停住了，大声吓唬她。

就说，你要怎么样？丹风一点也不示弱。

学文举起了拳头。

拗劲子货，没度量。我爸说凡事要往长远看哩，斤斤计较的人是没出息的，永远也只能是个小庙神。丹风说。

望着丹风无辜的面孔，学文举起的拳头放下来了。他真是对这个洪丹风没办法，尽管每天晚上他和山子都商量好、制定好全力以赴对付丹风的计划，但到第二天一见了丹风，那些计划就都不管用了，就像晚上筑起了一道篱笆墙，白天遇到了一场大风来袭，篱笆墙便轰然倒塌了。

孩子们是容易遗忘的，并且很容易快乐的。很快，几个孩子的关系又和好如初了。

一个礼拜天，学文、山子、丹风、张宏霖四人一起在山上采野花玩。一会儿，几个人累了，就一摆溜像小鸟似的斜坐在山峁上憩息。几人瞅见了山下的石油官厂，丹风就说，我们到山下的石油厂去玩吧，那儿的院子大，静悄悄的，也没有人。

学文说：我不去，我爸不让我们到那里去。

山子说：我也不去。

胆小鬼。那你们等着，我自己去。丹风说完了，就一溜烟地沿着山坡跑下去了。

过了有一个小时，她气喘吁吁地又从山坡下跑上来，把双手藏在身后，故作神秘地问大家：你们猜我拿来了什么？

什么呀？几个孩子都瞪大了眼睛。

书。丹风说着从背后抽出手来，她手中拿的正是一本厚厚的书。原来，她到了石油厂，整个院子静悄悄的没有一个人，那个瘦高个佐藤的门开着，涎水流着，正呼噜呼噜睡觉呢。丹风进了门，见他的床头散放着一本书，一时就动了心思，悄悄地将书拿到了手，跑了回来。

丹风将书递给几个小伙伴，大家翻开来看，只见书中的字曲里拐弯，一个也不认识，还有不少插图。大家一时不明白这本书是讲什么的。

学文猜测说：上一次就见他们在看这本书哩，估计是讲如何找油的，就是勘探我们的地下什么地方有油的。

张宏霖将书接过来，翻了一下，就将书扔到一旁，说：看不懂，要这书没用。

丹风听了这话，不以为然，她捡起书来，拍了拍书上的土，说：什么看不懂！不懂就慢慢看嘛。日本人能看得懂，咱就看不懂？

学文听到这话也说：就是，日本人又不比咱多长两个脑袋、四只眼的。都是人，他们能懂，我们也能懂的。

好，那你就给咱把书看懂了再讲给我们听吧。丹风似笑非笑地说着，把书递给了学文。学文若有所思地把书揣到了怀里。

几人正说着话，这时山子仿佛看到了什么东西，他站起身来就要走。

学文说：山子，你到哪儿去？

山子说：我去去就来。

可不敢惹事哦。学文嘱咐道。

山子一边应承着，一边沿着刚才丹风下坡的路跑下山去了。其他几个人在山顶上都不知道他要干什么，就都站起身来，提心吊胆地望着他。只见山子下了山，翻墙进到石油厂的院子里。他穿过了工厂区，来到了生活区，进到一间屋子里去了，过了两三分钟，就又出来，然后沿着原路往山上爬。

一会儿，山子呼哧呼哧跑回来了，他的脸涨得通红。

就在这时，大家也瞧见那个瘦高个的日本人从屋子里出来了，看不清表情，但见他在院子里转着圈，似乎在找寻着什么东西。

山子，你刚才怎么了？学文问。

山子红着脸不吭声。

张宏霖说：看佐藤那个样子，你肯定惹他了。

山子脸憋得通红，依旧一声不吭。

学文毕竟年龄大些，说：山子，咱爸不让惹事，日本人好凶残的，你刚才到底干什么了？被他们抓住了可不是闹着玩的。

一旁的山子听到这话，不服气地说：那丹凤姐呢，她不是还偷了一本书吗？

一旁的丹凤听到兄弟俩在争吵，就说：不怕的，要是日本人再胡作非为，我就让我爸去抓他们。

山子说：你爸才不会呢，你爸怕日本人。

几个小伙伴说了一通话，起身就走。丹凤与学文在前，宏霖与山子在后。宏霖就悄悄问山子：山子，你刚才怎么日本人了？

山子看看左右无人，就神情激动地告诉宏霖说：我一下去，只有那个门开着，那个叫佐藤的睡得跟死猪似的，呼噜呼噜的。我见他的床头放着一个大茶缸，灵机一动，脱下裤子就尿了起来。谁想尿到半拉地，这个日本人醒来了，我就趁他睁开眼还没弄清是怎么一回事的时候，赶紧提上裤子跑了。

哈哈，可真有你的。张宏霖听着大笑了起来。那么，就让这些日本人吃屎喝尿去吧。他大声说道。

又过了一段时间，陕西巡抚照例要向紫禁城里送一批特产。洪知县知道了这个消息，就打算将延长的特产与石油厂生产的蜡烛派人送一些到西安去，然后再让转送到宫里。

这段时间，成天有各种消息纷至沓来，有说城里的汉人正在杀满人；有说某个地方军队起义了，抓住留辫子的人就要杀掉，所谓的“留头不留辫，留辫不留头”。延长县是个偏僻的小山城，虽然人们的生活还没有受到大的冲击，但总是有消息传来，说哪里哪里又有土匪出没，在杀人绑票；哪里哪里把县城攻破了，知县被大家乱棍打死了……消息太多，也纷杂，大家就姑妄听之，再跟着感叹几句，然后该干什么就干什么了。但是，在这些消息纷沓而来之后，所有的人就都有了一种预感：世事不那么太平了，要乱了。

延长石油官厂刚开业，还没有钻出油来，倒是靠着先前收回的两口手工凿的井多少产一点油，赶制出了一批蜡烛来。洪远峰想将这些运到西安，再由西安运到京城去。虽说此时清政府已风雨飘摇，但对洪知县来说，清帝是他的皇帝，他还是臣子，还是大清的县官。洪远峰写了一封长长的信，信中备述钻井的辛苦，对皇上表了一番忠心，然后把蜡烛装箱，又把延长的特产红薯、狗头枣、梨等全部装箱，又用桶装了可以点灯的石油，派人送往西安。

派谁送呢？洪知县就想到了贺振生。

贺振生胆子大，力气大，正直，仗义，伤好了在家也一直闲着。洪知县想来想去，认定他是送货的不二人选。

贺振生答应了。

新的一天，贺振生接受了洪知县派人送来的饷银与盘缠，安顿好两个娃娃，他和厂里的徐怀义一起赶着马车，满载着装箱的东西，踏上了去西安的路程。

延长到西安，路途十分遥远。从起身一直到铜川，山路崎岖，只有过了铜川之后，才是一望无际的平原。一路上，贺振生在前，徐怀义殿后，四辆马车两两相连，四匹骡马不紧不慢地迈着蹄儿，寂静无人的旷野只有骡马的踢踏声。坚硬的山路泛着白晃晃的光，曲里拐弯地通向远方。贺振生坐在马车上，就想起了自己的老婆秀英。这个细心而多情的女人，前几年，自己每每要出门了，她都会烙一些饼子给自己带上。饼子是在锅中烤熟，然后再在草木灰里煨一下，放得越久，吃起来越香。有时，她还会绣一个荷包，细心地缝在他的腰间。而如今，妻子已与他阴阳两隔。想着这些，他就心痛，寂静的四野，他长歌当哭似的唱起了《光棍哭妻》：

正月里来锣鼓敲，敲着敲着好心焦，
每年每月同床睡，今年妻子在哪里？

二月里来刮春风，亲人留下两条根。
生意买卖做不成，双双儿女泪长痕。

大碗里点灯照高明，铺毡捂被想亲人，
长下个枕头短下个人，灯影下边没有个说话人。
……

歌声拖着长长的尾音，掠过陕北大地。一会儿，贺振生就语音哽咽，泪流满面。

空旷的大地，山路坎坷，只有四辆马车在前行着。

父亲走了，学文与山子尽可能地将自己的生活安排得好好的。有时，丹风与张宏霖也过来帮忙。他们会帮忙扫扫院子，喂猪喂鸡。两个孩子天天在墙上画着道道，数着日子，盼着父亲归来。

然而在父亲走了八天后，一个不幸的消息却传回来了。

这是谁也没想到的。在贺振生走后的第八天，徐怀义一个人跑回来了。他浑身是伤，脸上缠着绷带，衣衫褴褛，一跛一拐地穿过延长大街。他的这种情形，使许多熟识他的人都认不出他来了。他径直跑到了洪知县的大堂上，趴在案头放声大哭起来。洪知县见他这副情形，也吃了一惊，忙问发生了什么事。徐怀义就哭着把整个事情说了一遍。

徐怀义说，他与贺振生两人驾着马车往西安走，晓行夜宿。过了甘泉县城，走到劳山那地方，忽然从一条小山沟里冲出来一股土匪，足有一二十个，他们有的手中拿着刀子与矛子，也有的手中持着火枪。这些土匪二话不说，冲出来就打就杀。贺振生因为坐在前边的马车上，就首当其冲，被多名土匪围住了。贺振生与土匪打斗，但没过一会儿就被土匪杀死了。而他自己因为枪声让最后一匹马受了惊，马载着他飞奔了起来。一路上来回颠着，在一条小沟渠里，就翻了车。他被甩到了水渠中，昏了过去。到他醒来之时，车不见了，货不见了，一群土匪跑得无影无踪。贺振生的尸体被扔在了路旁，盘缠也被他们抢走了。

这群土匪真是多啊，有二十多个，也真是凶悍，他们什么也不说，一冲上来就打就杀，拿着枪就乱放。我的振生兄弟啊，我眼睁睁地看见他被土匪打死了啊，可我却没办法救他啊。徐怀义趴在洪知县的大堂上号啕大哭。

洪知县望着徐怀义的表情，听着徐怀义的哭诉，他先是不相信事情是真的，等到确信贺振生被土匪杀死之后，他对此事有了新的疑虑。虽说现在朝廷衰微，土匪四起，可马车上的东西是给皇宫的，是贡品，哪个土匪竟有这样的胆子，敢劫皇差呢？况且车上装的是蜡烛与特产，这些土匪要它们干什么呢？照徐怀义的说法，这群土匪一冲上来，就打就杀，不说二话，这是明显想置人于死地啊。如果说单单为了饷银的话，那根本就没必要把人杀死啊。这是群什么样的土匪呢？会不会有什么背景呢？会和贺振生有仇吗？难道他们真的不考虑一切后果吗？洪知县满腹疑虑。

徐怀义说：我也纳闷呢。心想，他们抢这些东西有什么用呢？他们即使要钱要东西，也没必要直接把人杀死啊。

那土匪是谁，你知道不？

徐怀义想了半天，说：好像是土匪樊老二。在混战中，我听一个土匪隐隐提起过樊大当家的如何如何。

听到樊老二的名字，洪知县长长地叹了一口气。樊老二是陕北的一个惯匪，杀人越货，无恶不作。这些情况他都知道。佘知县在任时也派兵联合剿了几回，无奈这伙土匪深藏于山中，一天一个窝，所以派去的人屡屡扑空。现在，可该怎么办啊？损失了盘缠与特产是小事，损失了石油制品可是大事啊，该拿什么给皇上交差呢？日本人打的第一口井现在还没成，生产的油本来就少，现在再赶制已经来不及了，皇上怪罪下来可怎么办？可这些事想归想，也实在没有什么好办法，洪知县就只得给巡抚写了一封信，说明了情况，并且附了徐怀义的证词，连夜派人呈到省上，让报到皇宫，请皇上恕罪。

这件事办完，还有一件令洪知县更头痛的事。前段时间秀英上了吊，贺振生被工厂除名，洪知县本来想借这个机会起用贺振生，等以后有机会再将贺振生招回到厂里来。可是，谁能料到，贺振生恰恰在这次送货的途中遭遇到了不测。贺振生啊贺振生，你的命咋这么苦呢？

洪知县让衙役先不要将这个消息告诉学文与山子，然后，他带着衙役和徐怀义一起赶往出事地点。

其实，徐怀义也是老工人，和贺振生是前后脚进厂的。佘知县上任那年，从延安赶赴延长，一行一大家子人，有老婆，有一个儿子，还有一个几岁的女儿，车上带着衣服、盘缠等。走到盘古山下时，刚下过大雨，道路泥泞，马车就陷进淤泥中了。当时的情形是前不着村，后不着店。佘知县和家人想了许多办法，可马车在淤泥里就是拉不出来。后来人困马乏，一大家人就歇在了路上，只能听天由命。

就在这当儿，徐怀义却由一条山上的小路过来了。原来，这徐怀义的父亲是县衙里多年当差的衙役，分管缉捕与警卫工作。徐怀义自小就非常聪明，但长大后，他不走正路，不爱读书，整天就爱赌博。这天他和延长城里的一群无赖到延长城外找了一处僻静的地方赌博，赌了大半天，赢了一大笔钱，他就找了个上厕所的借口悄悄溜掉了。他不敢走大路，怕那些赌徒追上来，就抄了一条小路，没想到在这里正好碰见了无可奈何的佘知县一行。徐怀义看这一行人穿戴不俗，一时就想着，说不定认得了还有好处呢。当时看他们马车陷进泥里不能动弹，就决定帮帮他们。他在附近找了些干草，又在崖上挖了些干土圪垯填在了淤泥里，又从地畔上割了一些草来，从河里提了些水来，喂马吃了草喝了水。最后他还从附近砍来了两根杠子，把枝丫砍掉了。大家休息片刻，吆喝起马来，徐怀义与佘知县把削得光溜溜的杠子插在了马车后座下面。一时，马恢复了体力，就往前拉，徐怀义与佘知县拿杠子撬，其他人又用力推，大家一使劲，那马车竟然从淤泥里出来了。

有了这件事，佘知县也就记住了这个叫徐怀义的年轻人，觉得他脑瓜灵，办法多。待石油官厂一成立，就将他招进了厂子。当然徐怀义也不负众望，去年从日本运来的那些机器也是他和众兄弟们想办法，在狭窄的小路上一步一挪，费了好大的劲才运回来的。

贺振生出事的地点在甘泉劳山。这里人迹罕至，两旁是茂密的山林，中间只有一条狭窄的路可以通行，是延安至西安的必经之地，也是土匪经常出没的地方。洪知县一干人到了这里，已连一丝打斗的痕迹都找不到了。昨夜的一场雨，将一切都冲刷得干干净净。徐怀义当下指给洪知县看，说土匪从东边的丛林中冲出来，有二十多个，然后直接冲向最前头的贺振生，贺振生与他们打斗，结果被他们手中的刀砍死了。而他则被疯奔的马拉到了距路有三四十米远的水渠里。他说等他醒来，贺振生已死了，土匪已离开了。他怕贺振生的遗体遭到狼兽的毁坏，就将他拖到了山坡下，临时挖了个浅坑埋掉了。说着，他带人来到了西南边的山坡下，找到了埋贺振生的地方。洪知县指派人在一堆松软的土下挖出了贺振生的遗体。因为天气还比较冷，尸体还没有腐烂，可以看见贺振生的身上受了多处伤。大多是拿刀砍的，脖子、颈部、胸部都有。而从背后刺来的一刀最明显，血迹外露，直穿心脏，一刀致命。

洪知县勘查了现场，询问了出事的经过，要跟随的人员把尸体检验的结果都详细记录下来。然后把贺振生的遗体装到了棺材中，开始返回。

消息很快传开，石油官厂的工人与城里的百姓都知道了这件事，都在感叹这一家人的不幸。真是世事难料啊，在很短的时间里夫妻两人竟然双双遇难，横遭不测，这世事，真是……

过了几天，贺振生的遗体运回来了。遗体在县城停放了一天一夜，第三天，被拉往贺振生的老家贺家洼。中午时分到了贺家洼村口。因为是暴死，延长农村讲究尸体是不能进村的，所以，棺材只能停在贺家洼村口外。村里前来帮忙的人在村口空旷的地带临时搭起了一个草棚，放了两条长凳，贺振生的棺材就暂时停放在这儿。墓这时已打好了，在村口这个临时搭建的灵棚前将会举行一个简单的仪式，然后由这里直接起葬。

草棚门口飘着一束白色的纸带，在丧事中这叫出门纸，根据死者年岁每一年裁一绺。这束纸在风中散乱地飘着，但只有三十九根。因为这一年贺振生按虚岁算也才三十九岁。

两对唢呐手站在两旁。

寒风刺骨，看似过了年白天长了，可天气并没有热起来。村里前来送葬的人依旧穿着臃肿的棉衣。贺振生的本家及亲戚都来了，侄儿侄孙也都穿起了孝衣。

工友们跟着棺材一直来到了这里，大家都抹着眼泪，唏嘘不已。

正午，简短的葬礼举行完了，亲戚朋友号啕大哭。可就在需要儿子摔瓦盆的时候，大家意外地发现贺山子不见了。

孝子里只有贺学文与一群侄儿侄孙。

贺山子呢？

原来，贺学文与贺山子先前并不知道父亲遭遇到了变故。后来，他们俩去上学，从同学的嘴里知道了这件事。

两兄弟一听，大吃一惊，他们逃了学，跑回了家。

洪丹风看见他俩慌张的样子，怕出意外，也赶了过来，在他家附近半山坡的树林里找到了他俩。学文不知从哪里找到一个矛头，正在用刀砍一根棍子，打算给矛头安个长杆。山子正在一旁的石头上来回磨着一把匕首。

你们这是要干啥啊？丹风问。

我们要为父亲报仇。学文说。

找谁去报仇？

找土匪，我们要杀掉土匪。山子说。

你们还是孩子呀，你们去不是白送死吗？我听说他们有二十多个人呢。丹风说。

难道我爸爸就这样白白死了不成？学文说。

还有我妈。山子补充道。

我爸带人过去看了，等他回来再说吧。丹风也没办法，只能这样安慰道。

徐怀义叔叔和我爸一起去的，他说我爸被土匪杀死了，还能有错吗？贺学文说。

可无论如何也该等我爸爸回来啊，他可能马上就要回来了。丹风此刻也想不出什么办法，但她对自己父亲还是很佩服的，所以说话每每会提到父亲。

我们才不信你爸呢，都是他害死了我妈。我妈不死，我爸就不会死的。山子说。

可我爸是好心啊，他是想让你爸先送石油、蜡烛等贡品，然后，待日本人一走，就打算让他回油厂哩。丹风说。

猫哭耗子假慈悲。学文说。

就是，你爸是我们的仇人，你也是我们的仇人。山子拿着手中的匕首说。

可是，可是……丹风说不出话来了。听到兄弟俩这么埋怨她父亲，她在一旁委屈地哭了起来。在心底，她觉得自己的父亲真的不坏，可现在他们兄弟俩说的也是事实啊，他们父母亲的离去，确实都与自己的父亲相关。

丹风一哭，学文就心软了，他说：丹风，我们不是这个意思，不过我们真的要去报仇，哪怕杀掉一个土匪也行。

你们去杀吧，说不定连一个土匪也杀不了，就把自己的小命丢了。丹风一边哭着，一边说。

看着丹风在一旁哭得恓惶，学文的头脑逐渐冷静了下来，他拉了一把山子说：山子，丹风的话也有道理，我们的力量太小，等我们长大再报仇吧。

可是，等我们长大了，那土匪说不定早就死了，我们找谁去报仇啊？山子说。

可是，山子……

哥，你不去报仇我就一个人去。山子看出了哥哥的犹豫，他把匕首上沾着的水在鞋底一抹，往身上一揣，然后就要下山。

山子，你才十几岁，你哪里知道世事啊！丹风说着拦住了山子的路。

你让开，你让开，你是我们仇人的女儿，我有一天要把土匪杀掉，把日本人杀掉，也要把你爸爸杀掉。山子咬着牙说。

你杀吧，你杀吧，既然你要杀我爸爸，那你先把我杀了。丹风赌气地说。

你让开，你不让开我真刺了。山子咬紧牙关从身上掏出了刚刚揣好的匕首，做出一副要刺的架势。

丹风张着胳膊拦着他，闭上了眼睛。

山子！一旁的学文看到这情况，厉声喝道，把刀子放下。

山子的眼光里充满了仇恨，盯着丹风，一动不动。

看着山子无动于衷，贺学文一把将山子手中的匕首夺走：山子，你这是干什么呀。

你们两个是一路子货，我恨你们。你是软蛋，你不去，我一个人去。贺山子被夺走了武器，他气恼不堪，大叫大喊着，一把推开了丹风。丹风身子一歪，倒在一旁的草丛中。贺山子二话不说沿着山路冲了下去。

贺学文拉起了丹风，他眼看着山子沿着山坡往下冲，情急之下，跟着跑了下去，大声喊着：山子——你回来——

丹风这时也着了急，她的脚崴了，走起路来一拐一拐的，此时也顾不得疼，也沿着山路跌跌撞撞地往下跑：山子——你回来——

贺振生死后，没过多长时间，徐怀义就顺利地被提升为钻井队队长，后来又升为副提调，成了厂子的二把手。徐怀义上任那天，拿了几两银子给贺学文，但被贺学文拒绝了。

贺山子自打那一天从山坡上跑走后就没了踪影，学文和其他亲戚朋友找了几天，都没找到。丹风此时后悔死了，后悔那天没能拦住贺山子。贺学文知道山子性子烈，内心充满了仇恨，跑出去一定会惹事的。但又一想，他只是个孩子，又身无分文，跑上几天，说不定就会自己回来的。

贺振生是因公事而死的，按规定，洪知县就拿了一些抚恤金给了贺家。这时厂子要招工，和学文关系好的张宏霖不上学了，被招进了厂子。学文的爷爷就找洪远峰提出要将学文也安排在厂子里，接替他爸的班，这对于贺家的经济来说也多些来源。但这个建议被洪提调拒绝了。洪提调对学文爷爷说，山子找不到了，但学文书念得好，也刻苦用功，让他多念点书比什么都强。进石油厂天天担水，能有多大出息呢？学文爷爷就听从了洪提调的话，安心供学文上学，另一方面，又四处托人打听山子的下落。

然而，贺学文这时却有了自己的决定，他扔下了书包，决定不再上学了。在学文脑子里，父母亲不在了，他应该像个男人一样，担负起家庭的重担来，靠自己的能力养活爷爷照顾弟弟。当年，他曾经不止一次地跟着父亲进山，对山里的环境非常熟悉，对各种柴的价格也了如指掌。所以，辍学之后他想到的第一件事，就是卖柴养家。

这天清晨，他出得门，将书包扔在了洼地里，提上斧子上了山。正午前后，他从山里砍了一大捆柴，背到了集市上。

集市设在延长县城西头的山脚下，正是中午，太阳暖融融地照着。集市上有卖猪的，卖鸡的，卖毡的，卖席的，卖铁器家具的，卖木器的；还有卖家里织染的各色各样的布的，不一而足，摆满了集市。集市上人头攒动，猪鸡鸭的叫声与各种吆喝声混杂在一起。

学文爷爷听说学文不上学跑到山里砍柴，就赶到集市上来了。见到了正倚在柴垛上等待买主的学文，他苦口婆心劝说学文回到学校去，但被学文拒绝了。

第一天，学文砍的柴既齐整又好烧，很快就卖掉了，得到了几十文钱。

第二天也是这样，早晨一起来，他不顾爷爷的劝说，又扛起斧子进了山。

第三天也是这样，一大早他又去砍柴了。中午时分，他扛着一捆柴来到了集市上，但没想到的是，在这里他碰到了洪丹风。

洪丹风手中拿着那本从日本人那里偷来的书，对贺学文说：学文，我们不是一起说好的吗？你不是答应我，总有一天你会看懂这本书的吗？你的雄心壮志哪里去了？你难道一辈子就打算天天砍柴？

学文沉默着不吭声。

跟我回吧，先生和同学们都在等着你，你不能就这么耽误了自己。丹风拉着贺学文的手说。

我要打柴，我要养活我们家。学文说。

家里不是有抚恤金吗？再说，你如果缺钱的话，我们还可以资助你。丹风着急地说。

我不要你们管，我谁也不靠，我要自己挣钱。

可你现在正是上学的年龄啊。再说，厂子还给了你们家一大笔钱呢。丹风说。

我不会用那些钱的，那些钱上沾着血。学文一字一句地说。

洪丹风听到贺学文这么说，感到很惊诧。她仔细看学文，这才发现不知不觉中贺学文已长成大小伙子了，虽然身子骨还有些单薄，但他的脸有了棱角，紧咬着的嘴唇多了几分刚毅，唇下也有了淡淡的绒毛。

洪丹风无法说服他，只得含着泪走了。

洪知县无意中从女儿丹风嘴里知道了这件事。

新的一天，贺学文把砍来的柴放在集市一角，他将双手枕在脑后，倚在斜坡上，等待着买主。

在延长，柴总是好卖的，因为有石油官厂，因为有钻井用的蒸汽机，因为要炼油，所以大部分的柴又都流向了石油官厂。

正在贺学文等待的时候，一个瘦削的男人扛着一捆柴也来到了集市上。他瞅见了贺学文，便把自己背着的柴与贺学文的柴靠放在了一块儿。这个中年人把柴放下后，摘下帽子，擦着头上的汗。学文看见了，不禁大吃一惊——这个人竟然是知县洪远峰。

集市上的百姓都不认识洪知县，看到一个瘦削的中年男人也来卖柴，并操着一口外地口音，不知他是从哪里蹦出来的，都觉得有趣，就围了过来。但他们只是围观着，却没有人买柴。

天气热烘烘的，没有一丝风，贺学文拿草帽当扇子扇着。自从父亲去世后，他打心眼里讨厌这个洪知县，也不愿意和他多说话。见他来了，也就绷着脸不吭声。而洪远峰呢，将柴放在了集市上，人则过来蹲在了贺学文的身边。贺学文见他来了，就挺起了身，由倚变成坐了，但仍旧沉着脸不说话。

围观的人看到这架势，就都觉得这个中年男人肯定是冲着这个少年来的，但为的什么事，谁也不知道。大家都围观着，等待着事情的发展。

贺学文在这里待得半天，见自己的柴旁围了许多人，却没有一个人问价，他就站起身来，把自己的柴向东移到了一个偏僻角落。然而，他刚移好，洪知县就戴起帽子也将自己的柴移过去，又跟他的柴靠在了一起。贺学文就再移动，洪知县也再移动，这样移来移去，两捆柴总是摆放在一起。

市场上一老一少两人将柴移来移去，一时大家都看得有趣。

这时有人就看上了洪知县的柴，问道：这位老者，你的柴到底卖不卖啊？

洪知县说：卖，但要和这个白脸少年的柴一块儿卖。

卖柴哪有这种卖法的？那人问道。

我就是这种卖法，这叫捆绑销售。洪知县说。

那两捆柴一起要卖多少钱啊？

要卖相当于往日四倍的钱，卖这个价钱。洪知县伸出了两根指头来。

大家一听这个外地人漫天要价，个个都觉得他真是疯了，两捆柴哪值这个价啊！当时，就有一些买柴户闪到一边去了，心中都在暗暗地嘲笑着他。

这时，人群中有一个姓董的乡绅暗地里认出了洪知县。这位乡绅非常聪明，他见洪知县今天这样一副打扮，很显然是不愿意让别人认出他来。后来他发现他来回移柴椆，又和这个少年的柴摆放在一起销售，就猜想到这其中肯定有秘密，肯定有蹊跷，他就多了个心眼，暗想着借机与洪知县拉拉关系。当时他就吆喝道：大家闪开啊闪开啊。

一看董乡绅来了，人群就闪开了一条缝。

董乡绅挤到了人群前，抱拳作揖道：这位老者，你们的柴我要了。

洪知县说：你可知道，我的柴与这个后生的柴是捆绑销售的，要卖两块大洋。

董乡绅装模作样地看了半天，然后说道：这两捆柴都是清一色的黄橹木，烧起火来既没烟也没刺，是好柴；盖起房子来可以当椽子，是好料。两块大洋，值了。说着，就从身上掏出两块银圆来，递给了洪知县，然后，叫家人将柴火扛回去了。

他一走，人群里传出一片啧啧的感叹声，都觉得这位董乡绅可真是傻子，哪有这样买柴的，这不是白送人钱嘛！贺学文在一旁看着这一幕，也瞪大了眼睛，他不明白这个洪知县葫芦里究竟卖的是什么药。

洪知县手中拿着两块银圆，走到贺学文身旁，一把拉起了他，将他的手摊开来，将两块银圆一块一块放在了他的手心里。贺学文挣扎着不要，但洪知县已将他的手合住了。

洪知县拍着他的手说：后生，人要活下去，任何时候，钱都不是最大的问题，钱除过可以使一个人吃饱穿暖以外，再没有其他用途。但是，如果一个人要过一种体面而有尊严的生活，那就得去上学读书。你爸当初天天打柴，是为了供你们兄弟上学。你妈当初给日本人做饭，也是为了供你们上学。现在他们都不在人世了，你不上学，却整天在这里砍柴卖，你对得起你爸你妈吗？你还是回去上上坟吧，想想他们当初是怎样说的、怎样做的吧。

说完，洪知县扭头走了。

望着洪知县远去的背影，呆若木鸡的贺学文展开手来，只见手心中握着的那两块银圆由于时间长了，个个沾了汗气，湿漉漉的。他仔细看，有一块银圆上竟然沾着一丝白发，显然是刚才两鬓已斑白的洪知县头上的。望着这两块银圆，贺学文此时就觉得它们像火炭似的在烧着自己，接着，他的手就不由得抖起来了。

就这样，已长得高高大大的贺学文重新回到了学校。

这天，学文正在上课，已是石油工人的张宏霖却来了。他穿着宽大的厂服，衣服上星星点点地沾着一些油污。经过这一段时间的劳动，他长得更壮实了，脸色也变得黑乎乎的。他来告诉学文一件事，说黄桂芝已定了亲，不日她就要嫁人了。

黄桂芝和张宏霖是一个村的，都在呼家川村。她是个非常活泼的姑娘，和丹风、贺学文他们都很熟。在贺学文印象里，她虽然没念过一天书，但非常好学，跟他们在一起的时候，总缠着让他们教一些字。

怎么会啊？她今年才十五岁啊！贺学文不相信。他这才记起自己好长时间没见黄桂芝的身影了。

张宏霖告诉贺学文说：黄桂芝母亲多年瘫痪在床，她一直在家伺候着。可家里越来越穷，光景实在过不下去了，当父亲的就琢磨着要将女儿卖掉，换些钱来给妻子看病，以及维持家里的日常开销。

你是怎么知道的？贺学文问。

黄桂芝前天和狗头山的一个马乡绅订了婚，狗头山有一个后生跟我熟，昨天他到城里来了，告诉了我。

那咱们该怎么办呀？贺学文碰到这事也没主意。

两人正说着，丹风也来了。她一听到这事就生了气，说：父母亲还把女儿当牲口一样卖哩，真想不明白。

张宏霖说：是穷，人穷了就没办法了。

那我们去看看吧，我们一定要阻拦这门婚事。丹风说。

怎么阻拦？她爸都答应人家了，又收了人家的彩礼，我们凭什么阻拦啊？学文说。

说虽这样说着，但下午放了学，学文与丹风、张宏霖三人还是一起来到了黄桂芝的家中。

这是一个普通的农村院落，破破烂烂的三孔土窑，大门是用篱笆做成的。推开门进去，屋里弥漫着一股异味。黄桂芝的母亲正躺在炕上，盖着一床被子，满脸病容，唉声叹气。黄桂芝的父亲不在家，只有黄桂芝一人伺候着母亲。

看到三人来了，黄桂芝很欣喜，但同时因为家里的简陋而有几分不好意思。

丹风问：桂芝，你怎么后来不和我们一起玩了，也不识字了？

我得伺候我妈。黄桂芝低着头说。

可还有你爸、你哥啊。贺学文说，他们都可以照看你妈的。

黄桂芝说：我妈长年卧病在床，无钱医治，父亲与哥哥都得揽工挣钱。

是不是你已有了人家了？丹风直接问道。

这一句话一时把黄桂芝问得眼眶里憋满了泪水。她没有回答，而是啜泣了起来。

就在这时，黄桂芝愁容满脸的父亲回来了，他拿回来几块各种颜色的布，说是马乡绅给的，要黄桂芝赶着给自己做几件像样的衣裳。

爸，我年龄还小，我不嫁人，我还想识字哩。黄桂芝抹着眼泪说。

女娃家识字有什么用？终究还是要嫁人的。黄父说。

旁边的学文与丹风听到这话，就知道张宏霖所言之事是真的了，丹风就问要将黄桂芝嫁到哪里去。黄父听了问话，似乎有些生气，自偏过头到一边忙碌去了，不再理他们。

三个人待得无趣，就一同离开了黄桂芝的家。黄桂芝送他们出得门来，贺学文就问黄桂芝：你爸到底要将你嫁给谁？

黄桂芝悄声说：狗头山的马乡绅，前一段时间他老婆死了。

千万不能啊，张宏霖说，那马乡绅的老婆是被马乡绅打死的，这方圆多少里的人都知道。你嫁过去，可有你罪受了。

可又有什么办法呢？母亲长年卧病在床，家里一份光景看病都看完了，我爸也是没有办法啊。黄桂芝说道。

三人告别了黄桂芝，一路上都气愤不平，觉得这黄桂芝分明是往火坑里跳啊。那马乡绅是有些钱，可今年已五十岁了，听说爱喝酒，一喝酒就打老婆。黄桂芝要是嫁过去，要受多少罪啊。

我们一定要救她。张宏霖坚定地说。他和黄桂芝是一个村的，自小青梅竹马，常在一块儿玩，本来十分熟的，只是年龄大了以后，男女之间有了心思，反倒有些生分了。

三个年轻人一路走着，一路发着感慨，说了好多话，但都没有想出一个可行的办法来，最后只能长吁短叹地分了手。

过了几天，张宏霖了解到一个情况，就又来告诉贺学文，说他见到黄桂芝了，黄家拿马乡绅给的钱一面给黄母看病，一面又购置了二亩地。说那马乡绅担心娶妻声势太大，就打算瞅个黄道吉日直接将黄桂芝抬过门就行了。还有一个情况，黄父怕黄桂芝想不开，有个三长两短，就干脆每天出门时，拿一把锁子将黄桂芝锁在家里。

我们总得想想办法啊，说不定哪天黄桂芝就被悄悄抬走了啊。张宏霖忧心忡忡地说。

看到张宏霖说得可怜巴巴的，贺学文就动了心思。他知道两人交好，张宏霖心疼黄桂芝，不愿意眼睁睁地看着她跳火坑。贺学文决定帮帮张宏霖，他沉吟了半晌，说：我倒有个办法。说着就附在张宏霖的耳朵上悄悄说了他的办法。

张宏霖听了，半晌问：这能行？

贺学文说：这也是没有办法的办法啊。

两个满怀激情的年轻人，说干就干。当天下午，他们一起去见黄桂芝。两人来到大门外，见大门锁着，知道黄桂芝父亲不在家，就翻过篱笆扎成的大门进了院子。

黄桂芝家的小门还上着锁。

桂芝，桂芝。张宏霖在窗外叫。

黄桂芝听到了，将脸伸到了窗户处，看见了他俩，顿时泪眼婆娑。

桂芝，你想不想嫁给马乡绅？张宏霖问。

我根本就不想嫁给他，我还小哩。黄桂芝在窗后急急地说道。

那我们救你出来你愿意不？贺学文问。

救我出去？到哪儿呀？黄桂芝问。

你先别管，只说你愿不愿意出来啊！张宏霖问道。

黄桂芝沉默了半天，说：可是我怎么出去啊？我爸知道他会骂我的。

你先别想这些，张宏霖说，我们先救你出来，咱们再想办法吧。

说完，张宏霖在院子里找了一柄斧子，对准了门上的锁头，咣当一声将锁子砸掉了，推开了门，黄桂芝出来了。

桂芝，走，我们快点走。张宏霖一把拉住了桂芝。

到哪儿去？

你不是不想嫁人嘛，那就先躲起来吧，马家找不到人就死了这份心了。张宏霖说。

可是，我走了，我妈怎么办呢？我爸怎么办呢？他花了人家那么多钱，拿什么还啊？黄桂芝仍有许多顾虑。

桂芝，现在管不了那么多了。你个人的人生才是大事啊，再耽误就没机会了。贺学文说。

黄桂芝站住，咬着嘴唇，想来想去，最后下决心似的点了点头，说：好吧，我听你们的。

学文与宏霖两人拉着桂芝的胳膊出了大门，从她家的窑坡下来，又横穿过一段路，然后几人沿着沟一直往沟掌走。到了沟顶，三人又钻进了一片梢林中。在梢林中走了有百米左右，这时，一个山洞豁然出现在眼前。这个山洞的口不大，要人猫着腰才能进去，但进去以后，里边却很宽敞。这是个天然形成的石洞，过去大约有人在此避过匪，短暂居住过，因而山洞内有一些简陋的石桌、石凳等。贺学文是跟着父亲打柴时发现这个地方的，后来有时和小伙伴一起到这里玩。

三人进到了石洞内，坐在石凳上，都气喘吁吁的。

桂芝，你这些天就在这儿待着吧。贺学文说。

就是，待在这里，让他们找不着你。张宏霖说。

黄桂芝说：谢谢你们救我出来。可我爸呢？我爸找不到我，会气疯的。那个马乡绅如果知道人不见了，他们会找上门的，会逼我爸我妈的。我妈一直病着，不见了我，她会着急，病也会加重的。黄桂芝还在犹豫着，总是放不下心来。

张宏霖呼哧呼哧喘着粗气不吭声。

贺学文说：既来之，则安之。你先住下来吧，至于其他事咱们再一同想办法。

可咱们还没成人，又能想出什么办法来呢？黄桂芝不安地问道。

这你就不用管了，你就在这里待着吧，我们每天给你送吃的喝的来。张宏霖说。

黄桂芝不见了踪影。这事可非同小可，首先着急的是黄父。门是从外面砸开的，这表明肯定有人帮忙。从小看着长大他还是了解自己闺女的，虽然大大咧咧，但心肠软，没人搭帮她肯定不会一个人离开的。那这个人或这几个人究竟是谁呢？黄父马上想到了张宏霖，因为以前他来过几回，老是鬼鬼祟祟的。他找到了张宏霖，向他询问黄桂芝的下落，但张宏霖说不知道。

好小子，你就等着吃官司吧。黄父威吓着说。

马乡绅听说黄桂芝跑了，也赶来大闹了一通，气势汹汹地说：如果娶亲的时候还不见人，那么到时我定要拿黄家几颗人头来抵账！

黄父心里着急，打发亲戚到处找寻，同时还向官府报了案。官府要他提供线索，他说怀疑的对象就是曾来过他家的张宏霖与贺学文。官府就将张宏霖与贺学文找了去，但两人异口同声说这几天都没见到黄桂芝。差役一看是两个娃娃，估摸着也没这胆量，就将他俩放了。

就在黄父到处寻找黄桂芝的这几天，贺学文、张宏霖也是伤透了心。这黄桂芝虽然是宁死也不愿嫁给马乡绅，但她又牵挂着母亲的病，牵挂着父亲的安全，整天犹犹豫豫，哭哭啼啼。张宏霖与贺学文算计来算计去，觉得两人虽然逞一时之勇将黄桂芝解救了出来，但这终究不是长远之计啊。那马家是掏了彩礼的，他岂肯这么轻易就饶了黄家，岂肯让那么多钱打了水漂？再这样下去，如果逼得黄桂芝的父亲或者母亲有个三长两短，那事情可就大了。两人思来想去，就觉得只有弄到钱还给马家才能一了百了。可是如何去弄钱呢？靠贺学文打柴、张宏霖上班攒点钱，那简直就是痴人说梦。两人想来想去，就一起想到了一个办法——偷石油。

当时，延长油矿的老油井每天可以产些油。油呢，主要用来点煤油灯与制成蜡烛照明，听说石油在省城很值钱的，有大用处呢，但具体什么用途两人也不清楚，只是懵懂地想着如果将偷来的油卖到城市去那就可以大赚一笔了。偷油更便当的是，张宏霖是油厂工人，他非常熟悉里边的环境。

贺学文说：我们一起去偷油吧？

张宏霖说：看来也只有这个办法了。

这时的天气，虽清明刚过，但依然春寒料峭。这天半夜里，厂里恰好安排张宏霖值班，事先商量好行动的贺学文睡到半夜，起身担了木桶，趁着月光来到了石油厂后门外的围墙旁。

张宏霖在里边做内应，扔给了狗一块羊肉，狗叫得一声，就夹了尾巴躲到墙角去了。张宏霖从围墙里接过了贺学文递进来的两只木桶。月光下，他来到了油池边，揭开油池的盖子，用马勺将池子里的油舀进了木桶中。一会儿，两只桶就都满了，他用木盖盖好桶，担起桶走到了墙边。因为个子低，他搬了一块石头踩着，将油桶递给了隔墙的贺学文。

贺学文接过油桶，担起来飞一般地跑了。

这一夜，神不知鬼不觉，两个少年竟然偷了四桶油。

三人连夜奋战，在洞里边挖了个坑，将偷来的石油全部倒进了坑中。

石油厂少了一些油，引起了厂子的警觉。徐怀义这时已是副提调了。洪知县因为忙于政务，厂子里的一揽子事就交由他负责。他听了值班人员的汇报，沉吟了半晌，然后在院子里四处看了看。到油池边，见油池旁有一些零乱的脚印，都沾了油。循着脚印，到了围墙旁，见墙上滴了些油迹，显然油是从这里递出去的。徐怀义就翻出墙来，看了看外面留下的脚印，又跟着走了很久，直到看不见脚印为止。他看着这些，心里就有了想法。他暗暗嘱咐工人们不要声张，只是在后墙处新加了些石头块，将豁口补住了。

一天，延长石油官厂门口贴出了一张布告，意思是要向皇宫交石油，因为今年石油产量低，所以民间有采得石油者可前来交售，价格从优，现款兑付。并且在门房设了秤，有专门人负责收油，现场支付现金。

消息一出，一时就有许多的百姓都来交油。原来，在延长历来就有这么个习俗，山沟里每到发洪水之季，就有石油从石缝里渗出，漂在水面。许多老百姓就从家里拿出桶或者盆来，用羽毛将漂浮的这层石油收进器皿中，用来点灯或烧水用，据说还可以治一些病。现在听说石油厂要高价收油了，老百姓就都翻箱倒柜地把家里仅存的一点石油都倒腾着想卖给厂里。

贺学文与张宏霖两人正急着出售这批偷的石油，找了几天，还没有找到买家。

石油厂贴布告收油的消息张宏霖第一时间就知道了，他告诉了贺学文。学文一听也很高兴，但转念一想，又觉得不行：我们的油是偷他们的，再卖给他们，会不会被发觉呢?

张宏霖说：石油上又不写字的，各家各户都有，都拿去交，他们凭什么怀疑咱们啊。

贺学文说：那他们的量少，咱们的量大啊。

张宏霖说：咱们可以一点一点卖给他们啊，再说咱们也可以换个人去卖。

贺学文还有顾虑，但两人想来想去，都再想不出更好的办法来，最后商量的结果是先探探口风再说。

贺学文下了山洞，穿过山沟，一直往石油厂走。路上时不时能碰到端着盆提着罐的人，有单个的，也有三五成群的，大家散乱地说着话，都后悔平常拾揽的油太少了。贺学文忐忑不安地赶到石油厂，见石油厂门口一大群人在排着队，一个个把装油的器具放在秤上称。称过后，就将油倒进油池。那些过秤的，发钱的，头也不抬，并没有一个人多问石油的出处。他看到此情此景，登时大喜过望。

贺学文回到山洞，就对黄桂芝与张宏霖说了。黄桂芝替他担心，他说，不用担心，我已打探好了。黄桂芝看他信心满满的样子，就不再劝阻，而是要他们两人多加小心。两人就将坑中的原油又舀到桶中来，盖紧了盖，由贺学文担着，一路向石油厂走来。

石油厂门口画了一道宽宽的白灰线将众人拦在了线外，长长的人群在这道线前排成队，等待收购。收购的人耷拉着眼皮，一副懒洋洋的样子。

轮到贺学文了，他担着一担油踩过白灰线进到了院子。

两个工人将桶抬了起来过秤——所有的油在这里一过秤，就由工人提过去倒进油池中。贺学文的油也是这样，过秤以后，由两个工人一人提着一桶就走了。贺学文眼看着那两桶油被安然提走了，他提着的心放了下来——看来只剩下付钱了。

但就在贺学文着急等待付钱的当儿，徐怀义却来了，他的身后还跟着两个身体壮实的小伙子。他们围着贺学文转了两圈，接着，眼睛一动不动地盯着贺学文。贺学文不知怎么回事，心里被他们盯得直发毛。这时只听徐怀义下令道：把这个偷油的贼给我抓起来。一旁的两个小伙子听得这句话，当即拿出绳来，三下五除二，容不得贺学文反抗，一下子将他绑了起来。

你们凭什么绑我，凭什么？贺学文挣扎着说。他心里意识到事情不好，肯定是哪里出了差错了，但一时嘴还硬。

凭什么？说，你的油是哪里来的？徐怀义说。

是我从河里揽的。贺学文说。

知道你也不会说实话，给我拉过去吊起来。徐怀义说。

两个小伙子听得这话，就连推带拉将贺学文拉到了石油厂的一间库房中，吊到了房梁上。

这下该招了吧？徐怀义问道。

招什么？难道我们从沟里揽点油犯法吗？贺学文说。

哼！不给你亮点绝招，你还不知道马王爷三只眼。我问你，你这么多油是哪里来的？

是山沟里发水时揽的。

别人家都一点点，你看看，端着盆的，提着罐的，哪有你这么两大桶的？说，你还有多少？

这是我们一家人成年累月攒起来的。学文依旧不承认。

好，把证据拿来，看他嘴还硬不硬。徐怀义说。

一旁的一个工人听得这句话，就出去了。一会儿他回来了，手里却提着一块木板。那块木板上赫然凝固着一双成人的鞋印。

徐怀义将这块木板接了过去，对贺学文说：我跟你说吧，发现油少了的第二天，我就怀疑是你。那天，你偷了油，可把脚印留在墙边了。我就悄悄将脚印保留下了。刚才你来售油踩过的那道白线，你以为那道白灰线是挡人用的吗？根本不是，白灰线就是为了留贼的脚印。你看看吧，两个脚印可是一模一样！

徐怀义把贺学文的鞋脱下来，拿在手中，然后比对着那块木板上的脚印给贺学文看。一只鞋，一个模子，一模一样，一点儿也不差。望着这一切，贺学文说不出话来了。

说，油在哪里？你的同伙在哪里？徐怀义问道。

事已至此，贺学文一下子泄了气，觉得再狡辩下去也是徒劳。但他此时此刻，绝不打算连累张宏霖，就说：事是我干的，油就是我偷的，全是我一人所为，与别人无关。

哈哈，徐怀义大笑了起来，爸是英雄，娃却是偷人贼啊，这世事可真是奇了怪了。

到下午的时候，徐怀义的手下就从山洞里把油全部弄回了厂子里。

石油厂的工人听说偷油贼抓住了，竟然是贺振生的儿子贺学文，大家一时都惊呆了，都纷纷议论道：爸是英雄，娃却去偷油，真正丢人丢到家了。

徐怀义抓住了贺学文，岂能白白放过？

学文眼里，徐怀义是一个可亲可敬的叔辈，但他们不知道，在徐怀义心里却深藏着一个秘密，而这个秘密注定是要一辈子烂在他肚子里的。现在的徐怀义是厂里的副提调兼钻井队队长，有钱了，有势了，风光了，但是，没有人会知道，在多少个夜里，他都会梦到带血的贺振生，都会从梦中惊醒。

现在逮住了偷油的贺学文，贺学文大包大揽把偷油的事都承担了下来，也交代了藏油的地方，油也全追回来了。可该怎样处置贺学文呢，徐怀义有些犯难。

在徐怀义的心中，他清楚地知道，有件事终究是纸包不住火的，潜意识中，他早已将贺振生留下的这一对孩子当成自己的对手了。现在，山子不见面，只剩了学文。这一次，学文犯在他手中，重办学文，恐怕会引起众怒；轻办学文，这是他心里根本不愿意的。

张宏霖知道学文被抓了，着急得跟什么似的，只是他太年轻，没有想到事情后果会有多严重。他觉得自己不便出面，便托几名老工人去求情放过贺学文。这几名老工人，都跟死去的贺振生私交非常好。

面对这些求情的人，徐怀义拒绝了，理由冠冕堂皇，他说：无论你们有什么样的理由，我只能公事公办。我现在管理的是一个厂子，这个厂子叫石油官厂，是公家的，我不敢以私废公。

救不出来学文，张宏霖便去找洪丹风，求她跟她爸爸说说情。洪丹风一听就着了急，就直骂他们糊涂，竟会干出如此不堪的事情来。

张宏霖说：我们也是没办法啊，想救黄桂芝，可没钱啊。

救人也不能犯法啊！现在犯了法，任谁也救不了你。丹风说。

张宏霖无奈地离开了丹风。

洪丹风对贺学文的这种不争气，自是十分生气，但听说学文一直被押着，还被吊打，就又十分心疼。只是她父亲洪远峰这几天不在，她也只能干着急。她想了一阵，心里惦记着，怕父亲回来前的这几天，学文遭大罪。想了再三，她有了一个大胆的决定。她孤身跑到厂里去，找到了徐怀义，对他说，父亲在外地已知道学文偷油这件事了，已经传回话来了，他是一县之长，又是油厂的一把手，所有厂里的事儿必须由他亲自过问，任何人不得越权。

徐怀义尽管满腹狐疑，但还是答应了丹风善待学文。现在他能做的，就是赶紧给学文录口供，包括同伙有几个人、偷了几次、偷了多少等。等把这一切坐实，待洪知县回来，也只能干瞪眼了。

又过了几天，洪知县从延安府回来了。他还没回到家，徐怀义就向他汇报了这件事，并递上了学文的供词。洪知县接过上面摁有学文手印的供词，当时就大为震怒。他暗骂这贺学文可真是个混蛋，也真是不成器啊。当初贺振生去世了，自己认为学文喜欢上学，爱念书，是一块学习的好料子，于是百般呵护，不惜扯下老脸将他再次送到学校。而现在没想到他竟然干起了偷盗的勾当，真真是应了农村一句俗话，把他当个人吧，他净往驴圈里跑。洪知县对贺学文大失所望，随即简单问了问情况，就将材料转给了衙役，要他们该怎么办就怎么办，该游街游街，该关押关押。

晚上，洪知县回到家里，气还是不顺，坐在桌前长吁短叹。丹风看见父亲回来了，想找个机会跟他说说学文的事，但见他心情一直不好，就话也不敢说，小心翼翼地端了一杯茶给他。

洪知县接了茶，拿过一本书来翻，但翻了几页就翻不下去了，将书扔到了一旁。

丹风待在一旁欲言又止。

洪知县说：你不去睡觉还待在这里干啥？

丹风说：爸，你怎么不高兴？

洪知县摆摆手说：好啦，你去睡吧。

丹风没办法，就只能暂时离开，但就在她要离开的当儿，父亲却对她说：你老大不小了，以后要像个女子的样，别再跟野孩子一起玩了。

丹风听出父亲话中有话，灵机一动，就直接问道：父亲说的野孩子是贺学文吗？

洪知县听了问话，觉得丹风已经知道了这件事，就说：你知道他的事了吧？

丹风说：全城人都知道了，贺学文是被冤枉的。

洪知县听到女儿这么说，顿时勃然大怒，说道：冤枉的，冤枉的，难道油不是他偷的？白纸黑字不是他承认的？这么大了，一点都不学好，我也真算是瞎了眼了。

洪丹风是个非常聪明的女孩子，看到父亲发怒成这样，就轻轻走过来给父亲的杯子里添了一点水，悄声说：我不是说徐队长冤枉他，他无论如何也不该偷油，只是这里边有许多渠渠道道哩。

什么渠渠道道！干坏事还有理由吗？有理由就能干坏事不成？洪知县抢白着她，大声说。

丹风还要说什么，但洪知县此时已颇感不耐烦，摆手说：你去睡吧，不要搅和到这些事中了。

当晚就这样睡了。到得第二天，洪知县一上堂，这时却有人喊冤来了。洪知县传进人来一看，却是张宏霖与黄桂芝。

在大堂上，苗条瘦弱的黄桂芝对洪知县说了事情的原委。将父亲要她嫁给马乡绅，张宏霖与贺学文联手救她，又去偷油的整个过程都说了一遍。最后说，两人偷油都为了她，求大老爷放过他们，她情愿代贺学文去坐牢。黄桂芝说完了，张宏霖也说，偷油的事是自己先提出来的，他愿意替贺学文去坐牢。听得两人的话，洪知县这才知道了事情的原委，才想起了昨晚洪丹风吞吞吐吐的意思，心里后悔不迭。

等两人一走，洪知县忙召徐怀义问具体情由，徐怀义说自己只知道后半截，并不知道事情还有这么个起因。

洪知县思来想去，先令游街示众停下来，为保险起见，他将黄桂芝父亲召到了大堂上，询问事情缘故。黄父是个庄稼汉，见这件事惊动了知县，顿时战战兢兢，哭丧着脸将事情说了一遍。洪知县又派人将马乡绅召了来问话，整个事情的来龙去脉就全清楚了。

原来事情是这样啊，看来自己真是错怪贺学文了。可是，如今这个事情又该咋样处理呢？毕竟是偷油啊，犯王法了。如果不加制止，这样的事情开了头，那以后再有类似的事可该如何办呢？洪知县苦苦冥思着。

隔得两天，在县衙大堂上，洪远峰将一干人全部召来，也将贺学文押到了大堂，当堂将事情来龙去脉问得一清二楚，当即下判：贺学文与张宏霖联手偷盗石油，虽情有可原，但已违法，念其能承认错误，石油也已全部追回，没有造成更大损失，所以判令将贺学文重打四十大板。念其系学生，不再另判。张宏霖是石油厂工人，监守自盗，情不可原，打四十大板，开除公职。黄桂芝虽与马乡绅有婚约，但事已至此，一是黄桂芝不愿意，二是两家已有这么大的纠结，婚约不宜持续，故下令解除婚约。令黄桂芝之父黄在逵退还马乡绅彩礼。念黄家家贫如洗，酌情先还一半，另一半分期还。

马乡绅见事情闹到这种地步，一个黄花闺女与两个二不愣后生在山洞里待得多日，自己再娶了，名声也不好听，故对婚约也不再强求。只是听说先还他一半彩礼，就格外不愿意，当即在堂上说：洪知县啊，我不能赔了夫人又折兵吧？

洪知县说：有人告你酗酒打死了你的前妻，我还没审这个案子呢。彩礼也是先还你一半，另一半待我把你酗酒打死老婆一案审清了再还你，你看如何？

马乡绅听得这话，顿时两眼呆愣，低下了头，什么话也不敢说了。

一时判决停当，一干人散去了，可黄父依然跪在当堂，不愿起来。洪知县要他离去，他哭着说：洪知县，家里穷得什么也没有，一点钱给人开账了，给婆姨看病了，拿什么还啊？

这时，张宏霖还在一旁，他听到黄父这么说，就说自己愿先替黄桂芝家还一些。洪知县想想黄家也真是穷，他看黄桂芝聪明伶俐，利索能干，当即想到学文妈樊秀英遭遇不幸后，厂里还缺个给日本人做饭的，就问黄桂芝愿不愿意去干这个差事，黄桂芝当场就答应了。

一时堂外围了许多人，都来看热闹，听见洪知县这么判决，事情得以圆满解决，都觉得挺解气，个个竖起大拇指称青天大老爷。

这件事情过后，洪知县对贺学文有了新的认识。他觉得自己没有看错人，贺学文这个后生不光爱看书，并且心中存有一份大爱，做事和他爸一样仗义，敢于挺身而出，是块可塑之材，心里边对他当然就不再厌烦了，反倒多了一份怜惜。

就在新的一年，也就是 1908 年，陕西省新任巡抚恩寿给光绪皇帝递了奏折，说鉴于延长石油开采缺乏人才，建议派好学之士赴日留学。奏折原文说：“原不得不借材于异地，然使常常假手外人，不特要索挟持，诸多不便；且观垂涎者日阚其旁，将酿为利源之大蛀。”主张“于省城高等、师范两学堂内，选化学较通之学生若干名，先令在厂实验，再择其优者，送洋留学习此专门，俾其学成回，皆能膺矿师之任”。光绪皇帝很快批准了，同意派员去日本留学。人员很快就定下来了，一共十人，都是从当时西安高等学府中选取的一等一的学生。

洪远峰知道了这个消息，他觉得贺学文是个好人选，就专程见了一次恩寿巡抚，要求名单中再增加一人，增加贺学文的名字。恩寿巡抚告诉他说，人员原定十名，但因为缺经费，最后敲定名单时，只确定了吴源澧、舒承熙、杨宜鸿三人，名单已报到朝廷了，没有办法更改。

洪知县不死心，就继续给他推荐贺学文。最后恩寿勉为其难地说：朝廷缺钱，是不会再出费用的，换句话说，如果自己掏钱的话，倒是可以考虑的。

洪知县得了这句话高兴得跟什么似的，回来就赶忙给贺学文说了，贺学文自然非常高兴。学文的爷爷虽住在农村，但他觉得洪知县见识多，就听从了他的话，将石油厂原来给学文父母亲的抚恤金全部拿出来，又变卖了家产，为贺学文凑够了留学费用。

1908 年 8 月，贺学文与其他三名同学一起起程前往日本留学。

贺学文走的那天，亲朋好友都来送他。洪知县也来了，叮嘱他好好学习，留学回来争取把埋在延长地下的石油都开采出来。洪丹风也来送他，她从怀里掏出了那本已发黄的外文书，递给了贺学文，说：你可是答应我要将这本书读懂的。

贺学文接过书来，揣在怀里，他的泪水憋满了眼眶，喃喃地说：你等着，等我留学回来，我一定把这本书读给你听。

此时，前来告别的人谁都没有想到，正是由于贺学文的留学，从而开辟了延长石油一个全新的时代。

不过，这一切都是后话了。

回头再说当天，黄桂芝的事得到了解决，张宏霖心里头悬着的一块大石头落地了，他难以抑制心中的激动与狂喜，迫切需要发泄一番，需要和人分享这份来之不易的幸福。他一口气跑上了寨山山顶，但见落日又大又圆，周围的云彩被染成了各种颜色，流光溢彩，美丽极了。

黄桂芝自由了——面对着群山，张宏霖大喊道。

黄桂芝不用当小老婆了——面对着落日，张宏霖大声喊。

傻小子，高兴啥哩。身后忽然有人说道。

张宏霖扭回头来，竟然意外地看到黄桂芝不知什么时候来到了他身后。她脖子上围着一条粉红色的围巾，正满含笑意地望着他。

你，你怎么会在这儿？张宏霖意外极了。

看看傻小子高兴呗。黄桂芝羞涩地说。

张宏霖望着黄桂芝，见落日余晖斜洒在她身上，她包着头巾，宛如黄土高原上一株亭亭玉立的小白杨，轻咬着嘴唇，满目流情，一副欲言又止的样子。张宏霖一时血液沸腾，激情难抑，索性不管不顾，一下将黄桂芝抱了起来，呵呵地笑着。

黄桂芝没想到被张宏霖一下抱起来了，一时既害羞又紧张，又操心着怕别人看见，就使劲挣扎着要从他怀抱中下来，可张宏霖却怎么也不放开她。他抱着她乐呵呵地一圈圈旋转着。两个沉醉在幸福中的年轻人嘻嘻哈哈，打打闹闹，他们沉醉在自己的小天地里。时间此刻凝固了，世界在他们的眼里都不存在了。但就在这时，危险来临了，张宏霖一脚踩空，脚下一滑，一个趔趄就踩到了崖边，接着就骨碌骨碌顺着山坡滚了下去。他从山坡向下滚，黄桂芝则被扔到了一边。她看到张宏霖滚下去了，一时就着了急，也顾不得危险，连溜带滚，顺着张宏霖的身影也从山坡上溜了下去。

两人一先一后，张宏霖在前兼带着翻滚，黄桂芝在后，几乎是仰躺着的，向山下一直溜下去。

陕北的山都是土山，光秃秃的，山虽陡，但很少有石头，石头层只有到山脚下黄土层深处才会有。两人连滚带溜，越来越快，一直滚到了山沟底，顿时都昏迷了过去。

天渐渐地黑浓了。过了一段时间，先是张宏霖醒来了，他觉得浑身疼，自己在一个泥潭中，周围有许多荆棘。他记不起是怎么回事，也不知道自己在哪里。他从泥潭中挣扎着起身，想尽量地把自己的身体放舒适。

这时，他听到了身旁的呻吟声。循着声音望过去，他竟然发现了一旁躺着的黄桂芝。

张宏霖转过去把黄桂芝抱在怀里，大声叫着：桂芝，桂芝，你怎么啦？

一会儿，黄桂芝也醒过来了，她也浑身疼痛不堪。

四周黑乎乎的，两人都不知道是什么地方。张宏霖费了九牛二虎之力，才将黄桂芝从泥潭中拉出来，两人摸索着，找了个平坦处躺了下来。

还疼吗？张宏霖问桂芝。

黄桂芝摇了摇头，问：你呢？

张宏霖瞅着黄桂芝说：有你在身边，即使疼我也不疼了。

黄桂芝想动弹，但一动弹就全身疼。她哎哟了一声埋怨他说：都现在了，还说笑话。

张宏霖摸着自己身上都是湿的。他摸黄桂芝，发现她的全身也是湿的。他怀疑黄桂芝受伤了，身上可能出了血，想看看她的伤口在哪儿。借着清幽的月光一看，他不禁大吃一惊：天哪，整个黄桂芝和鬼似的，浑身上下竟然全是黑的。

你怎么全是黑的啊？你该不是鬼吧？张宏霖问道。

你才是鬼呢！你看看你啊，你怎么全身也是黑的啊。黄桂芝说。

我的天哪，我知道了。张宏霖猛然一下子明白了，因为此刻他嗅到了石油的味道——看来我们是掉在油池中了。他说。

油池？这是什么地方，怎么会有油池？黄桂芝说。

可是，此刻的张宏霖却兴奋了起来，他说：如果我没猜错的话，我们从山上掉下来，正好掉到了一个油淤里面了。我们整天找油，请了那么多的日本技师找油，结果到目前还没找到。而现在我们俩竟然歪打正着，找着了这么大的一淤油。如果从这里打井的话，肯定会打出旺油的——看来我们要立大功了。

还高兴呢。要是油淤再大些，咱俩都没命了。黄桂芝说。

张宏霖拉着黄桂芝的手说：桂芝，我们是好人，好人自会有天照看的。你的一大苦难刚过去了，现在我们又发现了这么一个大的油淤，下一步，还不定要在我们身上发生多少奇迹呢。

当然会的，我们已经度过了一场大难，老天爷也会照看我们的。黄桂芝握着他的手说。

陕北的四月依然寒气料峭，夜深了，阵阵寒意袭来，张宏霖抱着黄桂芝，黄桂芝瑟瑟发抖。在她的耳边，张宏霖喃喃地说：桂芝，相信我，我们会过上好光景的，我会一辈子对你好，我们俩生生死死都会在一搭的。

当然。这个油淤是我俩发现的，明天我们就去告诉洪知县，让他从这里打井，肯定能打出油的。我要你再回到油厂来，我们俩在一搭，不分开。黄桂芝说。

第二天，张宏霖与黄桂芝把昨天两人无意中发现油淤的事告诉了洪知县。张宏霖说，那儿有那么一大摊油，都是从石缝中渗出来的。如果钻井，肯定有油。说着，张宏霖拿出两人昨夜全部染上石油的衣服给洪知县看。

这段时间，洪知县焦头烂额，他也正为打油井的事着急呢。技师佐藤测了几口井，但第一口井已打了八九十米了，连个油影儿也没见。这阵洪知县听张宏霖这么说，觉得这个情况很重要，就连忙找佐藤说了，希望负责测绘的佐藤能实地勘察一下。

佐藤拒绝了洪知县的请求。他说：这里的山山水水我都走遍了，请相信我，我画五口井的图并不是随心所欲画的，而是凭的科学。

可是你也可以去看看啊，那里油淤真大呢，那些油可都是从石缝里渗出的呀。张宏霖说。

可能是别处流来的，也可能是长期淤积的。佐藤依旧坚持己见。

你们画的井打不出油，我们给你们提供线索，你们又不去看，难道故意要我们打空井不成？张宏霖见不得日本人高高在上的劲头，就顶了佐藤一句。

你说我是冒牌的吗？不懂科学吗？我们相信的是仪器，相信的是知识，而不会相信道听途说。如果你们真的认为我测的井打不出油来，那尽可以解雇我，另请高明。佐藤骄傲地说。

洪知县见话不投机，就说：没有人不相信你们，你测的井我们丝毫不怀疑，即使打不出油来，我们也不会埋怨你。现在打的这一口，还有你绘图的那几口，我们都要一直打下去。但是，我们也可以给你提供线索啊，提供一点信息，然后让你用科学的态度、科学的知识再去实地科学考察一下，行不？洪知县不硬不软地说。

这还差不多。佐藤的口气有些软了，我们都应该无条件地相信科学，只是你们这里的地形真是太复杂了，有时我也弄不大明白。

张宏霖想顶他一句，你弄不明白，你瞎画什么呀！但又怕把这事弄砸了，就硬生生把话咽了下去。

佐藤开始慢腾腾地穿工装，洪知县等三人站在门口等着。一会儿，佐藤穿戴停当出来了，却忽然对洪知县说：洪，你知道的，我的工作任务是用我学到的知识来勘探绘图，并不是每天根据道听途说去瞎耽误工夫。今天你要我去，你是提调，我得听你的。但我要说，这属于额外的加班，应该有加班费的。

张宏霖实在看不下去了，就又想顶他两句，心想：你们来这么长时间，圈了五个，空耗费我们力气，油没打出来一点，我们耗费的人力物力应该算谁的呢？

但洪知县却满口答应了下来，他说：好的，佐藤，按加班算，月终一块儿发。

于是，几个人相跟着出门，然后沿山路一直上坡。来到寨山顶上，张宏霖就指着山底下给大家看。大家瞅见山底被树木杂草充斥着，黑乎乎的，隐约可见一点绿色，但要从这里下到山底，却没有路。张宏霖就从附近的农民手中借了一把镢来，边修路边往山下走。好在这佐藤这时既来之，则安之，不再挑剔什么，省去了好多口舌。

费了好大劲，几个人终于下到了沟底。下面却根本没有路，净是一些树交织着，树下交相缠绕着一些藤蔓。张宏霖在前，用带来的斧子劈开树丛，一直往前走。走到靠近山崖的地方大家果然见到有一方油淤，黑乎乎一片，像一个板块一样凝结着。旁边的大石头上，还留有张宏霖与黄桂芝两人坐过的痕迹。

佐藤来到了这里，蹲下来，用手蘸了一点油在鼻尖上嗅了一下，然后掏出了仪器，支起了架子。他一个人摆弄着，脸上没有任何表情，也看不出喜忧。洪知县年龄有些大，一路陡坡下来，气喘吁吁，此刻坐在一块石头上抽起烟来。张宏霖与黄桂芝屏住气，小心翼翼地瞅着佐藤的脸色，想从他脸上捕捉到一丝信息。

佐藤一个人忙了有两个小时，没有说一句话，他又掏出画夹来简单地画了一些草图，然后把仪器全部装进箱子中了。

洪知县见他测完了，就迎了上去问他：佐藤，这里可不可以打井，有没有油？

佐藤嘴张了张，想要对洪知县说什么，又没有说。他从旁边折了一根棍子拿在手中，然后脱掉鞋子，赤脚走进油淤，一边往进走，一边拿着棍子往进探。探到快到山根底时，棍子扑通一沉，油一下将棍子淹没了。佐藤示意张宏霖折一根长些的棍子递给他，张宏霖连忙做了。佐藤拿着这根长棍在油淤里探来探去。一会儿探完了，他扔了棍子，出了油淤。

佐藤先生，这里会有油吗？洪知县继续问。

佐藤坐在石头上擦掉自己腿上的油迹说：这里先前就是个油井。

怎么会是油井啊，没听说过谁在这里钻井啊。洪知县说。

这是过去人工凿的一口井，你们难道没看出吗？佐藤说。

听了他的这句话，张宏霖与黄桂芝就细心观察，只见山崖根底有些石头上有明显的人凿痕迹。

洪知县看到刚才佐藤拿棍子探的情形，觉得佐藤的话有道理。他说：先前史书上也记载，元代时延长城里的大户曾经手工开凿过一口井，出油也比较多，但后来找不到了，会不会就是这一口井呢？

肯定是。黄桂芝说，他们先前凿了井，可后来觉得油没多大用处，或者路不好走，取油比较困难，就作罢了。

佐藤这时把衣服穿好了，他的脸上依旧没有表情，说：根据我的经验，我可以告诉你们的是，这里会有油的，油多得会让你们吃惊的。

是吗？你说这里果真会有油？真是太谢谢你了，佐藤。洪知县一激动，握住了佐藤的手。

张宏霖和黄桂芝一听得这里有油，顿时也十分高兴。黄桂芝拍着手说：看来我们真找到油了。

洪，我还有个建议，明天咱们那边的第一口井先停了，动员人在这里修路，在这里打井。佐藤说。

听到这个建议，这回该轮到洪知县吃惊了。他说：你真的这么有把握？那里半途而废，在这里重搭台子另唱戏，是要劳民伤财的。

佐藤郑重其事地点了点头，说：洪，根据渗出来的这些油，我可以断定，这里油源充沛，油层也较浅，不用打多深就会见到油的。这是科学的测定，并不是我个人的异想天开，请相信科学。

哈，太好了。张宏霖听到这里，扭过头来，一下子握住黄桂芝的手说：桂芝，说不定这儿真可以打出一口大油井呢！

不是说不定，是一定的。佐藤重新强调道，这是科学。

既然佐藤这么肯定，第二天，洪知县就拍板撤掉先前在东门外钻第一口井的设备及工人，然后集中精力在这里打井。

石油厂的工人这些天早就憋了一股劲，听说这里能打出大油井，个个都情绪饱满，兴致很高。当下测路、修路，忙个不停。待路修成，于是搭建工棚、运送机器、寻找水源，一样一样地就都忙活起来了。这样忙了有半个月时间，橹台机器终于安装了起来。

农历四月二十五日这一天，延长知县兼提调洪远峰亲自祭祀了玉皇大帝等各路神仙，然后鸣炮正式开始钻井。

井钻到七十米深的时候，见了些微油，这时钻出来的石末已呈现黑色，钻井工人的心也个个都提到了嗓子眼上，看来再钻一点，马上就要见油了。然而，就在这个风口浪尖上，负责钻井的日本技工田中意外地命令机器全部停了下来。

日本人罢工了。

洪知县天天等着油矿的喜讯呢，听到日本人又罢工的消息就着了急，赶紧问怎么回事。

徐怀义报告说，日本人说按照合同规定，当月的薪水当月发，但上个月的一直没发，所以他们说什么也不干了，罢工了。

洪知县说：上头拨的钱到现在还没到位，我目前正想办法筹钱哩，迟几天再发给他们，反正欠不下他们的。

一边说着，一边就和徐怀义等几个人一同来到了钻井区。一看，田中还有两名日本技师正在工棚里悠闲地喝茶呢，而架着设备的井口周围到处堆积着石末，离老远就可以看得见这些石末全是黑乎乎的。井架旁，站着几名中国工人，个个脸上满是怒气，只是敢怒不敢言。

洪知县过来对田中及那两个日本技师说：田中，现在朝廷有困难，钱还没到位，我正筹呢，反正少不了你们的。现在全国人都瞪起眼睛看这口井哩。

田中坐起了身子，说：洪，我们只是按合同行事而已，约定发薪的时间是月底，现在已过了五天了，我们也要吃也要喝，家里人也在等着钱花呢。

再缓几天吧，石油上头催得紧，咱们得抓紧进度。工资嘛，我用人格担保，这几天就发给你们。

我相信合约，不相信人格。田中面无表情地说。

洪知县听到这句戗人的话，一时气得说不出话来。

这时，正在一旁急得左右转圈的张宏霖说：洪知县，不用求他们了，我来试试吧。

你能行吗？洪知县问。由于这个油源是张宏霖与黄桂芝发现的，所以，在开始钻这口油井的时候，石油厂又把张宏霖招回来了，他就第二次成了石油厂的一名工人。

张宏霖说：测井我不会，钻井这一招一式我跟着学了这么长时间了，能钻得了。再说咱们不是要赶进度吗？

就是，这段时间，看也看会了，学也学会了。一旁的几个工人看见张宏霖挺身而出，个个都表态支持他。

说着，不待洪知县同意，张宏霖便发动了机器。一下子，蒸汽机就又呼呼地工作起来。其他的几名中国工人见机器运行了，就忙着各司其职。一会儿，机器突突响着，顿钻重新开始上下活动起来了，随着顿钻哐当哐当地一下下起降，工人们忙碌着，井里的岩石碎末也混着泥浆被一点点抽了出来。

原来张宏霖年轻气盛，顶看不惯日本人的骄横。他自二次进厂后，就多了个心眼，跟着日本人把整个操作流程都记了下来。机器出了故障，日本人维修时，张宏霖就递这递那，忙前忙后，说是给帮忙，但到晚上回家后，他就不动声色地把机器维修的步骤及方法一一都记了下来。时间长了，他对这些也就很熟悉了。

一旁的三个日本人看到这情况，个个端着茶，张大了嘴巴。这时，中国工人们就故意嘲笑着日本人，使劲呐喊着号子：吆嗬嗬，延长城，西门外，钻井啦，出油啦，下雨啦，没治啦……

几名日本人先是目瞪口呆，继而面面相觑，他们原想等着看工人们的笑话，但望了足足有十多分钟，机器还在正常运转着，工人们个个神态自若。

田中觉得再坚持罢工就没了意思，转头给那两个同伴示意了一下。接着，他起身走到正在一旁紧张地盯着机器的洪知县身旁说：洪，咱们可说好，这井呢，我们照打不误，可五天内，我们这工资一定要发到手啊。再不发，可别怪我们不客气。

洪知县阴沉着脸不吭声。

田中扭头吆喝了一句什么，那两名日本人就都重新上了岗位，漫不经心地干着活。

洪提调看着工人们忙碌的身影，看着日本人懒洋洋地上了岗，心中不禁一阵阵悲哀，一阵阵感慨：国家落后，人被欺侮啊。人才，国家真的需要人才啊。没有人才就始终得看人家脸色，人家把你夹在胳肢窝里的滋味可真不好受啊！

这口油井再钻得十多米，果然有了油。大家就按照田中的意思，将机器停了，开始抽油，看每天的供给量有多少。试了一下，每日可产一百五十公斤左右。所有的人都没有见过这么大的产油量，都觉得稀罕。有些人说停，有些人说再往深打，一时议论纷纷。洪知县一时拿不定主意。不再打吧，觉得油是少了点，再往深打吧，又怕把打出来的油跑掉了。他就将七名日本人邀请到了现场，请大家合议到底再往深打还是不打。

七个日本人的意见也不统一，也有说停的，也有说打的。最后洪知县采纳了佐藤的意见，决定再往深打。但是，下面的岩石层就更坚硬了，每天机器仅可钻半尺而已。这样再钻了一个月时间，井深就有八十多米了。

这天，工作了好长一段时间的钻井工人个个疲惫不堪，都在井旁散躺着，伸展着腰身。

佐藤过来了，喊大家道：猪猡，起来，干活。

有几个工人听到喊声，疲惫地翻了翻身，又睡去了。

佐藤过来对张宏霖说：让你的工人好好干，马上就要见油了。

工厂钻井实行三班倒，这班的班长是张宏霖。

张宏霖揉着惺忪的眼睛，站起身，对工人们说：大家好好干，佐藤说马上就要见油了。

几名工人听到他的喊话声，就站起身来。一名工人伸着胳膊，打着哈欠说：还把自己当神呢，一口井都报废了，什么都没有的。像这样的技师，我也能当。

另一名工人说：就是，把自己装得跟半仙似的。

佐藤听懂了工人的话，他抓了一把抽出来的岩粉，捏在手里，然后又搓成细末，从指间缓缓地流下去，说：快点干活吧，我敢保证这口井里的油能淹得死你们。

几名工人拖着疲惫的身子又开始打井。打到下午三点的时候，佐藤让机器设备再一次停了下来，然后开始试吊油。但是开始吊得三两桶油，到桶再下去往上提的时候，由于速度慢了些，下面的油就跟着冒了出来，粗粗的一股，黑乎乎的，一下子冒了半天，井口周围流得到处都是油。大家看到这种情况，就都惊呆了。

有些工人赶忙搬石头，要将井口压住，免得油再往出溢。

好了，好了。油量可以了，打井可以停了。把打井设备拆走，明天起开始抽油。佐藤说。

洪知县听说钻井设备要停，就赶过来看，工人们就纷纷跟他讲刚才冒油的情况，个个都觉得不可思议。洪知县听了，也高兴得不得了。见佐藤在一旁忙着，就要他估计一下这口井每天的产量有多少。

佐藤依然面无表情，说：刚才那只是因为抽油的速度过快，因空气压缩把下面的油带上来了。我要告诉你的是，这口井有油，油量储存也可以，每天产一吨应该不成问题的，但远远不是一口旺井。旺井，你听说过吗？就是那种打着打着油就冲天而起，一连多少天都直接往出喷油的油井。

此刻的洪知县听得每天足可以产油一吨，就已高兴得了不得了，哪里再顾得上听他讲什么旺井不旺井的。他沉浸在喜悦之中，说：这就行了，这就够了，我们终于可以对国人有个交代了。

这口井就是中国大陆的第一口现代化油井，名叫“延一井”。位于延长县的城西，是由日本人佐藤勘定井位，1907 年农历四月安装橹台机器，四月二十五日开钻，七月二十九日钻到进深七十米处见油。后又接着钻了十多米，于六月初三钻到进深八十一米处完井，初日产量一吨到一吨半。十年后日产油量仍保持一千二百 五十公斤，以后逐年减少，至 1934 年枯竭停产，总计产原油二千五百五十吨。

延长石油官厂终于打出了大陆的第一口现代化油井，意义非常重大。经过几天试吊，每天产油量在一吨以上。洪知县十分高兴，连忙写材料把这口井的情况向恩寿汇报，恩寿巡抚又向朝廷汇报。当下光绪帝听了，自是振奋，当夜命令宫里灯火整夜不灭，为之庆祝。

因是在延长打出的井，因而这口井被命名为“延一井”。延长石油官厂为了庆祝“延一井”的成功，宣布放假三天。这三天内，洪知县请了延长县最好的蒲剧班子到厂子里唱戏，进行盛大的庆贺活动。

八月初八这天晚上，在石油厂院子里，摆放了十多张大桌子，所有的工人和日本技师都来到了这里，县上一些绅士也出席了庆祝会。洪知县和六名日本技师（佐藤有事不在）及徐怀义坐在了前排，张宏霖由于对这个油井有特殊的贡献，也应邀坐在了洪知县身旁。油厂院子里临时搭建起了简陋的戏台，戏台上挂着“热烈庆祝第一口油井诞生”字样的横幅。入夜，台上开始演出，演的是《霸王别姬》。工人们坐在台下，大家吆五喝六，你来我往，大肆吃喝，往日的疲惫一扫而光，个个脸上充满光彩，眉梢眼角有掩藏不住的喜气。

工人们见洪知县心情很好，一个个就都过来敬酒，也敬日本技师的酒，几名日本人不一会儿就喝得醉醺醺的。

很快，台下的工人一个个也都醉眼迷离了。此刻，大家沉醉于吃喝之中，没人再管台子上唱的是什么，演的是什么了。洪知县看着大家兴致很高，也不愿意扫大家的兴。反正机会难得，都是自家人，喝就喝呗，醉就醉呗，有什么了不得的。那个在台子上唱戏饰虞姬的是个男演员，艺名叫小桃红，功夫相当了得，洪知县一时看得高兴，就邀请他下台来，敬了他两杯酒。

但就是这几杯酒，惹出了不少的麻烦。

那个叫板垣的日本人也坐在前排，此时已喝多了，看到饰虞姬的男演员生得眉清目秀，他心里就发痒，非要拉他多喝几杯不可。小桃红以正在演戏为借口推辞着不喝，可这板垣喝多了，就是不让。后来，小桃红在众人的劝说下，喝了板垣敬的两杯酒然后上台去了。这板垣此时已大醉，他见小桃红走了，眼睛就发绿，瞅了个空，他提了把酒壶，拿了只杯子，追了过来。小桃红这阵正在台口等着上台呢，板垣来了，非要缠着和他喝个交杯酒不可。小桃红推托不过，就端起杯来，小口抿了一下，然后登台演出了。

一出戏演下来，小桃红下台，这板垣竟然还很痴情地在后台的角口等着他，非要和他再喝酒。小桃红这时就烦了，说要上厕所。板垣一听他要上厕所，又跟了过来。小桃红进得厕所，见板垣跟进来了，连尿也没尿，就又往出返，想躲掉他。哪知这板垣也是个死心眼，一看小桃红要溜，又赶上来，在厕所门口将小桃红拦住了。他一把抱住小桃红，那张胖胖的脸就递了上来，非要跟小桃红亲个嘴儿。小桃红一把将他满是酒气的脸给推开了，转身就走。这板垣着了急，一把扯住了小桃红的衣襟。这时，只听刺啦一声，小桃红的上衣戏装被板垣扯破了。小桃红大怒，一时情急，一拳打到了板垣的脸面上，板垣咚的一声仰面栽倒在地上。

小桃红看着板垣躺倒在地上乱挣扎，又看看左右无人，索性再狠劲踢了板垣两脚。这板垣吃了疼，就躺在地上哎哟哎哟打着滚，大呀妈呀叫了起来。

小桃红看自己惹下了祸，连忙跑到前台跟班主说了几句，然后卷起衣服就跑了。

台子上，班主见台下已乱成一团，这阵听小桃红这么一说，也觉得情形不妙，他怕日本人找自己的麻烦，就草草收了场，通知戏班里人员赶快撤离。当此之时，台子上就乱了起来，演员们都下了台，忙着收拾东西，把锣呀鼓呀和服装急着往箱子里装。

台子底下更乱，工人们都在大呼小叫，闹着还要酒喝。那板垣则醉得不省人事，此刻还在地上躺着，一口一个“花姑娘”地乱叫着。恰巧这时张宏霖来上厕所，躺在地上的板垣见有人来了，还以为又是小桃红呢，就伸出胳膊把张宏霖的腿抱住了，一口一个“花姑娘”地叫着。张宏霖看他醉成这样，且左右无人，就一把将他推开。他正打算离开，脑子里突然想起了自己的好朋友贺学文、贺山子，他们的母亲正是因为遭到这个板垣欺侮才上的吊，顿时怒从心起，狠劲照板垣身上踢了几脚。他一边踢一边骂道：老子这一脚是替学文踢的，这一脚是替山子踢的，这一脚是替死去的贺叔踢的……一连踢得十几脚，踢得板垣像死猪一样躺在地上一动不动了。

洪知县也喝多了，醉眼蒙眬，见台子上与台子下都有些乱了，觉得不对劲，就上台来找蒲剧班贺班主，问到底是怎么回事。那贺班主这时急着要离开，就告诉他说：不知是谁，把日本人打了，日本人正在厕所门口躺着呢。

洪知县一听，当时就吓得出了一头汗，一下子酒全醒了。他连忙过去看，正瞧见张宏霖拿脚踢板垣呢，就喝住了他，问是怎么回事。张宏霖住了脚，说：我替冤死的婶子和学文、山子他们教训教训这个日本人。洪知县连忙让他住手，赶快离开。又大声呐喊着叫来两名工人，让他们将板垣搀扶起来。谁想这板垣个子矮，身板儿倒非常结实，挨了这两顿打，也不知是醉着顾不得疼，还是本身就没被打重，两个工人一搀起他，没走得几步，他就看见了花花绿绿的舞台，自个儿跑到台子上唱起了日本歌，扭起了日本舞。樱花哎，樱花哎……

这歌声像招魂似的招他们回家乡。此情此景中，台下的几名日本人就都上了劲，个个都跳上了台子，在台子上一边扭着一边唱着。

洪知县看到了这情景，就呐喊道：晚宴到此结束，赶快各回各家。徐怀义，你再带几名工人把日本技师、技手保护好，把他们平安送到家啊。他们可是咱们的宝贝，咱们打出油井靠的就是他们。

徐怀义应了一声，洪知县悄悄对他说：我喝多了，先走了。你招呼好，不要让他们惹是非，也不要惹他们不高兴，把他们安全送回去就行。

徐怀义又应了一声。

板垣呀，你明天身板儿一定会疼的。洪知县一边急急从厂子往出走，一边想道。

出得门，洪知县坐了马车急匆匆地往县衙赶。马蹄嘚嘚，马车在高低不平的路上颠簸着。一个人坐在车上，洪知县狠狠地抽了自己一耳光，接着小声骂道：这他妈的整天都干些什么事啊！妈的！

第二章

在我拿到的这些堆积着记忆的资料中，有许多回忆是重叠的，甚至前后是矛盾的，许多故事充满了传奇。但我并不是一个传奇作者，在这部书中，我能做到的就是尽可能地只叙述我认为真实的事情。这位过世的老人留给我的资料，就像一条藤蔓，我所能做的就是把枝枝节节剪掉，让主干简洁、壮实，同时也要把许多谎花摘掉，只求结出一个硕果来。在我以往的小说中，我总是很注重真实，我一直认为，真实才有力量。作为一名小说作者，只有使作品保持真实性，才会更有生命力。我讨厌夸张、传奇与无病呻吟，尽管我从不否认每个人的一生都是一个传奇，但我丝毫不打算把这部小说写成传奇。为此，我尽量删掉那些略带夸张的文字，让这部书变得平实而又生动。

停止唠叨吧，我的朋友，让我带着你们，翻看这些资料，看看那个一心想为父亲报仇的贺山子究竟去哪儿了。

贺山子一气之下，从家里跑了。但跑归跑，这么小的年龄，他只是意气用事，没有考虑自己究竟向什么地方去。他甚至都不能清楚地说出父亲被害的地点来。他的心中只是被愤怒塞满了，他恨日本人，恨土匪，恨狗县官，恨丹风，同时他也恨哥哥贺学文。他脑子里一直在想着，自己如果能有一身武艺就好了，就像说书人说的那种武侠，头大如斗，脚如门墩，上天抓龙，入海斗蛟，如果是那样的话，就可以为父母亲报仇了。

贺山子虽年龄小，但脾气刚烈。他从家里跑出来，就没打算回去。他咬着牙在路上走了三天，他没有目的地，反正就是顺着大路一直走，在潜意识中，离延长这块地方越远越好。延长这个县城在他的感觉中就像一座地狱，一座黑暗之城。走了三天三夜，他又饥又渴，嘴唇起了泡，脚发疼，腿发软，那么一瞬间，两眼发黑，他昏倒在了路上。

他醒来的时候，在一家基督教堂里，众多的人围着他。他睁开眼睛，身边是一大堆陌生的面孔，并且还有一对高鼻子深眼窝的洋人夫妻。他吓了一跳，怀疑自己是不是到了说书人说的阴曹地府了，眼前都是些阎王、小鬼。这样想着，就连忙要起身。

高个子洋人看他醒来了，在胸前画了一个十字，洋女人伸出手按住了他，要他别动。别动别动，躺着吧，一会儿就会好的。说着，把敷在他额头的毛巾拿开了，在凉水盆中浸了一下，然后折叠成厚厚的一块，又一次贴在了他的额头上。

贺山子顿时感觉到了清爽舒适。

我把这孩子就交给你们了。身旁的另一个中年男人对洋人说。

洋神父说：放心吧，神会照顾好他的。然后他对睁着眼睛的山子说：你该谢谢他，是他送你到这儿来的，如果没有他，你就没有性命了。是耶稣救了你，神从不愿意他的任何一个孩子受罪。

叔叔。山子叫了一声，拉住了那男人的手。这个男人瘦瘦的身材，瘦瘦的脸，手却很宽厚，也很温暖。

男人问：你叫什么?

我叫贺山子。

贺山子?那男人思忖了一下，接着说，我还有事，要先走了，你好好养伤，不要到处乱跑。养好伤后，你就回家去吧。

叔叔，你带我走吧。贺山子说。不知为什么，他虽是第一次见到这个精瘦的男人，但总觉得与他有一种亲近的、亲人般的感觉。

叔叔真的有事。这儿的洋神父他们都是善良人，不会伤害你的，你先待着吧。如果有机会，我们以后还会见面的。男人说着起身就要走。

一看男人要走，山子忽然记起了什么，就扯着他的衣襟问道：叔叔，你叫什么？怎么称呼你？

那个男人一听这话就笑了，他的脸瘦削，但嘴很大，一笑，嘴角就直往左边咧。他说：我姓苏，你就叫我苏叔叔好了。

神父说：他叫苏作相，是个好人。

就这样，贺山子被这位神秘的苏姓男人送到了这座远离县城的一个叫甘口的小镇上的基督教堂里。

走投无路的贺山子就暂时在这里安下身来。渐渐地，他知道了这里是一对叫史密斯的夫妻开办的教堂，他们夫妻俩都是传教士，每到礼拜天，他们就给附近的村民讲经传道。

自1876年，也就是光绪二年，中华内地会的英国传教士首次在陕西汉中扎根传教起，陕北这块地方也相继有基督教传入。传教士总是先租借几孔窑洞来传教，待接受洗礼的人多了以后，便兴建教堂，开始有规模地传教。而质朴善良、渴望过上好光景的陕北人，他们膜拜、祈求所有的神灵，没有门派和任何的偏见，即使是看上去如此陌生的耶稣、上帝，陕北人也愿意相信他有佑福消灾的无边法力。

洋人神父叫史密斯，除传教外，还能用西药看病，所以，平时来这个教堂的人就比较多。贺山子到这里后，这对洋人夫妻非常喜欢他，这使贺山子感受到了自父母亲去世后的另一种家庭的温暖。暂时无家可归的贺山子就把一切仇恨都埋藏在了心底，暂时落脚在这个大家庭里，整天帮他们烧火、挑水、扫院子、擦板凳、擦桌子等。

平日来教堂看病的人很多，各样的病症都有，有的神父能看得了，也有看不了的，但神父总是不厌其烦地跟他们说话，跟他们讲饮食注意的事项。看完病了，神父总会在胸前画个十字，然后对前来看病的人说：肉体的疼痛是暂时的，找个心灵的永久搁置点才是永远的。贺山子年龄小，他和前来看病的人一样，都理解不了这句话的意思。神父看他们疑惑，就解释说：是耶稣让你们来找我的，只有信奉基督，心灵才能找到永恒的归宿。

看病的人以妇女、小孩、老人居多，大多是看好病就不再来了，再一次来也是有了病。但到了礼拜天的时候，会零零散散地有些人来。上午十点多钟声敲响，洋神父就会在窑洞里挂着的耶稣像前给大家布道。有时他老婆也传道，但她的汉语水平实在太糟糕了，大家听不懂她说什么，坐着坐着就都没了耐心。这些布道场面，在贺山子看来，跟逢集赶会差不多，来的来走的走，小孩子们跑出跑进。神父在每一个礼拜开始的时候或者结束的时候总会教大家唱歌，他把歌词写在黑板上，一遍遍地教大家唱。这个时候，就是一天中最安静的时候，几孔租借的石窑洞教堂就显得肃穆而神圣。

神父讲的课，贺山子有时也听，但对那些东西像这里所有的人一样，都没多少理解，听过也就忘了。时间长了，山子不知道他在讲什么，只是跟着他学会了几首歌。

贺山子在这里一待就是很长时间。时间长了，贺山子认识了一位少妇。这位少妇跟陕北的妇女不一样，她皮肤白而细腻，鬓发松绾。她每次来教堂听讲经时总会带着七八岁的女儿，这个女孩儿打扮得跟花蝴蝶似的，她喊她转儿。女人做礼拜的时候，转儿就来回到处地跑，一来二去，就和山子熟了。所以，每到礼拜天，女人和其他人一样坐在凳子上听道的时候，转儿就和山子在院子里一起玩。

转儿最爱玩的是一种叫羊骨节的游戏。她总是随身带着六个磨得光溜溜的羊骨节，把其中一个扔在空中，然后，一把手拿一拿二拿三等，后来陆续可以把两个甚至三个扔到空中，利用空中抛起的时间一把拿丢在地上的。这个游戏还可以升级，可以玩出各种花样来，一级比一级难度更高。转儿手巧，山子手笨，一起玩这个游戏，山子总玩不过她。

有一次妇人听完了传道，转儿与山子依旧在院子里玩，妇人在旁边等着，等着等着她忽然问山子道：山子，你家是哪儿的？

贺家洼的。贺山子说。

那你家里还有什么人？你怎么成天都在这里呢？妇人又问道。

没有人了，我大被土匪杀害了，我妈被日本人害死了。山子说。

可怜的孩子。女人说着，也学着神父的样在胸前画了个十字，接着，女人忽然问道：你愿不愿意到我家里去呢？和转儿成天一块玩。

你家能练武不能，我要练武，要给我父亲报仇。贺山子说。

哈哈，妇人笑了，练武倒不能。再说练武又有什么用啊，现在都用这个。她做了一个枪的手势说，瞄准了，砰的一声，就能把人打死。你到我家里去，和转儿也是个伴。

山子听见女人说得恳切，不知道到底该不该跟这个女人走，就去征求洋神父的意见。

神父听了，语重心长地说：你在这里待了好久了，也该有个去处了，只是别忘了礼拜天再到教堂来。另外，我还想交代几句话。

你说吧。山子应道。

神父将山子拉过来，手平放在他的头顶。手一放上去，山子心头就涌起一阵温暖来。神父慈祥地说：第一，我的孩子，你的内心充满了仇恨，这是不应该的，耶稣告诉我们说，要原谅所有的人，包括你的仇人。第二，世事太复杂了，你还太小，缺乏识人的经验。在没有认清人之前，你要小心地把自己包裹起来，不要对任何人袒露你的心怀。第三，当你在外面不习惯或不顺心的时候，你可以随时回到这里来，这儿就是你的家。你可记住了？

山子答应了一声。

那好吧，我的孩子，你跟着这位善良的女性去吧。神父说。

山子要给神父磕头，但神父不让，拦住了他。山子告别神父夫妇，过来对转儿妈说：我可以跟你去，也可以帮你干活，但有个条件——我什么时候要走，你就必须让我走。

当然。妇人淡淡地说道。

好，太好了。我们可以在一起玩喽。一旁的转儿把手中的羊骨节高兴地抛到了空中。

女人姓杨，山子不知道她叫什么，但隐隐约约知道她的绰号叫洋烟花。山子很快发现这个女人不只长得跟陕北女人不一样，说话也不一样，并且她处处神秘兮兮的。这个女人与转儿并不在小镇子住，而是住在离小镇子五六里的一个叫故园的小村庄里。她们的家在远离村子的两边半山坡上，是三孔石窑。院子几乎建在半崖上，院墙用石头堆砌而成，墙外有一条渠水流过。看到这个院子，山子马上想到了延长城外的护城河。洋烟花似乎很悠闲，她很少与村子里其他人往来，她靠什么吃穿，大家都不知道。只听说她丈夫是做生意的，做大买卖的。至于她丈夫是谁，是什么样子，就谁也不知道了。村里人只隐约记得半年前，村子来了辆漂亮的马车，拉着一些家具，然后有人把这个女人与转儿安顿在了这里。

女人很少跟大家往来，没事的时候就闲待在家里出神。贺山子来了以后，女人就跟他约法三章：第一，不该打问的事永远不要打问。第二，不要对这个村庄的人说起她们家的任何事。第三，她知道山子识点字，所以空闲的时候可以教转儿识字。这些神秘的唠唠叨叨，让山子充满了好奇。但很快，他的注意力就不在这儿了，而是跟转儿成了出入成对的好朋友。每天两人相跟着玩羊骨节，或者采野花，或者到门外的水渠里逮蝌蚪、捉青蛙等。闲暇时间，山子就教转儿识一点字。

这天，山子教转儿识了几个字以后，两人便拉着手要去采野花。门外的水渠边有一块平地，开着一地的野菊花，花儿虽小，但一大片一大片地开着，黄澄澄的，美极了，嗅起来也香极了。

山子与转儿两人手拉着手跑向大门口，刚要开门，门却从外边被人推开了。一个斜戴着礼帽的男人直接闯了进来，礼帽很大，遮住了男人半张脸。转儿看到他，并没理睬，只管往出跑。但就在山子与这个男人擦身而过的时候，这个男人忽然瞅了山子一眼。虽然只是一瞬间，但山子还是感觉到了这个男人眼光里有种令人胆寒的东西。

山子与转儿跑出大门，硷畔上还站着一个穿黑褂子的男人正在拴马。他拦住两人的了去路，对他们说：哪儿也不许去。

凭什么啊？转儿问。

那男人的眼神狐疑地在贺山子身上来回转着，然后指着山子问转儿：这小子是谁？

是我哥哥，怎么啦？转儿说。

该不是给你瞅了个小女婿吧。那男人开着玩笑，用手在转儿脸上拧了一下。

什么小女婿？讨厌。转儿说着，把嘴噘了一下，她不愿意的时候、生气的时候，总是爱噘嘴。说完了，她扭头拉着山子就想走。

哪儿也不能去。那人一把拉住了她。

为什么呀？转儿问道。

就不能去。这个男人蛮不讲理地说。

转儿嘟着嘴，有几分委屈。

山子看见转儿委屈的样子，就拉起转儿的手说：咱们哪儿也不去了，就在院子里玩吧。

转儿一边跟着山子往回走，一边对硷畔上站着的那个人说：你等着吧，我回头告诉我干大，说你欺负我。

山子与转儿两人返回到院子里，但并没有回窑里去，因为窑门此时紧闭着。他们沿着三孔石窑边的一个石洞台阶上到了石窑顶。一到窑顶，两人马上高兴起来了。原来，经过了几场雨，窑顶上的野韭菜长密了，长高了，个个纤细着身子，开着细碎的白花，开得全窑顶都是，远远望去，白茫茫一片。花儿虽小，但闻起来香喷喷的。两人一见就高兴起来了，采呀采，一会儿就采到了满满一把。两人一边采着，一边还凑到花上，嗅着扑鼻的香味。

山子采着，就又想起了刚才进门的那个男人，他究竟是谁呢？他就问转儿：刚才进屋的戴礼帽的那个人是谁啊？

我干大呗。

哦，我看见他目光好凶哦。山子记起了那个男人特别的目光来。

他才不凶呢，我都敢拔他胡子。转儿说，有一次他睡着了，我拔他的胡子，把他从梦中疼醒了，他作势要打我，但手举在半空中也没打下来。

你干大叫什么名字？

人们喊他老疤，我叫他老胡茬子。转儿嘻嘻哈哈地说。

山子心里有了一些小触动，他问转儿：那你亲大呢？

我没有大，我妈说我大早死了。转儿说。

那你干大常来吗？

不常来，偶尔来了，妈就会打发我出来，他俩在一起说话。转儿说。

山子问到这里，忽然想起当初离开教堂时神父提醒他不识好人坏人的话来，于是问道：那你干大是好人呢，还是坏人？

当然是好人啊，他每次来了都给我带许多好吃的、好玩的。转儿不在意地说。

两人正在窑顶上说着话，院子里忽然传来叫转儿的声音。却是那个少妇在院子里喊呢。她声音软绵绵的，透着一种黏稠味。两人听得叫声，就从石窑顶上跑下来了。脸刮得特净的男人与女人一起站在院子里。这时男人将礼帽拿在手中，山子发现他额头的右边赫然有一道疤痕。

干大！转儿叫了一声。

男人听到叫声，一把将转儿抱了起来，转了一圈，在她的脸上亲了两下。但他脸上的硬胡茬子似乎扎痛了转儿，转儿喊叫着不要他抱。

男人放下转儿，转身看到了山子，便问女人：这个后生是谁？

女人说：在教堂里捡的，没大没妈，我看见人还机灵，就捡来了。他和转儿也是个伴，省得转儿整天没个玩的朋友。

那男人显然对贺山子产生了兴趣，他眼光狐疑地在山子身上打着转，忽然一拳打了过来，正打在山子的胸膛上。这一拳非常有力，但这时山子身体已逐渐长结实了，面对着打来的拳头，他的身体本能地做出反应，挺胸迎了上去。所以，这一拳只使他身子趔趄了一下，并没有后退半步。

男人这一拳也打怒了贺山子，山子握紧了拳，愤怒地望着这个男人。

瞧着山子的样子，男人哈哈大笑了起来，说：是个好料子，好料子。

贺山子这才知道这个男人是来试探自己的，他绷紧的神经松了下来。

干大，你给我带来什么了？转儿问。

许多好吃的，都在窑里放着。男人说。

带书了没？转儿问。

哦，这个可没有。男人说。

转儿听到这句话，就拉下了脸，满脸的不高兴。

不要生气了，下回干大来了一定带给你啊。男人蹲下身子，逗着转儿。就在他蹲下身子的时候，山子蓦然看见，他的后衣襟下边竟然露出来一个黑乎乎的东西。枪！山子心里猛地一惊。他在神父那里曾经见到过这个东西，这个东西叫枪。神父说它的威力很大，可以一瞬间结束一个人的性命。

城里女娃现在都能读书了，我也要去上学。转儿说。

到明年吧。明年咱们一家人就去大城市，到西安去，也到京城去。男人说道。

好喽，我要读书了。转儿高兴地嚷着，蹦跳着。她转得一圈，忽然扭回头，问：干大，那要不要山子哥呢？

要，只要我闺女需要，就让山子陪你一起去读。女人说道。

就在这时，先前守在门外穿黑褂的男人进来了，他径直来到刀疤脸旁边，低着头跟他嘀咕了几句。刀疤脸听了，脸上顿时变了颜色，两人相跟着急匆匆往大门外走去。女人这时也就扔了转儿与男人相跟着一同出门。

拴在门口的两匹马正焦躁地乱刨着地，啃着橛。门外守着的那个男人先上马了，刀疤脸正要上马，忽然又停住了，对身旁的洋烟花说：这个小子到底是谁？

怎么了？女人诧异地问。

没什么。男人想了想，摇了摇头。

这小子小小年纪，身上却有股犟劲。你看，我刚才打了他一拳，他竟然双拳紧握，要和我拼命了……说罢，他哈哈笑了起来。我看干脆让他给我当勤务兵算了。

女人说：你又要祸害人了。我见转儿一个人孤单，才把他领来了。这世界上人多的是，你咋不另挑一个哩。

这后生，体格壮，大手大脚，哈哈，是个当土匪的好料子，培养培养一定是把好手。刀疤脸说。

女人说：你成天打打杀杀的，人家娃娃才十几岁，万一送了小命，你就忍心？再说，我们母女俩待在这里，一天孤孤单单的，连个说话的人都没有。现在刚有他陪着，你又要他走……说着说着，话语中就有了哽咽。

刀疤脸看见了，就说：我只是说说而已，又不真的要，你该不是想让他给你当小女婿吧。

女人说：哦，他刚来时，又瘦又小，哪想他吃啥都长，转眼间长得越来越瓷实。

男人听了这话，在女人的屁股上拍了一把，开玩笑地说：这说明你养汉养得好啊。

滚。女人说着，一扭腰进了屋。

那男人不再说话，只是压低了帽檐，飞身上马。一会儿，两匹马就沿着山坡上的小路跑走了。

这个神秘男人给贺山子留下了深刻的印象，那个埋藏在贺山子心底的复仇念头又一次翻起了波浪。

有天晚上，山子正睡着，忽然被开大门的吱呀声惊醒了。接着他听见有大车进院子里来了。山子觉得挺神秘，就悄悄地起身舔破窗户纸朝外张望着。他看见隔壁的屋里有灯光透了出来。院子里，有几个人正把大车上的东西往隔壁屋里搬呢。那东西似乎很重，因为人来人往的脚步声很重，咚咚咚的。

山子趴在窗子上悄悄瞅了好半天，愣是没弄明白是什么东西。只看到一个个四方四正的箱子。搬的人都不说话，折腾了个把钟头，马车空了，人与车就都走了。隔壁的灯这时也灭了，院子里又恢复了安静。

然而，这时的山子却怎么也睡不着了，他的心咚咚地跳着。这些人会是什么人？他们搬来的东西会是什么呢？这个漂亮女人为什么会和一个小女孩住在远离人群的地方呢？他想着，但任他绞尽脑汁，却怎么也想不出答案来。

山子的经历太简单了，从能记事起，父亲就是种地或打柴，总是天不明就出去，到天黑才回来。一年四季总是忙呀忙呀的。而母亲呢，在家里总是做饭、喂猪、喂鸡、纺线、织布，从没有清闲的工夫。后来父亲到石油官厂了，他每天主要的任务是担水，虽然干的活和以前不一样了，但还是早睡早起。而母亲呢，自打到了石油厂做饭以后，更辛苦了，总是早早起床，先给他和学文把饭做好了，然后再到厂里去。这种生活始终是简单的、透明的，哪里像他现在的这个家啊，处处是秘密。这究竟是一群什么人呢？他们究竟在干什么呢？

一晚上他翻来覆去睡不着，第二天早上小心翼翼起床，依旧心惊肉跳的。女人还在睡觉，转儿早早起了，见他来了，高兴地拿着一本崭新的《识字课本》，很显然那本书是昨夜的人给她捎来的。

吃过饭，山子与转儿在小河边玩。河里有很多小鱼儿，山子找了个敞口瓶子来，放在水中，然后在瓶子里又放点儿馍花，引逗小鱼来吃。这样，一会儿，山子和转儿抓了好几条小鱼。他问转儿：转儿，你昨晚听见动静了没有？

转儿摇摇头，然后问：怎么啦？

山子就再问：你干大昨晚回来了？

转儿点了点头，接着又摇了摇头，说：我也不知道啊。早晨起来见到书，妈告诉我，是干大给我的。民国了，号召上学哩，学校都发了新课本了。

那你干大到底是干啥的？贺山子问。

妈妈告诉我，他做生意，做很大的生意。转儿说。

可到底是在做什么生意呢？山子又问。

我也不知道，妈也不让问，说有吃有喝有钱花就行了。她还说，到了明年，我们一家就要到很远很远的城里去呢，还要送我上学呢。

山子问了半天，从这个单纯的女孩嘴里得不到一点信息。这时，他甚至都在想昨晚自己见到的一幕是真是假、是睡梦中还是清醒中了。

一会儿，他和转儿回家了，共抓得七条小鱼。转儿拿出一个大瓷碗高兴地把鱼放在碗里让妈看。

女人在炕上打着呵哈说：你们玩去吧，让妈再睡一会儿。

山子见这是个机会，他便多了个心眼，他拉着转儿的手说：我们到院子里去玩吧。说着，两人出来。山子悄悄来到了靠右边的那孔窑洞门前，说：来，咱们瞧瞧，里边有没有藏着小猫啊，昨晚我听见一只母猫一直叫呢，老猫会不会将猫儿子下到这里了。

这正是昨晚搬进东西的那孔窑，此刻门上着锁，关得紧紧的。山子用手推门，推不开，但在两扇门之间有一点点缝隙可以望进去，望到石窑的内部。

转儿要先看。她扒住门瞅了半天，又学了几声猫叫，但里边什么动静都没有。她就失望地对山子说，哪儿来的小猫，什么也没有。

山子说，我来看吧。他将一只眼闭着，用另一只眼紧贴着门缝，眼睛尽可能适应着窑洞里的黑暗，慢慢地瞅着。他赫然瞅见了有一些用铁皮做的方方正正的箱子在里边排列着、叠放着，还有铁皮桶。这样的东西他是见过的，石油官厂就有许多用铁皮做的桶，那里还有专门的铁匠师傅整天在用铆钉铆桶呢。当年父亲担水也是用这样的桶。可是，桶里装的是什么呢？也和石油厂一样存放的是油吗？或者是水呢？山子使劲动着脑筋，但怎么也想不出个结果来。

就在这时，女人从门口出来了，瞅见他俩头贴在这个门口，就喊道：转儿、山子，你们在干什么呢？

山子听见声音，吓了一跳，连忙转过了头。

你们瞅什么哩？女人问。

山子哥说，昨晚有个老猫叫哩，可能将猫儿子下到窑里面去了。转儿说。

不该看的就不要看，知道不？小心把小命丢了。洋烟花恶狠狠地盯着山子说。山子觉得她此时的神情与往日不同，眼神里多了一股戾气。

担水去，把院子打扫干净！妇人说。

我和山子哥一块儿去。转儿蹦跳着说。

山子担了桶，相跟着转儿出了门。两人走出大门，在路上，转儿见山子不高兴，以为是母亲责骂的缘故，就蹦跳着对山子说：山子哥，你有妈妈吗？

山子摇了摇头。

那你家里还有谁呢？

有一个哥哥。

你哥哥干吗呢？他怎么不来看你啊？

山子回答不出来。

那你有妹妹吗？你要不要我当你的妹妹呢？

……

山子担着桶，摇摇晃晃地走在前边，这个扎着蝴蝶结的女孩后边说的话他都没听见，但那一句哥哥为什么不来看你的话，却让山子心里泛起了涟漪，他一下子想起了自己的哥哥贺学文。父母在的时候，哥哥与他总是形影不离，但自从家庭发生变故后，哥哥变了个人似的，他与仇人的女儿相好，完全忘记了洪知县也是他们家的仇人之一。他当时一赌气从家里跑出来了，可是自己的哥哥呢，他长成了什么样子呢？他在干什么呢？他是否还能记得自己这个弟弟呢？

河水缓缓流淌，绿色的柳条倒映在水中。伸桶进去，平静的河水破碎，柳条凌乱了，贺山子的心里也跟着凌乱起来。一瞬间，他对家、对哥哥充满了依恋，充满了思念之情。

哥哥，你在哪里？

所谓的亲情，就是打断骨头连着筋。就在山子想着自己哥哥的时候，哥哥贺学文也对山子充满了思念之情。

一晃三年过去了，贺学文从日本留学回来了。这时的他已经长成一个大小伙子了，当初身子骨单薄的少年已长成一个清秀的男人。他剪了长发，穿着西服，彬彬有礼，一副书生模样的他又回到了国内。

学文当年以自费形式到日本留学三年，等到留学回来，世事已变了，中华民国临时政府已成立了。和他一起公费留学的包括其他专业的十多个学生，大都是当年学校的才俊或者是有钱有势人家的孩子，留学一回来，世事正在变化，这些血气方刚的青年个个都满腔热血地想干一番大事，他们纷纷留在了北京、南京、武汉、西安这些大城市，渴望实现个人抱负。

贺学文没有后台，也不认识人。回到上海后，有位同学和当初也在日本留学的邵力子有过一面之缘，这位同学得知邵力子正与他人合办《民立报》，就打算去见他，问贺学文愿不愿意去，贺学文欣然同意了。

在《民立报》办公总部，贺学文和这位同学一起见到了邵力子。邵力子听说贺学文也是从日本留学回来的，又见他这么朴素，顿生好感，就问贺学文回来打算怎么办。

贺学文想了半天，说：我想回延长，到延长打油井去，生产更多的油支援国家。

这时的邵力子虽然已不算年轻，但他意气风发，听到贺学文的话后非常高兴，说：中华民国政府刚成立，一个伟大的时代刚诞生，国家百废待兴，石油作为战略资源，更是重中之重。听说如今在新疆、四川都发现了油苗，下一步说不定要组织人到这些地方打油井去呢！好好努力，说不定你将来还要担起更大的重任来呢。

贺学文听了邵力子的话也感到非常振奋。

两人别过邵力子后，贺学文辗转回到了西安。当时的陕西大都督张凤翙控制着西安，贺学文想见一下他，但这个张军阀显然对他不感兴趣，只是敷衍着让秘书接待了一下。

秘书把他引见给了正要到延长去上任的石油官厂总理何邵武。何邵武打扮得比较时髦，西服笔挺，头发纹丝不乱，油头粉面的。这样的第一印象让贺学文觉得他是个花花公子，心里自是颇不喜欢。

张秘书介绍说，何的父辈是陕西有名的企业家，他对于企业的管理颇有一套，要贺学文配合他搞好延长石油开发。

就这样，在西安耽搁了十多天后，贺学文与新任延长石油官厂总理的何邵武一起踏上了回延安的路。

两人同乘一辆马车，一路上，沿途看到的景象令贺学文十分沮丧。贺学文满腔热情，急切地想回到自己魂牵梦绕的故乡去，但一路上看到的却是满目疮痍。路上到处是逃荒的人，三三两两，拖儿带女，拉家带口。遇到的所有人都满脸憔悴，神色萎靡。路上走了四天，车过了金锁关，真正进入陕北的地界了，但这里的情景就更凄惨了。几十里路上几乎不见村庄与人烟，偶尔遇到几个人不是逃荒的，就是要饭的，蓬头垢面，目光呆滞。

都从清朝到民国了，可是陕北还是这么穷啊，这样的日子何时才是头啊。真是“兴，百姓苦；亡，百姓苦”啊！贺学文看到这一番景象，不禁感慨万分。

何邵武说：我觉得咱们到了原始社会了，多么荒凉、可怕啊。他自小在西安长大，从未出过西安城，第一次到陕北来，看见此情此景，掩饰不住内心的失望。

贺学文在忧虑的同时，内心涌起来的还有几分亲切，几分悲壮。自己离开家乡已三四年了，在国外的日子，他无时无刻不思念着家乡。这次回乡，虽然路上遇见的都是穷人，和自己想象中的故乡有差距，但是看到这里熟悉的山与水，看到沟梁山峁，心中还是颇感亲切。只是不知道石油厂如今会是什么样子。还有自己的小伙伴，自己失踪的弟弟山子，他们都会是什么样子呢？

何邵武在车上坐着，忽然想起清朝人作的一首诗，叫《七笔勾》，便念了起来：“万里遨游，百日山河无尽头，山秃穷而陡，水恶虎狼吼，四月柳絮稠，山花无锦绣，狂风阵起哪辨昏与昼，因此上把万紫千红一笔勾……”

听着何邵武念起这首侮辱陕北人的诗，贺学文就坐不住了，他说：陕北是穷，但这都是谁害的啊。那些当权者只会冷嘲热讽，可有没有想过，他们究竟为陕北做了些什么！他们管辖下的百姓的生活状况是这样，他们没有责任吗？说着，把脸扭到一旁去了。

何邵武看到学文这个样子，就哈哈笑了，说：洋学生，你不要生气，我只是说着玩玩而已。但愿到了延安以后的路好走些，哪怕鬼影也能多看到几个吧。

然而事实上，马车到了延安以后，去延长的路却更加崎岖了。本来，先前因为要运石油，修了一条大路，但今年发大水，冲毁了几处，一直没补修，根本没法通马车。两人就只好雇了两头骡子来驮东西。

两人从西安出发，在路上走了半个月才到了延长县城。但等到油厂一看，两人的心里更是凉了半截。何邵武在厂里转了一圈，看看没法容身，就将自己的行李放在了延长街东头一家“好又来”旅馆。

原来这几年，世事动乱，清朝一倒台，石油厂的日本人也就走了，人浮于事，延长石油官厂处于一种勉强维持的状态。虽然有新官员上任，但个个不思进取，又加上厂里设备老化，缺乏技术人员，也没打出新井来。日本人在时总共打了五口井，延一井产油量比较多，延二井有微量油，这阵已停产了，其他三口井根本就没有一点油。这几年里，就仅靠着延一井每天的一点产量维持着油厂的生存。抽一点油，再炼制，到了年终除依惯例供给中央政府以外，其他多出的油就出售给附近的老百姓点灯。厂子在西安设有一个交易点，在延长附近的县也设有销售点，但也仅仅是生产煤油和蜡烛供人们点灯照明而已。厂子不死不活的，而由于这种低效益，好多工人都离厂了，厂子成了一个名副其实的烂摊子。

贺学文做梦也没想到，自己日思夜想的石油官厂竟成了这个样子。

何邵武本来也发誓要大干一场的，他的家族一直在陕西经营纺织业，他也有豪情壮志，但一路走来，见陕北如此偏僻，如此荒凉。到了厂子，眼见得这么一个破摊子，一时觉得老虎吃天——无法下爪，心自然也就凉了。

他召见了厂子的一大批人，把贺学文任命为自己的助理。厂里的事依然和过去一样，由徐怀义主持，然后他就对厂子不闻不问，躲到旅馆里睡大觉去了。

在这样的环境里，贺学文的心却渐渐热了起来，因为厂里的许多老工人他都认识。尤其是自己的好友张宏霖依然在这里，现在已是钻井队的队长了。黄桂芝被洪知县安排到厂里，帮忙做饭，离开时她还是一个瘦弱的小姑娘，如今已长成大姑娘了。同时，还有一个叫翠花的姑娘，聪明伶俐，是黄桂芝的一门远亲，她也被招来厂里帮忙。

张宏霖见学文回来了，非常高兴，执意要给他接风。贺学文怕张宏霖破费，就不愿意。倒是黄桂芝想出一个好办法，说：咱们干脆在延一井旁聚聚吧，那里是咱们当年常玩的地方，现在那里又是石油厂唯一的产油区。

这个建议得到了大家的赞同，学文说：好吧，那就听听你们的故事，是如何发现这延一井的。

晚上，橹台高耸，大家弄了几碟菜放在了井台上，张宏霖提了一瓶酒来，大家席地而坐，开始喝酒、说话。

即使是六月天，陕北的夜晚还是有些凉意，四个人就近捡了些枝条，在井架旁燃起一堆篝火来，个个围着篝火坐了。在黑夜里，那些酸枣刺、狼牙刺燃烧发出噼里啪啦的响声，火光映红了一张张年轻的脸庞。

贺学文听张宏霖讲了一遍延一井的发现过程，对他们俩歪打正着发现这口延一井感到十分好奇，说：你们倒是帮了日本人的忙呢，要不，这帮专家说不定要考个大鸭蛋呢。不过，也是帮咱们的忙啊，如果没这口井的话，我们怎会都待在这个厂里，今日更不会相聚在这井旁了。

黄桂芝挨着贺学文坐，透过火光看着学文当初那张稚嫩的脸如今变得成熟了，觉得他既是这样熟悉，又是那样陌生，就要他讲讲在国外的三年生活。

学文沉思了许久，说：大家总以为我出去见世面去了，享福去了。可是，你们知道这几年我在外面感受最深的是什么吗？就是总受人欺负。先前我们生活在这里，眼睛也只是盯着自己鼻子尖这点地方，可在这几年，出去了才知道，外国人总视我们是低能儿。前些年，先是《马关条约》，再是《辛丑条约》。列强个个在中国划出租界耀武扬威。在他们国家，对待华人就更是这样。就拿我留学来说吧，虽然与日本人同在一个班，但你能明显地感到他们瞧不起我们，对我们不屑一顾。老师瞧不起，我们问问题人家不屑于回答，学生们更是冷眼以对。在受人欺负的时候，我就一个人流泪，想回来，想回到这块有着纯朴乡亲的地方。但是一想到我们的国家派给我的任务还没完成，就又抹干了泪。我们这些留学生在一起聚的时候，大家都在说着同一个话题，就是祖国啊，你几时能强大起来，我们就会有尊严了。穷是没有尊严的，这就是我三年多感受最深的一点。

提到这个话题，张宏霖颇有感触，说：其实我后来也想过这个问题。当年，日本人在这里的时候，所有机器哪怕是一个钉子、一块木料也都得从日本进口，有这个必要吗？钉子他们认为咱们国家造的不结实，木料他们认为咱们国家的木质太疏松，这不是明摆着欺负人吗？我后来也想通了，只是因为国家穷，人也就跟着是低能的，连东西也是低等的。真是岂有此理！

但是我们不会一直穷下去，总有一天国家会富起来的。我和我的同学们在回来的轮船上，大家就相约一起为国争光，用学到的知识，让国家富强起来，让人民活得更有尊严。贺学文慷慨激昂地说。

张宏霖说：这两年，我们厂里就是吃老本。有时我就私下想着，盼着你快回来，你给咱用学到的知识勘探油井，我给咱领着人钻井，然后我们钻出一口口井来，让外国人也看看。可现在看来，这恐怕只是我们的奢望了，世事根本不是你我能想象的，能左右的。

怎么？学文诧异地问道。

我给你说个例子吧！比如说修延安到延长的这条路，因为要运油，我们早几年打了报告要经费修路，上头也把钱拨下来了，可是规定三米五宽的路，到头来只修了两米五宽，并且质量还很差，才修通一年，遇上水毁就出现多处塌方。后来有人反映到省上，说路是劣质路，不合格。可给的解释是石层多、山路崎岖、缺炸药、要架桥等等，反正乱七八糟找了一大堆理由搪塞，最后不了了之。今年水毁了，路又废弃了。要我说，钱全被当官的贪污了。贪官污吏，雁过拔毛，中饱私囊，哪能办成个事啊。有这帮人当政，我们恐怕鼓多少劲也是白费力气。

话不能说得这么绝对。贺学文说，要我说的话，这只是暂时的，中华民国刚成立，百废待兴，一些贪官就到处钻空子，但一等世事稳当，肯定会有相关制度与措施的。惩治贪官，整顿吏治，国家面貌就会焕然一新的。

但愿吧。张宏霖言不由衷地说了一句，接着转换话题问贺学文，我最近听说政府抵押了陕北油田要与外国公司合伙开发哩，你从外面回来，知道这回事吗？

我也听人说了，在甘泉还看见了有高个子蓝眼睛大鼻子的外国人正在做地质勘探哩，听说中国的油资源全给他们买走了。翠花插话道。

贺学文说：我也是回到国内以后才知道的。政府与美孚公司签订了合同，把开采权和采矿权全部给了外国人，他们开采我们的石油，加工后又把油卖给我们，来来回回都在利用我们又赚我们的钱，可谓是空手套白狼啊。这两天我也在想办法，如果事情真是这样的，我们一定要阻拦，不能让他们的阴谋得逞。

我们在山沟里能有办法吗？黄桂芝小心翼翼地问。

哈哈，贺学文笑着说道，不是这样的。其实这个小山沟以外，有许许多多的人和我们想法是一样的。他们都不同意这个协议，不支持政府这一做法，他们也都在用不同的方式抗争着。所以，我们看似待在山沟里，其实并不孤单。我们只要和他们联合起来，力量就大了。我们是石油厂的工人，我们最有发言权；我们在自已的土地上，这里的一草一木都是上天赐予我们的。我们要用我们自己的木事将石油开采出来，用石油支援国家建设，让我们的祖国更强大、百姓更富裕。

贺学文说着说着就激动起来。一旁的黄桂芝瞅着贺学文，发觉他说话时，充满了激情，两眼炯炯有神。再仔细看，发现他早已不是先前那个稚嫩的少年了，他身体变结实了，下巴有了些许胡须，脸上也有了棱角。

一时大家都沉默了，张宏霖站起身来，往火中加了一点柴火。轰的一声，火苗重新燃旺，圪针条子在火中发出了噼里啪啦的响声。

大家喝了一会儿酒，贺学文问：你们有山子的消息吗？

张宏霖摇了摇头。

黄桂芝说：我后来托人打问了许久，但大家都不知道他的消息，他像从人间消失了一样。

贺学文自责道：山子脾气倔，一戳腔。当初也怪我，他那时还是个小孩子，我应该能留住他的，可是就那么让他走了。这几年他也该长大了，也不知长成什么样了。这事情都怨我啊。

你也不要太自责吧，生活总是充满了这样那样的可能，总是出乎我们的意料。黄桂芝看到贺学文情绪有些低沉，就安慰他说。

我们都帮你找，总会找到的。张宏霖说。

就是。翠花也说道。

时间过得很快，眼看夜已深了，但几个伙伴们都毫无倦意，还在滔滔不绝地说着话，翠花倚着黄桂芝，黄桂芝则用手中的棍子不断拨弄着柴火。

贺学文在走之前，已知道张宏霖与黄桂芝好了，但这次回来，得知两人竟然还没有结婚，一时就提起这个话茬来。

张宏霖就说：唉，别说了，订了婚，原打算要成亲哩。第一年是黑年，两头不打春，不能结婚；第二年吧，桂芝母亲去世了，要守孝；第三年我父亲又去世了。折腾了三四年，到现在都还没成亲哩。

应该早一点成亲了，我在日本时就想着你们的娃娃说不定都几岁了呢。

黄桂芝说：也不着急，我听说城里的女娃现在结婚都迟哩。再说，即使结婚了，我也想着先不要娃娃。

不要娃娃？贺学文听着，睁大了眼睛，他是第一次见黄桂芝这么直白地把自己的意见说出来，看来这个姑娘真是长大了。

翠花说：学文哥，你不知道，桂芝姐现在特爱学习呢。她先前就能识几个字，这两年愈发爱看书，关于石油，有时比男人懂得都多，那些机器上的事，有些男的都得向她请教哩，有些账都还要她算哩。说到这里，翠花似乎觉得夸桂芝夸得太多了，就又说：宏霖哥也能行哩，厂里年年评他是先进，徐副总理多次夸他是个好管家，一分钱一厘钱都省着哩，为厂子节约了好多。

哈哈，桂芝，你爱看书，这我倒不知道，真是士别三日当刮目相看啊。贺学文说。

黄桂芝听了，不好意思地将头低了，有些羞涩地说：先前跟着丹风和你们识了几个字，后来我听说城里的女娃也能上学了，我有个亲戚的女儿就在延安上学，我就让她捎点书给我，让宏霖教我多识几个字，那总没有坏处吧。再说机器零件，那一个个都是死的，看多了就会了，有什么难的呢？你这回回来，可要多教我一些字啊。

学文听她说得这么轻松，就对宏霖说：宏霖，你也要好好学习哩，不学习就配不上黄桂芝了。要我说吧，你们年龄都大了，还是赶紧成亲吧。成了亲，快快生个孩子，然后让他好好上学，好好念书。

就是，到时如果能和学文哥一样出国留学那就最好不过了。黄桂芝说。这么说着，她忽然觉得失了口，不由得捂住了嘴巴，憋不住笑了起来。大家看她这憨态，一时间就都笑了。

就在这时，贺学文忽然想起了另外一个人，就问大家：洪知县后来怎么样了？

张宏霖说：你没联系过？

贺学文说：我出了国，就联系不上了。我还得感谢他呢，当年是他一心要送我到日本的。

唉，你提起来这回事，都是好几年前的事了，我觉得和上个世纪发生的事一样，很遥远的。洪知县到横山任职去了，从这里走的时候，头发都白了，一大家子人，拖家带口的，据说盘缠也凑不够，还是地方大户给赞助的。

怎么会这样啊。他人还不错，只是许多事他也有自己的难处，我们要理解他。那他女儿呢，丹风呢，后来怎么样了？贺学文问。

学文的这句话使张宏霖与黄桂芝都不约而同想起了洪丹风来，想起她大大咧咧如男孩一般的性格。但她随父亲走后，两人却是一点消息也不知道。

这时靠在黄桂芝身边的翠花忽然醒了过来，她揉着眼睛问：哪个丹风啊？

你不认识的，是洪知县的女儿，她跟上她父亲走了，一走就没了消息。黄桂芝说。

她长得漂亮不？翠花问道。

这话问得贺学文与张宏霖还有黄桂芝三人都笑了起来。

贺学文抬起头来，凝望着夜空。这时已是满天繁星了，天空的星星不停地眨巴着眼睛。山子，你在哪儿？洪丹风，你在哪儿呢？

贺学文一到石油厂，就投入到紧张的工作中。他开始清查工厂的摊子。石油厂这时共有工人三十四名，马七匹，骡子五头，工人分为钻油、运油、炼油、后勤四种，但由于自日本人回去后已不再钻井，所以，就都集中在抽油与炼油工作上了。产油的井依然还是日本人在时打的那口延一井，其他的四口井都已成了废井，钻井设备也是少这个缺那个，根本没法使用了，所以只能人工抽油。运油是用骡子运，每头骡子每次能驮两桶。炼油的设备也仅有一套。

几天时间，贺学文就把厂子上上下下都摸透了，然后他给总理何邵武建议说：石油厂要生存，要发展，要扩大规模，唯一途径就是另寻新源，打新的油井。日本人走了以后，打井设备有的报废了，有的长期搁置不用，保存不善，早已锈迹斑斑，不能用了。所以，要打井，就必须先购置设备。

新任延长石油官厂总理何邵武依旧住在旅馆里，他躺在炕上抽着大烟，懒洋洋地听着学文的汇报。当学文汇报到需要购置新的设备时，他脑子里一激灵，就有了新的想法，顿时精神振作起来。他坐起身来对学文说：好啊，到底是留洋生，这么短时间就把这些底子摸清楚了。你的想法很好，切合实际。要使油矿发展，就得打新的油井；要打新油井，就得先购置设备。你写个报告，把咱们的实际情况、咱们的难处都写清楚，然后把需要购置的设备及需用钱数、运输费等都写清楚。钱，我来负责筹。

贺学文听了他的表态，自然非常高兴，就回到厂子里赶紧写报告，一边又把这个消息说给张宏霖听。

张宏霖听着听着就生疑了，问学文说：你和何总理熟不？

学文说：不熟，我也是在西安时经张秘书介绍认识他的。

不是我说他坏话，我咋觉得这个人华而不实呢。张宏霖说。

怎么啦？学文问。

张宏霖思忖了半天，才犹犹豫豫地说：有工人反映他整天待在旅馆就是为了嫖娼，天天掏高价睡丽人坊的头牌。

学文听了，赶紧说：咱是工人，咱要维护总理的威望呢，这事可不能瞎说。

张宏霖听到这话就不吭声了。

学文一边写材料，一边说：何总理来这里一看是个烂摊子，心里就打了退堂鼓，也是可以理解的。但现在他信心十足，准备大干一番，要购新机器打新井呢。我们是工人，和厂子共存亡，所以一定要支持他。

黄桂芝这时也来了，她听见两人说话，就插嘴道：打油又有什么用处，还不都让当官的私下贩卖了，或者送人情了！

贺学文听了，觉得她话中有话，就问是怎么回事。

黄桂芝望了一眼张宏霖，就不吭声了。

贺学文疑惑地望着张宏霖。张宏霖低着头，依旧不吭声。学文就说：我说你俩都咋啦，咱们还是好朋友不？我刚回来，什么也不知道，你们也不告诉我实情，吞吞吐吐的，这成什么样子！

张宏霖见学文的话说得恳切，就说：学文啊，有好多事，只是传闻，我们也没真凭实据。但你知道，厂子发展到今天，这么不景气，其实都是和当官的有关。原来的提调是这样，见这里没多少油水可捞，大部分时间就不管不顾，任石油厂死活，一切扔给徐怀义打理，一切都由他说了算。可是有人反映，徐怀义私下将油都低价卖给土匪了。厂里有工人看不惯，说了几句，结果就被徐怀义除名了。

真有这等事？学文睁大了眼。

张宏霖说：我也没证据，也只是听人说的。我还听人传言说……

张宏霖还要说，这时，旁边的黄桂芝瞪了他一眼，扯了一下他的衣襟，他就再次闭上了嘴巴。

学文看着他俩的样子，就说：传言归传言，咱们没有真凭实据，可不能乱说。目前，咱们要做的，就是听何总理的话，然后等设备购置回来再打新井，重振咱厂的威风。目前，这个厂子虽说不景气，可如果能打出像延一井这样的井来，那效益可了不得呢。

张宏霖听了学文的话似乎有些不服气，但话到嘴边，他想了想，就摇摇头，什么也不再说了。

没过两天，贺学文就将购置设备的报告与石油厂发展规划写好了，他递给了何邵武。

何邵武接到这个报告，看了一遍，大大称赞了一番。然后收拾东西领着贺学文下西安筹钱去了。

回头再说贺山子，几年过去了，他也长大了，但报仇的念头一直在心里没有断过。仇恨就像熊熊烈火，始终在他心底燃烧着。

这天晚上，正睡得迷迷糊糊的贺山子被洋烟花叫到了她的窑里。

山子进来，只见那个刀疤脸男人也在。洋烟花与刀疤脸两人倚在炕上，炕中间放着一张方桌，上面点着蜡烛。男人在抽着水烟。水烟的器具是纯铜的，带着长长的链子。女人则半盖着红绫被，倚在炕头。男人一只手上拿着一根细细的竹签，先是往烟锅里按一点烟丝，然后用竹签在蜡烛上点着了火，点了烟，抽几口。抽的时候，因为气流要经过烟锅灌水的底部，所以，就发出呼噜噜的声响来。抽完了，就很快把烟灰磕出来，接着又往烟锅里添那么一点烟丝，继续点，继续抽。

贺山子进门以后就站着，一声不吭。那男人一直抽着烟，仿佛山子不存在似的。待了有十多分钟，男人好像过足烟瘾了，这才磕掉烟，然后招呼山子：坐这里来。他指了一下炕头。

山子坐在了炕头上。

你叫贺山子？

山子回答说：是。

是贺家洼的？

山子回答说：是。

你爸叫什么？

贺老大。不知为什么，山子此刻没有对这个男人说实话，只说了他爸的绰号，他爸在兄弟三人中排行老大，俗称贺老大。

贺老大？刀疤脸男人在炕上回味了半天，接着问道，你要为你爸你妈报仇，那你爸妈都是怎么死的？

这些事，放在以前，不论谁问，山子都会实话实说的。但如今的山子逐渐长大了，许多事情他脑子里已有了自己的盘算，尤其这一家人神神秘秘的，好多事情都瞒着他，他自己吃不透他们的情况，他就记着当初洋神父嘱咐的话，也就不打算对他们说实话了。

我妈在石油厂做饭，被日本人害死了。山子说。

石油厂？那你爸呢？男人突然间仰起了脸问山子。山子望着他，看见额头上的刀疤猛然跳了一下，脸上有了一股凶气，令他不寒而栗。他一愣怔，就编了个谎话：我爸成天打柴，结果被土匪害了。

你爸不在石油厂吗？

不在。我爸是打柴的，有时砍的柴也卖给石油厂。山子顺口说道。

男人哦了一声，随即若有所思地低下了头，又开始抽烟。山子一动不动地盯着他，想从他的脸上捕捉一点信息。

过了一会儿，那男人问贺山子：那你打算报仇不？

当然要报仇。

怎么个报仇法？

杀掉土匪，杀掉日本人。贺山子说。山子能说的也就只有这两句。他恨这些人，也恨知县，但要他说出具体的实施计划来，他脑子里却是没着落的。其实，山子还不知道，日本人其实早已回国，洪知县也不在了。现在已是民国了，新来的知县也不再叫知县，而改称知事了。

这个世道，谁不是土匪啊。袁世凯不是？徐怀义不是？说白了，谁都是土匪，都是为了弄两个钱，只不过方式不同而已。刀疤脸冷冷地说。

听到刀疤脸提到了徐怀义，山子心里蓦地一惊，看来这个人和石油厂很熟的。但他还是不愿意刀疤脸用这种口气说徐怀义。就说：徐怀义不是土匪，他是个好叔叔。

你说不是就不是吧。男人冷笑了一声。

屋里灯光有些暗了，烛花在跳动着，光线也跟着一明一暗的，一旁的女人拿剪刀把烛花剪掉了。

你对石油厂熟吗？男人不动声色地问道。

熟。我小时候常到那里玩呢，石油厂有个前门，有人把守着，但后墙边有两个缺口，用柴捆堵着，可以钻进去人的。山子说。以前丹风偷书以及他尿到日本人的茶缸里都是从那里进出的。

我问你，如果我们去砸石油厂，去杀日本人，去杀徐怀义，你带路不？

我不让你们杀徐怀义。贺山子说。

好，那就不杀他，留他一条命。你带路不？

只要能给我妈报仇，怎么都行。贺山子说。

好，你去吧。男人冷冷地说道。

那什么时候去杀日本人呢？山子临出门又回头问道。

到时间你就知道了。男人说。

一个晚上，贺山子正在睡梦中，门外边传来了急促的敲门声，贺山子揉着惺忪的眼睛开了门。门外一下子进来了三个人，其中有刀疤脸，还有另外两个人。贺山子看见那两个面孔也比较熟，好像在哪儿见过。

快点起身，给你报仇。刀疤脸说。

到哪儿？

打石油厂，杀日本人。刀疤脸简短地说。

听到石油厂，听到日本人，山子心里就猛地一跳，脑子一下子也清醒了，赶忙就起身穿衣服。但不知怎么的，在激动的同时，他心里似乎又有一种恐惧，心咚咚直跳。这样，穿衣服的速度也就慢了。

平时怪机灵的，咋临阵就慌了呢！刀疤脸骂了一声，转身出门去了。

快点！剩下两个人中一个人喝道。

妈的。窑里的另一个人不耐烦起来，他抽出马鞭，来回在炕沿上甩了几下。呼呼的风，带动着烛光来回摇曳，炕上的尘土也被抽得直飞。

你先走吧，我等着他。那人见同伴不耐烦，就劝他。

这个人听劝出去了。

贺山子穿好衣服，几乎是被拖着出门的。出得门来，见院子里密匝匝地集中了有十多个人，一个个像黑桩似的站在那里都不吭声。看来这伙人跟刀疤脸是一伙的，刀疤脸应该就是他们的头目。贺山子被推着站在队伍中。刀疤脸压低声音说：各位弟兄，大家听好了，到了地方，其一，干活要利索些，要跟徐怀义来个了断，他不能这样过河拆桥，让咱们背黑锅，自己却乐得逍遥自在。其二，一切行动要快，也要听指挥……

贺山子听到刀疤脸说要跟徐怀义来个了断，心里就咯噔一下，打算说不让伤害徐怀义的话，但此时此刻，气氛这么严肃，这伙人都静默以待，显然说这些话不合时宜。

队伍就要出发，这时洋烟花却出来了，她低声对刀疤脸说：我不允许你伤害这个孩子。说着抚摸了一下山子的头。

刀疤脸说：放心吧，他不会有事的。

洋烟花说：他如果死了，转儿就没有一个玩的伙伴了，她会伤心的。

他不会有事的。刀疤脸又说。

可是枪子又不长眼睛。洋烟花似乎还是不放心。

没事的，你等着听好消息吧。刀疤脸轻松地说道。

在这样的夜里，一群人就出发了。

夜黑黢黢的，贺山子走在最前边，刀疤脸紧随其后，其他一群人跟在后边。没有人说话，只有沙沙的脚步声，偶尔有脚下踢起碎石子的声音。

起先沿着大路走，贺山子并不知道走到什么地方了，只是心里清楚是在往延长县城方向赶。他一边走着，一边心里就直嘀咕：看这伙人的架势是要找徐怀义算账，他们会杀了徐怀义吗？

徐怀义在贺山子的心目中是一个好人，他跟父亲交厚，也是一个非常和善的人，见人总是面带笑容，父亲在世时，山子见了他总叔叔长叔叔短的。难道今天自己要领着这些人去杀徐怀义吗？贺山子不敢多想。

走着走着，贺山子终于沉不住气了，就问刀疤脸：你们是不是要杀徐怀义叔叔？

刀疤脸说：你不是要报仇吗？

我要你们杀日本人，杀土匪，哪怕是杀洪知县，也不要杀徐怀义叔叔。贺山子说。

哈哈，你以为你是谁呢，还跟我们提要求呢。身后一名土匪听见贺山子这样说，就肆无忌惮地嘲笑了起来。

徐怀义叔叔是好人，我不允许你们杀他。贺山子大声说。

哈哈，他说徐怀义是好人。哈哈。刚才说话的那个人觉得贺山子的话就像是梦话，就不停地嘲笑着。

悄悄的！不准大声说话！刀疤脸喝了一声，接着他推了贺山子一把，一时就都没了声息。

一群人沿着大路走，然后走进了一条沟里。走了老半天，这时要翻一座山了，翻过这道山梁，那边山下就是烟雾沟，也就是石油官厂了。到了这里，山子对这些路就非常熟悉了。小时候，父亲打柴，他不止一次地跟着父亲到过这里。

但是，走着走着，贺山子的心里越发沉重起来，石油厂昔日的一切又浮现在山子眼前。其实，山子的许多记忆都是跟石油联系在一起的。他记得小时候村前有条小河，每到发洪水的时节，河面上就会漂浮着黑乎乎的东西。那时他和哥哥就会和村里人一道用羽毛小心翼翼地把上面的一层浮油取下来，放进碗或盆中，然后用来照明或烧火。点灯时，这些油总会冒出大量的烟来，第二天，他和哥哥的鼻孔里就全是黑。还有一次，父亲放羊，那些羊生病了，是一种皮肤病，俗称“疙痨”，得了这种病的羊，伤口处的毛会掉，伤口会慢慢腐烂，甚至生蛆。每天下午，哥哥总是带着他将得病的羊逮住，然后父亲就把石油抹在羊的伤口上。这样过得一段时间，羊伤口愈合，病逐渐好起来，就又会长出新的羊毛来。

还有一年，从外地来了一批高鼻子、黄头发、蓝眼珠的洋鬼子，他们声称要开采延长石油。学堂里的老师，还有父亲等一些人不愿意，说中国人的石油绝不让外国人开采。他们一起上了街，围在县老爷的大堂外，群情激昂，呐喊着口号，反对外国人开采石油。那时山子还小，母亲还抱着他，他只记得第一次见到外国人，觉得他们个个像怪物似的。他记得，他还趁机抓起小石头块扔外国人呢。

再后来，佘知县说是朝廷出资成立了石油官厂，又邀请了几名日本人来。有一些人还是不同意，又上了街，围住了知县大堂。白发苍苍的佘知县就出来给大家解释说，这回和上一次不一样了，这次和日本人签的是合同，是请他们给咱帮忙的，采出来的油依然是咱们的，就和地主家里雇个短工的道理是一样的。再说，这也是眼前救急的办法，用不了几年，咱们把技术学到家了，就把他们给打发了。听得这话，一群人才散去了。

后来，父亲就到了油矿，先是平整土地、安机器，整日早出晚归，灰头土脸的，但总有使不完的劲。晚上回家了，吃了饭，父亲还会给母亲及村里人讲厂里的事，大家都听得乐呵呵的。

给石油厂看大门的哑巴叔叔待山子一家特别好。他的耳朵本来是不聋的，只因为有一次用来炼油的锅被一块石子砸了一道口子，油倒进锅里，直往下渗。日本技师想了个办法，用铆钉铆，就相当于在破口处打一块铁补丁。他们将锅扣在地上，将哑巴叔扣在了锅里面，让他拿块铁砧板顶起上面的铆钉，锅外边两个人抡起铁锤一锤一锤往下砸。这样，锅是补好了，可是哑巴叔叔的耳朵却被震聋了。由于他耳朵聋了，婆姨就跟人跑了，此后他再也没成家。但他对贺山子兄弟俩却特好，每次有了好吃好喝的，哪怕一个鸡腿一块羊肉，也总要给他们哥儿俩送过来。

石油厂，有他太多的记忆了，回忆起来都那么温暖，仿佛就在昨日。然而，现在自己却要带上这些人去杀石油厂的人，去抢石油厂的东西——那些东西都是父亲和众人一起拿命换来的啊！

一边走着，贺山子内心就开始挣扎。一会儿这种想法占上风，一会儿那种想法占上风。他心里也隐隐感到害怕。石油官厂的人自己差不多都熟悉，如果他们知道这伙人是自己带来的，会怎么想呢？如果父母亲在天有灵的话，又会对自己说什么呢？

又走了一个钟头，队伍上到了山峁上。刀疤脸朝后挥了一下手，手下人就停住了脚步。月光下，谁都不吭声。黑黝黝的，只能看见一个个人影子，但看不清每个人的眉眼。

妈的，你引岔道了吧！石油厂在哪儿？刀疤脸一把扯过贺山子问。

那儿。贺山子用手指着山下说。

原来，石油官厂刚成立时，总部原计划扎在县城边，但佘知县觉得离县城太近了，多有不便，便与一个叫孙玉堂的在烟雾沟相得贺姓、董姓的地坪一块，面积十亩。当时佘知县与贺、董二姓议给地价银十两，嗣后在其上建了可安置机器并作修理之用的洋式房舍五大间。后来，土地面积没有再扩大，但房子却增多了，分成了厂区与生活区两块，而厂区又有炼油区与储油区之分。这个厂区距延长县城有七八公里之远。

此刻他们就站在烟雾沟后山的山顶，贺山子指给刀疤脸看。他发现在山脚下一个地方有一些微弱的亮光，那里正是石油厂。

刀疤脸喊停了队伍，得意扬扬地说：徐怀义现在说不定正睡大觉呢。然后他要手下都靠上前来，说道：都听着，我们要的是财，多捞财才是正事。尽可能不杀人。但是碰到还击的话，就要干脆利落解决，绝不能拖泥带水。至于徐怀义，给点教训，让他长点记性。

那日本人呢？贺山子问。

日本人？哈哈，你还在梦里呢，去他妈的日本人，早就回日本去了。一个土匪突然不耐烦地插嘴说道。

走，带路！刀疤脸大约看见贺山子有点发愣，便一把将他扯了过来。黑暗中，一行人又沿着小路走了。

到这时，贺山子才彻底明白自己被利用了。日本人早就不在了。是啊，自己早就该想到了。那几名日本人当初是和厂里签的合同，合同当然有个到头的年月啊。再说那时是清朝，现在都民国了呀，都改朝换代了，当然日本人就回去了啊。

走快点。刀疤脸催促了一句。

贺山子走在前边，一大群土匪跟在身后，刀疤脸则走在最后。走着走着，贺山子看到了一条熟悉的柴道就在自己脚下，那是父亲和其他人打柴时为了方便省力气，就在山上将柴捆好，然后每天从这里将柴拖下去，久而久之，在山洼上自然就有了一条滑溜的道儿。那时贺山子和小伙伴们总是顺着这条道往山下溜。贺山子发现了这条柴道，心里就有了别的想法。看来日本人早已不在了，这伙人根本就是去抢石油厂的，而石油厂是父亲和他的工友们拿生命换来的啊。这样想着，山子就多了一个心眼，脑子里就有了小九九。忽然，他趁后边的人不备，噌地往一边洼上一溜，哎哟叫了一声。接着，他很快沿着那条柴道溜下去了。

快点，那小子跑了。紧跟在贺山子身后的土匪喊道。

不是跑了，是走闪脚了，从这里栽下去了。另一名土匪说。

后边的土匪听说前边带路的人跑了，就都着了急。一名土匪顾不得三七二十一，照准贺山子的黑影打了两枪。

清脆的枪声瞬间划破了夜空。

山头上两声清脆的枪响传到了山下的石油厂里。石油厂次第亮起了灯。看得出，大家都觉得有什么事情发生了，于是院子里乱纷纷的有了人影，忙忙乱乱地张罗着。

谁开的枪？谁开的枪？刀疤脸大喊道。

疤哥，咱们不能让那小子白溜了啊。那个开枪的土匪替自己辩解道。

有了贺山子偷跑这个变故，土匪原来的计划就被打乱了，也就停住了脚步。刀疤脸赶了过来，问是怎么回事。走在前边的土匪说：正走着，只听得哎哟一声，估计是那小子失了脚，从崖上掉下去了。刀疤脸和一群土匪都站在崖畔上往下瞅，但下边黑乎乎的，瞧不见个人影，也听不到响声。有人打算点燃火把看个究竟，但马上被刀疤脸制止了。

不知死了没。刀疤脸说。

不知道，也不知道这里崖高低。一个同伙应道。

他妈的，不照看紧一点，到底是跑了还是失足了都不知道。刀疤脸给了身旁手下一记耳光。

咱们也走吧。一个同伙说。

往哪走？眼看到手的肥肉又丢了。刀疤脸说。

我们冲下去，打他个七荤八素。有人建议道。

打个屁呀，现在下去是白送死，你等着吃枪子啊？刀疤脸说。

难道就这样算了？一个同伙说。

妈的，真不走运，便宜了这小子。我就说这是个祸害，早知道除掉就好了。刀疤脸恶狠狠地说。

那咱们现在回吧。一个比较胆小的土匪说道。

不能这么回，这么回太便宜徐怀义了。刀疤脸说。

刀疤脸想了一下，他抽出枪来，砰砰地朝山下有灯光的地方打了两枪。然后呐喊道：山下的徐怀义听着，老子就是樊老二。你他妈的给脸不要脸，行事太不仗义。你他妈的杀了人，掠了财，老子替你背黑锅，你却在这里逍遥自在。今天老子是给你提个醒，如果你还不知好歹，明天老子还会来，后天还会来，会给你颜色看的。下一次来，就会要你的狗命。

山下厂子里的人，先前听到枪声，就都起来了，有拿刀的，也有拿枪的，还有拿棍棒的，都在院子里瞎忙张。这阵听见山上又传来枪声，有人喊话，山下拿枪的人就胡乱朝山上开着枪。因为是黑夜，没目标，所以子弹也都不知道打哪里去了。

打！听到山下传来回击的枪声，刀疤脸一声令下，山上的十多个人站在崖畔上朝山下开了枪。

双方对射了一阵，因为是黑夜，都不得要领，也不知对方伤亡情况。过了一会，山下的枪声就稀了。一个同伙问刀疤脸：山下没枪声了，怎么办？

估计是要包抄我们呢，撤！刀疤脸说。

山上的一行人就开始收枪往回撤。

刀疤脸这时就又呐喊道：徐怀义，你听着，该是老子的，给老子拿来。要不，老子会和你没完的，总有一天会和你算总账的。

一名同伙听见刀疤脸这么呐喊，他也呐喊了一句：老子和你没完，将来会和你算总账的！

这个声音奶声奶气，却非常尖锐，拖着长长的尾音，因为重复得很及时，与刀疤脸粗重而低沉的声音形成了对比，一个粗重，一个尖细，一时间大家都觉得十分好笑。

恰巧这时，不知哪里的老公鸡打鸣了，喔喔喔——声音也是十分尖细，仿佛学着那个人的声音一般。

山上这群土匪中有几个人听着就忍不住笑了，说：你妈的，公鸡和你都分不开谁是鸡了。

一群人说着笑着就撤走了。

贺山子夜里瞅了个空，沿着当年父亲拖柴的柴道溜了下来。那个跟在他身后的土匪着了急，当时就开了两枪，黑灯瞎火的，谁知有一枪正好打在了贺山子的脚上。贺山子只得咬紧牙关，忍着痛往山下出溜。溜到一个平缓处，他停了下来，一摸，脚上全是血。他情知自己受伤了，便撕破上衣，扯了一块布，把伤口包扎了起来。然后在一块岩石下藏了身。

在藏身之际，他清清楚楚地听见了土匪的喊话，每一句话都令他十分震惊。他没想到这个刀疤脸竟然是樊老二。大家不是叫他老疤么，怎么成樊老二了？他听得这些人是土匪，当时吓得出了一头汗。在他脑子里，土匪杀人放火，无恶不作，哪里又能和洋烟花这样漂亮的女人还有转儿联系在一起啊。而现在想来，他们总是半夜来，然后运回东西后悄悄离开，不是土匪又会是什么呢？那一天，在那个黑乎乎的窑洞里，他看到了摞得整整齐齐的东西，当时觉得很面熟，但不知道是什么，现在想来那些正是石油桶子啊。自己怎么能这么糊涂呢，竟然和土匪头目一起生活了几年，并且这个土匪竟然是自己的杀父仇人啊。在这样乱想之时，他也庆幸自己多了个心眼，没有告诉刀疤脸自己的父亲是谁，是怎样死的，如果告诉了的话，自己的脑袋说不定早就不安在自己的身上了。

山子猜得没错，这个男人正是他踏破铁鞋无觅处，千辛万苦要寻找的杀父凶手樊老二。他本名叫樊得彪，因为排行第二，人称樊老二。因为与人打架，脸上有了一道刀疤，人就称他为老疤了。在陕北俗话里，老疤与老八读音是一样的，所以，贺山子一直就以为他姓疤或排行老八，从来没有和樊老二联系在一起。几年前，樊老二在榆林城结识了一个妓女，姓杨，人称洋烟花，她手中有个命案，被关在监狱。樊老二将她救了出来，然后在这里找了一处偏僻的地方安了家。由于他总是过一段时间才来一次，而且总是晚上来、晚上走，所以村子里的人都不知道他是谁。所有的人都没想到他们竟然会和杀人不眨眼的魔王住在一个村里。

还有另一个更惊人的消息，让山子目瞪口呆。从土匪的喊话中，贺山子知道，显然樊老二曾替徐怀义杀过人，或者双方相互勾结杀过人，只因为后来两人之间有了龃龉，樊老二才想找徐怀义算账。那么他俩当初的合作是什么呢？樊老二说徐怀义杀了人，让他背黑锅，那么杀的这个人会是谁呢？会不会是自己的父亲呢？徐怀义告诉洪知县说樊老二的人杀了父亲，那么，会不会是徐怀义杀的呢？或者说是土匪替徐怀义杀的呢？

这些念头突然闪现在他的脑海里。天哪，该不会是徐怀义与土匪合伙把自己的父亲害了吧。这个念头像一棵树似的在他心里扎下根来，他试着依这个思路，理顺各个事，捋清各个细节——当初父亲和徐怀义一起上路，徐怀义和土匪合伙杀了父亲，抢了蜡烛、石油等贡品和盘缠，然后徐怀义自己做了个假象，谎称自己掉到泥坑里昏死过去，而那些东西，全部被樊老二藏到了故园这个小村子里。几年后，徐怀义和土匪闹僵了，土匪就来教训徐怀义，所以才有替他背黑锅之词。可是，徐怀义为什么要杀掉父亲呢？难道仅仅为的是那一点盘缠？他们不是最要好的朋友吗？

这些谜团在贺山子脑子中一直纠缠着，折腾得他一刻也不能安生。

当天夜里，石油厂的工人们一夜都没睡觉，严防死守，怕土匪下山来。天刚蒙蒙亮，徐怀义就带着工人们开始搜山。工人们没经过这些事，都有些胆怯，他们就三个一群，五个一伙，有的手中拿着棍子，也有扛着镬头、拿着锨的，大声叫嚣着，彼此大声应和着，给自己壮着胆。

贺山子想离开这里，但却怎么也走不了，因为他的脚钻心地疼。昨夜他摸黑爬到半山腰一块岩石的下边，躲在杂草丛中，等着一切过去。但到黎明时分，他累极了，就睡着了。等他再次醒来，只见三五成群的工人正在搜山。他静悄悄地趴在草丛中，等着这一切结束。就在这时，他看见了徐怀义。他戴着防护帽走在最前边，大约是看见这边光秃秃的山上有这么一块大石头，就朝这边走来。躲在杂草丛中的贺山子看见他过来了，顿时一股怒气上冲。通过土匪昨夜的喊话以及他反复的思考推断，他认定了就是徐怀义和土匪合伙害死了他父亲。眼见得徐怀义到跟前了，他顾不得多想，一下子扑了上去。

徐怀义实在太大意了。他领着人搜山，虽然手中拿着一根棍子，来回在草丛中探着路，但他心里清楚土匪早已走了，根本不会留在这里等他们来捉的。拿着棍子，与其说是对敌，不如说是怕蛇咬更为准确。看到这边有块大石头，大石头下杂草丛生，他就伸出棍子来回试探着。就在这时，贺山子猛地从草丛中跃起，向他扑来。因为草丛的位置低，贺山子跃起来时也只是抱住了他的腿。一鼓劲，他猝不及防，一下子就像被砍倒的一棵树似的头朝后倒在了地上。接着，贺山子就扑了上来，骑在他身上，掐住了他的脖子。

徐怀义猝不及防，被压在身下，慌乱地挣扎着，身子在下边扭动着，双手使劲掰住那个年轻人的手。骑在他身上的贺山子虽掐住了他的脖子，但手劲并不大，徐怀义没费多大劲就掰开了。一有了脱身的机会，徐怀义就顾不得仔细看清是谁，而是呐喊着连爬带滚地直往山下逃窜。贺山子见他往山下滚了，也就跟在徐怀义身后连滚带爬追了上来。

杀人了，杀人了，土匪杀人了！徐怀义胡乱地喊着。

山上搜寻土匪的工人听见了这边的喊声，就都朝这边赶了过来。大家隐约看见两个人，一先一后从山上连滚带爬地下来，前边那个人起身沿着石油厂的围墙往前跑，后边那个人一瘸一跛地紧追不停。

追到大门前面，徐怀义被一块石头绊倒了，耽误了时间。他正要起身，这时身后的贺山子赶来了，猛地一扑，又一次把他扑倒在地骑到了他身上，双手又去掐徐怀义的脖子。

周围的工人看到这边有情况，都往这里赶。留守看门房的老汉这时听见了喊声，出门来看，正见一个后生骑在徐怀义的身上。他顾不得多想，顺手从身旁捡起一根木棍，猛地向骑在上边的那个人的头上砸了下去。随着棍子砸下，骑在徐怀义身上的贺山子啊的一声，身子软软地倒在了一边，手也就松开了。

贺山子的手松开了，躺在下面的徐怀义却一动不动。这时就有五六个工人赶了过来。只见两人衣衫凌乱，上面伏着的这个人身子歪着，倒在一旁，而下边那个人则一动不动。大家不知两人是死是活，一时只是围观着。

徐怀义缓缓地将贺山子的身体拨到了一边，揉着喉咙，咳嗽着站了起来。

是徐副总理。有人说。

徐怀义身子摇摇晃晃，刚才的这场架令他不住地喘息着，喉咙里难受，他不断用手抚着喉咙。

这个人肯定是土匪一伙的，把他绑了。说着，徐怀义踢了踢脚下躺着的那个年轻人。

几个工人慢慢靠上前来。这时天已大亮了，大家仔细一看，是个后生，身体挺结实，也挺年轻。后生倒在地上，脑后有血渗出来，和头发粘到了一块儿。

摸摸有气没有。徐怀义说。

有工人伸出手在贺山子鼻子下试了试，回头说：还有气。

把他绑了，抬到厂房去。找个医生看，别让死掉了。徐怀义说。

几个人就应了一声。

你们几个再到山上看看，看会不会有其他土匪。徐怀义擦掉嘴角的血指着后排的几个工人说。

前排的几个工人就将躺着的贺山子反剪着双手绑住了，然后两人抬胳膊、两人抬腿，将他抬到了一个厂房里。

几个人将贺山子抬放在厂房里的平台上。这个平台是石头砌起的，上边用几张整块石板铺面，比较平整，是平时用来堆放石油桶子的。几个人疑惑地将他看了又看，忽然有一个工人说：我咋看这娃有点像贺家的二小子。另有几个工人听说了，也围了过来，大家看了一通，都觉得跟贺家的二小子贺山子很像。

贺家的大小子在厂里当助理哩，二小子竟然当土匪了，世事真是难预料啊。有人说。

但这究竟是不是他呢，世上相像的人多了去了。也有人提出质疑。

到贺山子醒来的时候，他依然被绑着，身在一个大厂房里边，而大厂房里的陈设是他所熟悉的。当年这个大厂房就是父亲和其他工人一手建起来的，父亲修建时，他曾多次来过这儿，还和小伙伴们在这里藏猫猫。现在这个宽敞的厂房里地上到处是油污，摆满了散乱的机械设备，靠墙角堆着一些石油桶子，散发着一股呛人的味道。

这时，天已大亮，太阳从东方升起，温暖的阳光洒在了厂房上。整个厂子也跟着沸腾起来了。大家都知道抓住了一个土匪，这个土匪是樊老二的人。他们昨夜曾与石油厂工人枪战，打算抢劫石油厂，没有得逞，有土匪就暗藏下来，打算杀掉徐副总理，最后被徐副总理与工人全力擒住了。而其他的土匪则被厂子的工人合力赶走了。更令大家惊奇的是，这个土匪不是别人，正是当年惨死在樊老二手下的贺振生的二儿子——贺山子。

贺山子被绑了起来，双手反剪，吊在了房梁上。厂房门被锁住了，整个一上午都没人理他。窗户外围了许多人，人们在看着。有一些人在窗外瞅着，悄声议论着。

世事真是乱啊，老子建厂，儿子毁厂。

做土匪赚钱快呗，痛快呗。

贺振生如果在天有灵，非让这个儿子再气死一回不可。

徐怀义被折腾了一晚上，抓住贺山子后，他回家睡了一觉。初遇贺山子，他以为只是个普通的土匪，就让工人们先看守着，可哪里想到待认清后，这竟然是贺振生的儿子贺山子，他不由得心惊肉跳。

徐怀义与贺振生的恩怨还得从头说起。他俩前后脚进的石油厂，进了厂子后贺振生是担水工。而徐怀义分在了钻井队，过了一段时间他被提成了副队长。就在这节骨眼上，洪提调却把贺振生调到钻井队来了，没隔多长时间，就任命贺振生为钻井队队长。当时，厂子有许多的事，洪知县兼石油厂提调，外面要搞许多联络，走北京、武汉什么的，时常要出去，钻井队的事就由贺振生说了算。这让徐怀义心里非常不服气，也不满意。本来贺振生打了日本人，洪知县责罚了他，石油厂把他除名了，徐怀义就一心等着当队长，再当副提调呢。可是，眼巴巴地等了好长时间，依旧没个着落，而过了一段时间，洪知县却意外地派贺振生与他一起去送蜡烛和石油等贡品。到这时徐怀义也就明白了洪知县的用心，之所以他要贺振生去送，是为再次起用他打基础呢。明白了这一点，对于满怀信心、一心向上爬升的徐怀义来说，无疑是当头泼了一盆冷水。日本人如果一走，贺振生被再次起用，那么队长或者副提调的位子还能轮得到他吗？

但这些都是其次的，这点不满意也不足以使徐怀义对贺振生暗藏祸心。可巧的是，两人在送东西的路上，遇到了樊老二这一伙土匪。当时，贺振生在前，首当其冲，和土匪打了起来，而徐怀义在后，拉着车的马受了惊，疯跑起来，将他摔到了沟渠中。就在几名小土匪冲到了他身边，准备下杀手的时候，求生心切的徐怀义跪在地上向土匪求饶。就这样土匪当时没杀他，而是将他押到了樊老二的面前。当此之时，马车上的东西已被全部打开了，散落了一地，贺振生被土匪打了个半死不活，浑身是伤、满脸是血地躺在地上。

樊老二问徐怀义：马车上那些黑乎乎的东西是什么，是做什么用的？战战兢兢的徐怀义就一一对他说了。听说石油能卖钱，有大用处，樊老二大喜过望，当即命令土匪们重新又将箱子、桶都收拾齐整了。徐怀义目不转睛地望着樊老二，提心吊胆的，不知他究竟会怎么处置自己。就在这时，樊老二忽然命令杀掉徐怀义，徐怀义这时吓破了胆，一下子跪倒在了樊老二面前。他求告着说：你要我干什么都可以，只要别杀我就行。樊老二冷着脸说：那好啊，既然是这样，那咱们也就说成一句话，我什么时候需要石油这玩意儿，你必须给我提供。徐怀义满口好好好地答应了下来。双方又说了几句话。就在徐怀义以为可以轻松离开的时候，趴在地上的贺振生醒来了，他从血污中挣扎着往起爬。樊老二看见了这个情形就对徐怀义说：你不是说要你干什么都可以吗，那你就杀了他吧。这正是樊老二的狠毒之处，他不相信任何人，放走徐怀义，徐怀义如果不听自己的，自己也莫奈他何。如果他亲手杀了贺振生，那么就有把柄抓在自己手里，不听自己的也不由他。樊老二的这个命令让徐怀义很为难，但此刻，他已经没有了别的选择，土匪人多势众，个个如狼似虎地盯着自己，如果不按樊老二的要求去做，根本就逃不脱他们的手。想来想去，徐怀义索性一不做二不休，顺手抄起身旁的一柄长矛，闭着眼睛，猛地刺向了贺振生的后背。贺振生身子正挣扎着，猛然经得这一下，他的头往起挺了一下，痛苦地喊叫了一声，眼睛瞪着徐怀义，然后慢慢倒在地上咽了气。

徐怀义逃回来后用谎话瞒过了洪知县。但是这个场面，后来却多次出现在他的梦里，他常常会半夜从梦中惊醒。另外，土匪樊老二的贪得无厌也成了他的一块心病，尤其自从他当上副总理之后，樊老二好像一块膏药粘上了自己，有恃无恐，三天要这，两天要那，他不得不忍辱相从。几年过去了，徐怀义起初与樊老二还算合作，但后来厂子不景气了，他也就只能找各种借口拒绝着樊老二。这次，樊老二气不过了，就想借机会教训一下他。但偏偏在关键时刻，带路的这个向导溜走了，手下人开了枪，惊动了石油厂工人，导致偷袭失败。而令徐怀义没想到的是他逮住的这个土匪偏偏是贺山子。

这个人是贺山子，问题就大了，看早上的架势，他没命地向自己扑来，那是分明知道了这回事，想置自己于死地啊。如果这次饶了他，他肯定还会再来报仇的。想来想去，量小非君子，无毒不丈夫，只能借土匪这个理由，除掉贺山子，才能永绝后患。

贺山子啊贺山子，不是我要除掉你，而是你撞到枪口上了。徐怀义这样想着。

对于徐怀义来说，他目前能做的，就是在张知事知道这事之前，把贺山子的口供录好，然后派人把贺山子押送至县府，把口供呈上，把土匪这顶大帽子给贺山子扣实。贺山子啊，不是我不容你，而是法不容你啊。徐怀义这样想道。

中午时分，徐怀义来到了厂房里，他双手背后转了两圈，随即问贺山子：贺山子啊，你爸英名一世，你怎么就当了土匪呢？小小年纪学什么不好，为什么偏偏要当山大王呢？

呸，老贼，你和土匪勾结，杀了我的父亲。我和你誓不两立！贺山子说。

贺山子，你可别乱说，我和你父亲是好朋友，怎么可能杀他呢？你一定是中了土匪的离间计了。再退一步说，你有什么证据证明我和土匪勾结呢？徐怀义不温不火地说。他想从贺山子嘴里探问出山子到底知道多少情况。

樊老二昨夜的喊话你听清了吧，说你杀了我的父亲，说你让他背黑锅，说你好了伤疤忘了疼，说你是个背信弃义之人！你身为石油厂的人，却和土匪勾结，谋害人命，该当何罪？这样做你心安吗？贺山子质问道。

贺山子的一席话，令旁边的工人一个个都傻了眼，他们都用怀疑的目光打量着徐怀义。

呵呵，昨夜土匪好像是喊话了，但我没听见，你们听见了吗？徐怀义问身旁的几个工人。

几个工人都摇了摇头。

原来，昨晚土匪在山上，尽管呐喊的声音大，但距离远，传过来的话并不清晰，再加上当时乱糟糟的，许多人只听见了一两句，以为是土匪威胁的喊话，就都没当一回事。可当时的贺山子正躲在大石头的下边，距离土匪近，所以，他听得一清二楚。

土匪的话你也信？呵呵。徐怀义冷笑道。我和你父亲是多少年的朋友，又一搭儿参加工作，你们兄弟俩都是我看着长大的，我为什么要杀他啊？我杀他有什么好处啊？你倒是说来我听听。徐怀义缓缓反问道。

贺山子说不出话来了。他只是昨晚听了土匪说的，今早见了徐怀义，便一时热血沸腾，报仇心切，想要他的命，但在心底的最深处，他还是没办法把这个温和的徐怀义与杀父仇人联系在一起。

你还没告诉我你是怎么和土匪搅和在一起的，通匪可是死罪哦。贺山子啊，年纪这么轻，我真替你惋惜啊。你父亲是那样的英雄，可怎么会有你这样一个猪狗不如的儿子呢。

你杀了我吧，老贼。你杀不死我，我就非杀了你这个凶手不可，我要为我父亲报仇。我不会让杀害我父亲的凶手逍遥自在的。贺山子眼睛通红地瞪着徐怀义说。

徐怀义望着贺山子，他看到了贺山子那双血红的眼睛。那充满仇恨的眼神令他全身不禁打了一个寒战——当年的贺振生也曾用这样的眼神望着他，这两人的眼神是何其相似啊。

哈哈哈。徐怀义掩饰地笑了，我看你还是别信口雌黄吧，且看自己怎么能过得这一关吧。老实交代，你是怎样通匪的？

老贼休想，你休想从我嘴里得到半个字！贺山子说。

呵呵，那你是不见棺材不落泪了。给我打！徐怀义扭头吆喝了一声，身旁有两个二杆子工人顿时抡起了鞭子。

鞭子叭叭地打在了贺山子的身上。

贺山子一边挨着打一边骂着：徐怀义，我做鬼也饶不了你，你和土匪勾结杀了我爸，这笔账我非跟你算不可！你有种今天就打死老子，只要老子不死，我就和你没完！

妈的，还嘴硬。给我狠狠地打，打死了我来抵命！徐怀义大声地说。

身旁的工人知道这是贺振生的儿子，虽然他们痛恨土匪，但都不忍心这么打，怕有个三长两短。徐怀义听贺山子口口声声还在骂他，看见工人们不用力，便一把夺过鞭子来，狠劲朝贺山子的头上打了下去。几鞭下去，贺山子起先还有叫声，渐渐地气息变得微弱，最后头猛地一沉，没了声音。

妈的，我让你嘴再硬！徐怀义又狠狠地抽了几鞭，然后将鞭子扔在了一旁。

一旁的工人将鞭子捡起，提到了手里。

不要停，继续给我打！徐怀义恶狠狠地说。

徐副总理，他要死了。一个工人小心地用手在贺山子鼻子下试了试气息。

死不了的，死了我去抵命。徐怀义说。

但就在这时，有人来了，是县公署派来的人。新上任的县知事听张宏霖汇报说，昨夜厂里闹土匪，工人清早抓住了个小土匪，他连忙打发人过来提人。

贺学文这段时间不在厂里，跟着何邵武到西安筹钱去了。所有抓捕土匪的活动张宏霖都参加了，因为他自小与贺山子在一块儿玩，所以当那些工人说抓到了小土匪的时候，他一眼就认出了是贺山子。可他怎么也不明白贺山子为什么会和土匪搅和在一起。他仔细考虑了一下，觉得事情还是有许多蹊跷之处的。如果说贺山子和土匪是一伙的，那么昨晚他完全可以和土匪一起逃掉，其他土匪走也不会将他一个留下来的。另外，贺山子的脚上受了枪伤，到底是土匪打的还是矿警队员打的也都弄不清楚。可如果他不是跟土匪一伙的话，为什么要与徐怀义打架呢？另外，在张宏霖的心底里，他根本不相信贺山子会去当土匪，哪怕搅和在一块儿也是他不能想象的。有了这些疑问，他就想去向贺山子问个明白，但是，徐怀义根本不允许他这样做。

徐怀义在房间里审贺山子，站在窗户外的张宏霖听不清他们在说什么，但鞭子声与贺山子的骂声他还是听到了。这徐怀义不像是在审犯人啊，这分明是和贺山子有仇啊，这是往死里整他啊。看着贺山子没了声息，张宏霖心里就暗暗着急，想来想去，还是决定给张知事报告去。

现在已是民国了，外面世界的风吹雨打、改朝换代，在这个小县城并没有留下什么较深的痕迹，无外乎旗帜不一样了，驻军不一样了，知县换成知事了。至于大多数人，生活还是原样，照旧日出而作，日落而息，春种秋收。偶有客从外面来，谈及外面世事的血雨腥风，大家也觉得是天方夜谭，姑妄听之，一笑了之。一觉睡起来，该砍柴的砍柴，该打铁的打铁。

张知事听张宏霖的汇报，说樊老二带领土匪夜袭石油厂，油厂抓到了个小土匪，他就有了自己的想法。土匪樊老二祸害民众，作恶多端，自上任以来，他就给全县人民发誓赌咒要除掉这个祸害。可是几次都扑了空，这伙土匪实在太狡猾了。土匪一直未除，他面对的压力不断增大。现在却意外地逮住了一个小土匪，他顿时提起了兴趣，想亲自审一下，看能不能从中得到樊老二更多的线索。

他立即打发人来提贺山子。

此时的徐怀义只能悻悻地把贺山子从梁上放下来，用凉水将他泼醒了。

徐怀义指示人将昨晚的情况及今早贺山子袭击他的事添油加醋写了一份材料，然后他和来人一起将贺山子带到了县署。

徐怀义将一大堆材料交给张知事，然后把整个过程叙说了一遍。尤其强调了当年他与贺山子父亲的交往，两人相当于兄弟，可这贺山子却偏听偏信，认贼作父，偏偏和自己作对，自己真是恨铁不成钢啊。

张知事耐心地听徐怀义说完，安慰了他几句，要他查查到底丢了多少油，有没有其他的破坏情况。并让他不要有顾虑，继续组织生产，下一步县署有设想要派警卫驻到石油厂去，以保证生产安全。然后将徐怀义打发走了。

樊老二的事为什么张知事这么关心呢？原来这张知事内心里还藏着个说不出

口的秘密。中华民国成立以后，他花三千两银子买了县知事这个职位，原本想挑个肥的地方捞一笔，可哪里就想到把他派到这个山圪塄穷地方来了。收入少，百姓穷，无钱可捞啊。近年来樊老二这个土匪闹得很凶，但剿了几回，都没见到个匪影，劳民伤财，百姓怨声载道。据民间传说，樊老二近年干了些大案，积攒了大量的黄金白银，他因此很上心。如果能抓住樊老二，既为延长百姓除了害，同时又能得到一大笔财富，何乐而不为呢？

徐怀义走了，张知事先把贺山子关了起来，第二天他才开始提审贺山子。

贺山子到了县署大厅，张知事见他面孔虽有几分稚气，但身体已经很强壮了。此刻，见他被打得浑身是伤，脸上也有一道一道的伤痕，就让人松了绑，找了个凳子让他坐下。

张知事让人给贺山子端了一杯水，然后心平气和地问贺山子究竟是怎么一回事。

徐怀义杀了我父亲，我要杀了他，给我父亲报仇。贺山子说。

张知事哦了一声。他到这个地方任父母官以后，隐约听说过此事，但大家都说是土匪，是樊老二杀的贺振生，如今怎么却冒出个徐怀义杀的贺振生的事呢？

张知事就问：你说徐怀义是杀你父亲的凶手，有什么证据呢？

贺山子说不出更多的，只是说自己昨夜在半山上听到樊老二在山顶上喊的话才知道的。

好的，那你把昨夜的事情全告诉我吧。张知事和蔼地说。

吃一堑，长一智。从徐怀义那里，贺山子已知道和土匪勾结是会被治死罪的。听得张知事问他，他脑子里一时也在急速地打着转，自己当年怎么到的那个镇子上，后来结识了漂亮妇人与转儿，然后怎样求土匪报仇，等等，这些事都是不能说的，要把自己与土匪撇清。想到这里，贺山子就编着谎话对张知事说，这些年他一直怀疑父亲死得不明不白，一心想靠近徐怀义，问个究竟。也是赶巧儿，昨天晚上他露宿在山上的大石头下，恰巧碰到了土匪要劫石油厂。土匪首先发现了他，就开了枪，枪子打伤了他的脚，也惊动了山下。土匪见山下有了准备，双方就乱射了一阵，土匪喊了阵话，就走了。正是听到了樊老二的喊话，他这才知道，父亲当年是被徐怀义勾结土匪害死的。

你是说，你和土匪没联系？和他们不是一伙的？你是事先藏在那块石头下的？张知事不动声色地问。

是的。我只是为了报我父亲的仇才藏起来的。贺山子说。

哦。张知事沉思着点了点头，接着问道，那我问你，为什么樊老二要劫石油厂时你刚好在场？石油厂与土匪一伙在山顶上，一伙在山底下，双方打仗也是对射，怎么会就伤到你呢？何况你还在半山腰呢。

我也不知道，可能是流弹误伤的。贺山子喃喃地说。

哦，可是本县勘查了现场，发现你并不是一直待在半山腰，而是沿着一条砍柴的柴道一直从山上溜下来的。你也不是在半山腰受的伤，在距离山顶的十多米处就发现了你的血迹，这些，你怎么解释呢？你要不要再去看看你的血迹呢？张知事依旧是一副高深莫测的面孔。

贺山子看着这个人和蔼的面孔，听着他不软不硬的话，顿时目瞪口呆，头上直冒虚汗，说不出话来了。

他心想，这个人真是厉害啊，那双眯眯眼后，到底在想些什么呢？他的这番话看似软绵绵的，但逻辑性很强，仿佛一道强光，一下子就将山子的谎言全部刺破了。

张知事看到他惊慌失措的样子笑了，说：说谎话可不好，每一句谎话都要用更多的谎话去掩饰，还是说真话的好。再说，徐怀义把你送来可是按通匪报的，你如果不说实话，本县就没法救你了。

我真的没有和土匪在一起，我真的和他们不是一回事。贺山子几乎要哭了，喃喃地说。

那你说，这一切到底是怎么回事！张知事抬起了头，盯着贺山子。

贺山子避开了他的目光低下了头。

你的事我了解一些，你父母亲都去世了，你还有个哥哥贺学文，留学回来，现正在厂子里。你想报父母的仇，情有可原，只是事情到底是怎么一回事，本县需要知道。据掌握的情况，本县知道你吃了不少苦，你们全家受了不少罪，你父亲去世了，母亲也去世了，在两年内，你痛失两位亲人……

可怜的贺山子，涉世未深，一方面心肠硬得剑穿不透，但同时心肠又软得听不得别人几句好话。张知事的话语，恰恰触动了他内心那块最柔软的地方。听着他的话，想着自己的委屈，贺山子内心的委屈此时就像决了堤的水，一瞬间，洪水泛滥，恣意流淌。他哇哇地大声哭了起来。

其实，不止贺山子，几乎每个男人在坚强的外表下，都有着一颗脆弱的心。

贺山子呜呜地哭了半天，终于说道：张知事，我真的和土匪没有关系。如果知道他是樊老二，我说什么也不会跟他在一起的，我会早早就杀了他，替父亲报仇，我做梦都在想着这一天的。

那么孩子，你是真知道樊老二的行踪了？张知事不动声色地问。

贺山子听见他的问话，想了想，先点了点头，觉得不妥，又摇了摇头。

那你说，樊老二在哪里？张知事尽量抑制着自己内心的喜悦问道。

贺山子听见这句问话，就来回抹着眼泪，沉思着，不知道该说不该说。

张知事说：孩子，有些事不能怪你，你太年轻了。但是如果不能除掉樊老二，就不能为你父亲报仇啊。你想过没有，你今天怎么会沦落到这种地步？如果父母在的话，你现在不正在上学么，你说不定还会和你哥一样，成为洋学生。而现在呢，却人不人鬼不鬼的，甚至要面对牢狱之灾。这些都是谁害的？是樊老二啊。他不只害了你父亲，还害了许多人啊。去年，他在黄河畔，在一个小庙里，将王五娃点了天灯。他可真是杀人不眨眼啊。像这样的土匪，你说咱们该不该除掉呢？

徐怀义和他勾结，杀了我父亲。山子说。

是啊，我虽然来得迟，但对这件事还是略知一二。为什么去了两个人，一个人死掉了，另一个人活得好好的呢？要知道樊老二是个杀人不眨眼的魔王，杀一个杀两个对他来说都是一回事，他会留活口吗？他会专门让另一个人活着回来报信吗？徐怀义说他装死，可是土匪有那么笨吗？一个人没有死能装成死人吗？只是，光有这些怀疑又有什么用呢？当时的情况那么复杂，什么事情都有可能发生，没有经历此事的人永远只能是猜测。我需要的是直接证据。只有将樊老二捉拿归案了，有了人证物证，才能解开这个谜，才能真正还原事情的真相，也才能替你父亲报仇。你说是不是？

可怜的贺山子被张知事一步一步引导着，越来越糊涂了。他本来早就想说出一切的，只是心里不忍说出那个漂亮女人与转儿，他和转儿那么要好，他不愿意她和土匪有牵连。他怕如果告诉他们一切，他们会派人去把漂亮妇人抓来，也把转儿抓来。这是他不愿意看到的。

而此刻在这个能说会道的张知事面前，贺山子这团冰慢慢地被融化了。

嗯，我不知道樊老二老窝的具体地点，但我知道他藏身的另外一个地方，那里有三孔窑，窑里堆摞着好多东西……贺山子喃喃地说。

有很多东西……好好好。张知事掩饰不住地高兴起来。

这天下午，贺山子就和众多全副武装的警察来到了故园这个小村里。警察都荷枪实弹，他们找见了这个院落。为防不测，就把附近的百姓疏散，然后把这几孔石窑全部包围了。贺山子一给张知事说起这儿所有发生的事，就后悔了。但此时他已没有退路可走，只能按照张知事的安排，一边心里打着小鼓，一边带着他们来到了这里，然后又带领两名警察到山坡上去敲门。可就在贺山子伸手敲大门时，竟然发现门是虚掩着的，他伸手一推，门吱的一声被推开了。两名警察怕里边会有人冲出来，持枪闪到了两旁。但等了好半天，里边丝毫没有动静。推开门的贺山子看到院子一片狼藉，就径直走了进去。身后的两名警察直到看见贺山子进到院子里，确信没有什么危险后，才左右张望着进到了院子。

院子里一片狼藉，一副刚搬过家的样子。贺山子挨个看了三孔石窑洞，妇人与转儿住的这一间除了几件烂衣服与东西被烧焦的味以外，再没有什么了。自己当初住的那孔窑洞，门也是虚掩的，但是一把火烧光了一切。边上的那孔，也就是贺山子曾经看到堆摞整齐的箱子、石油桶子的那一间，此刻空荡荡的，什么也没有了。

两名警察看了一圈，什么也没发现，于是出来召来几名村里人询问。他们说，前天夜里听见狗叫了好一阵，似乎有动静，但大家都没起来，也不知道发生了什么事。

贺山子在院子里转着，看到院子中间有一堆灰烬，里边还燃着些许火苗，有一丝两丝的烟在冒着。贺山子拿一根棍子拨开灰烬，蓦地看见了一个东西，却是一个破碎的黑瓷罐，黑乎乎的，罐口的绳子已被烧掉了。他用手中的棍子把这个罐子慢慢地拨到了自己的身边。院子里的一名警察以为他找到了什么好东西，就赶过来看。见是个黑瓷罐，他端起来晃了晃，里边有什么东西在哐里哐当直响。他就伸手到罐里掏，掏得半天，结果却抓出来几小块羊骨节来。

什么破玩意儿。这名警察说着，一把将这些东西扔了出去，接着把罐子也丢在了一旁。

贺山子看到他将那些东西扔了，连忙就去拾。这正是当初他和转儿一起玩的羊骨节。他们在一起时，经常玩羊骨节的游戏，转儿的手快，他的手笨，总也玩不过她。

贺山子把六个羊骨节一一捡放到自己手心里，这些羊骨节先前经他与转儿的手时常摩挲，晶莹剔透，总是散发着幽幽的光。而现在由于经过了大火的烘烤，个个发黄，有一两块甚至上面带着焦黑。

贺山子蹲着身子，望着手心里的这些东西，此刻他非常难受，真想大哭一场。他的心里同时也不禁为这一对母女担心起来。转儿，阿姨，你们在哪里啊？

一会儿，这里的情况就都报告给张知事了。张知事赶来后，来回察看了这里的情况，眼珠子不断地在贺山子脸上打着转。

他背着手在院子里转了几圈，然后冷冷地说了一句：带走。

几名警察就又将贺山子押回到县城里去了。

厂里发生这么大的事，贺学文却不在，两个月前，他跟着石油厂总理何邵武到了西安。但一到西安，何邵武就将他安顿在一家小旅馆里，自己却不见了踪影。贺学文孤零零地一个人待着，心急如焚，却又无可奈何。待了近两个月时间，这天何邵武忽然来了，他说：拨款项的一切手续都办好了，你赶紧回厂里去，钱一下来，就马上给我汇报。

贺学文满怀喜悦地回到了延长石油官厂，然而，得到的第一个消息却是贺山子被当成土匪关起来了。他一时又惊又喜，喜的是自己分别多年的弟弟终于有了消息，惊的是弟弟竟然当了土匪。

他马上去找张知事。问清情况后，求张知事放山子一马，山子毕竟还是个孩子啊。张知事冷冷地说：正因为他是个孩子，本官就没有过多地难为他，只是想给他个教训，让他吃一堑长一智。从知事的话里，贺学文听到了事情有回旋的余地，当即表态说，自己一定好好管教山子，让他改邪归正，走上正路。

贺学文怀着忐忑的心情到监狱里去看贺山子，眼见得当初瘦弱的弟弟如今已长得粗壮了，他满心眼里欣喜，但又恨铁不成钢。兄弟俩一见面抱头痛哭了一阵，贺山子就把这些年来经历的事都给贺学文说了。最后又说，凭他的判断，杀父仇人正是樊老二与如今的石油厂副总理徐怀义。

贺学文听他这么说，就劝他说：这件事我也知道了，只是父亲与徐怀义一直交好，无冤无仇，他没有杀害父亲的理由。另外，土匪的话是靠不住的，你也只是猜测，说不定他们另外指的什么事呢。这件事还是张知事说得对，应该从长计议，等有了确凿证据，再将徐怀义绳之以法。另外，他告诉贺山子，从张知事的话里听出，县里不打算判他重刑了，但有可能要关很长一段时间，杀杀山子身上的匪气。

从此后，贺学文每日都给弟弟送饭又送菜，然后充满信心耐心地等着弟弟出狱的那一天。

回头再说石油厂的事。

过了没半个月，石油厂购置设备的款项就全部拨下来了。原来，新成立的国民政府虽然经济特别困难，但不缺乏有识之士，他们也都在等着延长这个偏居一隅的小山沟能打出油来缓解国家的经济困难呢。资金一到位，匆匆赶回来的何邵武仍旧将厂子托付给徐怀义，他嘱咐贺学文配合徐副总理处理日常工作，有什么事及时向自己报告，然后选择一个良辰吉日赴外地购置设备去了。

带着大量现金的何邵武一走就没有了消息，这让贺学文、张宏霖他们等得好着急啊。

何邵武这个人一走，此后就再没有回到石油厂来，至于他到哪儿去了，或者他跟谁在一块儿最后都没有准确的消息，也没个定论。我翻阅了大量的资料，可关于他的记载非常少，只在一本薄薄的手抄册子里，似乎是一个老工人的回忆录上，查到了这个人。说几年以后，有人在延安甘泉县的下寺湾发现了何邵武的尸体，和他一块死的还有一个女人。人们传说他是被土匪樊老二杀死的，但这个案子一直未破，一直是个谜。谁也不知道他这几年到哪里去了，怎么会死在这里，还有那个女人又是谁。不过，这些都是后话了，我们还是说眼前吧。

何邵武一走，贺学文就眼巴巴地盼着购置的新设备能运回来。在何总理离开之时，贺学文还把自己在北京、上海的一些留日同学的联系方式给了他。在贺学文看来，这些同学均是学的石油专业，是行家里手，可以帮忙联系设备，或者挑选设备。当时，何邵武也都将这些一一记到本子上了。但是，他一走，却没了任何消息。

何总理走了，工厂里徐怀义就成了总负责。张宏霖虽是钻井队的队长，但此时已无井可钻，整天也只能帮忙运运油而已。贺学文则做一些日常性的文秘类工作，和徐怀义一同维持着石油厂的运转。

这一年，延长石油官厂除了管理人员名单中多了一个何邵武一个贺学文以外，一切都还是旧样子。每天工人轮班从延一井中手工抽油，然后运过来将原油倒进储油池中，再由另一班用小锅炉炼油。因为产量低，每天抽的油少，往往是要抽很多天才炼一次。

等了有三四个月，贺学文就没了耐心。有一天他找张宏霖说：这何总理怎么一去就没消息了呢？

张宏霖说：我先前就跟你说，他是个花花公子，你还不相信，这回信了吧！

贺学文说：购设备的周期很长的，需要到日本考察，再订购，然后再往回运，是很麻烦、很费事的。

张宏霖懒洋洋地说：我有个消息，告诉你吧，又怕你说我在造谣。

怎么了？出什么事了？学文问。

张宏霖说：有人说，何邵武去上海时，把本地的一个赫赫有名的女人领上一块儿走了。

女人？谁？

一个外号叫洋烟花的女人。张宏霖说。

哦。洋烟花这个名字，学文也有所耳闻，据说是樊老二的一位压寨夫人，长得漂亮又风流，但更多的情况他就不知道了。

他怎么会和洋烟花黏在一起？学文问。

仅待了几天，就勾搭上了。他可真有办法，可真是个老手啊。张宏霖不无嘲讽地说。

两人说罢，又等了两个月，黄土地上的树木渐渐冒出了绿芽，新的一年又来了，但何邵武还是没有任何消息。贺学文通过西安的朋友也都联系不上这个何邵武，仿佛他从这个世界消失了。贺学文实在等得没了耐心，就想：一直干等着也不是办法啊，回来这么长时间了，日子一天天荒废着，自己何不先行动起来呢？他就给徐怀义说了想法，然后从炼油组与抽油组抽了四五个工人，每天把当初从日本购置的差不多已废弃的机器零件一点点又往起拾揽。他的想法是，修修补补，看这些机器零件能不能凑成一台完整的钻井机器，然后利用这些设备，先开始打油井。要不，天天等，这样的日子何年何月才是头啊。

贺学文的这个想法得到了黄桂芝的热情响应。

这一天，贺学文正在检查从野外捡回来的钻头，这时黄桂芝给他送饭来了。

贺学文满头是汗，顾不上吃饭。因为汗一直往下流，他就用袖子在脸上抹了一把。这样，脸上就黄一道黑一道的。

黄桂芝在一旁看到了，就笑了，说：瞧，你现在的样子就像小时候我家的那只猫，我们兄妹两个总爱捉弄它，它总是被我们弄得小脸脏兮兮的。

一会儿，学文收拾停当了，揭开饭篮子准备拿馍吃。这时黄桂芝喊住了他，掏出一块手帕递给学文，让他先擦一下。学文见手帕那么干净，一时怕把手帕弄脏了，就不擦。

弄脏了就洗嘛，多大的事啊。黄桂芝说。

学文接过了手帕，擦了起来。

贺学文吃着热腾腾的馍与菜，但眼睛仍不停地盯着机器钻头，脑子里在不断地转着圈。

黄桂芝见他吃得心不在焉，就说：你咋有这么大的心劲呢？你看看厂里，总理跑了，徐副总理得过且过，整个一烂摊子，就你还这么上劲。

贺学文脑子里想着机器，没听清她说什么。黄桂芝又说了几声，他才乐呵呵地应承着说：人活着就得靠一股精气神儿。

你的精气神儿到底是哪儿来的啊？黄桂芝问他。

哦，还真让你问住了，我说出来你莫笑话啊。贺学文想了想说，你还记得小时候丹风偷的那本书吗？那本书里边全是曲里拐弯的字母，当时我一个都不认识。我觉得没用，可丹风却跟我说，日本人能读得懂的，我们为什么就读不懂呢？我后来想想也是，都是人，有什么了不起的，我就是抱着这种愿望去留学的。后来我读懂这本书了，是一本日文的《化学大全》。在日本，我和同学受人欺负的时候，我们都有一个愿望，就是早日学成回国，报效国家。如果没这种愿望，我可能早就受不了了，早就跑回来了。

你们可真行。黄桂芝由衷地佩服道。

不是我能行，而是被逼出来的。没办法啊，国穷人就被瞧不起，所以，只有国家富起来，每个人腰包鼓了，腰杆才挺得直。

国家富裕和个人富裕有关系吗？黄桂芝问道。

当然有啊。国家富起来，个人才会活得有尊严。我给你举个简单的例子，现在的税多如牛毛，如果国家富了，这些税就完全可以不征了。有句俗话，大河没水小河干，说的就是这个道理，民众与这个国家其实是一体的。

我可不这样认为。按我想的话是小河没水大河干，老百姓没钱了，政府就征不来税了。黄桂芝说。

两人正在这里说着话，这时就有工人来汇报说，在废弃的延三井里发现了一些钻杆与钻头，但一时打捞不上来。

贺学文一听这个消息，立马起身要走。

黄桂芝着急地说：你还没吃完呢。

学文拿了半个馍说：吃饱了。一边转身又要走。

这时，黄桂芝忽然说：我也要去。

贺学文说：你去干什么？

黄桂芝说：现在离晚饭还早哩，我想去看看。你刚才不是说日本人和咱们都是人，人家能做到的咱们为什么做不到。要我说，男人和女人都是人，男人能做到的，女人也能做到。

这话说得学文一时没话了，他说：那好吧，你愿意就跟着吧。

黄桂芝利索地把馍及菜碟放到了篮子里，提着篮子跟着学文他们到工地去了。

到了傍晚，贺学文还跟工人在废井旁边忙着，这时张宏霖却来了。他见黄桂芝也在这里，脸上也有油污，跟工人们一起忙着，非常惊奇，不明白是怎么回事。

贺学文说：黄桂芝她硬要跟到这儿来呢，对这些事倒比做饭上心。

一旁的黄桂芝用手抹了一把脸，说：就是，我觉得干这些工作比做饭有意义多了。说着就呵呵地笑了。

张宏霖想劝黄桂芝两句，但看她高兴的样子，就不忍心说了，而是把头靠近贺学文，悄悄地跟他说了几句话。

贺学文扭过头问：是真的吗？

张宏霖点了点头。

好，那我们去看看吧。贺学文简短地给几个工人安排了一下。黄桂芝见两人神神秘秘的，都有些紧张，忙问什么事。但两人顾不得跟她多解释，就慌慌张张地走了。

两人一前一后沿着山坡跑，转了两个大半圆圈，来到了山峁上。这时，张宏霖指着山下公路上正在前行的三辆马车，对贺学文说：看，就是他们。

原来，刚才有工人给张宏霖反映，徐怀义擅自将油低价卖给土匪了。那个工人说，来购油的土匪他很早前打过交道的，昨晚一起喝酒，把这个土匪灌多了，这名土匪就说了实情。说徐怀义和樊老二来往已多年，樊老二将油低价收了，然后再贩到山西去。至于所得的钱和徐怀义分不分成他就不知道了，但徐怀义长期和樊老二合伙贩油却是千真万确的。

这帮土匪成天祸害百姓，政府成天都想着剿灭他们，可现在咱们却将油低价给他们，让他们去赚钱，这不是助纣为虐嘛！张宏霖着急地说。

贺学文此刻也看清了山下的三辆马车，他想了一下，就对张宏霖说：他们人多，你先在这里看着，我去报告给张知事。

张宏霖说：我去阻拦他们。

贺学文说：你离他们远一点，只照看着就行了，不要和他们发生冲突，小心他们手中有武器。

张宏霖应了一声，贺学文就沿着这边的小路跑下山去了。

山头上剩下张宏霖一个人，他想了一下，也沿着山头直接跑了下来。一会儿，跑到了大路上，在大路上等着。这是一条西去的大路，也是往西去的必经之路。不一会儿，有三辆马车缓缓地吱吱扭扭过来了，每辆大车上都放着十几个大油桶，用绳子相互襻着。大车轮子在起伏不平的路上滚动着。

张宏霖伸手拦住了车。

吁一声，第一辆车上的人将马车停住了，他从马车上跳了下来。他一停，后边的两辆马车也都停了下来。

你们是谁？这些油是从哪儿来的，你们要运到哪里去？张宏霖大声问道。

你管老子是谁。妈的，在这个地盘，你敢问老子是谁！第一辆车上的人有些瘦小，长着一张蛤蟆嘴，样子比较凶恶。

你不告诉我，你们就走不成！张宏霖说。

你他妈的吃了豹子胆了，倒敢管起老子来了，也不问问老子是谁。让开！那人推了一把张宏霖。张宏霖的身子趔趄了一下，但随即站稳了。他一把将马笼头抓住，大声说：你们不说，就不能从这里走。

呵呵。蛤蟆嘴冷笑一声，大概他从没见过这么不识时务的后生，觉得很惊奇。他一把从车辕上将鞭子抽出来，举到了空中，大声说：老子杀人都从不带眨眼的，你还敢拦老子的道？

你们要走，就从我身上碾过去。张宏霖坚定地说。

碾过去就碾过去，你以为老子不敢啊。这土匪手中仍然举着鞭子，但是没有抽下来。

就在这时，第二辆车上的土匪赶来了。这个土匪是个生就的笑面虎，他凑到张宏霖的身边说：好啊，这后生有胆量，胆量还大着呢。但他一句话没有说完，突然从身后敏捷地抽出一根鞭子，啪的一声就打了过来。张宏霖着了一鞭，他的脸顿时火辣辣地疼了起来。

他怎么都没想到这个看起来笑眯眯的人竟然说翻脸就翻脸，一时间竟没发现那鞭子是从哪里抽出来的。

光天化日之下，你们竟敢打人！张宏霖喝道。

呵呵，他竟然说咱们还敢打人。这个笑面虎土匪对蛤蟆嘴说着，就在说的当儿，突然又一鞭子抽来了。这一鞭子张宏霖有了防备，他的头一偏，那马鞭子的鞭梢就扫到了马的头部。那马吃了疼，猛地向前一蹿，挣脱了张宏霖的手，然后发了疯似的向前奔去。张宏霖一下子被马冲得倒在了路边。但最吃亏的还是那个蛤蟆嘴，他见笑面虎前来了，就返回坐到了车辕上，哪里想到马疯狂一奔，他没有防备，身子一晃，登时就跌倒在地上了。他在地上滚了两滚，爬起来，顾不得张宏霖，连忙去追马车。

场面瞬间起了变化，这时笑面虎住了手，眼看着蛤蟆嘴去追马车。追得一会儿，蛤蟆嘴将马车追到了，他逮住了马缰绳，将马就近拴在了旁边的一棵柳树上，然后他自己径直提着马鞭回来了。

狗日的。旁边的笑面虎看到蛤蟆嘴这副架势，指着张宏霖说：小狗日的，这回有你好瞧的，死不了也得残废了。

张宏霖倒在地上，他努力地往起站，一边站一边说：我就是石油厂的，这是我们厂生产的东西，是要向国库上缴的，你们偷油就是偷国家。

哈哈，你说我们偷油？你回去问问你们主子吧。他欠我们的，他自愿给我们的，可不是我们偷的。这时，最后边马车上的土匪也到了，听见张宏霖这样说，他就说了一句。

蛤蟆嘴径自凶恶地往回返，手里仍然提着那根马鞭。这个最后上来的土匪就给笑面虎土匪使了个眼色，说：咱们走吧，要不弄出人命来了，就走不了了。说着又用脚踢了一下张宏霖，说，不要逞强，我告诉你，我们就是樊老二的人，这些石油也不是偷的，不是抢的，是我们从你们主子那里买的。说完两人吆着马车，又缓缓上路了。

你们不能走，你们不能走！张宏霖还在嚷着，但没人理他了。

前边蛤蟆嘴还在往回返，似乎一心要找张宏霖的麻烦，但被后来赶上去的两个土匪拦住了。那个蛤蟆嘴就恶狠狠地盯着这边骂了几句，然后三个人吆着马车一起走了。

一会儿，他们转得一个弯，就消失了。

张宏霖倒在地上，感到脸上凉丝丝的，他用手一摸，湿漉漉的，竟然都是血。就近没有人，他见路旁有几株蒲公英，就揪了一把，在手中揉碎，放在嘴里反复嚼了一下，然后将那些汁敷在了自己的脸上。

又过得好一阵，贺学文才同县里派的警察一同来了。但这时那些土匪早已走远，已经不可能追上了。

贺学文见张宏霖这副样子，内疚地说：我让你只管看着，先别惹他们，怎么就成了这样子了？

张宏霖对贺学文说了刚才的情况。

贺学文说他先是找不到张知事，又给警察说，警察又要请示县知事，结果过来过去就到现在。

同来的警察让出一匹马来，让张宏霖骑。

贺学文将胳膊疼、腿疼，脸上一道道血痕的张宏霖搀上了马背。

一行人就缓缓归来向县知事复命。

见到张知事，张宏霖就对他说了自己的遭遇，并传达了土匪的原话。张知事一听大怒，当即就将徐怀义叫了过来，质问徐怀义是怎么回事。徐怀义说，厂里发不出工资，支出太大，石油收入少，入不敷出，他为了给职工发工资，就灵活了一点，如果有人愿意买的话，就卖给他们了。收入的钱也都入了账，都用来发工人工资或者维持厂里日常支出。至于这些人是什么人，他是不知道的。

这些人是土匪，他们说跟樊老二是一帮，他们说跟你合伙多年了。张宏霖说。

徐怀义说：每个来做生意的人脸上又不写字，我怎么会知道他是土匪呢？我没亏待过你，你也不用这样诬陷我吧？

是土匪自己说的。张宏霖说。

有土匪自己说自己是土匪吗？徐怀义质问道。

张知事就问：那你说，你究竟把油卖给谁了，这些人的底细你知道吗？

徐怀义说：不知道。

张知事说：不知道就不能排除是土匪吧。你要知道和土匪勾结是要掉脑袋的，本县天天剿匪，你却天天养匪，和土匪打得火热……

徐怀义说：厂子效益低，工人发不出工资，走得都没几个人了，我也很为难啊。我不想办法支撑这个摊子，谁来支撑呢？何总理甩手走了，我也是巧妇难为无米之炊啊。

你就是卖给土匪了。张宏霖说。

双方你来我往，说来说去，一个说卖给了土匪，一个说卖给了正儿八经的生意人。通匪按律是死罪的，徐怀义知道这一点，所以打死他也不会承认的。

双方说来说去，吵来吵去，最终都没有个结果。

张知事最后就说，不是油要不要卖的问题，而是卖给谁的问题，是卖了多少钱的问题。这样吧，明天我派人到厂里去做一次调查，看看能找到相关的证据不能。说完就让三人都走了。

其实，张知事在这里是卖了个关子，对于张宏霖所说的一切，他当然是相信的。他原来就听说徐怀义和土匪不清不白，上一次贺山子说的话也佐证了这一点。现在他之所以这样说，只不过是给徐怀义张了个口子。果然，到了傍晚，徐怀义就给他送来了一些银两。

第二天第三天，张知事假借有公事要忙，就没过问。而时间一长，这件事情就没了下文了。

贺山子被关在监狱，一直再没有人提审。日子一天一天在过，他心里一直忐忑不安，他不知道张知事那张温和的脸背后究竟隐藏着什么。他想要把自己怎么办呢？会不会在某一个夜晚突然将自己杀掉呢？

就这样，在焦虑不安中他日复一日地煎熬着。而这年的冬天，由于延长发生了一起抢粮事件，县署抓了许多人，监狱一下子就人满为患了。长期关在牢里，渐渐地，贺山子和里边许多被关押的人都熟悉起来。他发现，这些坐牢的人都是穷人，每个人都有着自己的故事。在他以前的印象中，总认为牢里关的是坏人，但这次和他们长时间地打交道以后，他发现也不尽然，其实这个牢里关押着的更多的是和他一样普普通通的庄稼汉。有一个姓张的大哥，身体强壮，浓眉大眼，嗓门大，说话和铜钟似的，发出嗡嗡的回声。贺山子把自己的被子让给他盖，他告诉贺山子说，自己是因抢大户家粮食被关进来的。他说：谁愿意抢啊，可是没有粮，不抢就得饿死。种的庄稼仅有一点点收成，全都交了，吃什么啊？贺山子问他后悔不，他乐呵呵地说，一点也不后悔，虽说自己被关起来了，可是抢的粮食被他悄悄藏了，妻儿半年之内不会饿着了。还有个姓李的大哥，被戴上了脚镣，走起路来咣当咣当的。他本来和邻村的一位姑娘订了婚，马上就要成亲，可姑娘的父亲嫌他家穷，又偷偷将姑娘许给了一个财主做二房。李大哥气不过，就在财主迎亲那一天，悄悄装作轿夫，怀里揣把刀子潜入了财主的院子，准备来个一不做二不休，杀了这个有钱的财主。可一亮出刀来，什么事还没做成呢，自己就被抓了起来，送到了官府，以谋害罪关在了监狱。如果我死不掉，等我出去我还要把他杀掉。他一脸轻松，似乎无所谓地对贺山子说。

为什么要杀？逼得没办法呗。就像《水浒传》里，那些人谁不想做个好人啊，可最后还不是一个个被逼得上了梁山。官逼民反，民不得不反。李大哥说。

新的一天，贺山子总以为全世界的人都将他忘记了，但就在这一天，他却被提了出来。

来人直接把他带到县署的后花园中。张知事与一个叫郭占山的人正在这里喝着茶。张知事当时手里正拿着一支手枪，来回摆弄着。见贺山子被领来了，他随口问贺山子：你会打枪不?

贺山子心情忐忑不安，但到这里后见气氛不那么紧张，提着的心就逐渐放下了，说：见过别人打枪，但没亲手打过。

张知事不说话，压上了一颗子弹，然后左右瞅着，寻找着可以瞄准的目标。这里是县署的后花园，是一个不大不小的院子，四周是石砌的围墙，中间有一棵槐树，槐树下有一张石桌和几个石凳。张知事瞅了半天起身移步，走到离喝茶的石桌二十米的地方站住了脚。这时，贺山子与郭占山也跟着他到了这里。张知事举起枪，歪着头闭着一只眼睛瞄了半天，扣动了扳机。砰的一声，枪响了，子弹却没有打中石桌上的茶壶，而是打在了石桌的边沿上，石桌的边角被子弹打碎了，碎石子四溅开去。

张知事把手枪给贺山子递了过来，又给了他一发子弹。

一旁的郭占山看出了张知事的意思，就对贺山子说，将子弹装进去。

贺山子接过枪来，按照郭占山说的，将一颗子弹推进膛，然后望着张知事。张知事摆头示意了一下，贺山子随即明白了他是要自己学他刚才的样子，也瞄着中间的茶壶打一枪。他就学着张知事的样子将一只眼睛闭起来，歪着头，然后扣动了扳机。随着砰的一声，茶壶瞬间被打碎了，碎片四散开来。

好枪法，好枪法！郭占山伸出大拇指夸奖着贺山子，然后扭头对张知事说，我没说错吧，这小子就是块当兵的好料子。

郭占山这么说，贺山子觉得很诧异，因为他跟郭占山并不熟，只是先前记得他总待在张知事身边。

张知事并不显得十分高兴，脸上依然是一副温和的若无其事的样子，他收了枪，过来坐到石桌边，随意地对贺山子说：你愿意当团丁吗?

山子不知道团丁是什么，他问：当团丁是当兵，还是当土匪?

一旁的郭占山解释说：当然算是兵啊，只不过不吃皇粮国饷，而是拿县财政补贴而已。国家行为的都是兵，私人行为就是匪。

只要不当土匪就行。贺山子说。只要不杀人放火，不祸害百姓就行。贺山子又补充道。

这半年在监狱里，随着年龄增大，经历增多，贺山子也静下心来想了许多的人和事。他想到日本人虽然坏，但也有几个还是不错的，和他父亲的关系也过得去。石油厂的徐怀义坏，但也是极少数，毕竟更多的工人还是纯朴憨厚的。再比如土匪坏，可漂亮阿姨与转儿不对他挺好嘛。所以，对于自己今后要干什么，做个什么样的人，贺山子虽然没有明确的想法，但是有一点却是清楚的，就是无论什么时候，都不应该做个祸害别人的人。

张知事依旧一副若无其事的样子，说：不祸害百姓这倒是个理，但这杀不杀人可是另外一回事了，要看杀什么样的人。像这么大的县署，成天都杀人哩。要杀坏人，杀那些违法乱纪的人，杀那些不守规矩的人。你们说对不？

对对。郭占山连忙奉承道。

贺山子听到这话，也觉得有道理，就点了点头。但又不由得想到了监狱中的张大哥与李大哥，他们同样也犯了法，可是真该杀吗？他们真是坏人吗？

你要想好，你究竟是要当团丁还是要继续坐牢？张知事问。

当然是当团丁啦，谁愿意坐牢啊。瘦削的郭占山抢着说。

张知事白了他一眼，说：当团丁就意味着你属于一个组织，在这个组织里，你是没有个人行动权利的，一切行动必须听指挥，不能掺杂任何个人的情感。

那当团丁能不能打土匪呢？贺山子问。他本来还想问可不可以杀徐怀义，但话到嘴边却没说出来。

民团的主要任务就是打土匪，保一方平安，和樊老二誓不两立，是以消灭他们为己任的。再说，也只有抓住樊老二才能把你父亲的死因查个清楚。张知事说。

樊老二和徐怀义勾结杀了我的父亲。贺山子说。

当了团丁，就不能再提这个茬了，你这些话是自己臆想，证据不足的。只有抓住樊老二，这一切才会水落石出。所以，你如果当了团丁，也不能轻举妄动，要一切行动听指挥。张知事盯着贺山子的眼睛说。

好吧，我当团丁。贺山子说。

你下去给他拿一身衣服吧。张知事对郭占山说。郭占山听到这话后就出去了。

后花园里这时只剩了贺山子与张知事两人，张知事压低了声音对贺山子说：人要常怀感恩之心，俗话说，滴水之恩，当涌泉相报。你和土匪勾结，袭击石油官厂，单此一条，本县就可判你死刑，杀了你的头。但本县念你年轻，属初犯，故愿意原谅你一次，本县也是要冒很大风险的，这一点你一定要明白。安排你出来干点事，你必须要听我的话，懂不？张知事一脸的严肃。

贺山子见他说得这么郑重，就点了点头。

民团里无论发生什么事都要向我汇报，懂不？时刻跟着郭占山，他让你干啥就干啥，他有什么特殊情况你也要随时向我汇报。明白不？

嗯。贺山子说。

张知事似乎对贺山子平淡的回答并不满意，脸上流露出不高兴的表情，说：下去吧，领身衣服，跟着郭副团总去吧。

那什么时候可以打土匪呢？贺山子问。

组织民团，就是为了打土匪的，这个你不用着急，靠你一个，也打不了土匪，杀不了樊老二。张知县一副爱理不理的表情说。

就这样，世事和贺山子又开了个玩笑，在坐了半年多牢之后，忽然间他变成了一名团丁。

我一再说，我无意把这部小说写成传奇，我讨厌传奇。但我所掌握的资料中真实的记载就是这样的。所以，大家如果要我给个合理解释的话，我只能说，我后来查了大量资料。根据资料记载，民国年间陕北匪事不断，加之饥荒，许多人便背井离乡。更多没处去的，就在地方乡绅的主导之下在地势险要之处修建寨子。白天，大家伙儿在田地劳作，到了晚上，一个村或者几个村的人就都集中在寨子里。遇到土匪来了，寨子里的人就一齐拿石头砖头往下砸。如果能砸退土匪则罢，如砸不退，更糟的是土匪攻陷了寨子，那后果将不堪设想。在陕北各县的民国县志中就有许多关于土匪攻破寨子杀人放火的惨事记载。例如在《延长县志》中就记载道：一九一三年六月三十日，临镇的一伙上千人的土匪围攻延长县城，张知事组织人奋力抗击，双方伤亡五十余人，但所幸城未破。就在这年腊月，土匪郭金棒、徐老幺率匪三百余人攻陷了延长县的白家河，枪杀三十余人。新的一年土匪又攻占了东可占，掳掠一空，伤人甚多，等等。在民国年间，在延长以及陕北这块土地上匪事大有愈演愈烈之势。为此，中央政府同意各地创办民团用于拒匪。各县成立的民团由县知事兼任民团团总。在延长县，张知事就成了团总，而郭占山成了副团总。他们把全县编成几个区，分了几个片，建立了各地的隶属于县团总领导之下的民团组织。张知事在与贺山子简单的接触中，发现贺山子单纯正直，加之贺山子先前与樊老二在一起生活过，捕匪心切，情况也熟，可以利用。同时还有另一个隐藏的原因是他这个人城府深，喜怒不形于色，疑心重。尽管郭占山是他身边的人，但他也不放心，所以他把贺山子安插在了郭占山身边。

在乱世，人的命运总是有很大的偶然性。

我们还是说贺山子吧。他领到了新衣服，并且领到了一杆枪。果然是人凭衣裳马凭鞍。这些年贺山子尽管吃不饱，穿不暖，但却越长越魁梧，越长越壮实。此时的他灰衣服一穿，腰带一扎，一时威风凛凛。他照着镜子，望着镜子中的自己，也忍不住满心欢喜起来。

他望着自己的影子，忽然就想到了转儿和那个漂亮妇人。她们现在在哪里呢？他不由得有几分惆怅，有几分失落。他从枕头下拿出当年自己捡到的那几块羊骨节，在手中一遍遍地抚摸着。这些羊骨节小巧玲珑，在他身上装了这么长时间，又变得光滑温润，散发着幽幽的光泽。转儿啊，你在哪儿？你现在见了哥这副样子也该认不出了吧。

贺学文知道贺山子出狱了，并且成了一名团丁，喜悦之情溢于言表。这一晚，他在聚风饭馆里特意包了一桌酒席，邀请了张宏霖、黄桂芝、翠花等人，庆贺贺山子出狱，又庆贺他的新生。

席间，贺学文与贺山子数度哽咽，他们想起了自己的父母亲，不由得泪流满面。贺学文说：爸妈都不在了，我们相依为命，你要给亲人争口气，要走正道，让咱爸咱妈在天之灵不再为咱俩担心。

贺山子哽咽着说：哥，你放心吧。

因为先前张宏霖与贺学文抓住徐怀义勾结土匪倒卖石油一事，张知事不了了之，后来两人就多了个心眼，暗地里调查了一些事，走访了一些人。结果不查不知道，一查吓一跳。他们发现厂里账目上的一些石油悄悄地就不见了，所有的人都不知道油到哪里去了，两人就把这些账目列了个清单，递给了张知事。到此，徐怀义和张宏霖、贺学文就算是彻底摊开了牌，徐怀义在厂里威信扫地，他就以有病为由请了假，不上班了。

徐怀义不来，又联系不上何邵武，贺学文就与张宏霖商量，暂时各组负责各组的，该抽油的抽油，该炼油的炼油，该运输的运输。但因着张宏霖在厂子里时间长，威望比较高，又是钻井队的队长，所以，厂子的人多半都听他的。有事了，大家都会前来询问张宏霖。

而正在这个时候，美孚公司要接管延长石油的消息也甚嚣尘上。人们说，在延安见到了高鼻子的洋人，在安塞也见到了高鼻子的洋人，他们都在勘探石油。据说，只要一勘探完，延长石油厂就要归美孚公司管了。

1914 年，袁世凯复辟，成为中华民国大总统，他媚洋取宠，同美国签订了《中美陕直二省石油合同》，合同就合作勘探开发“陕西省延安府石油”达成共识，开设溥利石油公司，同意美国在延长开采六十年。北洋政府为此筹办、成立全国煤油矿事宜处，公布《矿业条例》，规定煤油矿国家专办，商民不得私自经营，将商办各矿立即停办，收归国有。按照合同第三条之规定：合同股份，美孚占 55%，中国占 45%。在中国的 45% 内，有 37.5% 由美孚公司赠与，作为所得中国政府给特权之代价，另 7.5% 如过期不买，仍作为美孚之股本。合同第四条规定：未得中国政府和美孚同意，中国政府不得将中国境内产油场所给予其他外国人办理。

这样的不平等条款，理所当然地遭到中国民众的反对。晋鲁豫鄂赣等五省联合会，推选代表向当时的农商总长张謇提出抗议。

但抗议归抗议，中美双方派出的地质人员仍在紧锣密鼓的勘查当中。美孚方面派出五名地质勘探人员，中国方面派出十名矿业人员和服务人员及卫兵等。双方组成混合编队，于 1914 年 4 月入陕，6 月在延长成立了中美油矿事务所。

往事不堪回首，贺学文对外国人深恶痛绝，坚决反对外国人插手延长石油事务。他想来想去，觉得自己作为一名石油人应该在这件事上有所作为，就写了一份长达万字的抗议书，列具了具体理由，痛陈民族大义，准备呈递给国民政府。

黄桂芝知道了，非常高兴，就给贺学文建议说，如果有更多的工人来签名的话，就更有说服力。贺学文想想也是，就想要所有的工人来签名。但在工人签名时却遇到了意外的困难——许多人都不同意签。

原来，徐怀义多年经营石油厂，手下自是有一大帮人，这时虽然请假了，但他依然密切关注着厂里的一举一动。工人们都不知道被国外公司接管以后是好还是不好，有的就来询问请病假的徐怀义。徐怀义盘算着，自己现在是声名狼藉了，但如果国外公司一接管的话，过去的一切就抹掉了，要重搭台子另唱戏，这厂子说不定还得由自己来打理呢，所以自是盼着接管。他就对工人们说，接管还是好，外国人设备好，可以多产油，收入多，工人工资自然会高。现在如果谁签了字，外国人一接管肯定就会将这个工人除名的。这样的消息一传播，许多工人面对学文拿的这份万言书，就支支吾吾不愿意给自己招惹不是了。

贺学文召集大家阐明利害，他说：你们想想吧，美国人不会白来的，是为了赚钱来的。远的不说，近的咱们看到了在日本人手里咱们工人有好日子过吗？油没开采多少，钱还不是被他们都捞走了？再说，石油资源是我们的，我们可以学技术，可以买机器设备来开采，即使今天不开采，它还在地下，明天还会等着我们来开采。但被外国人开采空了，钱也被他们拿走了，我们还有什么呢？

黄桂芝是贺学文的积极响应者，和她常在一块儿的翠花也非常高兴地签了名。但张宏霖在这件事上却沉默着不表态，他心里对签不签字拿不定主意。他多年来深爱着这个厂子，做梦也盼着厂子能活起来。但在厂子的这些年里，他眼看着一天天不景气，而主要的责任则出现在领导层，那些派来的提调、总理，没有一个理事的，在其位不谋其政，把厂子只当作个人捞钱的工具。这样下去怎么能行呢？在心底，他有时甚至盼着美国人来接管，然后好好把厂子发展起来，别再像今天这样不死不活了。但另一方面，他觉得学文说的也有道理，资源终归是我们的，只要放着，总有一天会被开采出来。而美国人是奔着利来的，这一点是毫无疑问的。因此，他忐忑不安拿不定主意。还有一点是他知道，有许多人都在看他的眼色，他签与不签可能决定一个走向，说不定将来还会影响一批工人的命运。所以，他就犹豫着，不知道该签还是不签。在他内心深处，还有一个疙瘩，这个疙瘩憋在肚子里难受极了，却没法说出来。

贺学文见张宏霖犹豫不决，就问他：你难道不热爱厂子吗？

张宏霖说：我比你更热爱，这是我的生命。你怎么能这样说呢？

贺学文觉得话说重了，就说：可你眼看着美国人要来接管了，这个厂子不再属于我们国家了，你难道就不管吗？

张宏霖不吭声了。

会开了一上午，最后只有七八个人签字，其他的人都没有签。

贺学文长叹了一口气，然后就打算把这份抗议书如期递交给张知事。

黄桂芝看出了贺学文内心的落寞，就说：我跟你一块儿去递。

学文听到这话，内心十分感动，说：真没想到，只有你一直这么支持我。

黄桂芝就盯着他的眼睛说：只要你想到的事就只管做吧，我都会支持你的。

贺学文听到这句话一时愣了半天，也盯着黄桂芝看了半天，愣是没回过神来。

两人把抗议书递交给张知事，请他呈递省政府，再报请中央政府。

张知事一生从没遇到过这样的事，见了抗议书，一时拿不定主意是收还是不收。收了怕上级怪罪，认为和政府唱反调；不收，这两人又阐述一大堆道理，看来说得还蛮有理的。他想了半天，就对两人说：你们干脆别送给我了，我即使接了，也说不定什么时间才会到西安去，再送到北京，可能得一年半载的，到那时黄花菜都凉了，也就没意义了。你们既然有这个想法就干脆直接送到西安去，要不，直接送到北京去。

贺学文说：从来请愿书都是送交给当地政府的。

张知事听到这话就说：那好，你们放下吧。我听说大城市围绕这件事也在闹请愿哩，等我过段时间回西安时，我一定把你们的意思传达到。说完，就接过抗议书放到抽屉里了。

贺学文与黄桂芝出得门来，两人心中都有些疑问，黄桂芝说：你觉得张知事会往西安送吗？

贺学文说：我也觉得他似乎不情愿，他可能认为多一事不如少一事。

黄桂芝想了半天，就说：我认识一个神父，他每周都有信来，和邮差来往多，要不咱们把这东西邮给省政府如何？

贺学文觉得这是个好主意，就高兴地说：这个办法好。

当天晚上，贺学文就重新抄写了一份抗议书，然后签上自己与黄桂芝的名字，递给了黄桂芝。

黄桂芝接了信，脸红了一下，说：学文哥，我发现你出了几年国，和以前不一样了！

怎么不一样了？贺学文抬起了头。

变得有见识了，不过也变得和张宏霖一样，是一根筋了，自己认定的事就一定要办到底哩。

呵呵，贺学文笑了，说：自己认为对的，就要坚持。哪怕这世上只有我一人坚持都行。孔子说，知其不可而为之，是大丈夫的一种本色。

大丈夫？还没个婆姨哩，倒成大丈夫了，应该说只是个小男人。黄桂芝悄声说。

贺学文听到这话觉得有点异样，扭头看，只见黄桂芝脸色有些潮红，神态有些害羞，他蓦然心中一动，有一种异样的东西像风一样掠过自己的心田。但只是一瞬间，他就不让自己心猿意马了。他没话找话地说道：虽说要坚持自己，但每个人的认识都是受历史局限的，同时和自己的学识、见识、个性、生活经历都密切相关。像今天这样坚持抵抗美孚，将来还不知道我这个认识究竟对不对呢！

不怕，有我支持你哩，你所说的道理我认为都是对的。脸色依然潮红的黄桂芝说。

贺学文他们把抗议书递上去了，但美孚公司的人还是如期来到了延长。他们在县城西部买下一个大院子驻扎下来，然后以延长为中心，每天早出晚归、翻山涉水开始勘探石油。

一个小县城，城东是延长石油官厂，城西是美孚公司代表团，两家虽然表面上各忙各的，互不干涉，也不过问，但是贺学文与黄桂芝他们还是密切地关注着美孚公司的一举一动。

延长石油厂虽然没了总理、副总理，但还是和先前一样运转着、生产着，照例有修理机器的，有抽油的，有运油的，也有炼油的，一切如同往日。这一切让一个人看在眼里，气在心里。这个人就是徐怀义。

张知事当初接了贺学文与张宏霖送来的账单，就叫徐怀义来谈话。徐怀义暗地里给张知事送了一份礼，张知事就不再追究他和土匪勾结这回事。这段时间，徐怀义虽然请了病假，不再上班，但眼睛一直没离开过石油厂，他以为缺了自己石油厂就不能运转了，等着看石油厂的笑话，等着人们再邀请他回去。可当看到石油厂一天天仍在平静地生产时，他心里就觉得憋屈，觉得自己应该闹出些什么声响来，让大家知道缺了他徐怀义这个厂子是不行的。

新的一天，有工人反映，发现一口被闲置的井中有零碎的打井设备零件。贺学文就带领几个工人，拿上铁锨、铁锤、钢丝绳去打捞了。现在的黄桂芝根本对做饭不感兴趣，见贺学文上山，也就跟着上山了。所以生活区这天就只剩了三两个人，除了翠花在忙碌着做饭外，院子里有两个老工人在修理着机器。

中午时分，樊老二和一伙土匪大摇大摆地来了。他们七八个人拉着马，然后进来说找厂子管事的人，厂里看门的聋子不让他们进，他们三下两下就将门砸开了。到得院子，他们就把院子里正在修机器的两个老工人全部关进了屋子里。

樊老二在院子里大声喊道：妈的，老子是生意人，你们打井破坏了老子的风水，害得老子赚不来钱，儿子当不了官。小的们，给我砸。

一声吆喝，跟随的七八个人就开始砸东西。但油厂院子里的东西全都是些油污的脏兮兮的铁家伙，或者大块的木器设备，砸也砸不烂，至多也只是翻个过，滚动一下而已，这群土匪很快就没了兴趣。

妈的，给老子挨房子看，有好东西没有。樊老二大声说。

一群土匪听到这话就开始挨个搜石油厂院子的房子。砸开第三间门的时候，发现这是一间保管的房子，抽屉里有一些零钱，还有几本账簿。这群土匪就把钱全部揣到了自己的腰包，把账簿撕得粉碎。挨着保管的房子是一间大库房，很快门也被砸开了。但库房内并没有存油，只有一些空油桶子，还有一些叫不上名的铁器设备，个个都很笨重。土匪们乱砸了一通，也放弃了。紧挨着库房的是工人宿舍，有几床铺盖，墙上挂着几件衣服，窗台上放着工人吃饭的碗、筷子。几个土匪把被子褥子都掀起来扔到了地上，但也没搜得一点值钱的东西。

返回到院子里，角落有两口油池，堆积的都是些原油，稠糊糊的，黑乎乎的。樊老二喊了一声，当即有一个小土匪就把油点着了。不一会儿，油池整个开始燃烧起来，冒出了浓浓的烟来。

就在这时，在房子里吓得一动也不敢动的翠花被他们抓到了。

这年的翠花只有十七岁，正是青春好年华。听见土匪来了，她吓得浑身发抖，躲到厨房里，把门顶得死死的，大气儿也不敢出。但门还是被土匪捣开了，她还是被土匪发现了，他们把她从厨房里拉了出来。

疤哥，疤哥，我们抓到了一个美女。两个小土匪高兴地拉着翠花叫道。

呵呵。樊老二一瞧见翠花顿时眼睛都直了。兄弟们，搞得好，也算是老子有艳福。樊老二说着，来回仔细地瞅着翠花，见她长得清秀可人，就说：老子的那个压寨夫人被你们头儿拐上跑了，你干脆给老子当压寨夫人算了。

可怜的翠花此时两条腿直发抖，浑身打战，根本说不出话来。

哼。樊老二头一摆，朝那头房间示意了一下。

两个小土匪马上明白了，两人就将翠花拉到工人宿舍来。这时的翠花似乎意识到了什么，就一边挣扎着不走，一边大呀妈呀地叫唤起来。

翠花被拉进了职工宿舍，樊老二跟了进去。两名小土匪知趣地退了出来，他们在门外站着岗，听着屋里的嘶喊声，相互会意地笑着。

张宏霖这时正在半路上赶着骡子往炼油厂这边运原油。离得老远，他发现了油矿的工作区里有滚滚浓烟，心里一惊，顺手在路边折得一根条子，鞭打着骡子，快速向油厂院子赶了过来。

一进厂门，他看见院子里油池着了火，又见院子里有四五个背枪的陌生人正散乱地站在院子中间，就知道有人在搞破坏。他气愤极了，看到工人宿舍门口站着两个土匪，更是怒火万丈，也顾不得权衡利弊，就近捡起一根木棍冲向土匪。离他近的一个土匪冷不防被他一下子砸在了头部，应声倒在了地上。

另一个土匪见势不好，扭头就跑。张宏霖从倒地的这个土匪身上把枪捡起来，这时就听见了屋子里翠花的喊叫声。

张宏霖开始用枪托砸门。

房间里，樊老二正纠缠着翠花，脱翠花的衣服，但翠花拼命反抗，樊老二就啪啪给了她几耳光，然后把她抱到了炕上。

张宏霖砸门进来，樊老二裤子褪在半腿，正在扯翠花的衣服呢。张宏霖提着枪，也没看清是谁，只看见了一个光溜溜的屁股，他照准光屁股就给了两枪托。樊老二冷不防挨了打，吃了疼，顾不得提裤子，扭头就和张宏霖在狭小的空间里厮打起来了。

衣衫不整的翠花得到了这个机会，赶忙起身就往外跑，但她刚出门，就被闻声而来的一个土匪一把抱定摔在了地上。这个土匪看见房间里有人正跟樊老二打斗着，就持枪冲了进来，他拿枪来回瞄准着，但两个人纠缠在一起，想开枪又怕伤着樊老二。他就从后瞅着瞅着，瞅准了，照着张宏霖的脊背上砸了一枪托。一枪托砸下去，正处于上风的张宏霖瞬间头颤了一下，接着软软地倒在了地上。

揉着喉咙的樊老二起了身。他咳嗽着，提好了裤子，照躺在地上的张宏霖身上踢了两脚。妈的，敢坏老子的好事，我看你是活腻了，拉出去！樊老二吆喝道。

两个土匪将昏迷着的张宏霖拉到了院子里。樊老二拔出手枪来，打开了保险，对准了张宏霖。

不，不要！翠花在一旁呐喊道。

这时，一个小土匪悄悄地在樊老二耳旁说了一阵什么话。

好，好。樊老二听了他的话，就收了枪，指使两名土匪将正在缓慢苏醒的张宏霖双手绑起来拖到马后，一个土匪跨上了马，挥动了鞭子。随着鞭子的呼啸声，马在院子里转着圈跑，拖在马后的张宏霖像一条扫帚似的来回在地上拖着，留下了一道道痕迹。

几个土匪看到这情景都哈哈笑了起来。

马跑得一圈，又跑得一圈，张宏霖身子来回翻滚着，嘴里含混不清地骂着。

你们是坏人，警察抓住你们，饶不了你们。翠花在一旁骂着。

樊老二扭头一看，翠花被一个小土匪押着，骂得正欢。他走近翠花，用手抬起她的脸蛋说：闺女，跟爷当山大王去，吃不愁，喝不愁，也省得你在这里下死苦，跟着这个穷光蛋缺吃少穿。他把张宏霖与翠花当成小两口了。

呸，土匪！翠花唾了他一口。

樊老二伸出手，将脸上的唾沫左擦了一下，右擦了一下，然后恶狠狠地说：爷今儿个本不想杀人，只想砸砸东西，出出毒气的，看来你是非逼着爷开杀戒不可啊。说着，再一次拔出枪来。

就在这时，院子外传来了零星的枪声。大门外，有一个小土匪跑回来喊道：疤爷，不好了，警察来了。

樊老二一听警察来了，把枪一挥，大声说了一声：撤！

几个土匪就一个比一个跑得快。这时，那个在院子里骑着马兜圈的土匪也停下来了，他跳下马，喘着粗气指着张宏霖，问：疤爷，这个人呢？

樊老二举起枪来，砰的一声将绑在张宏霖双手的绳子打断了。他翻身上了马，似乎觉得又不过瘾，就又开了一枪，这一枪显然是瞄着张宏霖打的。一声枪响，张宏霖一下子趴在了地上。快撤！樊老二喊了一声，骑着马从大门奔出去了。

一瞬间，七八个土匪一个个兔子似的，就都跑得不见了影子。

土匪走了，翠花过来搀起了张宏霖，只见张宏霖抱着腿，血正通过手指间不断地渗出来。翠花急得大哭起来：宏霖哥啊，你不能死啊，你千万不能死啊——

张宏霖当天被送到了延长街上的济康诊所，子弹擦伤了大腿的皮，倒也没有大碍。朱济壶把伤口处理了一下，又包扎了，开了一些药让煎着吃，然后他被工人们抬回了宿舍。

翠花来了，她杀了自家一只鸡，炖了鸡汤给张宏霖吃。

张宏霖倚在床头。

宏霖哥，你别起来，我喂你吃。翠花说。

我自己能吃。张宏霖坐起了身，伸手要接碗。

我喂你。翠花说。

不要。张宏霖接过了碗，喝了一口。

宏霖哥，好喝吗？

嗯。张宏霖心不在焉地答了一句，随即有了满腹的心思。他问道，翠花，你这两天见桂芝了吗？

此时问起黄桂芝，十分扫翠花的兴，她满脸不高兴，噘着嘴说：昨天见到了，她在房间里正剪头发呢。

剪头发？张宏霖问。

就是剪那种城市时兴的青年头呗。翠花说。

哦。

停了一会儿，张宏霖又问：那她这两天还忙什么呢？

还能忙什么呀，跟着学文哥学修机器呗。翠花说。

张宏霖不说话了。其实自从贺学文回来以后，他发现黄桂芝有了许多变化，但具体是哪里变了，变了什么，他一时又说不出来，或者在他心底里已意识到什么，只是不愿意相信而已。他和黄桂芝相好多年了，虽然婚事一而再再而三地耽搁，但彼此心里还是透亮的，都知道自己是对方的人。可是，自从贺学文一回来，一切都隐隐约约地变了样了。尽管他不愿意承认，但他还是感觉到，仿佛有一个巨大的磁铁，正在把黄桂芝慢慢地吸到另一边去。

宏霖哥，你再吃一些吧。翠花见他一动不动的，有些愣神，就端起碗来劝他说。

我吃不下去了。翠花，你先离开吧，我想静静躺一阵，我累极了。张宏霖说。

翠花轻轻地叹了一声，静悄悄地离开了。房间里只有张宏霖一人，他陷入沉思中。

张宏霖非常喜爱黄桂芝，他们两个是一个村的，自小青梅竹马。那年黄父差点卖了她，结果张宏霖和贺学文联手救下了她。之后，为了还清账，洪知县安排黄桂芝也到了厂里。但在他们自己以及所有的人都认为他们应该是一家人的时候，偏偏命运和他们一再作对，一耽搁，再耽搁，到了如今都还没有成婚。本来按计划那一年两人无论如何要结婚的，可忽然间却冒出个贺学文来。张宏霖发现自从贺学文出现，黄桂芝就变了样了，变得更活泼开朗，更爱学习了。她成天跟在贺学文屁股后请教这个，请教那个……而这一切都刺痛着张宏霖的心。

下午，黄桂芝来到了宿舍，她提了个篮子，篮子里放着两个小西瓜，还有几个梨，几个煮熟的鸡蛋。

她将篮子放在床头，剥了一个鸡蛋递给张宏霖，说：院子里的梨熟了，我摘了几个。我姨捎来了黄河畔上的沙地西瓜，我给你也拿来了。听说咱县的张知事常把咱们本地梨与西瓜拿回去送礼哩。据说可以清热解火，吃了伤病好得快……

张宏霖手里拿着鸡蛋，但却没有吃，他抬眼望着坐在床头的这个女青年，发现似乎有些不认识她了。不知什么时候，她留了青年头，穿了学生装，低头剥鸡蛋的时候，头发就垂下来，半掩着洁白而光滑的额头。这个黄桂芝，已不是那个梳着又粗又长的辫子，走路总爱哼歌的那个朴实的农村女子了。张宏霖发现了这一点，心里边在痛苦地呻吟着。

第二天，黄桂芝家里做了羊汤，她特意从家里端了来，一匙一匙地喂给张宏霖喝。在陕北，民间讲究伤筋动骨以后羊汤是最好的补药，可以使伤病好得更快。张宏霖喝着喝着，不由得眼泪就流下来了，滴到了碗里边。这一幕被黄桂芝看见了，她很诧异，住了手，问他怎么了。张宏霖将头扭到一边，不吭声。

好好的，掉什么泪啊。黄桂芝说着给他递过去了手帕。

张宏霖接过手帕将泪滴擦了，然后一动不动地盯着黄桂芝看。黄桂芝用勺子搅着碗中的汤，用嘴轻轻地吹着，看见他一眼不眨地望着自己，就莞尔一笑，歪着头问他：宏霖哥，你看我这形象还好吧！

好好。张宏霖心不在焉地回答。

宏霖哥，等你病好了，也给你做一身西装，你身体壮实，穿起来肯定要比贺学文帅好多倍呢。黄桂芝说。

我不要。张宏霖说。

为什么呢？黄桂芝问。贺学文说，人家大城市的男人都穿西服，个个都精神着哩。他还给我看了他们同学的照片，个个还打着领带呢。不过，贺学文在那张照片中还是土里土气的，一张娃娃脸。黄桂芝性格大大咧咧，说起话来，口无遮拦。

桂芝……你先走吧，我想歇会儿。

好吧。黄桂芝放下汤碗，说，宏霖哥，我也该到工地去了，你安心养伤吧，要什么，你就随时吭声。黄桂芝依然高高兴兴的，张宏霖的眼泪丝毫没有影响她的情绪，她起身告辞走了。

第二天，贺学文来到了张宏霖床前，看着张宏霖腿上的伤，他埋怨道：你那天咋不喊人一块儿去呢！那么危险，那么惊心，好几个土匪呢，有个差错可怎么得了！

这话贺学文本来是好心，但此时听到张宏霖的耳里，他却有了自己的想法。他忍不住问了一句：是你的话，就不会这样吧？

这话一下子把贺学文问住了，他怔了一下，接着就笑了，说：我可能不会像你那样冒失，我可能会喊许多人一起去。

如果那样，翠花可能就遭殃了。张宏霖说。

贺学文听出了张宏霖话中的不满，就解释道：其实我们的心意都是一样的，都是为了保护厂子，保护工人，但有时不能太过于冒失，要讲究策略，不做无谓的牺牲。

你觉得我是个冒失鬼，我在做无谓的牺牲吗？张宏霖打断了贺学文的话，盯着他的眼睛问道。

你不能这么理解。贺学文有些生气了，说：我们是一块儿长大的，我是什么人，你难道不知道吗？我和你一样都盼着厂子平平安安，和你一样爱这个厂，爱这些人，难道我愿意看他们遭难吗？就像那天在路上拦土匪的事，还有这件事，咱们遇事多动动脑子，多想想办法，可能会有更好的选择。

看来我们真不是一路人，我是对你真不了解。张宏霖说着，就扭过了头，不再理贺学文了。

看着张宏霖赌气的样子，贺学文笑着摇了摇头。

两人都不说话，房间里一时静默了。

过了一会儿，贺学文找话说：宏霖，其实我挺佩服你的，你是个英雄，侠肝义胆，危险时敢于挺身而出，勇于担当，但我们的观点稍稍不一样，也无可厚非吧。至于这件事，说不定我在场的话，我也会和你一样冲上去的。

张宏霖依然面对着墙不吭声。

不过，我今天来，不是和你说这个的。你那天经历的事，我全听说了，我也看了现场，我倒有另外一种想法。我咋觉得这些土匪有些奇怪，他们似乎不是来抢东西的，而是专门来搞破坏的。

张宏霖依旧不说话，但此刻显然在伸长耳朵听贺学文说。

我觉得一是这伙土匪敢于白天明目张胆来，一定有内线给他们提供了我们的作息时间，我们的生活规律，让他们有机可乘，他们才会这样地有恃无恐。二是他们抢油的话，应该到炼油厂去，抢钱的话这儿也没多少。但看现场，他们放火点燃了油，并且把油桶砸坏了几个，把门都捣烂了，还有工人的被褥也都被扔在地上了……你不觉得这些事情有蹊跷吗？

什么？张宏霖缓缓地扭过了头。

他们手中有的是枪，八九个人，要杀你一个人绰绰有余，可是却没有大开杀戒，只是故意折磨你，逗乐子出毒气，你觉得这正常吗？当然，说这话只是就事论事，并不是咒你。

你说他们是故意来捣乱的？张宏霖问。

贺学文点了点头。

嗯，我也有点奇怪。那个樊老二是杀人不眨眼的魔王，他提起枪来的时候，我闭上眼，知道自己很快就没命了。但结果并不是这样，照你这样想，也就是说，这件事是有人指使的，有可能他们只是耍耍威风，给一些人出毒气，给我们来个下马威罢了。

完全有这种可能。贺学文点了点头。

你是指徐怀义？张宏霖说。

贺学文嘘了一声，让张宏霖不要声张，然后说：宏霖，我和你一样爱这个厂子，盼着厂子能够红火起来，能打出更多的油来，能赚更多的钱，让工人有钱花，让国家富起来。否则的话，我也不会留日回来再在这里扎根，这一点你无论如何都要相信我。

张宏霖想了想，点了点头。

只是咱们凡事得多长个心眼，多动脑子想一想，看事情背后到底隐藏着什么。

你说怎么办？张宏霖性子耿直，刚才还埋怨贺学文，认为贺学文处处当缩头乌龟。这阵觉得贺学文说的有道理，就一下子不计前嫌了。

关于土匪背后是谁指使的，咱们目前也只是猜测，还没个凭证，这件事不能乱说，只能再慢慢调查，等拿到真凭实据再说。你还记得上一次吗？咱们拿了那么多证据告徐怀义，可最后事情还不是不了了之了。由此看来，所有的人都是靠不住的。你前几天遇到的这件事倒给我一个另外的提醒，咱们下一步面临的可能更危险、更直接，咱们得赶紧做好一件事。贺学文说。

什么事？

厂里应该成立一支矿警队，应该也配上武器来保卫咱们的厂子。贺学文说。

对呀，跟我想到一搭里去了。张宏霖一听这个建议，非常高兴，一把将被子掀开了，打算坐起身来。可由于动作过大，伤口又疼了起来。他哎哟了一声，贺学文赶紧扶他慢慢躺下了。

咱们应该以石油厂的名义给上级打报告，把这几年石油厂遭受的损失全部报上去，然后争取人力与财力，招兵买马，把矿警队成立起来，保卫咱们的厂子。贺学文说。

对。激动的张宏霖一把握住了贺学文的手。

没过几天，贺学文以石油厂的名义打了报告。很快报告就批下来了，石油厂成立了十人的矿警队，配备了枪支弹药，由张宏霖兼任矿警队队长。

美孚公司代表在延长县驻扎了下来，每天早出晚归，携带着机器设备，四处勘探。贺学文看着他们在忙，自己寄上去的抗议书却没有一点音信，一时心急如焚。

转眼间，美孚公司来延长已三个月了，从张知事那里知道了美孚公司勘探的人就要撤走的消息，贺学文就琢磨着要在这个阶段搞一次抗议活动。

这一天，听说张知事在给美孚公司代表举行饯行宴会。贺学文便约了一些工人、农民还有部分无业游民，在延长县举行了声势浩大的抗议活动，参加人数有五六百人。

其实，贺学文之所以能组织起来这么多人，并不是因为许多人对美孚公司要在延长采油这件事有认识，而是很多人对美孚公司在延长的所作所为颇有不满。

美孚公司自驻扎延长县城以来，在县城东头买了一处院子，周围架起铁丝网，不许老百姓靠近。另外，对一些给他们扛机器的工人态度非常不好，想打就打，想骂就骂。还有几次，他们也像当初的日本人一样，把钱撒在地上，逗引中国儿童去抢。当这些天真无邪的孩子去抢时，他们或者拿臭鸡蛋扔打孩子们，或者在一旁拍照，嘻哈取乐。这一切所作所为一传十，十传百，就引起了延长当地人的强烈不满。听说有抗议外国人的活动，大家便一呼百应。

贺学文与黄桂芝及多名矿上工人在延长县东头集中，贺学文进行了即兴演讲，然后一群人打着横幅，喊着口号，从东头出发，沿街道直奔县署而来。

张知事正在招待美孚公司一行十四人呢，听到这件事，心里十分惊慌，害怕出什么乱子，让外国人见笑，受到国民政府责怪。但多名美孚公司的人听到有人要来抗议，倒个个不以为然，谈笑风生，推杯换盏，神态自若。

张知事打算安排警卫前去驱散民众，但很快被带队的大卫拦住了，他用不流利的汉语说：游行示威在我们国家是很平常的，你不要管好了。他们是冲着我们来的，到时让我们来对付就行了。

张知事得到了这句话，就打发人再探听消息，但心里一直忐忑不安，不知道这些美国人究竟会玩一些什么花招。

延长是个小县城，街道并不长，不一会儿，游行人员就到了县署门前。这时队伍更庞大了，因为抗议的路上不断地有人加入进来，也有许多凑热闹的图红火的看稀罕的都跟着来了。在县署门口，大家止了步，贺学文又在大家面前做了演讲，大致意思是美孚公司开采石油是外国人对中国的经济侵略，他们想控制我们的经济命脉，让我们世世代代做他们的奴隶。号召每一个有良知的中国人都站出来，敢于说不。

大家听得贺学文这么说，个个都义愤填膺，恨不能立马挽起袖子跟美国人干一场。

贺学文组织大家在县署门口喊口号，要求美孚公司派代表出来，要求张知事出来，接抗议书，并就与美孚公司合作做出说明。

正在乱哄哄闹着的当儿，张知事打发人出来了，对贺学文说：你们可以派三个代表进来，和张知事、美国人一起面谈，有什么要求可以当面提。

这个提议倒是出乎贺学文的意料，当下，贺学文、黄桂芝，还有初级中学的一位姓拓的教师被众人推举为谈判代表，进到了县署大厅。

厅内，一些人正在推杯换盏，热热闹闹。大卫见他们来了，请他们坐下，但三个人都不坐。张知事心事重重地在一旁望着众人，不知道今天的事将会怎样收场。

大卫坐下来，手中依旧拿着酒杯把玩着，说：其实，你们没必要这么气急败坏啊。很简单啊，我们来你们这里开采石油，我们也欢迎你们到美国去开采石油啊，或者铜矿或者盐矿什么的。

贺学文说：你说这种话是欺负人，你明知道我们的技术不如你们，不可能到美国去开采的。但这里的资源是我们的，我们是主人，我们完全有理由对你们说不。

那咱们换个角度来说吧。大卫依旧心平气和地说，你们开采不出来，我们帮你们开采就可以换来钱，你们国家有了钱，就可以搞建设，修路架桥建惠民设施，有什么不好呢？资源不开发，岂不是一堆没用的东西，你不觉得我们是在帮你们吗？

说得好听，但请问，你们帮我们开采是不计利的吗？就我个人对这件事情的了解，你们在我们的土地上开采我们的矿藏，我们却仅占到全部股份的45%，而你们仅仅靠技术就占到55%的股份，在公司拥有决定权，由你们说了算。你说这公平吗？这和侵略有什么两样吗？资源是不可再生的，但科学技术却是可以学来的。就是说，不允许你们开采，终有一天，我们也会有自己的公司，然后会开采出我们自己的石油的。

贺学文的说法获得了其他两个人的一致叫好。

大卫听完贺学文的话，他耸了耸肩膀，放下酒杯，说：你说的也有一定道理，我们是公司，是企业。企业就是以赚钱为目的的，赔本的事情我们不会干的。不过，先把这个话题撇开吧，你想不想知道我们这回勘探的结果如何？

姓拓的老教师说：我们才不管结果呢！问题的根本是你们就不应该在这里勘探。

大卫耸了耸肩，他拿过一个皮包，打开来，从中抽出一沓资料，递给贺学文说：他们看不懂，你是留过学的，应该能看懂吧。看看这些资料，你就明白了。

贺学文接过资料一看，是一份总结报告，很厚的一沓，用中英两种文字写成，上面写道：美孚公司在陕北的三年之内，在方圆五万平方公里的地区进行了地质粗查，经过测量的路线约四百公里，在延安、延长、延川的永坪、甘泉的石门子、宜君的七里镇一带和该县的东部进行了细查，测成面积一百余平方公里的一万二千分之一的地形图。美孚公司购置的三千六百升汽动顿钻，分别在陕北各地打井七口，其中延长附近钻中深探井两口，一口井深844.3米，在十五层和二十一层各见油少许；一口井深610米，在十五层见微量油，二十一层处遇旺油，日产两大桶；其余五口，石门子、金牛庄、段家湾三口未见油，桥儿沟、洪石崖两口虽遇油层，但流油甚微。

贺学文看完了，看到勘探的延长石油状况竟然是这样，心里有些失落，他把报告递给大卫，说：你们勘探的结果是说陕北没油？

左右两人听到他这个问话也都瞪大了眼睛。

对，依我们三年调查的结果看正是这样的。我们马上要把这个报告递给公司高层，我们认为陕北油系石炭纪，无大规模开采的价值。

怎么会这样呢？贺学文喃喃自语道，跟随的两个人听到这话也都傻了眼，面面相觑。

怎么不会是这样呢？大卫站起身来，他个子高，所以走动时，肩膀就左右晃动着。事实是不以个人意志为转移的。我们马上会把这个报告呈给总公司，公司的最终决定是什么，现在并不能确定。但可能性很大的是，我们不再与你们合作，因为正如你说的，无利可图。就是说，我们宁愿承担违约责任，赔给你们钱，也不愿意再在你们的地盘上打油井，这道理你应该懂的。原因不是来自你们的抗议，而是你们这里根本就没有可供开采的油。

你胡说，没有油，那我们现在采出的油是哪里的？我们这里每条河里发了水上面都漂浮着油。拓老师激动地说。

贺学文制止了他。

大卫耸了耸肩膀，然后对贺学文他们说：你们还要继续打扰我们最后的晚宴吗？

我们走吧。贺学文沮丧地对两人说。

三人出得门来，外边游行队伍的人个个仰着头都在急切地盼着消息。贺学文有气无力地对大家挥了挥手，说：大家都回去吧。

众人听了这话并不走，各个不解地望着他们。贺学文对拓教师说：你告诉大家，美国人不打算在这里打油了。

那个美国人会不会骗咱们？一直未说话的黄桂芝问道。

不会的。那些都是实实在在的报告与数据，他说的是真的。贺学文说。

贺学文在日本留学三年，专业并不是由自己选定的，他们一行去的人分在了不同的班，贺学文主修的是石油炼制。所以，在他回来以后，对于石油的冶炼可谓是轻车熟路。他修补好了炼油釜，开始按照自己所学提炼挥发油和擦枪油，并打算把挥发油、硬性石蜡、软性石蜡等三种商品标上商标出售，打出延长石油的品牌。关于地质方面的知识，他虽也有所涉猎，但由于不是他的专业，故对此是一知半解的。他总想着，陕北的地下会有很多油，只要找对位置打下去，就会有源源不断的油流出来，就会让国家富起来。他哪里会想到，根据美国人的勘测，这方土地根本就是块贫瘠的土地，没有油。即使有少量的油，也是不值得一提，是没有开采价值的。这这这，怎么可能呢？

贺学文的情绪一落千丈。

张宏霖、黄桂芝跟贺学文不一样，他们不相信没有油，也不相信美国人。黄桂芝说：说不定美国人骗咱们呢，把咱们骗走，然后他们自己开采呢！

但是很快北京那边就有消息传来了，美孚公司愿意承担违约责任，单方面撕毁合同，不再与中国政府合作。这个消息给这些远在小山沟充满热情的年轻人泼了一盆凉水。

贺学文垂头丧气了好几天，待在屋里也不出去。他心情沮丧，如果这块地下没石油，那么自己这多年来的梦想也就随之破灭了，那些雄心壮志只能徒增笑料而已。

这一天，黄桂芝来了，她看到贺学文萎靡不振的样子，扑哧一声笑了，说：亏你还是个男子汉哩，这么点事，倒丧气成这样子！

贺学文有气无力地说：如果这里没油，那么我们所做的这一切还有什么意义呢？我们成天想着厂子要扩大再生产规模，还有什么可能呢？

黄桂芝说：那美国人说没就没啦？那河里流的油都是哪儿的，我们现在每天抽的油都是哪儿的，难道是从美国流出来的？美国人说没有开采价值，那是他们的说法，我就不相信这些美国人。

人家用的是科学啊，是用数据来说话的。贺学文说。

那如果仪器出了差错呢？那如果油藏得深，仪器没探测出来呢？黄桂芝抢白道。

贺学文不说话了。

黄桂芝说：我就见不得你这个样子，别人说啥你信啥。照我说，你还是把先头的劲头拿出来，他们说没油，就让他们说去，咱们那个延一井现在每天还抽几百公斤油呢。要我说，照延一井这样的例子咱们就打他个十口、一百口的，不也是丰产？难道他们几句话就把你打倒了？真是没悍性！

贺学文虽然觉得黄桂芝的话中有蛮不讲理的成分，可细想想，事情不也正是这么个理吗？延一井自从打成到现在日夜都在抽油哩，尽管外国人说没有工业价值，但如果能打出像延一井这样的十口井来，那么，每天不也能抽好几吨吗？

起来，吃饭，院子里工人们都等着你哩。吃完饭好好看书去，我就不相信，老几辈子人都说这里有油，都从宋朝传到现在了，难道就凭他们短短三年的时间就给否定了？黄桂芝大声说。

不知怎么的，贺学文听到这话，就乖乖地起来喝汤了。喝了一大碗，肚子里暖和了许多。出得门来，大好的阳光，那些他先前摆弄的钻头、钻杆处多了一些设备，那是工人们不知从哪里弄出来的，有几个工人正在埋头干着活。

看到这情景，贺学文的心头温暖了许多。

有个工人看见了贺学文，就高兴地说：那些美国人跑了，可是把机器全扔下了，昨天我们就捡了一些设备，从山里抬回来了。他乐呵呵地指着远处堆放着的铁家伙给贺学文说。

工人高涨的工作热情感染着贺学文，贺学文走到机器旁，左摸摸右摸摸，连声说：好，好……

工人马进昌对贺学文说：我们相信你这个洋学生，你带领我们干吧。要不，咱们的厂子就要倒闭了。

受到工人们的鼓励，贺学文又有了信心。他缺乏测井经验，有工人给他提供了一份原日本人勘探的未打的井位图。他把日本人钻的五口井研究了一下，结果发现他们所钻的井都位于同一条线上。新的一天，贺学文就有了自己的想法，他打算在一个日本人先前画好的未打的井位上试着钻一次井。

为了实现这个想法，他和工人们开始安装机器，用了七八天时间，机器就安装好了。

贺学文对这台安装好的机器究竟能不能钻井心里没有把握，犹豫着不知道该不该发动。因为这一段时间，结合自己学到的知识，尽管把机器原理都弄通了，但第一次一个人安装测试机器，他心里还是比较忐忑的。如果哪一个小部件没安好，出了差错，导致机器传动出了问题，引发机器损坏，那也不是玩的，而是致命的啊。

看到贺学文有压力，工人们都对他说：你干吧，我们相信你。

但这样的话越多，贺学文压力越大。他能做的就是检查再检查，以确保万无一失。

又过得两天，这台打井机器完全装好了。这一天要开始试机器了，厂子里的人都来了，有一些人心存顾虑，就躲得远远的，甚至有工人上了树，他们害怕机器着火或者爆炸。中午十二点，教堂的钟声敲响了，这里一切也准备就绪。加煤，点火，随着贺学文的喊声，巨大的烟囱中开始冒出浓浓的烟，风来了，烟四散飘开。接着机器发动起来了，机器带着巨大的轰鸣声，轰轰隆隆地响了起来，顿钻开始上下启动，发出了哐当哐当巨大的声响。

一分钟过去了，十分钟过去了，所有人的心都提到了嗓子眼。又过了十多分钟，机器仍然安然无恙，运转正常。看到这情景，贺学文欣喜地大声呐喊道：成功啦——

张宏霖过来了，黄桂芝过来了，翠花过来了，接着其他的人都过来了，个个欣喜异常。

学文，你可真行，是好样的。黄桂芝激动得脸色通红。她看到贺学文脸上的汗珠混合着油污，忍不住用手绢给他擦了擦。

学文哥，你可真行，硬是把一台报废的机器修好了。翠花跑过来握住贺学文的手跳了起来。

又过了几天，这台机器就被移到了烟雾沟顶。贺学文领导着石油厂的工人们按照佐藤当初测绘的一张井位图，第一次由中国工人们自己架起了机器，开始了新的钻井尝试。

第三章

民国初这段日子，对于延长石油厂来说，是黑暗的，有总理相当于没总理，有人管相当于没人管。当此之时，中国社会军阀混战，世事动乱，没缘由地今天你打我，明天我打你，又有称帝复辟，执政者如走马灯似的换来换去，看得人眼花缭乱。陕西这块地方更是战乱不断，并且有愈演愈烈之势。在这种情况下，当政者就无暇顾及延长石油官厂了。偶尔，有良知的知识分子会呼吁几声，但最终都湮没在了纷乱的战火中。

从我拿到的资料来看，延长石油官厂的总理从 1912 年起到 1928 年，十六年间换了十一任，有些年间甚至一年换一任。有的来了守旧摊，有的来了只是转一圈，有的甚至连来都不来。其中有一个叫张允耀的，受陕西大都督委任，他本是带兵出身，上任时就带了一个排的护兵，在延长油矿驻扎下来。他说是搞开发，其实任何事情都没做，倒是同当地的老百姓发生了一场纠纷。张允耀刚来不几天，听说延长梨好吃，就要勤务兵买来吃。勤务兵便闯入一个叫杨根仁的百姓的果园中，因为价钱没讲好，双方发生了摩擦。蛮横无理的张允耀知道后，当即集结全排士兵，竟然对准果园连开十八枪，吓得老乡们四处逃散。他把杨根仁抓住，捆绑了起来，押到城墙根准备枪杀。正在这时，城墙塌了一处。张允耀虽蛮横，但很迷信，他认为是不祥之兆，怕枪杀杨根仁惹怒神灵，故才作罢，放了杨根仁，事情得以平息。

贺学文在这样的艰难环境下，和张宏霖一起开始了钻井生涯。此时，那个当初西装革履的留洋学生不见了，贺学文变得整天土不拉唧的，满身油污。

贺山子此时也长大了，成了团丁，驻扎在罗子山上。因为有了正当事干，延长街上有人给提亲了。姑娘柔弱，长得细眉细眼的，贺学文见过一面，觉得不错，就给弟弟订了婚。也有给贺学文说亲的，但都被贺学文拒绝了，众人都觉得他留过洋眼头高。

张宏霖与黄桂芝若即若离，还没有成亲，大家都不知道这对年轻人葫芦里到底卖的什么药。

日子在简单重复的过程中一天一天过着。

这天，贺学文上山查看了一番钻井钻出的石质，眼看着天阴了要下雨，就往厂里返，结果走到半山路上，雷电交加，下起了瓢泼大雨。此时正当秋季，而陕北总是夏季缺雨，秋季多雨，一块云悄无声息地从南面天空上来，遮住了半天上的太阳，接着轰隆一声雷，就好像打仗宣战似的，紧接着，雷鸣电闪不断，通天的雨柱从天而降。贺学文一看这瓢泼大雨实在没法子跑了，见就近有一窑洞，赶紧钻了进去。一钻进窑洞，让他没想到的是黄桂芝竟然也在这里。原来她是给山上送东西的，遇到雨了，也就躲到了这里。此刻，贺学文的身上全湿透了，衣服贴在了身上。黄桂芝身上也湿透了，衣服也贴在了身上，她小心翼翼地抱着双膝蹲着。两人在窑洞里等了半天，雨丝毫没有停的迹象。贺学文见窑里散乱地撂着一些玉米秆，又见黄桂芝冷得发抖，就把玉米秆用脚踢到一块儿，然后点着了。两人伸出手去烤火，但湿透的衣服贴在身上非常难受。黄桂芝就说，你把上衣脱下来烤吧，先把水拧干。贺学文听了这话，也没多想，因为和黄桂芝成天在一块儿，在他眼里，几乎不认为与她有男女之别了，就脱了上衣，将水拧干了，然后递给了黄桂芝。黄桂芝就拿着在火上烘烤了起来。

也合该有事。原来，因为下雨，山顶上工人们都躲到了帐篷中，但是，雨实在太大了，帐篷塌了下来，支帐篷的一根木头砸在了张宏霖的腿上，当时就鲜血直流。工人们着了急，但当此之时，雨正大，干着急也没办法，大家凑合着用人力把木头支了起来。过得一会儿，见雨稍稍小了些，操心着张宏霖腿伤的工人们便商量了个办法，由三名工人护送张宏霖下山。一名工人背起了他，另两名在身后扯着胳膊腿招呼着。一行四人，沿着小路往山下赶，路过这里时，恰恰发现了窑洞中的黄桂芝和正在往身上穿上衣的贺学文。

张宏霖的眼直了。

当此之时，贺学文与黄桂芝见张宏霖受了伤，也顾不得解释什么，就急忙跟着工人们下了山。

经朱济壶检查，张宏霖的小腿骨折了，朱济壶拿捏着对好了骨头，然后将小腿包扎固定起来。多灾多难的张宏霖又一次被抬到了宿舍，又一次躺在了床上。

翠花听说张宏霖腿受伤了，就天天来看他，天天炖了羊骨头汤让他喝。这个初谙世事的小姑娘，自从那天张宏霖奋不顾身地从土匪手里救了她之后，打心底里就深深地爱上了这条汉子，平时有事没事也总爱往张宏霖身边凑，更别说现在有了照看他的充分理由了。

这天，她又来了，她给张宏霖拿来了一把旱烟与一杆铜烟锅。旱烟是她父亲自己种的。烟叶种在自家地里，待成熟后，便收割了扎起把来，然后挂在窑门口晒干，再揉碎了，父亲便拿烟锅一锅一锅抽。这个有着许多小心思的姑娘趁父亲不备，偷了一些烟叶，拿给张宏霖。同时，前些天她托人从山西买了一杆铜烟锅来，又亲手缝了一个旱烟荷包，在旱烟荷包外，还绣了一对水中的鸳鸯。她把这些都送给了张宏霖，然后满心欣喜地望着他。

张宏霖躺在床上，接过这些，手中翻弄了一下，就放到了一边。翠花不满意地噘着嘴。她看到他身旁还放着凉了的羊骨头汤，就想着动手热一下，但刚拿起来，张宏霖说话了：翠花，你忙去吧，我想清静一会儿。

翠花愣住了，扭头瞅着他。瞅了半天，冷冷地将碗放到桌子上，扭身走了。

过了一会儿，黄桂芝来了。张宏霖孤零零地一个人躺在床上。黄桂芝发现他的床头有一碗凉了的骨头汤，便生着了火，放在了锅里。一会儿，锅里冒开了汽，黄桂芝揭开锅盖，将碗端了出来。

张宏霖一声不吭地盯着她，注视着她的一举一动。

黄桂芝利索地坐到床头，端起了碗，拿着汤匙说：我来喂你喝吧。

张宏霖依旧不吭声，也不接受，只是呆呆地望着黄桂芝。

你咋啦？黄桂芝问。

你还是去喂别人吧。张宏霖不阴不阳地说。

宏霖哥，你怎么这么说！只是腿受伤吧，脑子该没病吧？黄桂芝喂汤的手停住了，一时间非常诧异。

瞧瞧你，还是当初的那个黄桂芝吗？张宏霖说。

我？黄桂芝扭头看了看自身的衣着，又顺手摸了摸自己的头发，莫名其妙地望着张宏霖，不知自己在什么地方惹了他。

张宏霖强忍着痛苦，说：你的头发变了，衣服变了，人变了，心也变了啊……

听到这话，黄桂芝放下了碗，她低下了头忸怩了半天，说：宏霖哥，你如果不喜欢这衣服，我可以脱掉；你如果不喜欢这头发，我可以剪掉；还有，如果你不喜欢我识字，我也就……不识字了。她小声地说。

我可不敢这样想，我是你的什么人呀。张宏霖依旧不阴不阳地说。

贺学文回来的这些年，黄桂芝爱与贺学文在一起，爱听他说话，爱听他讲一些大道理，听外面的世事。但从心底里，她还是承认自己是张宏霖的人，对于贺学文她也只当成自己的一个兄长，从来也没有动过其他念头。但这一切，作为旁观者的张宏霖是理解不了的。

一时间，两人都没了话，都在沉默着，房子里静极了。正在这时，门外有人喊黄桂芝到工地上去，黄桂芝就隔着门应了一声。

你走吧。张宏霖说着，扭过了头。

黄桂芝低下了头，轻咬着嘴唇说：宏霖哥，只要你愿意，我们随时都可以成亲。黄桂芝像下了很大决心似的说道。

我哪里还配得上你啊，你都快成贵妇人了。张宏霖说。

听着张宏霖讽刺的话，黄桂芝心里一阵阵难受，她捂着脸呜呜哭着出门去了。

听着黄桂芝的哭声，张宏霖心里也难受极了，他回想着往昔与黄桂芝的一切，不由得也流下了泪水。

又过了多天，张宏霖的腿伤渐渐好了，可以挪动着走路了。

厂里一个叫宝娃的工人平时总和张宏霖在一起。这天下午收工后，见他腿伤了，心情也不好，就提了一瓶酒过来和他一起喝两杯。

气氛尽管有点沉闷，但喝着喝着，两人的话就多了，从厂内事聊到厂外事，从土匪说到徐怀义，从知县说到平民，越说就喝得越多。张宏霖因为心里有事，不一会儿，他就喝得有点醉了。这时宝娃提的一瓶酒已喝完了，张宏霖忽然记起厨房里还有酒，就跛着腿去到厨房里找。

翠花这阵正在厨房里和面，她见张宏霖醉成这样，就劝他不要喝了。

张宏霖找到了酒，揣到怀里，一把推开她，踉踉跄跄地往门外走。

宏霖哥，你真不能喝了，看看你都醉成什么样子了。这时黄桂芝不知什么时候也出现了，她赶上来一把拉住了张宏霖。

我不要你管。你是谁啊，你是我婆姨吗？我要你管吗？你还是去找你的洋学生吧。喝醉酒的张宏霖口齿含混地说。

听到这些话，黄桂芝心如刀绞，她就放了张宏霖，倚在墙边，眼里憋满了泪水。

一瓶一瓶再一瓶，两瓶三瓶四五瓶……张宏霖嘴里含混地哼着，怀揣着酒瓶往前走。走着走着，因为喝多了酒，再说他的腿也没好利索，脚下一块石头一绊，他一下子倒在了地上。

正在生气的黄桂芝看见了，忙过去拉他。

翠花也看见了，也忙过去扶他。

张宏霖被拉起来了，他看见了黄桂芝，就一把将她推开了，说：你去吧，到一边去吧，寻你的心上人吧，我这小庙里盛不下你这个大神仙。

黄桂芝被他推到了一边，他身边这时就只有翠花了。翠花搀扶着他，他的半个身子斜靠在翠花身上。

翠花着急地说：宏霖哥，你咋醉成这样了，你不要再喝了。

没事。张宏霖胳膊一甩，说，再喝两瓶咱都没事。翠花呀，哥最喜欢你了，咱们成亲吧。

翠花看到一旁的黄桂芝正在抹眼泪，就说：宏霖哥，你别乱说，看你都醉成什么样了。

我就喜欢你，一直喜欢你。张宏霖含混不清地说，你信不信?

宏霖哥，你别再说了。由于这时天还没黑透，院子里还有其他人，翠花听到这些话羞红了脸，说，宏霖哥，厂子人多哩，你别说了，我知道了。

我就要让大家都看到，都听到，我就喜欢你。说着，张宏霖在翠花的脸上亲了一下。

张宏霖的这些话这些动作，一旁的黄桂芝全看到了，听到了。看到他亲吻翠花，对她动手动脚，黄桂芝哭着捂着脸跑走了。

这时有些醉意的宝娃等不上张宏霖，也赶过来了。他见张宏霖衣衫不整，身上还沾了许多土，一惊酒劲就散了，过来和翠花一起将张宏霖搀到了宿舍里，按倒在床板上。不一会儿，张宏霖就睡着了。

当夜就这样过去了，但到第二天，张宏霖喝醉酒这件事就在厂里传得沸沸扬扬。大家都知道张宏霖与黄桂芝闹别扭了，和翠花好上了，还当着众人的面亲了翠花。

知道这事的人说什么的都有。

翠花年轻漂亮啊，所以张宏霖才喜欢她的。

这张宏霖年轻轻的就吃着碗里，看着盆里啊。也有人这么说。

黄桂芝不喜欢张宏霖了，变心了，她看上贺学文了，所以，张宏霖才要娶翠花，看来女人都是靠不住的。

贺学文从事的是技术工作，赚的钱更多呗。这黄桂芝纯粹是白眼狼，是势利眼。

贺学文是个什么东西。他和张宏霖那么好的关系，自古道，朋友妻不可欺。可他竟然向黄桂芝下手，真让人失望。还留洋呢，真是把书念到驴圈里了。

一时间，满城风雨，说什么的都有。这件事不知怎么就传到了翠花父母的耳朵里，他们本是农村人，没见识，听风就是雨。听见人说张宏霖在大庭广众之下亲了翠花，并抱了她，他们只当两个年轻人早就偷偷好上了，一时间就心里老操心着怕两人再做出什么见不得人的事来，那就难堪了。

翠花妈就问翠花究竟是怎么回事，可是问死问活也没问出一句话。翠花咬紧牙关，愣是不承认也不否认。其实，对于翠花来说，实在是没什么好说的。她是喜欢宏霖哥，可宏霖和黄桂芝是一对，这她早就知道的；她喜欢张宏霖，暗地里也存有那么一丝私心，但一直都没认真想过。这次，忽然间张宏霖说喜欢她，并当众亲了她，这让她有点蒙，一时也反应不过来。她在心里暗喜之余，又忐忑不安，觉得这一切和做梦似的。所以，面对父母的追问她觉得承认也不是，否认也不是，只有咬着牙关不说话。

女儿不吭声，更证实了做父母的想法，看来这件事是真的了。女儿年龄大了，男婚女嫁是正常的事，他们操心的是俩年轻人整天在一块儿，万一弄出个什么不小心来，他们的老脸就丢尽了。目前最当紧的是把这事给说破，早点让张宏霖家来提亲。对于张宏霖这个小伙子，他们见过，心里还是很满意的。

翠花妈有了想法。新的一天，她就亲自上门来到了张宏霖的家。对张宏霖的母亲说：亲家啊，我来看你啊，给你道喜来了。

张宏霖的妈听她话里有话，称呼自己为亲家，也不知是怎么回事，就含混地应承着，然后问她是怎么一回事。

翠花妈就把自己听到的事添油加醋地说了一遍，说张宏霖年龄不小了，和自己的女儿翠花好上了，这是好事啊。翠花已十八了，张宏霖二十大几，也早就到了成亲年龄，如果有空的话就找个人说合说合，把两人的婚事办了，免得日后生出什么丑事来。

对于这件事张宏霖妈还蒙在鼓里，她清楚地知道张宏霖与黄桂芝好，两人如果不是一耽搁再耽搁的话，自己早就抱上孙子了。现在，怎么忽然又冒出一个翠花啊。黄桂芝与翠花她都认识，老实说，她不喜欢黄桂芝，有些疯疯张张的，她倒觉得翠花本本分分，是个做媳妇的料。但是，在婚姻这件事上，她是不想干涉儿子的，丈夫死了以后，这家里就是儿子当家，所以她很尊重儿子的意见。此时听翠花妈这样说，她就回答道：儿女的事也是急不得的，等宏霖回来我问问他再说。

两人又说了些闲话。送走了满脸喜气的翠花妈，宏霖妈在家里就待不住了，心里老想着这件事。想着儿子一直在工地，只说打井，好多天都没回来了，她就想找儿子问个明白，看到底是怎么回事。在她眼里，儿子一直是个明事理的人，尽管有时冒冒失失，但承继了他父亲身上的一些优点，仗义，心直，善良，不是那种朝三暮四的人。

宏霖妈一直撵到了烟雾沟的工地来，找到了张宏霖。

妈，你怎么来了？宏霖用手扯着衣襟，擦了一把脸上的汗。

你一连多天都不回家，妈这不是来看看嘛。宏霖妈说着，心疼地望着儿子，掏出手绢给儿子擦了擦脸上的汗。

妈。宏霖一把接过手绢，自己擦了起来。当着这么多工友的面，他不好意思。

宏霖，这一段没见，你瘦多了。宏霖妈说。阳光下，宏霖黑黢黢的，身材消瘦了许多，有点憔悴。

妈，你要再没事，就先回吧，这里不安全。张宏霖说。

宏霖，妈问你点事，你跟妈过来。宏霖妈说着，等儿子过来了，她就问道，你和翠花究竟是怎么回事啊？

妈，我们没有什么事啊！宏霖说。

怎么没有事，我听人说你们俩好上了。刚才翠花妈都上门了，催着要咱家去提亲呢。

妈，怎么会这样！张宏霖一听大惊，当初自己喝得醉醺醺的，在大庭广众之下为了气黄桂芝，才亲了翠花一口，但他万万没想到事情的发展会是这样。

妈，真的没事，我和翠花是开玩笑，不当真的。宏霖说。

宏霖，这种玩笑不能开啊！人家可是黄花闺女哩，还没嫁人哩。你怎么这么糊涂啊，你这样一弄，你让人家翠花咋做人哩。宏霖妈斥责道。

张宏霖不吭声了，此时他也感到了这件事的荒唐与可怕。他当时只顾自己，只顾生黄桂芝的气，就没有多想，头脑一发热，就那样了。至于真的要娶翠花，他可是从来没有想过啊。

宏霖，你爸去世早。你爸是个响当当的硬汉，活在世上，没人敢说他半个不字。咱们好汉做事好汉当，活着就不要让人戳脊梁骨啊。张宏霖妈语重心长地说。

我知道。妈，你回去吧，我会处理好的。张宏霖说。

当断不断，必受其乱，做男人就得瞎主意好主意必须有主意。你早点拿主意还是好啊。宏霖妈又劝说道。

妈，你回去吧，你不要操心了。宏霖把他妈打发走了。

等母亲一离开，宏霖的脑子就乱了，想想自己做的事可真够荒唐的，怎么就能无缘无故地亲了翠花一下呢？并且当着那么多人的面。现在好了，翠花妈催上门了，这事可该咋弄呢。他想来想去，还是下不了决心娶翠花。唉，解铃还须系铃人，还是找翠花把这事情解释一下再说吧。

下午，宏霖找了个借口，抽空一个人从工地上回到了厂子里，来到了厨房，见到了翠花。翠花一边蒸着馍，一边在哼着歌。一个个小圆馍摆在案板上，非常可爱。翠花本是个非常单纯的姑娘，没有经过世事，张宏霖救了她，她脑子里就和古书中说的那样，有了一种英雄救美、美女又报答英雄的念头，觉得张宏霖仗义，有英雄气概，就一心想对他好。前几天晚上，张宏霖亲了自己，并当着众人的面说爱自己，这真让她喜出望外。虽然这些只是一瞬间，但后来她不知想了多少遍，张宏霖的话就像一颗种子种在了她心里，又在她的浇灌下，生出了芽，长出了叶，现出了满眼的绿，令她欣喜不已。

看到张宏霖独自一人来到厨房，她喜出望外，也顾不得双手沾着面，就说：宏霖哥，你来了。说着，一下子扑到了他面前，也亲了他一下。

张宏霖推开了她，说：翠花，人多呢。

我不管。翠花悄声说，我就喜欢我的宏霖哥，他们爱说就让他们说去吧。翠花年龄小，因而有几分任性。

张宏霖推开她，拉她坐下来，说：翠花，你坐下来，我有些话要对你说。

翠花坐下来，睁着两只大眼睛，看到张宏霖这么严肃，一时间也绷紧了神经，不知道他究竟要说些什么。

嗯……张宏霖想了想，抬起头，面对着翠花那双纯真的眼睛，又说不出话了，他实在不忍心伤害她。

宏霖哥，你要说什么呢？你今日怎么了？张宏霖的严肃让翠花异常不安。

翠花，那天都是我不好，我给你道个歉。张宏霖说。

什么啊？哪天啊？翠花问。

那一晚，在厨房门口。张宏霖说着，一边把头扭到一边，尽可能不去看翠花的眼睛。那晚，我喝多了酒，喝得实在太多了，我都不知道自己做了些什么……张宏霖说。

宏霖哥，你没必要道歉啊，我不怪你。翠花感到十分惊奇，她以为他是内疚。

不是，翠花，翠花……事情到这份上了，张宏霖只得把话挑明，硬着头皮往下说。自那件事发生以后，厂里有许多传闻。我很后悔，你年龄这么小，你是个好姑娘，我也很喜欢你。只是婚姻这事，我觉得咱俩不合适，你会遇到更好的男人。张宏霖这个大男人，第一次在女人面前红了脸。他结结巴巴说到这里，就再也说不下去了。

宏霖哥，你说什么呀，你怎么可以这么说呢？翠花终于从他吞吞吐吐的话中明白了他的意思，忽地一下子站了起来。

张宏霖看她这么激动，一把拉住她，让她坐下，说：翠花，我和桂芝的事你知道，早就有婚约，早就打算成亲，只是一直阴差阳错，耽搁到现在。不过，一直到现在，我心里的人还是她……

翠花听明白了张宏霖的话，知道了张宏霖是来向自己解释、告别的，他根本对自己就没意思，他之前做的那些事只是一时的冲动，看来只是自己在自作多情罢了。轰地一下，这些天在她心中筑起的幸福的城堡瞬间倒塌了。

你怎么可以这样出尔反尔，你不是说喜欢我吗？她这样问着，但也只会问这么一句。说着说着她颇感委屈，呜呜地哭起来了。

翠花一哭，张宏霖就没了主意，一时急得双手直搓。他是条硬汉，哪怕刀架在脖子上也不怕，但最怕的却是女人哭。

翠花，莫哭！翠花，不怕的。你还是我的好妹妹，一辈子都是我的好妹妹。张宏霖急急地说。

呜呜呜——翠花哭声更大了。

就在这时，两人同时听见了门外边有了脚步声与喧嚣声。

翠花，工人回来了，快不要哭了，别让人看见了。张宏霖着急地说。

翠花也听见了工人的脚步声，她止住了哭泣，站起身来，走到了案板前，继续做饭，仍不停地啜泣着。

翠花，千错万错都是我的错，你原谅我吧。宏霖说着，从门里退了出来。

一会儿，院子里响起了工人的笑声与呐喊声。他们从工地回来了。

张宏霖拒绝了翠花的感情，她接受不了。张宏霖走了，工人们回来了，看着翠花揉肿的眼睛，大家都似乎猜到了什么，就都默不作声地低头自管自吃着饭。

工人们吃完了饭，就默默地走了，厨房里又剩了翠花一人。她像往常一样收拾着碗筷，一边收拾，一边眼泪又不争气地流下来了。她将碗筷收拾好，然后把地上打扫干净，把房间和往常一样收拾利索，就静悄悄地一个人上了山。她来到山顶的那棵杜梨树下，默默地流着泪。好大一会儿，才下了决心，往树上挂了一根绳子，上吊了。

太阳落山了，对面山洼上放羊的娃娃正赶羊入圈呢，忽然发现了杜梨树和往常不一样，仔细看，隐约看见上面挂着一个人。当下他就着了急，连忙呐喊起来。石油厂的人听见呐喊声，就赶着都往山上跑。张宏霖听到有人上吊，脑子里就猛地闪过一个念头来，慌忙就跑。

离得远远的，张宏霖瞅见是红裤子绿袄子，他心里猛地一惊，心想：该不会是翠花吧。到得跟前一看，果然是她，登时惊得他满头大汗。他将绳子解了，呼的一声，翠花直挺挺的身子就掉到了地上。张宏霖也顾不得许多，连忙嘴对嘴对她进行起人工呼吸来。

待了一时半刻，工人们纷纷跑上山了，将他俩围了起来。这时，翠花缓缓地有了气，醒了过来。

她睁开眼，看见了张宏霖，问：宏霖哥，我这是在哪儿啊？

宏霖扇了自己一耳光，接着责备道：翠花，你咋这么傻嘛！有什么想不开的嘛，你看，差点捅下大乱子了。

翠花不说话，只是伸出手来抚摸着张宏霖的脸。这些天因为工地忙，张宏霖的胡子没刮，有了硬胡茬，她一遍遍地爱抚着。

摸了半天，她缓缓闭上了眼睛，说：宏霖哥，你不要管我，就让我离开这个世界吧。

张宏霖半跪半蹲着，怀里抱着翠花，见她眼睛又闭住了，害怕再有什么闪失，就一动也不敢动，只是小心翼翼地把她的衣襟给扯了扯，把她身上的土拍了拍。但因为这种姿势有些别扭，加之内心着急，他头上的汗珠就不停地往下滴。

周围的工人们都在悄声议论着。

翠花不说话，张宏霖也不吭声。

宝娃也来了，看见大家都愣着，就说：先把人背回去吧，她好像没事了。

张宏霖一听，这才从恍惚中缓过神来，忙放下翠花站起身。大家就扶起翠花，张宏霖伏下身子，将这个女孩背了起来，背下了山，背回了厂院。

当天晚上，张宏霖、黄桂芝两人轮流照看着翠花，两人各怀心事，默不作声。

第二天一大早，翠花妈知道了这件事，她撵到厂子里来了。她一来，当着众人的面，狠狠地扇了张宏霖两个耳光。我打死你这个不要脸的。她当众骂道。

大妈，我跟翠花真的没什么。宏霖捂着脸解释道。

没什么我的女儿怎么会上吊啊？你倒是对大家说说，你当着众人的面对我女儿做什么了，你又在背后做什么了。当面一套，背后一套。我女儿如果有个三长两短，我就拿我这张老羊皮袄换你这张小羊皮袄。在翠花妈心里，一厢情愿地认为女儿一定失身于张宏霖了，张宏霖不要她了，所以她才想不开寻短见的。

母亲在门外跟张宏霖大吵大闹的时候，翠花在屋子里也听到了。这时她挣扎着起身，移步到门口，对母亲说：妈，你要再打人家，我就真的不活了。

当妈的听了这句话，就回头道：不活就不活了，还有什么脸活啊。难不成整天拿人家的屁股当自己的脸。翠花妈是豁膛子人，一生气就口无遮拦，什么难听说什么。

虚弱的翠花听了母亲的话，顿时气得七窍生烟，就又吵闹着要跳崖去、上吊去，周围的工人们就只能又将她拦住了。

翠花妈见女儿又闹得凶，不禁有些怯场，怕真逼得女儿有个三长两短，毕竟她还是疼爱女儿的。她不再与张宏霖干仗了，而是到了女儿床边，安抚着女儿。一边安慰她，一边嘴里仍千刀杀、万刀剐地骂着张宏霖。

待翠花情绪平静了，当天晚上，翠花妈就将女儿领回家去了。

贺学文知道了这件事。在这事上，他认为张宏霖做得不对，他觉得自己跟张宏霖是好朋友，应该跟他谈谈，劝劝他。

几天后的一个下午，打井期间，飘起了雨。这一段时间的雨非常多，雨下得不大，但就一直淅淅沥沥下个不停。

在石油厂的院子里，贺学文有了单独跟张宏霖在一起的机会，就找他说话。

两人起先都沉默不语，一会儿，贺学文打破了沉默，说：宏霖，你脑子里到底是什么想法，你就说出来啊！你不能让翠花这么不明不白担名声吧，人家是女孩，年龄还小。

张宏霖抬头看了贺学文一眼，不吭声。他坐下来，用手扯了身旁的几根草，在手指中间来回缠绕着。

这些天来，我看你老是失神儿，出了多少差错啊。贺学文说。

张宏霖心里十分痛苦，却没法说出来。面对着贺学文的规劝，他说：我的事不用你管。

贺学文说：咱俩多少年了，从小一起光屁股长大的，谁不知道谁啊。你平时该是个利索人嘛，怎么这阵倒拖泥带水了？啥事都该有个明确的态度嘛。

张宏霖听到这话，就抬起头来，问：你是不是盼着我与翠花成亲？

这么一问，把贺学文问了个瞠目结舌。贺学文本只是就事论事，觉得张宏霖一方面与黄桂芝有婚约，另一方面又似乎与翠花暧昧。他认为一个大男人不应该这样，却没想到张宏霖的话充满了怨气，而且这股怨气是冲着他的。贺学文一时不知该说什么了。

你干吗不成亲呢？张宏霖扭头问贺学文。

我……我……贺学文吭哧了半天，也没说出个所以然来。

两人就又沉默下来了。过得好半天，贺学文说：这样吧，你愿意跟谁好当然是你的选择，我只是你的朋友嘛，觉得你是个男人做事应该有决断。

那你就给翠花说吧，只要她愿意，我决定娶她。说完这句话，张宏霖站起身来抹下手上缠绕的草，独自走了。

过了两天，果然张宏霖就与翠花定了亲，然后请人看了八字，他们决定一个月后就成亲。

然而，翠花终究没有等到与张宏霖成亲的那一天。

自从翠花定完亲，一连多天都在下雨，白天晚上淅淅沥沥地下个不停。翠花的家位于山里边，前半年没下雨，路上全是虚土，这一段接连不停地下雨，路就全成了淤泥。雨一连下了一个多月，山体出现了滑坡，和翠花同村的几户人家土窑塌了，死了几个人。张知事看到这个情况就动员附近山沟里的人都搬出来，暂时搬到县城学堂里去打通铺住。

没几天，延长城附近沟里的住户都搬出来了，县学堂教室里住满了人。人们聚集在这里，都在急切地盼着雨季尽快过去，然后能回到自己的家里。

雨一直下，因为怕众人擅自回家，引发新的危险，张知事派人在沟口设起一道防线，不让村民回家。这道防线，其实还有另外一层意思，沟里人暂时都搬出来了，但大部分财物还都堆积在窑洞里，尽管没什么值钱的东西，但万一丢失了，也是个问题。所以，他下令在雨季未过去之前，一律不允许人进山。

翠花跟着家人搬出了山，他们以为只搬出来一两天，哪里想到搬出山后雨一直还下个不停，也就暂时回不去了。家里有一头猪、七只鸡，还有两只兔子，因为当初走得急，这些牲灵都没带出来。这几天住在学堂里，翠花就操心着牲灵的安全，惦记着它们会不会饿死渴死。

这一天，翠花打算悄悄回家去。走到山口，被人拦住了，不准她回家。

翠花就对看守山口的人说：家里的牲畜没人喂，饿死了可咋办？它们也是生命啊！

这时的雨还在下着，不大也不小，对面山一片翠绿，雾气腾腾。几个看守人员打着伞，拦着翠花，说：那你倒是说，是人命重要还是牲畜命重要啊？

说来说去没个结果，这些人依然不让翠花进山沟。翠花从心底里割舍不下那些小动物，先前她在家的时候，都要把鸡呀猪呀兔子呀喂得饱饱的。她还给鸡猪兔子都取了名字。每天一进院子，这些牲灵仿佛都知道她回来了，听见她的脚步声，就个个直叫唤。

看守的人拦着不让翠花进山，翠花只得回来。又过得一天，天气稍晴了，翠花心里还操心着这些牲灵。鸡会飞，能到处觅食吃。可猪呢，肯定会饿死的。还有那两只红眼兔子，它们现在已经饿得不成样子了吧。她满脑子惦记的就是这些事，心里越发着急得不行。后来，翠花忽然记得从山顶上还有一条砍柴的小道能通到自家门口。那是一条羊肠小道，周围都是梢林，翠花有一次走亲戚时，曾经钻过那片林子。想到这儿，翠花就偷了个空，一个人绕过看守山口的人上了山。上到山顶，她找着了那条小路，就钻了进去。小路很窄，两边的梢林密不透风，梢林的叶子上都挂满了露铢，打湿了翠花的衣裳，但她顾不得这些，只是一个劲地走着。

终于到自家门口了。离得老远，她就听见了猪叫唤的声音，哼哼着，有气无力的，她不由得加快了步伐。

打开大门，进了院子，只见院子还是先前的样子，只是积了许多水，墙根下的水眼被杂物堵了，水上漂浮着一层杂草。翠花顾不得管这些，她进了窑洞，从窑里先掏出半碗玉米来，然后咕咕咕叫着，将大花冠、小顽皮这些鸡一一叫到了跟前，把玉米撒给它们吃。看着鸡吃得挺欢，她又走进了屋子，打算找些饲料喂给猪。猪饲料在窑的后顶，在一个小圆囤里。就在她将手伸进囤中舀饲料的时候，土窑发出了一声沉闷的响声，窑顶塌了——

翠花，这个单纯的女孩，就这样悄无声息地被埋了进去。在后来好长的一段时间里，没有人知道她去哪里了，她家甚至怀疑是张宏霖把她害死了。然而哪里知道，张宏霖和他们一样，也在苦苦找寻着这个女孩。

直到半个月之后，家人清理窑洞的时候才在废墟中发现了她，她的身旁散落猪饲料。

翠花之死虽然是一个意外，但令张宏霖伤心不已。在埋翠花这一天，张宏霖毅然以翠花男人的身份出现在翠花家中。翠花家人亲戚都非常惊讶，但他表示既然和翠花订了婚，自己就是这一家的人了，以后无论在哪里他都是这一家的女婿，他表示愿意像女婿一样尽自己最大的能力服侍翠花父母。这些话，在这种悲伤的气氛中，令两位老人颇感意外，也略感温暖。

自张宏霖与翠花订婚后，黄桂芝就陷入沉默当中。这个外表豁达的姑娘内心也有许多感触，有许多秘密，但却不知如何对别人说。翠花死了以后，她更多了几分内疚，情绪变得更糟，那个活泼开朗的黄桂芝不见了，取而代之的是沉闷的无精打采的她。

十一月中旬的一个夜晚，张宏霖正在睡着。轰的一声巨响，所有和他一起睡觉的工人们都被惊醒了。他起身一看，离得老远瞅见了炼油厂那边有熊熊火光。他着急了，急忙从生活区往炼油厂那边赶。

石油厂原址在烟雾沟，打了几口井以后，因为只有延一井出油，为了方便石油厂就从烟雾沟搬到了延一井这里。后来又接收了几孔美孚石油的窑洞，厂子面积就进一步扩大了。现在分为生活区与工作区两个部分，但中间隔着一条小河。

张宏霖和其他工人一样，涉水而过，跑进了工作区。原来，因天寒地冻，原油舀不上来，石油厂想的办法是通过蒸气把原油化开。这天晚上原油已通气多时，池中挥发的油气也产生了很多，一个管理员提着一盏马灯去检查原油是否已经化开。油气碰到马灯的明火就爆炸了。接着，这口原油池就燃烧起来了。

张宏霖过来一看，火光冲天。他担心这口油池着火会引燃相邻的四口油池。同时离原油池二十米的地方，就是装满汽油的大油罐，如果引爆了，不但工厂将遭到毁灭性打击，就连延长城的老百姓也可能遭殃。他看见附近有一堆沙子，就呐喊着要大家先运过来，用沙子来灭火。

工人们听到了，大家一拥而上，利用一切工具搬运沙子，没有工具的就用衣服兜揽，用手捧，所有的职工和家属也都陆续赶过来扑救大火。但火势确实太大了，沙子也无济于事。另有一些工人用水泼，但一盆水下去，呼的一声，火焰更加旺了。着急了半天，火势也没减，张宏霖看看这样灭火实在不是办法，他忽然想起曾经有谁说过可以用被子灭火的事，就赶忙要大家抱被子去。一会儿，被子抱来了，但火势很凶猛，大家到不了近前。拿过来。张宏霖喊了一声，接过被子，在附近炼油锅的大冷却水槽中一浸，不待浸透，就朝油池跑了过去，猛地朝燃烧的油池中盖了下去。呼的一声，飞过去的被子压住了一些火苗，火焰稍小了一点。

这一招还真有效。快，快，快递被子。张宏霖呐喊着。

更多的人听到喊声，就都从宿舍抱了被子来，大家纷纷照着张宏霖的样子，在冷水槽中浸一下，然后扔在了油池中。张宏霖更是冲在前面，接过众人的被子，一床又一床地朝火焰盖了过去。

第二块被子盖过去了，第三块盖过去了，第四块盖过去了……三十多床被子全部盖进油池后，火势减弱了下来，不一会儿，大火就被扑灭了。

看着火焰熄灭，大家都高兴地抹着头上的汗，十分庆幸没酿成更大的灾难。但就在这时，一旁的张宏霖忽然软软地倒下去了。大家吃了一惊，忙搀起他来。提起马灯一看，大家就更惊得说不出话来了，原来不知道什么时间，张宏霖的脸部被烧伤了。英俊的脸庞被火苗吞噬了，变得坑洼不平，非常恐怖。

这一年，倒霉的事全让张宏霖赶上了。

张宏霖当下被送进了朱济壶的诊所。

这场大火在《延长石油志》上也是有记载的，扑火一共用了三十二床被子。这场大火也教育了全体职工，尤其是管理人员。大火之后他们立即制定了安全生产规章制度，并在当时条件许可范围内，购置了一些消防设备。

天哪，我儿子还没有结婚啊，这下可怎么好，谁会要他啊！张宏霖妈赶到了诊所，看到张宏霖的脸被火烧得不成样子，她伤心至极，哭诉着：老天爷呀，你咋这么不长眼呢！

张宏霖的父亲去世得早，张宏霖的母亲寡妇养儿，着实不易。她本来盼着张宏霖早早成亲，自己把孙子抱上，可是眼见得婚事一天一天耽误，到如今也未成婚。翠花去世后，张宏霖妈心里非常着急，把方圆几十里的姑娘都打问遍了，有长得俊的，有家境好的，姑娘们都愿意，但张宏霖就是死活不吭声。哪里想到，忽然之间就出现了这样的一大意外，这不要了她的命嘛。

张宏霖妈在哭诉的同时心里也对黄桂芝充满了愤恨——都是因了这个祸害啊，白白拖了宏霖这么多年，害得翠花也死了，宏霖脸也烧伤了，这可真是个害人精啊。

张宏霖脸上缠着纱布躺在病床上，听到母亲骂黄桂芝，就劝母亲说：妈，你别骂人家，不关人家的事。

什么不关她的事？我看全是她的事。早成了亲，哪有这一大摊子事啊。叽叽歪歪，没个准话，一直糊弄你哩。就你还把她当个宝。张宏霖妈唠唠叨叨地诉说着。

就在这时，黄桂芝轻轻地推门进来了。张宏霖受伤的这几天，她一直都在照看着他。

张母沉浸在自己的话语中，没有发现黄桂芝进来，依然说：你早成了亲，有个知冷知热的人，哪里会出这样的事啊。

张宏霖看见黄桂芝了，就给母亲努了一下嘴，但当妈的没有明白他的意思，只当他是不让她说，就仍然说：不让我说她，可她有那么好吗？我看她的良心是让狗吃了。这么多年了，你焐一块石头也早应该焐热了。你就不争气，天天跟在人家屁股后边，热脸贴人家冷屁子。

张宏霖说：妈，你别说了。随即跟黄桂芝打了一声招呼。

张宏霖妈这才看见黄桂芝来了，便站了起来，移步到一边不吭声，脸上满是愤怒。

黄桂芝进来了，依旧端着羊肉骨头汤，因为在陕北，除了羊肉还是羊肉。她把手中的羊肉汤碗放在床头，理了理头发，静下心来，对张宏霖母亲说：大妈，你听我说，我说的是真话，只要现在宏霖依然愿意娶我，我就嫁给他。

这回轮到张宏霖与他妈大张嘴巴了。

一个月后，张宏霖出院了。他的脸上留下了许多疤痕，坑洼不平，凑近看，甚至有几分恐怖。但就在这时，黄桂芝却执意要嫁给张宏霖。

张宏霖不接受，说：当初我好好的时候，你不嫁给我；现在我成丑八怪了，你却要嫁给我？

黄桂芝说：这和你脸烧伤没关系，在我眼中，你依旧是原来的样子。我之前有过摇摆，内心有过躁动，也在不断地认识着我自己，到现在我才知道，我一直喜欢的是你。你身上有种男人气，在紧要关头，总会挺身而出。上次面对土匪，这次面对烈火，都是这样。但同时，你又不失柔情，翠花出意外以后，你勇敢地挑起了她家里的重担。我觉得你这样的人是完全值得女人托付一生的。

张宏霖说：你和贺学文才是真正的一对儿，你们都爱看书，爱学习，爱琢磨机器。我先前嫉妒你们，但现在不了，我想明白了。

说起学习这一点，我就想对你说，你也要学习哩。书看多了，思考问题的方式就不一样了，要不的话，你先前认得的那几个字都撂荒了。黄桂芝说，对了，你刚才不是说起贺学文嘛，你呀，亏你还跟贺学文一块儿长大的呢，你知道他这么些年不成家为的啥？

为的啥？

为的是他心中有一个人。

谁？

这个人你认识，我也认识。

谁？

你不记得了，她小时候还和我们一起常玩呢。

谁？

洪丹风呀，就是那个洪知县的女儿，他们俩自小就是一对儿，你忘记了？我跟学文接触得比较多，我知道哩。他虽然闭口不谈感情，可我知道，自洪丹风之后，没有一个女人能走进他心里。黄桂芝说。

哦，怪不得。张宏霖恍然大悟。

张宏霖与黄桂芝马上要成亲了。在成亲前，他上了一趟翠花的坟，他从身上掏呀掏，掏出了一个荷包来，他将里边的烟末倒在手心里，然后一点一点地撒在了地上。那些细碎的烟末黄澄澄的，像一粒粒碎金子似的飘散在了翠花的坟头。张宏霖在这里沉思良久，然后将那个绣着鸳鸯的荷包揣到了自己怀里。

次年正月，张宏霖与黄桂芝举行了隆重的婚礼。

婚礼是在张宏霖的老家举行的，张宏霖披着红，骑着大红马。黄桂芝骑着驴，盖着红盖头，打着一柄黄盖伞。一行人到得张宏霖家，舅舅将黄桂芝抱下驴来，然后是翻毡，两条毡来回翻着，黄桂芝踩着一直步入了洞房。

在洞房内，张宏霖掀开盖头来，看到了娇美的妻子，看到了自己这么多年深深爱着的女人。张宏霖喃喃地说：你真美。他想笑，但怎么都笑不出来。他只是轻轻地用手抚摸着黄桂芝的手一遍遍地说，你是天下最美的婆姨。

黄桂芝看见张宏霖的脸上满是坑坑洼洼，颜色有发红的有发黑的，心中颇多感触，也充满了酸楚。她想着他们一路走来，他为自己吃了那么多的苦，不禁心疼起他来，一下子抱住张宏霖哭了起来。

张宏霖与黄桂芝成亲这一天，全石油厂工人放假一天，所有参加张宏霖婚礼的工友们都喝醉了，他们为这对新婚夫妻迟来的幸福而感动得流泪。大家尽情地欢乐着，都喝得醉醺醺的。天色已黑，月亮升起，但大家毫无倦意，宝娃带头唱起了歌：

蜜蜂呀那个落在呀，那窗眼眼那个上；
想亲亲那个想在呀，心眼眼那个上；
到了树芽那个开花呀，顶顶那个上；
操了心心那个操在呀，你身上那个上。
夕阳呀那个落在呀，这山耕那个地；
一桩桩那个心事呀，想起妹妹那个你；
一对对那个蝴蝶呀，绕天那个飞；
不想那个别人呀，单想妹妹那个你。
……

此刻花好月圆，有情人终成眷属，酒唤起了每个人心里的酸甜苦辣。先是宝娃一个人唱，接着众人都唱了起来。他们一遍遍地唱着，歌声像风儿一样飘散着，像一条河流一样从人们心中流出，在深沉而又宁静的夜里波澜起伏。大家在唱着张宏霖与黄桂芝，其实也是唱着自己，唱着对石油事业的热爱，唱着对生活的追求与憧憬。

贺学文没能参加成这次婚礼，在这几年里，他按照日本人留下来的测绘图打的两口井虽然都没有油，但他却利用自己在日本学到的知识，潜心炼制出了新型擦枪油。这个机器人，这个木头人，这个众人眼中的怪人，衣服邋遢，走路低着头，整天话也不多，不是读书，就是想问题，要不就是摆弄机器。他组织工人修补好二、三号炼油釜，开始提炼挥发油和擦枪油，并在挥发油、擦枪油、硬性石蜡、软性石蜡四种商品上，分别标上石马、双枪、雁塔、锦鸡等商标出售。在张宏霖婚前，他赶到省城西安注册商标去了。另外，他通过在西安与延长间往返，还有了新的想法，打算利用黄河船运将延长所产石油往外运，销往外地。

说干就干。张宏霖婚后的第二个月，经贺学文提议，由张宏霖押油一百六十桶，经延长县的凉水岸起早装船，运至禹门口，计程三百五十里，用了仅两天又七小时，是为黄河运油之第一次。

延长石油官厂的石油运输迈出了非常重要的一步。

而我们作为旁观者完全有理由相信，有这样一群不屈不挠的人，延长石油厂一定会在短暂的起伏之后走出一条崭新的道路。

这是段不平静的岁月，贺山子也遇到了许多事情。

贺山子自打到了民团，跟着郭占山先是驻罗子山区，后又驻扎在安河，再后来便移居到交口镇。

贺山子刚参加民团那阵，心中充满了喜悦。白天他无论做什么时，总是穿戴得整整齐齐，纽扣扣得纹丝不乱。即使晚上睡觉，他也要将衣服叠齐整，挂在绳子上，生怕打了皱褶。

一晃几年过去了，贺山子对民团越来越失望了。因为这几年他们的任务根本不是打土匪，而主要是催粮要款，下乡收各种税。剿匪也剿过几次，但每次总是在村子遭抢劫以后民团才赶到，民团去的时候，土匪早已跑得无影无踪了，只剩下了村民惨遭土匪杀害的场面与亲人们的哭声。

县里总有各种名目的摊派要民团去收，有的因为百姓不在家，有的因为庄稼没收成百姓没钱，总是收不上来。收上来的大部分缴到了县署，一些提留给了民团。民团的收入少，也就常常面临着吃了上顿没下顿的窘迫。县团总由张知事兼任，郭占山任团副，他说：咱们要吃要穿，要拼上性命打土匪，还要买枪买炮，可没钱如何能行呢？咱们只能向百姓要，因为咱们是保护他们的，他们有义务承担这部分费用。就这样，民团的费用就夹杂在县里的粮税中摊了下去。但摊是摊了，派是派了，天天收，收了三个月仍然寥寥无几。有钱的家户都跑了，没钱的家户揭不开锅，穷得叮当响，要什么都没有的，收什么啊。所以，尽管民团下了很大功夫，但收获甚少。

转眼到了冬天。这一日正下雪，天擦黑之际，郭占山带队到了槐里坪村。因为白日里好些老百姓都不敢待在家里，找不到人，民团摸着规律了，一般都是白天睡大觉，晚上才出发。十多个人背着枪进入一个村子，然后一家挨着一家，要钱要粮。对于不缴的家户，一家派一个背枪的人盯着。一般的老百姓见了枪都害怕，就到处借着缴。但也有实在没钱的，缴不出来，甚至还有偷偷打着借钱的借口，跑了不回来的。为了防止村民跑掉，民团进村时就派人守在村口，不让人往村子外跑。

郭占山派贺山子和一个团丁到东头姓拓的一家。这家共有四口人，住在土窑洞里，穷困潦倒。一家人炕上没有铺的，就一张光席，光席上有两床破破烂烂的露着棉絮的被子，两个脏兮兮的孩子就围着被子躲在炕圪塄里。土窑一眼能望到底，窑顶有两个架囤，但里边空空如也，一粒粮食也没有。见贺山子他们进来了，两个孩子躲在炕角大气也不敢出。男人坐在炕沿上，愁眉苦脸，女人坐在灶火口长吁短叹。

贺山子与他们来回和这家的男人女人说了有一个多小时的话，男人女人只是说没钱没粮。按照原计划，贺山子他们收不到钱粮，就不离开。这样折腾了有两个小时，女人忽然提出来说，她娘家在邻近的东府村，她打算去那里借钱。贺山子跟那个团丁商量了一下，就留那个团丁在这里看守着这一家人，由贺山子跟着这个女人去借钱。

女人用手拢了一下头，然后点燃了一盏灯，提在了手中。出得门来，天黑黢黢的，外面还在飘雪，女人提着灯走在前，贺山子背着枪跟在后。雪这时已积了厚厚的一层，遮着罩的灯散发出一团昏黄的光。两人扑踏扑踏一先一后深一脚浅一脚地朝东府村走去。有一刻，贺山子望着这个女人孤单的背影，非常可怜她，但他也没有办法。按照郭占山说的，收不来钱，民团的任何事都办不成啊。并且，那一年张知事可是跟他交代了的，入了组织，就必须一切行动听指挥。贺山子和这个女人一前一后出了村，女人一声不吭，只管埋头走路。贺山子也没什么好说的。只有两个人踩在雪上发出咯吱咯吱的声音。东府村与槐里坪村并不远，仅有五里，中间要过一个崾岘。崾岘在陕北是很常见的，是连接两个塬面中间的狭窄地带，通常呈低凹的半弧形。女人从这头下坡，她扭头看了看贺山子，贺山子只管跟着走着，也没在意。女人加紧了脚步，贺山子跟了上去。女人下了坡，走在崾崄中央一段最险要的地段时，她忽然将马灯一扔，纵身从崾崄一侧的崖上跳了下去。事情发生非常快，贺山子在后，虽然看见了，但还来不及呐喊制止，就不见了她的身影。接着听见了她滚沟溜坡呼呼啦啦的声音，再接着，就没有了任何声响。贺山子着了急，他在畔上把那盏摔在一旁的灯找着了，又点着，提着向山洼下照。但下面的崖实在太深了，微弱的灯光照着，什么也看不见。贺山子呐喊了几声，可是，下边静悄悄的没有任何声响。

怎么办？容不得贺山子多想，他反身就往村里跑。他跑到这个姓拓的农户家里，对还在炕沿上发呆的男人说：你婆姨跳崖了。男人一听就着了急，当时大呼小叫，召集了村里的一二十个人，拿了扁担与一个大大的筐，还拿了绳子、镢头等，都急急地向崾崄这边赶来。

到得崾崄，贺山子把女人跳崖的地方指给他们看，一群人就站在崾崄边呼喊了一阵，但得不到任何回应。有村里人能寻着小路，便拿着镢锨点燃火把抄小路下去。过得一个多时辰，众人把妇人从沟底抬上来了。她嘴里鼻子里全是土，早已没有了呼吸。身上土与雪交混着，脸上似乎很平静，但身子已冰凉。

一干人就把妇人放进筐里抬着往回走，一边走着还有一些人用手不断地放在她鼻孔试探着看她有气还是没气。

跳崖的女人被抬回来，没有放进窑里，而是停放在院子里。因为天冻，大家就在院子里燃起了一堆火来。这时院内院外已集聚了不少人。两个娃娃知道妈死了，就跪在她身旁哭天喊地的。那个窝囊的男人则跪在婆姨身边流着眼泪。他哭了一阵，又狠劲地扇了自己几个耳光。

他哭着哭着，扭头看见了贺山子。这时，他所有的愤怒都冲着贺山子来了，他站起身来，狠劲将贺山子推了一把，大声说：你赔我婆姨！你赔我婆姨！

贺山子冷不防被他一把推倒在墙角。

由于突发了这种事件，郭占山领着所有团丁也都赶过来了。他看到这种情形，制止住了姓拓的农民，拉起了贺山子，大声对那男人说：你婆姨跳崖了，与我们何干？你再动一下我们的人试试！说着，他掏出枪来，直指着这个农民说：

信不信我打死你。

那男人到了这一阵，似乎疯狂了，并不害怕枪，他边哭边说：你打死我吧，我不活了，我老婆死了，我活在世上还有什么意思啊。说着，就一头向郭占山怀里撞来。

砰的一声，郭占山扣动了扳机。在深夜里，巨大的枪响让周围的人都吃了一惊。但他这枪并没有对准那个男人，而是朝空放的。枪声一响，碜畔槐树上的几只乌鸦就被惊醒，扑啦啦飞走了。

这一枪似乎震慑住了这个近乎疯狂的男人，他咚的一屁股坐在了地上，也不哭了，也不号了，只是浑身打着战。

尽管是夜里，尽管是雪天，但这件事很快还是在村里传开了，村里几乎所有的百姓都赶来了。此时他们都在院子里外围着，黑压压的，像一堵墙似的，但都不吭声。

贺山子也被枪声吓了一跳，看到这么多沉默的人，他心里有些胆怯。

肯定是他们逼死的。人群中有人悄声说。

对，一定要向他们讨个公道。人群中不知谁又这么补充了一句。

郭占山听见了这句话，他大声说：谁在说是我们逼死的？有本事站出来说。我们要钱要粮，哪会要命啊？要了你们的命，我们向谁要钱啊？

是你们把人从崾崄上推下去的。人群中有人嘀咕道。

贺山子，你出来给大家说。郭占山说。

贺山子心里嘀咕着，他此时十分害怕。无论如何这是一条人命啊，刚才还活蹦乱跳的，还跟他说话呢，还提着灯走路呢，怎么转眼间说死就死了呢？听到郭占山点自己的名，山子就出来站在了众人面前，说：她在前我在后走着，走到崾崄中间，她扔了马灯就跳下崖了。我跟她无冤无仇，我干吗要害她啊。最后两句他说得嘟嘟囔囔的。

即使这样，那人也是被你们逼死的。人群中又有人说。

贺山子不吭声了，他在心里还是默认了这一点，虽然不是自己推下去的，但是这个人跳崖确实和民团催粮要款是有紧密关联的。

走，咱们到县署说理去。人群中有人在煽动着。

对，一定要让他们说个一二三，看看这世事到底有公理没有！这个提议马上得到了众人的响应，于是人群中发出了一片乱糟糟的声音。

就在这时，贺山子才发现散乱的人群中有许多人手中是抄着家伙的，有斧头也有镰刀什么的。刚才在暗处，他没注意到，此刻在这阵阵呐喊声中，后排的有些人把手中的家伙就举了起来，那些铁器在火光的映射下闪闪发光。贺山子感到一阵阵恐惧。

咱们走吧。贺山子有些心虚，他悄悄地对郭占山说。

妈的，你们还反了不成！郭占山掏出枪来，朝空虚晃了一下说，她自己拒不缴税，自己跳的崖，关我们屁事！你们要找县署说理，去找啊，看县知事是听你的，还是听我的，张知事认你还是认我？没有老子们成天在这里收税，他县署花个毛啊。郭占山说着话，手就乱比画着，枪也跟着来回晃动着。

周围的人被郭占山耀武扬威的一席话唬住了，个个就都不吭声，只是呼哧呼哧喘着粗气。

今天就收到这里，没缴的，一分钱一个子也少不了，明天我们还会来的。妈的，反了你们了。撤！郭占山说了一声，民团就开始离开，贺山子也赶紧跟在了大家身后。

回交口镇的路上，深一脚浅一脚地踩在厚雪中，团丁们扑踏扑踏走着，很少说话，气氛很沉闷。

回到住所，公鸡已在鸣叫，贺山子尽管眼皮直打架，但怎么都睡不着。迷迷糊糊之时，眼前就会出现那个跳崖婆姨的身影，他就猛地打个激灵，又醒来了。他觉得这一切和做梦似的，怎么也不相信那个活生生的婆姨一瞬间就没有了，就不活在世上了。

天刚明，郭占山就喊上贺山子一块儿去向张知事汇报。

到了县城，郭占山汇报了收粮收款的情况，说：刁民实在是多，有许多拒不缴粮。我怀疑背后有人在撑腰，煽动这些穷鬼要他们能拖就拖、能赖就赖。

张知事对这个情况非常在意，就嘱咐郭占山尽快查清背后有没有谋划闹事的人。

接着，张知事仔细询问了昨晚女人跳崖的事，贺山子就把具体情况一一说了。

一向温和的张知事面色凝重，他背着手来回在屋子里转着圈。贺山子目光紧盯着他，不知道他怎样想，心里发慌。

张知事转了半天，叹了一口气，没头没尾地说：总有一些刁民，是要受到严惩的，他们是咎由自取。

可是，可是，他们说要告状，他们说是我们逼死的。贺山子喃喃地说。

山子啊，你还小，你还太年轻。你看看，国家要，省上要，市上要，驻军要，县里这么多公家的人都要开销，我从哪里去弄钱弄粮啊。不向百姓收又向谁要？土匪横行，不剿行吗？可打土匪，这么多的驻军、民团人员要吃要喝，要月饷，伤了要看病，死了要抚恤，我拿什么给呢？再说了，即使我不收，别人还会再收，对于百姓来说瞌睡总要从眼前过的。谁让他们不当良民呢？刁民在历朝历代都是会受到严惩的。

贺山子说不出话来了。

只是，自古以来都是人命关天啊。张知事又感叹着说，郭占山啊，恐怕你给我惹出大乱子了。现在是冬天，到处是干柴，有个火星就会引发大火的。世事不稳，妖孽频出，有许多人在背后挖坑等着埋人呢，等着看本县笑话呢。张知事接着叹了一口气：唉，先不说了，你们这几天先安安静静地躲几天再说吧。

那缺的粮与款项呢？郭占山问。

先不要收了，待上几天看看动静再说。张知事说。

至于死了人的那一家，你们可以派人去探一探口风，可以多出点抚恤金，谁让死了人呢！在中国，从古到今，人命关天呢，人一死就有无限的麻烦啊。张知事又叹息着说。

因为张知事要贺山子与郭占山先歇上几天再说，他们俩就回到了交口镇，密切注意着事情的动向。张知事的担心果然没错，那一夜妇人跳崖的事情并没有完，事情过了两三天以后，槐里坪村的一些村民把棺材抬到了县城的东门口。

县城里一下子热闹起来了。

七八个村民抬着棺材，后边跟着那个窝囊的丈夫和两个穿白戴孝的孩子，再后边跟着几十号人，他们头上裹着用白纱布做的号帽。一干人走到东城门口，就被守门的拦住了，然后这件事一级一级上报，最后消息就报给张知事。报的人请示：城外聚集了近百名群众，抬着棺材要进城来，怎么办？

张知事一听可就着了急，打发人将郭占山叫来。郭占山来时也理所当然地叫上了贺山子。张知事与郭占山两人在一起商量了一通，接着两人就往东城门赶，贺山子也跟在他们身后。

几人来到东门，上得城墙。这时城门已关闭了，城门外，有百十个百姓，他们打着横幅，上面写着“惩治凶手，还我公道”八个字。人群中间停放着那个妇人的棺材，棺材上盖着一块红布。一大群穿白戴孝的人正在跟守门的争吵着，要进城来。

我们要进城，我们要找知事说理去！众人纷纷嚷道。

我们人被逼死了，要惩治凶手，还我们一个公道！

贺山子看着这一切，心就咚咚地跳着。这些人现在是抬棺闹事，但这个妇人死时只有自己在场，如果真闹起来，怎么死的谁又能替自己说得清呢？现在这群人喊着严惩凶手，这分明是冲着自己来的啊。难道自己真的成了杀人凶手？这么一想，顿时就惊出了一身冷汗。

张知事在城墙上观望了一会儿，就在郭占山耳朵旁悄声说了几句，然后离开了。

郭占山环顾左右，瞅见贺山子在身旁，就问他：你带枪了没？

贺山子说：没有。

郭占山说：你快回去拿枪，把咱们的人多叫上一些，多拿几杆枪。

贺山子打算走，又想了一下，回问郭占山：拿枪是要打这些人吗？

郭占山生气地说：你快去喊人，废什么话！

一会儿，贺山子喊了七八个团丁来。他们一到，就都按照郭占山的安排，背着枪站在了城头。

郭占山准备喊话，但城墙下是一片吵闹声。郭占山就顺手抄起一杆枪来，朝空中砰砰放了两枪。随着枪响，整个场子安静下来了。

郭占山说道：张知事今日有事，不能前来。你们这些大胆刁民，聚集这么多人，又抬棺又拿家伙，莫不是想要闹事？想要造反？如果是想谈事，就派一两个人进城说，其余的都回去。如果要闹事的话，那就别怪我们不客气了。

城下边的人群静得一刻，一会儿，有一个大概是被大家推举出来的人仰着头大声说道：我们是要讨个公道。民团讨粮，逼死人命。法网恢恢，疏而不漏。我们今天就是要讨个说法，要见县知事，要他给我们评评理，到底是钱大还是命大，到底是官大还是法大。老百姓的命究竟是不是命？如果不给个说法，我们就不回去。

对，不给说法，我们就不回，我们将棺材抬到县署门前去。人群中立即有人响应道。

郭占山站在城墙上大声说：民妇之死一事，我知道得清清楚楚，系自己跳崖所致，与民团没半点关系。皇粮国税，自古以来非缴不可。民团征收是其职责所系。这民妇假借借钱之名，自己跳崖，并不存在逼死人之事。大家快点回去，不要轻信谣言，不要以讹传讹。

即使是自己跳崖死的，那也是被你们逼的。城下有人说道。

对，就是你们逼死的。

这时的贺山子和众人一起站在城墙上，头痛得厉害。在他心里，对此事也后悔不迭。一家四口人，一孔破窑，两床被子，穷得几乎什么也没有。当时，两个男孩躲在炕角，窝囊的男人长吁短叹。而收粮收钱的人呢，待在家里不走，你让这个婆姨从哪里去弄钱啊？可能当初她答应去借钱的时候，已经做好死亡的准备了，只是自己还傻乎乎地跟在她身后等着拿钱呢！

大家有话好好说，现在是民国了，不准胡乱生事，说话要有真凭实据。民团协助县上收粮收钱是实，可是不收的话，那土匪谁来剿，大家的平安谁来保障？

这件事要看大局，要看事情的目的是什么。如果有诚意，要商谈，那么大家伙儿先把棺材抬回去，然后可派人来说事。

事情不解决，我们不会把棺材抬回去的。城下有人喊道。

如果你们执意要闹事，我们这么多人在这里站着，可不是来喝西北风的，枪子可是不长眼睛的。郭占山晃着手中的枪说道。

城门下的人听到这里，就不大声说话了，聚在一起商量着。商量了一会儿，忽然重新站出来一个人大声喊道：请问郭团总，今年相邻各县的摊派每人收二两银子，为什么到我们这里就变成二两五了。还有，今年延长天大旱，收成锐减，可比起去年却粮钱缴得多，这是什么道理？如此荒年，县署不赈灾，不体恤民情，反而变本加厉，这是何意啊？

摊派一事，上面已有定例，并且各项已给予说明，并不是我们强加的，请大家不要听信谣言，要相信县署。郭占山说。

不是你们强加的？那个人依然站在城下，大声说，各县都是每人二两咋延长就变成二两五了，怎么不是你们强加的啊？全县要有多少人啊，要多收多少钱？这些钱都用在什么地方了？今年收成差，去年每亩缴谷物三十斤，今年缴七十斤，翻一倍还多，这又要多收多少？请问为什么多收？收的谷物又到哪儿去了？你倒是给我们解释啊！

是呀，你倒是给我们解释啊！

让张知事出来给我们解释！人群中有人在呐喊着。

随着时间推移，不断有人从四面八方拥来，加入城墙下的人群中，一有人大声说话，后边就有人在齐声附和。

郭占山听到下面的人说得有条有理，有根有据，头上就冒汗了。他掏出毛巾擦了擦，说：胡说，胡扯至极！各地有各地的实情，略有差别也是有的。

城下那人呐喊道：你们不说清楚我们就不会缴粮缴款的。我们的粮食也是我们把日头从东山背到西山换来的，凭什么要缴给你们！

对，凭什么要缴给你们！城下乱哄哄一片呐喊声。

郭占山先前以为这些人抬棺游街仅为了讹一点钱而已，但现在看来，事情远没有那么简单，看来真的如张知事所估计的那样，这是一次以妇人之死为借口有组织有计划的抗粮行为。郭占山赶紧去给张知事汇报。

一会儿，郭占山回来了。他站在城墙上喊道：张知事说了，大家有什么要求可推荐两个代表去谈判，其他人等必须散去，棺材也必须抬回去。如果不抬走棺材，就是闹事，定当不饶！

城下边的人商量了一通，仍旧坚持着不抬走棺材。

而郭占山在城墙上坚持不抬走棺材就绝不开城门。

相持了一会儿，外面的民众着了急，将城门擂得咚咚响，而里边守城的则搬来一些木头将大门顶了个结实。

双方你攻我守，僵持到下午，城外的群众经过商议终于做出让步，抬走了棺材，但大多数人并没有走，他们选了三个代表进城谈判。

这三个人一进城，郭占山马上让几个团丁跟上了。贺山子觉得三个人中有一个瘦一点缺一只耳朵的人有点面熟，忍不住就多看了他几眼，但却怎么也想不起来他是谁。那人看见了贺山子，也怔了一下。

三名代表跟着郭占山进了城一直往县署走，贺山子背着枪跟在后面。等这几个人一进得县署大门，就听郭占山一声吆喝：闹事刁民，给我绑起来。登时后边跟的几个团丁立即动手，将三人五花大绑捆了起来，在三人还没有弄明白之际，就将他们投进了大牢。

贺山子在背后没有动手，他不明白是怎么回事。看着三人被押走了，就低声问郭占山：不是要他们进来谈判吗？

郭占山说：谈判？哼！他冷笑了一声，接着，十多个全副武装的警察被打发来了，郭占山将他们直接带到了东城门口，他命令将城门打开。城外的一些百姓一见城门开了，个个还打算往进拥呢，但一看荷枪实弹的警察就吓了一跳。十多个警察站成一排，个个端着枪瞄准人群。郭占山大声说道：各位听着，有人假借农妇跳崖一事，煽动百姓抬棺闹事，其实质是抗粮不缴，聚众闹事。现三名带头闹事者已被投进监狱，奉劝被蒙骗之民众赶快回家，否则，抓起来坐牢杀头，一律不赦！

说着砰砰砰放了三枪。

众人本是乌合之众，听见枪声，就一个比一个逃得快。也有一些不怕死的，还在站着，这时郭占山就命令警察赶了过去，拿枪托砸，驱赶众人。瞬间，有几个就被打倒在地，抱着头缩成一团。剩余的一些人见了这阵势，就乱了起来，有人哭有人喊，人群四散跑开，乱成一团。没有多长时间，城门口留下了几摊血迹，所有人都跑得没有踪影了。

这一天下午，贺山子他们受到了一顿好招待，美美地吃了一顿羊肉。在吃羊肉的当儿，贺山子蓦地想起了那个白天被抓起来的缺耳朵的男人是谁了，原来这个人正是多年前把他在路上救起又送进教堂的那个瘦削的男人啊。他记得他好像是姓苏，叫苏作相，他当时称呼这个人苏叔叔。可是这个人怎么今天会在这里呢？另外，怎么会缺了一只耳朵呢？

大家都吃得高高兴兴，唯独贺山子一人闷闷不乐。他吃着吃着，眼前不由得又浮现出那个妇人跳崖的情景来。人死只是一瞬间的事，真是太简单了。她就这样走了，那她的孩子谁来照看呢？他想起这些心里就特别难受。

吃过饭，张知事连夜紧急召开副团总、各乡乡长及团头会议，意思只有一个——严防死守，不准民众闹事。如果发现哪个乡的百姓闹事，就撤哪个乡长或团头的职。

自从抓了这三个谈判代表以后，县城里安宁了三四天，但到了第五天，城里的人忽然又多了起来。很多人纷纷从四面八方拥到县城里来，在县署门口集中。守城门的兵首先发现了异常，因为今天不是逢集日，平素根本不会有这么多人进城的，他就报告给了郭占山。郭占山到城门一看，也发现有异样，就让守城的兵先拦住别让人进来了，又一面赶紧去给张知事汇报情况。许多本来进城有事的群众被拦在了城门外，着了急，就与守城门的士兵来回理论。后来愤怒的群众越聚越多，群情激昂地与守城兵争吵着，最后这些人就开始冲撞城门。守城的几名士兵又仿照上一次搬来木头顶门，但外边的百姓这回聚得更多，他们齐心合力，喊着一二三，将城门哗地推开了。人们就都拥了进来，一个个都赶到了县署门口。

大家围着县署，一层层把县署围了个密不透风，一遍遍呐喊着放人、减粮。

贺山子此刻受命拿着枪和其他团丁站在一起，但他弄不明白怎么有这么多的人这一天都同时集中在这里了。他很清楚的是今天的事情和前几天的事情是连在一块儿的，是那一天事情的继续。有可能在这貌似平静的几天里，有人私下做了动员，更多的群众有了意识，就都前来参加了。他们这次的目的更明确，一是要求释放那天被抓了的三个人，二是要求减粮减款，三是要惩治凶手。

所有的警察、团丁都集中起来了，都荷枪实弹地守在县署门口。情绪激昂的人群一次次要冲进县署，但都被逼回去了。后来，人群中有人提议到监狱去救人。这个提法一出，人群就又向监狱的方向拥去了。

但很快，人群就又退回到这里，因为守监狱的士兵开了枪。他们站成一排，端着枪，说谁要前来就打死谁。有不怕死的往前走了几步，就在这时，守监狱的士兵真的开了枪，几粒子弹打在了他们的脚下。有一粒子弹打在石头上，碎石溅起来，崩掉了一个人的门牙。

一见真枪实弹，参与围监狱的人就又返了回来，重新围在了县署门口。

贺山子内心那个着急啊。他不知道这事情会有怎样的结局。在他心里，一直认定苏作相是好人，这么多群众来救他是好事。作为政府，不应该借谈判名义而背信弃义，将他们三人偷偷关起来。但另一方面，他又不愿意百姓来闹事，因为这件事归根结底和自己脱不了干系啊，他们提出的“惩治凶手”，这个凶手指的其实就是他啊。想想这些，他就不寒而栗。

双方形成了对峙的局面。

放人！减粮！衣衫褴褛的人在一遍遍地呐喊着。

双方对峙持续到黄昏时分，人群越来越焦躁，蠢蠢欲动。就在谁也不知道这事该怎样解决的时候，张知事却意外地出现在了县署门口。他一出来，场面就静下来了。他说，前两天他有事出门了，结果郭占山错误地将三个人关押了。这事他现在才知道，这三个人是没错的，现在就放了这三个人。至于郭占山呢，由于带领民团私自收钱收粮，并酿成人命，现在要撤职查办，给予相应处分。关于百姓反映收的钱多和粮多一事，他正连夜呈文请示省上要求减粮，要求赈灾，请大家少安勿躁。待省上批复回来，马上就给大家减粮减款。

将郭占山杀头，将贺山子杀头。一些群众受了诱导呐喊着。

张知事当即命人下了郭占山与贺山子的枪，将两人看押了起来。

过了一会儿，三名群众代表也从监狱中被放了出来。贺山子看见苏作相与其他二人，个个衣衫褴褛，浑身是伤，显然遭到了拷打。苏作相身子骨单薄，此时走起路来腿一跛一跛的。

人一放出来，这边的群众就都赶过去了。他们围着这三个人，把他们当成亲人一般欢迎着。

第三天，县里下令，已得到省府批文，今年的粮与钱全部减征五分之一。

至此，一场轰轰烈烈的群众抗粮运动就这样落下了大幕。

在这样的大场面里，贺山子可真算是长了见识。他非常清楚，张知事一直就在，对于群众的动向他知道得清清楚楚，但他就是不露面。他始终把郭占山支在前面，指挥着他的一举一动。他先采取的是压制，当事情没法控制的时候，他站了出来，让郭占山与贺山子背了黑锅。而且根本就没有呈文到省里要求减粮减钱这回事，收多收少也都是他的一句话而已。加，是他说了算；减，当然也是他说了算。

贺山子此时虽然被关进了大牢，但他的心情反倒轻松了许多。因为这几天，妇人跳崖的那一幕他怎么也忘不掉。在潜意识中，他总觉得妇人的死和他是有一定关联的，心理上有种负罪感，关进监狱反而让他这种负罪感减轻了不少。

郭占山关了几天，就被放出去了，而贺山子一被投进监狱，就一直关着，没有人审问他，也没有人告诉他什么时间可以出去。事情本来就很清楚，村妇身上没有殴打的外伤，贺山子只是执行公务，他也不可能把一个和自己无仇无怨的女人推到崖下去。在他被关起来的这段时间，县署赔给那个妇人家人一些钱，那家接了钱，就将人埋了，事情就暂时平静了下来。其他人也都像忘记似的，没有人再提起这事了。

一心牵挂着贺山子安全的贺学文与黄桂芝来到监狱看贺山子。

隔着监狱的铁栏杆，贺山子对他俩说了事情的经过。他们听后，都感慨不已。贺学文此刻的心情也很矛盾。一方面是他觉得弟弟这么大了，还不省心，到处惹事；另一方面又觉得这件事实实在在把山子委屈了。说弟弟不好吧，好像事情他本没有多少错，只能说山子做事不够谨慎，做人还不老到。他说，大家都知道张知事是爱钱的，他打算筹点钱送给张知事，尽快让贺山子出监狱。

但这个建议被贺山子拒绝了。

贺山子说：哥，你就别操心了，让我在这里多待几天吧。待在这里我心安啊。你不知道这些天来，我一闭眼就想起了那个婆姨那天躺在冰天雪地里的情景。她被人从沟里抬上来，平放在院子里，身子下只铺着一领席，雪花还在落着，她的身上湿淋淋的和泥土搅和在一起。她的两个儿子哭着喊着要妈，那个男人在一旁拼命地扇自己的耳光。哥，我一想起这些，我心里就难受啊。人咋就一下子说没就没了啊，说不定白天他们一家人还对生活充满希望呢。一想起这些我心里就发慌，让我在这里待一段时间，心里可能好受些。说着说着，山子的泪水憋满了眼眶，言语有了哽咽。

贺学文看见他这副情形，就安慰他说：山子啊，这些事也不怨你。

可怨谁哩？山子问。

谁也不怨，就怨她自己。贺学文说。

可是……她怎么能愿意去跳崖啊，她也有父母，也有孩子啊！两个娃娃都还小啊，她怎么能舍得离开孩子呢？贺山子继续哽咽着说。

黄桂芝见山子伤心不已，就说：这事只是偶然发生的，你不要多想。这样的事情成天都发生着，我们又能怎么样呢？

呜——贺山子抹着眼泪哭个不停。

黄桂芝看到他哭，一下子又回到了从前，觉得他就是个小孩子，是个需要人关心的小弟弟，不禁十分心疼他。她拿出手绢递给他说：瞧你，这么大个小伙子了，还哭，真没出息。

贺山子听到这话努力强挣着想要笑一声，但实在笑不出来，他接过手帕，将脸上的泪擦了。

贺学文见他这么痛苦，此刻也完全理解了他的心情，就暂时放弃了要他尽快出狱的打算。

最后他告诉了山子一个消息，先前订婚的那户人家，听说贺山子入了监狱，就不愿意了，要求退婚。听到这件事，贺山子没往心里去。他告诉哥哥，婚退就退了吧，没什么好留恋的。他跟这个姑娘见面不多，形同陌路，自然也就对她没有什么感情。

新的一天，意外地，贺山子在监狱里见到了苏作相。原来，自从参与抗粮后，当着大家的面苏作相被放出来了，但暗地里，张知事又以通匪罪悄悄地把他抓起来了。

因为苏作相对贺山子有过救命之恩，所以，苏作相一被投进监狱，两人就成了无话不谈的朋友。

苏作相气色很平和，认出了贺山子，问贺山子在基督教堂待了几年，后来又有些什么经历，等等。贺山子一一对他说了。

贺山子从别人嘴里得知张知事派人去抓苏作相的时候，他正同几个人一起商量着事呢。结果，其他人都跑了，只有他一人没跑。贺山子十分不解，就问他：你为什么不跑呢？

苏作相说：为什么要跑呢？

跑了他们就抓不到你啊。

可是，又往哪里跑呢，中国到处都这么黑暗。苏作相说，再说，跑有什么用，不跑说不定更好。

什么更好？贺山子不明白。

不跑，就能让更多的人认识这帮人的嘴脸了。苏作相沉着地说。

苏作相这句明显贬斥的话使贺山子一下子想到了张知事、郭占山他们。他们说的是一套，做的完全是另一套，根本不那么光明正大，也摆不到桌面上，有时想来自己也不齿他们所为。

可是，认清了又有什么用呢？他们不是照样拿他们的枪，当他们的官啊。贺山子不由自主地跟着苏作相的话说道。

只有更多的人认清了，大家才会抛弃幻想，才会一起来推翻这个社会。苏作相说。

听到这话，结结实实地把贺山子吓了一跳。

你是说，推翻这个社会？他怯怯地问道。

你不觉得这个社会黑暗吗？不觉得这个世界太荒诞了吗？你觉得你大你妈的死亡都是偶然的吗？你觉得这世界上只有你一个人苦吗？苏作相对贺山子提出一连串的问题。你看看你身边的人，哪个不和你一样？包括那个妇人，她是自己跳的崖，可也是没办法啊，被这个社会逼的啊。还有前几天两次围城，为什么会有那么多的人起来响应，是我们三个人的能耐大吗？是靠我们煽动的吗？根本不是的！而是大家都有一个共同的感受，都觉得活得苦，活得没尊严，活不下去。你再看看那些当官的有权的，他们在说什么，在做什么，表面做什么，背后做什么。知事中饱私囊，税粮愿意加多少就加多少，成立民团本来是要打土匪，可至今土匪一根毛也没动，反倒是成天催粮要款。你身在其中，难道不了解这些吗？

贺山子当初新当了团丁，有一股新鲜劲，衣服一穿，枪一拿，觉得挺威武的，心里也热乎了好长时间。可时间一长，他总觉得有些事儿不对劲，但别人都认为这样对，都在这样做，他也没有静下心来真正想过这些。

其实，你想想就知道了。一个张知事走了，还会有其他知事来。我所遭受的，你所遭受的，其实都不是个例，而是所有处于下层的穷人都要经受的。这就正如一条大河全是浑水，你在哪一块洗澡身上都会沾着污泥的。这样说来，你觉得我跑有意义吗？

这些话，听得贺山子心惊肉跳。从小到大，从来没有人对他讲过这些道理。他一心想着的是为父母报仇。而这些仇，他只觉得是个体的，是那几个日本人，是徐怀义、土匪，甚至洪知县他们。从没有把这些人联系到一块儿整体考量，今天经苏作相这么一说，贺山子晚上再想想，忽然就有了一种茅塞顿开之感。是啊，母亲当初遭遇不测，父亲打了日本人一顿，本应是理所当然的事，可还是被知县暴打了一顿，游街示众。如果不是这个洪知县，他们家怎么会是今天这个样子啊。父亲遭到土匪袭击，是徐怀义暗地里勾结的，学文与宏霖查出了徐怀义和土匪勾结的证据，但事情还不照样是不了了之。张知事在上一次特意将自己提出狱之前，曾要自己保证不再惹徐怀义，这些不正形成了一个结结实实的圈子吗？后来自己当了团丁，可是，真正干过一件正义的事吗？自己当初还说是只要不杀人放火不祸害百姓就行，可现在想来自己都糊里糊涂干了一些什么啊！这个村妇跳崖，自己难道不是帮凶吗？还有一次由于一家缴不起粮，在郭占山的命令下，他和团丁竟然把这家给老人准备的棺材点着了火……这都是些什么事啊！另外，就在前些日子，他和团丁们一起持枪站在城墙上，面对着手无寸铁的民众，帮着郭占山圆谎，威吓欺骗所有百姓。自己到底成什么人了？如果父亲母亲在天有灵，看着这一切，他们会怎样看自己呢？

那个跳崖女人的神情又回到了山子眼前，那个女人尽管有无限委屈，但她死了以后的神态却非常安详。贺山子一想起这个女人的神情就想起了自己的母亲，母亲当年是在树上吊死的，也是冤死的。他们把她从树上解下来，抬回来，在院子里铺了一领席，放到了上边，母亲的神态也曾是那样的安详。这两张面孔何其相似啊。这样想着想着，他的头上就有汗珠冒了出来。

在监狱中，在与苏作相相处的日子里，从别人嘴里贺山子知道了苏作相的身世，之后对他就更佩服了。

苏作相是榆林人，父亲是清末拔贡，也是远近有名的大地主，在当地很有势力。可是苏作相在北京上学上了一半，就跑了回来，不再念书了。他不知抽了哪根筋，把父亲的账本偷偷烧了，把父亲雇的长工短工全都打发了，甚至要父亲把地全部分给农民。父亲被他这种悖逆的做法气坏了，一气之下和他断了父子关系。所以，多年来他都没有家，一直在外边流浪。

贺山子知道了他这段历史，非常感兴趣，有一次就问他：你家里那么富有，你为什么要和家里决裂呢？为什么要整天和穷人打交道呢？

我自杀过一回你知道吗？苏作相反问他道。不待贺山子回答，苏作相便说，从学校回来，我并没有和家里决裂。我也想过许多办法，我当时认为主要是一些贪官污吏把世事弄坏了。比如说地方乡绅，上面给农民加的税款他们会再加一层，一层层加下来，加到种地的最底层的农民身上，就沉重不堪了。我当时认为，只要地方的保长是好人，不贪污，正直，虽不能使苛捐杂税停止，至少可以不加重农民负担，让农民有个喘息之机，不使这个社会分化加剧。在这种认识下，我甚至自己身体力行去当保长。刚上任那段时间还可以，但时间长了，就根本行不通了，收的钱粮不多加，上边来的人要招待，要路费，我根本无法支应。而税与捐更是多得数不清，往往这次还未收齐，又有一种捐税下来，后来捐税拖欠得太多，我就应付不了了。家里怨我自找麻烦，官方责我办公不力，百姓无法按时交纳，我手下所用的人员怨我不知他们的辛苦，几方面都不讨好，我实在无能为力。面对此种困境，我陷入迷茫中，实在找不到任何出路。有一天晚上，我实在无法解脱，就割腕自杀。也算是命大，被人救了，没死得了。在经历了这次死而复生之后，我就静下心来想了许多问题。也正是这次自杀，使我重生了，我忽然想通了，社会整体上黑暗了，想靠一个人的力量来力挽狂澜根本是不可能的。唯一的办法就是推翻这个社会，重新建立一个公平公正的社会制度才是根本。

你的耳朵是那次伤的吗？贺山子问。他记得当初第一次见他的时候，他的耳朵是完整的，但现在却少了一个。

不是。这是前年我深入到樊老二队伍中，想策反一些土匪，结果被告密了，樊老二就割了我一只耳朵，将我赶了出来，以儆效尤。苏作相轻松地说。

你对你多年来所作所为后悔吗？静下来的时候，看着苏作相一声不吭，贺山子这样问他。

哈哈。苏作相笑着说：我知道你的意思，是说我抛弃了那么优越的条件，而整天到处东跑西走，和个浪荡子一样，过着吃不饱穿不暖的生活，不划算。其实，从那一次自杀后，我就明白了一个道理，一个人过得幸福有什么用？个人的吃饱穿暖在我看来半文钱都不值，而如果能使更多的人吃得饱穿得暖，能有更多的人需要你，你能尽自己的力量帮助到他们，你能为更多的人创造幸福，这才是人生真正的幸福。

人生真正的幸福？这个话题是贺山子从来没有想过的。原来他想的是给父母报仇，能痛痛快快杀了仇人，就应该是一种幸福。后来这些年，过得浑浑噩噩，懵懵懂懂，每天吃饭睡觉训练，听到任务就出击，自己的头脑总是长在别人身上，而自己活着的目的究竟是什么，人生的价值是什么，他从来没有考虑过。想到这些，他不由得佩服起这个精瘦的汉子来了。是啊，一个人如果仅仅为了吃得好过得舒服而活着，那和猪狗又有什么区别呢？

随着交往日多，两人逐渐成了无话不谈的好朋友。有一天，在放风期间，苏作相悄声问贺山子：陕北有个刘志丹你听说过吗？

听说过啊，他是土匪啊。贺山子在民团中时听人说起过刘志丹，说他杀人如麻，总是与有钱人作对。

哈哈。苏作相笑了，说：我问你，刘志丹如果是土匪的话，怎么会有那么多人跟着他呢？

贺山子回答不出了。

你见的土匪最多的也就几十个人吧，他们在一起占山头是为了吃喝，杀人放火抢东西，可是你听说过刘志丹滥杀无辜吗？

我听说刘志丹领的人很多，他们出没无常，和富人作对。

这就对了。他领的是穷人，是和我们一样处于底层的人；他们打击的是富人，是那些土豪劣绅。

那不是明抢吗？贺山子仍然想不明白。

土豪劣绅的东西是哪里来的？他们下地吗？他们做工吗？他们不都是靠剥削这些穷人才一天天富起来的嘛！这些人就如同是你身上的一个毒瘤，你不割掉，它就会生长个不停，最终还会损害其他的器官。苏作相说。

这些天在监狱里，贺山子没有其他的事，这个世界也似乎将他遗忘了。

所以，安静下来的时候，他有时就会想着苏作相的话，苏作相所说的，都是自己以往不知道的，也没有思考过的问题。他想着想着，一会儿这种想法占上风，一会儿那种想法占上风。一会儿，他觉得自己也应该和苏作相一样，为了更多人的幸福去打拼；一会儿又觉得这些想法真是荒诞。社会是什么，有驻军，有警察，有团丁，有那么多官员，犹如一张巨大的网，靠一两个人的力量能戳破这张网吗？有时在夜里，他会做梦，梦到四周是一片漆黑的世界，自己一人无依无靠在里边不停地坠落，他恐惧极了，他呐喊着，但四周没有一丝回声。

在与苏作相一同被关了两个半月后，有一天，苏作相被提走了。贺山子知道后非常着急，向其他人打问，但都不知道苏作相哪里去了。

新的一天，一个没有任何预兆的日子里，在关了半年之后，贺山子被放了出来。

但放他出来却是有条件的。

他被放出来是与郭占山的死紧密连在一起的，而郭占山的死其实也是非常偶然的。

在贺山子被关的这段日子里，郭占山早就被放出来了，他被免了副团总的职，但依然在交口主持着民团事务。这一天，也合该他倒霉。晚上他到呼家河一个相好的家里去了，没想到那个婆姨的男人本来早晨去宜川城里卖干草，原说定今天不回来的，可半夜里却回来了。男人打开门看见了郭占山，立时大怒，动手就打。两人交手了好半天，郭占山才挣脱着跑了出来。那男的见他跑了，就在后边追。郭占山一时着了急，就抄近路跑，结果跑出村后没有二里路，也许是因为心情紧张的缘故吧，竟失足从一处险要处跌下崖去了。那个男人追了半天，不见了人影，就自顾回去教训自己老婆去了。他哪里知道，这时郭占山早就在山沟底躺着断了气。

这件案子，跟妇人跳崖基本上是一个模式，有人坠崖了，人死了。但上一起案子，妇人是被迫的，她身后跟着背枪的人；而这一次，郭占山是占了人家婆姨便宜，自己心情紧张坠崖，怨不得别人，实在是他咎由自取。

郭占山的尸体被运回来，停放在民团院子里，他的婆姨与娃娃号哭连天。张知事早早地就知道了这件事。他到现场看了看，然后叮嘱让所有人都别乱说这件事，紧接着，他让人从监狱里放出了贺山子。

贺山子回到了交口，看到了郭占山的尸体。尸体停放在一间房子里，下面铺着干草。郭占山的身体很胖，因而占了很大的空间，使房子立即显得狭小起来。

贺山子看到了郭占山死得直挺挺的，吃了一惊，就问别人郭的死因，但大家都含糊其词，不愿意对他多说。贺山子看了一圈出来，他奇怪自己怎么面对郭占山的死亡没有悲伤，要知道，在当团丁的这些年内，郭占山对他可是十分好的。

到了晚上，张知事就把贺山子召到了县府里。

张知事与贺山子谈了很长时间的话，但谈话内容却是贺山子根本没想到的。张知事想让他做证说郭占山是被人打死的。被谁打死的呢？就是被苏作相打死的。

可是，我不在现场啊，我当时在监狱里被关着呢。贺山子说。

这些你就不用管了，你只说你当天和郭占山一起收粮回来，结果碰到了苏作相领着另两个人，他们三人打伤了郭占山，将他推到了崖下。另两个人你也见过的，你就照着上次围城抗粮闹事的那两个人的模样说。张知事依旧是一副温和的面孔。

这可使贺山子为难了。

原来，因为群众抗粮闹事一事张知事最后做了妥协，虽然放了人，减了粮，但心里憋了一肚子的气，一直对这三个农民代表耿耿于怀。尤其是苏作相，张知事认为他就是这次农民抗粮背后的主谋，就想报复他，趁机除掉他。张知事与苏作相曾经正面交锋，张知事觉得这个人虽然瘦削，但思想激进，来势汹汹，他煽动所有的农民跟政府作对，煽动百姓造反，留下终究是祸害。所以，前一段时间，张知事就以通匪罪暗地里抓了他，但至今找不到杀掉他的切实证据。现在郭占山的意外死亡，使张知事有了新的想法，想借郭占山之死彻底除掉苏作相。

但这件事要做得严密，选谁来做证呢？张知事就想到了贺山子。其一，贺山子当初是他从监狱中救出来的，他对山子有恩；其二，郭占山与贺山子私交甚好，额外照顾颇多，山子熟悉民团，熟悉郭占山，谎话容易编圆；第三，贺山子现在还在监狱里想要出来，也必有求于他。

苏作相这个人坏透了，他煽动所有的老百姓造反。如果百姓都起来闹事，不缴税了，不缴粮款了，那我们吃什么喝什么去？这世界哪里来的太平可言？你们的饷谁给发？所以对这类刁民一定要严惩不贷，杀一儆百。要不择手段，除掉这个后患，这也是延长人民的福气。张知事语重心长地对贺山子说。

那还有其他团丁呢，他们都知道这回事的。贺山子说。

其他的事你就不用管了，我是一县知事，做这样的事，我担的风险比你大，我都不怕，你怕什么呢？另外，一除掉苏作相，这个民团团头职位就是你的。你要想清楚，是打算出监狱还是不出啊？

贺山子沉默了。是啊，贺山子没有办法不沉默，如今的他，已不是那个时候一气之下就离家出走的少年了，毕竟他经历了那么多的世事啊。现在，他又一次面临着非常困难的抉择。他发现自己一生都在这样纠结着，事情的发展总是出乎自己意料，自己总得在是与非、情感与理智之间做选择。不做这个证吧，撇开这个团头不说，很显然的，自己还得待在监狱里，身上还背有一条人命呢，至今没有个结论；如果做这个证，苏作相跟自己是非常好的朋友，自己对他充满了感激之心，敬佩之情，难道自己真忍心要把他送上刑场吗？

贺山子想了一夜，也没想出个头绪，和往常一样，一会儿是这个想法占上风，一会儿是那个想法占上风。他想到了哥哥贺学文，想到了黄桂芝他们，但这件事是要十分保密的，没法跟他们商量，同时不知怎么的，他从心底里也不愿意跟他们去商量。这些年里，他独来独往，哥哥贺学文以及其他少年时的朋友就像是一门好远的亲戚，说起来亲，但平时来往却少。现在，他不愿意平白无故地冤枉一个人，但他更不愿意永远被关起来，待在监狱中。

到了天明，贺山子就被一个留着小胡子的人领到了张家滩民团的驻扎点上。在这里，他见到了苏作相。原来苏作相在两月前就被秘密转移到这里关押了。

这里有十多间大房子，院子十分宽敞。平时这个区的民团驻扎在这里，就在这里训练。在十多间房子的最边上，有一间用石头箍就的小房子，俗称“小号”，是专门用来关押犯人的。小号里面黑乎乎的，仅门顶上有一个一尺见方的窗子可透进些微光。戴着手铐的苏作相正是被关押在这里。

小胡子打开门，把贺山子领到这里，让他看仔细了，记住苏作相的特征——身材瘦削，双眼深陷，缺一只耳朵。苏作相则静静地待在墙角，耷拉着眼，一声不吭。

出得门来，小胡子给贺山子说：你到时做证，就说你跟郭占山相跟着收粮。天黑之际，回交口镇，在路上碰到了苏作相等三个人攻击你们，你害怕就先跑了。结果，郭占山就被打倒在地，然后被从崖上推下去了。一些细节你要多想些，要编得尽可能圆一些。

真要到堂上去做证吗？贺山子问。

你不是还识得几个字嘛，晚上你就把过程写下来，你不想出面做证的话，只要写出来就行了，其他的事情都有别人负责，你就不用管了。

说完他将贺山子领到一个房间里，这个房间里有笔有墨，有一张桌子，别无他物。他安顿好贺山子，然后就拉上了门。

贺山子透过窗户看，只见这个长小胡子的人在门外徘徊着，虽然他被放出来了，但目前他的自由还是受限制的。

贺山子趴在桌上沉思良久，想来想去，觉得自己还是先写吧，要不脱不了身啊，还会被再次关进监狱的。再说，即使自己不写这些内容，他们照样会找另一个人来写，来做证，到头来苏作相还是免不了一死的。

贺山子想通了，就伏下身子，开始写字：“我叫贺山子，那天郭团总被打死时我在现场，是被一个叫……”但仅写到这里，他就写不下去了。苏作相，他从心底真是舍不得冤枉这个人啊。这是他当初的救命恩人哪，是给他一块馍的人，是送他到教堂里的人。苏作相后来因为策反樊老二的人被割掉了一只耳朵，还曾动员群众抗粮，这些事贺山子现在都知道了。通过前一段在监狱中的交流，自己也对苏作相有了新的认识，难道今天自己真要陷害自己的恩人吗？难道真要冤枉一个好人吗？

贺山子傻傻地待着。过了一阵，天就黑了，贺山子打开门来，门外月光皎洁，万物静寂，偶有树叶的沙沙响声。他迫切地想找个人说话，但又觉得没有一个人可商量。他看到有团丁守着那个小号，就走了过去，要团丁把门打开，说他要了解一些具体情况。这个守门的团丁能认得贺山子，就给他开了门。

贺山子进到了小号里边，戴着手铐的苏作相脸色很平静。

苏叔叔，你知道他们会对你怎么样？贺山子问。

他们会杀了我，置我于死地。苏作相平静地说。

那你还这么平静啊？

不平静又能怎样呢？只要我的死能唤起更多的民众抗争，我就心满意足了。这个黑暗的社会也没有什么好留恋的。苏作相说。

别糊涂了，苏叔叔，他们真的想要你命了。郭占山死了，他们要诬陷是你杀的，要我做证哩。不知怎么，此刻贺山子忽然就对苏作相说起了这些话，他自己也不明白是怎么回事，仿佛一见了苏叔叔，这些话就从心底自然而然流淌出来了。此刻，他早已将张知事与小胡子安顿的那些话忘在脑后了，就对苏作相说了事情的真相。

苏作相听了这个消息，果然受到震动，他气愤地说：山子，你看清了吧，看看这些执政者的真面目是什么样的啊。这么卑鄙，这么下流，想杀个人，连个正大光明的理由都找不下。这使我更加瞧不起这些人了，瞧不起这个社会了。

苏叔叔，你快走吧。这里有我应付，你走吧。贺山子说出这些话，他自己都吓了一跳。

不，我走了你怎么办？谢谢你提供信息，但我绝不会连累你。你走吧，他们要你做证，你就做吧。死也没有什么大不了的，二十年后又是一条好汉。

苏叔叔，我怎么会这样，你还是我的恩人呢。贺山子急急地说。

就在这时，门外传来了咳嗽声，有人在院子里与团丁说话。

别说了，你走吧。苏作相一把推开了他，扭转了身子，背对着贺山子。

贺山子只能出门来。

天空深蓝，纯净如洗，马上就要到中秋了。月大而圆，在这样的夜里，孤单单的贺山子想着，多么美好的夜啊，可是这世上却有一个好人要在自己做的伪证之下冤死了。想到这些，他就感到一阵阵心痛。

这一夜他又失眠了。

第二天清早，小胡子又来了，要看贺山子写的证明材料。贺山子说；我文化水平低，不会写，怕写得前后有矛盾，影响了整件事。那个留小胡子的人当时就当了真，说道：我来替你写吧，写好你抄一份。说着，趴在桌前写了起来。他一边想着，一边写着，贺山子在旁看着，只见他写道：因为见苏作相手中有枪，自己害怕就跑开了，但没跑多远，就看到这三人将郭占山打倒在地，由苏作相带头，将郭占山推到了崖下。这些都是自己亲眼看见的，并无一句虚言。

一会儿，小胡子写好了。对贺山子说：你抄吧，照这个抄一遍就行。贺山子没办法，情势所迫，别无他法，就只好趴在桌子上抄起来。他一边抄着，一边心就咚咚地跳。费了有一个多小时，他抄完了。小胡子就顺手拿了，因为墨汁没干，他就拿到嘴边呵气，说：这回他苏作相死定了，让他整天再与我们作对。说完他就拿着去给张知事交差去了。

小胡子一走，贺山子的心就提到了嗓子眼，有了他的证明材料，张知事他们定会对苏作相屈打成招，然后名正言顺地将他处以极刑。

他想着，就想到了苏作相的头会被砍掉，会和所有通匪的人一样，把那颗血淋淋的头挂到城墙上示众，然后有许多从下面过往的人唾弃他，咒骂他。

但是，如果有那么一天，人们知道真相了呢，知道是自己做了假证而害了苏作相呢？到时候人们会怎样说自己呢？贺山子又这样想着，他脑子里蓦然出现了那天成百上千的群众拥到县府前的景象来，群情激昂，义愤填膺……会的，会的，雪地里埋不住死人，终究会有这一天，事情真相会大白于天下的。如果到了那一天，那自己会被愤怒的群众怎样处置呢？他不敢想了。

突然间，有个想法似一道闪电在他脑子里闪现，他一激灵，顿时有了主意。对，我要救出苏叔叔，然后和他一起逃走，远离这个是非窝。

贺山子打开门来，正是正午，院子里没有一个人。他径直走到边窑门口，团丁正在那里打盹，他叫醒他，要他打开小号的门。

团丁说：县里说了，人马上要带走了，一律不让见人。

贺山子附在团丁的耳旁悄悄地对他说：我是证人，我要见他一下，要问些情况，免得到了大堂上做证出差错。

看守的团丁望了望贺山子，将信将疑地打开了门。贺山子进得门来，见苏作相依旧倚在墙角，他悄悄地靠近苏作相说：苏叔叔，我放你走。你快点走吧，他们就要对你下毒手了。

不，我绝不会连累你的。苏作相说。

我跟你一块儿走，咱们俩一起逃走，走得越远越好。贺山子说。

真的？苏作相扭头望着他。

我想好了，他们要我做伪证，我绝对不做那种事，我要活得清清白白。贺山子说。

苏作相站起身，伸出手来握住了贺山子的手，激动地说：看见了吧，这就是我存在的意义。有良知的人终究都会和我、和我们站在一起的，我们的力量会逐步壮大的。

贺山子见他有些激动，说话声音有点大，就嘘了一声，放掉了他的手。他想了一下，喊着让门外的团丁进来。团丁不明白是怎么回事，满腹狐疑地进来了。他一进来，贺山子便挥拳打倒了他。接着从他裤腰带摘下了钥匙，将苏作相的手铐打开了。贺山子探头看了一下院子，见院子里空无一人，便说：苏叔叔，我们赶快走吧。

贺山子正要架苏作相离开，这时看见老苏的衣服破破烂烂的，不成样子，他便快速将那名倒地的团丁的外衣脱了下来，给苏作相换上。两人正要走，苏作相说了一声等等，他回头又将那个看守的枪摸了来，给贺山子背上。

就这样，贺山子搀扶着老苏，两人相跟着出了监狱门。出得门来，两人便转到窑洞背后的土围墙旁，贺山子将老苏推过墙去，然后又将枪扔了过去，自己最后爬上了墙，翻了过去。出得围墙，贺山子便拉着苏作相的手，快速地跑了起来。

苏作相在监狱蹲了很久了，腿上有伤，跑不了多快。两人奔跑得有一里地，就听见背后有了呐喊声，扭头一看，只见后边有团丁追来了。贺山子此时也顾不得许多，他躲在树旁，拿起枪砰砰朝后打了两枪，也不知是打着了，还是没打着，只见后边的一行人随着枪声个个都伏下了身子，趴到当路上了。贺山子赶紧拉着老苏，朝路旁的一片小树林钻了进去。

两人进了小树林，跑了几步，苏作相忽然捂着肚子哎哟起来，脸上豆大的汗珠往下滴。

怎么了？贺山子问。

老毛病，我的胃病犯了。苏作相说。

这样吧，我来背你。贺山子说。

老苏还要推辞，但贺山子已一下将他背了起来。他背着苏作相，一手提着枪，快速地沿树林中的小路跑了下去。

一会儿，就听不见后边的追赶声了。

但一边走着，一边贺山子的心却跳得咚咚咚的，他不能确定自己的做法到底对不对。再说，他怎么向哥哥贺学文交代呢？他会怎样看自己呢？

苏作相因为多年在外边跑，吃饭不按时，饥一顿，饱一顿的，早年就落下了胃病。近几个月来，又被关在监狱里，胃病就更加严重了。贺山子背着他，行得一程，又行一程，眼见他疼痛难忍，贺山子打算找个诊所，但他不敢到延长城去。这时他忽然想起一个人来，这个人便是当初两人都认识的基督教传教士史密斯，他当年可是给许多农民治过胃病的。

翻过山，找到了一条便道，贺山子租了一头当地农民的小毛驴，驮着苏作相往甘口镇赶来。

苏作相全身痉挛着伏在驴背上，脸上冒着豆大的汗珠。看得出，他在忍受着剧烈的疼痛。

到了第二天早上，两人来到了甘口镇，离得老远就看见了基督教堂，它还是原来的样子，只是四周静悄悄的。走近了，贺山子发现，基督教堂的门是锁着的。贺山子将苏作相搀扶下来，坐在一旁的阴凉处，把毛驴拴好了，赶过来从门缝往里看，只见院内到处乱扔着东西，一片狼藉。贺山子这时就纳闷了，他在这里待过几年，知道神父两口子是极爱干净的人。每天礼拜完了以后，他们都会把院子打扫得干干净净，从来没有像现在这样乱七八糟的。

尽管门锁着，但贺山子还是扯着门环摇晃了半天，门环打在门上发出当当啷啷的声音，但却没有一个人回应。正在贺山子不知所措之时，身旁有一个扛着锄头的农民过来了，贺山子忙问他：史密斯神父哪里去了？我和他是熟人，我的这位大哥病了，我是来找他看病的。

农民疑惑地看了看贺山子，又望了望坐在一旁捂着肚子的苏作相，然后才说：我看你们是好人，我跟你们说吧，神父刚刚离开了这里。

他走了？到哪儿去了啊，什么时间回来？贺山子顿时着了急。

他不回来了。这里发生了动乱，前几天一伙人，也不知是兵还是匪，把基督教堂砸了，损坏了一些东西。唉，这已经不是第一次发生这样的事了，神父伤心透了，决定远离这里，不再回来了，他说在这里人身安全没有保障。

怎么办？山子长长地叹了一口气说。

不过，他是今天才走的，走了大约有两个时辰，如果要赶的话，说不定还能赶上他呢。他带着行李，走得慢。农民看到贺山子失望的样子又补充说。

他从哪条路走了？贺山子听到有一线希望，于是急急问道。

从这里，走到延安的路。据说到了延安，地方政府答应派军队护送他。农民说。

好，谢谢你！我们这就去。

贺山子得到这个消息，犹如得到了救命稻草似的，连忙把痛苦不堪的苏作相扶上驴背，照毛驴屁股抽得一鞭，加速沿山路狂奔而去。

贺山子赶着毛驴，驮着苏作相走了有两个多时辰，果然在大路上就瞧见了神父。原来神父一行三人，有两头骡子，一头骡子上驮着物件，另一头骡子驮着大量的书籍，同时他还雇了一个挑夫挑着担子。因为三人是步行，所以要慢得多。

神父——神父——贺山子在后边呐喊着。

默默走着的神父听见喊声，吆喝住了牲口，停住了脚步。但那个挑担的农民听得后边有急促的喊声，只当是土匪来了，扔下担子就跑。没跑出多远，他停住了脚步，上到一座小山头上，朝这边张望着。

贺山子牵着驮着苏作相的毛驴来到了神父面前。

神父与妻子神态平静地等着他们俩，不知他们有什么事。

你们是叫我吗？叫我有什么事？我可是没有钱的。我只有书，你看把我雇的人都吓到一旁去了。神父说。

史密斯神父，我是贺山子啊。贺山子到了神父身边，一下子摘下了头上的帽子。

贺山子？神父回忆着。

就是我啊，你不记得了，我当初在你们那里待过好几年哩，那时候我才十几岁，天天跟你们一起吃饭，帮你们打扫卫生。看见了神父，贺山子激动不已。

哦哦哦。神父与夫人这时都认出他来了。

史密斯夫人高兴地握着贺山子的手说：几年没见，长成好后生了。你后来洗礼了没有？

听到这话，贺山子低下了头。当初他在基督教堂时，虽然天天听讲，但他的心里一直被仇恨占得满满的，听讲也是这个耳朵进，那个耳朵出地应付。而离开基督教堂之后，发生了那么多的事，尽管闲暇的时候有时也能想起神父说的那些话来，想起圣经中的某些故事来，但被生活所迫，从没认真思考过，也从没祷告过。

远在一旁小山头上的挑夫看见几个人嘻嘻哈哈的，猜想他们应该是熟人，就从远处缓慢地又回来了。

贺山子指着毛驴上的苏作相简要地给神父说了想要他治病的事。

神父说：我们没时间了，我要走了，延安的驻军在等着我们，如果按时到不了，我们的安全就没有保障。

贺山子说：神父，你当初不是常讲耶稣无处不在吗？你不是常讲神爱世人吗？难道你就忍心看着他被病痛折磨成这样啊。

挑夫这时回来了，冷冷地说：看了病，也是白眼狼，前天来砸教堂的就是先前神父给看过病的人。

神父说：在中国，你永远分不清谁是好人，谁是坏人；谁是兵，谁是匪。好人与坏人可以是一个人，今天是兵，明天也可能是匪。相反也是这样，总是没法界定的。

苏作相在驴背上听到这话，就挣扎着说：神父，你说得非常对，有些中国人认为自己是最聪明的，他们从匪也罢，从盗也罢，都是为了更好地从兵。就是说，当匪只是在为更好地当兵创造条件而已。说到底还是因为穷，人穷了就得想着法子改变生活，以先活下去为目的。

不不不。神父似乎对苏作相的这些话产生了兴趣，他摇着手说，不仅仅是因为穷，在国外，穷人也是有尊严的，但有些中国人好像没有底线，想干什么就干什么，想怎样干就怎样干。我认识的许多人，他们成天都在不断地变换着角色，这在国外可是看不到的。

苏作相说：那因为这是在乱世。在一个乱世里，羊为了生存就会披着狼皮出来吓唬人，但在太平盛世里，是狼都会夹着尾巴做羊的。只能说，你来得不是时候。如果你在太平盛世来，你就会看到这里充满了安宁和温馨，和你的国家一样，也是一片祥和之地。

你说的这可能是事实，不过，我觉得主要还是信仰缺失的问题。神父说，中国人最缺的就是对上帝的信仰，因而做事就没了底线。每个人都活得非常实在，不管来生，不管天堂地狱，大致说来就和那个说“等我死后，管他陆沉也罢”的查理三世一样，每个人似乎都是为投机取巧而生。这个问题不解决，中国社会的问题永远得不到根本解决。

两人絮絮叨叨地说着话，神父大概觉得苏作相这人有些见识，一时就有了好感，答应给他治病。但当时天气炎热，几个人站在路中间说了一段话，个个头上都冒汗。神父就引导大家往前走，前边是一座小山，中间开了一条小路，两边的山刚好能遮住太阳。大家就停留在这方阴凉里，神父要那个挑夫把牲口上的箱子取下来，开始给苏作相看病。

那个挑夫非常不情愿，他一边解着绳子，一边嘴里嘟嘟囔囔。

贺山子搀着苏作相坐到了神父对面，神父问了问苏作相的病情，让他伸出舌头看了看，又翻了翻他的眼皮，还在他的肚子上按了按。神父说：这是长期的营养不良、不按时吃饭所致，在中国这样的胃病是相当多的。说着，神父从木箱子中取出一些西药粒来，交给苏作相，嘱咐他一定要按时吃，要坚持吃，没药的时候，可以托人到延安城里或者西安买。记住，一定要按时吃药，否则会酿成大病，你会痛苦一生的。神父告诫苏作相说。

贺山子掏出身上仅有的一点钱全部递给神父。

神父拒绝了。

神父说：中国人讲究人情，你在教堂里待了几年，我也没付你工资。我要走了，这些就当送你个人情吧。说到这里，他又关切地问贺山子：你平常还祷告吗？

贺山子老老实实地说：从没祷告过。

为什么不呢？神父问道。

贺山子答不出来，他想说的是，自他离开教堂后，每天被生活所迫，而所有遇到的事都是人为的，与耶稣基督根本沾不上半点边，为什么要祷告呢？

神父对苏作相说：像你刚才说的，到了太平盛世，人就会变好，社会和谐，但那不过是道德约束起作用罢了，而任何道德的约束都是很软弱的，只有有了终极信仰，人的行为才会发自于心灵，意志才会更坚定，生活才会更充实。我翻看了中国书，看到几千年的中国发展，世事一动乱，就杀人，只有把人杀得差不多了，才能建立起一个新的王朝来。然后再过一些年，就又动乱，就又杀人。这都是没信仰的缘故啊，世事一乱，人人都是魔王。

苏作相吃了一点药，胃疼得不那么厉害了。他说：神父，你传的教我也有所耳闻，但了解不深。只能说你们的愿望是美好的，但在中国是行不通的。现在的中国，你爱人，但人不爱你；你对人说好话，但别人会到处说你的坏话；你不拿起枪来，别人就会拿起枪来对准你或者你的父母亲人。贺山子就是典型的例子。他心地很善良，从没有想伤害任何人，但自从出生那天起，就一直处于不幸之中。父母双亡，又几次入狱，牵扯到一些官司之中，几次生命受到威胁。你说，在这样的环境中，难道面对那些坏人，他们打你的左脸，你还要把右脸递上吗？

神父听了苏作相这些话，看了看一旁低着头的贺山子，叹了一口气说：唉，看来在生存压力之下，任何的信仰都是没用的。只是，你们不信神，不信鬼，不信天堂，不信地狱，那么到头来谁来拯救你们呢？

苏作相把剩余的药收了起来，一边感谢神父一边说：神父，其实我们也是有信仰的。

你信仰什么？是天主教吗？

苏作相说：不是，是共产主义。

共产主义？没听过。神父摇着头说。

有一本《共产党宣言》，你看过吗？苏作相问。

哦，我知道这个东西，但没具体了解。你信的这个和我们的宗教区别大吗？

它不是一种宗教，只是一种主义或者思想，是对一种理想世界的追求。它主张消灭私有制，并最终建立一个生产资料公有制，各尽所能、按需分配，而且没有剥削和压迫，生产力高度发展、社会产品极大丰富的社会。苏作相热切地跟他解释说。

神父听着苏作相的解释，似乎明白了，又似乎不大明白。人都是自私的，本性也都是恶的，这样的社会有可能实现吗？他问道。

不管别人信不信，我是相信的，并且我们许多人都在朝着这个方向努力着。苏作相说。

这时，驮着行李的骡子叫了两声，那个挑夫说：神父，我们走吧，要不天黑了，路上又要不安全了。

神父哦了一声，开始动身。他边起身边说：虽然我不明白共产主义是什么，但是，人总是要有信仰的，只有有了信仰，人的心灵才会有个安放之地，这是最大的，其他生老病死其实都是低层次的。

贺山子在一旁听着神父的话，暗暗想道：生老病死是小事吗？人死了就什么都没了，还要灵魂干什么啊！但终究还是没有说出口来。

神父站起身来，凝望着远方，山峦起伏，处处碧绿，没有其他人，川道显得空旷而寂寞。他无限忧虑地说：这块土地上都是些未开化的人啊，是片未开垦的处女地啊。只是我不得不离开了，我真想过几年再来看看，种的花会不会开，种的树会不会结出果子来。

他这样说着，一时话语中就有了哽咽之音，眼中含满了泪水。良久，他在胸前画了个十字，然后告别了贺山子与苏作相，扭头缓缓向远方走去。

贺山子看到神父的神态，一时内心就有了触动，他虽然从头到尾都不了解神父所做的一切，但此时此刻他还是感受到神父的这份真诚。他是实实在在为着众人的，他心中有一个目标，有一个理想，愿意为此理想而献身，只是这个理想不被大家理解或认可而已。在这一点上，苏作相不正与他有共同之处吗？苏作相多年来与家庭断绝了往来，抛弃了富贵生活，到处奔波，他不也是为着他心中的那个理想吗？

这一切都在缓缓地刺激着贺山子，这是一种从未有过的感觉。他觉得这一中一外两人身上所具有的那种东西，就好像黄河中巨大的浪头，正在一浪高过一浪卷来，在他的内心激荡着，冲撞着，也使他逐渐变得热血沸腾起来。

神父走远了，两人又踏上了路程。贺山子不知道该往何处走，苏作相说：我们到延川去，到黄河畔去，那里进可以攻，退可以守。我们还得组建起自己的一支队伍来，只有掌握了枪杆子，说话才会有分量。

说完，两人就不再说话。毛驴驮着苏作相，贺山子跟在后边，两人沿着小路一直往前走去。

走在空旷而又寂静的路上，贺山子就想起了他唯一的亲人，想起了他的哥哥贺学文。哥哥当初来探监的时候说：等你出狱那天，我和黄桂芝、张宏霖一起来接你，我们要敲锣打鼓迎接你出狱，我们要告诉所有人你是被冤枉的。而现在这些话在记忆中越来越遥远了，仿佛多少年前说过似的。严格地说，贺山子没有出狱，他选择了越狱，选择了令哥哥贺学文与其他朋友们都没有想到的另一条路。他清楚地知道，走了这条路，这些年少时的伙伴的身影是离自己越来越远了。

一边走着，他心中一遍遍地念叨着：别了，哥哥，我的亲哥哥。

毛驴走上了一道山梁，眼前是一条弯曲的小路伸向远方，太阳直射下，路显得瓷实而洁白。贺山子此时的心情平静了下来，他迈着不紧不慢的步子，坦然地走上了这条路。

一会儿，两人就拐了个弯，消失在了密密麻麻的丛林后面，再看不见了。

第四章

几年过去了，贺山子始终跟苏作相在一起，两人经历了很多。苏作相拉了十几个人，成立了一支隶属于刘志丹领导的游击队，取名延长游击队。这支队伍战时则战，更多的时候就隐藏在延长与延川交界的一个地方。队伍人员构成也很复杂，有从国民党队伍偷跑回来的老兵，也有地地道道的农民，更多的则是和贺山子一样的无家可归之人。队伍中有一个年龄较大的，姓马，大家亲切地称呼他马大伯。这老马的媳妇被当地一个大户糟蹋了，跳了井。老马一气之下，杀了这个大户，然后改名换姓参加了游击队。马大伯会说书，他总是乐呵呵的，一闲下来，众人就会喊着让他来一段。老马就拿起把三弦开始唱：说起个怕，还有个怕，来了个野猫比虎大……

延长游击队驻扎的村子叫河坡村，位于黄河畔，是个偏僻而贫穷的小村子。村子位于河畔半坡，打眼一望就能看见滔滔的黄河以及对面山西莽莽苍苍的山峦，村子人都说，村子每丢一只桶都得到黄河里去捞。这里进可以攻，退可以守，万一情况有变，还可以东渡到山西。村子饱受土匪侵害，许多人都跑得见不着面了，土地就荒芜着，窑洞空着。游击队就在这里找了几孔空窑驻扎下来，平日里干点农活，得空就组织在一起练习打枪瞄准，做一些体能训练。

一天晚上，苏作相叫贺山子来他那儿。贺山子来了以后，发现窑洞里还有几个人。

见他来了，苏作相就说：今晚我们打算除掉太平村的贺老四，你敢不敢去？

山子听他的话异于平常，比较严肃，就觉得这次行动肯定与往常不一样。就说：当然去，只是——我不想杀人。

苏作相盯着他看了半天，忽然间就哈哈大笑起来，说：你问问老马就知道这个人该不该杀了。欺压民众，欺男霸女，上一次我们分了他的东西分了他的地，结果他又明目张胆地把这些东西全要回去了。

老马在一旁听到这话就补充说：谁想杀人啊，可有些人实在太坏了。像这个贺老四，他不只把东西要回去了，并且还杀了我们的线人。

苏作相说完话，就不再理会贺山子这几个人，而是趴在桌子上在一张红纸上写贺老四的罪状。贺山子就近看，只见红纸上面写着布告的字样，下面罗列着贺老四的罪状：一是杀害红军家属；二是欺压百姓；三是……一共罗列了八条。写完后，在下面盖上了红红的延长游击队的印章。等印泥干了，老苏把这张纸递给贺山子说：你今晚跟我们去，只需在门口望风，出现意外情况，及时通知我们。再就是负责把这张红纸贴在他家门口。

老马和其他人都不吭声。

贺山子拿到红纸，本打算卷起来，但后来还是叠成方块，揣在了怀里。红纸紧贴着他的胸口，他的心就莫名地开始咚咚跳起来了。

贺山子真正的第一次战斗开始了。这贺老四先前本来一直在太平村里住，陕北近年来“闹红”闹得厉害，一些县都成了“红区”了。“闹红”分了他的地，分了他的东西，他就跑到县城去了。过了一段时间，他从城里领了几个当兵的回村，把分给穷人的东西全夺了回去，并把当初第一个带头领他东西的郝三娃当众给杀害了。他怕红军报复，就一直躲藏着。今天有消息传来，说这贺老四悄悄地回村了。

前半夜是睡觉时间，贺山子也上了炕。不一会儿听得大家都睡熟了，但他却忐忑不安，一直睡不着。后来眯瞪了一会儿，就被人推醒了。只见窗外有一轮明月，月光透过窗子均匀地洒在了炕头上。房间里几个人此时都迅速地穿着衣服，贺山子赶忙一骨碌起身也穿好了衣服。

队伍很快在院子里集合了，然后朝外走。贺山子迷迷糊糊跟着大家出了村子，一路上大家都静悄悄地不说话，只有脚步声嚓嚓地响。他看到大家一个个都拿着枪，自己什么也没有，就悄声问走在前面的老马：我拿什么武器？老马听了，说：你拿这个吧。说着从自己腰间解了一个东西递过来。贺山子只当是枪，就绑在了腰间。但摸了摸，却觉得不像，原来是一个笤帚疙瘩。他心里很不满意。

老马悄声说：你知道是什么就行了，万一遇到危险了，就掏出这个东西扔出去，保准能吓退敌人。

队伍夜行了三十多里山路，就到了太平村，村里隐约传来几声狗叫。苏作相做了个手势，队伍就停下来了。接着，老马被叫到前头来，学了几声猫叫。他是说书的，模仿动物叫声很在行。他学完，大家就听见对面也有了猫叫声。又过了一会儿，对面的黑暗中有一个人影过来了，这个人过来和大部队会合了。他压低声音说了几句话，然后，由他领头，苏作相与游击队员跟在他身后，向太平村里走去。经过一个院墙时有狗叫的声音，前边走的人便向院子里扔了块什么东西，狗便不叫了。一行人很快穿过这条巷子，三拐两拐一直来到了村中心。

终于到了一个四合院外，前边的那黑影就压低声音说，就是这个院子，中间的那个窑里住着贺老四。话说完，这个黑影就先走了。老苏把大家招呼到一起，简单地分了一下工，贺山子依旧是先前的任务，待在门口贴布告望风。另几个人就开始行动起来，一个人在墙脚蹲下来，另一个人踩着他的肩膀翻墙进了院子。

一会儿，进到院子里的那个人吱呀一声打开了大门，门口早已守候的几个人便都从门里进去了。

贺山子一个人留在门外。天有些冷，他身体不住哆嗦着，四周没一个人。他想起自己的任务来，就从怀中掏出那张红纸，将红纸往门口的榆树上用事先准备的糨糊贴，可是因为有点风，怎么贴也贴不住。他就从附近的柴垛上摸索着找了根细绳，把红纸像一个人似的在树上来回绑了几圈，这样才牢靠了。

延长游击队的几个人一进到院子里，就惊动了偏窑住的人。这个人是贺老四的长工，听见院子里有动静，就点着马灯出来了。也是合该他倒霉，他一出门，马上就被两个游击队员压倒了，三下五除二把他绑了起来，嘴里塞了块毛巾。

我们是游击队，是专门为老百姓的。不杀你，但你要对我们说实话，贺老四在家不？有声音低声问。

那人嘴不能说话，就使劲点了点头。

在哪孔窑里？

那人嘴里塞着毛巾，听到这话，嘴就直往中窑的方向努。

两个游击队员问清楚了，就将这个长工押到门外边来，把绳头递给贺山子说：你看着他，他如果不老实，就把他杀掉。说完，几个人又进了院子。

贺山子这时已将布告贴好了，他接过捆长工的绳头，绑在了门闩上，然后静悄悄地注视着院子里几个人的举动。

那几个人到了中窑门口，几个人齐用劲，嘭的一声将门踹开了。屋里的贺老四与老婆睡得正香呢，门响声一下子把他惊醒了。他急忙伸手摸枪，黑暗地里，他摸着了枪照准门就开了一枪。门外的几个游击队员这时顾不得危险，一下子拥进屋里跳上炕去，快速将这两个人都压住了。这时就有人点着了灯，几人仔细认清是贺老四，便将他捆了起来。贺老四老婆见此情此景惊呆了，躲在被窝里瑟瑟发抖。一名游击队员说，起来吧，穿好衣服。这个婆姨就磨磨蹭蹭地开始穿衣服。贺老四被捆起来，就老实了许多，眼见得这么多人有备而来，知道自己难脱一死，就横起劲来说：老子横竖都是死，你们就来点痛快的吧。

苏作相说：我们让你死个明白。说着，苏作相就一条一条公布了贺老四的罪状。贺老四面不改色，但他老婆则在一旁磕头如捣蒜。她祷告着：好汉爷爷，红军爷爷，要钱给钱，要东西给东西，什么都给，只是不要杀了我们老掌柜的。

一边的苏作相嫌她哭得烦，就让人将她也绑了，嘴里塞了块毛巾。这地主婆也就干瞪眼哭不出来了。

苏作相将贺老四的罪状全部公布了，然后一干人将他拖出门外，拖到偏窑亮着灯的那个窗外边，一刀将他的头割了下来。老苏就用一条床单将头裹了，提到了手中。

贺山子在门外瞅着，看见一群人将贺老四拉到院子一角了，心就跳得咚咚咚的。过了很大一会儿，闭着的门从里边打开了，几个游击队员从门里往外走。苏作相说：山子呢？贺山子低声说：在。苏作相说：布告贴好了没？贺山子说：贴好了，贴在了树上。

好，那你把这个也绑在树上。苏作相递过一个东西来。

贺山子不知是什么东西，拿到手里感觉有一种热乎乎的潮气，伸手一摸，是一个毛茸茸的东西。他吃了一惊，嗵的一声，手一松整个东西就掉到地上了。身旁的老苏低声说：捡起来。贺山子蹲下身来，找寻着那个东西。那东西落地之后，兜着的床单开了，东西就骨碌骨碌地从山子脚背上滚过，落在了一边。听到老苏急促的话，贺山子顾不得多想，摸索着将这湿淋淋黏糊糊的东西拿过来放到了床单上，然后颤抖着用床单包起来，打了个结，绑在了大门的门檐上。

走。老苏说。

事情进行得异乎寻常的顺利。离开时，贺山子这才想到苏队长递过来的应该是贺老四的人头。为什么会是潮乎乎的呢？可能是因为人头上到处是血的缘故。就在这时，游击队中有人想起了先前那个长工，就问山子长工哪去了。这一问，把山子问了个瞠目结舌。原来那个长工趁山子全神贯注瞅院子里边动静的时候，早已解开绳子偷偷跑掉了。

回到河坡村驻地，一连几天，贺山子的手都有一种滑腻腻的感觉。他长这么大，常听说杀人，也多次见过死人，但是像这么近，感受这么深切，还是第一次。自参加游击队以来，以往的打仗经历，都是与敌人交锋时，打几枪就跑，不知道敌人的伤亡情况；或者是有时被敌人围追，几个人便一边开枪一边分头撤退。自己的这十多个人，没有牺牲的，最严重的一次是一个队员胳膊上挂了彩。往往是他们到一个村子，有钱的有势的财主就都闻风而逃了，他们便把地主老财家的东西分给了老百姓。

那天回到驻地后，山子的手上、身上、脚上都沾着血迹。之后一连几天，他一遍遍地回忆着那一晚的情景——那是颗什么样的人头呢？一定是颗到处是血的人头。他起先碰到毛茸茸的、有滑腻感觉的，那应该是贺老四的头发吧，头发上肯定也沾上血了，应该是和血搅和在一起，一片一片的了。

一连几天，贺山子神情疲惫，无精打采，情绪有些失落，每每想到这一幕，他甚至都有几分恶心。那个湿淋淋毛茸茸滑腻的头总会出现在他梦里，将他一次次惊醒。

他沮丧的情绪被苏作相看出来了，苏作相找到了他。

正是中午，阳光直射。都在午睡，苏作相戳醒了他，他跟着苏作相出了大门，一起蹲在了硷畔的一棵大树下。树上有只蝉知了知了不停歇地叫着。打眼望去，山坡下的黄河凝结着一动不动，只有浑厚的呜呜的水声在耳边震响着。

苏作相问：你怎么了？这几天情绪不好。

贺山子不吭声。

苏作相说：你既然参加了革命队伍，就要像个样子，咱们这支队伍和别的队伍不一样，有着严明的纪律。这些开会常说，也都在墙上贴着呢。纪律对谁都是一样的，这可不是儿戏，如果疏忽可能是要掉脑袋的，知道不？

贺山子点了点头。在这支队伍的几年内，贺山子明确地感觉到这支队伍和他以前所在的民团是大不一样的，纪律严明，不伤害老百姓，收没的东西要缴公，等等。但在他心里最大的疑惑还是为什么要杀人，这件事令他心中一直忐忑不安。他迈不过这个坎。听见苏队长这么说，他就问：苏队长你说，咱们这支队伍和土匪有什么区别呢？

苏作相望着他问：你是指杀人吧？

贺山子低下了头。

苏作相说：土匪是为一己私利，是为了他们个人或一小撮人的利益而巧取豪夺，杀人放火。而我们革命者则是为了所有的劳苦大众。二者在这个出发点上是根本不同的。出发点不同，决定了其做法也不同。比如，可能都要杀人，土匪杀人是用来报私仇，或者以抢东西发泄私愤为目的；而革命者杀的是那些恶贯满盈的，百姓痛恨的，民愤极大的。我们革命者从不滥杀无辜，从不为一己私利杀人。像这个贺老四，我们对待他其实还是很平和的，分了他的地，但留给他足够自己生产与生活的土地与家产，他还可以雇一个长工，我们本没想除掉他。可是他却反攻倒算，领着当兵的，把分的东西全要回去了，甚至把农协的郝三娃吊起来打死了，影响极坏。如果不除掉，那么附近的地主就有可能都照这个样子来做，那么我们的农民能保住土地吗？但我们要让他死也死个明白，我们是代表组织和他算总账的。你张贴的那张布告，内容还记得吧？

记得的。

那就是让他及所有的人明白，我们除掉他的理由究竟是什么。我们是有组织的，即使要除掉某个人，也都要向组织汇报，要经过组织同意的。

是听从刘志丹的安排吧？贺山子问。

苏作相点了点头。

我听过老马唱的民歌，正月里来是新年，陕北出了个刘志丹。刘志丹是清官，带着队伍上横山，一心要共产。贺山子说。

你知道老刘在陕北为什么受大家欢迎吗？就是他心中装的是穷苦人，他为咱们穷苦人打天下。这个社会太黑暗了，太不公了，贫富差距太大了。一些人不用劳作，整天吃香的喝辣的，可穷人呢，一年干到头还是吃不饱穿不暖。财主的财产从哪里来，还不都是从穷人身上剥削去的吗？咱们跟着刘志丹，就是要把世事颠倒过来，让穷苦人翻身做主，让所有的人平等，消灭剥削，消灭压迫，让人人都活得有尊严。

那我们不杀人行不？贺山子还在惦记着这件事。

苏作相呵呵笑了，说：你这么大个小伙子，可真是太理想化了。社会是什么呢？只是个平台，平台如果是好的，那么所有的人都应该是民主的，自由的，平等的；应该是付出多少劳动，就能得到多少报酬的。如果这个平台坏人当道，仅仅是个别人巧取豪夺，而人民大众民不聊生，处处受侵害，这个平台还有存在的必要吗？我们为什么不能推翻这个平台呢？为什么不能把这些坏人全部除掉呢？

受这些话的引导，贺山子脑子逐渐想明白了。他想到了自己的家庭：父母远去，自己一步一步走到了今天，是不是也是被这个社会，也就是苏作相说的这个平台所迫呢？坏人当道！是啊，洪知县应该算是坏人吧，徐怀义也应该算是坏人，樊老二也应该算是坏人，还有张知事、郭占山等等。

苏队长，什么时候可以杀掉樊老二、徐怀义这些人呢？

苏作相又呵呵笑了，说：你对革命的理解还是不够深刻。革命并不是报私仇，而是替广大的劳苦大众伸张正义的。这是一个组织，是以革命群众的利益为第一位的，而不是某个人用来报私仇的工具。

可是，我不也是劳苦大众的一分子吗？我的仇难道不应该报吗？贺山子钻了牛角尖。

你当然是的，但我们除掉某些人，还要看这些人是不是足够坏，是不是对我们革命的阻碍大。有些人干过一些坏事，但属于可以教育好的，就可以先不除掉；有一些人手中也有命案，但本质上并不那样坏，而是不得已，环境使然，也可以考虑先不除掉。不过，中国有句俗话叫多行不义必自毙，放心吧，那些坏到骨头里的，始终与人民为敌的，终究有一天会被除掉，终究有一天要受惩处的。

贺山子听着不吭声了。

高兴起来吧。走，我们吃饭去，吃得饱饱的，明天我们还要上演一场大戏呢。

第二天，苏作相带领队伍来到了太平村，在太平村重新进行打土豪、分田地。除掉了贺老四，上级组织给予了嘉奖。今天，上级组织也派人过来，配合这支游击队，重新在太平村这个小村子开展土地革命运动。

贺山子跟着苏作相又一次来到了这个小村子。这是个老村子，村口有一棵大槐树，树荫浓密，树下建有一座文昌阁，村口还立有石碑，记载着清朝光绪年间这个村曾出过一名举人。在民间也一直有“上了太平村，秀才比驴多”之说。在村子中央有一座戏台，已破烂不堪，戏台前是一片宽敞的场地，地上杂草丛生。今天，游击队把这里选作了大会的核心场所。

大会开始前，就有群众将锣鼓抬了过来，几个游击队员就咚咚锵锵敲起锣打起鼓来。尤其令贺山子开眼的是第一次见到了上级派来的两位女红军战士，她们穿着灰军服，扎着绑腿，忙前忙后。锣鼓一响，这两名女红军战士就带头扭起秧歌来。太平村的百姓听到锣鼓响，就都来了，男女老少虽然穿得破破烂烂的，但脸上都有掩饰不住的喜气。两位女红军战士跟着锣鼓点带头扭了两圈，就有别的红军战士与游击队员也加入扭秧歌的队伍中来了。接着这些战士就邀请旁边站着的村里人都加入进来。这些人先是不好意思，但禁不住战士们的热情邀请，一个，两个，三个，接着许多群众都加入进来了。

山子看得心里发痒，也想加入进去，当年他跟着哥哥还在县里扭过秧歌呢。

又扭了两圈，锣鼓点就停下来了。这时人已很多了，大会正式开始。戏台上放好了一排桌子，桌子上铺了床单。苏作相及游击队副队长老黑还有上级派来的领导都在台子上就座。山子及一些游击队员就站在了台子两边，而村里的群众都站在空场地上。

一开始是苏作相讲话，他说：今天大家都来了。你们也都看到了，看看你们穿的是什么，身上是补丁摞补丁，而地主老财穿的是什么，是绫罗绸缎，出门骑的马坐的轿。他种地吗？不！他放羊吗？不！那么他的财产从哪里来呢？还不都是从你们身上剥削去的！换句话说，你们每天给他干活，本来值十块钱，可他只给你们一块钱，剩下的九块钱他白白拿去了，正因为这样，你们才穷了，这群寄生虫才个个肥了起来。大家想想，天下有这样的道理吗？

红军是穷人的队伍，是为穷人打天下的，我们的所作所为大家都能看得到。国民党称我们是“赤匪”，但事实上，我们是一支有信仰有追求的队伍。前几天我们除掉了贺老四，为什么要除掉他呢？是因为他坏透了。他反攻倒算，与人民作对，杀了郝三娃，这是他咎由自取。我们从不滥杀无辜，但对于罪大恶极的恶霸地主、贪官劣绅，我们也毫不留情，从不手软，该打击的要坚决打击。不打击他们，我们穷人就不会有好日子过。但我们只杀最坏的，像贺老四的老婆还有他的儿子、女儿，我们也和村里群众一样对待，也留给他们田，留给他们地，让他们和你们一样靠自己的双手来养活自己。让耕者有其田，劳者有分配，人人都平等，不劳动者什么也没有，这就是我们红军革命的根本目的。

苏作相的话赢得了大家一片掌声。接着，刘志丹派来的王姓红军领导也讲了话，大意是这一片的工作做得好，虽然地界上与国民党占领区相交，但是这支游击队常年转战在这里，逐步稳定，扩大了根据地。不过，因为这里是红白交界的地方，敌人可能还会反扑，大家要有思想准备。对于极端的反革命分子，要从严从快镇压，绝不手软。打一寸天下，就要巩固一寸地方，不能和猴子掰苞谷似的，掰一个丢一个。另外，大家不要眼睛只盯着这个点，这个小地方，其实在全国各地，到处都有我们的红军，闹红是全国性的，甚至是世界性的，大家要相信这一点，坚定信心，等待革命高潮的到来。

话讲完了，苏作相一声令下，按照先前的安排，贺山子和老马就将从地主家里搜寻出的地契全拿出来了。地契有厚厚的一沓，都用夹子夹着，贺山子念一个名字，老马就往燃着的火盆中放一张地契。

场子里的群众先是在静静地听着，待贺山子烧地契的时候，人群中就有了躁动，有许多群众从后边往前挤。待烧过一半，整个气氛就沸腾了，有一些群众开始声泪俱下地控诉地主贺老四的所作所为。

老马看到这种情景，忍不住高呼：共产党万岁！红军万岁！群众就跟着都喊起口号来。

苏作相看到群情沸腾，就大声说：看吧，共产党就像这一盆火，有了群众的支持，很快就会烧遍整个中国大地的，把地主资本家烧个一干二净。正像毛委员曾经说的，星星之火，可以燎原！

毛委员是谁啊？贺山子扭头问老马。

据说那是个能人，是湖南人，正在江西闹革命哩。老马说。

一会儿，地契烧完了。接着是开仓放粮，各家各户都返回自家拿了布袋来，站成两队，然后由游击队员用升子量着把粮发放给大家。

本来没安排山子放粮，但他此时此刻被这种氛围感染了，激动得不行，他对一个拿升子的队员说：我来给大家发放吧。那个队员就把升子递给了他。

贺山子手中端着升子，屋子里有人正把贺老四的粮食都抬放到门口来。旁边有人念道：郝尚娃，五口人，三斗五升。来的人站在他面前，张着个布口袋，山子便一斗再一斗或者一升再一升地把粮食盘给他。分到粮食的穷人，都会对山子说声谢谢，然后满心欢喜地背起走了。贺山子看到一张张充满喜气的脸，听着一声声感谢，心里第一次有了一种成就感，忍不住满心欢喜起来。他给每一个前来领粮食的群众都把升子盘得满满的，带个尖顶。他一边干着活，一边心里想着，看来苏作相说的真没错，红军就是为老百姓的。

忙活了几个小时，给来的人就都分完了粮，大家都高高兴兴地背着布袋回去了。可是，村里还有一些点到名的家户没有来人，这可怎么办呢？

苏作相说：这些人是怕哩，是怕地主反攻倒算哩。

贺老四不是被除掉了吗？贺山子问。

他还有后代，他们是怕他家报复哩。

那怎么办？山子问。

老马插嘴道：不来的就别给他们分了。

不，一定要给他们送过去，把我们的心意传送到。老苏说。

行，我这就给他们送去。贺山子说。

还有我。老马也说。

我也算一个。这时贺山子身旁的一个红军女战士也要参加。

好，你们都去吧，一定要注意方式啊。老苏说。

三个人推着装粮食的架子车在村子一个积极分子的带领下把粮食挨家挨户送给那些没来的家户。这些人见粮食送到家了，有的就热情地收下了，但有的怎么说都不要，说自己有吃的，但山子他们还是坚持给他们放下了。更有甚者，见他们拉着粮食来了，干脆把门直接给关了，任你死叫活叫也不开门。贺山子他们没办法，就把粮食堆放到这家门口，然后写了一张这家人的名字与应分粮多少的字条贴在布袋上。这样忙活了一个下午，才把所有应分的粮食分完了。

这时，早有群众在村里支起了大锅，锅里热气腾腾的。原来是村里群众为了感谢红军、感谢游击队杀了一头猪，用大锅炖了一锅猪肉炖粉条子，红军战士、游击队员、全村人谁愿意吃就来吃。山子他们三个人一回来，看见场院里蹲满了人，个个吃得满头大汗。他们几个就拿上碗，自个儿给自个舀饭吃。山子还特意拿了一个大碗，舀了一碗菜，拿了两个馍，蹲在一旁津津有味地吃起来。

这碗饭，是山子有生以来吃得最香的一碗饭。

这一天，也是山子觉得最有意义、最充实的一天。长这么大，他第一次有了如喷泉一样从心底涌出来的喜悦。看来还是老苏说得对啊，一个人活着的最大幸福就是能被更多的人所期待、所需要，能为更多的人干一些有益的事。

饭吃完了，送走上级派来的人，延长游击队的队员们个个背起了枪，开始返回。一路上大家有说有笑。刚好，此时洋槐花开得正盛，醉人的香味扑鼻而来，处处有嗡嗡嗡的蜜蜂忙碌着采蜜。路上偶有养蜂的人看见他们了，就招呼他们，要他们喝一碗蜂蜜水再走。

贺山子的心里真是比喝了蜂蜜还甜。

等大家回到驻地，意外地发现有一个农民模样的人正在窑洞里等他们。这个人见到苏作相，做了自我介绍，说自己是塞北游击队的，那里正在进行打土豪、分田地活动，他们队长要他来送一封信。说着就从怀里掏出一封信递给了苏作相。

苏作相拆开来看，看着看着，脸色就变得越来越难看，手也发抖了。接着，他一拳重重地砸在了桌子上。

贺山子在一旁，不知道出了什么事，又不好问。其他的游击队员这时吃得饱饱的、高高兴兴的，都在一边收拾着东西。

苏作相脸色铁青，那个送信人站在一旁，脸上没有任何表情。

过了一会儿，苏作相坐了下来，他痛苦地用双手搔着头皮。搔了半天，似乎想到了什么，就掏出笔来，在旁边的一个用来记账的本子上撕下来一张纸，匆匆写起来。写着就又撕掉了，然后又写，又撕掉。这样折腾了几个来回，他写好了，折起来，递给来人说：你把这封信捎给老王吧，就说是我说的，让他手下留点情。

那个人答应了，小心翼翼地把信装到了内衣口袋里，然后扭头就要走。就在这时，苏作相喊住了他。

苏作相对贺山子说：山子，你也跟着他去一趟吧。

山子不明就里，就问：要我到哪里去啊?

老苏说：你跟着他，去我老家一趟吧。

去干什么?

你和他相跟着，你看看信，就明白了。苏作相说完摆了摆手。

听苏作相这么说，贺山子就不再问，而是跟着这个农民扮相的人一同上了路。一边走，他心里一边打鼓，不知道苏作相究竟要自己干些什么。他想着，既然老苏说，看了信就明白了，那么这个信对他来说就应该是不保密的。贺山子就从那个送信人手中要过信，打开来看。只见上边写道：

王指挥：

我父是可以教育好的地主分子，是不是可以不处决？但同时我又是一名共产党员，我完全服从组织所做出的决定。只是我有个建议，在处决我父亲时不要用刀或其他，要用枪，让他痛快一点。

此致

敬礼

苏作相

贺山子一看这封信就更糊涂了。

那个农民扮相的塞北游击队员告诉了贺山子实情。原来，苏作相的父亲是当地有名的大地主，苏作相由于自己的所作所为，被父亲赶出了家，与父亲断了来往。陕北闹红后，红军抄了他的家，把田、财都分给了村里人。可最近，他父亲和太平村的贺老四一样又带着还乡团回到村里，把分了的田与财全要回去了。塞北游击队认为他父亲做法恶劣，就上报组织，决定严惩他的父亲。他们在一个深夜抓住了他，准备公审以后杀掉。但是，考虑到苏作相是延长游击队的领导人，所以他们就给他来信说明一下情况。

那要我去干什么呢？贺山子还是想不通。

苏队长对你说什么？

他说，看了信，就明白了。贺山子说。

那么，这样说来，就是苏队长已知道他父亲终究难免一死，他同意了组织这么做。但他同时又要求行刑时用枪，也许是想维护父亲最后的一点尊严吧。估计是让你过去求情的，让他父亲死得更痛快一点。

这名送信人是名老党员、老游击队员，场面见得多，说起这些事轻描淡写，但贺山子却听得惊心动魄。令他惊诧的是苏作相在知道这件事之后，竟然同意处决他的父亲，提出的要求仅仅是不要用刀而用枪，想让父亲死得痛快点。苏作相这个看似柔弱的男人，内心怎么会这么坚强呢？难道共产党员真如苏作相说的是钢筋铁骨，真有一副铁石心肠吗？难道人真如史密斯神父说的，有了信仰就真的不一样了？

但事情往往是出人意料的，尽管苏作相写了信，尽管还派了贺山子求情，但他的父亲死的时候还是十分痛苦的。那天召开宣判大会，他胡子花白的父亲被五花大绑，押上了台子。公布罪状以后，群情激愤，许多人纷纷哭诉着他父亲的恶行。他们说着说着，就动起了手，将苏作相的父亲打倒在台子上。接着，场子上的人喊着口号，呐喊着一定要将他处死。后来，场面失控，村里群众有的拿镬，有的拿锹，有的拿木棍，将他父亲围在了中间，大家用手中的镬与锹将他父亲活活打死了。

回来的路上，贺山子非常内疚，那个血腥场面，他总不能忘记。苏作相的父亲年岁大了，身体也瘦弱，被打倒以后，他蜷着身子，整个身体只有一个孩童那么大，在中间被围着的人踢来踢去。人们拿着手中的器具打他的头，打他的腰，他可能有呼喊，有咒骂，但全被淹没在一片愤怒的叫声中了。

回来的贺山子不敢告诉苏作相这一切，只是喃喃地说：他们处死了他……

苏作相似乎意识到了什么，或者他早已猜到了，他没有问贺山子更多的话，只是沉默着不吭声，脸色铁青。

在以后的日子里，贺山子常常想起这个场景。他尽可能地用苏作相曾说过的“多行不义必自毙”来安慰自己，但当生活揭开血淋淋的一面，他还是感到后怕，内心有些许不忍。

那些坏到骨头里的，始终与人民为敌的，终究有一天会被除掉，终究有一天要受到惩处的。他只得这样安慰自己。

我先前说，延长游击队的人员构成是十分复杂的，有从国民党队伍中跑回来的逃兵，也有一些本地的农民，还有一些游民，甚至还有参加过土匪的闲散人员。但因为苏作相与老黑管理严格，所以，没出过什么大乱子。这支队伍算起来共有十六个人，但仅有六支枪、几颗手榴弹，手榴弹还是一个国民党老兵捡回来的。枪的来源不一，这里来一支，那里来一支，式样杂，基本上是谁夺的枪这枪就是谁的。苏作相在闲下来的时候，就要那个姓黑的副队长训练大家扔手榴弹或者瞄准、刺杀什么的。贺山子虽然身体壮实，也参加过几次战斗，但没有缴获到枪。有一次参加一个小战斗，贺山子缴获了一柄大刀。他自是高兴得不得了，每天在磨刀石上磨得雪亮，又往刀柄处挂了绺红缨子，还利用空闲时间要木匠师傅做了个刀鞘，把大刀插进去，背在身上好不威武。有一次磨亮了刀，贺山子心血来潮，对着门口一棵槐树猛地砍了下去，结果大刀被砍卷刃了。贺山子看到这种情形心灰意冷，觉得用这样的东西没法杀敌。老马看到了就安慰他说：你不要急，枪呢，总会有的，说不定明天，说不定后天，和土匪打仗了，或者和民团打仗了，到时咱俩合伙，齐心给你夺一支。听了这话，贺山子心里才多少得到了安慰。

机会终于来了。

这天正好是腊月初八，在陕北有“腊八早饭要吃腊八粥”之说。清晨，村里群众送来了腊八粥给游击队员们，正当大家吃着热腾腾的腊八粥时，延长县北塬董家河村的一个农民领着自己的儿子找到了这里。他哭哭啼啼地要游击队给他报仇。这个农民说，这几年延长县摊派的钱粮格外多，因为庄稼歉收，缴不起粮税，缺吃少穿，他就领着一家人躲到安定县去了。前一段时间老父亲在安定去世了，他就从安定起身移柩回家，哪里想到民团不知怎么就得到了消息。正当他家里过事时，徐怀义领着民团一帮人赶到了这里，向他要钱要粮。原来，郭占山死后，徐怀义看中了这个空缺，就给张知事送了些钱，当上了县民团的副团总，成天领着民团到处逞威风。当时，这个农民说，来了这么多亲戚，现在正过丧事，等事情过了再说。可徐怀义怎么也不依，说，有钱过丧事就没钱缴税了？双方争了几句，徐怀义大怒，竟然指使人将棺材打开，将他父亲的遗体弄出来，抛在了路上。可怜老人死了还要受这般侮辱，亲戚个个敢怒不敢言。那时当着所有亲戚的面，他手无寸铁，几次想跟民团拼了，但都被人拉住了。后来想想，实在咽不下这口气，他就哭着把儿子送来当红军，要求苏作相给他报仇。

这个农民的话引起了震动，大家个个义愤填膺，都觉得这民团、这徐怀义真是欺人太甚了，这样做和土匪有什么两样啊，应该给一点教训才对。

贺山子这时就不由得想起了自己在民团的岁月，逼粮要款的事他都干过。当初自己年轻，跟着郭占山抖威风，从没有想过别人的死活，现在想来，当初自己干的那都是些什么事啊！

苏作相听了大家的意见，就说：现在这个时段，国家动乱，许多羊就披着狼皮出来害人了。目前陕北的几个县都成了“红区”了，延长民团还这样放肆，我们有必要教训他们一下，给这个徐怀义一点颜色看，警告他以后做事规矩一点。只是目前咱们的力量还不够强大，没有完胜的把握，与他们打必须要出奇制胜，这事大家要从长计议，想想办法。他说完这话，然后对这个农民说：你把民团底子摸清，他们哪天再出来活动时，你给我们及时通报。

这个农民得到了肯定的答复，自是十分高兴，他说他有个熟人在民团里，他可以从那里打问到情况，掌握民团的行踪，一得了消息，他就来通知游击队。说完就把自己的儿子安顿下，离开了。

大家群情激愤，都认为民团做的恶事实在太多了，百姓都恨之入骨。如果借这个机会打击一下民团，可以灭灭他们的威风，也可以借机扩大红军的影响。苏作相看到大家心情激动，就安慰大家说，我跟大家的心情是一样的，但得等找到合适的机会再说，千万不能盲目出击。

可是谁也没想到就在这天晚上，这个前来告状的农民就出了事。原来，他在回家的路上被民团抓了起来。一顿严刑拷打，这个农民就把事情原原本本说了。团总徐怀义知道苏作相早晚要来收拾自己，就决定先下手，第二天晚上就悄悄地带领民团包围了延长游击队的驻扎地河坡村。

这天晚上吃过饭，老苏和五六个人聚在一起，他简要地说大家要多检查枪支、多练习瞄准什么的，平时多流汗，战时才可以少流血。就在这时，忽然听着空中砰的一声响，大家都吃了一惊，神经猛然间都绷紧了。这时，门外慌慌张张跑回来一个游击队员，说有十几个不明身份的人进村了。他刚才在硷畔上隐约看见一群人影，就拉开枪栓问是谁，结果对面的人并不答复，竟然直接开了枪。他赶紧跑回来汇报了。

大家听了这话都吃了一惊，纷纷拿起枪来。老苏要大家不要慌，准备领着大家出门，就在这时，就有子弹从院墙外射进来了。很显然敌人将这个院子包围了。

一名游击队员打算从门里冲出去，刚一开门，一排子弹就打了过来。他哎哟了一声，挂了彩。其他人见这阵势，就顶住门躲到了灶火圪塄里。

老苏要大家不要作声，他呐喊道：屋外是什么人，我和你们素无仇怨，为什么要开枪？

屋外枪声停了，只听一个声音喊道：老子是徐怀义。苏作相啊，你他妈的躲在这里，老子从没找过你的麻烦，可你他妈的却要暗地里收拾我哩。

苏作相说：谁说的？我们根本没有这个打算。

你以为老子成天就是吃素的、点蜡的？没三下两下，这脑袋早他妈被割得扔给狗了。今天我看你还是投降吧，把枪支弹药全交出来，我们答应不伤人，要不，你们今天就被我们包了饺子了。

老苏拉动枪栓，气愤地对左右说：这他妈的郝二愣站岗站到哪里去了？

那个报告消息的游击队队员说：我刚才在硷畔上就没见他的人影。

老苏说：大家都别着急。待在窑里，咱们只有死路一条，你们几个拿枪的，从这边窗眼里往出打枪，吸引敌人。我把门一打开，山子你给咱把手榴弹扔出去，能扔多远就扔多远。大家听着爆炸声，就赶快往外冲。

按照老苏的吩咐，几个人利用窗扇做掩护，从窗眼里朝外打枪。老苏把门一打开，贺山子就把一颗手榴弹扔了过去。

窑里的人停了枪，等着手榴弹爆炸往出跑，结果等了半天也没声响。

外边的人也是同样，一颗手榴弹扔出来，他们愣了一下，可等了又等，却不见手榴弹响。他们就喊道：妈的，拿假手榴弹吓唬老子啊。说着，砰砰砰地一排子枪又朝这边打来了。

怎么回事？老苏问。

我忘记拉引线了。贺山子答道。

外边喊话声这时又响起了：苏作相，你们投降吧，投降还可以保个小命儿。

苏作相这时大声问道：投降你给我们什么好处啊？他是想用这个办法拖延时间，寻找机会。

可就在这时，又听得几声枪响，枪声却离得比较远。只听这伙人中有人喊道，谁他妈从背后打枪啊，怎么朝老子这里打啊。

接着又听得砰砰两声，外边有人就哎哟了一声。马上有人说道：不好了，咱们背后有人打枪哩，是不是中了埋伏啊？

屋内的几个人这时正着急呢，听见团丁背后有了零碎枪声，民团队伍阵脚似乎有点乱了，苏作相就又递给贺山子一颗手榴弹。贺山子接到了手榴弹，二话不说，打开一扇门，拉开引线呼一声把手榴弹扔了出去。轰的一声，院外顿时火光冲天，巨大的声响，震得窑里直落土。贺山子第一个冲了出去，这时苏作相也呼一声扔出了一颗手榴弹，又轰的一声，手榴弹在院外炸开了。

快跑！老苏说。

一干人就借这个机会都从屋里跑出来了。

外边黑灯瞎火的，大门口被守着出不去，大家就跟着老苏朝左边跑。左边的院墙有个豁口可以跑出去。跑出门来的几个人，一边跑一边端着枪朝墙外胡乱射击。

贺山子没枪，举着大刀，哇哇地喊叫着。

五六个人到了左边的围墙下，就挨个从豁口处往外跳。

院外的人看见一个个黑影朝左边跑，马上意识到了游击队要突围，有人就呐喊着：狗日的从那边跑了！接着就有子弹朝这边打过来了。贺山子跑着，一时子弹嗖嗖的就在头上飞，他急了，把手里最后的一颗手榴弹也扔了过去，轰的一声又炸开了。

手榴弹爆炸给民团带来了少许的混乱。看见大家从围墙缺口往出跑，山子也赶忙飞身翻墙而出。山子的背后是老马，他一边走，一边开着枪。

山子刚翻出院外，忽听后边哎哟一声。他扭头一看，只见端着枪的老马这时扑通一声倒在了地上。

山子隔着墙低声喊：老马，老马。

老马跪倒在地上，说：我受伤了，你快走，把枪拿上。说着，从院里的豁口处把枪递了过来。

山子接过了枪，就又翻进去，伸出手把老马一把从地上拉起来背在了身上，也顾不得他喊疼，翻过墙跑了。

转过弯，老苏还站在那里，拿着枪掩护着大家上山。看见山子了，就问：再有咱的人没有了？

山子说：没了。

老苏说：到后山去，在莅子沟集中。

由于民团在后边不断追击，一会儿队伍就跑散了，贺山子因为背着老马跑得慢，就近在一片树林里藏起身来。他见老马身上还在流血，就扯下一块衣襟将伤口包扎起来。他俩在这里藏着，天寒地冻的，两人冷得直打哆嗦。熬到半夜，山子估计敌人都走了，就又钻出来，把老马背到附近一个老乡家里。但老马这时已不行了，他流的血实在太多了。贺山子张罗着要再把老马背着就医，但被老马拒绝了。

老马指着手中的枪，似乎要对贺山子说什么。

贺山子把枪拿过来，递给老马。老马接过了，用手想拉枪栓，但却怎么也拉不动。

老马比画着断断续续地告诉贺山子，这支枪是缴获的，但只有四发子弹，他一直舍不得打，每天拿着枪也就是来回练习，始终在瞄准，却没有真正放过一枪。今晚，他瞅准了一个敌人，离得那么近，他本来可以一枪就打着他的，可是拿着枪，怎么都拉不动枪栓，跟见了鬼似的，也不知是怎么回事。就在这时，敌人的子弹打来了。看来人真是有天命啊，不相信不成，那个人是不该死的。

贺山子听他断断续续地这么说，就接过枪来，拉了一下，但枪栓依然一动不动。他打开来看，只见枪栓已生锈了。本来就难以拉开，再加之战斗时可能老马太紧张了，就怎么也拉不开，然而就在这一瞬间，敌人的子弹却打来了，打伤了老马。

到了天明，痛苦的老马在贺山子怀里闭上了眼睛。

第二天下午，跑散的人就都陆续回来了，统计伤亡情况，游击队里死了一人、伤了两人。苏作相召集大家做了检讨。一是警戒松了，本来郝二愣站岗，可他却跑到相好的家里去了，导致敌人轻松进村，游击队竟然没有一个人知道。首先犯错的是郝二愣。但是郝二愣听到枪声后，又从别处赶来，从背后开枪，引起敌人的内乱，敌人以为受到了游击队夹击，才出现慌乱局面，使游击队员有了突围的机会，也算是弥补了自己的错误。因此，对郝二愣提出批评，给予处分。其二，大家没有经过这种场面，平时跟土匪打或者和民团打，都是在沟里或在山峁上，打得过就打，打不过就跑，像这样被包围后突围还是第一次。贺山子扔手榴弹没拉引线，导致失去了第一次机会。三是大家跑出院子后，好多人独自跑了，但是贺山子能勇敢地救下老马，应该提出表扬。

这里正开会，老马的老娘听说老马被打死了，就拖着老马的儿子哭哭啼啼来了，哭得恓恓惶惶。老苏心情郁闷，给了她十几块大洋，并答应把游击队的粮食分给她一些，还答应给她打口棺材。就这样，婆孙俩还不走。老苏就答应每年都由红军给他们家一些补贴，并写了欠条，然后才把他们送走了。

处理完死者，安顿好伤员，晚上大家聚在一起，个个心情都很难过，都低着头什么话也不说。

贺山子对老马的死感到内疚，一是他没能救下老马；二是在这个团队里，老马是最关心爱护他的。沉默良久，他首先开口说话，把老马临死前的枪拿给大家看，然后给大家说了当时的实情。

苏作相听了，眉头紧皱着说：咱们游击队里有六支枪，但得到的渠道不一，有些有子弹，有些没有。因为子弹少，平常不能实弹训练，导致实战经验差。还有因为缺擦枪油，枪平常没法护理，导致有些枪筒及配件生锈，临阵拉不开。据我了解，刘志丹他们的大部队跟咱们的情况也一样，平常也缺擦枪油，有时就用猪油擦，结果一到冬天，猪油就凝结了，枪栓也拉不开，听说这方面也误了不少事，甚至出了人命。所以，要壮大咱们的力量，一是要得到枪支，通过各种渠道，不择手段地得到枪支；其二就是针对目前的枪，要采取一些适当的保养措施，别让枪在咱们手里成为废物。

老黑这时说话了，他是从国民党队伍里回来的，他说：我当兵时，队伍里曾给每个人发一小瓶油，叫擦枪油。用这个东西擦枪以后，枪的部件就不容易出问题了，但现在不知什么地方有这种油。

老苏接过他的话茬说：大家说的这个擦枪油，其实我们眼前就有。我听人说，延长石油厂有个新任的厂长助理是从日本回来的，说他当初是在日本学的石油提炼。他是个能人，研制出了石蜡、擦枪油，还有各种标号的汽油，听说前一段还研制出了一种叫油墨的东西，说能利用这个东西油印报纸、宣传品等，就是刻一个模板，然后用这个东西就可以制成上千份的。红军要做宣传，这个东西是能派上大用场的。我最近一段时间就琢磨着咱们能不能从石油厂多搞一些蜡烛、油墨、擦枪油，一是我们自己用，二是送给刘志丹他们。

贺山子听到老苏说到石油厂，又说到一位厂长助理、日本留学什么的，就问：你说的是不是一个叫贺学文的？

老苏说：好像是姓贺。听说他当初在日本留过洋。

贺山子听到这里，就知道说的这个人是自己的哥哥贺学文了。自从他和苏作相离开延长城以后，就再没有见过哥哥，虽然也有几次潜进过延长城，但来去匆匆，都没有和哥哥联系过。

和哥哥见面仿佛还是上世纪的事，离自己是那样的遥远啊。

如今见游击队这么需要这些东西，他就自告奋勇说：苏队长，我去吧。我给咱弄些擦枪油及油墨来。

老苏说：你能行吗？

贺山子本来想说那个叫贺学文的就是自己的亲哥哥，但想想哥哥当初对自己曾经是充满了期望的，自己却一步步走远了。如今他到底认不认自己这个弟弟很难说，究竟能不能弄到擦枪油他也没有多少把握，就住了嘴，只是说：我想想办法吧，争取给咱们弄一些。

老苏见贺山子表了态，就十分高兴，说：能弄到的话就多弄些，咱们支援老刘，让他们也高兴一下。

贺山子说：我可以试试。

老苏想想说：这样，我和你一同去吧。两个人去安全一些，遇事也可以多商量。现在的延长城已经不是过去的延长城了，有国民党军队，有特务土匪，处处白色恐怖，形势复杂着呢。

新的一天，贺山子与苏作相两人一起到延长城里去。城门内外多了些守城的士兵，每个进城出城的人都要搜身，车辆也每辆要检查。

苏作相早年教过书，原想扮成个教书先生，但贺山子的身份却没法扮，因为他现在已长得英武高大了。想来想去，两人就扮成了生意人，贺山子喊苏作相舅舅。两人从东门进城，顺利通过了门卫的盘查，来到了城内。进城一看，城市虽说繁华了些，但城里的饥民成群，乞丐很多，街道上有几家大户支起棚来在街上舍饭，周围有成群的饥民在围着等饭吃。二人因为怕被故人认出，就压低了帽檐，低着头走。

一切还算顺利，进城后他们住到了一家小店里。

住进这家小店，两人就将掌柜的叫来询问石油厂的情况。这掌柜的一提起石油厂就满腹怨言，唠唠叨叨地给他们讲了石油厂的许多事：因为陕北闹红和土匪骚扰，油矿屡遭破坏，厂里成立了矿警队，由张宏霖任队长。厂里去年派来一位张总理，他成天住好的，吃好的，可是工人们个个吃糠窝窝、稀糊糊。有个新来的木工端错了一回饭，被他当众用木棒痛打了一顿，赶出了油厂。还有个工人送四十桶汽油去西安销售，回来在三原县遭人暗害，钱被抢走，人被仍到了井里，这个总理竟然不闻不问，连个抚恤金也没有。如今说是有总理，其实和没有总理是一个样子，贺学文负责生产，张宏霖负责安全保卫与后勤。至于石油嘛，生产还是老样子，好像标注了几个品牌，但与民众关系不大，新开设了几个点，主要销售煤油与蜡烛。至于擦枪油，他可是从没听过的。

贺山子听了掌柜的话，非常高兴。情况果然对自己有利，总理不在，两个副总理竟然一个是自己的亲哥哥，一个是自己年少时的朋友。

打发走了掌柜的，贺山子就打算马上去找哥哥。老苏拦住了他，不让他这么冒冒失失到厂里去，说那里人多眼杂，容易出麻烦，还是悄悄约贺学文到店里来。

当下贺山子就写了封简短的信，说自己这几年在做药材生意，现回到延长了，想见见哥哥，但不想让更多的人知道，遂托人将信送给了贺学文。

贺学文意外地接到这封信，发现是山子写来的，顿时喜出望外。多年了，自从弟弟当年从民团离开，他隐约听人说弟弟与一个共产党一起走了，但具体的事情他不知道。后来张知事还就这事询问过他，但他对这事一点也不知道，自然说不上什么来。弟弟来信说他做生意，看来这个弟弟真正不用自己操心了。贺学文立马换了衣服，就往这里赶。他一边走着一边想，脾气暴躁的山子，与自己不见已好几年了，他现在成家了吗，长成什么样子了呢？

到了客店，兄弟俩一见，两人你瞅着我，我瞅着你，望了半天。贺山子叫了一声“哥”，顿时哽咽着说不出更多的话来。贺学文此时也认出了自己的弟弟贺山子，叫了一声“山子”，忍不住眼泪也落下来了。兄弟俩抱头痛哭。

真是你啊，山子！高了壮了，还有了这么密的胡子了。贺学文说。

哥，真是你啊！我梦里都想你，哭醒过多少回呢。贺山子说。

当晚兄弟俩就一起喝酒，一起痛陈往事，一起痛哭流泪。两人想起父亲，又想起母亲来，说一阵，哭一阵。贺学文讲了自己这几年的经历，山子则把自己的身份隐瞒了，他该说的说了，不该说的一个字也没有说。

毕竟，残酷的现实教会了贺山子许多。

一夜无话。第二天，贺学文回厂子拿了点钱，给山子买了一套新衣服。然后在酒店备了一桌酒席，约山子和苏作相出来说话。

贺山子与苏作相应约而至。

贺学文昨天和山子说了半夜的话，感觉山子说话有点支吾，似乎有什么难言之隐。酒席上几杯酒下肚，他就问山子在做什么生意。山子说，他先前做的生意小，但他有个大老板，想做石油生意，目前，需要一些石蜡、擦枪油等，也包括其他各种石油制品。

贺山子一提到石油，又提到擦枪油，贺学文马上警觉起来，问：山子，你到底在做什么生意啊？你不会和共匪混在一起，在倒腾石油吧？

贺山子看到哥哥这副吃惊的面孔，就说：我不做这些，我有一个大老板，他想要这些东西。我听人说你在这里，还有宏霖哥也在这里，就来找你们了。

贺学文说：山子啊，你怎么会有这种想法！怎么能这么糊涂！石油本来就很缺的，现在世事这么乱，每年还都要向政府交呢，余一点用来本地销售，给老百姓点煤油灯用，任何私人都不能倒腾。这可是个原则问题。当年，徐怀义跟土匪勾结倒腾石油，上头都派人来查了的，尽管最后不了了之，但现在这件案子还没结呢。你可千万不能动这个念头啊。

贺山子见他说得这么认真，就不以为然地说：你们总要销一部分，销给谁不是销呢？

贺学文说：这是两个问题，剩余的销给老百姓一部分，是我们石油厂为当地老百姓谋一点福利。我们在街上开个销售点，但每个人买多少都要登记的，要批准的。花费巨大财力与物力挖掘出来的这些石油是战略资源，是绝不允许私人倒卖的，不容私人染指的，我劝你还是死了这条心吧。

哥儿俩话不投机，贺学文一口回绝了贺山子，使山子一下子清醒了，看来他还是把事情想得太简单了。这时心里就直后悔前几天自己不该逞能应了这个差事，如果完不成任务，那可丢大人了。

这不你是我哥嘛。贺山子说，你在这里，我才来了啊。

山子，你现在长大了，也听不进去我的话了，不论我是不是你哥，只要我在这里一天，就不会让你动石油的。我也奉劝你不要做这种生意，尽本事做点小买卖。石油现在紧缺，用处大着呢。现在大城市已有了许多汽车了，加上油，车要比马车快许多呢。随着发展，石油还会派上更大的用场。国家要强大，要靠这些资源。而只有国家强大了，才不会被其他国家欺负，我们每个人才会活得有尊严。

贺学文说得义正词严，贺山子讲不出什么大道理，只能干张嘴。

一旁的苏作相这时听得不耐烦了，就站起身来说：石油是一种资源，这倒不假，但是你觉得这种资源能用在什么地方？工人开采，交给现在的你所谓的国家，即使换来钱，那还不是被当官的挥霍掉了，有多少能用在百姓身上？另外，国家有钱就能被人看得起啊？就像一个人，如果有了钱但却坏事做尽，他能获得别人的尊敬吗？他腰杆能挺起来吗？还不照样被人看不起！

听到一旁的苏作相这样说，贺学文一时觉得挺惊奇，就急了，问贺山子：这就是你说的大老板吗？你们到底是什么人？你们要石油干什么？

贺山子不知该怎么回答，就望着苏作相。

苏作相说：你是贺山子的亲哥，咱们真人面前也就不说假话了，我们是红军，是延长游击队的，是找你买石油来了。这还是好听的，实话说吧，用不了多久，这整个油矿都是我们的。

贺学文一听是红军游击队，脸上登时变了颜色，声音有些结巴了：山子，山子，你又当赤匪了？你真是没出息啊。

贺山子见老苏说破了这一切，就觉得再没有隐瞒的必要了，反正他此时是对自己的身份颇感自豪的，就说：哥，我实话告诉你吧，我当初和苏叔叔一起当了红军，都好几年了。在这几年中，我总算明白了，红军是穷人的队伍，是给穷人打天下的。

山子！学文制止了山子的话，说：你别跟我说这些，红军到处滥杀无辜，他们不过是一群乌合之众，是一群打着漂亮旗号的土匪而已。

老苏见贺学文这么说就不高兴了，说：你见过红军滥杀谁了？红军杀的都是地主恶霸，都是鱼肉乡里的坏人，都是压迫人民剥削人民的劣绅。

那只是你们的说法，那些人有钱，但钱也是人家一分一分赚来的。你们不去通过正常的渠道赚钱，而是去抢人，杀人放火，这难道是对的吗？山子，你给我说！贺学文说到激动处，忽地站起了身。

看着贺学文愤怒的表情，苏作相说：贺助理，这个问题咱们就不谈了。

贺学文也觉得自己有些失态，便止住了话，坐了下来。三人都不说话，都呼哧呼哧喘着气。这兄弟俩谁也没想到，哥儿俩多年不见，成天日思夜想着彼此，但一见面竟然火药味十足。弟弟嫌哥哥思想守旧，看不开世事；哥哥嫌弟弟莽撞，不知轻重利害。

停了好大一会儿，贺学文把声调放温和了，说：山子，如果你缺钱，我可以给你，你也可以留下来，在厂子里干活，像父母一样靠自己的双手挣得一份工资，结婚成家，养家糊口。这些都不成问题，但是我不允许你跟土匪混在一起。

听到哥哥的语调柔和，甚至有几分哽咽，贺山子心里也重新涌起了一种温情，他也尽量将声音放平缓说：哥，不用了。我跟你说吧，自离开这个家，我从土匪到民团再到红军，经历了许多，到目前，我是认准这条路了。当年在民团，你跟我这么说，我会毫不犹豫地选择一条安安分分自食其力的路。可是最后，你知道的，你看看张知事与郭占山他们背后都干了些什么事，我也是一步一步才走到今天的。现在，我认定自己走的是一条正确的路。有那么多的人在等着我，需要我。

贺学文眼见得山子这么决绝，话里没有丝毫商量的余地，就想起父亲母亲来，想到自己作为一个兄长多年来却没有担负起一个做兄长的责任来，心中不禁感慨万千，眼里就涌出了泪水。他拉起山子的手说：爸妈不在多年了，我只是想劝你走正路，但你已长大了，有了自己的判断，是是非非我一时也说服不了你。

但是，擦枪油我是绝不会给你的，你用这些东西，目的就是杀人。我生产石油，是想让国家强大起来，我绝不允许延长的石油上沾上老百姓的血迹。

贺山子听到这话就急了，忍不住大声说道：哥，你怎么还这样想呢！你想想，咱们父母，他们都是该死的人吗？那时候还没有擦枪油，他们不是一个个都失去了生命嘛！重要的不在于擦枪油，而是这个吃人的社会。还有，你是想打出油来，让国家富裕，可是，你看看，这几年这个油矿到底产了多少油？有干事的人没？国家投入的钱又哪儿去了？修路的钱哪里去了？这些贪官污吏、土豪劣绅相互勾结，吃喝嫖赌，无恶不作，难道他们不该死吗？国家烂成这样子，靠你一个人能支撑得起来？

坏人毕竟是少数。再说，我们每个人只要能尽自己的一份力就行了，这就是我做人的原则。贺学文说。

话谈崩了，喝酒就没了意思。三个人都有气，酒席不欢而散。

返回客店的路上，贺山子一路长吁短叹抱怨着，真没想到自己多年没见的哥哥竟是这么个榆木脑瓜。

苏作相一路不吭声，到了客店，他劝贺山子赶紧收拾东西，说：这里不能待了，你哥已知道咱们身份了，赶紧转移。说着，两人秘密转移到城西边的一家客店里，这家小客店的隔壁是家药店，药店老板叫朱济壶，原先跟苏作相很熟。

两人躲到这里来，悄悄地想着办法。

他们能搞到擦枪油吗？

一扇门被关死了。

贺山子先前信心满满，被哥哥贺学文当头给了一棒，心里可真是憋屈啊。什么事嘛，不就是一点油吗，有这样严重吗？让他更难过的是两手空空，如何给游击队员们交代啊。

想了一夜，贺山子心里还是不服气，打算再去找哥哥，如果哥哥再不行，那还有张宏霖呢还有黄桂芝呢。但这个想法被老苏否定了。老苏说：你还是这样感情用事，终有一天会出大事的。现在情况复杂，更需要我们动脑子。你哥一直接受的是国民党反动宣传，他把我们当成敌对势力，当成“匪”呢，如果给我们油，那就是与国民党政府作对。他心里是过不去这个坎啊。

贺山子气呼呼地说：他不认我这个弟弟，我还没他这个哥呢。等着瞧吧，有一天我们打下了延长城，连油井都是我们的。

老苏听到了，就说：对着哩。咱们红军为的是给老百姓谋福利，有群众的支持，将来总有一天全中国都会是我们的，何况一个小小的延长石油厂呢！不过，这是远话，就目前来说，我们总不能空手回吧。

贺山子想了想，说：我去偷吧。那里我熟悉，我小的时候常在那里玩呢。

老苏说：我不赞成你冒这个风险。你没听你哥说，厂里成立了矿警队，有十多个队员呢，他们可都是拿枪的。咱们可不能做这样无把握的事，革命首先要保存实力哩，要不，人牺牲了我们拿什么闹革命去。

贺山子说：那可怎么办呢？真是愁死我了。

老苏说：我在这里还认识一个人，姓朱，看看他能不能想些办法。

二人说罢，老苏就出门去了。到了晚上的时候，老苏回来了，告诉贺山子擦枪油及其他物品已经托朱先生安排好了，这两天就会有消息，然后他就让贺山子收拾东西，两人连夜出了城。

二人到了城外，在郊区一家简陋的客店住下来，等朱先生的消息。

这个朱先生，其实就是开药店的朱济壶。朱济壶虽然不是共产党员，但对时势极为不满，比较同情共产党。他跟苏作相曾有过交往，从心底里很佩服他。这一次老苏见到他说了想法，他一口应承下来，答应想想办法。

朱济壶想的办法还是通过徐怀义。他曾多次给徐怀义和他的家人看过病的，现在徐怀义是民团的副团总了，他和张知事一样，有一个特点——爱钱，没命地爱钱。

事情在第三天就有了眉目，朱济壶捎来话，说是徐怀义答应了，他以县民团的名义弄到了擦枪油及蜡烛，还有油墨等。他不问油的去处，只想要高价卖。

老苏听了一口就答应了，双方议定隔一天上午在碟子沟一手交钱一手交货。

山子听到老苏跟来人说起徐怀义，就问：是不是先前在石油厂的徐怀义?

朱济壶说：就是他啊，他现在是民团副团总了。

山子说：我知道的。

第三天，老苏与贺山子两人早早起了床，离开旅馆，租了一辆马车来到了约定的地点等着。等到早饭时间，大路上缓缓来了一辆马车，却是个出丧的马车，一个穿黑衣的人赶着车，车上拉着一口棺材。在车后，一个人戴着孝帽、穿着丧服跟着走着。

贺山子与老苏躲在暗处，警觉地望着。马车到了他们跟前，就停住了。前边车辕上的人跳下车来，这个穿黑衣的人竟然是徐怀义，后边跟着的穿孝服的人是朱济壶。

很显然，在跳下车的那一瞬，徐怀义也认出了贺山子。他怔了一下，两人都不由自主地在身后摸了一下枪，都警觉地盯着对方。

原来，现在是非常时期，狡猾的徐怀义怕这件交易引起更多人的注意，打发谁来交易他都觉得不保险，怕出差错。他想了个办法，把所有的油制品全部藏在了棺材里。为了瞒人，他扮成赶车人，朱济壶就扮成了送葬人，他哪里会想到在这里交易的人竟然会是老苏与贺山子啊。

看到他们两人，徐怀义愣住了。虽然这几天朱济壶支支吾吾没有跟他说这擦枪油背后的买主究竟是谁，但他无论如何也没有想到竟然是自己的对头苏作相他们啊。他一手摸着枪，警觉地转着眼珠子想着办法。

马车一停下，朱济壶从车后走到了前面来。他戴着孝帽，穿着一身孝服，感觉到了气氛不对劲，看到双方剑拔弩张，就寒暄着，想把气氛缓和下来。对于他来说，他是这件事的中间人，他的责任就是保证双方圆满成交。

他装作没事似的对老苏说：你验一下货吧，看看货对不对。

老苏的脑子这阵也在急速地转着圈，他没有想到这徐怀义竟然爱钱爱到这种地步，会冒险亲自来。这徐怀义还欠着他们一条人命呢。但历经过大风大浪的他，此时心情还是平静了下来，他缓缓走向棺材，准备打开棺材盖。

但就在这时，意外发生了。贺山子终于没能抑制住对徐怀义的仇恨，一下从身上拔出了枪，拿枪直对着徐怀义，大声说道：徐怀义，你小子也有今天！

徐怀义吃了一惊，连忙一边拔枪，一边把身子下意识地往苏作相背后躲。

苏作相看到这情形，当即大声喝道：贺山子，把枪放下。

朱济壶看到一个血气方刚的后生拿着枪对准了徐怀义，登时脸上吓得没有了血色。

望着仇人，贺山子眼睛红了，血往头上涌，他大声说：苏队长，这是我的杀父仇人，我父亲就是被他串通土匪杀害的。

把枪放下。老苏厉声喝道，他的眼睛也有些血红。

贺山子端着枪依然对着徐怀义，几乎带着哭腔说：苏队长，我父亲死得可怜啊，是被他害死的啊。

徐怀义此时也拔出了枪，身子却躲在老苏身后，瑟瑟发抖，说不出话来。

我命令你把枪放下！老苏指着贺山子再次说道。他的脸因为严厉而有几分恐怖了。

看着老苏严厉的表情，贺山子继续拿着枪咬着牙指着徐怀义，大声说：当年我饶了你，是因为我哥哥不让我复仇，是因为张知事给了我个好差事，我答应他们不与你为难。但今天，我早与他们划清界限了，也把他们的一切还清了。你今天走不了了。

贺山子，你给我把枪放下！苏作相一把将贺山子抬起的胳膊按了下来。他厉声说：公是公，私是私，你有点组织观念没有？你以为你还是当初的那个土匪、那个民团里的贺山子吗？你现在是红军战士，你必须听从组织的。

贺山子的胳膊朝下，枪口也朝下，听到苏作相这么说，他的手在颤抖着，嘴里呼哧呼哧喘着气，喉结在滚动着。在这样的僵持中，他忽然间蹲了下来，双手掩面失声痛哭起来。

苏作相回过头来，看了看四周的山势，又说：贺山子，过去警戒一下，看看周围是否有人，别出了问题。

贺山子继续哭着，一动不动。

快去！苏作相又说了一声。贺山子不情愿地起了身，抹了一把眼泪。

把枪给我。苏作相说了一声。贺山子扭头望了一眼徐怀义，非常不情愿地把枪递给了苏作相，然后一个人往前走。走了大约有百米的地方，他站住了。

此时的贺山子头脑乱糟糟的，情绪烦躁不安。他像一头圈在铁栏中的狮子，总觉得憋屈得厉害，但又不知如何发泄。他站在这里，不停地来回踱步，来回扯着自己的衣领。

再说这一边。贺山子走了，徐怀义也就收了枪，老苏与朱济壶打开棺材验了货，然后将货从棺材中取出来，搬到老苏他们事先准备的马车上。

苏作相按事先的协议结了钱，朱济壶把孝帽摘了，孝衣脱了，塞在棺材里，然后将棺材盖盖上，拉了一把依旧在瑟瑟发抖的徐怀义，两人乘着马车离开了。

自始至终，徐怀义与老苏都没有说一句话。

两人走了，老苏就喊贺山子过来。贺山子来了，拿一根绳子和老苏一起将马车上的东西一圈圈捆结实了。等到山子再抬起头的时候，朱济壶与徐怀义已走远了。

驾——老苏吆喝了一声，马拉着满载货物的大车嘚嘚地向前走去。

老苏走在前边，贺山子垂头丧气地跟在后边。望着闷闷不乐的贺山子，老苏抽着烟，对他说：记住，你是红军战士，你属于一个组织。一切行动要听指挥，不能单枪匹马地蛮干。

可他是我的仇人啊。贺山子嘟囔道。

我比你更恨他，我们的老马是怎么死的？他还欠着我们一条人命呢！可是，我们今天如果贸然行动的话，那老朱还怎样在城里混。他是我们的朋友，我们怎能弃他于不顾呢？另外，如果我们开枪的话，惊动了警察，那咱们的任务不就前功尽弃了？

真是个好机会啊。贺山子依然固执地说。

机会永远都有，多行不义必自毙，你记住这一句话就行了。老苏说。

马迈动着步子，车子在石子路上颠簸，贺山子依旧阴着脸。

老苏看见他还是这样，就把自己抽的烟锅递给了他。贺山子学着他的样子按上了烟丝，点起一锅烟抽了起来。老苏说：你今天的表现不错。记得我那天给你说的吧，我们是红军战士，什么时候都要有铁的纪律，这也是我们区别于土匪的关键之一。至于徐怀义，等着吧，恶人总会有恶报的。

贺山子慢慢地走着，听着老苏唠唠叨叨的这些话，心里边渐渐地认同了他的说法。就在这一瞬间，他忽然觉得报仇的意愿不是那么强烈了。如果几年前，遇到这样的机会，他可能会不顾一切地冲上去，杀掉这个人，天王老子也拦不住。但是今天，他最终觉得还是苏作相说的有道理，作为一名游击队员，私人的爱恨情仇都应该服从于组织。想通了这一点的同时，他也很惊讶，自己竟然有了这样的转变！

转了几个弯要上坡了，老苏拉着马走在前头，贺山子跟在后边，两个人各有心思。

沿着坡往上走了大约有一个时辰，老苏神情忽然紧张起来，说：情况好像不对，是不是后面有人？这时马车已走到山坡的高处了，贺山子停下来朝后望，山拦住了弯弯曲曲的路，看不见有人影，但隐隐可见路上尘土飞扬。他把这个情况说给了苏作相。

苏作相吁住马，停下脚步观望着。

是不是有人来了？是追我们的吗？贺山子问。

老苏趴到地上，将耳朵贴近地面，听得一阵马蹄声。他站起身来说：蹄声很急，应该是追我们的，要赶紧走！

但就在这时，情况已不用两人再猜测了，他们都瞅见山下那条细长的路上有七八个骑着马、穿着灰颜色衣服的人赶来了。

不好，矿警队追来了。老苏说。

肯定是刚才徐怀义通报的。贺山子说，还不如刚才枪毙了他。

老苏说：应该不是他，那不把自己装进去了嘛！这样，贺山子，你把马车赶上先走，走到山上有个岔路，往左拐。要走快点，我来拦住他们。

不，老苏，你走吧，我在这里拦着他们。贺山子说。

听命令。老苏说。

苏大叔，你就听我一回。路你熟悉，你先走，这里我来拦住。

好吧。老苏想了一下，说，只拦住他们就行了，无论如何要记得，保存实力永远是第一位的，不要憨拼，有机会就脱身。

山子说：好，苏大叔，你先走吧，这里的地形我熟悉。

情况紧急，老苏不再多言，他将马缰绳逮在手中，加了一鞭，很快上了路。半山腰上只留下了贺山子一人。

山下有七八骑矿警队的人马吆喝着只管从山坡下往上赶。

贺山子当机立断，站起身来，砰地在空中放了一枪。他站在山坡上呐喊道：矿警队的人听着，再不准你们往前了，如果往前走一步，我就开枪了。

矿警队正是张宏霖领着的七个人，原来贺学文前几天与贺山子谈得不欢而散，心里就一直郁闷着。谁知第二天徐怀义却过来了，拿着县里的信，要一大批石油制品，贺学文当时也没有多想就给了。给了后，他想了再三，觉得不对劲，觉得事情有蹊跷。前几天山子要擦枪油，要蜡烛，要油墨，没有要得，怎么今天徐怀义也要这些东西呢？还要得这么多，要得这么急，该不会有什么猫腻吧？他越想越不对劲，就跟张宏霖说了自己的猜测，他没有说起贺山子，只是说徐怀义有可能把这些东西卖给共匪了。张宏霖一听也着了急，他再一打问，更是打问到徐怀义今天清早赶着辆丧葬车出城门了。此时，他心里有了七八分的把握，就喊了人，一路沿车辙赶过来了。果然，在这碟子沟的山坡上看到了两个人与一辆马车，马车上满载着一些东西。张宏霖心中猜到应该就是那批油制品，于是快马加鞭，领着人急往坡上赶。

砰的一声，贺山子开了枪。听见山坡上有枪声传来，山下矿警队的人就勒住了马。他们看见一个人站在半山腰上，手中提着枪。大家以为要打仗，就下了马，在附近寻找隐蔽的地方，端着枪准备射击。

张宏霖也看见了贺山子。

山下是张宏霖吗？我是贺山子，看在我们是好朋友的份上，把你的人领回去吧。贺山子估摸着张宏霖在其中，就呐喊道。

贺山子，我是张宏霖。如果我没猜错的话，你们马车上拉的是石油制品吧。你把东西放下走吧，钱我想法还你，我们不会伤害你的。张宏霖喊道。

贺山子又喊：张宏霖，你们走吧。这些东西不是从你手中弄的，你们也没这责任，何苦为难我呢？我们急需这些东西。

张宏霖说：我是矿警队的，守护石油是我的职责，我得知道这些东西究竟到哪里去了，我绝不允许擦枪油、石蜡、油墨在我眼皮底下流到土匪手中！

山子说：我们不是土匪，我们是红军。

张宏霖说：红军不就是土匪嘛。山子，别再执迷不悟了。把东西放下，你来去自由，愿意到厂里来就到厂里来干事吧，你，我，你哥，我们还是好朋友。一边说着，见马车走远了，这里只有贺山子一个，张宏霖就命令所有的人再次上马向前追赶。

贺山子在山上见这些人上马又追上来了，便大喊道：你们别上来，再上来我就开枪了。

但山下的人根本不听他这一套，仗着人多，七八个人又上了马，然后肆无忌惮地向山上追来。贺山子急了，端起枪来，大声喊道：你们快回去，要不我真开枪了。

山下的七八人还在快马加鞭追着。

山子顾不得多思考，提枪瞄准最前面的马头砰的一枪打了个正着，那马腾的一声随着枪声就倒在地上了。那个骑马的人瞬间从马前头摔了下来。他一摔下来，后边跟的马就都吃了惊，有些跑到一边去了，有些扭头而去，追赶的队伍登时乱了起来。

张宏霖勒住了马，喊道：山子，看来你真是敬酒不吃吃罚酒了。说着，砰地给了贺山子一枪。

贺山子说：我不愿意伤害你们……

但他一句话未说完，先前那个从马背上栽倒在地的矿警队队员，起身跪在地上，瞄准贺山子砰地开了一枪。见有人开了枪，其他几个矿警队员也都砰砰地开了枪。枪声一响，山子的身影一下子就消失了。

张宏霖见山头上没有了贺山子的身影，心当时就跳得咚咚咚的，大睁着眼睛问：谁开的枪？谁让你们开枪了，都不准开枪。

就在这时，小路上一人骑马赶来了，却是贺学文。原来张宏霖追去以后，贺学文操心着弟弟的安全，也赶来了，在路上他听到枪声，就越发担心了。一到这里，听得枪声密集，他登时大急，大声喊道：都不要开枪，都不要开枪——

矿警队的人闻声逐渐停火。

贺学文赶上前来，跳下马，面对着山坡上大声喊道：山子——山子——

过了大半天，贺山子挣扎着从山腰间站起身来，他依旧提着枪站在山梁上，大声说：张宏霖、贺学文你们听着，今天我们是朋友的一刀两断，是兄弟的也一刀两断。你们要上来就上来吧，除非我死在这儿，否则你们休想从这里过去。我们没和你们做生意，也没从你们那儿弄油。谁从你们那儿弄的油，你们尽可以和他讲理去，你们咋连这个道理也不懂？如果你们今天非要追赶我们不可，那好吧，我就和你们拼个你死我活。另外，我告诉你们，用不了多久，整个石油厂就都会是我们的，你们难道就不给自己留条后路吗？

这些话，大家听得清清楚楚。张宏霖应声答道：放心吧，只要有我张宏霖在，厂子就不会属于别人。

贺学文操心着贺山子的安全，刚才老远听见枪声，又看到山子不见了，他心头一沉，害怕他出意外，这阵见他又站立起来了，心里的一块石头终于落了下来。他对贺山子有意见，这个弟弟在他眼里走的老是邪路，是没有出息的。但他毕竟是当哥的，父母亲不在了，这世上就只有这么一个亲人，他又心疼贺山子。今天这个局面，七八个人围攻一个人，其结果山子不是被俘，就是被打死，而他作为哥哥，要想法阻止这种情况发生，绝不能眼睁睁地看着弟弟在这里丧生。此刻见到山子站了起来，他长长地出了一口气，扭头对张宏霖说：山子说的也有道理，他的油制品按道理和我们没有关系的。比方说，我们把油卖给国家了，国家再给了谁，那和我们有关系吗？我们只能把好出厂这一关，到了后边的环节就由不得我们了。你说是不是这个理？

张宏霖犹豫着，在这场你死我活的战斗中，对面是自己自小的玩伴啊。

刚才的枪声激发了几个矿警队员的斗志，有几个年纪小的，此时勒着马在路上转着圈，跃跃欲试，单等张宏霖一声令下就往上冲。

可是……张宏霖脑子还是拐不过这个弯。

宏霖……那可是山子啊，是我的亲弟弟，你的好朋友啊。贺学文说，难道你们俩今天真要互相残杀？

其中一个有眼色的矿警队员听见是贺学文的弟弟，就对张宏霖说：他从哪儿得的东西，和我们有什么相关啊。我们应该惩罚的是那些贩卖石油制品的人，而不是他，他和我们隔着一座山呢。

他这么一说，有几个队员也跟着附和：不值得啊，我们为了那么点东西，再死上几个兄弟，哪儿划得着呢。

那好吧。张宏霖不甘心地望了望山坡上，然后意味深长地瞧了一眼贺学文，随即做了个手势，说：我们撤吧，还是留一条后路吧。一群人听到这个消息，个个高兴得跟什么似的，马上就策马往回跑。

贺学文走在最后，他看到山子还站在半山腰，就对山子喊道：山子，你是不是受伤了？如果受伤了，就跟我回吧。

哥，我没事，你回去吧。山上传来山子的声音。

山子，好自为之，无论到什么时间，哥都在这里，都在等着你。贺学文大声说着，声音就有了几分哽咽。

山子远远回应道：哥，我知道了，你回去吧。我长大了，我知道该干什么，不该干什么。

贺学文上了马，掉转马头，一步一回头地瞧着贺山子。一时转过弯走得远了，就瞧不见贺山子了。

原来刚才贺山子是受伤了。那个跪着射击的人，一枪正打在他的左胳膊上，子弹穿过了他的胳膊，他倒了下去，但为了不使矿警队员们知道自己受了伤，后来又忍着钻心的疼痛站了起来。

等到人都撤完了，他仅仅挪动了几步，又一次倒了下来。伤口钻心地疼着，他扯了一块衣襟把胳膊包起来。过了一会儿，就昏过去了。

醒来的时候，一个姑娘正待在他身边。这个姑娘不是旁人，正是他小时候的伙伴转儿。

原来转儿和母亲跟着樊老二在山里待了几年，后来樊老二被赶得不见踪影，她就和母亲又悄悄地来到了延长街上。紧接着，有一天母亲也不知了踪影，听人说和别人私奔了。这时的转儿已长成大姑娘了，她就在朱济壶的店里找了个活，帮忙抓药。

这几天她看见朱济壶忙忙碌碌、神神秘秘的，不知道在干些什么事。今天，朱济壶回来了，对老婆悄悄说起早晨发生的事，说他看见贺家的二小子贺山子了，已长成大小伙子了，当了红军，并且还跟老婆讲到了上午发生的事。说者无心，听者有意，这转儿听说贺山子来到了这里又走了，当时就多了个心眼。她找了个借口，抄了县城东边山上的一条近路往碟子沟赶来。她听见路上有人呻吟，发现竟是倒在血泊中的贺山子。

转儿小时被洋烟花收留，多少年孤零零没有玩伴，在少年的记忆里，和贺山子的交往是她最大的快乐。那些快乐的日子总是被她珍藏着，放大着。多少次山子的身影都出现在她的梦里，她喜欢他，喜欢跟他在一起的感觉，她做梦也盼着有一天再见到自己的山子哥哥。

转儿看见山子的胳膊受了伤，虽用布条扎着，但血还在往出渗，他处于昏迷之中，嘴里说着胡话。转儿大惊，她就近扯了一把蓟草，放在嘴中嚼着，然后一口口吐出来，敷在了山子的伤口上。自养母离开她以后，她一直在朱济壶的店里抓药，多年来她多少懂得了一点医术。果然，过了一阵，山子的疼痛缓减了，他醒了过来。

只听见有人在喊着：山子哥，山子哥。昏迷中醒来的山子缓缓睁开眼睛，看到一张熟悉的面庞，他激动得久久没说出话来，而伤口的疼痛一阵阵吞噬着他。

我是转儿呀！山子哥。转儿擦着眼泪说。

真的是转儿吗？山子每个字都咬得十分费力，无法相信会在这里重逢。

转儿注视着他，点了点头。

这是什么地方？山子警觉地看着周围。

山子哥，我背你到县城去看病吧。

山子摇了摇头说：你找个地方，先把我藏起来吧。他现在害怕矿警队或者警察再追过来。

转儿搀起山子来，他们一点一点地往前挪着，几乎走两步就要歇一歇。一直沿着山洼走，终于发现了一个山洞。看到了这个山洞，转儿先将山子搀扶着坐下来，然后她折了一把柴草进洞来回扫了一下，再返出来，将山子搀了进去。

这是孔人工修成的小土窑洞。在黄土高原这样的土窑洞非常多，大都处于半崖上，是拦羊的或放牛的打的，拦牛放羊时用来避雨。窑很小，洞门大开，里边最多可容纳两三个人。

进到山洞里，山子痛苦地咧着嘴，转儿满心欢喜地望着自己的山子哥。

天渐渐黑了，转儿想把山子领到城里去，但被山子拒绝了。山子劝转儿回城里去，弄点吃的来，他已经饿坏了。千万不要给人说我在这里，一定要记住哦。山子嘱咐道。

转儿走了。在转儿心里，只要能和山子哥在一起，就是最幸福的。她一边走，一边想，一边笑，她本来想把这个消息告诉给朱济壶，但又觉得不妥当，因为山子哥嘱咐了的，不让给任何人说。另外，从她内心里，她也要一个人独享这份快乐。

很快，转儿回去找吃的去了，贺山子一个人待着。这时，天空阴沉了起来，气温急剧下降，到傍晚的时候天空开始飘起了雪花，宛若杨花柳絮似的，在空中舞来舞去，半天不着地。天地间愈来愈阴暗了，空中灰蒙蒙的，分不清哪是天哪是地，混沌的雾气把天与地连接在一起。雪越下越大，这时，转儿却来了，她带来了吃的喝的，还带来了几个红薯。两人就捡了点柴草，在土窑中生起一堆火来，烧红薯吃。燃烧的柴草发出了细碎的吱吱啦啦的声音。

天渐渐黑下来，两人围着火，篝火映红了他们的脸。

一会儿，红薯熟了，转儿剥了一个给山子吃，红薯被烤得焦红，冒着热腾腾的气。山子一只胳膊受伤了，只能用一只手来拿，转儿见他不方便，就自己拿了喂他吃。

好吃吗？

好吃。

这是咱们延长的红薯，是这世上最甜的。转儿满心欢欣地说。

你也吃一个吧。山子拿起一个递给她，转儿接了，但却不吃，只是望着山子，满心里充满了甜蜜。

她问山子：你是共产党员吗？

不是啊。

那你是红军吗？

不是啊。

可朱大夫说你是。转儿说。

他是乱说的。

面对转儿，贺山子还是不想对她说实话，因为他觉得她太单纯了，而他跟着老苏这些年逐渐成长着，知道世事远比想象的还要复杂。

山子哥，你说红军是什么样子呢？

那还不和正常人一样啊。

可县城里一听说红军要来了，许多有钱人都跑了，说共产党是共产共妻的，会杀人放火的。

他们在乱说，红军从不滥杀无辜的。

我可不相信他们说的，我就想着，我不招惹他们，他们干吗杀我呢？再说，杀了我，对他们有什么好处呢？转儿说。

……

山子哥，你肯定不是红军吗？

不是。

那你打算参加红军不？

……

我可不愿意你参加红军，民歌中唱的红军婆姨空守寡。我也不愿意你参加国民党军队，你走了，我怎么办啊。那样，我又见不到你了，还不知猴年马月才能见到你。转儿有些任性地说。

傻丫头。贺山子拧了一下她。

就傻。转儿噘着嘴说。

转儿总爱噘嘴，生气的时候双唇微微地翘起，这本来是个生气的动作，但在贺山子眼里倒觉得娇羞可爱。那个噘起的嘴仿佛有魔力似的，是一种诱惑，也是一种召唤，那嘴唇仿佛正在急切地呼唤着另一张唇。

贺山子强忍住了自己的冲动，他告诉自己，千万不可造次。

雪下了两天两夜，一会大一会小的。紧跟着，新的一天雪停了，却是一个阳光普照的大晴天。两人舒展着腰出得山洞来，但见阳光下雪铺了厚厚一层，遮盖住了陕北的山川梁峁，山下的延河宛如一条白色的带子蜿蜒着。远处是一片白茫茫的世界，近处，几株挂满雪花的洋槐树孤单单地站立着。世界静寂了，没有鸟鸣，没有人声，这片冰雕玉砌、宛如童话般的世界里仿佛就只有他们两个人。

好美哦。转儿由衷地赞叹道。

是美。此情此景，山子也不由得赞叹。那些血与火的战斗此刻离他是那么遥远，仿佛上一个世纪的事情似的。

山子哥，你知道我此刻最想要的是什么？转儿把身子往山子身边靠了靠。

山子伸手搂住了她的肩膀。不说话，只是凝神盯着她。

但愿时间此刻停止吧，让这一切都定格下来，就只有你与我在这个世界上。转儿喃喃地说。

傻丫头。山子疼爱地说。

山子哥，我喜欢你……转儿忽然仰起了头来望着山子。她的眼里满含着深情，眼睛似两泓泉水似的清澈见底。起了点微风，她有些散乱了的头发拂在贺山子脸上，搔得他直痒痒。

山子哥，自小我就没有个伙伴，孤零零的，我一直渴望着有个哥哥，能疼我的哥哥。这个时间你来了，你那时对我真好，我们整天在一块儿。我任性，有时骂你，甚至打你，你都让着我。多少年了，我多少次在梦里都在盼着、想着你，这次你来了，我不会再让你走了……我们在一起，哪怕种地，干什么都行，我们再也不分开了。转儿说着，抬头望着山子，表情纯真而朴实。

此时此刻，贺山子心里也激起万般柔情，想要对她说的话很多。他想说：转儿，傻丫头，我也喜欢你。会有那么一天，我们会成为一家人，就像现在一样，我望着你，你望着我。我会明媒正娶把你娶到家里，我要把大家都叫来，来喝我们的喜酒，然后为你揭下红盖头。到那时你一定娇美得像一朵盛开的山丹丹花一样。然后我们还会入洞房，会有我们的孩子……

但这些话涌到嘴边，最终都没有说出口来。他只是用手抚摸着她光滑柔顺的头发，说：转儿，你还小，你有着无比美好的年华，你不该和我待在一起的。

山子话是这样说的，脑子也是这样想的。他觉得转儿虽然喜欢自己，但自己目前居无定所，前途充满了风险，说不定哪一天就不在人世了。他可不愿意耽误了转儿的好年华，这种天天生死未卜的日子，他怎能连累她呢？

我不管，我就不管。我就喜欢我的山子哥。转儿又一次噘起了嘴。

在这几天内，转儿一天送两顿饭，早上一顿，晚上一顿；换两次药，也是早上一次，傍晚一次。山子一个人待在山洞里时，他就想念着自己的战友，他们都在干什么呢？那些擦枪油不知道送到了没有？还有，打算送给刘志丹游击队的，到底送到了没有啊？有时他会想着，战友们一定得到了这些擦枪油，然后在每个晚上，他们在明晃晃的蜡烛下个个擦着枪，把枪栓擦得明锃锃的，然后来回拉动枪栓，咔里咔嚓，随着响声，枪就在灯下闪着光。这个时候战友们一定会说：瞧，这些枪怎么这么亮呢？这就是我们的山子给咱弄的啊。他们一定会这么说。贺山子仿佛能看到大家说这话时的一张张充满了喜气的脸庞。

至于这个女孩子转儿，山子每当想起她，心里就会涌起一股暖意来。她不知道一切，不知道他曾经带人去过她家，去抄过她家。还有他从火堆中捡到了五块羊骨节，至今还珍藏着。在和她初遇的时候，他不会玩这种游戏，她教给他玩，而他起初手很笨，赢不了她。后来，跟她一起玩得多了，他有时也可以赢她一半次了。

而在转儿心里，她觉得她爱上了山子。虽然他不告诉自己他在干什么，但她能猜得到他参加了红军。她知道他是个好人，他有自己的主见，他在干一番轰轰烈烈的大事，她觉得他就是她要找的男子汉大丈夫。

过得三四天，贺山子的伤口逐渐愈合了，他每天夜里慢慢出来在洞口走走路。有时他会想着在路上拦一辆毛驴车坐上找自己的队伍去，但是他不敢冒这样的险，他只能一遍遍地遥望着远山出神发呆。

有一天夜里，贺山子对转儿说：你明天给我弄身衣服来，再拿个水壶来。

怎么啦?

没事。

你是不是要走啊？转儿望着他问。

这样下去可不是办法啊，人们总会发现的，会连累你跟朱先生的。

我不让你走。你走哪儿，我就跟到哪儿。转儿依偎在他的怀里说。

傻丫头。

山子哥，那要不你干脆自首吧。停了一会儿转儿又说。

什么自首？山子吃了一惊。

就是给县长说你是共产党啊，然后你就不走了，你就待在县里，或者到石油厂啊去找个事儿干。这样，我们就能一起生活了，就能整天都待在一起了。

天哪，转儿，你怎么会有这样的想法？山子吓了一跳。这可不是乱说的，你看看城墙上过上几天就会挂着几颗人头。他们要是知道我是共产党，就会杀了我的，也会连累你和朱先生的。山子说。

山子哥，你别生气嘛，我也只是说说而已。转儿开玩笑地说。

你给我准备东西吧，记得明天一定带上啊。

第二天下午，转儿给山子带来了水壶、一些干粮及一身衣服。

天渐渐黑下来了，两人待在洞里边，黑灯瞎火的。转儿依偎在山子身边。

山子哥，你要走了吗?

我不走。山子喃喃地说，山子不会离开你的。

山子哥，我不让你离开我。转儿说。

嗯。

两人都无语，洞外有风声呜呜咽咽的。

俗话说，下雪不冷消雪冷。下完雪的这两天，尽管白天有太阳，但是夜晚气温骤降。漆黑的夜里，两人在土窑洞里生着了火，彼此依偎在一起，两手相握，十指相交。但即便是这样，两人的想法却是背道而驰。转儿沉浸在幸福之中，期望跟她的山子哥永远在一起。但在山子心里，他现在居无定所，跟了红军守活寡这话也不是全无道理，他不想害了她。

两人正偎依着，各自想着心事，这时转儿却偷偷笑了，站起身来，从身上掏呀掏，掏出一袋旱烟来。她给他的烟锅中按满了旱烟，然后递给了他，给他点着了火。

贺山子有滋有味地咂着旱烟锅，转儿满脸幸福地望着他。

一会儿，小小的山洞里就烟雾缭绕了，带来了些许暖意。

山子哥，你说将来你要几个娃娃？她忽然扭头问贺山子。

你不嫌羞啊。贺山子说道，没成亲就想着生娃娃了。

我要生一个，两个，三个……转儿扳着指头数着。

如果有那么一天的话，就生吧，成天生，生得多得数不清。贺山子说。

说完，两人都哈哈笑了起来。

很快转儿像个猫似的蜷着身子在山子怀里睡熟了，发出了均匀的呼吸声。她的身子紧贴着山子，每一下呼吸起伏，山子都能感觉到她身上传来的温暖。山子望着她，见头发半遮住了她的脸。她即使睡着了，也噘着嘴，仿佛还和谁在赌气似的。山子望着她，就忍不住伸手想抚摸她一下，但手伸到半空，又忍住了。他不愿意惊醒这个姑娘的美梦。曾经有那么一刻，这种幸福感使他眩晕，他的心里涌起千头万绪。他对生活充满了憧憬，他甚至想着，不要这一切了，就和她一起回去种地去，老婆孩子热炕头，过着这十指相交、日夜相依的生活。但是理智告诉他，不能，不能啊。

外面传来了呜呜的声音，那是风正穿过树林。黑夜里，贺山子长长地叹了一口气，暗暗想道：大河没水小河干。转儿啊，你这个天真无邪的姑娘，世事哪有你想得这么容易啊。你不知道在乱世，即使想过普通人的生活也都是很难的啊。

想到这里，他觉得脸上冰凉冰凉的，不知何时，两颗泪珠流了下来。

无论在怎样贫穷的日子里，怎样艰苦的日子里，爱情也都会发芽的。

第二天，当转儿再提着饭食来到这里的时候，她惊讶地发现贺山子不见了，山洞里已经简单地收拾过了，换下的衣服叠得整整齐齐的，地上打扫得干干净净的，但就是不见了山子的身影。转儿放下东西来，出去找了几圈，但到处都找不到贺山子，在门口，只有一行歪歪扭扭的脚印通向远方。

山子哥——

转儿呼喊着。四周传来一片回音，就是没有山子的声音。

转儿叫了半天，仍找不到贺山子。她想了一会儿，回到了山洞里。想到这几日与贺山子在一起的情景，想到她那么爱他，他还是悄无声息地走了，还是不辞而别了，心里就对他充满了怨恨。山子哥走了，何日才能回来啊，何日才能再见到他的面啊。想到这里，她有了主意。她又走出山洞，把手支成喇叭状，大声喊道：贺山子逃跑了，贺山子是红军，贺山子是共产党，贺山子逃跑了——

石油厂的那个何总理自离开以后再没有回来，据说他更爱带兵，后来跟了一个军阀出征了。1928 年 11 月，国民政府改厂总理为监督，陕西省建设厅委派包恩任延长石油官厂监督。包监督这个人是个有抱负的人，他想干些实事。但就在他刚上任的时候，有一个消息传到厂子，在甘泉县的劳山镇发现了两具尸体，有人认出是石油厂原总理何邵武与洋烟花。甘泉那边就捎话来，让石油厂去认人。包恩因为与何邵武不认识，没见过面，就打发贺学文与张宏霖两人去了一趟。两人到时，两具尸体已高度腐烂了，面目全非，已认不出人来了。另外，大家都对何邵武的印象不深，不能确定是不是。从大概的身材看，认为男的就应该是何邵武，女的应该是洋烟花。就这样，他们糊里糊涂地把人装到棺材里领了回来，寄埋在了延长，然后写信给省上汇报了。至于何邵武是怎么死的，就不得而知了。传说是被土匪杀的，又说被红军杀的，没个人能说清楚。

埋了何邵武，新上任的包监督就将贺学文叫来，仔细询问厂子的状况。贺学文说，多年来，厂子基本处于瘫痪状态，勉勉强强靠延一井出点油维持着，多年来没有任何发展。自己曾用旧设备带领工人打了一口井，但只有气没有油。厂子要发展，就必须打新井，必须增加新设备。包监督见贺学文有见识，说得头头是道，就鼓励他不要灰心，至于购置设备这些事由自己来想办法。在这一年，他将贺学文提成副监督，兼任工务科科长，负责采取、提炼、修理等一大摊事务，张宏霖仍旧任矿警队队长，兼负责石油销售。

有了包监督的支持，贺学文终于能够甩开膀子猛干一阵了。他不服气，他不相信陕北没有油，他结合自己多年来的实践提出了从陕北地形特点出发，采用轻便机器先钻新井再图扩充的改良计划，并根据油苗露头处勘测地表石层之倾斜及走向，参考日本专家测绘的油田区域图，择定井位。在1928年至1932年这四年间，他组织工人共打了五口井，分别叫新一、二、三、四、五井。新一井于1929年5月4日动工，8月1日井深172.66米处见油，2日8点至19点共抽油3.25吨。这口井能出油给了贺学文极大的信心，但是事情的发展却不以人的意志为转移，在后面连打的四口井中，几乎没有一滴油。即使这样，这也是延长石油厂前所未有的，一是改变了延一井单口出油的历史，二是这口井是由中国人估位，中国人独立钻的井，从这一点来说，也是意义非凡的。

史载，1928年至1932年，是延长石油官厂在国民党统治下的极盛时期，全厂有工人四十五名，职员十九名，有蒸汽锅炉四台（一台已坏），引擎五个，钻机两台，钻头四个，抽油机六台，人力绞把抽油机三台，四平橹台一座，日式轻便橹台三座，卧式炼油釜两个，轻便炼油釜一个，镟床、刨床、钻床各一台，原油产量最高的是1930年的一百一十吨，1931年下降为五十五吨，1932年又下降为三十九吨。在包恩的领导下，由贺学文主编了《延长油矿略史》一书，为延长石油发展留下了第一本比较完整的资料。

激动之后是叹息，五口井有四口没油，一口有油的产量也是逐年下降。这一切使贺学文再次陷入了疑问——延长地下还有油吗？

贺学文情绪低落还有一个原因。那就是国共对抗越来越厉害，延长城墙上时常可以见到血淋淋的红军的人头。他每一天从这里经过的时候，总心惊胆战，他总操心着自己的亲人贺山子的安全。

自从那天和山子一别，他懊恼透顶。世事这么乱，山子参加红军，姑且不论对错，只是这种日子，头常在裤带上悬着，这让贺学文这个当哥哥的心里一直不安。贺山子如果有个闪失，让他如何面对死去的父母亲啊。

面对弟弟的时候，他深感自己的无能为力，感到一种无助与无奈。在之前和弟弟短短两天的接触中，他感到言语的无力，他看到弟弟的眼里燃烧着一种异样的东西。弟弟目光坚定，身上有一种激情，有一种自信，无时不散发出来。他能感觉得到山子沉醉在某种东西里了，这种东西让弟弟甚至不惜用生命去捍卫。可是，这种狂热会不会毁了山子呢？

这一时期，虽说是中华民国，但却是中国历史上最乱的时候，先是北伐战争，再是国共合作破裂，国民党对共产党实行全面围剿。在延长这个小县城里，老百姓成天都弄不清楚什么人打什么人，也不知道谁是好的谁是坏的，报纸上也一天一个样。反正今天这个打那个，明天那个又打这个，每天都有各种谣言传来，真假消息满天飞。听着纷乱的消息，望着喧闹的世事，贺学文的心里难受极了。他只是盼着国家尽快稳定下来，让老百姓有个幸福安康的日子过。

延长县城本来有国民党八十六师十旅二营的两个连驻军。谁想有一天，所有驻军出城去打仗了，就再也没有回来。他们被刘志丹、谢子长领导的红军给消灭了，营长齐梅卿也被打死了。驻守榆林的井岳秀大惊，督促高双成旅长一定要守住延长。高双成也对红军比较头痛，就派了一个连来守。另一方面根据陕北山大沟深、红军神出鬼没之特点，他联系第八十四师的骑兵连共同守延长。但令人啼笑皆非的是，骑兵连一来，为了扩充队伍的实力，竟然将石油厂里的七匹马全部拉走了。

来拉马的人拿的是马县长写的条子，盖着县政府的大印，说是为了剿匪大计，并且几个人也都持着枪。当时包监督不在，贺学文与张宏霖据理力争，但厂里的马还是在他们眼皮子底下被当兵的拉走了。

矿上采油最初是用人力绞把抽油机，后来见这个实在太费力了，工人就琢磨着发明了马拉转磨抽油。原理和推磨相似，通过马拉动机械，机械齿轮啮合转动，把油一桶桶抽上来。这七匹马一拉走，抽油的工作就全停下来了。

贺学文一面把这个情况给远在西安的包监督汇报了，一面来找县政府。新上任的马清波县长看着他着急的样子，就笑了，说：你看看，蒋委员长最近有训令，要全国不惜一切力量来剿匪，剿匪是大事啊。

那我们生产石油也是支持国家建设呀。贺学文说。

学文啊，你咋是个书呆子呢？这不是远一步与近一步的事嘛。现在要打大仗了，据我所知，全国闹红已成气候了，陕北闹红的这把火很快就要烧到延长了，说不定哪天刘志丹、谢子长这伙共匪就要打下延长城，要了你我的命哩。在这个节骨眼上，一切就都要为剿匪让路的。既然要打仗，就要运粮食，就要支援前线，老百姓把牲畜都藏了，你让我这个当县长的到哪里弄去？马嘛，反正是借用一下，等打过这次仗，我就让他们还给你们。

可是，我们也有自己的生产任务啊，万一完不成任务怎么办呢？

这你就不用操心了，我既然敢来借，你到时就拿我的条子来交差吧。马清波拍着胸脯说。

可是，这是一个厂子啊，这么多的工人要吃饭，他们也拖家带口的，婆姨娃娃还等着养活哩。这缺了马，机器运不上山，油抽不上来，没法运输，你让这么多的工人喝西北风去啊。贺学文依旧坚持着。

大敌当前，我要保的是整个延长县，可不是你们这一点那一滴啊。

可这厂子也是国民政府的一部分啊，总不能让它停下来吧。

学文啊，你也不小了，咋还这般书呆子气呢？你们钻井，那是远水解不了近渴，说到底这井还不知给谁打的呢，这油还不知给谁抽呢！再说，今年打井与明年打井是没有区别的。马清波话里有话地说。

贺学文听出马县长的弦外之音，顿时着了急，就说：马县长，话怎么能这样说呢？怎么能说并不知给谁打的，油给谁抽呢？你这话是什么意思？如果你不把马还给厂里的话，那我们就要告你。贺学文说。

你告吧。你们生产的石油是支持政府还是破坏政府建设还说不定呢。马清波恶毒地盯着贺学文说。

你这话是什么意思？

你们生产的油到底哪里去了，你不会不清楚吧。马县长说。

贺学文一听这话就生气了。马县长，你别血口喷人。我告诉你，我所有销的油都是去路清楚的，你完全可以去查账，我根本不怕你大话吓唬人。并且我明确地告诉你，如果你不交还马的话，我就要上告，非要有个说法不可。贺学文斩钉截铁地说，随即转身离去。

回到石油厂，贺学文就气不过，他与张宏霖等几个老工人在一起商量，觉得这县政府与当地驻军真是太欺负人了。这石油厂也有生产任务呢，难道就任他们这样瞎折腾吗？到时油生产不出来，任务完不成，怨谁呢？几个人越说越气愤。当夜，贺学文打听到当初与自己有一面之缘的邵力子现就在陕西任职，他当即起草了一封信，说明了厂里的情况，厂里的人都签了名，第二天派人送到省政府去了。

过了二十多天，这件事就有了消息，县长马清波派人把石油厂的马送回来了。但就因为这件事，贺学文得罪了县长马清波。同时，这几匹马又是驻军汪连长拉去的，因此上也得罪了汪镜河连长。这汪镜河心中生气，给马清波说：石油厂既然把马要回去了，要生产，那好啊，生产出来的石油也是支援国民政府啊。那就给担子放重些，用生产出来的油或者钱支持剿匪也行。当时延长驻军国民党八十四师汪镜河与张文正两个连，有马一百七十余匹，有骑兵一百四十余人，加之民团两百多人，军饷支出非常大。

马清波也正愁着驻军的军饷没出处呢，汪镜河的建议正合他意。他就给石油厂下达任务，将油量增加一倍，多出的油支持政府剿匪。

六月份，县政府发了文件，为了消灭匪患，石油厂应为地方上多做贡献，分忧解难，把石油生产任务增加一倍，多出的油或款交到地方上来。否则，地方上将不再给石油厂提供任何方便。

看着这文件，贺学文与张宏霖都蒙了。贺学文给包监督汇报了，包监督此时正在西安看病，脱不开身，就全权委托贺学文处理。

贺学文就去找马清波。马清波说：兄弟我也是没办法啊，不想为难你们。可是现在的世事乱，陕北闹红日益猖獗，火烧眉毛了。后九天土匪迭起，昼伏夜出，你也是知道的。汪连长、张连长他们天天要打仗，要剿匪，士兵们都是提着脑袋卖命啊。上头又一再督促半年内要将匪肃清，我有多大能耐啊。其实剿匪剿匪说来说去，都是要用钱来说话。要扩兵员，要发饷，上头不给钱，驻军向我要。你们石油厂扎根在本地，当然应该为地方排忧解难，尽一份责任啊。

石油厂这些年根本没打几口井，只有两口井产些油，产量也是一天比一天少，这些你都知道啊，我拿什么再给你们支持呢？贺学文说。

你们摊子大嘛，牙缝里总能挤出一些嘛。大敌当前，有钱出钱，有力出力呗。

这个任务根本是完不成的，你们不能这样给我们下套子。贺学文说。

双方你来我往，说了几个来回也没有结果。贺学文就垂头丧气地回来了。

回到厂里，工人们都眼巴巴地等着呢。一听这个消息，就都气不过，骂开了马清波。

这他妈的就是故意在欺负人啊，他们有什么资格给我们下任务？

张宏霖说：他这是拿大帽子扣人，就是为了报拉马之仇呢。

把油给了他们，把钱给了他们，也被他们抽了大烟或者挥霍了。剿匪剿匪，越剿越多，现在的政府就是借剿匪名义大肆搜刮民财。

可是，如果不和他们合作，他们就会捣更多的乱。有工人说。

我们把这事报告省府吧，要他们出面。治安归地方管，但这石油厂不是他延长县的啊。

工人越说越气愤，都觉得县政府是在欺负人。说到底，他们也不是不愿意为地方上做贡献，只是眼看着到处都是腐败，到处都是贪官污吏，他们根本不相信这些钱能用在剿匪上。

张宏霖的性子直来直去，他认为绝不能向地方低头，绝不给地方分文。贺学文也觉得县上没道理，可是不给他们，行吗？他想了再三，最后只能长叹一声，说：边走边看吧。

就这样，石油厂与县政府僵持着。

新的一天，石油厂井架架起的线子断了。张宏霖带领人去查看，但见线子头齐齐的，很明显是被人为割断的，卷上跑了。

又是新的一天，一口还能抽得一点油的井上被人盖了一块巨大的石头，上面锁了一道铁锁。

最黑暗的一天来了，一些工人正在延一井抽油，突然一些身份不明的人跑过来开始抢东西，见什么抢什么，抽油的桶、钢丝缆绳、枕木等都抢。工人们不放手，那一伙人便殴打抽油的工人。等到张宏霖和矿警队赶到时，那些人早就跑了，一些抽油设备都已损坏了。

这接二连三的油井设备损坏事件，令贺学文与张宏霖头痛不已。没办法，贺学文又一次找到了马县长，向他反映情况，希望县政府能制止这些行为，严惩凶手。

马县长装模作样地听完了，假惺惺地说：自古法不责众，闹事的都是当地老百姓。你们的石油厂又驻扎在这个地盘，你们得好处，他们眼红，我总不能把他们全都抓起来枪毙吧。

可是，这石油厂也不是我个人的啊，它是国家财产啊，维持一方安全是你们的职责吧。贺学文的话软中带硬。

好好好，我给你管。每天派人把井口守着，白天黑夜守，这总行了吧。马清波说。

马县长当下说到做到，派了警察把守油井。张宏霖也把矿警队的人分散开，在延一井、新一井旁昼夜把守值班。然而，刚安宁了几天，新的情况又出现了。有一天，五里村的几个村民把路给挖断了。从新一井抽的油要运到炼油厂，必须经过五里村，可是，有十几个人大白天直接把路给挖断了。油矿的人知道了，就问他们为什么要挖路。他们回答说，打算修一道水渠。但是，几天过去了，路被挖了一道壕，这些人却没有任何动静，并不修渠，也不填埋。

路断了，新一井的油没法子运了，新一井的抽油工作就只能暂时停了下来。

经历了这一大摊事，贺学文心里这个气啊。于是他写了一封信给包监督，又写了一封信给邵力子，但寄出的信却如泥牛入海，传回来的消息说如今中原大战，省上根本没有精力管这类小事。后来话终于带回来了，却是告诉他远水解不得近渴，让他尽可能地修复与地方的关系。

得到了这句话，大家就都泄了气。扰乱石油厂生产的事情虽小，但这里堵住了，那里就又会出现新问题，反正是麻烦不断。油矿不只是在延长这块地盘上采油、炼油，所有工人的吃饭烧柴用水也在这一块地盘上，长期这样下去，显然是不行的。

贺学文猜想这是马清波在其中捣鬼，却没有办法。和包监督商量后，只好又一次放下架子，去和马清波商量。经过双方讨价还价，马县长答应把县上增加一倍的任务改成增加三分之一，提成给当地驻军。

签订了合同，晚上，贺学文与张宏霖两人都觉得闷得慌，就在一起小饮几杯。张宏霖说：好多时候，我都不想在这里干了，但就是舍不得这个厂子。打第一口井的时候我在这里，第一口井就是我跟黄桂芝相好的见证，我给女儿取名叫张一井。我半辈子的痛苦与欢乐都与这儿紧密地联系在一起啊。

贺学文说：我何尝不是啊。当初也是信心满满。你记得不，我刚到厂里，厂里缺钻井设备，我们就去捡设备，造设备，再苦再累都不算什么。机器安装了，三天两头出问题，我们苦，我们累，我们也不吭声。我们都想着有一天，钻出几口大油井来，给国人长长脸，让外国人瞧瞧，振一下咱们延长石油厂的威风。可是想干点正事，咋就这么难呢！

张宏霖说：咱们俩是这样的想法，许多工人跟咱们的想法一样。他们从日本人进厂到现在，也都憋了多少年了，也在睁大眼睛望着咱们，盼着哩。

贺学文说：我有些时候很泄气，就想一走了之。但是，老实说，我是舍不得油井，舍不得这群纯朴而又善良的工人们。他们累，他们日子苦，他们有老婆孩子要养活，但他们从没有对我们失望过。包括打那几口空井，他们也没有一个人说不是，总是在鼓励着我，你打吧，你打吧，我们相信你。

……

夜色重重，夜幕沉沉，漆黑的夜晚没有一颗星星，两人喝着酒，话就多了。贺学文几近诉泣地说：老天爷，求求你，让天早点亮吧！我们想多干点活，想多产点油，想光景过得好一点，难道这有什么错吗?

时间飞快地过着，在百姓的眼里，每过得一年，世事更乱了，人愈加穷了。红军要攻打延长城的消息传来，县城里人心惶惶，一些大户人家就及早跑了，普通百姓无处可去，只好惶惶不安地待着。在这种大背景下，以马清波和驻军汪镜河为首的延长县国民党军政官员愈加残暴了，城墙上时时都挂着血淋淋的人头。总是有杀不完的红军，有杀不完的共产党。抓住的人头被割了，身子就扔在了西门外的万人坑中。在清朝的时候，饿死的人都扔在那儿，有的卷一领席，有的就连席都不卷，俗称万人坑。那些被枪毙的人，被杀头的人，县政府就让人挖个坑三五人埋在一起。谁知由于冬天天冻，坑挖得不深，没过几天，尸体就被野狗给刨出来了，红了眼的狗围着尸体啃，你叼我撕，嘴里呜呜咽咽，骨头也扔得满街都是。但谁也没想到，过得年，这群吃了人肉的狗就像疯了似的，接连在街上咬了三个人，一个小孩，一个老人，还有一个十六岁的姑娘。延长城里的百姓们得知后，愤怒不已，就将这些狗用乱石砸死了。然后饥饿的人又将这些狗煮来吃掉了。结果没几天，那三个被狗咬了的人来朱先生的诊所看病。看了几天不见好，不出半个月，三个人相继死去。而这只是开始，清明过后，天气渐渐转热，那些吃了疯狗肉的人，也都开始得病，口吐白沫、痉挛，然后死亡。“瘟疫”这个魔鬼一样的词在人们之间传播着，人心惶惶。

病很快开始蔓延，先是小范围传播，接着很多人吃了河里的水以后，开始拉肚子，虚弱无力，发热，全身盗汗。

瘟疫啊，这就是瘟疫啊。朱济壶忧心忡忡地说。

每天都有新的病人到朱济壶的诊所看病，朱济壶与转儿忙得不可开交。很快地，他的药铺就没有药了，而病人每天都在增加着，疫情在一天天扩散。

天天都有人死去，天天都有穿白戴孝的号哭着的人群从延长城内经过。贺学文看在眼里，急在心上，就去找马县长，告诉他朱先生已经确认这是一场瘟疫，要他及时向上级反映，要省上采取措施，赶紧发放药品，救百姓性命。但马清波却根本不认为是瘟疫，他觉得朱济壶也罢，贺学文也罢，都是杞人忧天。他认为只是河里的水被污染了，那些得病的人是喝了污染的水而已。他想的办法是首先不让人们喝县河里的水，然后把村与村之间的道路截断，派人看守，不准人员往来，城门除非有特殊事情否则不准出入。

天天有人在离世，人死得多了，就毫无尊严可言了。有些尸体就埋了，有些没法子埋的，就拖出西城门外，随意丢弃。

朱济壶看到这些，眼睛都红了。他觉得自己作为医生不能救死扶伤，实在是一种失职啊。就在这个时候，有两个人病倒了。而这两个人恰恰是在延长石油厂病倒的，这让贺学文为他们捏了一把汗。

原来，尽管美孚公司已给延长这块地盘下了没油的结论，但许多有识之士对延长石油的勘探从没有间断过。1931 年 7 月，著名的地质专家王竹泉偕同潘钟祥、谢家荣，在陕北进行实地地质考察，并专程在延长的烟雾沟及县城西门外进行了地形测量，发现了延长相邻的永坪地段地下存在着大量石油。并对“三延”油田的储油层进行划分，定为延长、永坪、延安三个主要储油层段，得出了永坪油田和延长油田可以多打浅井、小规模开采的结论。这个结论令贺学文和延长石油厂所有的职工十分欣喜，这个结论也推翻了美国专家勘定的陕北没油的结论。第二年，王竹泉、潘钟祥再次来到陕北，他们深入延川、延长、宜川复勘石油地质，这段时间两位专家就吃住在延长石油厂。他们有一些计划：一是给延长厂拟定油井位，二是完成一幅一比五千的钻井分布图，三是给国民政府撰写一份陕北油田地质报告。石油厂所有的人得到这个消息都喜出望外，感觉延长石油厂的春天马上就要来了。然而就在这个时间，两个专家却同时病倒了。第一天王竹泉开始发烧，第二天潘钟祥开始拉肚子。

贺学文知道两位专家病倒了，事关重大，忙给包监督汇报后又去找朱济壶，但朱济壶没有丝毫办法，因为所有的药品都用完了。贺学文急得眼睛冒火，对朱济壶说：怎么办呢？这可是专家啊，是我们国家的宝贝，如果有个三长两短，那不只是延长石油的损失，更是中国的损失啊。

朱济壶说：这是瘟疫，不控制还有可能导致大面积的传染。

贺学文问他有控制的办法没有，朱济壶告诉他说，自己遍翻药书，倒是查到了治瘟疫的药方。近半个月，用有限的药治了有六七十例，有些效果还比较明显，但主要是缺药，要大量用药，才能抑制瘟疫啊。

贺学文长长地叹了一口气。

朱济壶这一段由于着急上火，眼睛通红。他对贺学文说：县长马清波不管，把村子一堵死，村里死多少人外界就都不知道了。你省上不是有熟人嘛，你快给省上写信，让他们拨款拨药物啊，要不，会酿成大祸的。现在都到什么时候了，你就别摆臭架子了。

贺学文说：我不是摆臭架子，是人微言轻，是真没办法。

朱济壶说：上一回你不是写信要回了县政府拉走的几匹马嘛，现在再写信啊！

贺学文说：都是因为那几匹马，惹了一身臊。放到现在，我宁可不要那些马了。

那怎么办啊，总不能坐以待毙吧。朱济壶搓着手说。他的手指异于常人，又粗又短，揉搓以后几个手指头就全发红了，活像一根根红萝卜。

贺学文沉吟了半晌，说：行，那我想想办法吧。就在这一天晚上，贺学文给省主席杨虎城写了一封信，写到本地有了瘟疫，每天有大量人得病或死去，但是县长马清波置之不理。又写到有正在延长勘探石油的地质专家也身染此病，情况十分紧急，目前需要赶紧采取办法。信写好了，当夜派一名工人送往西安。

就在发出信的当天晚上，张宏霖带领的矿警队抓住了几个从山西来的偷石油的小偷。半夜里，黑灯瞎火的，那几个人翻进了石油厂的院子，撬开了仓库门，正在把一桶桶的石油往出搬时，被张宏霖他们发现了。结果五个小偷被抓住了四个，有一个翻墙逃跑了。

由于有现场，证据确凿，贺学文和张宏霖就简单地将小偷审了一下，录了口供，准备把这几个小偷送到县政府公安局去。

但就在要送走的当儿，贺学文忽然脑子里有了新的想法，他喊住了张宏霖，然后悄悄地对他说了自己的想法。

张宏霖听完了，问他：这能行吗？

贺学文说：我也是没办法啊，现在两位专家命在旦夕，他们可都是国家的人才。全城百姓都在遭罪，主要是没有钱，买不了药啊。再延误下去，说不定所有的延长人都得倒霉了，那时后悔可就迟了。现在急需用钱，要购药，要治众人的病啊。

张宏霖当然明白这些道理，这些天，事态的发展他也看在眼里，急在心上。现在听贺学文说了，他一时拿不定主意，不知道贺学文想的这种办法可行不。

雪地里埋不住死人的。他担心地说。

顾不了那么多了。贺学文说，走一步看一步吧，一切有我担着。

张宏霖想了一下，说：也只好这样了。

两人商量好了办法，就没有把逮住的这四个小偷送到公安局去，而是打发其中一个人连夜回去找他们的后台大老板，说延长石油官厂愿与他们做生意，同意将石油价格低一些卖给他们，要多少卖多少。但前提条件是必须保密，不能让任何人知道。

事情很快有了结果，第二天，就有老板带了大笔钱前来，双方很快就达成了交易。贺学文管生产签单，找了个由头，将油卖给了这个老板。这个山西老板又不放心，怕长途运输遭劫，张宏霖就派了两名矿警队员，持枪，拿着石油官厂开的证明信，一路护送，一直护送过了黄河，到了山西的地盘上。

石油官厂得到了这笔钱，贺学文就马上派张宏霖与朱济壶赶着马车连夜到延安、西安等地去采购药物。

张宏霖要走了，贺学文送他到石油厂门口。

张宏霖说：去年，咱们和马县长签了合同，增加石油产量，有一部分要分给驻军的，现在咱们把油卖掉了，任务可能就完不成了，到时拿什么给他们啊？

先走一步看一步吧。贺学文幽幽地说。

这可是丢官职的事啊。张宏霖说。

瘟疫再蔓延下去，大家的命都保不住了，要官职有什么用呢？贺学文说。

说的也是。张宏霖想了半天说，到时候如果事发的话，你就推到我身上，我是矿警队队长，你就说是我做的。

呵呵，你觉得我是那样的人吗？贺学文说。

张宏霖苦笑着摇了摇头，感慨地说：说起来，这真是笑话，一个石油厂管生产的负责人，一个石油厂矿警队的队长，两人竟然联手偷偷卖油，真是前所未闻啊。

只要把心放正了，咱就不怕，世间总会有正义在的。难道上天不长眼睛吗？贺学文说。

老天爷恐怕早已睡着了。张宏霖幽幽地说。

张宏霖与朱济壶一走，贺学文就天天关注着王竹泉与潘钟祥的病情，期盼着药能早日采购回来。过了六七天，张宏霖与朱济壶终于不负众望，购回了满大车的中草药。贺学文先抓了药，派人给两位专家煎了喝。同时，他与张宏霖、朱济壶商量，在朱济壶的药店前支起了两口大锅，不间断熬药，免费发放给有病的人喝。

延长城里的百姓听到这个消息，一时间男女蜂拥而至，大家纷纷排队领药物。那些在乡下被把守着不得出村的人此刻听到这个消息，也都冲破封锁线，赶到城里来领药。这样，忙忙碌碌地过了半个多月，疫病终于得到了控制，发病率就有了下降的势头，在朱济壶门前排队领药的人也少了起来。

这天晚上，排队的人都领了药走了，朱济壶收拾停当，打发人叫贺学文与张宏霖过来。

朱济壶说：今天我要请你们两人喝几杯。

一会儿，朱济壶的老婆弄了几个菜出来，大家就在院子里的石桌旁坐了，朱济壶提了一壶酒来，几人坐下喝。

朱济壶首先斟满了酒，敬给贺学文与张宏霖，说：多亏两位啊，要不，这疫病还不知何时才能控制住呢。两位真可谓功德无量。

贺学文说：要感谢还是得感谢你，全县人都得谢谢你呢。要不是你及早对疫病有认识的话，现在还不知要酿成什么大祸呢。

几个人闲谈着又说起了马清波，都愤愤不平。

朱济壶说：提起这狗官来我就生气，当官不为民做主，不如回家卖红薯。他真是没丁点儿良心啊，百姓死活他都不管。

张宏霖长叹一声。

贺学文说：唉，真是一代不如一代，越来越腐败了。这些事，如果不是亲身经历，即使说给别人听，别人也不会相信能腐败成这个样子的。

朱济壶说：怕的不是一个人的腐败，而是整个社会的群体腐败啊。这回你们可看清楚了，这马清波怕丢乌纱帽，硬不承认是瘟疫，置百姓生死于不顾。我生在清朝，眼看着改了朝换了代，可是换汤不换药啊。说句不客气的话，自从我到这世上，就没有见过一个清官。换一个是这样，再换一个还是这样，和韭菜似的，割了一茬又一茬。

张宏霖说：坏人当道，干点正事是很难啊。

朱济壶的话使贺学文的思绪飘向了远方，他忽然想到了那个和蔼的洪知县来，他真不知道该怎样评价洪知县。是洪知县导致他家破人亡，可也是这个人送他出国留学，那么这个老头到底是好还是坏呢？

朱济壶见贺学文一时发愣，就问：你给省上写的信有回音了没？

贺学文摇了摇头。

张宏霖说：我听人说，省政府曾派人询问过此事，但被马清波一口否认了，只说是一般的流行性感冒而已。看来你和马清波的仇这回可结大了。

贺学文接过张宏霖的话茬说：结大就结大吧，又有什么办法呢？我从日本回来，从来就没有打算参与到政治斗争里边，就是一心想着多打油井，多采油，用学到的知识报效国家。可是，一步步被逼着往前走。就像这一次，两位专家得了病，这么多人得了病，难道眼看着每天都有人在死去，我都不去管吗？他们的命也是命啊，和你我他一样，都有父母都有兄弟姐妹啊。他们也和我们一样热爱着这个世界，也无时无刻不在期盼着生活过得更好啊。

说到这里，他的眼眶湿润了，声音中也有了几分哽咽。

那些冤死的人，如果有灵，一定会来讨说法的。朱济壶缓缓站起来说道。

王竹泉与潘钟祥的病好了，贺学文劝说两人离开，但他们是和贺学文一样的书呆子，怎么也不愿意离开。他们继续待在石油厂画图纸、收集资料。

过了秋季，瘟疫就彻底控制住了，那些离开的人又开始重返家园。不回来又有什么办法呢？故土难离啊。

这个时期，也就到了当初石油厂与当地政府签的合同兑现时间。马清波催着要石油厂上缴三分之一的钱款或三分之一的石油，但是这个时候石油厂的产量却远远不够。贺学文算了一笔账，一是一部分石油私下销售了，二是新一井的产量比去年大幅减少，石油总产量相比去年少了近三分之一。怎么办呢？交不出来，马清波、汪镜河催着要，他们天天等着要拿这些给当地驻军充当军费呢。可是，对于石油厂来说，拿什么缴啊？

贺学文没办法，就思忖着，将石油掺一些水，搪塞汪镜河，反正他总要倒卖掉的，说不定这样能蒙混过关呢。

这能行吗？贺学文自问道。他知道这样做担的风险太大，但确实没办法啊。

他妈的，整整一年了，正事没干，全折腾这些事了。贺学文自言自语地说。

说干就干。白天贺学文要求担水的工人多担一些水倒进池子里。到了晚上，他叫了两个自己的心腹把水抽出来加到石油桶中去，然后一桶又一桶全部包装好了。

月光下，几个人悄悄地忙碌着。就在这时，有一个人来到了贺学文身边，在他的肩膀上拍了一下。学文吃了一惊，扭回头来，却发现是满脸疤痕的张宏霖。贺学文停下了手中的活计，长长地叹了一口气。张宏霖没吭声，他接过贺学文手中的桶来，然后吊起一桶水，倒进了炼好的油中。

唉……贺学文又叹了一口气，但被张宏霖嘘了一声制止住了。

月亮昏黄，像一个橘子似的挂在天上，月光下，四个人一点一点地往石油中加着水。

连续忙碌了几夜，油桶就全部加好水，封好了，一排排齐摆摆地放着。

这天夜里，贺学文心绪不宁，在房子里静静地躺着。这时门被推开了，张宏霖走进来。他提来了一瓶酒，端来两个菜，说是老婆黄桂芝让拿来的。

房间里没有点灯，两人都不说话，你一杯，我一杯，黑暗地里就着窗外的月光，默默地喝酒。狭小的空间里，只听见吱溜吱溜的喝酒声。

隔着窗子，院子里是一长排黑乎乎的油桶。

喝着喝着，贺学文突然哭了起来，他先是啜泣，继而嘤嘤地哭出声来。

张宏霖起身拍了拍他的肩膀。

贺学文说：甲午海战，我们和日本人打仗，就因为几颗炮弹造假，致使炮弹不爆炸，日本人的船没被打沉，而我们的船却被打沉了。我们痛骂那些卖国贼，痛骂那些造炮弹的人，痛骂这些人是民族的罪人，恨不能吃了他们的肉，喝了他们的血。而现在，我一个堂堂的主持工作的副监督竟然也干这种事，往石油中掺水，这他妈是在做些什么事啊，说着，他狠狠地抽了自己两个耳光。

黑暗中，张宏霖断断续续地说：学文，这不怪你，我们都知道的，这不是你的错。

可是，不是我的错，是谁的错啊？好好的世事，怎么会这样啊！贺学文近乎号叫道。

张宏霖的话说对了，雪地里埋不住死人，糊弄得了一时，糊弄不了永远。汪连长将这些油送给高旅长，高旅长接到这些油，联系买家，将石油远销到山西去。那边付了一半的钱，高旅长派人把货押到了山西。然而，到地点后，那边的商人查验了油，却拒绝付另一半钱，原因是油里掺了水。这可把高旅长气坏了，他将汪镜河狠狠责骂了一顿。

新的一天，马清波来到了石油厂，在他的身后是汪镜河带领的六十余名骑兵。一进厂子，汪镜河马上让士兵将石油厂包围了。

马清波脸色铁青，气得浑身打战。

首当其冲的是贺学文。汪镜河掏出枪来，恶狠狠地说：妈拉个巴子，你给老子说说，这到底是弄的啥样事？

我不知道，你远销到山西，说不定是你们的人半路上掺的水呢。贺学文知道事情败露，硬着头皮说。

妈的，给老子还装哩，老子可是只认拳头的人。什么留洋不留洋的，谁让老子一时不痛快，老子就要他一辈子不痛快。汪镜河说着喊道：给我砸！

手下的兵听到他的命令，就个个下马，他们用枪托把厂子的几间房子的门窗全砸了，把一些油桶也砸了。

一时间，院子里噼里啪啦响声不绝。

给我把贺学文带走。马清波铁青着脸说。

士兵听到命令就把贺学文押走了。

本来马清波和贺学文之间由于拉马事件已结了仇，后来由于瘟疫流行，贺学文写信给省上，并大张旗鼓地施药救民，使得马清波里外不是人，他更是怒火万丈。这一次贺学文犯到了他手里，他岂能放过，一定要给贺学文点厉害尝尝。

其实，贺学文完不成任务擅自往油中加水这件事，是个可大可小的事，大不了关上几天，或者罚上点钱了事。再不行的话，就让连夜再加班生产一段时间，把这部分损失弥补上就行了。这一点，马清波十分清楚，拿这个由头严惩贺学文，显然是证据不足的，也很难服众，有可能还会引起别的人反感。那么拿什么来惩治他呢？马清波想到了一招，那就是“通共”。因为前一段时间，他抓住了一个游击队员。这人交代说，红军曾从延长石油厂弄到了一批擦枪油与石蜡，还有油墨。事情后来查清楚了，事儿是徐怀义干的，马清波将徐怀义责骂了一顿，悄悄将事情压了下来。因为，徐怀义是他的心腹，也是他的摇钱树啊。目前，他还不打算动徐怀义。

但从这件事情上，他了解到一个细节，红军游击队前来买石油制品的是贺山子，而贺山子就是贺学文的亲弟弟。并且他还查到，朱济壶也参与其中。

马清波想来想去，无毒不丈夫，只有给贺学文、朱济壶定个通共的罪，然后干掉他们，才能一了百了。

马清波首先将朱济壶抓来，经过严刑拷打，朱济壶实在受不了了，就招供了。他按照马清波的意思，承认自己是从贺学文那里弄到的油，然后卖给了贺山子。马清波得到这个招供，真是喜出望外。贺学文啊贺学文，我看你还能风光几天。他暗暗地想道。

在马清波的主导下，县公安局对贺学文进行严刑拷问，但这贺学文偏偏是个书呆子，只承认自己往石油里加了水，硬是不承认没影的通共事件。

新的一天，马清波亲自出马参加贺学文通共案件的审讯。

马县长招呼贺学文坐下，说：贺学文啊，你为什么要往石油中加水呢？

贺学文此时在监狱里已待了有一个多月，他衣衫褴褛，满脸是伤。

贺学文说：呸，你明知故问！你公报私仇，你坏透了。你给厂子下任务，要我们支援当地驻军，如果我们不同意，你就指使其他人使坏，使工厂不能生产，逼迫得我们只能签协议。你所有的招数都是借用“剿匪”这个由头来完成，剿匪，不过是你敛财的幌子而已。

马清波不急也不躁，他慢腾腾地说：学文啊，我们都是熟人，说话可得凭良心，也得凭证据。你说说你们厂生产的油到底哪里去了。

贺学文说：你装什么蒜？县里有了瘟疫，人传人，死了那么多人，你身为一县之长，不去救，却为了一官半职，瞒报瘟疫。我们的油哪里去了？我们卖掉了，卖的钱给全县百姓看了病了。

哈哈，瘟疫，这不是你说了算的，也不是一个小小的乡村医生朱济壶说了算的，它是有严格的检验、申报程序的。小小的一场感冒风波被你们小题大做，演绎成风雨雷电，你们是唯恐天下不乱啊。你们还到处告我的状，说本官不理事，如果本官不管的话，这场风波怎能平息了呢？

死了那么多人竟被你说成一个小小的风波！什么叫风波，那是瘟疫！你敢不敢把死亡的人数公布出来，让大家都来评评理？

这样吧。马清波不耐烦了，说，关于是不是瘟疫，死了多少人，我已把实际情况汇报给省上了，这个也不是你能操心的，我也没必要跟你说。我想问你，你把油卖了？

卖了，私下卖了。贺学文强硬地说。

私下卖油可是犯法的哦，你身为一厂之副职难道不知道？

那难道眼看着满城的百姓得病死了不成？贺学文说。

好好好，看起来你还蛮有同情心哩。我问你，你把油卖给谁了？

油当然卖给商贩了，谁要我就给谁。贺学文说。

说得好，要的就是你这句话。书记官，给咱把这句话记下来。马清波说，贺学文，我问你，你是不是把油卖给共产党了，卖给共匪了？

贺学文虽然怒火万丈，却并不傻。这几天的审问，他清清楚楚知道这个马清波在打什么主意，他想尽办法想给自己贴上通共的标签，然后把自己除掉。于是就说：卖给山西的商人了，你尽可以到我们厂里的备案材料中去查。

但是，经过本官调查，最后这批油到了共产党手中。你作为一厂之副职，明知是共产党，却私下通共，该当何罪？

欲加之罪，何患无辞！贺学文冷笑了一声说。

看来你还不承认！你有个弟弟叫贺山子，在共产党队伍里，你跟他应该很熟吧。

弟弟已长大，他在哪里，我怎么会知道！贺学文说。

你当真不知道吗？

不知道。

你不知道？你们在碟子沟不是还见过面吗？他不是还到延长城里找你要过擦枪油吗？你不是还研制出了油墨吗？现在共党天天都在搞宣传，城墙上街道上油印小报满天飞，这是用什么印出来的，你不会不知道吧？马清波阴沉着脸说。

贺学文听到这话吃了一惊，心猛地一跳，看来马清波果然阴险，这件事他也知道了。

你既然知道这个事，那么你就应该知道我到底把油卖给他了没有。贺学文说道。

你刚才不是说他在哪里你不知道吗？你们兄弟俩没见过面吗？原来是人背后常有接触的，是不是？

学文说不出话来了。

本官既然敢抓你，就自有道理。我也不想冤枉你，但据本官所知，你、朱济壶这些人都是吃里扒外的人，你们一直在暗地里帮助共匪。为什么本官剿匪总是剿不完，原因就是有你们这些败类。一面拿着党国的钱，一面把生产的东西源源不断地偷偷卖给共匪，他们又用这些东西来买枪买炮，来杀害我们的人。马清波在桌子上拍了一下站起了身子。

欲加之罪，何患无辞。贺学文轻蔑地说。

你的同党都承认了，你还不承认？你以为你上过几天学，留过几天洋，就了不起了？你以为党国的法律都是纸糊的？我看你今天嘴能硬到几时，来人，给我用刑。

马清波一声令下，几个人立即将贺学文吊在房梁上，打了起来。

贺学文被打得昏死了过去。过了一会儿，马清波又命人放下来用凉水把他泼醒了，继续用刑。如是三番，可怜的贺学文被打得浑身是伤，几乎站不起来了。

哼哼，看看你硬还是我的王法硬。马县长不屑地说。

在剧烈的鞭打中，贺学文又一次昏死了过去，他被从房梁上放了下来，刽子手再一次用凉水泼醒了他。贺学文倒在地上，这时他努力想站起身来，但双腿不停地打着哆嗦。他的衣服被打烂了，屁股也被打烂了，裤子与屁股上渗出的血粘在一起。身上渗出的血就顺着裤腿一直往下流，流到鞋里边了。贺学文颤颤巍巍地弯下身子将鞋脱下来，鞋里边全是血。他拿起来，端在手中，说：我贺学文一辈子都是干干净净的，我的血也是干净的，我绝不让它流在这个肮脏的地方。说完，他端起鞋，仰头将鞋中的血全喝掉了。

贺学文喝掉了血，他的嘴角脸上都沾上了血迹，红通通的一大片。在监狱时间长了，头发也长了，紧贴在脸上，他的整个面孔白森森的，嘴角却有鲜红的血迹，这使他看起来有几分狰狞，给大堂上平添了几分恐怖。周围的人及行刑者看到此情此景都不寒而栗。有些人不忍心再看这个场面，就将头扭了过去。

一直自诩涵养甚好的马清波见到这情景，终于按捺不住了，暴跳如雷，恶狠狠地说：给我打，打死了我抵命。

贺学文将一只鞋子里的血喝掉了，将鞋穿上，然后去脱另一只。但脱另一只鞋太艰难了，要将腰弯得很低很低，就在他弯下腰的那一刻，突然一阵眩晕，咚的一声，一头栽倒了。

朱济壶与贺学文被抓起来的消息贺山子他们也知道了，苏作相觉得应该采取行动救这两个人。

他为我们做过贡献，尤其是朱济壶，我们不能眼睁睁地看着他被逮捕被关押，甚至被判刑，被杀头。苏作相说。

一群人想来想去，因为力量有限，攻打延长县城的条件还不成熟，现在唯一能做的就是动员群众围城，给县长马清波施加压力，要求释放朱济壶，让他至少目前不敢杀掉朱济壶与贺学文。而下一步，红军的大部队就有可能进攻延长城，因为这时的延长城周边县包括延川、安定等已经都是“红区”了。

山雨欲来风满楼，延长的快速赤化让马清波坐卧不安，他给省上连发了十几封信，声言情况万分危急。延长县正在加快赤化，北塬的大部分村子已被红军控制，在一些村子出现了“红白”交替控制的情况，白天是国民党的官施政，到了晚上，共产党就活跃起来了。有些村子，这个月是“白”的，下个月就是“红”的，来回调换着。

朱济壶在延长县城有着很好的人缘。他一生看病，医术高明。在瘟疫之时，他舍了家财，为群众治病，这大家都知道。老百姓的心里都有一杆秤，所以，贺山子等红军游击队员潜入邻近各村，召集民众宣传朱济壶的事迹，听到救命的大恩人朱济壶因为治疗瘟疫而与县长结了仇，如今正面临着杀头之祸，大家都怒不可遏。

平头老百姓，我们怕什么？要钱没有，要命一条。走！大家一呼百应。

在陕北，表面上看来是民怕官，但所有的陕北农民从骨子里边是什么都不怕的。这块土地上，自古以来就生活着一群彪悍的人，他们就有这样的传统，从来就不信神，不信邪，舍得一身剐，敢把皇帝拉下马。李自成、张献忠、王左挂就是典型的代表。

第二天，苏作相他们动员了一百多群众拥上街头，要求马清波释放朱济壶和贺学文。

大家从延长城这一头走到那一头，一路呐喊着口号，要求释放朱济壶、贺学文。后来到了县政府门口，大家坐下来，要求县政府给个说法，说说到底朱济壶犯了哪条罪，要被逮捕，被关押。

马清波知道后，敏锐地觉得这件事根本没有这么简单，背后肯定有人在组织。他要挖出这个组织者是谁。他把这看成坏事，也看成好事，如果能挖出背后的共党组织来，那么，“通共”这两个字就给朱济壶、贺学文坐实了，他们想赖也赖不掉了。

当天，马县长打发一个人出来给大家说，朱济壶通匪，现在这些事都在调查中，一定会给大家一个清楚明白的交代。

群众依旧不答应，围坐在政府门前不走，但因为缺少核心人物，群龙无首，都乱七八糟地呐喊着，却说不出个究竟来。到了下午，人群就被马清波派警察驱散了。

第二天歇了一天，到了第三天，人骤然多了起来。原来许多未动员的乡下农民听说朱济壶被逮捕了，就都赶来了，当然也有凑热闹的。这是个逢集天，清晨，人们聚集在县府门前，纷纷高喊着口号要求释放朱济壶。贺山子夹杂在人群中，见人越来越多，就高兴起来。人越多给马清波施加的压力就越大，这样他就不敢轻举妄动。

然而，马清波却不这样想。马县长不是张知事，他觉得这些游行的人伤害了他的尊严，事态已经出现难以控制之势，如果任其发展下去，势必会引起大乱，自己也离丢官不远了。

马清波出面，要求大家推荐几个人来和县府对话，其他的人可散去。

群众一时大乱，因为，这些人都是一群乌合之众，况且对于朱济壶通匪不通匪，心里也没底，只是念起他的好，于心不忍罢了。况且有很多人也是赶来凑热闹的。当时，大家就推荐一些人做代表，但有很多人不愿意出头。人们对上一次的事还记忆犹新。上一次也是这样，大家推举了三个代表，但一去就被抓了坐了牢。贺山子和几个共产党员混在群众之中，此刻干着急也没法子出头。他们非常清楚，一露面就会被马上抓住枪毙掉的，并且也会让马清波顺理成章地给朱济壶扣上一个“通匪”的大帽子来。

当时，场面乱了一个多钟头。最后，大家商量着就推举出了十三名代表，每个附近的村子推荐一个人。这些人也都是村上比较有名的乡绅，大家觉得人多些比较安全，同时给马清波的压力也大一些。

这十三个代表就一起去见马清波。马清波在政府大厅接见了他们，他拿出朱济壶的口供来先让大家看了，说他通共，这可是大罪，大家要闹事，可要想清楚了。这些人看到，白纸黑字写着朱济壶的口供，承认自己曾给共产党员治过病，并曾经帮共产党买过擦枪油、油墨，再经马清波一吓唬，许多人先前准备的大段话就都派不上用场了。

这时，先段村有一个老先生是个聪明人，看出了破绽。他说：朱济壶承认给共党治过病，这共党眉头上又不刻字的，所有来的人都是病人，医生是有医德的，总是要救死扶伤的，这看过病或者是迫于无奈，或者是个人不知道也未可知，不能够说明什么。其二，他承认卖过石油，他说是为了钱从贺监督手里弄来了油，又卖给共党。可是，他是一个有尊严的人，光景过得比较富裕，他有必要冒杀头危险去和共党勾结吗？这里头一定有曲直。再说贺学文作为一厂之副职，他即使把东西出售给了朱济壶，但也不能说明他知情啊，是不是？

一定不是真事，肯定是别人诬告的。

对，肯定是刑讯逼供的。其他十二个人好像刚明白似的，一个个附和着说。

马清波把话听完，勃然大怒道：他“通共”，自己都承认了，你们几个竟敢信口雌黄，难道你们也是共产党红军不成？难道你们个个也想通匪不成？

一些人见马清波大怒，便都软下来了，不吭声。其中一个二杆子认死理，他说道：凭什么给我们扣大帽子，难道用这样的大帽子就能吓唬住人了？

好啊，我看你们是不见棺材不落泪，给我全部抓起来，我要一个个审。马清波一时恼羞成怒，大喝道。

这样，事情的发展又和上一次一样，十几个人就这样被抓起来了。

县政府门口，还有许多群众在等消息。这时，马清波就派人出来说，这些去的人正和县长在谈判呢，县长要留他们吃饭，回去稍晚些，请大家先回吧。

围观的人听了这话就散去好多。有些人不甘心，怕其中有曲折，就在原地等，但一直等到深夜，也等不到任何消息，最后也就散去了。

这一天晚上，马清波思来想去，觉得这样下去总不是办法，说不定会酿出大乱子来。他想来想去，忽然想到了一招，来个快刀斩乱麻。就在当夜，他将朱济壶从监狱中提了出来，杀死在延长西城墙下。然后，第二天清早出具布告，公布了朱济壶的罪状，贴在了城门口。之所以没杀贺学文，一是他是陕北唯一的留日生，影响大，现在还有官职；二是通匪一事贺学文一直没有招认；三是马清波也有自己的小算盘，他听说贺学文和邵力子有联系，他也就多想了一下，给自己留了一条后路。

当天晚上，苏作相、贺山子他们还在想着对策，估摸着马清波又在耍什么花招，是不是已逮捕了这十三个人。但想到白天城内众多的百姓声势浩大，估计马清波暂时不敢怎么样。然而，大家做梦都没有想到的是，第二天在城墙上竟然见到了朱济壶血淋淋的人头。

杀了朱济壶的第二天，延长城里三步一岗，五步一哨，严查出入人员。

先是一个两个，接着，成百上千的群众都知道了这件事。因为不能进城，大家纷纷聚集在了城门口，都气愤不平，觉得这个马县长真是不讲理，这不明摆着和群众作对嘛。昨天还说正在谈判，今天人头已经落地，这哪有什么诚意啊。况且大家还操心着那十三位乡绅的安全呢。群众三个一群五个一伙，在城门口围着，纷纷议论着，都不打算离去。到中午时分，城门外聚集的群众就更多了。

这时城门里的军队也更多了。民团头目徐怀义站到了城墙上，对大家说：朱济壶通匪，供认不讳，已被正法。请大家离去，否则将按通匪论处。这样的话在城墙上喊了一遍又一遍，但是，大家谁都不愿意离去，都在城门外围着。

群众情感总得找个发泄的点，这就好比是一锅凉水。先开始有些人在小声回忆着朱济壶的好处，后来议论声就越来越大，引发共鸣。到了下午四时左右，这锅凉水就被烧开了，成了一锅沸水了。愤怒的群众开始呐喊着“打倒狗官”“马清波下台”等口号，他们开始一遍遍冲击城门。城门有驻军守着，但是禁不住城外的人多势众。大家抬了一根原木来，一大帮人扛在肩上，一齐用劲。一二，一二，打倒马清波！一二，一二，还我朱济壶！随着口号声的此起彼伏，木头对城门的撞击也越来越猛。终于，城门哗地打开了，但打开的同时，大家看到里边站着两排全副武装的军人，个个荷枪实弹。全副武装的汪镜河带领他的两个连队与徐怀义带领的民团都在这里，总计有三百多人。汪镜河看着依然往进拥的群众，嘴角露出了一丝不易察觉的冷笑，他冷冷地喊出了两个字：射击！听到他的口号，第一排士兵单腿跪地，开始向群众射击。混乱中的群众情绪正高涨着，他们做梦都不会想到官府会开枪，还以为是做样子，但是，随着砰砰的巨大的枪声，前面拥进去的人有几个倒了下去。大家一发现有人倒下，有血流出，这才知道是真枪实弹。登时，群众就大乱了，前边的扭头向后跑，但后边的还不知发生了什么事，又往前挤，一时都堵在了城门口。

砰砰的枪声又响了，又有人倒了下去。这时，后边还往城里拥的群众终于明白是怎么回事了，知道这不是闹着玩的，而是拿命在这里耍哩。于是大家就都赶忙往回跑，一时场面十分混乱，你来我往的，夹杂着哭爹喊娘的呐喊声音，有不少人就被挤倒，被踩在脚下了。

好在士兵再没有开枪，而是允许众人散去，允许人们将倒在地上的人抬回去。

到了下午，那十三个被大家推举的人，每人吃了一顿棍棒，一个个的脸像烧糕似的吊着，都跛着腿回来了。

营救朱济壶的计划就这样全盘失败了。

晚上，老苏、贺山子他们七八个人在一孔窑洞里开会。窗户纸破了，有风从外面吹来，蜡烛就忽闪忽闪的，大家沉默不语。贺山子这时首先做了检讨，说由于斗争经验少，对敌估计不足，导致营救失败，使党失去了一个值得信赖的好人。原想着施加压力，马清波他不敢放肆，说不定还会放朱济壶出来呢，说不定也会放了我哥呢。但哪里会想到，朱济壶反倒因为围城而很快送了性命，这真怪我啊。贺山子说着说着就哽咽得说不出话了。

其他人都不吭声，气氛异常沉闷。

老苏说：这件事固然有我们的失误，但也说明了敌人的凶残，给了我们一个教训。毛泽东同志说过一句话——枪杆子里边出政权，单靠群众斗争，是无法胜利的。只有靠枪杆子，才能推翻旧的制度，建立一个全新的社会。但是，这次行动也有好处，检验了我们的能力，展现了我们的力量，我们能发动这么多的人，就说明我们有群众基础。延长的老百姓是跟我们站在一起的，许许多多的人都跟我们站在一起，这就是我们胜利的保证。我们要相信自己，明天一定会属于我们。今天流的这些血，会累积着，总有一天会爆发的。那时，就不是他拿几支破枪能再吓唬住了的。血债是要还的，只是迟早的事。

朱济壶被杀害以后，他的药铺就停办了，朱济壶老婆带着儿子回到乡下去了。在药铺帮忙的转儿这时自然就失了业，很快她就从延长城里人们的视线中消失了，谁也不知道她去了哪里。有传言说，她跟高营长的一个部下好上了，两人私奔，结果让高营长派人半路赶上，打死了。也有的说，她妈洋烟花落脚在大城市了，派人将她接走了。反正她活脱脱像一股风似的一下子就从延长城消失了——这后来也让我们的主人公贺山子伤透了脑筋，他想找她，但苦于没个找处。不过，这些都是后话了。

在朱济壶被杀害的那个夜晚，贺学文觉得死亡离自己也不远了。虽然自己与共产党没有牵连，但一而再再而三地得罪了马清波，他不会给自己好果子吃的。何况自己有个弟弟现在游击队里当副队长，目前正是全国性的反共高潮，把自己杀了也就杀了，哪个庙里没有几个屈死鬼呢！

在监狱的这几天，贺学文已做好了死的准备。只是想想，觉得如果自己死了，真是太冤枉了，太不值了。他从不对人存一点坏心眼，也从来不打算参与政治斗争，一心只想着多产油，到头来竟然落得这么个结局，死后还要被人唾骂，他觉得真是心不甘啊。

可冤枉归冤枉，又能跟谁说呢？谁又会理解呢？面对死亡，他也想了很多，他最放心不下的是山子。山子是个愣头青，不知道世事深浅，什么事都敢干，自己如果不在了，他的命运会怎么样呢？

还有一个人他放心不下，这么多年他虽然没跟人提起过，但一个人独处的时候，他总会想到她。这个人就是当初跟他在一起的洪丹风，这也是他多年不婚不娶的原因所在。在多少个寂寞的夜里，他总在回想着与她在一起的一点一滴，那个活泼开朗的洪丹风偷了一本书塞给他，要他好好学习，报效祖国；她跟她父亲一样，对他充满了期待。可是，现在呢，她在哪里呢？她现在该是什么样子呢？

在监狱里，自从朱济壶被杀之后，贺学文觉得该轮到自己了。但一连等了好几天，却没有任何动静。他不明白是怎么回事，难道马清波变卦了？

其实，不是马清波变卦了，马清波杀得了一个朱济壶，也能杀得了一个贺学文。只是就在这个时候，马清波接到了一封信，是陕西省政府主席邵力子写的。在信中特意提到了贺学文，要马清波尽量保护他的人身安全。

接到了这封信，马清波陷入了两难。

而这封信，恰恰是贺学文日夜思念的人洪丹风的功劳。

和贺学文一样，这些年来，丹风也一直在思念着贺学文。当年，丹风她爹洪远峰在延长任职三年后，因没有钱打点，就被调往更远更穷的陕北横山县任职。在那里，丹风就由父亲做主许配给当地的一个大户马家做媳妇。

但谁也没想到，父亲的官还没做完就改朝换代了。这时丹风已跟这位马公子有了一个儿子。在世事动乱中，首当其冲的是大户，是有钱人。横山这个富裕的马家被官府、土匪折腾来折腾去，后来就穷了，破败得只剩了一院房产。再后来，陕北又闹红了，马公子被红军杀掉了。可怜的丹风就与一个儿子相依为命，苦度岁月。然而后来，这个儿子也死于非命。至此，丹风在陕北就只剩得孤零零一个人了，她不知道自己该往哪里去。父母亲当年回到了四川也去世了，有几个亲人在四川，但早已多年不联系了。最后，她想到了延长，想到了贺学文，听说他从日本留学回来后，在延长石油官厂工作，据说还任着官职，走投无路的洪丹风灵机一动，就从横山跑到延长来了。到延长以后，她找到了石油厂找到了张宏霖与黄桂芝，打问到贺学文现在还是单身，可是被投进了监狱。她一听就着急了，连忙四处想办法找人，营救贺学文。

洪丹风找到了谁来营救贺学文呢？在老人留下的繁杂的资料中没有这方面的记述，只说是马县长接到了邵力子写来的信。可是谁有这么大能耐给邵力子写信告知贺学文的情况呢？洪丹风她自身都保不了还能保护贺学文吗？在我后来翻看延长油矿史的时候，终于确定了洪丹风找的这个人是孙越崎。为什么老人没有记述呢？随着资料占有量的增多，我考虑可能有两方面原因：一是有可能老人不知道洪丹风找的是谁；二是老人不愿意涉及孙越崎。因为这个孙处长，在共产党占领延长以后被俘虏了，然后他借口到一个老乡家看病，后来偷偷跑掉了。这给他的人生添了一个污点。由于政治原因，老人在记述资料的时候就将他避开了。

关于这个孙越崎，我在这里要多说几句。我查了史料，1932 年，王竹泉、潘钟祥二位专家在延长把病看好以后，继续待在了延长，根据油苗露头和历年打井情况，在延长测定了八个井位，并在永坪测定了十二个井位。他们绘制了一幅一比五千的陕北地下油层图，并合作撰写了《陕北地质报告》一文呈送给了当时的国民政府。当时的国防设计委员会主任翁文灏正为缺油急得焦头烂额呢，接到这个报告喜出望外。他急忙以国民政府代表的身份出面与陕西省政府商定，成立陕北石油勘探处。当时，任命的处长就是后来在石油界赫赫有名的孙越崎。

当时翁文灏之所以着急，是因为中国与日本随时可能大规模开战，而中国的燃料油奇缺，全部系进口。当时有企业想了一些办法，以酒精替代石油，但由于酒精对发动机的腐蚀非常严重，只好作罢。后来翁文灏所领导的地质调查所，试验用植物提取燃料。他们收购了大量桐油，用以提炼能够替代汽油的燃料，但由于这种方法成本巨大，所以也作罢了。在此情况下，听孙越崎及王竹泉、潘钟祥三位专家论证说延长、永坪一带有油，翁文灏好像捡到了一根救命稻草似的，立即招兵买马，在延长重搭台子另唱戏，成立了陕北石油勘探处。

根据史料记载，1934 年 4 月 18 日，在孙越崎处长的率领下，从德、美进口的钻探设备器材及从上海各厂定制的三台钻机配件近一百吨，从上海分批装火车启运，取道太原、汾阳等地，在军渡装船下行至延水关。因山岭阻隔，路窄难行，在没有办法的情况下，他们将三台钻机的大件拆散，二百公斤以下的用骡驮，二百斤以上的用人力，共计用驮骡四百四十七头，轿骡三百二十六头，人力四百一十八人，费时五十六天，将器材分别运至延长和永坪。那时正是夏季，沿途地荒人稀，茶水亦不易得到，人畜病亡颇多，真是艰难万分。

这次由国防设计委员会出于国防需要成立的陕北石油勘探处，资金雄厚，规模大，档次高，随同孙处长来的还有一批把头式的监工人员和高级工匠。分厂工、井工、木工、抽油工、炼油工、杂工、夫役七类共八十人。成立这个勘探处以后，对原来的延长石油官厂怎么处理呢？按照国防设计委员会与陕西省政府协商，要把原先的石油官厂与石油勘探处合二为一，收为国有，原石油厂归陕北勘探处管理。孙越崎初来乍到，对情况不熟，他知道陕北有个留日的洋学生贺学文，多年在延长石油官厂，对延长的情况特别熟，本来想从他那里了解到更多的情况，却发现贺学文这个原石油厂主持工作的副监督此时正被关在监狱里。这让孙越崎非常失望，陕北石油勘探处的工作开展也受到了影响。

恰巧这时，洪丹风找到了张宏霖，她听说现在的石油厂将与勘探处合二为一，规格将变得更高，由孙处长管理。她就直接去找孙处长，要他营救贺学文。

孙处长从张宏霖处了解到了贺学文是被冤枉的，但因为他初来乍到，觉得不好对马清波开口，就写信给陕西省政府主席邵力子，说明了情况。另一方面，他做了一个很重要的工作，就是给南京的国防设计委员会翁主席写信要求任命贺学文为延长石油勘探处永坪分处的主任。

孙处长之所以给邵力子写信，因为两人系师生关系，交往颇深，邵力子对这个学生非常器重。在前一年，也就是 1933 年的时候，孙越崎还到陕北勘探了一次石油。邵力子知道后，亲自派车到潼关接他去西安一叙师生之情。

就在这些信件在路上跑来跑去的时候，洪丹风放心不下贺学文，亲自到监狱里去看望了他。

丹风见到贺学文，一下子哭了出来。她没有想到这个自己在春闺梦中思念再思念的男人，如今竟沦落到这个地步——满脸的胡茬，头发蓬乱着，身上的衣服破破烂烂的，嘴角处留有几处疤痕。

而丹风的到来，使贺学文喜出望外。多少年过去了，在他眼中，丹风还是那么漂亮。和记忆中相比，她长高了好多，也许是水土的缘故吧，也黑了许多，但身材依旧高挑苗条，腰肢柔软，头发梳得纹丝不乱。算起来差不多有四十了吧，但她丝毫不见老相——身材不臃肿，脸上也没有皱纹，一双大眼睛忽闪忽闪，未说话先流情，夹杂着几分四川口音的陕北话在贺学文听来更是娇气十足。再次见到她恍如梦境，贺学文一下子就醉了。

隔着栏杆，洪丹风望着贺学文，满眼尽含笑意，但眼角处却挂着泪花……那双丹凤眼，贺学文曾经是那样的熟悉啊。

你……你是丹风？贺学文问。

热泪盈眶的洪丹风点了点头。

贺学文伸出手来一把握住了她的手。你怎么会来这里？这些年你都去哪儿了啊？你不是跟着父亲走了，怎么还会出现在这里？贺学文激动不已。

瞧把你急的。丹风抽出了手，用手把他散乱的头发抚平整了，深情地问：你还好吗？

真好啊，我又见到你了。贺学文说着，禁不住满眼含泪。

我们终于又见面了。国民政府在延长成立了石油勘探处，派来了一位孙处长，我找他了，跟他说了你的情况，他给省主席邵力子写了信。他说，你是个人才，尽可能将你保出去。丹风说。

但贺学文顾不得听这些话，那些石油啊、勘探处啊，在他看来都无足轻重了，眼前，这个洪丹风的出现才是他最大的幸福。多少年了，他在梦中常梦到的那个人，今天竟然毫无预兆地出现在自己面前。

我不会再让你走了，我总以为这辈子再见不到你了，老天真是开眼，让我又一次遇到了你，丹风。握住洪丹风的手，贺学文喃喃地说。

嗯。丹风满眼含泪。我们不分开了，我们就在一块儿，什么时候都不分开了。丹风也喃喃地说。

又过得十多天，马清波从监狱里放出了贺学文。原因是贺学文由国防设计委员会任命为永坪分矿主任的文件下来了。这个文件加盖着国防设计委员会的印章，被孙越崎送到了马清波手中。马清波就以取保候审的名义，按照程序让洪丹风与孙越崎交一些银子作为担保，顺水推舟放出了贺学文。

把贺学文放出来，马清波县长特意要请贺学文吃一顿饭。席间除邀请县上名绅以外，他还邀请了孙越崎、洪丹风。

在席上，孙越崎端起一杯酒说：贺学文是个人才，这次国防委员会重用你，是因你对这一块地形熟，也是留过日的，有专业技能。现在国家缺的就是石油，你出来了，就要想办法带领大家多多打出石油来，为咱们国家争一口气。

贺学文站起身来，一口将酒喝掉，坐下来一声不吭。

席间，洪丹风端起酒杯来，敬了马清波一杯酒，说：谢谢马县长了。要不，贺学文还不知道什么时间能出来呢。

贺学文坐着不动身，洪丹风示意他站起来一块儿敬马清波，贺学文不理她，只管自顾自坐着。

马清波看到这情景颇觉尴尬，他端起酒杯打着哈哈说：看来贺主任还是在生我的气啊。我这个县长也是难做啊。眼看延长就要红遍天了，上头一再剿匪剿匪，共匪是越剿越多，防不胜防啊。谁让你有个当红军的弟弟呢！谁让朱济壶承认是从你那儿弄到油的呢！

一听到弟弟，一听到朱济壶，贺学文胸中的怒火就直往出冒，他站起身来，啪地拍了一下桌子。面前摆放的酒杯应声而倒，酒洒了一桌子，酒杯当啷当啷滚到地上去了。

身边的洪丹风看他这么冲动，一把拉住了他，示意他坐下来。

贺学文悲愤难忍，扭身出了门。洪丹风见此情景，马上追出了门。

门外，张宏霖领着一群工人在等着，他们看见贺学文出来了，就都迎上来嘘寒问暖。

延长城里的一些百姓，听说贺学文出了狱，也都赶到这里来了，他们高高兴兴地围住贺学文，庆贺他出狱。

但就在这时，贺学文却突然蹲了下来。他想起了自己的监狱生活，想起了冤死的朱济壶，一股悲怆涌上了心头，他顾不得那么多人，双手掩面呜呜哭了起来。他先是小声哭着，继而当街放声号了起来。看到此情此景，周围的张宏霖、石油厂的老工人，以及延长的百姓们也都不由得跟着他抹起了眼泪。

贺学文出狱后，养了一段时间病。长期的监狱生活，环境阴暗潮湿，使他得上了皮肤病，身上老起疹子，奇痒无比。病养好后，他接受孙越崎的领导，按照潘钟祥与王竹泉先前测好的油井图，又带领工人重新开始打井。第一口井支起来了，只打了一百米深，还没打出油呢，世事就又变了。

延长县城依高奴山而建，东南西临延河和西河沟，土墙砖垛，东西南北有四个大门，分别为拱极门、南水门、西障门、北壅门，东西各有城楼一座，设炮台十五座，垛堞一千四百七十个，水沟十六条，南北水关三处，东西围城外护堤六十八米。清末后，由于连年战乱，城门虽在，但城墙却破败得不成样子。

1935 年 4 月的一天，红军决定攻打延长。贺山子所在的延长游击队现在已归属陕甘游击队，队伍壮大了许多。苏作相担任副总指挥，陕甘游击队总指挥正是刘志丹。总攻命令下达后，延长游击队担任协助主攻，与其他几支队伍形成三面合围之态，进攻延长城。在战斗打响之前，延长城周围的据点都被肃清了，延长的北边乡村和延川、子长等红区连成了一片。这样红军从东西北三面围城，城里的驻军与民团要逃就只能向南面的宜川县逃跑。

苏作相率领的游击队接受任务后，从北边塬上迂回，向延长县城压下来。

延长北边的山叫高奴山，山头上有一座碉堡，四面都有小窗口，守城的士兵架着机枪在嗒嗒嗒扫射着。碉堡周围挖有战壕，视野开阔，机枪响着，子弹横飞，打得延长游击队员们抬不起头来。大家趴在战壕里，个个只恨自己的枪支差。持续了一天一夜，第二天战到正午了，依然毫无进展。

总指挥刘志丹了解情况后，派了增援部队过来，但碉堡里的机枪依然在喷射着一条条火舌，无情地向四周扫射着。大家一时都没有办法。

待在战壕里的贺山子焦虑极了，他脑子飞快地转着，想着办法。看着附近的山峁沟梁，他觉得对这个地方特别熟悉，他努力地回想，忽然想起当年自己曾跟着父亲在这里打过柴，从对面的崖畔上下去，可以下到沟里，蹚过一条小溪，有一条小路可以攀上去，迂回到敌人碉堡的侧面。现在正面进攻，敌人的火力强，久攻不下，贺山子估计，背面的、侧面的敌人肯定疏于防范，应该好下手一些。想到这里，他就向苏作相提出，自己可以绕到敌人的侧面去，炸掉敌人的碉堡。

苏作相问：能行吗？

贺山子说：能行。

苏作相一时也想不出更好的办法。正面强攻，牺牲实在太大了，他不愿意搭进去更多战士的性命，就想了想说：那你领两个同志去吧，拿着枪，注意一定要保护好自己，不能做无谓的牺牲。

我一个人去。贺山子说，人多容易引起敌人注意的。

那你预计什么时间能到？

贺山子望了望山沟说：大约得两个小时。

好。我就给你两个小时。两个小时后，我们做总攻假象，配合你。你一定要保护好自己，听见我们发起总攻后，就在背后捅敌人一刀，打乱敌人的部署，咱们合围歼敌。

但我想要最好的枪。贺山子说。

我就知道，你嫌杀敌不够痛快。苏作相一边笑着，一边把自己拿的一支枪递给了贺山子。这可是咱们最厉害的一支枪了，好马配好鞍，这次你能成功，我就向刘志丹同志报告，给你记头功。

是。贺山子高兴地说道。接着，他斜挎着那支枪，身上又别了几颗手榴弹，跳出了战壕。

贺山子沿着塬畔转了个很大的弯，然后悄悄地在塬畔上找寻那条熟悉的小路。多年了，荆棘已长成一人高，到处是圪针、狼牙刺等，杂草丛生。贺山子隐隐约约找着了一条小路。这条路看来已多年没人走了，唯有一些山羊或野兽的蹄印，他不顾一切地踏了上去。

荆棘中，山子猫着腰，隐蔽着自己。突然有一只小鹿被他惊着了，撒腿儿跑了。他一边往前走，一边就想着，当年这里的荆棘还没有这么高，父亲常来这里打柴，他有时会跟着哥哥一块儿来这里。后来有那么一两次，哥儿俩还有丹凤三个人曾经一块儿到这条沟里玩过，只是那时是夏天，处处花开。而现在虽是阳历四月天，但山上依然是灰色的，偶尔会看到山洼上的山桃花开出一片晕红。

山子悄悄下到沟里，在泉水旁喝了一口水，蹚过了掩映在草丛中的小溪。但要从沟下向上攀登却困难了许多。因为这里几乎是悬崖，悬崖上除了有几处羊蹄印以外，其他地方都是光溜溜的。好在贺山子小的时候就常走这些山路，所以对他来说，这也并不是什么难事。他眼睛望着前方，小心翼翼地向上边攀爬着。遇到上不去的地方，他就掏出匕首，在土塄上修一个简单的圪台，用于脚踩手攀。

一个多小时以后，他爬到了塬顶，这时候碉堡就近在眼前了。他抬头一看，顿时吓了一跳，原来面向他这一边，也有几个碉堡眼，每个碉堡眼上都架着一挺黑乎乎的枪。枪眼露在外边，像一个人的眼睛。可能敌人以为这边是悬崖，没有人能从这里上来，注意力就都转移在东北方了。所以枪虽然架着，却并没有人，也没有子弹射出。贺山子望着伸出来的机枪，吓出了一身冷汗，他悄悄地潜伏着，趴在地上一动也不敢动。就在这时，正面的红军做出了一副要强攻的样子，枪炮声响起来了。碉堡里的敌人显然更加紧张起来，忙着朝东北方不断地开着枪。伏在地上的贺山子这时能听得见碉堡里边敌人忙乱的喊叫声，知道敌人的注意力全部集中到了正面，他觉得这真是个好机会。山子匍匐向前，到了碉堡眼跟前，然后一跃而起，把一颗手榴弹扔了过去。但因为碉堡眼有些高，手榴弹没扔到碉堡里边，恰好打在了碉堡眼的枪上，掉了下来，落到了碉堡周围，轰的一声炸响了。贺山子一看这情况，连忙向外跑了几米，扑倒在了地上，手榴弹炸起的尘土一下子盖在了他身上。听到碉堡这边有炸弹声，碉堡里的敌人显然乱了阵脚，他们就开动这边的机枪，嗒嗒嗒嗒乱扫了一阵子。就在这时，贺山子又连甩了几颗手榴弹，轰轰又是几声炸响，接着土碉堡就被炸掉了半边，里边的敌人一下子全部暴露了。他们一下子慌了，有几个就从灰土中钻出来，连这边看都不看一眼，一溜烟地往南边跑了。

嗒嗒嗒，这时正面的强攻真正开始了，红军用了不到半个钟头顺利拿下了碉堡。

而这时的贺山子则因为距离手榴弹爆炸处很近，被震昏了过去。

红军的枪声一起，整个延长城就乱了。马县长昨天还慰问民团、慰问驻军，说誓死要与民众共存亡哩，但到了晚上，他就带着金银财宝、带着老婆一溜烟地跑了。驻守延长的只有两个骑兵连，一百四十余人，两名连长急忙上报高旅长，等待援军，而援军又迟迟不到。看到红军攻势甚猛，连长张文正还指挥骑兵往前冲呢，结果被一颗子弹打在了头上，当场死了。汪镜河一看不好，就边打边往后撤，先撤至延长城，又撤至延河对岸，与红军对峙，等待着援军到来。

徐怀义领导的二百多名团丁守着北线，严阵以待，本来打算死守到底。因为从心底里他还是相信驻军与马清波的，他还是相信国民党不会弃延长城于不顾的；他认为红军都是些泥腿子，成不了大事，所以，拼死率领着人抵抗呢。可是他正在前方打着仗，就有手下向他报告说守着东川的张文正连长已被打死，汪镜河率领其余部队已放弃了抵抗，撤退至延长城了。他吃了一惊，但还是心存侥幸，觉得红军势力并不强大，再说驻军加民团加矿警队要五百多人呢，顶他三四天应该不成问题，于是没有理睬，依然还在守着。但过了没多久，又传来消息说，马清波昨晚连夜跑了，汪镜河也领着兵退到延河对岸了。

这些孬种。徐怀义骂了一句，真是白白养了他们，正规军连个民团都不如。他正在这里发牢骚呢，就见三三两两的团丁跑来了，原来北边在最前沿的碉堡被炸了。团丁大都是农民，碉堡一炸，没了依靠，人就都跑散了，一些人也不知跑到哪里去了，一些人就返回来找他。

徐怀义见大势已去，就领着几个手下，赶紧返到延长城来。这时的延长城早已乱成一锅粥了。街上人来人往，东跑的，西窜的，都如无头苍蝇一般。老人小孩婆姨女子，夹着包袱的，赶着毛驴的，乱成了一团。大家先是往东跑，但听说东边有红军来了，就又往西跑。

徐怀义赶到县政府，见满地狼藉，马清波果然不见影了。那些平时的办公人员也都跑到后九天去了。

看到这景象，徐怀义心里也慌张起来，急忙回家，但这时老婆儿子都不知哪里去了，家里被翻得一团糟，值钱的东西都被老婆拿走了。他领着几个人又返到街上，就在这时，他看见了人群中的洪丹风。

这一阵，洪丹风正夹在人群中跟着人群瞎跑着。

原来，贺学文一出狱，洪丹风就与他住在了一起，但并没有举办结婚仪式，因为贺学文出狱后一直病着，在养着病。病好以后，贺学文又被派到永坪，就又忙着打井。本来说好这几天把大伙请一顿，补办一下婚礼，但哪里会想到红军说来就来了。这时的贺学文还在永坪那边呢。听见炮声隆隆，洪丹风待在家里惶惶不安，心乱如麻，她操心着贺学文的安全，准备出城去永坪找贺学文，但刚到东门，东出的人群就返回来，说东门已被红军占领了，她就夹在众人中间又向西跑，这时恰被徐怀义看见，一把拉住了。

快点，跟我们走！徐怀义说。

我不跟你们去，我要到永坪找学文。洪丹风说。

快点走，别磨蹭了，红军来了会杀掉你的。徐怀义说。

我又没作恶，他们杀我干什么！洪丹风说。

红军共产共妻，你难道不知道？徐怀义说，你爹是清朝知县，你又是国民党石油厂主任的婆姨，他们哪里会饶了你？不光杀你，还会杀了贺学文的。

我年龄大了，死就死了吧，哪里也不去了。洪丹风说。本来洪丹风现在也不知道该到哪里去，但她一贯见不得徐怀义这个人，觉得这个人心眼太多，本能地讨厌他，心里不愿意跟他多打交道。话说完了，她就扭身往一边走。

往哪儿走，给我逮住！徐怀义一声令下，身后跟着的几个人抓住了洪丹风。

你们放开我啊，放开我啊！洪丹风大喊道。

但这时已由不得她了，徐怀义领着几个残兵败将，拉扯着洪丹风向延河对岸退去。

延长城很快就被攻下来了，汪镜河带着骑兵连退到了河对面，与红军主力隔着河对峙，负隅顽抗。

贺山子因为被手榴弹震伤了耳朵，耳朵里出了血，这阵被送到医院去了。苏作相领着其他游击队员从北边的山头攻下来之后，直接就赶到石油厂来了。

陕北石油勘探处开设后，就与原石油厂合二为一，大本营也扎在这里。苏作相带人赶过来，原延长石油官厂——现陕北石油勘探处的大门关得死死的，十多个持枪的人趴在墙头守着。孙越崎以及一些跟随孙越崎来的高级技工都躲到了厂子里边。这些矿警队员们也个个参加了延长城里的战斗，但因为节节败退，就都退缩到这里来了。

我们一定要守住，张宏霖对大家说，誓与石油厂共存亡！

苏作相领着一些游击队员赶到了。面对着戒备森严的勘探处，苏作相呐喊道：投降吧！国民党的军队都败退了，民团败退了，延长城都不守了，你们还在这里守什么！

张宏霖答道：这是国家的财产，交到我们手中，我们绝不允许这些财产落到你们手中。

当此之时，受伤的贺山子还在医院。但听说苏作相带人攻打陕北石油勘探处了，他操心着哥哥的安全，就又赶来了。

双方相距五六十米远僵持着。贺山子赶来了，看见张宏霖领着人在这儿守着，他喊道：张宏霖，我是贺山子，国民党早就靠不住了，这天下迟早是共产党的。现在马清波跑了，姓张的连长被打死，汪镜河都撤退了，徐怀义被我们打败了，你一个人抵抗又有什么意义呢？

但里边没有任何声响。贺山子操心哥哥的安全，就又喊道：哥，你在吗？我是山子啊，我想和你说说话。

院子里静悄悄的。

贺山子大着胆子往前走了几步，突然就听里边喊道：不许再往前一步，再走一步我们就开枪了。

贺山子以为哥哥在里边，就停住了脚步，说：张宏霖，你叫我哥来，我想和他谈谈，没伤害你们的意思。你看，我身上枪都没带。接着他又往前走了几步。

就在这时，突然砰的一声，一颗子弹打了过来，擦着贺山子的耳朵飞过去了。贺山子赶紧趴到了地上。院子里传来了呐喊声：不许过来，快点回去，谁要靠近这个厂子一步，我们张队长有令，格杀勿论。

贺山子扭头望着苏作相，问怎么办。苏作相心想，现在刘志丹的队伍正和南边的敌人酣战着，枪声还在响。这里十多个人，十几杆枪，不及早解决的话，如果他们从背后再袭来，自己的队伍会腹背受敌，那可不是闹着玩的，会吃大亏的。

大敌当前，只有一个办法——不投降，就消灭。苏作相冷冷地说道。

贺山子还心存希望，就又给苏作相说：再给他们一点时间吧。接着他又呐喊道：学文哥，宏霖哥，我是山子啊。你们快点投降吧，放下武器。城里多少守军都被打败了，你们抵抗也不外乎是多死几个人啊。你们有爹有娘，有老婆孩子，我们可不愿意伤你们的性命啊。

贺学文不在这里，但这里有孙越崎，还有他领来的大部分高级技工。这些人都藏在勘探处，得知勘探处被红军包围了，个个都如同热锅上的蚂蚁，惶惶不安。他们以为，红军来了就会杀掉他们，这一阵，他们把所有希望都寄托在张宏霖这个勘探处的总保卫科长身上。张宏霖自是鼓足了劲，他已下定了决心，要和厂子共存亡。有他在，大家就在；有他在，厂子就在。再说他与贺山子还有一枪之仇呢，他可不相信共产党会饶了他。

听到贺山子的喊话，听到整个延长城已被红军占领了，院子里几个矿警队员动摇了。他们悄声对张宏霖说：科长，我们就放弃抵抗吧。你看看这世事，靠咱们几个能顶住吗？你再看看，在国民党手里这厂子究竟好好经营过一天没有？三天两头折腾，咱们还没被折腾够吗？

不，坚决不投降。张宏霖说。

可是，我上有老下有小，我死了，我老婆娃娃可咋办哩。其中一个矿警队员胆怯地说。

孬种！张宏霖骂道。

这时另一个队员说了：队长，你不愿意投降就别投降吧，反正我是不打算打了。说着他把枪扔到了地上。

张宏霖看着这个队员，举起了枪，瞄准了他。但举了几秒，还是放下来了。他冷冷地说：你们都投降吧。国家把厂子交给我保卫，孙处长与好多南京来的高级技工都在这里哩，他们眼睛正看着我们呢。难道就这样把厂子拱手让给共匪不成？养兵千日，用兵一时。有我在，厂子就在；厂子亡，则我亡，没有第二句话。你们愿投降的就投降吧。

听到他的这席话，这一群队员面面相觑，都不知道该怎么办。

没听到吗？愿投降的就把枪放下，出去。张宏霖说。

几个队员听了张宏霖的话，其中有一个将枪放下，然后抱着头走了出去。他一出大门就喊道：别开枪，我投降，我投降！接着大门里出来了第二个，第三个……

矿警队里总共有五个人放下了枪，然后他们抱着头都走出了大门。

不愿投降的跟我上。张宏霖说着站上了事先架设好的木架子，将枪口对准了墙外。剩余的十一二个人也都像张宏霖那样一个个上了架子将枪对准了外边，向贺山子他们开了枪。

双方开火了。

外边的十多个人由苏作相带着朝里打，里边的人趴在围墙上朝外打。很快双方都有人负伤倒了下去，也不知死活。

贺山子看到这情况，就又一次喊着让双方停了下来。他躲在树后，大声说：张宏霖，不要打了，能屈能伸是大丈夫，我们和石油厂的兄弟无冤无仇，为何要自相残杀呢？你死了不打紧，但是为什么还要把兄弟们的性命都赔上呢？我们红军只杀十恶不赦的坏人，我用性命为所有的工人担保，为勘探处的所有职员担保，红军绝不会伤害他们。你们想啊，即使我们解放了石油厂，石油厂还要生产啊，还需要专家啊，还需要工人啊。你说是不是？

里边的枪声戛然而止。

寂静了良久，有一个队员将枪从墙上扔出来了，说：我不打了，我投降。接着他下了架子，举着双手从门缝里钻出来了，接着就有第二个也这般走了出来。

再接着，意想不到的一幕出现了，两名矿警队员将自己的枪从墙上扔了出来，然后下去直接将大门哗地打开了，大声呐喊道：红军朋友，你们进来吧，我们不打了，我们欢迎你们。

苏作相与贺山子见大门敞开了，但大家怕一时有诈，相互望着都不知该进还是不该进。贺山子就说：如果你们真投降，那就把枪全部扔过来吧。

那两名矿警队员听了，就从里边把枪都抱了出来，扔在了大门口，说：这下你们该相信我们了吧。

你们的张队长呢？贺山子还是有点怀疑，他并没有看见张宏霖的身影。

站在门口的矿警队员没有说什么，而是用手指了指大门里边，示意张宏霖还在里边。

贺山子这时就大声喊道：张队长，你看见了吧，这就是人心所向。你已经众叛亲离了，你还是投降吧，我们红军不会和你记仇的。

他话音刚落，只听里边砰的一声，接着门里边跑出了一名矿警队员大声说：快点，不好了，张科长自杀了。

门外站着的两名队员也急忙反身向里边跑去。

贺山子听到了这个消息，不由得全身一颤，此时他顾不得危险，连忙跑了过去，跑进了大门。只见大门后的围墙旁，是一些用油桶和木料等支起来的架子，刚才守厂的矿警队员就是站在这里朝外射击的。再一看，门旁几个人正围着张宏霖。他连忙跑过去，只见张宏霖已倒在了血泊中，他头上的血正汩汩往出冒，脸上都是烟灰。贺山子一把将他抱到了怀中，疾声呼喊：宏霖哥，宏霖哥，你这是何苦啊！

张宏霖嘴唇动了几下，似乎想说什么，但没有说出来，头往左边一歪，一下子就没了气，倒在了贺山子的怀中。

自钻第一口井起张宏霖就到了这个厂子，这些年，他勤勤恳恳干活，一步一步当上了石油厂的工务科长兼矿警队队长。后来陕北石油勘探处成立，两个单位合二为一，他就成了总保卫科长。今天，他眼看着自己没法保卫这个厂子了，这个厂子要被别人占领了，他心里根本不能接受。再说，还有孙越崎及一大帮高级技工以及专家都在这里，他更觉得自己没法跟他们交代，没法跟国民政府交代。所以，他选择了逃避，选择了死亡。

当初，在碟子沟，他追赶贺山子，贺山子当时就说：石油厂总会有一天是我们红军的，那时恐怕你后悔都来不及了。他当时说：我不会后悔的，只要有我张宏霖在，厂子就不会属于别人。最终他以这种方式兑现了自己的诺言。

其实，在临死之际，他最想对贺山子说的话是照顾好黄桂芝和张一井。但这句话还没来得及说出，他就永远地离开了人世。

第五章

民团被打散，跑到后九天去了。骑兵连长张文正被打死，所属部队也都作鸟兽散，只有汪镜河率领五六十名士兵守在河对岸，苦苦挣扎，等待援军的到来。

红军攻下延长城以后，士气大振，集中火力全力对付汪镜河。很快汪镜河的部队就守不住了，他只能带领队伍向宜川县境内撤退。红军一鼓作气，急追猛赶，到天黑之际，活捉了汪镜河，抓获了不少俘虏，并且意外地把躲藏在一个小村子的县长马清波给抓住了。

延长解放了。

红军解放了延长，也接收了陕北石油勘探处。贺山子念及旧情给张宏霖选了一块墓地，位于高奴山的半山腰，这里向阳，呈簸箕状。站在这里，可以看得到石油厂全貌。黄桂芝带着女儿张一井参加了葬礼，她悲伤万分，痛不欲生。

新的一天，红军在石油厂的院子里召开了盛大的庆功大会。会议由苏作相主持，刘志丹同志亲自讲了话。他主要阐述了红军的主张，给大家讲解红军是人民的队伍，和老百姓是一体的，号召离开家园的老百姓赶快回家种地。

接着，在本次解放延长城的战役中被俘的国民党兵被押上了台。此时，连长汪镜河已被枪毙，这些被俘的士兵十分害怕，怕被红军毙了，个个耷拉着脑袋，站在台子上哆嗦不已。苏作相讲了红军的政策，然后说：兄弟们，你们在家也有妻有子，有父有兄，当兵打仗也是不得已。不用害怕，红军优待俘虏，不会杀掉你们。只要你们不与我们为敌，我们都欢迎。你们愿意留下来的，就参加我们的队伍；不愿意的，我们也不勉强，发给你们路费，让你们回家。只是你们回去后，不能祸害乡里，不能再参加国民党军队来打红军，如果再被我们逮住的话，绝不饶过！

当下，这些被俘的几十号国民党兵，纷纷开了口，有的愿留下，有的愿回家。愿留下的，红军就发给他们军装、军帽；愿回家的，就发给他们路费，让他们回家。

紧接着，跟着张宏霖与红军战斗的十几名矿警队员也被押到了台子上。苏作相问他们的意见，如果愿意在厂里工作，可以继续工作不受任何影响；如果愿意离开，红军给他们发路费，石油厂将会给他们结清工资。说着，就命令给这些人松了绑。这些人本都是普通工人，平时与张宏霖相交甚好，家里上有老下有小，都等着自己在石油厂赚的一点钱养家糊口哩。听到这句话，感激得涕泪横流，都表示愿意继续留在厂子里工作。

正开着会，台下有人递了一张字条到台上来。字条传给了苏作相，他看了看，笑着说：大家可能关心着你们孙处长与贺主任的安全。孙处长已安全回上海去了；至于贺主任呢，我们可能要根据他的表现再来适当地安排工作。但我可以向大家保证，他此刻是安全的！接着他又环视了一下大家，说：我们共产党人说话算话。我用人格担保，贺主任是非常安全的！

大会还宣布任命苏作相为延长苏维埃政府委员，同时兼任石油厂的党代表，领导工人生产，恢复石油厂的正常运行。

大会最后，几个战士将马清波拉到了台上，苏作相在大会上宣布了他的罪状，然后把他拉出去枪毙了。大家拍手叫好。

会议开完，杀猪宰羊，出安民告示，宣布延长县彻底解放。老百姓都在盼着这一天，大家敲起锣鼓，扭起秧歌。红军在街上贴布告，对于罪大恶极的，张榜公布其罪状，发出通缉令；对于其他人，即使有过与国民党合作的，都不予追究；而对于一般民众，只要回来安心种地，新成立的政府就会给予大力支持。

贺学文这个书呆子，实在是倒霉透了。在红军打延长城的前几天，山雨欲来风满楼，许许多多有钱的、有势的听到风声就都跑了。洪丹风督促他快点离开，说：呆子，快点走吧，红军就要打进来了，他们进来是要杀人的。

由于刚任永坪勘探处主任，贺学文的呆劲又来了，他一门心思在书本里，在他打的这口井上，对世事不大关心，好像红军来不来，他都无所谓似的。他敷衍地说：再等等看吧，仗怎么能说打就打起来呢！

其实，让贺学文放心不下的是位于永坪矿区的这口正在打着的井。目前这口井正打到节骨眼上，那是王竹泉、潘钟祥他们绘的图，贺学文通过和两位专家的交流，坚信这里会有石油。井已打到二百多尺深了，仍不见油，他每天都要到工地实地去察看一下。

其实，丹风劝贺学文走，她自己也不确定能去哪儿。她虽是四川人，但自出生就跟着父亲漂泊，半辈子都在陕北，现在也没什么地方可去啊。她来延长的时候，也只是听说贺学文在这里，就动了心思来了。恰恰贺学文也仍在日夜想念着她，并且还是单身。如今，红军要打进来了，她想，自己手头还有点钱，凭贺学文的本事，完全可以投靠同学，在西安或北京等大城市换个更好的工作定居下来，不用整天在这里提心吊胆，总是为性命担忧。但究竟到哪里去，她脑子里也是没有计划的。

大家都说共产党红军要来了，他们是杀人不眨眼的。丹风说。

可是我怎么走得开啊，我是半个厂的负责人啊，我走了，工人们可咋办哩？贺学文把眉头拧得像麻花。

就这样，一个人说着，一个人拖着，一拖再拖，就拖到了真正打仗的这一天。

这天早上，本来丹风套好了马车，装好衣物，大声喊着让贺学文一起离开，她听别人说再不离开恐怕就没机会了。

贺学文上了马车，想了想，又下车了，他心里还在想着那口井。他望着井的方向说：如果按先前进度的话，今天，就应该有油流出来了。

我的老天啊，你真是个呆子！你看看，大家都在跑，都在逃命，就你还想着你的油井。你傻啊！丹风说。

贺学文望了一眼油井的方向，仿佛像想起什么似的，他对丹风说：等一会儿，我马上就回来，等我回来咱们再走也不迟。说完，他也不管丹风答应不答应，径自走了。

丹风没办法，只好对着他的背影喊：快去快回，我在这里等你，不见不散啊！

贺学文出得门来，叫了个农民赶着马车，两人沿着弯弯的山路走了一上午，马车就在一座山前停住了。这是一个远看像象鼻子一样的山，井就在这座山的半山腰，地势比较高，周围是堆积的石层。离得老远，可以瞧见孤零零的井架。

贺学文要赶着马车的农民在山下等着，他独自上了山。

山上，打油井支起的井架还在，但却没有一个人了。井里打出来的石渣混着泥土翻卷在一旁。

天哪，咋会这样啊！贺学文站在井架旁四处张望着，但四周风在呼呼地吹，却没有一个人影。原来，昨天打井的工人听说马上要发生战事，担心性命不保，就偷偷地跑了。

贺学文心里很难受，自出狱后，这口井就成了他最大的希望。按他的计算，打三百尺深肯定会见油的。可现在要接近油层了，工人却跑掉了。他真是欲哭无泪啊。他捡起和泥土搅在一起的石渣，拿在手中看着，然后用手小心翼翼地捏碎，看着这黑色的有些黏性的细末从手指缝中一点一滴地落下，他的泪水就忍不住流了下来。

他孩子似的哭起来。呜呜的，很伤心。

贺学文正在伤心地哭着，这时，远处传来了喊声：站住，不许动！

贺学文扭过头，看到后边有两个持枪的人撵过来了，他第一个想法就是跑，他连忙站起身来，要离开。但枪响了，砰的一声，子弹从他的耳旁呼啸着飞过。

再跑就打死你！后边的人大声说。清脆的枪声使贺学文一下子停住了脚步。

身后两个红军战士提着冒烟的枪赶过来了：你是什么人？

农民。贺学文说。

农民？一位战士绕着贺学文来回看着。他看到贺学文穿的西服，就用手扯了一下，看了看布料，讥讽地说：你是农民？农民有你这样的穿戴吗？

贺学文不吭声。

另一个战士上前搜了贺学文的身，从他身上搜到了一张图纸，上面画满了密密麻麻的符号。

我看是特务，肯定是来边区搞破坏的。一个说。

我真的是农民，就是山下的农民，听见枪声吓坏了，打算找个地方藏起来，看这里能不能藏身。贺学文急中生智编着谎话说，此刻他只想脱身。

别撒谎了。一个持枪士兵用枪头戳了一下他，说：走，跟我们走一趟。

到哪儿去？

到指挥部去。那个兵用枪指着他说。

贺学文一听要到指挥部去，心里一沉——真是不听老人言，吃亏在眼前。但此时已经由不得他了，他只能不情愿地走着，一边走，一边唠唠叨叨地解释着。

不要说话，走！两个兵跟在身后，都持着枪。

贺学文闭了嘴，只有低着头走路的份儿。

下了山，那个农民还在路上等着，贺学文这时想到了丹风，就给农民说：你回去给丹风说一声，不要乱跑，安心等我回来。

农民看到两个当兵的持着枪押着贺学文，就悄悄地说：你真是个呆子，这回，连命也搭上了。

贺学文一被收押，红军马上弄清了他的身份。第二天，贺学文就被押送到红军大本营——延川县的永坪镇。

永坪镇原本是个小村子，由于处于安定、延川的交界处，又位于榆林至延安、西安的交通要道上，慢慢地，这个地方的人就越来越多了。一个月前，这里被红军占领了，指挥部就驻扎在一个地主的院落里。

这是一排崭新的石窑，红军来了，地主老财跑到城里去了，这十多孔窑就空下来了。在院子外面的围墙上，一边写着中华苏维埃政府万岁，另一边写着建立工农联盟的字样，门口有个十四五岁满带稚气的孩子在站岗。

贺学文被押到了这里。

贺学文被带到中间的一孔石窑里，不久，站岗的小红军就带着苏作相进来了，贺学文又一次见到了苏作相。

苏作相笑着给贺学文倒了一碗水，然后要他坐下来，放松些。

贺学文坐了下来，望着忙前忙后的苏作相。但一瞬间，他又想到自己是阶下囚，情绪就又失落了。他低着头不吭声。

唉——贺学文长长叹了一口气。

为什么叹气呢？苏作相说，我们本来就打算请你来哩，现在既然你来了，咱们就明人不说暗话。我们有个想法，边区这一块地盘大，但没有财源，我们的意思是尽可能地加大石油产量，用石油为我们多赚钱，多支持边区建设。你对此有什么想法呢？

贺学文苦笑了一下，说：我身已被囚，还能有什么想法呢？

苏作相听到他这句带气的话笑了，说：采油是个技术活，我们管理厂子，没有那么多经验。我们党组织掌握个政治方向。至于谁负责生产呢？我觉得你就是个非常合适的人选，想任命你当厂长，盼着你能把这个摊子撑起来，尽快组织恢复生产，多为边区赚点钱。你看如何？

贺学文低下了头，不吭声。

苏作相看他神情有些萎靡，觉得他的思想压力还是大，就又说：我知道你可能还有顾虑，对我们党还有偏见。你在这里多待几天，到处转转，感受一下“红区”与“白区”有什么不一样，看看我们究竟是不是国民党宣传的那个样子，然后再做决定吧。愿意的话就留下来，待遇和以前一样；如果不愿意的话，也随你的便，毕竟强扭的瓜不甜嘛。但是，我们还是真诚地希望像你这样有技术的人才加入我们队伍中来。苏作相的话说得很诚恳。

这算是软禁吗？贺学文站起身来问。

呵呵，苏作相笑了。他说：贺学文果然是贺学文啊，快人快语。这当然不算软禁，来去自由。我们只是想让你多了解一些我们的情况，也许你会有意想不到的收获呢！

我现在就想回家。贺学文说。此时的贺学文一心想回家，因为他的心里还在挂念着丹凤。

家当然会让你回去的。苏作相脸上有了细微的变化，但仍然尽可能和颜悦色地说，不过我们这里还有一个人，我想你一定想见他的。我们也打算派这个人到石油厂去协助你工作，你们可以谈谈。

见完这个人后，我就可以走了吗？贺学文又这样问。

当然可以。苏作相说，边区从来都是来去自由的。

苏作相打开门来，让门口的卫兵去喊一个人过来。一会儿，一个英武高大的小伙子就从门里进来了。贺学文一见到这个人，嘴巴顿时惊成了“O”形——这个人竟是他的弟弟贺山子。

几年前，兄弟俩曾见过一面，和当初相比，如今的山子长得更壮实，身材也更高大了。他似乎有了职务，穿着一身红军军装，腰间挂着盒子枪，眉宇间自有一种英气。

哥，真没想到是你啊。你受罪了啊。贺山子握着哥哥的手说，还有一个人，你一定要见。

没想到贺学文第一次见到了传说中的刘志丹。只见他面容十分英俊，和蔼的面庞，满脸微笑着。贺学文一见到他，脑子里怎么都和那个先前国民党宣传的凶神恶煞的刘志丹联系不起来。望着他的笑脸，贺学文心中此时就有一种很奇怪的感觉，有了一种温暖感。这种感觉很快在他心里占据了上风，使他立时就不感到恐惧了。

更没想到的是，刘志丹知道他叫贺学文，是石油上的技术专家，留洋的学生。贺学文见他态度和蔼，话里并无恶意，就放松了许多。

贺学文还从刘志丹那里知道，当地的老百姓都在谈论着他的事迹，甚至还当成故事流传着。刘志丹一直做着他的思想工作，希望他能当这个厂长，因为贺学文懂技术，人缘也好，但也不硬逼着他去做不愿意做的事。最后承诺，红军说话算数。这番话终于打动了贺学文，他对共产党红军有了新的认识，心里的冰层也在慢慢融解，逐渐接受这个新的组织新的政府。

从刘志丹那里出来，贺学文叹了一口气，万语千言，不知从何说起。他现在很纠结，也很苦恼。他当初一再劝弟弟别当红军，可是，现在却正应了弟弟那句话，延长城成了红军的，延长石油也整个成了红军的了，而他却成了阶下囚。他当初怕的是生产出来的石油会助共为虐，而现在看来，他们还要他当这个厂长，生产出来的石油却实实在在的是帮着共产党去打国民党，去打国民政府了。

兄弟俩又寒暄了几句后，山子便告辞往外走。

这时，贺学文对山子说：你是想劝我留下来吗？

哥，你先住两天吧。咱们兄弟好久没见了，今天可得好好聊聊。

贺学文长叹一口气说：山子，我只想赶紧回去，不知道丹风怎么样了。

贺山子听到这句话，有点诧异，随即想了一下，说：哥，你可能还不知道，延长城解放那天，徐怀义将丹风掳上后九天了，红军这阵正在想办法解救呢。你就在这里等消息吧，等丹风一救出来，就送你回去，你现在回去也是一个人干着急。

怎么会这样？丹风被徐怀义掳走了？贺学文问。

我也是听人说的。说当时延长城乱，丹风在街上跑，正好让败退下来的徐怀义看见了，就将她掳走了，据说掳到了后九天。目前，红军已探明了消息，正准备解救丹风呢。

哦——贺学文长长地出了一口气。

所以，哥，你听我的，先在这里待着，到处看看，等丹风解救出来了，再送你回去。贺山子说。

可是……什么时间能解救出来？贺学文非常着急。

如果快的话，两三天内就有消息了。你放心吧，苏作相刚才已领着人走了。我们分析，洪丹风不是共产党，不是红军，徐怀义抓她是没用处的，估计不会为难她的。另外，国民党的正规部队都不是我们的对手，民团更不在话下了，你就等着吧！还有一个好消息，哥，红二十五军这几天就要与我们会师了，这几天正做准备呢。我们的势力要进一步壮大了。贺山子眉飞色舞地说。

就这样，当天贺学文就留在了永坪。

在等待丹风的这两天内，贺学文心急如焚，焦虑不安。但弟弟贺山子却胸有成竹，天天陪着他，看红军的营盘，看红军在操场上练习刺杀。贺山子看得津津有味，偶尔还去指点一下，但贺学文却毫无兴趣，忧虑重重。

第二天下午，两人走到操场上，见一伙战士正在打篮球。这是建在半山腰的一个篮球场，场地有些简陋，篮板也简单，就是一头栽两根木杆，上面钉一块木板，木板上钉一个箍木桶的铁环。两人走到这里，显然战士们和贺山子非常熟悉，看见他了，就邀请他一起打篮球。山子说：哥，你也打一会儿吧。

贺学文摇了摇头。他在日本曾经打过篮球，但多少年都没摸过了。那你等我会儿啊。贺山子说着，就脱了外衣递给了贺学文，然后上场了。贺山子身体结实，对抗能力强，一上场就成了主角。他奔跑着一连投进了几个球，场上掀起了一阵阵的高潮，围观群众的掌声与加油声此起彼伏。这一刻，一下子让贺学文忘记了烦忧，沉浸在了这种氛围中，心中有了一种热血沸腾的感觉，也不禁为山子叫起好来。

就在这时，贺学文忽然注意到场边有一个女人也在为山子加油。看着山子的每一次进球，她也高兴得拍手叫好。贺学文看了两眼，觉得很熟悉，但记不起来她是谁。

这时，这个女人也发现了贺学文。她走出了人群，来到了贺学文旁边，大大方方地伸出了手，说：你就是贺学文吧。你好。

贺学文伸出手跟她握了一下，他注视着这个留着青年头的女人，但怎么也想不起来她是谁。在延长地界，像这样打扮的，这么大方的女人，除过黄桂芝以外，他还没遇到过。

女人说：我叫邵秀英，大家都喊我邵大姐，是谭生金的婆姨。

哦。贺学文明白了。这谭生金与高郎月也是活跃在延长县的一支游击队的领导人，贺学文在石油厂也多次听驻军或者工人们说过的。这谭生金原先在他们眼里也和贺山子一样都是土匪的，他先前想着他们的老婆应该是山大王那类的，能踢能咬的。但哪里会想到，她竟是这般落落大方而又干净利落。

我家掌柜的常说起你哩，说你留过洋，是咱延长县的能人。这回延长解放了，国民党其他人都㞞包了，都跑了。你是咱延长人，土生土长的，就给咱领着工人好好打井，争取多采些油。邵秀英说。

邵秀英的这些话贺学文不知道该怎样答复。他看着她忽然就想起了黄桂芝来，就说：黄桂芝你认识不？她现在情况怎么样了？

当然认识啊。延长就这么大一点，咋会不认识呢！邵大姐说。

那她到哪里去了，情绪好不？贺学文问。

要我说啊，张宏霖这件事，怨不得别人，就怨他自己。他就一根筋，人家个个都精明得很呢，都投降了，就他不，死给国民党守摊子。他就不看看，国民党都快成棺材瓤子了，靠他一个人能守得住吗？把个孤儿寡母扔下了，这是何苦呢？

贺学文不爱听她这么说，就再问：那黄桂芝现在呢？

听说她一时接受不了，领着女儿张一井回乡下了，回呼家川去了。不过，等她缓上一段，我还打算让她出来工作哩，毕竟这延长城里没有几个能认得字的女人。邵大姐说。

邵秀英是个大嘴巴，说话口无遮拦，从不考虑他人的感受。听到她这些话，贺学文心里很不好受。张宏霖是自己的朋友，两人多年在厂里一起打拼，可是现在阴阳两隔，永远见不到面了。想到这些，他心里很难过。

就在这时，山子打完球也跑了过来。邵大姐见他出了一身汗，就从窑里打了盆水让他洗。

山子一边洗，邵秀英这个大嘴巴就在一旁唠叨着：你们兄弟俩可都是人才哩，一个学文，一个学武，都了不得，这整个延长城的人都常说起你们的故事呢。要我说啊，这回延长解放了，你们就可以撸起袖子大干一场了。

贺山子刚打球下来，他的情绪十分高涨，他一边洗着脸一边对学文说：队员们都等着我哩，吃了饭，还有活动哩。

吃过饭是队伍拉歌，所有的战士自带凳子在大操场中坐下来，然后分成两队，一队唱完另一队唱。轮到一个队了，也有整体唱的，也有个人独唱的。看来红军的部队这样的活动常常举行，战士们个个轻车熟路，大家情绪都非常高涨，一首歌又一首歌，高潮迭起，令人应接不暇。随着歌声与掌声，大家的情绪越来越饱满，总有唱不完的歌。唱的歌有新歌，也有老歌，但更多的却是一些改了歌词的民歌，也有一些歌就是老百姓平常唱的山歌。贺学文、邵大姐也被贺山子拉着参加了这个活动。在拉歌中间，有战士就提议贺学文唱一首歌，大家听说他留过洋，就建议他唱一首外国歌。贺学文不好意思，只是一再拒绝着。

贺学文，来一首！大家一齐鼓掌，贺学文，来一首！

叫你唱，你就唱，扭扭捏捏不像样！又有人喊道。

贺学文觉得再不好意思推辞了，就唱了一首日本民歌《樱花》。

一曲唱完，获得了大家一片掌声。

热闹红火的气氛感染着每一个人，也包括贺学文。他暂时忘记了忧愁，觉得自己年轻了许多，他唱完《樱花》后，也快乐地投入到歌唱中了。

晚上，贺山子来找贺学文。

哥，组织上要我和你谈个话，让你来担任石油厂厂长，负责全盘工作；我任副厂长，主要负责石油销售与保卫工作；苏作相主要工作在苏维埃政府这一块，但同时兼任这个厂子的党代表，负责联络协调等。你的主意拿定了没有？

党代表是什么角色？贺学文问道。

就是要在石油厂建立党的组织，要成立支部。这个经验是毛泽东同志当年在三湾改编时总结出的。他那时将支部建在了连上，使队伍有了支柱，有了核心。

正是靠着这个经验，红军一天天壮大起来。一个厂子也是这样，只有有了支部，才有了核心力量，才能经得起考验。

你是党员吗?

是。我去年加入的。哥，你也加入吧。山子说。

我不参加。贺学文说，我从日本留学回来那天起，就发誓拒绝加入任何党派。

哥，你听我说。我知道你的意思，你虽然不打算涉入政治，可是你能摆脱得了吗?你和宏霖他们在厂子里一心只想着多生产石油，可吃了多少苦啊。为什么呢?你以为是单个的事吗?你现在还没看透啊，是国民党整体腐败了，不是你一人能挽救的。你看看，现在日本人又占了东三省，可国民党却不打日本人，蒋介石要张学良撤到关内来，跟共产党打内战。蒋介石甚至提出“攘外必先安内”，这样的政府，你觉得有希望吗?不是我身在共产党就说共产党红军的好，这些事情你也看得到的。你在我们这里两天，你看看，官兵一致，谁也不搞特殊，大家齐心协力，士兵士气高昂。谁是未来的希望，你没感觉到吗?明天是谁的，这不是显而易见的嘛!

在这两天里，随着了解的深入，贺学文对共产党有了一种全新的认识，觉得这个政党纪律严明，处处有一股生气，做事完全和国民党不一样。但要他一下子思想上完全接受共产党的政治主张，加入他们阵营，他还是有顾虑。

你怎么就这么死脑筋呢!贺山子着急地说。

我从不加入任何党派，我只想从事技术工作，多为国家干点实事。贺学文说。

哥，你咋这么傻呢。你想想，有国民党当政，国家能富强吗?百姓能富裕吗?你一个人能创造多少财富?创造得再多也不够他们挥霍!你创造财富的最终目的是让老百姓过上好日子，可你看看，石油厂不是没钱，县政府不是没钱，可老百姓的死活他们管过没有?工人的死活他们管过没有?钱都哪去了，全都让他们贪污了啊。这次解放延长，说誓与延长城共存亡的马清波早早跑了，汪镜河放了两枪也跑了。他们说一套做一套，都是些什么货色啊。这样的人能靠得住吗？朱济壶为了救全城老百姓搭上了自己的性命，你被马清波关进监狱，全延长的老百姓都是明眼人，都看出来你们是被冤枉的，他们围城救你与朱济壶，甚至舍了性命救你们俩，他们什么也不图，就因为你们都是好人。可那些当官的难道不知道吗？有一个出来替你说话的没有？你看看现在，红军力量一天天在壮大，靠的是什么啊，就是老百姓啊，一呼百应，群众基础好。水可载舟，亦可覆舟，有这样的基础，怎能不得江山呢！哥啊，他们都这样明理，你为何还这样固执啊！

贺学文不说话了。他承认弟弟说的也有道理，但是要他马上就给共产党工作，他思想上还是有疙瘩的。

第二天，贺学文得到一个喜讯，洪丹风已被解救出来了，正在延长城里等着他。贺学文听到消息后，归心似箭，告别了永坪的红军，回到了延长。

洪丹风当初被败退的徐怀义抓到了后九天。后九天隶属于宜川县，在方圆百里是个非常有名的地方。当年，黑家堡黑宪章的父亲和二弟被土匪绑票勒索钱财。黑宪章单身跑出，并设计力杀二匪，一时在远近声名大振。由于土匪猖狂，黑宪章争取到国民党宜川县政府支持，于 1923 年在后九天建立了据点。后九天寨子位于这一带山梁的制高点。寨内分三层，可驻扎上千人，建有操练场、仓库、马棚等，地势险要，易守难攻。当年黑宪章在这里建民团，后受杨虎城委任并调遣至咸阳及外省与军阀打仗。1929 年陕西省政府代主席刘郁芬派警备区区长武天祯设计杀害了黑宪章。黑宪章死后，后九天寨子就逐渐衰败下来了。

徐怀义当初抓走洪丹风，并没有多想。洪丹风不是共产党人，贺学文也不是，抓她显然不能当人质，这一点他是清清楚楚知道的。只是在街上碰到丹风了，觉得洪丹风虽已四十出头，但颇有姿色，这个好色之徒就逮住了她。把洪丹风抓到后九天后，徐怀义原想着带领民团在这里固守，但现在的后九天已不是当初的后九天了，寨子已破败不堪。原先的许多窑洞，因为久无人住，早已坍塌，只有最上面的几间房子还完好无损。徐怀义把洪丹风押到这里，想占她便宜，但洪丹风坚决不从，闹着要自杀。这个徐怀义思来想去，所有延长人，包括自己的部下都知道她是贺学文的老婆，如果为了她这个半老徐娘在众人中将名声搞臭了，那自己以后如何在延长立足呢？所以，他就没有再为难她，只是派人看守着，思量着在关键时刻能不能把她当作一个筹码。但后来忽然间红军就在一个月黑风高之夜打进来了，他自觉不是对手，就带着残兵败将快速地逃到宜川去了，将洪丹风扔在了这儿。这样，没费多大力气，洪丹风就被红军救出来了。

贺学文回到了延长，听说丹风在石油厂，他就先赶到这里来。一进厂门，他感觉到一切都是那样的熟悉，先前的工人们都在。几天不见，世事已变，但工人们朴实的热情没有变。他们见了贺主任都赶上来七嘴八舌地问长问短，问贺主任这几天去哪里了，见到刘志丹没有。他们喜气洋洋地告诉贺学文，一打仗，大家都跑了，仗打完了，贴出布告让大家回来继续干活，连跑了几天的薪水也照样给发，这样大家就都回来了。还是咱的井，还是咱的油，还是咱们所有的工人。工人们围着贺学文你一言我一语地说着。

贺学文见到工人一个个都这么开心，心里头的疑虑也在逐渐散去。他对大家说了自己在永坪的经历，说见到刘志丹了，没想到他是个长得英俊的年轻人，很平易近人的。

工人们还告诉贺学文：厂里新派来了个党代表叫苏作相，他这几天在厂子里挨个问各家的情况，困难户还给予照顾呢。先前那个被日本人震聋的聋子，也就是受贺振生牵连被洪知县开除了的那个聋子，苏作相打问到了，了解到他生活困难，就又把他招到厂子守大门了。还有，刚入厂的李长青要结婚，可是穷得什么也没有，只赁了半间房子，另半间和人合租，就连结婚用的一床旧棉被，也是借来的。苏作相知道后，马上发动大家捐款，给他租了一间房子，并购置了两床新棉被，使他渡过了难关。现在大伙儿都齐心协力，盼着等着你回来，领大伙儿一起干活哩！

如果说，贺学文心里先前有一些雾霾，那现在就全部被吹散了。和工人们在一起，他被这种质朴的情谊感染着，心里热乎乎的。

被众多的人需要是多么大的一种幸福啊！

但是，贺学文此刻最急切的还是想见到洪丹风。

洪丹风呢？她在哪儿？

工人们听到他的问话，看着他着急的样子，就都笑了起来。大家围在一起，都笑着说没有见到丹风。贺学文从大家的神态与眼神中看出了端倪，他知道工人们在跟他开玩笑呢，洪丹风肯定就在这个厂子里。他要大家散开，于是，大家一排排闪开，在最后，在众人的身后，贺学文又一次见到了娇羞着的洪丹风。

原来，工人们跟贺学文开玩笑，故意把丹风藏在了他们身后，引贺学文着急。

看见了丹风，贺学文顾不得人多，上前一把拉住丹风的手，着急地说：丹风，我以为这辈子见不到你了。一句话说完，就有些哽咽了。

呵呵，小别胜新婚啊，让小两口进屋说吧。工人们吆喝着把贺学文与丹风推进房间，关住了门。

房间里，学文与丹风坐在床沿上，学文握着丹风的手，丹风这时候略显娇羞，脸上泛着红晕。

贺学文傻乎乎地说：丹风，我以为见不到你了。

你就是个书呆子，不让你乱跑，你就跑，走时也不把我带上。丹风娇嗔道。

我让你在家里等啊，你怎么在街上乱跑呢？

你就是傻子，枪炮声轰隆隆的，外边这么乱，谁能在家里待得住啊。你心里就只有井，哪里还有别人呢！丹风嘟着嘴埋怨。

嘿嘿。贺学文不好意思地笑了。过了一会儿，贺学文问：徐怀义没为难你吧。

没有，徐怀义大概觉得我没什么价值，就把我扔在一旁了。后来红军来了，他就跑了。丹风接着问，你呢，这几天你到哪里去了？

贺学文说：我到永坪去了，他们告诉我正想办法解救你呢，让我等着。哎，对了，你知道我在永坪见到谁了？

谁？

见到山子了。也见到刘志丹了，他是个非常和蔼的人。还见到邵大姐了，她现在妇救会工作。要不，我跟他们说说，你也去妇救会吧，你识的字更多。

我可不打算工作，世事这么乱。我有个想法，我看咱们还是待世事平静以后，离开这里吧。洪丹风说。

走不了了，他们要我当厂长哩。贺学文说。

你答应了？

嗯。贺学文今早知道红军救出洪丹风后，他答应了当石油厂的厂长。

洪丹风听到后长叹一口气，没说话。

贺学文敏感地捕捉到了这个信息，问：你唉什么哩，你不想让我干？

洪丹风情绪有些低落，但没有回答他的问题，只是叹息着说：世界之大，何处才是落脚之处啊。

这里啊，石油厂啊。这就是我们的家，就是我们的天，我们的地，我们会把家收拾得漂漂亮亮的；我还要补办一场婚礼，把你明媒正娶娶进家门。我们一起过日子，过普普通通的平凡日子。我们再也不分开了。贺学文有些语无伦次地说着，又握紧了丹风的手。

洪丹风听到这些动情的话，一时也忘记了委屈。她一把将贺学文抱进怀里，抚摸着他的头，喃喃地说：活着真好，活着真好啊。

贺学文仰起头来，用手抚摸着她的脸蛋，动情地说：上一次我差点把你弄丢了。这一次，任谁也分不开我们了。

两人十指相交，眼眶盈满了泪水。

经过一周的筹备，新的一天，石油厂召开了全体职工大会，由苏作相主持会议，会议上他提议由贺学文担任厂长，请大家举手投票。所有的工人听到这个声音，都把手举得高高的。接着贺山子被任命为副厂长兼销售科科长。同时成立了延长油矿党支部，由五个人组成，苏作相任书记，除山子外，还有高维新、李长青、郭宝仁。

会上苏作相发表了热情洋溢的讲话。这个精瘦的男人，满怀激情地讲道：同志们，今天大家在这里选举产生了新的油厂领导班子，我们这个石油厂将成为共产党的石油厂，回到了人民的怀抱。先前，我们油矿工人辛苦加班，不停地生产，可最后依然吃不饱穿不暖，甚至经常被打骂。今天将是一个历史性的时刻，历史将记住这一刻，也就是从现在起，有我们大家，有共产党的领导，这个石油厂将会给人民创造更大的财富。我们边区政府以前有盐井，现在有石油。产业的发展，经济力量的壮大，将会使我们的人越来越多，会使我们的事业进一步发展壮大。从这一点看，这个石油厂的回归是具有重大意义的。有人不相信我们能取得明天的胜利，觉得国民党那么强大，你们几个人几杆枪有那么大的本事吗？但是，大家看看吧，就拿陕北来说，在短短的几年间，尽管军阀打压我们，民团成天寻我们的麻烦，但我们的地盘还在不断地扩大，人数也越来越多。所以，从另一方面来说，我们主要不是靠枪杆子，而是靠我们的信仰，靠的是民心。“水可载舟，亦可覆舟”是中国历史永恒不变的真理，可国民党反动派不懂这些。他们不是不懂，而是他们不愿意懂，是揣着明白装糊涂。大家看看，马清波这个狗官被我们处决了，他在位时干了些什么？草菅人命，滥杀无辜，不顾百姓的死活，这些大家心中都有数。还有从我们厂里出去的徐怀义，大肆敛财，奸淫妇女，无恶不作。这些人当道，社会还能好得了吗？当初，井岳秀的部下齐梅卿驻军时，我们不费吹灰之力就把他消灭了。后来汪镜河、张文正两个骑兵连在延长驻扎，平时耀武扬威，要吃要喝，军饷没少拿啊，甚至也白喝了我们石油厂好些血。但真正打起仗来，就成屄包了，一个个溜得比兔子还快，红军赶都赶不上。

陕北有句俗话：从小看老。就是一个人小的时候是什么样子，长大就是什么样子，这话虽偏颇，但是有一定道理。大家别看共产党的势力小，但与国民党一比，大家就知道了，共产党就像早晨八九点钟的太阳，充满了希望。而国民党头顶生疮，脚底流脓，这叫坏透了，他们最终也会被老百姓唾弃的。

今天石油厂回到了人民的怀抱，我们选举产生了新的领导班子。大家别小看我们钻在山沟里，成天在地下挖的这种黑乎乎稠糊糊的东西，它的作用可大啦，并且随着时代的发展，会越来越重要，飞机、大炮、坦克，所有的机械都要用到这种东西。将来，可谓是谁掌握了石油，谁就能掌握战争的主动权。

同志们，我们要加紧生产，不断扩大规模，不断增加石油产量。目前，徐海东同志领导的红二十五军马上就要与陕北红军在永坪会合了，毛主席率领的中央红军马上就要到达陕北了，就要和陕北红军会师了！陕北就要全部成为“红区”了，这一切都表明我们的力量将会进一步壮大，胜利也会距我们越来越近。那我们工人呢，我们石油厂呢，就让我们多产石油作为与红二十五军、中央红军会师最好的见面礼吧。

讲话热情洋溢，一结束，掌声一片。

接着轮到贺学文讲话。

贺学文不善言辞，他老老实实地说：我以前不想干这个厂长，但是前两天从永坪回来以后，看到这么多的弟兄都在盼着我，等着我，我非常感动。现在既然答应了，大家又这么信任我，我就要把这个厂子办好，因为这不光关系到我自己，并且关系到所有的工人兄弟。大家都有老有小，有妻有子，要吃饭，要穿衣，我的意思，不论这个厂子是谁的，我们只是工人，是工人的话就得创造更多的财富，别让家里人白白期待。

贺学文简简单单说的几句话，赢得了大家雷鸣般的掌声。厂子里有好多工人，他们和贺学文一样，不懂政治，也不关心政治，他们关心的只是怎样将光景过好，使老婆孩子有饭吃，有钱花。

讲完话，接着照例有简单的文艺演出。工人们散开，中间空出一块场地来。鼓很快被抬来了，鼓面非常大，有三个人围着打鼓，同时也拿来了两副镲，咚咚咚锵锵锵，一时就敲开了。敲得一阵，鼓声停了，前来参加庆祝的红军文艺兵和延长一个应邀参加庆祝的私人剧团的演员唱了几首歌，最后，这些人就开始带领大家扭大秧歌。先是这些人带头扭。接着在他们的邀请下，院子里的工人也都参与到其中，有绸子的勒绸子，有扇子的拿扇子，什么也没有的，就空张着两手，在鼓点的指挥下一个个扭了起来。领头的是延长县赫赫有名的伞头王三娃，他领着大家，将队伍由两列变四列，再卷白菜心，再变蛇抱九颗蛋；接着一圈圈散开来，变成四列队，四列队又变成八列，然后队伍一排排按纵列在主席台前站定了。

这时只听王三娃唱道：

延长如今改了天，
红军来把世事翻，
翻身人民做了主，
延长百姓笑开颜。

延长油矿开采早，
共产党来了产量高，
多钻井来多抽油，
支援前线做贡献。

他每唱一段，大家就集体跟唱最后一句。

台上坐的几个人看到这情景不禁鼓起掌来。

为了庆贺厂子回归人民，庆贺新领导班子上任，厂子特意杀了一头猪，在院子里炖了锅大烩菜，让大家好好吃一顿。

有饭吃了，就要有酒喝。本来厂子里没准备酒，可是有些工人们还是私下买了酒，到吃饭时就拿出来大家一起喝。贺山子尽管酒量大，也招不住大家劝，一会儿就醉了。苏作相胃疼，不能喝酒，勉强喝得一杯，就告辞了。洪丹风怕贺学文喝酒，就招呼着他，要他吃了饭早早回去，可一大堆工人兄弟哪里肯啊，他们拦住不让贺学文走，非得挨个敬他酒不可。一会儿，这场饭局反倒把贺山子与贺学文兄弟俩给喝多了。

醉汉碰酒汉。本来今天兄弟俩双双任职，是件高兴的事，可两人都喝得有些多了，遇在一起，手拉着手，说不了几句话，就又想到了自己一家人的遭遇。想到了父亲的仇人还远在天边，还不知什么时候才能报仇，兄弟俩就不由得抱头痛哭起来。那些灌他们酒的人此时就又返回来劝他们别哭，一个一个都埋怨别人让他俩喝多了酒。

一周后，贺学文与洪丹风申请登记结了婚。

延长的很多人都知道了他俩的事，他们为这一对多灾多难的新人终于走到一起而感慨不已。觉得他俩的爱情真是世间少见，离奇而又悱恻。不过，这也正应了有情人终成眷属这句老话。

在苏作相的安排下，这天下午，工人们给贺学文与洪丹风举行了简单的婚礼。大家在贺学文的房间里用石油厂的细钢丝绳拉了一圈简单的拉花，窗户上贴上了大大的剪纸“喜”字。

贺学文觉得自己年龄都这么大了，举行婚礼不好意思，就想低调些，也没大范围地给人说。可这件事还是被许多工人知道了，他们从自家拿来了贺礼，有枕头套，有被面，不一而足。黄桂芝没有来，托人捎来了自己亲手纳的两双鞋和两双鞋垫。

原本安排三桌饭，但来的人多，远远不够了。苏作相就召集大家临时在院子里另摆了三张桌子，每张桌子上都铺了新台布，都点燃了红蜡烛。贺山子提了几瓶酒来，与大家一起喝。五六十个工友都聚集在了这里。学文与丹风挨个给大家敬酒，然后两人在大家的要求下，又喝了交杯酒，气氛一下子就热闹了。

苏作相作为证婚人把一对鸳鸯枕送给他们，愿他们夫妻白头到老，为革命多做贡献。新任的延长县苏维埃政府主席谭生金也送来了礼物，竟然是一对大的核桃木箱子。贺山子本来没准备礼物，这阵着急了，他解下自己的枪，递给贺学文说：哥，我送给你一把枪吧。这把枪是我打民团缴获的。你看这世事这么坏，你就用它来护身吧。对于所有的东西，学文和洪丹风一一致谢都收下了。

丹风毕竟是女人，看到大家送了这么多的东西，花花绿绿堆了高高一摞，看着看着就有了眼泪，哭起来了。大家面面相觑，不知是怎么回事。见她哭了，就都来劝她，但越劝她哭得越厉害了，后来竟变成了号啕大哭。

原来，这阵子丹风想起了自己的一家人。当年父亲和一家人都在这里，后来父亲到横山任职，把她嫁到了横山，但父亲的这一任知县还没有做完，世事就变了。父亲就和家人一起回老家，哪里会想到半路上却遭遇土匪，哥哥被掳，不知下落。父亲回到四川，得了重病，一口气没上来，就去世了。今天这个喜庆的场面，如果父亲在的话，该多好啊。他看到自己又成家了，一定会喜出望外的。他大概怎么也不会想到，当初那个在他眼里非常有出息的孩子贺学文，如今就成了他的女婿。

丹风哭了一阵，在大家的劝慰下，心里好受了很多。她止住了哭声，看着此时都发愣的工人们，破涕为笑说：大家都别介意，我是高兴的，我想到家人了。我真想回一趟老家，看看他们啊。

苏作相说：现在还不行，世事乱，每个人自身都难保，出去不定遇到什么危险。等过几年吧，等全国都解放了，你愿意到哪里就和贺学文相跟着随便去。

洪丹风问：会有那一天吗？

苏作相点头说：肯定会有的，你们只要耐心等就行了。

贺学文握着丹风的手说：等国家安定了，我们就一起去看你的家人，去给你父亲上坟，我还要磕上三个响头好好感谢他呢！

苏作相打趣道：感谢他什么？他当初哪是培养你呀，那是在为他家培养女婿哩！

一句话说得大伙都哈哈大笑起来，丹风听到这话脸上顿时也有了红晕。

丹风长得美，虽然年龄稍大了，眼角有了鱼尾纹，但是今天她化了点淡妆，并且她从来没有下过苦，加之身材苗条，丰乳肥臀，这时在灯下，显得格外俊美。贺学文越看越喜爱，一时恨不得把她握在手心里。

众人闹腾了一阵，见天色已晚，便各自散去了。贺山子觉得丹风伤心是因为亲人不在身边，就对她说：嫂子，你不孤单，还有我呢，我也是你的家人。

丹风听了这话，就又要起泪。

贺学文说：山子，你看你，你嫂子刚刚好了，这阵又要被你说哭了。

洪丹风听到这话，破涕为笑，掩饰着说：山子，你也该考虑个人的事了，你年龄也大了。

山子嗯了一声。

丹风抹干了眼泪，看着大家送的一大摞东西，眼花缭乱的。又看到了旁边放着一把枪，就是山子给的那把枪。她把枪拿到了手里，一时起了兴趣，摆弄了半天，然后问：山子，这枪咋打？

贺山子接过枪来，利索地打开保险，然后把枪来回一拉，把子弹上膛，说：嫂子，就这样子弹压上去，然后瞄准，一扣扳机，就什么都不在话下了。

贺学文见枪里有子弹，就有点操心，他从丹风手中接过枪递给贺山子说：山子，还是你收好吧。

贺山子说：哥，我还有。虽然延长县解放了，但还是乱世，你要多操心些，有这个东西能防身。

贺学文就小心翼翼地把枪收拾到箱子底了。

一时没话，丹风就扯了一下贺山子，说：山子，你多关心点黄桂芝啊。她情绪很差，宏霖不在了，她还带着孩子呢，一个人挺不容易的。

贺山子点了点头，接着摇了摇头，说：她恐怕不会原谅我了。说完看着天色已晚，就起身告辞。

夜已经很深了，贺学文两口子把贺山子、苏作相送出了门，看着融进夜色里两人的背影，贺学文挥了挥手。

两人手牵手进了屋，关了门。蜡烛的火苗在欢跳着，仿佛也在为两人终成眷属激动不已。贺学文拿剪子将烛花剪了，在洪丹风身边坐了下来。

此时，夜很静，两人面对面却没了话语。

贺学文只是深情地望着丹风。在烛光下，丹风异常俊美，他望着望着就出了神，伸手将她的脸托住了，悄悄地说：丹风，你真美。

丹风看着学文异样的目光，就有些害羞了。她脸发烧，心也跟着跳了起来，忍不住倒在了学文怀里。两人十指相交，她喃喃地说：学文哥，我们终于有家了。这一切，真和做梦一样啊……

苏作相和贺山子告别了贺学文两口，走在回家的路上。

贺山子说：我真替哥哥高兴，他终于有了一个家可以安心过生活了。

苏作相一声不吭，埋头走着路。山子问：苏代表，你好像有什么心事！你怎么不高兴?

苏作相忽然问道：你觉得你哥会安心吗?

山子说：当然会啊，有了丹风，他就安心了。别的人不知道，我知道。他们俩小的时候就是一对金童玉女，我哥这么多年别人介绍的对象都不要，他心里一直藏着丹风呢。

苏作相说：即使你哥能安心，但我怕丹风还是过不惯这种穷日子。我总觉得她是个不安分的女人，她有自己的主见，她的行事风格和你哥还是有很大区别的。

山子听到这话，就呵呵地笑了，说：苏代表，那是你不了解他们啊。丹风生活坎坷，嫁给前任丈夫，所作所为也是迫不得已啊。现在两个相爱的人终于成家了，他们互相爱恋着，心心相印，这就是她能在这里生活下来安定下来的最大理由啊。有了这一点，还要什么呢？你放心吧，他们会安心的。

苏作相说：但愿是我多虑吧。说完两人就都不吭声了，只管埋头走自己的路，脚下传来了沙沙的声响。

延长石油厂的春天来了。

当此之时，苏作相是石油厂书记，贺学文是厂长，具有军事经验的贺山子负责油厂的保卫工作兼销售。又有高维新、李长青、郭宝仁等一批干将和得力助手，石油厂可谓是人才济济，如虎添翼。由于苏作相又兼任延长县苏维埃政府副主席，所以一切工作也都好协调，能理得顺，石油厂工作从而得以顺利开展。厂子里所有的工人，因为翻身得到解放，精神劲头足了，干劲也就愈大了。加之贺学文上任后又实行了一系列新的奖惩制度，虽然跟着孙越崎来的那些技术工人所剩无几，但石油厂工人的士气空前高涨，大家都对石油厂的未来充满了前所未有的信心。

贺学文新婚宴尔，意气风发，沉浸在一片喜悦之中。他把自己的喜悦之情化为极大的工作热情，投入到工作当中。他首先要做的，就是把先头停了的那口井打到底。

贺学文为属于永坪矿区的这口油井憋足了劲。一是这口井是由地质专家潘钟祥、王竹泉测定的井位。二是人们以前在这里发现了点点滴滴的油迹，符合“油露头”这个特点。三是这个井与延一井、新一井在一条线上。但这口井由于战乱，打打停停已一年多了。

苏作相与贺学文、贺山子一起来到了象鼻子山的半山腰。长时间没人，几场雨过后，杂草在快速生长着，把一切全都遮掩了。贺学文用手拨开草丛，看见了黑乎乎的井口，井口周围原来支起来的木架已被人偷走了。

就这儿了。贺学文说。

苏作相走过来看了一眼井口，说：你对这口井有把握吗？油厂的核心问题，还是产油量过少，咱们要多打几口像样的油井来振振士气，边区政府可是在等米下锅呢！

贺学文把几丛草拔了，把下面土捏到了手里，又慢慢撒开，说：再把这个井往深打一些，应该能出油。

我可知道你先前主打的几口井都没有油。因为是兄弟，贺山子就对贺学文直说道。

这一口，肯定会有。贺学文信心十足地说。

我看，还不如放弃吧，咱们重搭台子另唱戏。贺山子说，这口井打了好长时间了，也打了二百五十尺深了，还不见油。前一段，矿上把设备都运回去了，再拉上来、架起来谈何容易啊。

再打一百尺。贺学文又抓起一把下面的青色的沙土来，用手攥了攥，说，再钻一百尺，应该就有油了。

据说下面很难钻的，每天钻不了多少。贺山子说。

再难也要钻。贺学文坚定地说。

苏作相这时插话道：山子，咱们就听你哥的，他是厂长，是这方面的专家。

贺山子想了想，点了点头，说：好吧。不过，我丑话说在前头，如果钻不出来油的话，工人就都会骂我们的。这可是咱们上任的第一把火，一定要烧旺。否则，会打击工人积极性的！

苏作相知道贺山子为什么这么说，他就用眼望着贺学文。贺学文看着手心里的青石，说：我就不信这个邪，地下明明有油，却打不出来。给我再钻五十尺！

第二天，按照贺学文的安排，所有的钻井设备又重新用驴驮马拉人搬的方式运到了山上。设备进行重新安装，架子又重新竖了起来。

忙忙碌碌几天过后，象鼻子山上响起了轰隆隆的机器声，旧井重新开始了新钻。

贺学文这次铁了心，他在井边搭了个帐篷，支了一张床。白天工人们在这里钻井，他在这里时时注意着动向；夜里，工人们都回去了，他还待在这里，点着蜡，看着书，一遍遍研究着井里打出来的土质与石质。这样待了没几天，他身上先前的皮肤病就又犯了，起了一身疹子，奇痒无比。

丹风见他这般辛苦，就来劝他。劝了几次，他也不听。丹风知道他这次铆足了劲，想整出点成绩给大家看，就不再拖他的后腿，而是天天送饭到这里，偶尔晚上也在这里陪陪他。

这一天，丹风给贺学文送来了饭。看着贺学文吃得津津有味，还不时在本子上记着什么，她一时好奇，就蹲下身子去看，只见本子上密密麻麻记着：

……

初九日，修理铁杆。

初十日，休工，礼拜。

十一日，深度三尺，总深度达二百八十一尺。午后三时，钻头失坠。

十四日至十七日，取钻头。

十八日，午后四时，钻头取出。

十九日，休工，礼拜。

二十日，深度三尺，由二百八十三尺变青色岩石，由二百八十四尺处变黏土砂交盘。

二十一日，深度五尺，由二百八十九尺变青色石盘。

二十二日，深度三尺。

二十三日，深度四尺，由二百九十六尺变灰色石盘。

二十四日，休工，礼拜。

二十五日，深度五尺，由三百尺变青色石盘，由三百零一尺处变褐色石盘。

……

丹风看见密密麻麻的文字，就问：你这记的什么呀?

学文说：是每天打井的尺寸呗。

每天才进这么一点啊，一尺半尺的，三尺五尺的。丹风说。

土层钻得快，遇到岩石就慢了。但不管咋慢，总是在向下钻嘛，总会钻到油的。学文说。

洪丹风到帐篷里转了一圈，里面有一股潮湿的气息。丹风就给他把被子叠了，叠被子的时候有一本书就掉落在地了，那是当初洪丹风从日本人那里偷的那本书。洪丹风捡了起来，只见依旧是一些弯弯曲曲的字母与一些图形，但每页上都标注着文字。她看到了，心头涌起了万般感慨。

她思量半天，又悄悄地将书压在了枕头下，出得门来，心疼地望着贺学文。

贺学文一边吃着饭一边看着书。看着看着，忽然发现身旁的丹风在默默地注视着他，一声也不吭，就抬起头来问：你也吃呀。怎么啦?

丹风说：我已吃了，你吃吧。

那你坐下来吧。贺学文挪动了一下身子说。

丹风坐在了贺学文旁边，看着他，发现他比以前黑了许多，哪里还有洋学生的样子，衣衫不整，脸膛黑黑的，要不是鼻子上架副眼镜，几乎和本地的农民没什么区别。她越看越心疼，就说：下山吧，窑里暖暖和和的，这儿让山子他们照看着，再说我一个人晚上睡觉也怕，老做噩梦，老从梦中惊醒。

贺学文说：经历了战乱，你可能心理上受到伤害了，过一段就会好的。

我和山子打了赌的，我也给苏书记打了包票的，我一定要亲眼看着这里出油。

你又不是半仙，人家外国人都说没油的。丹风说。

半仙不半仙，要靠事实说话的。

哼。丹风哼了一声，扭过了头。

丹风就坐在贺学文的旁边，贺学文听着她出气比往日粗，就忍不住扭头看了她几眼，嘿嘿笑了。

你笑什么？丹风好奇地问。

贺学文说：看来这延长的水土还是养人啊，你来没多久，这身材也胖了，脸也黑了许多。

丹风用手指头戳了一下贺学文：你呀，真是个笨蛋。

怎么了？贺学文皱起了眉。

咱们家里要有大事了。洪丹风说得一本正经。

什么事？贺学文脸色突变，一把抓住丹风的手问：告诉我，什么事？

告诉你，咱们快要有娃娃了。

娃娃？在哪儿啊？学文还不知道她在说什么。

书呆子，在这儿。丹风指了指自己的肚子。我这一段时间身体不对劲，昨天让医生检查了，说我怀上娃娃了。让你再说我胖，再说我黑，还不都是你害的。丹风娇嗔道。

我的天哪，你咋不早点告诉我呀！嘿，我也要有娃娃了。让我看看。贺学文说着就将书扔到一边，忙乱地要扯她的衣襟。

傻瓜，早得很呢，才刚怀上。洪丹风赶紧把扯乱的衣襟弄好，她怕那边正在施工的工人们看见。

哈哈，我要有娃娃了。贺学文傻傻地跳了起来喊叫着。

就在这时，工地那边传来了一片呐喊声。

怎么了？贺学文与洪丹风就都站起身来朝那边张望，只见正在打井的工人们一个个纷纷往远处跑。

是不是出事故了？贺学文大吃一惊，连忙往出跑，丹风也跟着他朝那边打井的工地跑去。刚跑了几步，却见贺山子快速跑过来了：哥，有油了，出油了！快看啊！

贺学文与洪丹风就跟着贺山子跑了过去。跑到离井架有三四十米的地方，工人们这时也都聚在这里，大家都围着，举头朝井位看。

贺学文与洪丹风也举目观看，只见井架上用来抽油的木架子这时已散乱地倒在地上了，抽油的桶与缆绳也扔在了一旁，井的周围有一摊黑乎乎的油。

哥，打着打着，我们发现有油了，就想试着抽一下，结果刚抽了几桶，不知怎么弄的，一下子井里边就冒出油来了，流了一大摊。贺山子兴奋地说。

贺学文走近，看了看地上的油，是实实在在的石油。他听贺山子说得高兴，一时也似信非信，就说：那到底是怎么回事，你们再试着抽一下呗。

贺山子和工人的情绪此刻都非常兴奋，听了这话就有的支架子，有的忙着弄缆绳了。他们一边手中忙着，一边七嘴八舌地给贺学文说着刚才的情况。

过了一会儿，工人们把架子支好了，这时各就各位，就又开始抽油。结果没抽得几桶，可能是由于油抽得急的缘故，刚才的情形又出现了。一桶提出来，油就跟着从桶下面冒出来了。工人们就扔了桶，站到了一旁。只见油不断地从地下往上涌，冒到二尺多高的时候，油就散落下来，流到了井口周围的地上且慢慢地向四处溢开来，一会儿流了一大片。油井中的油冒了一会儿，就逐渐小了，最后又没了。贺学文没见过这种情况，觉得很奇怪，就又让工人抽，结果还是这样。一会儿，地上就黑乎乎、稠糊糊的一大片了。

工人们都没见过这个场面，都觉得挺稀罕。此时个个脸上、身上都沾着油，但个个兴奋异常，都望着贺学文，想听听他怎么说。贺学文看到这情形，估计这就是传说中的工业油流了，就说：应该是工业油流。快告诉苏书记，说我们钻出旺井来了。

可是我们得把这拾揽住啊，要不油流了多可惜啊。贺山子说。

就是啊。工人们也纷纷叫着。大家因为事先都没想到这种情况，当然也没做这方面的任何准备。本来都想着最好的结果就是打出一口和延一井一样的井来，每天能不断地抽一些就心满意足了，可哪里会想到是这样啊。

这口油井应该比延一井的产量更高。贺山子说。

好，大家停住别抽了，拿东西先把井口盖住啊，别让油一会儿又冒出来了。贺学文说。

一些打井的工人们听到这句话，就从近处找石头，可是满地都是黄土，即使有一些石头，也只是一些小石块。过了好大一阵，有几个小伙子从半山腰抬来了一块大石头，他们走到井口周围，踮起脚，把大石头盖在了井口上。有几个还嫌盖得不严实，又在上面压了些小石块。

算了算了，就这样吧。贺学文说。

就这样，大家眼睁睁地看着地上有了大量的油，这些油慢慢地向四处漫延着。

这时，苏作相和众多的工人听到消息也赶来了。看到此情此景，他非常高兴，拍了一把贺学文的肩膀，赞叹道：你可真能干啊，比日本人美国人强多了。

大家盯着这场面看了一会儿，苏作相说：这样吧，我们连夜开会，研究解决办法，别把油给浪费了。同时把打出油这个消息报告给刘总指挥，让他也高兴高兴。

洪丹风站在众人身后，看到这个景象，又听见大家都在夸赞贺学文，脸上满是欢喜。

石油厂当晚召开了紧急会议。

第二天就贴出布告招人，在工地安装抽油设备，修储油池，加大炼油任务。一时间大家忙得不亦乐乎。

到了八月，贺学文主导打的这口井的产量锐减了。但即使这样，石油厂的产量也相当于往年的三倍了，石油总厂的院子里新建了油池，盆盆罐罐几乎都储的原油。炼油也增加了一处，几班倒着不停歇。现在主要的问题不再是产油了，而是如何把所产的油销出去，把真金白银换回来。老百姓点一些煤油，用不了多少，西安先前设有销售点，但自从石油厂收归苏维埃政府后，那个点也就自然不存在了。还有，此时国民党共产党水火不容，国统区商人是不敢来的。面对着生产出来的大量的油，苏作相就组织大家开会，和大伙分析来分析去，觉得只有和阎锡山做生意才是唯一的一条路，因为他一心盼着壮大自己的力量呢。

贺山子担负起了这个重任，他装扮成生意人从马头关渡口转道到山西，通过关系和阎锡山的一位姓董的军需官联系上了。价格一商量就成了，只是如何交付却成了大问题。

山西和陕西隔着黄河，两岸鸡犬相闻，有许多人还结有姻亲呢。但无陆路可通，最好的交通工具是船只，或者到冬天了，人们就直接踩着冰过河。在黄河沿岸，还有个传说，说狐是有灵性的动物，如果黄河结冰，发现哪里有红狐的脚印，哪里就可以过人了。

1934 年，孙越崎运来大量的钻井设备就是从沿海的大城市运到山西的大宁县，然后在大宁县用船载过黄河，就到了延长的凉水岸了。当时路程非常艰难，从出发到运至延长，历时六个月，但就是这一次艰难的运输却在黄河边至延长县城间留下了一条人力开掘的小路。现在利用这条小路把油运到黄河沿岸，就成了唯一的选择。因为只有这条路离山西最近，也最安全。

贺山子和董军需官联系好，双方商定在凉水岸这个地方进行交易。

凉水岸因石岸下有一股冰凉的泉水而得名，是延河汇入黄河的交汇口，地势宽阔，巨石密布。在古代，这里曾发生过许多战事，因而有一些古窑洞、古寨子等。站在这里，黄河尽收眼底，它宽阔而苍茫，犹如一条巨龙缓缓地摇头晃尾向南移动。

按照商议，军需官将在山西黄河岸的马头关等候，贺山子负责把油运过黄河，交给军需官，军需官将钱付给他。对于这种交易方式，有经验的老苏还是有所顾忌的。如果货给了，他们不给钱可怎么办呢？到时那可是在他们的地盘上啊，而且对方是正规部队啊。贺山子就说：不怕，我也是久经沙场，临时再想办法吧。后来，大家议了再议，但想不出更好的办法。今年，扩了编，红军力量壮大了，新战士都等着穿棉衣呢！这些石油换来钱可是关键的关键啊。所以，老苏就一再嘱咐，要求山子一定要注意安全，不能出一点的纰漏。

研究好细节，这时已到十月底了，河水冰凉刺骨。贺山子带着人把一桶桶油都运到了凉水岸，堆积起来，因为怕对方耍赖，怕出不测，贺山子就多带了一些人与枪，埋伏在黄河滩的巨石后边及附近的窑洞里、寨子里。

到了约定时间，对面阎锡山的军需官按时来了。他姓董，墩墩的个子，看起来面相倒还和善。他带领着二十名士兵，也带了一些载油的马车，都停在了对岸的沙滩旁。因为没有大路，石油要经过这些马车运到大道上之后，才能在大宁县用汽车运输。

按照先前约定，油运一半时，交一半的钱，油全部运完后，剩余的一半钱结清，款都用现大洋结算。贺山子他们一行人在黄河岸边找来了两条船，因为船太少，所以先运了两次，运过去十多桶油。军需官打开盖子嗅了嗅，没吭声，示意把其他的都往过运。两条船就又划回去，开始忙着运油。

两只船开始运，军需官就指挥士兵将这些运过来的油都搬上马车，先运走再说。贺山子当时在身边据理力争，借口要清点总数，不让他这么做。

军需官就说：都摆在这里，目标太大，走私油会掉脑袋的。

贺山子见山脚下有几株柳树，就说：那先把这些油堆在树下吧，目标会小一些。

军需官无奈，就应允了。这样，每一次运过来的油桶，都由士兵一桶桶搬到了山脚下堆着。那些士兵还折了些枝条，放在上面，将这些油桶遮了起来。

运到一大半的时候，贺山子让运油的船夫停了下来，对军需官说：董军需官，该结账了。

呵呵。董军需官递了一支烟给贺山子，说：难道你还怕我把你骗了不成?

贺山子说：我是生意人，不是怕你骗，而是不得不谨慎啊。

军需官朝后挥了一下手，说：拿钱来。后边就有两名士兵抬来了两个大箱子。他们当着贺山子的面把箱子打开，里边果然是满箱的亮晃晃的银圆。贺山子清点了一下总数，正打算要人把银圆带过河对岸。这时，军需官却让军士把箱子合住了，说：等运完，咱们一边点钱一边交货，各走各的人。

不行，必须按协议办事，货已运一半，该你交钱了。贺山子说。

你是怕我不给钱？我这么大个军需官，难道还骗你一个生意人不成？军需官有些生气地说。

这是生意，生意就得讲究规矩。贺山子不动声色地说。

如果给了钱，你不把剩下的货运给我们可怎么办？那可是在河对岸啊。军需官提出了质疑。

如果我给了货，那你不给钱可怎么办？贺山子反问道。

呵呵，看来这是个难题。董军需官打着哈哈。

贺山子扭头看了看他周围的士兵，说：董军需官，你看看，你领这么多兵，有这么多枪炮，而我只有五六名苦力，你想想，咱们对等吗？我敢不给你吗？贺山子说。

军需官盯住贺山子看了好一会儿，又想了半天，终于点了点头，说：那好吧，就依你的，我把钱全部点给你们！

贺山子把钱点清了，喊了两名船夫来，让他俩把钱箱抬到船上去。

就在两人伸手搬的时候，董军需官却伸手把箱子拦住了，说：兄弟，何必呢？现在船正忙着哩，咱们还是赶紧运油吧，待会儿运白银也不迟！

贺山子敏锐地觉得今天的事情有些蹊跷，恐怕要出事，他脑子里在急速地转着弯。继而打着哈哈说：银子还是先运过去吧，反正我人在这里，难道你信不过我吗？人不比钱更重要吗？

呵呵，那倒是。军需官说。

贺山子就在军需官的眼皮底下把两箱白花花的银圆让人搬到了船上。银圆是很重的，一搬上去就压得船晃来晃去。一会儿两箱银圆就摇摇晃晃地运过黄河了。

接下来，船只又开始运剩下的油。

费了好大劲，油终于全部运过来了。

眼看着大功告成，贺山子提着的一颗心终于放了下来。

就在这时，满脸喜气的军需官向贺山子伸出了手，说：合作愉快啊。贺山子以为他要握手庆贺呢，就也伸出手去。但没想到，军需官的手伸到半空中，忽然一把抓住了贺山子的胳膊，将他的胳膊扭到了身后。

你这是干什么？猝不及防，贺山子一下子被这个军需官压倒在地上，瞬间又把他的枪夺走了。

兄弟，得罪了。军需官说，银圆还是还给我们吧。

贺山子伏在地上，他明白了，说：你别着急，你看一看对岸。

军需官抬起头来看对岸，只见刚才搬货的几个人都不见了，河对岸的石头背后、山崖下，以及旧窑洞旁有二十多个荷枪的士兵都露了出来。

你究竟是什么人？军需官厉声问。

你以为生意人有这么大的能耐吗？我们是红军，对面就是我们的地盘，你只要敢动一动，恐怕今天你和你们的人都走不了了。贺山子说。

哈哈。军需官笑了。我早就料到你不是什么正儿八经的生意人。不过，你的那些人都在对岸呢，隔一条黄河天险，他们帮不了你的。

那么，你要我做什么？贺山子问。

你给你们的人喊话，把银圆还给我们，我们就放人。军需官说。

你想黑吃啊。贺山子说，既要了东西，又不给钱，你也不怕把自己撑死了。

少废话，快点喊话！军需官说。

好吧，那总得让我先起来吧。贺山子说。

那个军需官听到这话，就放了贺山子起来，但依然拿枪对着贺山子。贺山子起身，拍了拍身上的土，朝对面大喊道：这位军需官跟咱们交易石油，现在又反悔了，既要油，还要钱呢。大家说，答应不？

隔着一条黄河，对面的人也不知道听到了没有。但看起来，他们似乎在呐喊着什么，一个个把枪举起来又放下去，表达着一种情绪。

军需官用枪顶着贺山子，说：快点，让你们的人把银圆送过来。

你把你的枪拿远一点，小心走火，你看看我身上是什么。说着，贺山子缓缓解开了怀。原来他的身上绑满了炸药。贺山子说：我早就对你不放心，也就没想着活着回去。反正已完成任务了，你要开枪就开吧，咱俩同归于尽。

好好，算你狠。军需官看见山子满身的炸药，就有些胆怯，一边拿着枪，一边后退着。显然他怕有危险，万一爆炸就会炸死自己，他只想退得离贺山子更远些。但就在这个时间，趁他不注意，贺山子却一纵身跳进了黄河，猛地一头向水下扎去。

砰砰砰，董军需领来的士兵向水面开了几枪。接着，河两岸的士兵都朝对方互开了枪。

贺山子跳进了黄河，一头扎进了水中。两岸双方就互相乱射了一阵枪，但隔着黄河两岸，都占不到什么便宜，后来就停了。军需官指挥着众人悻悻地将油运走了。贺山子游到岸边，爬上岸来。矿警队员们个个都赶来了，大家都乐呵呵的，觉得完成了大任务，然后把银圆驮在了驴背上，背着枪往回赶。

矿警队员们个个抑制不住心中的快乐，有的就高声呐喊着唱起了歌。

是啊，自从共产党接管延长石油厂以来，打出了一口大油井，生产出了大量的汽油，如今又拿油换回了史上最大的一笔收入，有什么理由不让他们高兴呢？

然而，谁也没想到的是，就在他们快快乐乐在山路上往回走的时候，危险也正一步步向他们靠近。

贺山子领着一行人从凉水岸回县城，要穿过一条沟，翻一座山，然后沿南塬走几十公里的川路才能回去。他们走到了老鸦沟。老鸦沟是一条狭窄的沟，沟里有一条小溪，沿着小溪有一条山路，山路盘旋而上。二十多个人正在走着，这时突然沟顶传来了枪声。

躲避！贺山子喊了一声，所有的人就都乱纷纷地寻找可以躲避的地方，有些躲在石崖下，有些躲在了岩石和树后。

山顶砰砰砰一阵乱枪声，贺山子身旁有一个矿警队员倒下了。

山沟里川道狭窄，回旋余地小，贺山子不知道遇到了什么情况，他躲在了一块大石头后面，带领大家一面朝上还击，一面大声问：你们是谁？为什么要打我们？

哈哈。山顶上露出一个人的头，他喊道：我们是樊老二的队伍，我们并不是和你们过不去，我们只是和钱过不去。留下钱，就没事，我们只要钱，不要命的。

樊老二你们不是在黄龙山吗，怎么又回来了？贺山子看情况紧急，让一个队员抄近路赶紧回去通知大部队增援，他在这里喊着话尽可能拖延时间。

妈的，哪里有钱哪里就有老子。上面喊话道。

樊老二，我是山子啊。山子大声说。

老子不认识什么三子四子的。站在山顶的那个人说。

贺山子从石头后挺出身子来，对着山上说：樊老二，你看看，我就是当年的贺山子啊，我和转儿还是朋友呢。

你小子啊，当年跑了的那个啊，害得老子连夜搬家，老子还没找你麻烦，你倒送上门来了。山顶上樊老二说着，接着一梭子子弹就打了过来。

怎么办？矿警队员们眼睛都望着贺山子。

原来樊老二这群土匪被赶到黄龙山了，到处掠夺。偶然听到消息说，今天黄河畔有一笔大买卖，他们就伏在这里等着。哪里想得到，冤家路窄，恰好碰上了贺山子和他的矿警队员们。

怎么办？

硬攻显然是不行的，土匪是有准备的，他们也占据了高处，我们也不知道他们有多少人。看来只有先撤，再想办法了。贺山子说。

往哪儿撤呢？有队员问。

先撤到沟口吧，那里地形比较复杂。我们几个掩护，后边的你们几个，赶着毛驴赶紧往回走。贺山子安排道。

后边的几个队员就吆着毛驴往回返，山上的土匪发现了他们的动向，就砰砰砰开了枪，贺山子带领几个队员赶紧开枪还击。

山上的土匪吆喝着往下冲，贺山子他们几个掩护着吆毛驴的队员往后不断撤。双方一攻一守，走走停停，寻找掩体，不停射击。

双方人员都有伤亡。这一边是矿警队，那一边是土匪，都不是正规队伍，可谓是半斤八两，势均力敌，一时谁也占不了谁的便宜。

过了四五十分钟，贺山子他们退到了沟口，这时土匪也从山上尾追而来，追到了沟口。情况十分危急。

沟口的地方，是延河与老鸦沟小溪的交汇处，延河长年累月的冲刷，在这里形成了非常深的河槽，河岸上的几块大石头下就形成了坑凹，几个矿警队员想将毛驴赶到石岸下藏起来，但那毛驴胆怯，任你打死打活，也不挪动半步。有一个队员想了个办法，将上衣脱下来，将驴眼蒙住了，然后折了一把草，慢慢将驴引到石岸下藏了起来。

贺山子他们仍然还在路上，找一些简单的掩体还击着。但是，矿警队员们的子弹已所剩无几。他们本来子弹就不多，今天又在黄河上与阎锡山军队一番对射，浪费了一些子弹。现在，子弹少，土匪又追得紧，情况可是十分危急啊。而退到沟口，再就没处退了，一边是河，一边是悬崖。贺山子看到这情况，心急如焚。人是能跑了的，可以跳下河沿河槽跑，或者往山上跑，都没问题，但是银圆呢，怎么办？受伤队员呢，怎么办？

贺山子焦急万分，所有的队员也都焦急万分。

就在此时，另一侧的山崖上却传来了人声，有人在悄声喊着。听到喊声，贺山子以为是增援大部队到了。但抬头一看，却是一些素不相识的农民样貌的人。原来，那个回去报信的队员觉得返到县城实在太远了，就到附近村里给当地的农会组织说了。村里的农会领导人姓张，一听到这个消息就很着急，但村民手里没家伙啊。后来，他想了再三，就集合了十多个青壮年劳力，一伙人扛着镬锹赶来了。他们沿一条山路循着枪声来到这里，看到贺山子他们已被逼到绝路了，就沿山转了半圈，在石崖上面跟他们打招呼。

石油厂的同志，我是谭河村农会的老张啊，我带着村里人来了。上面的人悄声说。

山子和所有的矿警队员一看来了自己人，顿时大喜过望。但看着两队人马隔着一层石崖就都有些发愁，不知道该怎么办。

老张说：我们拿了绳子，把你们从这里吊上来吧。这儿有一条山路可以走。

贺山子一听高兴万分，就说：那好，先把箱子吊上去吧，那可是公家的。此刻在他心里，这些箱子要比自己的生命宝贵许多。

好的。上面说。

一时间有几个队员拿着枪射击掩护着，不让敌人冲过来。暗地里，一些人开始解箱子，然后把箱子用绳子绑结实，往石崖上吊。

紧追而来的土匪打着打着，听见这里枪声稀了，估摸着矿警队员们可能缺弹药了，就喊道：贺山子，快投降吧！我们只要钱，不要命！

贺山子说：想得美，我在，钱就在。

看来你敬酒不吃吃罚酒啊，那别怪我们无情了。给我冲！樊老二指挥一伙土匪起身，不顾死活向前冲来。

贺山子带领几个人守在路上，他瞄准一个刚露头的土匪，砰的一声，一枪过去，那个土匪立时倒地。其他土匪见到这情景，就都缩了头，一时不敢向前冲了。

这一边石崖上下，吊人吊箱子的行动还在有条不紊地进行着，两个大箱子都吊上去了。几名矿警队员也都扯着绳一个个往上爬。最后，路上只留了贺山子和四名断后的。

贺山子知道在这里多待一分钟就多一分危险，看到队员们被吊上去了，他说：撤！

负责断后的这四个人打了几枪，就都向后撤。

四人撤到石崖旁，这时敌人就从大路上追来了。贺山子让几名矿警队员先走，自己一人断后。等到他们都被吊上石崖去了，贺山子打得两枪扭头就跑，跑到了石崖下。这时上边的人呐喊道：快点，快点！

贺山子看见上头的绳子已垂下来了，他将绳子套在自己腰上，把双手腾开来，还抓着枪。上边几人就用力往上吊。就在这时，紧追的樊老二他们赶了过来，隔着河，近在咫尺，看见一群人正在吊贺山子，一个个就朝这里开了枪。一名在上面吊贺山子的村民中了枪，直接从崖上摔了下来。他手中的绳子一松，贺山子身子立即向下出溜了一截，好在上边还有别的人，还紧紧抓住绳子。上去的队员也都分散开来，朝四面的土匪开枪。一会儿，崖上面的人使劲将贺山子拉了上去。

拉上去后，贺山子才发现自己的左胳膊上不知什么时间已中了枪，血正在汩汩地往外流。

现在虽然双方距离近，但有这个石崖作为天然屏障，把敌我隔开了，贺山子和他的矿警队员们基本上到了安全地带。贺山子清点人数，发现村民掉下去一人，不知死活，矿警队员死了一人，不包括自己伤了两人。当时大家顾不得多想，一时边打边跑，村民们就背起那两名伤员，沿小路疾走。

等大家一口气跑到塬上，城里驻扎的红军来了，足有四五十个人，由苏作相领队。两支队伍遇见了，苏作相简短地询问了一下情况，就分头行动起来。

队员们本来心里紧张，此时见到自己人了，精神一下子就松懈了下来，又见死了人，个个就都垂头丧气地瘫坐在了路边。

贺山子坐在树下，靠着树干，有农会成员见这一阵清闲了，就给他进行简单的包扎。附近有一些村民还提了一些喝的水吃的馍给大家。贺山子和矿警队员们饿极了，就先吃一点，填一下肚子。这时他们听见山下枪声大作。原来，苏作相领着队伍在山沟里把土匪包围了，双方交上了火。

枪声持续了好一阵，后来就稀了。过得约一个时辰，只见红军押着七八个土匪来了，土匪们个个哭丧着脸。苏作相告诉贺山子，樊老二带领的土匪共计二十三名，跑了的有五六名，其他的一些被打死了，俘虏了八个。经过确认，樊老二也被打死了。

听说樊老二被打死了，贺山子精神为之一振，就想亲自去看看。但这时胳膊上的伤太疼了。他倚在树干上，只是喃喃地说：樊老二，樊老二，你也有今天啊。

苏作相说：就算是给你报仇了。我先前就说过的，多行不义必自毙，那些坏人，不是你除掉，就是我除掉。这个世界，无论何时都是有正义存在的，坏人总会有报应的！

贺山子这时自然而然想到了父母亲，他闭了眼睛，喃喃地说：爸，樊老二死了，是被我们红军打死的，也算是给你报仇了。你在天之灵这下可以安息了啊。他话未说完，就哽咽了，泪水已长流。

不要伤心，自古魔高一尺，道高一丈，还有徐怀义他们，都不会长久的。苏作相安慰贺山子说。

因为胳膊受了伤，回来后，贺山子就被送往瓦窑堡医院了，而这一去就是一个多月的时间。

这一次，贺山子完成了石油厂有史以来最大的一笔交易。事后，贺山子成了英雄，他的故事也成为延长石油的一段传奇。换回来的钱，一部分交给了上级红军组织，让红军买过冬的棉衣，一部分留作厂子的发展资金。为了这事，上级领导还专门给延长石油厂发来了贺信。

贺山子终因受伤耽误了时间，伤口感染，被截掉了一条胳膊。

有一天，他正在瓦窑堡后方医院养伤，忽然来了两个操着南方口音的红军干部。他们把他搀到另一个房间，在一张桌子前进行了一场严肃而认真的谈话。谈话是秘密进行的，但谈话的矛头却是针对苏作相的。

他们要贺山子谈谈苏作相有没有言行不一致的地方。贺山子人憨厚，想来想去，都想不出来。在他眼中，苏作相是他的领导，也是党的象征，他正是在苏作相的培养下成长起来的。他谈了和苏作相的认识过程，然后谈到了苏作相搞兵运、组织群众抗粮等等，热情洋溢地讲了苏作相许多故事。在他眼里，他跟苏作相交往多年，是苏作相领他走上革命道路的，他心中对苏作相充满了钦佩。他所有说的话，来的红军干部都一字一句地记录了下来，记得很细致。

在谈话的最后，来的人拿出了一张字条给贺山子看。贺山子接过来，发现纸已黄了，来回折着，边上有了许多小皱褶。展开来，见字写得很匆忙，有几处墨洇得已不成样子。而这张字条的内容却是他非常熟悉的。这正是当初苏作相要他去给王队长传的那张字条，苏队长还要他去亲自说情呢，结果最后苏作相的父亲还是被群众用镢锨打死了。

贺山子看见这张字条，就预感到是这张字条出了问题。但他一细想，觉得被杀的是老苏的亲父亲啊，他求求情又有什么不对呢？再说结果不是求情也没顶用嘛！最后老苏的父亲还不是被群众用镢用锨打死了嘛！于是他不再细想，而是实实在在说了当时的情况。两位操着南方口音的红军政工人员就把他说的全部记录了下来。

两位政工人员关于这件事问得很详细，贺山子不知道这件事有什么不对。当初那种情形那个血淋淋的场面又回到了眼前。从这两人的脸上也看不出他们的喜怒哀乐。他一边说着，一边心里就打开了鼓，到底发生了什么事呢？他隐隐觉得不会是什么好事，但是为什么要调查苏作相，他却想不出个门道来。在他心中，老苏虽然个子小，人精瘦，但却是一个实实在在的英雄。

最后，话说完了，他悄声问：苏代表有什么问题吗？

对方的一个人回答道：事情只有你知道就行了，你是党员，要守纪律，今天调查的事不得走漏半点风声。要再记起什么事儿来，就随时向我们汇报。另外，该你知道的，我们自会说给你听。好好养伤吧，听说是你为红军赚了不少钱，我们红军队伍都要好好感谢你呢。

说完，这两个人就离开了，剩下躺在床上的贺山子，百思不得其解。

贺山子在瓦窑堡住了一个多月院后回到油厂。他缺了一条胳膊，穿衣服只能穿一个袖子，另一个袖子空着。贺学文知道了，非常心疼弟弟。倒是贺山子流露出了一副满不在乎的态度。因为在这两年里，他见识得太多了，有许多战友都送了性命，而自己能安全活着，他已经心满意足了。

贺山子回到厂里，发现已不见了苏作相。他问大家苏代表哪里去了，大家都闭口不语，支支吾吾地没有人给他说实情。后来他才得知，苏作相被当作反革命分子秘密关押起来了。

他怎么会是反革命啊？贺山子满脑子都是疑问。

贺山子好不容易才打探到苏作相被秘密关押在油厂的一间库房里。那孔窑洞是过去建的原油库，因为怕石油挥发，所以当初建的时候地面都是处理过的，窗户留得也非常小。

贺山子向负责审干的同志提出见苏作相一面，说苏作相绝对不是反革命分子，自己认识他多少年了，就是跟着他才闹的革命。如果说他是反革命的话，那自己所有接触的人中就没有一个是革命的。

负责审干的同志拒绝谈这个问题，只是在本子上写着什么，不吭声。

贺山子被拒绝了，他很伤心。后来，贺山子就又想办法，他以副厂长的身份，提出因工作需要要清理库房，把那间库房中的油全搬出来。其实暗地里，他一是想见苏作相一面，问清事实真相；二是见苏作相和油在一块儿，也不安全，怕失火。负责审干的同志答应了，但只允许他带两个人前去。

贺山子叫了两个工人去移油库。在油库里他见到了苏作相。苏作相本就虚弱的身体更加虚弱了，瘦得几乎只剩了一把骨头。但他脸色很平静，像什么事也没发生过似的。房间里，土炕上仅有一床铺盖，其他什么都没有。在炕旁边，放着一根绳子，据说，白天就放开他，晚上怕他想不开自杀，就用绳子将他捆起来。贺山子听着这些，眼泪禁不住就流下来了。

他指挥两个工人清理库房，告诉那两个审干的人站远一点，说弄不好油库会爆炸的，有危险。审干的同志就站在了离门口老远的地方，那两个工人则忙着把室内的石油往出搬运。

贺山子趁这机会，悄悄对苏作相说：苏代表，这是怎么回事啊？怎么会这样，你怎么会被关起来，你会不会被杀掉啊？他满肚子的疑问。

苏作相说：这是“肃反”。

什么是“肃反”？

苏作相说：跟你一时也说不清。你知道，我曾多次想策反土匪，但没有成功，我的耳朵也是被樊老二割掉了，但这些事后来被人告了，说我跟土匪暗地里勾勾搭搭有牵连。另外，说我跟残害人民群众的土豪劣绅划不清界限。山子，你还是别问这些了，你虽是共产党员，但你读的书太少了。这样吧，我的东西别人都搜查过了，现在箱子可能开着，里边有几本书，你可以拿走，有空的话读一读，就明白了。你要知道，世间的任何事情都不可能一帆风顺，总是有曲折，尤其革命更是这样。但最重要的是无论什么时间，我们每个人都要坚定信心，坚定信念。

可是你……

这也算是革命路上必经的一段曲折吧。苏作相轻描淡写地说。

可是苏代表，我绝不相信你是反革命。你和家里决裂了，走上革命道路，这需要多大的勇气啊。这些年，你吃了多少苦，为红军干了多少事啊。咱们的队伍都是你一手带出来的！贺山子激动地说。

呵呵。看见贺山子激动的样子，苏作相淡淡地笑了，说：你别听风就是雨。我跟你说吧，刘志丹平时受的委屈比我大得多呢。好几次被革了兵权，但他现在不还是他吗？很多时候，我们革命者要相信自己，坚定自己的信念，要将目光放得更长远些。所有的这些小坎坷，都是黄河里的浪花，都会过去的。

苏代表，我能帮你做些什么呢？

苏作相听到这句话，笑了，说：你平时忙于事务，看的书少，应该多看看书。多看些书，你就知道了，信仰的力量是无穷的。只有心中有了信仰，干起事来才会有满腔的热情。那个史密斯神父你还记得吧？

贺山子点了点头。

你看他，一个人在陕北这个地方布道，条件多艰苦啊，举目无亲，可是他从不喊苦叫累。他看病，不收钱；讲课，不收钱；天天讲经，天天布道。他的精神支撑是什么呢？是他对上帝的信仰。因为这个信仰，他就觉得自己在干一件崇高的有意义的事业，精神自然就强大起来了，干活也就有了劲。有了动力，也有了无限的乐趣。当然，我们革命者不信神，我们信的是马克思主义，信的是共产主义，但道理是一样的。

贺山子听着，满含热泪点了点头。

你需要什么不？我能做一些什么？贺山子问。

什么都不用。苏作相说，只是有可能的话，给我带点药来，我的胃疼得厉害。另外，还是劝你多读一些书，多读书见识就和先前不一样了，工作起来也有自己的思路与想法了。

苏作相被关起这件事让贺学文无法理解。老苏人这么好，是他眼中典型的革命者形象。从老苏身上，他感受到一种力量，一种对革命工作燃烧着的激情。他百思不得其解，老苏咋就成了反革命呢？好在贺学文本身对政治没兴趣，在感到茫然的同时，他把更多的精力投入生产中，带领大家有条不紊地打井、抽油、炼油。这一段时间，他听说红军队伍要印一些报刊，就抓紧生产油墨、石蜡等，支援红军。

新的一天，上级又派来一名干部，这个干部却是找洪丹风谈话的。他和洪丹风的谈话是秘密进行的，把贺学文也隔开了，谈了什么问题他是不知道的。贺学文问丹风，丹风也不告诉他。

但从这以后，贺学文就觉得洪丹风的情绪变坏了，动不动就发脾气。

洪丹风不告诉贺学文组织和她谈了一些什么话，只说是谈话内容保密，是与学文无关的。贺学文就满脑子疑问，隐隐觉得洪丹风肯定有什么事瞒着自己。是不是组织上也在调查他呢？但他每一步都是扎扎实实走过来的，工作经历简单，从没参加过政治组织，谁又能说他个什么呢？这样想着，心里轻松了许多。另外，他是个书呆子，脑子里不爱装这些事，丹风不告诉他就不告诉吧，他也乐得个清静。

然而有一天晚上，丹风提出了想要离开这个地方的想法。这天晚上两人睡下了，但都辗转反侧，难以入眠。洪丹风忽然开口说：学文，我们还是走吧，离开这里吧。

为什么走呢？我们在这里不是生活得好好的嘛。贺学文说。

我们走吧，到西安或者南京去，离这儿越远越好。洪丹风说。

你怎么啦？贺学文看出她的情绪不对。

洪丹风不吭声，学文伸手过去，碰到了她的脸，她的脸上竟然挂着几颗泪珠。他伸手替她抹了，一时觉得这个女人有些可怜，就将她揽了过来，她竟然在他怀里流着泪瑟瑟发抖。贺学文不明就里，觉得她的情绪有些反常，就安慰她说：我们在这里好好的，刚打出了一口井，产量天天增，工厂规模扩大了，工人待遇也提高了。我是厂长，我走了，工厂可怎么办呢？

你总是想着你的石油、你的厂，我再待下去，说不定命会丢的。洪丹风打断了学文的话，激动地说。

你怎么啦？谁会要你的命？学文不明白，就问她。但问死问活，洪丹风就是什么都不说。贺学文非常无奈。第二天，见了贺山子，学文就说起丹风昨夜说过的话来。

贺山子也颇感意外，说：哥，嫂子该不是见到苏作相被押，受了刺激吧？

贺学文说：我也怕是这样，他的前夫被共产党镇压了，所以她心里留有阴影。现在见形势急转直下，可能心里害怕，所以心情烦躁不安。

那你就多劝劝嫂子吧，多陪陪她，少工作一点，留给工人干去。贺山子说。

她这几天一再劝我离开呢。贺学文说。

哥，你可不能离开。贺山子一听也着了急。我那天悄悄见苏作相了，他说越是这个时间，越是考验我们每个人的时候。你现在走，能到哪里去？国民党还会信任你吗？你还愿意与徐怀义这些人为伍吗？

可是……贺学文欲言又止。

哥，你可千万不能糊涂啊。你答应出任厂长，你就属于组织了，这是原则问题，是大是大非问题，你不能给自己的历史添污点啊。再说，厂子归共产党以后，你看多红火，多起劲，大家士气很高。这说明了什么？说明了共产党比国民党更得人心啊。就像上一次运油，最后我被当地群众救了，后来我就想了许多，如果我还在民团，老百姓还会救我吗？他们帮我，其实是帮共产党，是帮红军。所以，我是信念越来越坚定了。你可也要把握原则哪！至于嫂子那儿，你要多劝劝她，多帮帮她，多陪陪她。

嗯。贺学文应了一句，接着问，老苏这一段怎么样了？

贺山子说：很不好，晚上给他戴了手铐，怕他逃跑。白天有时就把他吊起来打呢，有工人说能听见他凄惨的叫声哩。

他也真是可怜。贺学文叹息着说。

我见过他一面，看他人瘦得不成样子了，但精神还好。他跟我说箱子里有几本书，让我多学习哩。贺山子说。

唉，如果是坎坷，就早一点过去吧，别再瞎折腾了。只有稳定，才能创造更大的生产价值啊。贺学文说道。

两人说了一会儿话就散了。

又过了两天，石油厂赶制了一批油墨，由于红军等着用，打算连同一些煤油、汽油、石蜡、擦枪油、凡士林等，派人送往瓦窑堡，送给刘志丹他们。贺山子知道了，就多了个心眼，要求自己亲自送去。因为他内心还有个主意，打算去见刘志丹，打算跟他说说苏作相的事。打算问问他，像苏作相这么好的人咋给抓起来，又成肃反的对象了呢？

这是个初冬的早晨，干燥的陕北大地略有些寒意，天空碧蓝碧蓝，没有一丝风，是个难得的好天气。地里满是干燥的收割过的玉米秆和谷茬，贺山子吆着毛驴驮着东西往瓦窑堡走去。路上时时能碰见当兵的盘查，他们不知道贺山子运的是什么东西，甚至有人还打算尝一口，不过马上就被刺鼻的味呛住了。

一路上，山子看到虽然人们生活清苦，但仍然能感到他们从内心流露出的欢欣与憧憬。路上还看到了一对回娘家的后生与媳妇，媳妇骑在驴上，后生折根柳条提在手上，有时还会恶作剧地抽毛驴一条子，毛驴就撒欢儿乱蹦，引得新媳妇一阵阵的娇骂。

路上走了两天，山子来到了瓦窑堡，找到了红军总部。他把厂里开的介绍信给他们看了，然后被人带到一个大院子里歇下来，他把带来的东西从毛驴背上卸下来，交给了他们。

这里静悄悄的，往日热火朝天的场面不见了。贺山子一心想见刘志丹，就问收东西的人刘总指挥现在在哪里。而得到的回答竟然是老刘也被抓起来了。

怎么会这样？贺山子一下子惊得跳了起来：老刘也是反革命？

那个战士听到这话，慌得一下把手里正接着的活扔到了地上，把他的嘴给捂住了。前后左右瞅了瞅没有人，才对他说：我见你是外地的同志，找老刘热切，我才这么说的。你千万不敢乱说啊，这个消息是保密的。

真的吗？贺山子睁大着眼睛。

千真万确。据说抓刘志丹的信都到了刘志丹手中的，他看到了，没动声色，又递给通讯员了，然后他就被抓了。他目前就被关在瓦窑堡街道上的一家旧当铺里……老刘可真是了不起，真是大丈夫！那个战士佩服地说。

可是，刘总指挥怎么会被抓啊？他是反革命吗？贺山子疑问道。

我只知道被抓了，听说他的罪名是不实行土地革命，说秘密勾结军阀，但具体情况，我就不知道了。你可别跟人乱说啊！小战士不放心地嘱咐道。

贺山子一头雾水。交接完东西，他在瓦窑堡青石板铺成的街道上转悠着。他找到了小战士说的那个当铺，但门口都站着荷枪实弹的士兵，他知道自己根本没法见到刘志丹。他站在暗处，久久地遥望着那扇紧闭的大门，心潮翻涌。下午，他离开了红军总部，一个人无精打采地往回走。走到路上，看到熟悉的山形地势，禁不住触景生情。这个山头他曾经和老苏一起走过，那棵树下他们曾经露宿过，这个村子他们一起打过土豪，那儿的山沟打过伏击。走到常家沟时，他看见了河边的一片毛头柳，足有二十几棵，棵棵高大粗壮。当年正是在这里，他们倚着柳树休息了一下，结果民团就追上来了，他们一干人边打边跑，他因为之前扭伤了脚，跑起来一拐一拐的，就落在了后边。眼看民团就要追上他了，喊叫声都在他耳边响着，这时，苏作相带领一个队员来了，苏作相命令那个队员搀着他走，而自己则一个人找了个掩体射击，掩护他们。就这样，苏作相救了他一条命。可是，如今老刘被关起来了，老苏也被关起来了，这都是些什么事啊！想着想着，贺山子眼泪禁不住哗哗地流了下来，他把驴拴在柳树上，在柳树下痛痛快快地哭了一场。作为男子汉，他是很少哭的，但现在却哭了个昏天黑地。他哭一阵，想一阵，一直到天色晚了，才擦干了眼泪。这时被泪水浸泡的脸肿胀得有几分难受，他就在一条小河边把脸洗干净，然后牵着毛驴又踏上了回延长的路。

新的一天，贺学文也被叫去谈话了。和贺学文谈的话题是他远远没有想到的，两个红军干部问贺学文知道不知道他老婆洪丹风的一些事情。贺学文当然知道的就说知道，不知道的就说不知道。两个人问了一番，也问不出什么名堂来。因为丹风到这里时间短，而在横山的时间长，她在那里的事情，是贺学文所不知道的，丹风也从没有跟他说起。但是如今组织上既然这么问他，贺学文还是隐隐约约觉得有一些问题。

贺学文心事重重地回到家，吃过晚饭，就睡了。但睡到半夜，他忽地打一个冷战，全身一哆嗦醒过来了。醒来的时候，他竟然发现丹风还没睡。

怎么了，你还不睡？贺学文坐起身来问。

学文，今天他们问你什么了？

你不要问了，时间不早了，快点睡吧。贺学文说。

我怕共产党。丹风说着，眼睛里充满恐惧。

接着洪丹风就给贺学文讲了自己在横山的事情——

横山县闹红，大户都跑了，我的前任丈夫张仕忠不愿意跑。他其实是个心地非常善良的人，他觉得自己虽然有点钱，但并不是自己的错。他待人和善，所有土匪、共产党部队、国民党部队向他要粮要钱，他都给了。但共产党来了以后，把他抓起来了，开批斗会，戴纸帽子游街，号召群众揭发他。所有的百姓都不愿意揭发他。可他最后还是被杀掉了，家产也被分了。他一死，我和孩子就没了依靠，孤儿寡母两人相依为命。还有一个看大门的哑巴，他没成家，也没处去，就暂居在家里。可是，有一天晚上，来了一个当官的，姓白，人家叫他白大麻子。他到我家里来了，当时我脸也没洗，也没做饭，一个人怀里抱着孩子，傻呆呆地坐着。孩子当时只有五岁。这个人进门来，见我一个人，就对我拉拉扯扯，动手动脚。我搂着孩子，孩子受惊了，哇哇大哭。他想把孩子拉开。但孩子只有五岁，死死地搂住我不分开。他费了半天的劲，后来孩子还是被他拉开了，他把孩子拉到了里间，关上了门。屋里只剩下我与他了，他就又撕扯我的衣服，我不让他占便宜，他气极了，掏出枪来拍在桌子上，当时我就吓傻了。我知道这个东西是一下子会要命的，我不想死，就闭住了眼睛听天由命。但就在这时，不知怎么的，孩子却在里间把门弄开了，竟然从门里哭着跑了出来。孩子看到他，觉得他要欺负我，就过去抱住了他的腿。这个丧心病狂的狗东西，竟然抬脚踢了娃娃一脚，一脚踢在了娃娃的心口上，娃娃被踢出去有几米远，倒在地上，半天都没有声息……我当时气极了，扭头看他的枪还放在桌子旁，便顺手抄起来朝他开了一枪，一枪打了个正着，就把他给打死了。当夜，我的娃娃也断了气，我和那个哑巴就把白大麻子弄到一个井里埋了，然后将井填住了。第二天，那个哑巴就跑了，我也不知道他到哪里去了。而我呢，丈夫没有了，孩子没有了，我在横山无依无靠，当时延长还是国民党占领着，我就跑到这儿来了。谁知一到这儿，正碰见了你……

这个人真坏，他死得活该，可是，可是……贺学文说不出话来，只是将妻子搂得更紧。

丹风在她的怀里嘤嘤地哭出了声。

我知道，迟早会有这一天的，共产党不会饶了我的。洪丹风说。

要不，咱们把实情对他们说了吧。一切说清楚了，就没问题了。贺学文吞吞吐吐地说。

你傻呀？难怪大家都说你是个书呆子。一是这件事哑巴不知所踪，根本没有人证明得了。二是共产党根本不会跟我讲理的，他们早已认定我是他们的敌人了，他们会给我扣上一个大帽子，说我给丈夫报仇才杀的人，然后把我杀掉。你没见过这些，我可见过的，他们杀人是从来不眨眼的，也不讲理的。你没听说这几天搞肃反他们又在下寺湾大开杀戒了么，据说连个十五六岁的娃娃也给杀了啊。

可是，可是，我们怎么办呢？贺学文干急着，也是没主意。

依我看，咱们还是走吧，我怕因为我前夫是地主，共产党不会放过我。要不，我就先走，到西安再说。洪丹风说。

你不能走，我们好不容易才在一起，好不容易才有了这安定的生活，我们不分开。贺学文说。

我也舍不得。其实对于一个女人来说，尤其是这样的乱世，不在乎钱财，不在乎富贵，而希望有个自己喜欢的人长相厮守着，还要怎样呢？

嗯。

丹风说：像苏作相这样优秀的干部，今天的遭遇竟然是这样，据说老刘也被抓起来了。你想想，这能不令人心寒吗？你在这里待下去，也会变成第二个苏作相的。

可往哪儿走啊？贺学文喃喃地说。

你不是在北京上海还有同学吗？你不是和邵力子还有一面之缘吗？他之前写信还提到你，救了你呢，咱们就投靠他去。反正你技术上是一把好手，到哪儿都能找到工作的。

可是……可是……贺学文说不出话来了。

我知道你舍不得这个地方，放不下石油，舍不得这些工人兄弟，你心里是不服气外国人给延长石油下的没油的结论，你是想争一口气，闹出个样子来让人们看看。可现在咱们最重要的是要保命啊。当初，张仕忠就是这么优柔寡断而丧了命的，我可不愿意你也把命搭上。再说，我肚子里还有我们的娃娃呢。丹风说。

可是，我哪里能走得开啊，我在会上表了态的，厂里新招了工，石油生产如火如荼，一大帮工人兄弟都眼睛睁得大大地望着我呢。我走了，他们会怎么看我啊，他们靠谁啊……

谈话当然没有什么结果。到了第二天晚上两人又进行了同样的谈话。

唉，世事归世事，谈话归谈话。人啊，每时每刻都有这样或那样的纠结事啊。

延长城解放后，世事稍稍安宁了一段时间。但作为“红白”交界地带，很快，延长城就异常骚动了。国民党中央军、进攻延安的东北军、地方地主武装、民团轮番骚扰，一时，敌我双方在延长城展开了拉锯战。到了这年 11 月份，鉴于敌强我弱的态势，上级组织安排延长石油厂撤离。由于苏作相此时还被关押着，并未释放，就由贺学文、贺山子兄弟俩组织工人撤离。他们安排工人将井口封住，做好记号；将一些大件设备选择地方埋掉，做好记号。上级党组织告诉大家，撤离只是暂时的，大家要沉住气，用不了多久，红军还会回来的。

世事乱纷纷的，没有人有一双慧眼能把这些看个一清二楚。延长城里一些人觉得共产党终究会得天下的，也有一些人觉得国民党的势力还是强大，共产党离开了想要再回来就不那么容易了。在这个时候，一些共产党员叛变了，带领队伍投了敌。贺山子组织石油厂几个党员开会，对大家说：革命进程就像四季，春天要来了，总会先热一下，然后再冻几天，然后再热再冻，秋天也是这样，讲究一层秋雨一层凉。革命不可能一下子成功，但红军的势力壮大是一定的，红军胜利是一定的。作为一名党员，大家在任何困难情况下，一定要坚定信心，尤其在异常艰难的情况下，更要起到模范带头作用。

贺山子和其他党员们就组织工人将机器设备该搬的搬，该藏的藏，五百斤以上的用人力，五百斤以下的用驴驮。有些大型机器拆了零件编了号运走，运不走的，就暂时埋掉。贺学文虽是厂长，但近来脑子里的事儿多，负担重，尤其是知道了洪丹风的事以后，心头就像压上了千斤担。另外，他素来对政治不敏感，总觉得世事不会那么快就变化的，整天还和先前一样，看书、实地勘探，琢磨在哪里可以再打出一眼旺井来。所以，工厂撤离的工作大都由贺山子负责。

这天，贺山子正领着矿警队员们在烟雾沟的沟顶藏机械，大家围成一圈，挖了一个大坑，一锨土一锨土地埋着。忽然，南边传来了枪声。接着有人来报告：国民党军打进来了。

听到枪声，大家有点慌了神，手中的工具也慢了下来。

加快进度！贺山子说了一声，接过一张锨来。

枪声更密了，和过年放鞭炮似的。大家听着，心头更加慌乱，几个人快速地把机械埋好了。缺了一条胳膊的贺山子就让大家把锨扔掉，背上了枪，直接从沟里上了塬。刚上得塬，就瞧见城里有敌人打进来了。城里一片混乱，来来往往人很多，有往这儿跑的，有往那儿跑的，有人往沟里钻，有人从河川里跑，还有人往树林里躲。

红军主力不知道怎么样了？这一阵不知道退下来了没？贺山子问身旁的人。

应该还没有，听见枪声还密集哩。身旁有人说。

那我们就去支援他们吧，掩护老百姓先撤。贺山子说着，就领着几个人沿着山梁飞跑，想绕个圈赶过去支援正在北边作战的红军主力。他跑的时候，一只空袖管就向后飘着。

走在半路上，贺山子碰见了谭主席的婆姨邵大姐。她穿着一身军装，留个青年头，这时领着一些军属及妇女积极分子正从山下跑上来，准备向延川县转移，一时跑得气喘吁吁的。

贺山子见了她，问：情况怎么样了？

邵大姐抱怨说：早就给大家说要打仗了，要大家转移，可有许多人就是不信，就是不走。还有一部分军属舍不得家里的猪鸡，走的时候想带这个又想带那个，不知道命比这些更重要哩。

贺山子问道：那你见我哥和嫂子没有？

邵大姐说：没见到啊，油厂这一片撤退归你管啊！

贺山子说：唉，还不正如你说的一样，我哥那个死脑筋，老不相信仗说打就能打得起来的。我听工人说，他今天还到山上探井去了呢，我再派人找一下。我要带队伍支援大部队呢。要不，你找一下我嫂子，争取把她带上。她可能还在城里呢。

邵大姐这一段与洪丹凤熟识了，也很喜欢她的。一听说丹凤还在城里，就着了急，说：你看你，都是干啥哩么，一个负责厂子保卫工作的副厂长，连个厂长家属也没救出来，丢了看你怎么办！再说这一次，可不是小骚扰，我听说，国民党中央军与东北军合起来，要一万多人呢，比红军多二十倍兵力呢。一边说着，一边就把身旁的一些军属安抚了一番，然后风风火火地就又要往山下跑。

贺山子说：你还是先把衣服换掉吧。

邵大姐就和身旁的一个农妇将外衣换了，然后从山梁上直接跑下去了。

邵大姐跑到石油厂院子里一看，只见往日红红火火的厂子今天格外冷清，院子里一片狼藉。守大门的聋子还在，学文的门锁着，房里的东西什么都没动，但哪里也见不到丹风的身影。

邵大姐问守大门的，问了半天也没问出个所以然来，她就往街上跑。

街上的人众多。原来这次国民党以二十倍的兵力进攻延长，鉴于敌强我弱，红军这时已撤退了，延长城事实上已被国民党军占领了。邵大姐满大街地找洪丹风，跟着人流先是往东走，继而往西走，遇见熟悉的人，就问见没见到洪丹风。正打问着，只见蓬松着头发身子胖了许多的丹风正向她这边跑来。

丹风，丹风。邵大姐跑过去一把拉住了她。

洪丹风此时狼狈不堪。她与学文都以为此次是国民党军的小骚扰，红军抵抗一阵就过去了，哪里会想到是场大战役啊。她在家里听人说，城已被国民党兵占领了，就操心着学文的安全，出来找学文。结果人没找到，折腾得几个来回，脸上已被汗浸得不成样子了，头发紧贴在额头上，汗津津的。

邵大姐刚从这边跑过来，知道这一头有国民党兵把守，就一把将洪丹风拉进附近一条小巷子，两人顾不得多说话，呼哧呼哧喘着粗气。进得小巷，两人就顺着青石板铺就的小路往坡上跑，跑着跑着，看见一户人家的大门未关严，慌张的两人顾不得多想，推门钻了进去。

这是个石窑院，共有三孔石窑，有两个门锁着，只有左边一孔石窑的门开着。两人顾不得多想，就钻进了石窑。

歇息未定，邵大姐说：你们两口子咋不早走呢？

洪丹风说：学文总以为是小骚扰呢。

那学文呢？

他清早吃过饭就上山去了。

唉，这个学文，真是个呆子，都到什么时候了还上山？

两人正说着，忽然就听见大门上有了动静。邵大姐说：不好。连忙跑到灶火口，从锅底儿抹了一把黑，抹在了自己脸上，又顺手往洪丹风脸上抹了几把。两人的脸顿时黑一绺白一绺，脏兮兮的。

两人虽然紧张，但看着对方，都忍不住笑了起来。

这时，就有持着枪的国民党兵进来了。

两人一见持枪的士兵，顿时心情就格外紧张，不由自主地都站了起来。

进来两个年轻的国民党兵，问：你们是共产党？

邵大姐摇摇头说：不是。

一个国民党兵围着她俩转了个圈，然后问：那谁是共产党？

邵大姐摇头：不知道啊。我们都是良民，丈夫被抓当差了，家里就只剩下我们姐妹俩了。

丹风在一旁也小声附和着说：我们不是共产党。

国民党兵瞅了半天，怀疑地盯着她俩说：走。

往哪儿走啊？

快点，别废话。一名国民党兵把枪栓拉得哗啦啦响。

邵大姐与丹风两人没办法，就只能乖乖地被这两名当兵的押着从石窑里走出来了。她俩一直被押到街道上。这时街道上已经被国民党兵持枪圈起来一大批人了。有一些青壮年男人，但更多的是一些妇女老人，周围有持枪的士兵看守着。这时，有一名当官的骑着马来了，跟士兵们说了几句话，那些士兵就开始拿绳子将人一个个拴起来。

一见要被绳子拴，有几个妇女就急了，大声哭喊着。

砰砰，这群国民党兵见哭喊得麻烦，就朝天开了几枪。听得枪声，人群瞬间就静下来了。有几个妇女更是吓得坐在地上起不了身。

国民党兵把这百十个人一个个反绑了双手，用绳子串成一串儿。在绑的时候，看见有些确实是农村妇女，和红军共产党家属挂不上边儿，就把她们放了。轮到洪丹风与邵大姐了，两人都叫喊着自己不是共产党，也不是共产婆。但那当兵的说，这两个婆姨看起来人模狗样的，不是共产党也是共产婆，绑。就这样，她们俩被反剪着双手拉到了被拴着的人流之中。

一群持枪的士兵押着这些人往东门走去。

出了城，大约走了半里地，这时在这群人身后又赶来了一大群人。原来，有些妇女及老人听说自己的儿子、儿媳被抓走了，就都赶来了，他们一个个缠着押解的国民党兵不让他们把自己的亲人带走。

这时看押的国民党兵也少了，有七八个。后边赶来的百姓就缠着他们，有一位老人哭喊着：你别把我儿子带走啊，他不是共产党啊，你把我带走吧。儿子还有媳妇还有娃哩……来的人一个个都是普通的老百姓，他们在延长城见多了，知道如果真被当作共产党带走的话，就会被杀掉的。所以，此时冒着风险，不管不顾就来找人了。国民党士兵面对这些哭哭啼啼的老人，一时也没有办法，只能吓唬着，威胁着。但整个押解队伍经这一折腾，就不再是先前的一条龙了，而是一干人疙疙瘩瘩扭在一块儿了。

邵大姐不知什么时间，悄悄将手解开了。趁这当儿，她也给洪丹凤解开了手，悄悄地对她说：咱俩跑吧。说着见旁边有一个绵土洼，下面是河槽，而那几个当兵的此时正被缠着，一时也不大注意她们。邵大姐给丹凤示意了一下，接着头一低就从土洼上溜下去了，洪丹凤也跟着她一溜烟溜了下去。

有人跑了！有人跑了！不知是谁在喊叫着，队伍登时大乱了起来。

几个被纠缠的国民党兵随着喊声瞅见有人从土洼上往河滩溜，这时也着了急，急忙就开枪。

邵大姐与丹凤两人坐着“土飞机”，从绵土洼上一溜烟就溜下来了。溜到河滩底，邵大姐的头碰在了一块石头上，直流血。丹凤往下溜的时候，心里发慌，被一株圪针把衣服挂破了。两人溜到河床边，一时顾不得疼痛，面前就是延河，她俩就扑通扑通下了河里。清亮的河水很浅，两人深一脚浅一脚地蹚过河，钻进了对面的一片杨树林里。

在树林里稍歇得一会儿，两人出了树林。但河这边也是乱哄哄的，成群的人往山上跑，邵大姐就建议也朝山上跑。邵大姐在前，丹凤在后，但丹凤近来身体有点胖了，又怀有身孕，她跑不动，结果跑着跑着两人就跑散了。邵大姐不知跑哪里去了，丹凤跑不动了，她停了下来，在山洼上歇息。此时，死活索性都不管了，因为她实在没力气跑了。

她待了一阵，脑子乱纷纷的，不知道该往哪里去。就在这时，她听见了“洪丹风”“洪丹风”的叫声，她抬起头，仔细听，果真是有人在叫自己，声音挺大。她答应了一声：我在这儿。一会儿，就有人沿着山路跑来了。丹风一看，不是别人，正是贺学文。

贺学文碰见了邵大姐，邵大姐也在找丹风，他知道了丹风的大致位置，就到处乱跑着乱喊她，结果还真找到了她。贺学文跑过来，一下抱住了丹风。丹风情不自禁地哭了起来。她伸出拳头捶打着学文：死学文啊，你怎么现在才来啊。我都害怕死了，你跑到哪里去了？

贺学文抱着丹风，看着她满头披发，脸涨得通红，脸上的毛孔明显粗了，脸也似乎肿了许多，下腹已经明显大了，一时感慨万千，紧紧将老婆拥到怀里。

原来学文听见了枪声，就操心起丹风的安全，从山上往回返。返回家里不见了丹风，就问别人，别人说在街上见过，他就到街上找，找了半天都找不到。眼看着城里的国民党兵越来越多了，他就随着众人过到了河对岸来，没想到两口子歪打正着倒在这里相遇了。一时两人百感交集，抱头痛哭。丹风走不动，学文就背着她走一阵，接着又搀着她走一阵。两人沿着一条小路一直朝前走，不知道向哪里走，当下只有一个念头，就是思虑着走得离延长县城越远越好。

当天晚上，他们走到一个叫折家坪的村子。贺学文在这里有一位远亲，一打问，果真就问上了，他俩就在这个亲戚家里住了下来。

亲戚见他们来，很是欣喜，只是家里贫穷，没有东西招待，觉得内疚。两个饱经沧桑的老人不停地骂着国民党：听说国民党要来，村里的青壮年都跑了，只有老汉老婆待在家里。好好的光景，被他们一折腾再折腾，让人怎么过啊，这些挨千刀的！

贺学文与洪丹风折腾了一整天，两人很累，吃过饭就睡着了。正睡着，却被毛驴的叫声惊醒了。原来这家人害怕国民党兵把毛驴抢走了，就将毛驴藏在了后窑顶里的一孔拐窑中。

毛驴叫醒了两人，两人睡不着了。

洪丹风艰难地翻着身子，戳了戳学文。

学文，你说我们怎么办，我们到哪里去啊？

贺学文说：红军主力在延川一带，山子和工人们也都撤到那里去了，我们还是到延川去吧。

丹风悄悄地把自己的身子像一片叶子似的贴上去，说：学文，我看共产党长不了的。你看看，费了多大的事打下来的延长城，这才几天啊，又被国民党占领了。国民党有千军万马呢，有大炮汽车，共产党就一些穷人几杆破枪，能抵挡得住吗？咱们今天躲到延川，那明天呢？说不定明天延川又被国民党占了。

睡吧，无论如何咱们到延川找着大部队了再说。学文说。

贺学文曾经不关心政治，对共产党的认识也没有多深。但自从他见了刘志丹，认识了苏作相，了解了山子，他从他们这些共产党人身上感受到一种革命的热情，一种高亢的劲头，他们这种勇于为理想献身的精神也在一次次地冲击着他。

待了一会儿，洪丹风用手指在学文的脊背上画着圈，说：学文，咱们干脆别去延川了。

不去延川，那到哪儿去啊？

我们干脆到西安吧。你有同学在那儿，又有技术，国民党不会把你怎样的。再说你还认识省主席邵力子呢，去求求他，找一份工作，咱们安心过光景吧。我实在不想折腾了。

丹风，做人怎么能这样呢？我当天在台子上答应当这个厂长，就是要负责任的，就要说话算数的。工人们也都在等着我呢，难道我跑了，却把他们扔下吗？这样的事情我干不出来。

贺学文否定了洪丹风去西安的想法。石油厂解放，自己经过好几天的考虑，最终答应当厂长，刘志丹鼓励了自己，工人进行了选举，自己在上百人的会上慷慨激昂地表过态。难道现在刚遇到一点困难挫折，自己说走就走吗？

可不走，这样的苦日子何日是头啊？丹风说。

丹风，不要多想了。再说，依我目前的状况，我有什么脸面再见邵力子呢？我可是共产党的石油厂长啊。贺学文说。

你傻呀，你是人才，是到处都可以用得上的。听说政府最近还要开采玉门石油呢，要不咱们就到玉门去。丹风说。

别这样想了，早点睡吧，明天还得赶路呢……

第二天起床，考虑到丹风的身子骨虚弱，又有身孕，贺学文就掏钱把亲戚家的毛驴买下了，专门给丹风骑。两人早早吃了一点饭，就开始上路，但这次行程却是极为不顺的。

他们走到半道上，碰到也不知是土匪还是当兵的，毛驴就被抢跑了，学文身上的钱也全被抢了。两人只能徒步走，但刚走了半天，就遇到了哨卡。哨兵穿着普通衣服，看不出是哪方面的兵。他们持着枪，向每个要过哨卡的人要两块银圆，钱给了才准许通过。贺学文与丹风身上这时没钱了，就被拦在了哨卡这边。贺学文与丹风还有一些没钱的人就苦苦哀告拦路士兵放他们过去。

大家正在这里争着，一个骑着大马戴着墨镜的人过来了。他到了这里在人群中瞅来瞅去，瞅见贺学文和洪丹风了，就跳下了马来。他围着贺学文与洪丹风看了好半天，然后就哈哈大笑了起来。他说：贺学文、洪丹风，我看你们俩往哪里跑！

两人听见这人叫他们的名字，就吃了一惊，旁边的人也都在注视着，围观着。这个当官的摘下了墨镜，原来这个人不是别人，正是徐怀义。

怎么会是你？

徐怀义说：贺学文啊，共产党的石油厂厂长。怎么样，没想到吧？

这个徐怀义当初带领民团从后九天退到了宜川县，加入到了宜川民团中，这次国民党进攻延长，宜川驻军就整体出动，徐怀义也就自然而然加入到里边去了。延长城打下来了，他这个人爱钱，就在路上擅自令哨兵设了个哨卡，搜刮民财。因为他知道逃难的人身上大都带着钱的，哪里会想到，在这里竟歪打正着碰到了贺学文夫妻俩。

我爱钱，我们只打算讨点钱，哪里想到会碰到你这条大鱼啊！贺学文啊，看来我真是交了好运了，我升官发财的机会来了。徐怀义得意地说。

洪丹风长长地叹了一口气，低下了头。

到傍晚的时候，贺学文与洪丹风就被徐怀义以共产党员的名义送到了永坪的国民党军总部。

晚上，就有人对他俩进行了分头的审讯。贺学文见自己的身份暴露了，觉得再也没有什么好隐瞒的，就直接说：我就是共产党延长石油厂的厂长贺学文，你们要杀要剐，随便吧！

贺学文被押了起来，这些当兵的审来审去，由于贺学文对政事所知甚少，也就问不出有价值的东西。何况现在正值紧张打仗之际，就暂时将他看押起来。说来很巧，关押贺学文的房间，正是当初贺学文在永坪和一个战士一起住过两天的窑洞。房子里的陈设几乎没变，当初墙上贴了一张马克思的像，国民党占领以后，大约想撕下来，但糨糊粘得实在太牢了，撕不下来，他们就拿刺刀在画像的脸上来回刺了几道。

被推进来的时候，贺学文担心着洪丹风的安全，问看押他的兵：洪丹风呢?

看押的兵冷冷地说：该你知道的就给你说，不该你知道的你别问。

贺学文被关在这间屋里，待到眼睛适应了整个环境后，他看到墙角里还蜷缩着一个人。这个人不是别人，正是苏作相。好长时间没见了，苏作相瘦得只剩皮包骨头了，仿佛一个骷髅似的。他的胡子杂乱着，如一丛沙蓬。他的脚上上了脚镣，手上也戴着手铐，但两只眼睛却燃烧着一种激情。看到这个当初意气风发充满激情的人现在是这种景况，贺学文真是倍感伤心。

苏作相也认出了贺学文，他咧了一下嘴，但没有笑出来。他似乎笑一下都很费力气。

你怎么会在这儿？贺学文过来从墙角扶起他问道。

苏作相无声地摇了摇头，显然不愿意多说。

你不是被秘密关押着吗？怎么会被国民党逮住？贺学文惊讶地问。

原来，国民党军忽然就打进来了，两个负责审干的干部着了忙，就急急忙忙地拿着文件走了。他们一走，这里就只剩了一个哨兵在看押苏作相，哨兵也不知道该将苏作相怎么办。后来国民党的大部队进城了，哨兵着了急，扔了枪也跑了。就这样，被秘密关押着的苏作相被人们忽略了，忘记了。后来，进了延长城的国民党军就在徐怀义的带领下挨家挨户搜寻共产党人，最后竟然在石油厂的库房里意外地搜到了苏作相。

真是不可原谅的疏忽啊，怎么会这样。贺学文听了，长长地叹了一口气。

你呢？苏作相问。

贺学文就简要地讲了事情的经过。

看来同是石油厂的，一个书记，一个厂长，你的待遇要比我好啊。苏作相晃了晃手上的铐子调侃地说。

看来咱们只能在这里办公了，开石油厂的高层会议了。贺学文幽默地说。

这句话说完，双方就都沉默起来。隔着窗子，能听到院子里有士兵在集合。

过了很长时间，苏作相忽然说：贺厂长，我可能命不长久了，我知道，这回他们不会放过我了。我死了以后，我全部的家当就是一个箱子，有几本书，还有几两碎银子。书，我让山子拿去了；至于碎银子，你就也托他转给我老婆和儿子吧。

他叹息了一声说：唉，老婆一直在家里种田，都五六年没有见她了。儿子今年也该十岁了吧，真想不出他现在长成什么样子了。在箱子底，还有两包卷烟，那是刘志丹给我的，是他的战利品，我一直舍不得抽，你都给了贺山子吧，让他抽。

苏作相虽是在给贺学文托付后事，但眼睛并不看着贺学文，声音很轻，仿佛在自言自语。

贺学文听到他的声调这么悲伤，心中也十分难过，就安慰他说：你千万别这么说，好人一生平安，你会逢凶化吉的。

苏作相咧嘴笑了笑，但笑却比哭更让人觉得难受。他们不会放过我的，我这回是该去见马克思了。只可惜不能杀敌战死啊，死得这可真叫屈啊。说着他痛苦地摇了摇头。

那你恨共产党吗？贺学文忽然问他，但一问，他就觉得自己这个问题问得真是太愚蠢了。

苏作相扭过头来望着他，摇了摇头。这时，门外有哨兵换岗的声音传来了，两人就停了说话。停了一会儿，外面换岗完了，安静下来。苏作相对贺学文说：你留过洋，念过书，有技术，在哪里都是人才，他们应该不会把你怎么样的，只是我还是希望你把技术用在人民希望的地方，别助纣为虐。要相信，天总会亮的，一定会有一个全新的灿烂的中国出现的。

嗯嗯。贺学文点了点头。

你扶我到窗口吧，我想看看窗外。苏作相说。

贺学文扶他走，他衣衫褴褛，有几处和身体的伤口粘在一起。贺学文心疼他，就脱了自己的上衣给他披上，把他搀到窗户前。那是木格子窗，苏作相双手紧紧抓住木格子，透过几个破了的窗户眼朝外贪婪地张望着。外边静悄悄的天空浅蓝，落日余晖斜射了过来，给墙上抹上了一道金色的光芒，当初贺山子打球的操场上，有几个小孩在玩着篮球，孩子的嬉戏声不断传了过来。已是秋天了，有几片发黄的叶子从树上飘落下来。

真是个好秋天啊。苏作相无限眷恋地说。

在这里凝神望了好一阵，苏作相问贺学文：你留过洋，那首关于革命与爱情的诗叫什么来着？

贺学文脱口而出：就是那首《自由与爱情》吧？

对，对。苏作相没有回头，依然用双手抓住窗格，悄声念道，生命诚可贵，爱情价更高；若为自由故，二者皆可抛。

贺学文站在他的背后，听他轻吟着这首自己熟悉的诗，慢慢地，觉得自己的眼睛湿润了。这个瘦弱的形象此刻在贺学文眼前逐渐变得高大了起来。

睡了一夜，天还未亮，牢门却被打开了。士兵先是叫醒苏作相，将他架了出去，接着回来也叫贺学文起来。贺学文被押到院子里，看见院子门口站着一排人，足有十几个，在每一个人身后都有一个持枪的士兵看守着。贺学文一出来，马上被一个士兵拉着站到了人群最后。接着，士兵们就押着这群人往外走。

贺学文懵懵懂懂地跟在后边走着，一边走一边就想着，是不是要枪毙我们呢？丹风呢，她在哪儿？如果现在自己被杀的话，那要不要给丹风留一些话呢？

财产，没有的，如果有一点的话，这几天也被折腾得差不多了。老婆一个，另外就是丹风肚子里的孩子了。他和丹风曾经是那样着急地期盼着孩子的出生，每夜丹风都会将他的手拉到她肚皮上，对他说：瞧，他踢我哩，你摸摸。但是，贺学文从来也没有什么感觉。有多次，他都尽力想象着孩子的模样，但想来想去却总是模糊的。现在如果对丹风说话的话，他最想说：丹风啊丹风，如果我死了，你就把咱们的孩子好好抚养长大吧。唉，不说也罢。至于国民党要枪毙我，那死就死了吧。自己从十多岁出国到现在，一心就盼着打出石油，让国家振兴呢，谁让生不逢时啊。国民党手里厂子来回折腾，什么都不顺，共产党手中刚打出一口油井来，想着能安安宁宁搞生产了，结果仍不得安宁。

起来，饥寒交迫的奴隶！起来，全世界受苦的人……这时，队伍中不知谁唱起了歌，接着又有人跟着唱。

不准唱，不准唱！国民党兵用枪托砸了一下那个领唱的人。那人的身子趔趄了一下，没有停而是放低了声调。其他人也都放低了声调，但这种低沉的声音比刚才的高亢更充满了力量。

应该就是要面对死亡的时候了，但是他们这群人却视死如归。听着《国际歌》，和这些人走在一起，此刻贺学文心中也涌起了一股悲壮来。风萧萧兮易水寒，壮士一去兮不复还。死就死了，和苏作相这么优秀的人死在一起，也是一种荣幸。

起来，饥寒交迫的奴隶……贺学文也跟着大家哼了起来……

出了门，走了十多分钟，一群人就被押到了一堵墙前面。接着士兵命令这些人背对着墙站成一排。

所有的人都知道，这是要枪毙自己了。这时，苏作相突然呐喊道：中国共产党万岁！他一呐喊，其他的人就都跟着呐喊，呐喊的声音此起彼伏。

开枪，快开枪！负责执行的长官挥动着旗子命令士兵。砰砰砰，枪响了，有几个人瞬间倒了下去。

贺学文和大家一样背对着墙。他看到了挥动的旗子，看到一排士兵开枪了，听到了沉闷的枪声，眼看着中间站着的几个人一个个都倒下去了，他听到了他们倒地时发出的扑腾扑腾的声音，可是自己却没有受到枪击。他仿佛做梦一般，等缓过神来，看见那些行刑的士兵已收了枪在查验那几个人的尸体。这时的贺学文忽然明白，原来不是要枪毙他，而是要他们几个人来陪杀场的。一瞬间，他的身子骨一软，嗵的一声倒在了地上。

行刑完，贺学文等活着的四五个人，又被拉回了窑洞，关押了起来。

回到窑洞，贺学文的心就跳得咚咚咚的，他的意识也在慢慢恢复着。他回想着一切，觉得这些就和噩梦一样。那个血腥的场面，苏作相他们几个人倒在血泊中的情景，他怎么都忘不掉。眼睛一闭，眼前就是这个场景，他不由得恶心得哇哇吐了起来。

早饭有人送来，贺学文却一口也吃不下去，他的脸色苍白，身体软绵绵的，毫无力气，倚在墙角，耷拉着脑袋。

到了中午时分，牢门又一次被打开了，门口停着一辆有篷的卡车，贺学文被叫了出来。其他窑洞里又相继叫出来几个人，贺学文看出这几个人和他一样，都是早晨陪了杀场的人，一个个精神萎靡不振。他们一出来，就有人吆喝着让他们赶快上卡车。

贺学文看见最后出来的洪丹风，她也戴着铐子，但神情却大不一样。她出门来看见贺学文了，登时露出了满脸的欣喜，甚至有一瞬间她还悄悄地给他挤了一下眼睛。

贺学文早晨经历了生死考验，这阵看见丹风，也非常高兴，他想笑一下，但只是咧了咧嘴，却怎么也笑不出来。

学文，你受罪了。丹风过来见了学文悄悄说了一句话，声音就哽咽了，她抑制不住直流眼泪。贺学文想跟丹风多说几句，但很快就被几名士兵制止了，他们七八个人都被推上了车。车是一辆卡车，里边空荡荡的，靠两边车帮放着两排低矮的凳子，车厢的大小足可以容纳二十多个人，现在只有他们八个人散乱地坐在两边的凳子上。

两名持枪的士兵最后上了车，关住了车厢后帮，抱着枪坐在了后排。

车马上要启动了，贺学文忽然发现了徐怀义的身影，只见他依旧戴着个大墨镜，上了前边的驾驶室。

车缓缓启动了，开出大门上了路。

车拐弯抹角走了一段时间，然后在一个村庄的一家院子门口停了下来。徐怀义让几个士兵都下车来，领着他们进到院子，打开窑门，从窑里搬出了几箱很重的东西，装在了卡车上。随后徐怀义挥了挥手，车又开动了。

我们这是要到哪儿去呢？贺学文悄声问。

要把我们送到西安去。同车的一个人说。那个人胡子老长，看来也是坐了一段时间的监狱了。

车摇摇晃晃，贺学文这时注意起车内的人来。车厢内除了他跟洪丹风，还有五个男人与一个女人，贺学文注视着这几个人，发现一个个都比较年轻，面容憔悴。刚才说话的那个男人是个国字脸，串脸胡，胡子老长。还有两个是文弱书生模样，都戴着眼镜，整个模样神情仿佛是两兄弟似的。还有一位老者，看起来更像是一位经理或老板。另一位也年轻，但个子比较高，身体壮实。最后坐着的是一个中学生模样的女子。所有的人都戴着手铐，互相之间好像不认识，因为大家彼此都不说话。

为什么要送我们到西安？贺学文问。

没有人回答，大家都沉默着。

洪丹风坐在贺学文身边，看他着急的样子，压低声音对他说：你不要着急，慢慢等着，会有好消息的。

什么好消息？贺学文问。

洪丹风左右看了看，没有直接回答贺学文的问题，而是对贺学文悄悄说：你知道这些人都是谁吗？都是一些省上赫赫有名的人的至亲。他们误入歧途，偷偷跑到了延安，跑到了延长。现在这里被国民党占领了，国民党抓住了他们，要把他们秘密押送回去，送交到他们的亲人身边。

哦。贺学文应了一声。随即想了想，又疑惑地抬头盯着洪丹风。

洪丹风见他脸上有疑问，只当他不相信自己的话，就悄声告诉他说：那两个戴眼镜的靠左边的是省政府秘书长的儿子，右边的据说是邵力子的一个远亲。那个老者，就是看起来像经理模样的人，据说当年与杨虎城交往颇密，杨当年起步时就靠他帮的忙。这位姑娘据说是某一位政府要员的侄女。

咦，你怎么知道得这么清楚呢？贺学文感到奇怪。

我是听他们团长说的。丹风说。

贺学文这才猜出了事情的大概，这些国民党军官是把这些人秘密押送回去邀功请赏的。或者说，他们的亲人曾经给进攻延长的国民党军官有过嘱托，抓到了这些误入歧途的人一定要押送回来，帮助他们痛改前非。

可是，这和我们有关系吗？贺学文问道。他是土生土长的延长人，如果说有一些攀高枝的话，那就是和洪丹风结了婚，可丹风现在也身在这里啊，两人都无家可归了，把他俩押着，这是要送到哪儿去呢？

你傻啊，你是留洋的学生，是技术人才，是国家的宝贝。再说，你和邵力子有过交往，邵力子为你的事还专门写过信呢。

哦。贺学文终于想明白了。这些国民党军官他们才不管什么人才不人才呢，可能只是因为与邵力子的这层关系，才饶了自己的命。他长长地叹了一口气，看来他们要把自己押到邵力子面前去邀功请赏了。邵力子，邵力子，在贺学文想来，他跟这位国民政府要员的交往似乎是上一世纪的事情了，那样的模糊，那样的遥远。

可是，他们怎么会知道这些呢？贺学文想了一会儿，又有了新的疑问，就直接问洪丹风：是你给他们说的吧？

面对贺学文的诘问，洪丹风点了点头，直接说：如果我不说，我们早就被杀了。

你还告诉过他们什么？贺学文问。

洪丹风明显地听到这句话中的责备，她瞅了一眼贺学文，没有作声。

这时贺学文基本上对事情明了了。昨天贺学文与丹风被隔开了，贺学文见自己已被认出，自己的底细他们都清楚，也就摆出一副要杀要剐随便的样子来。但那一边，洪丹风却对主审的张团长说了一些话，告诉了他一些秘密，从而救了两人的命。她一定告诉他们说，贺学文和邵力子一起在日本留过学，与邵力子私交很深，曾有过多次书信往来。只是前一段时间，延长石油厂被红军占领了，他们抓住了贺学文，迫于无奈，也为了挽救自己的性命，不得已贺学文才同意当这个石油厂厂长的。他当厂长只是个幌子，是被迫的，骨子里他还是期盼着国民党军能够重回延长，只是一时身在屋檐下不得不低头而已。由于洪丹风说得很真切，又夹杂了许多细节，张团长就信了她的话。于是做出决定，今天将他们与其他六人一起送往西安。

你怎么可以这样呢？贺学文感到自己被欺骗了，也被出卖了，满心里不高兴地说。

为什么不这样？书呆子，不这样，我们还能活命吗？今早就和苏作相一样被枪毙了。洪丹风针锋相对地说。

贺学文不再说话了。

如果贺学文不想死，昨天面对审问，他也可以求情，也可以说许多违心的话，但他不愿意。因为在他心底，他认为当初答应共产党当这个石油厂厂长是自愿的，并无强迫之说，难道现在遇到困难了，再把这一切推到别人的头上去吗？他这个人虽书生气十足，但做事坦坦荡荡，是怎样的就是怎样的。事到临头，又找借口，嫁祸于别人，这样的事情他是绝对干不出来的。另外，在与苏作相关在一起的这一天里，他看到了这个小个子面对死亡时的大义凛然，那时他忽然觉得死其实也没有什么大不了的，只要死得有尊严，死得其所，就可以了。所以，此时听到洪丹风暗地里跟人家套近乎，把自己出卖了，他就觉得特别龌龊，也特别伤他的自尊。

其实，死也不是那么可怕的。今早死的那些人，他们也有家人，有妻有子，你看他们害怕了吗？他们愿意苟且偷生吗？他们唱着歌，勇敢地走向了死亡。贺学文说。

洪丹风见他此时仍一股书呆子劲，唠唠叨叨地说着书呆子话，本想反驳几句，但此刻身处这种环境，她又不愿意和他吵架，就低下头来，不说话了。

车在高低不平的道路上颠簸着。七八个人都不说话，面对面坐着，随着车的颠簸身子来回晃动着。坐在后座的两个士兵此时抱着枪也昏昏欲睡。

车行了有八九个钟头，山路越来越窄，两边的山仿佛两堵墙似的挤了过来。应该是到金锁关了。贺学文想。但就在此时，外面突然枪声大作，车辆似乎受到了伏击。车轮胎最先被打爆了，车一下子拐到左边的水渠里，剧烈地震动着。接着车下边传来了乒乒乓乓的互射枪声。车内八个被押送的人听着这激烈的枪声都不知道是怎么回事，大为吃惊。他们虽然手被铐着，但此时都东张西望，想伸头看个究竟。

趴下，不准动！后座的两个士兵站起身来，持着枪，冲着他们八个人大喊。贺学文他们几个人就乖乖地趴在车厢内，一动也不动。

两个士兵拿着枪跳下车参加战斗去了。

战斗进行得非常激烈，间或有呐喊声，但夹杂在枪炮声中听不清在喊叫什么。

几个人趴在车厢内，有车篷拦着，看不见外面，也不知是什么情况。只听得外边枪声很密集，一阵紧似一阵。持续了有二十多分钟，枪声变得稀稀拉拉。大约又过了十分钟，就听不见枪声了。

听见枪声停了，车内的人就个个抬起了头。这时，外面的几个人从车前绕到后车门，他们拿着枪，服装不统一，也看不出身份。一看见车厢内的人，顿时把枪端起来，大声喝道：都不准动！谁动就打死谁！几个人听了，就赶紧又伏下了身子，抱着头趴在车厢内，一动也不敢动。

有两个持枪的人翻进车厢内，挨个看了他们半天，然后用枪指着他们说：下去。

八个人就都乖乖地下了车。

车上那个串脸胡的男人瓮声瓮气地说道：你们是谁？你们要干什么？

拿枪的人并不回答他的话，只是用枪示意着说：趴到那儿去，都别动弹。

另一个持枪的人说：他们都戴着手铐，要他们动也动不了的。

洪丹风走在最后，见要他们过去挨个趴在山脚下，以为要枪毙自己呢，就急了，大声说：别杀我哦，我不是共产党也不是国民党，我就是平民啊。她闹不清楚这些人到底是共产党还是国民党，所以，也没法说自己的身份，就只能说自己是平民。

中学生模样的女子也说：你们究竟是什么人？即使要我们死也该死个明白吧。

八个人中身体又高又壮的那个男人大约见这两个女人此时都有些唠唠叨叨，就不耐烦了，大声说：老子就是共产党，要杀要剐随便吧。老子活是共产党的人，死了也是共产党的鬼。

持枪的人见这些人婆婆妈妈的，也有几分不耐烦。他提枪朝又高又壮的这个男人屁股上给了一枪托，说道：号什么哩，要打死你们早就打死了。别号，再号就真打死你们，快趴到那里去。

这八个人一听这话，觉得没有了生命危险，就一时信了他们的话，神经绷得不那么紧了，按照他们的要求一摆溜趴在了山坡上，脚都踩在水渠里，个个都用戴着铐的手抱着头。

贺学文脑子里还在猜测这到底是些什么人，扭头想看看他们有什么举动，但被旁边戴眼镜的人制止住了。戴眼镜的用腿碰了一下他，示意他别回头。

这群伏击者有十多个人，有一个人拿枪看守着他们，另一些人这时则开始搬车上的东西。他们把一箱箱东西都搬了下来，这时树林中有人牵着马出来了，他们就把这些东西搬过去，拿绳子捆起来，驮在了马背上。

他们在做这些事的时候，都不吭声，只是利索地干着活。

这边趴的八个人都蒙在鼓里，闹不清楚这些是什么人，这究竟是怎么回事。

四匹驮着东西的马随即被人牵走了，有几个人也开始离开了，显然这些人要撤走了。那个依旧持枪看守贺学文他们的人用枪来回指着说：你们几个听着，我们无意知道你们是什么人，是共产党也好，是国民党也好，都不关我们的事。我们只是在和一个人算总账，就是这个徐怀义徐团总，他杀了我们老大，夺了我们的财产，我们是替我们的老大报仇的。

你们老大是谁？串脸胡大着胆子问。

哈哈，你们有必要知道吗？持枪的人收了枪。快走你们的路吧。说着他就起身了。

你给我们把手铐打开啊。瘦高个青年扭头说道。

要我拿这个打吗？持枪人晃了晃手中的枪，然后扭转身子哼着小调离开了。

看着持枪人越来越远的背影，几个人出溜一下子都瘫坐下来。

串脸胡说：当务之急，得把手铐打开。说着他走到车前边去，从零乱地躺着的几具国民党兵尸体中挨个搜，终于掏出了一长串钥匙。他拿过来，大家就都围在一块儿，一个接着一个试着钥匙。慢慢地，一个人打开了，其他人的手铐也都打开了。一时大家都揉着手腕，拍打着身上的土。

串脸胡说：大家都过来吧。

听他这么说，大家都围拢过去。串脸胡说：大家相遇也挺不容易的，情况紧急，都介绍一下身份，互相认识一下。

听完这话，这几个人都一一介绍身份。贺学文听了半天，知道他们有些在军队中工作，有些在地方上任一官半职，那个女学生模样的人是个教师。但所有这些人级别都不高，其中串脸胡跟那个经理模样的人是共产党员，其他的都不是。轮到贺学文介绍了，他一介绍完自己，那个身体又壮个子又高的年轻人立即过来握住了他的手说：原来你就是石油厂的贺厂长啊，你们厂子贡献很大的，我们部队穿的棉衣，就是用你们提供的钱买的，你名气大得很啊。他这么一说，大家都对贺学文与洪丹风刮目相看了。

一时，大家介绍完了，串脸胡说：今天情况紧急，咱们原来素不相识，但现在却相遇到了一块儿。现在，国民党的兵全部被打死了，在咱们面前有两种选择：一是朝南走，到西安去，现在回去还不晚，还能享受所谓的美好生活；另一种就是往北走，重新回延安。大家快点做决定吧！

体型较壮的高个听了这话，当即说：当然是往北，我坚决不回西安去，我在延安的使命还没完成呢。

那两个兄弟般的文弱书生一路上很少说话，这阵也说：我们俩也回延安！

我也是。那个女教师用柔弱的话语说：我可不回西安，把人给闷死了。

你们呢？串脸胡问贺学文。

还没等贺学文说话，洪丹风就说：我们打算到西安去。

大家听了这话，一时间都用疑惑的目光望着他俩。

看来咱们没法统一。串脸胡果断地说：这样吧，革命是不强求的，强扭的瓜也不甜，你们两个既然愿意去西安，那就去吧。咱们六个回延安的人结伴走，人多路上也有个照应。

好。其他的人应了一声，开始起身。

那带枪不？瘦高个青年在死去的国民党士兵身上搜到了一把手枪问道。

还是别拿吧。串脸胡说，拿着枪在路上更危险。听到这话，瘦高个青年就把枪扔在一旁了，这几人就开始起身。那个女教师走在最后，她一步一回头地望着贺学文夫妻俩，闹不明白他们是怎么回事。

一时间，这几个人就走了，这里只留了洪丹风与贺学文两人。在他们跟前，有一辆汽车，还有横七竖八的几具尸体。

丹风，你真的昨天跟国军团长求情了，说我跟邵力子有往来？贺学文这时忽然想到了车上这个话题，问了一句。

怎么啦？要不，怎么能保住你的命！洪丹风听到了贺学文话中的不满，回敬他说。

好吧，我们走吧。贺学文此时不愿意和她闹意见，他伸手拉起了丹风。

往哪儿走？

当然是往北走。找山子他们去，找工厂的工人去。贺学文说。

我不去。丹风挣脱了手，把头扭向南边，坚决地说。

贺学文松了手，垂下头。面对这么坚决的丹风，他一时想不出什么好办法。

洪丹风说：贺学文，你咋这么死脑筋！南边的路多宽啊。你看看共产党，今天流浪明天逃窜的，什么时候能有个安生日子啊。

西安我不熟悉，只是来回匆匆路过了两回，我不愿意去，也不愿意见邵力子。我想回延长，想和工人们在一起。贺学文说。

你还真把你当个官了，你就是个下苦的。天天上山下山，比工人下的苦都重，哪有你这么当厂长的？人家当厂长，哪个不是吃香的喝辣的，可你呢？洪丹风嘴不饶人地说。

这些话重重地伤害了贺学文的自尊，一直以来，他爱着洪丹风，洪丹风也爱着他，但结婚以后的这段时间，面对洪丹风强势的个性，贺学文时常有一种无奈感。更多时候，他觉得自己在她面前是软弱无力的。小的时候，由于出身，洪丹风在他面前有一种优越感，但多年以后，在他面前，洪丹风说话时还时不时有这种优越感。这使他在面对她的时候常常有一种压抑感、挫败感。

贺学文说不出来更多的话，他拉了一下丹风的手，说：我们还是走吧，要不，一会儿他们走远了，我们就追不上了。

我不走，要走你走，我反正要往南走。洪丹风很固执。

贺学文望着洪丹风，见她在烈日下皮肤赤红，脸上的毛孔大开，头发凌乱着，一时有几分吓人的样子。

丹风，回延长吧。那儿还有兄弟们在等着我们哩。面对坚决的洪丹风，贺学文只能拉着丹风的手低声哀求着。

你走吧，你和你的石油一起过活去吧。洪丹风这时忽然歇斯底里地发作了。这两年，你什么时候在意过我，你想过我的感受没有？我能回去吗？我手里有命案，我一回去，就会被这些杀人不眨眼的魔王杀掉的。你是不是盼着我死掉啊，是不是？你看看苏作相，多好的人，还不是照样被杀了！你就回去吧，等着被他们杀掉吧。她一边说着，一边用力甩开了贺学文，推了贺学文一把。

贺学文被推得脚步踉跄了一下。他搔着头，想了半天，也想不出个办法来，想不出什么能够打动丹风的话来。这里是杀人现场，几具尸体还在那里横七竖八摆着，要赶快离开这儿。

想了半天，贺学文吞吞吐吐地说：要不，丹风，你要真不愿意跟我回的话，那，那，那咱们就分头走吧。

分头走？洪丹风听到了这句话，她有几分愤怒又有几分嘲笑地说：好啊，就分头走吧。早就该分开了，你去跟你的石油一块儿过活吧，去寻你的共产党去吧。

贺学文呆呆地看着洪丹风。他知道，丹风是个有主见的人，个性也强，两人在一起时总是由她说了算，但要让自己南下去西安，贺学文心里却是一百个不愿意的。自从共产党解放延长以后，他出任厂长，虽然当厂长时间不长，但他从厂里感受到的处处是热情，是笑脸，是人们冲天的干劲。在山子与苏作相这些共产党员身上，他感受到的是他们为了理想不畏艰险、不怕牺牲的献身精神。就像苏作相，尽管知道自己会被敌人杀害，但他从不抱怨，从不后悔自己的选择。还有今天一路上的这六个人，他们本来也面临着一次重新的抉择，但没有一个人选择退缩，选择回去享受荣华富贵，他们都毫不犹豫地选择回延安。这些人都是小人物，在共产党内也不是什么高官或有权有势的角色，但他们为什么在做抉择时竟然没有丝毫的犹豫呢？究竟是什么力量让他们这样做？

从昨天与苏作相关在一起到刚才这几个人的离开，这些人的所作所为时时触动着贺学文，使他开始重新思考自己的未来，也思考这个社会的未来。

可现在，要他舍下洪丹风，这又谈何容易啊！

时间在一分分过去，洪丹风扭过脸，一副坚决的表情。贺学文犹豫着拿不定主意。终于，他抬头看了看天，见天色不早了，下了狠心。他说：丹风，你跟我回不回？你不回，我可真走了。说完停了几秒，见丹风没有任何反应，他扭过了头，朝北边走去。

贺学文一边走着，一边心里念叨着：丹风啊，自结婚以来，都是我听你的，你这回听我一次吧！跟我回吧，我们一起走吧。他期待着丹风来追上他。

但他没有走几步，忽然听见丹风在背后歇斯底里地喊道：贺学文，你站住！

听到喊声，贺学文站住了身子，他转过身来，看见阳光斜射之下的洪丹风面容有几分恐怖。她的头发披散着，一条腿跪着，一条腿蹲着，不知何时，她的手里竟多了一把手枪，黑洞洞的枪口正对着她自己。

原来，洪丹风见贺学文执意要往北走，就急了，她从一旁的尸体上捡到了一把手枪拿在了手中。

丹风，你疯啦。贺学文吃了一惊，赶紧就往丹风身边跑。

贺学文，你会后悔的！丹风喊道，你回你的延安去吧！

此时的洪丹风见贺学文往自己这边跑，她扭过头，将枪对住自己的太阳穴，咬紧牙关，扣动了扳机。随着砰的一声枪响，她一下子扑倒在了地上。

附近洋槐树上落着的一群乌鸦听到枪声扑啦啦地都飞走了。

丹风——丹风——贺学文呼喊着跑了过去。子弹打穿了丹风的头，她的脸上全是血。贺学文一把抱起她来，想伸手按住汩汩往出冒的鲜血，但怎么按也按不住。瞬间，他的手上身上都染上了血。

丹风啊，丹风，你这是何苦呢！贺学文哭泣着喊道。

躺在贺学文怀里的洪丹风早已闭上了眼睛。